DE LAATSTE

Eerder verschenen van Stefan Ahnhem
bij The House of Books:

Motief X
X manieren om te sterven

Stefan Ahnhem

De laatste spijker

Vertaald uit het Zweeds door Tineke Jorissen-Wedzinga

the house of books

Deze uitgave kwam tot stand door bemiddeling van Salomonsson Agency.

Oorspronkelijke titel: *Den sista spiken*
Oorspronkelijk uitgegeven door: Bokförlaget Forum, Stockholm 2021

Omslagontwerp Nederlandse uitgave: Buro Blikgoed, Haarlem
Omslagbeelden: iStock/MarcelloLand; Shutterstock
Auteursfoto: © Thron Ullberg
Typografie: Crius Group, Hulshout

ISBN 978 90 443 6381 4
ISBN 978 90 443 6382 1 (e-book)
NUR 332

www.thehouseofbooks.com
www.overamstel.com

OVERAMSTEL
uitgevers

The House of Books is een imprint van Overamstel uitgevers bv

Ter herinnering aan Theodor Risk

** 25 maart 1996*
† 31 juli 2012

Proloog

3 augustus 2012

Erica Andersson was nooit erg gek geweest op water. Douchen was geen probleem. Een paar uur met een goed boek in bad zitten al evenmin. Integendeel. Maar waar ze een hekel aan had en nooit van had gehouden, was als ze moest *zwemmen*. Dus zomaar wat rondspartelen, baantjes trekken of wat dan ook als je het niet warm had of niet vies was.

Het was niet dat ze niet kon zwemmen, ook al schepte ze er niet over op dat ze de zwemkunst meester was, want dan moest je het toch wel tweehonderd meter kunnen volhouden zonder al te veel water binnen te krijgen, en dat kon ze beslist niet. En al helemaal niet in koud, open water met golven, kwallen en van die enge vissen.

Toch had ze zich laten overhalen om al haar kilo's in een kleine kajak te persen, die zo smal en onstabiel was dat het een wonder was dat ze nog niet was omgeslagen. Ze zat letterlijk in het water. Dat koude, donkere water met zijn weerspannige golven dat zich als het ware van alle kanten naar haar uitstrekte.

Als je Mikkel moest geloven, werd je bijna nooit nat bij het kajakken. Hij had haar strak aangekeken en beweerd dat er hoogstens wat water op haar onderarmen zou spatten.

Daar was dus niets van waar, en dat was nou typisch Mikkel, zeker als hij vol was van iets wat hij zelf briljant vond.

De laatste maand had hij niets anders gedaan dan erover doorzeuren hoe fantastisch het was om de zon te zien opkomen vanaf de kanalen in Kopenhagen en één te worden met het water.

Eén met het water. Jezus...

Maar wat je al niet deed voor de liefde. Ze had tenslotte niet een hele reeks gewillige mannen om uit te kiezen, en eerlijk gezegd was Mikkel ver boven haar niveau. Hij was niet alleen knap, hij had bovendien een echte carrière als programmeur met een salaris waar de meesten slechts van konden dromen.

Het enige punt was dat hij Deens was en dat zij daardoor Helsingborg had moeten verlaten. Hoewel dat eigenlijk geen probleem was. In elk geval niets vergeleken met haar pogingen om de kajak op de juiste koers te houden.

Het wankele bootje leek door het kleinste golfje al te kunnen omkieperen, en ze had nu al pijn in de spieren van haar romp. Aan haar armen en schouders wilde ze niet eens denken. Het was de vraag of die er überhaupt nog aan zouden zitten als ze de hele, veel te ambitieuze route van Mikkel hadden afgelegd.

'Zie je niet hoe mooi het is?' riep hij vanuit de kajak voor haar. Ze knikte. En inderdaad, het was mooi. Kopenhagen liet zich daadwerkelijk van een heel andere kant zien. Maar toch kon ze maar moeilijk genieten. Zeker nadat ze het rustige en idyllische Wilderskanaal achter zich hadden gelaten en in de feitelijke haven waren, waar een heel ander scheepvaartverkeer was en daarmee ook heel andere golven.

Ze kon niet begrijpen waarom hij haar zo nodig mee moest nemen naar open water. Maar hij wilde haar natuurlijk alles laten zien nu hij er eindelijk in geslaagd was haar het water op te krijgen. Of ging het eigenlijk heel ergens anders om?

Dat was een gedachte waar ze niet te lang bij stil wilde staan, maar dat was blijkbaar niet aan haar. Die gedachte ging zijn eigen gang en was al uitvoerig bezig zich verder te ontvouwen.

Mikkel was de laatste tijd vreselijk lichtgeraakt en er was al bijna een maand verstreken sinds ze voor het laatst met elkaar naar bed waren geweest. In het begin had ze dat gezien als een tijdelijke crisis die wel over zou waaien. Maar het was steeds erger geworden. Ze zaten midden in hun vakantie en hadden het eerlijk gezegd nog nooit zo slecht gehad als nu.

Was hij op haar uitgekeken? Ging het daarom? Was dat de reden dat hij haar had gedwongen tot deze helse tocht? Om te zorgen dat ze het zo vreselijk zou vinden dat ze een eind zou maken aan hun relatie zodat hij dat zelf niet zou hoeven doen? Omdat hij dat niet durfde? Jezus christus, wat laf.

Maar ja, het was ook te mooi om waar te zijn. Dat had ze vanaf het begin af aan al gedacht. Hoe opmerkelijk het was dat hij juist háár gekozen had.

Ze kon lastig zijn. Daar was ze zich goed van bewust. Zeker als ze zich dingen ging inbeelden. Dan kon ze die onmogelijk loslaten voor het te laat was. Zoals die keer dat ze ervan overtuigd was dat hij een ander had en bij de eerste de beste gelegenheid in zijn computer en zijn telefoon had rondgeneusd zonder iets verdachts tegen te komen.

Als ze het maar had kunnen loslaten, was het oké geweest. Maar nee, ze had het uiteraard een schitterend idee gevonden om hem twee avonden later als in een knetterende oude spionagefilm te volgen, om op die manier te checken of hij inderdaad wel met die vriend uitging. En natuurlijk had hij haar in de gaten gekregen. En natuurlijk was hij kwaad geworden. Nee, hij was razend geworden. Net als toen ze een keer te veel navraag had gedaan naar zijn vorige vriendin, die blijkbaar bij een auto-ongeluk om het leven was gekomen.

'Daar heb je het nieuwe operahuis!' Hij wees met zijn peddel naar het grootse gebouw.

'Prachtig!' riep ze terug. 'Maar zeg, kunnen we nu niet teruggaan?'

'Nee, kun je niet zien hoe stil en rustig het water is?'

'Jawel, maar misschien is het voor deze keer wel genoeg. Mijn armen worden moe.'

'Mooi, dan kun je je armen een beetje trainen.'

'Mikkel, ik voel me niet veilig! Snap je dat nou niet? Ik ben bang en wil niet meer. Het enige wat ik wil, is aan land gaan.'

'Erica, ik beloof je. Er is niets om bang voor te zijn.'

Toen kwam dat lachje dat haar deed smelten en maakte dat ze alles goed vond. Dat was een soort kryptoniet die haar eigen wil gevaarlijk ondermijnde en ze kon niets anders doen dan met een zucht langs de opera en verder naar de haven varen.

Exact datzelfde lachje had hij die keer op zijn gezicht gehad toen hij naar haar toe was gekomen en had gevaagd of hij haar een drankje mocht aanbieden. Ze was met een paar vriendinnen wezen feesten in Kopenhagen en was meteen zo verliefd geworden dat ze twee weken later haar baan had opgezegd om naar de Deense hoofdstad te verhuizen.

Dat haar moeder had lopen zeuren dat het misschien een beetje te snel ging en haar had gewaarschuwd dat ze de man in kwestie amper kende, daar had ze niet naar geluisterd. In elk geval toen niet.

'We varen alleen nog naar Reffen, dan keren we om,' riep hij na nog een paar honderd meter. 'Oké?'

'Ik weet niet of ik nog verder wil,' zei ze. 'Echt waar, Mikkel. Die boot kiepert de hele tijd bijna om, en...'

'Nee, dat gebeurt niet. Je moet gewoon ontspannen en rustig doorpeddelen.'

Waarom kon hij het niet gewoon uitmaken en haar vragen te vertrekken, als dat was wat hij zo graag wilde? Ja, ze zou verdrietig worden en boos ook. Ze zou gaan schreeuwen en hem uitmaken voor van alles en nog wat. Misschien zou ze zelfs wel met dingen gaan smijten.

Maar uiteindelijk zou ze het accepteren en weer teruggaan naar Helsingborg, ook al zou ze nog een paar keer contact met hem opnemen voordat ze het helemaal zou opgeven. Veel erger dan dat was het niet, als hij inderdaad gewoon van haar af wilde.

Hij durfde vast gewoon niet. Dat was de enige verklaring. En zeker, ze had temperament, dat kon ze niet ontkennen. Maar dat was niets vergeleken met dat van hem.

Ze was zelfs een paar keer echt bang geweest. Zeker die keer dat ze had gedreigd hem aan te geven wegens verkrachting als hij haar niet liet slapen. Hij had een paar centimeter boven haar hoofd zo hard met zijn vuist op de muur geslagen dat er een gat was ontstaan.

Maar dat was toen. Nu wilde hij nooit meer vrijen.

Het inzicht waar dit allemaal eigenlijk om ging, drong een paar minuten later tot haar door toen ze een cruiseschip in het vizier kreeg dat een paar kilometer voor hen op weg was naar de haven. Plotseling begreep ze precies hoe zijn plan eruitzag.

En toen kwam ook de paniek.

'Kijk!' riep hij terwijl zij ondertussen een uitweg probeerde te vinden, een uitweg uit deze nachtmerrie. Weg van hem en terug naar Zweden. 'Die witte sculpturen!' Hij wees naar een aantal spierwitte beelden die aan het eind van een kade op een rijtje stonden.

Hij had natuurlijk aan haar gezien dat ze hem doorhad en deed nu alles om haar af te leiden. Die sculpturen waren vast heel mooi zoals ze daar in al hun grandeur uitkeken over het water en weer en wind trotseerden. Maar ze kon er niet meer dan een blik op werpen. Haar focus was gericht op het cruiseschip.

Waarschijnlijk zou dat niet helemaal doorvaren naar de haven en aanleggen bij Langelinie. Maar de golven die het veroorzaakte zouden zich voortplanten naar de haven, en ook al kon ze ze nu niet zien, ze was ervan overtuigd dat die op dit moment naar haar onderweg waren.

Ze zou omslaan, ze wist het, haar hele lijf wist het, en als ze eenmaal was omgeslagen, zou ze kansloos zijn. En vooral hij wist dat. Wat was dat eigenlijk voor psychopaat met wie ze samen was? Deed hij dat elke keer als hij ze zat was? Ze laten verdwijnen door een of ander obscuur ongeluk?

Dat was uiteraard de reden waarom ze op min of meer open zee zouden gaan varen, dan waren er geen getuigen. Het zou er gewoon uitzien als een volgend verdrinkingsongeval. Weer zo'n onvoorzichtige idioot die amper kon zwemmen en een bijdrage leverde aan de statistieken.

'Help!' riep ze, en ze begon richting het land te peddelen. 'Help!'

'Erica, wat doe je nou?'

Terwijl ze de peddel bleef voortbewegen, keek ze over haar schouder en zag ze voor het eerst de golf. Of liever gezegd: de golven. Ze zag drie stuks met een tiental meter ertussen. Van een afstandje leken ze niet zo gewelddadig, maar ze waren snel en kwamen aanrollen met een vaart die op zich al beangstigend was.

'Erica!'

Ze deed wat ze kon met de peddel, maar de kajak weigerde haar te gehoorzamen. In plaats van vooruit te glijden, bleef hij naar links of naar rechts zwaaien. Kut, kut, kut! Waarom had ze niet gewoon naar haar moeder geluisterd? Waarom had ze alle tekenen niet gezien die nu zo overduidelijk waren? Hoe had ze zo naïef kunnen zijn?

En daar was-ie.

Precies zoals ze had voorzien.

Ze kon hem nu voelen en begreep hoe groot hij feitelijk was toen zij en de hele achterkant van de kajak naar beneden zonken, schuin naar achteren, om een seconde later te worden opgetild. O, jezus, was het laatste wat ze kon denken voordat alles ronddraaide.

Ze sloot haar ogen. Alsof er geen gevaar bestond zolang ze niets zag. Maar hoe hard ze haar ogen ook dichtkneep, ze bevond zich nu onder water, dat koude, donkere water, ondersteboven, hangend in een kajak. Ze had gehoord wat je moest doen om door middel van een eskimorol weer terug te draaien, maar ze hoefde maar een poging te doen om in te zien dat dat onmogelijk was. Bovendien zat ze vast met haar knieën.

Zo zou het dus eindigen. Ondersteboven in het water hangend.

Gek genoeg voelde ze zich vrij kalm. Het was alsof de paniek die ze eerder had gevoeld alle grip op haar had losgelaten. Misschien omdat ze alle hoop had opgegeven en op de een of andere manier haar lot had geaccepteerd.

Ze wist niet hoelang ze onder water was geweest, maar het kon niet meer dan een paar seconden zijn omdat ze tot nu toe geen last had van ademnood. Misschien werkte dat zo vlak voordat alles voorbij was. Dat de seconden langzamer gingen en de tijd als het ware werd uitgerekt.

En voor de eerste keer in haar leven deed ze haar ogen onder water open. Dat had ze nooit eerder gedurfd, maar nu had ze niets te verliezen. Over een paar minuten zou ze doodgaan, en dat kon ze net zo goed met open ogen doen.

Het deed helemaal niet zoveel pijn als ze gedacht had. Je voelde het vrijwel niet eens. Erg donker was het ook niet. Het was eerder vrij licht. Lichtgroen. En wazig.

Toen kwam de ademnood. Op het moment dat ze haar hoofd naar achteren deed om omlaag te kijken en een paar meter schuin onder zich een auto zag, en daarmee was de paniek terug.

De achterkant van de auto rustte tegen een groot betonblok terwijl de voorkant vrij hing, een halve meter boven de zeebodem. De ramen waren omlaag gedraaid en op de achterbank zweefde een naakte vrouw met lang donker haar. Het leek wel een reclamefilm, als ze niet zo'n wijd open mond en opengesperde ogen had gehad.

Op het moment dat de zon ver boven haar achter een wolk vandaan piepte, verbeterde het zicht en kon ze zien dat er een man in smoking, schuin voorovergebogen, met zijn hoofd tegen het stuur zat.

Veel meer zag ze niet voordat ze weer naar de oppervlakte werd getrokken. Niet meer dan dat de achterkant van het hoofd van de man voor het grootste deel bestond uit een bloederige, rode krater.

DEEL I

3–5 augustus 2012

Er zijn veel mensen zoals wij, die hopen dat het goede uiteindelijk zal winnen. Die niets liever willen dan dat wij gaan inzien dat wij samen het sterkst staan. Dat we ondanks een verschillende huidskleur, cultuur en religie bij elkaar horen en met gemeenschappelijke krachten het grote onrecht kunnen bestrijden, het klimaat kunnen redden en in het verlengde daarvan zo ver kunnen komen als het bewerkstelligen van vrede op aarde.

Dat is helaas een utopie. De wereld zoals wij die kennen, is niet gebaseerd op de droom van een gelukkig einde. Een hand uitsteken en de zwakkeren helpen is een mooie gedachte. In theorie.

In werkelijkheid zijn er heel andere krachten in het spel. Zo gauw wij iets van waarde hebben, komt er iemand die het ons wil afnemen. Zo gauw iets gezond is, wil iets anders het ziek maken. Dat geldt voor alles, van de strijd van de cellen in je lichaam tot sterren die ineenstorten en zwarte gaten worden.

Volgens een Chinees onderzoeksteam is de verklaring voor het destructieve gedrag van de mens te vinden in de grootte van het brein. Simpel gezegd is dat groot genoeg om de atoombom uit te vinden. Tegelijkertijd is het te klein om de consequenties ervan te kunnen overzien.

Een andere theorie is dat goedheid helemaal geen voorwaarde is voor het leven en het overleven. Dat die niet leidt tot de natuurlijke selectie, de voortdurende ontwikkeling en de veredeling, die er op zijn beurt weer voor zorgt dat de leeuw kan overleven op de savanne en dat de boom zich nog iets hoger uitstrekt naar het licht.

Met andere woorden, we hebben het niet te danken aan de goedheid dat plankton zich via vissen uiteindelijk tot de mens heeft ontwikkeld.

Dat hebben we te danken aan de verdorvenheid.

Daar hebben we alles aan te danken. De verdorvenheid in haar absoluut puurste vorm.

1

Het oude, aftandse bakstenen gebouw aan de westkant van het Sankt Jørgens-meer in het centrum van Kopenhagen was een pand vol tegenstellingen. Aan de ene kant was het zo onaanzienlijk dat slechts een klein aantal van alle Kopenhagenaars die ooit om de meren heen waren gelopen het hadden opgemerkt. Aan de andere kant was het ondanks zijn bescheiden omvang op geheel eigen wijze groots en schreeuwde het om aandacht. Onder andere door de zwartgeschilderde gevel die op het zuiden lag en die was voorzien van een grote, witte pion uit het schaakspel in reliëf. Of door zijn dak van plaatijzer dat ook op elke hoek was versierd met een zwarte pion. Er was echter niemand die precies wist waarom en wat dat betekende. Een schaakclub had er nooit in gezeten. Het pand had ook nooit een eigenaar gehad met een grote belangstelling voor schaken. Misschien stonden de pionnen symbool voor de mogelijkheid dat zelfs de grootste outsider op een mooie dag tegen alle verwachtingen in sterk genoeg zou zijn om koningin te worden.

Ook de binnenkant van het huis was vol tegenstellingen. Naast wat hoeken en gaten, een badkamer en een kleine keuken bestond het uit één enkele kamer. Een kamer die met zijn witgeschilderde houten vloer, lichte open ontwerp, overdreven hoge plafond en grote atelierramen op zijn beste momenten als aanzienlijk groter kon worden ervaren dan het gebouw op zich.

Sinds een maand kwam het pand alleen claustrofobischer over doordat de kamer vol stond met technische apparatuur zodat deze meer deed denken aan een studio voor elektronische muziek die in een cockpit was geperst dan aan een ruim aandoend atelier.

Langs de gehele muur aan de voorzijde, onder het dakraam met de dwarslatjes, stonden een aantal werktafels met een keur aan computers, schermen, ontelbare rack-modulen met knipperende ledlampjes en naakte printplaten, die weer met dunne snoertjes in verschillende kleuren aan andere eenheden waren gekoppeld.

De muren langs de zijwanden waren bedekt met grote whiteboards. KIM SLEIZNER stond er met grote letters op een ervan. Daaronder zat een verzameling foto's, allemaal van een afstand genomen, ingezoomd op één en dezelfde man als hij op weg was naar en van het hoofdbureau van de politie in Kopenhagen, in zijn mobiele telefoon stond te praten of in zijn auto zat te wachten tot het licht op groen zou springen.

Op een ander whiteboard stonden verschillende diagrammen, kolommen en curves, evenals een grote hoeveelheid telefoonnummers, alle gemarkeerd met een letter gevolgd door verschillende tijdsaanduidingen. Daarnaast, op een grote kaart van Kopenhagen, zaten een heleboel kleine vlaggetjes, die ook allemaal waren voorzien van een letter.

Voor de leek zag het er ongetwijfeld uit als één grote chaos. Maar er was een systeem, een opzet voor hoe alle aantekeningen met hun pijlen, afkortingen en symbolen geduid moesten worden, of waar alle verschillende elektronische eenheden precies geplaatst en op elkaar aangesloten moesten worden om het grootst mogelijke overzicht en de beste controle te krijgen.

Zoals altijd zo vroeg op de dag heerste er een soort beheerste rust. Alsof alles samen één groot slapend lichaam vormde met een hartslag die zo laag was dat hij amper meetbaar was. Er knipperden weliswaar meerdere van de honderden dioden, maar niet erg onrustig. Integendeel, ze namen uitvoerig de tijd om te groeien qua lichtsterkte en te krimpen, alsof ze zich in een staat van elektronische meditatie bevonden waarin ze samen met de screensavers hun dromen konden uitleven, de ene fantasievoller dan de andere.

Alles stond op een laag pitje, voorbereid op alle dingen die er konden gebeuren.

Wat dan ook, wanneer dan ook.

In dezelfde ruimte, een paar meter boven een berg omvergesmeten houten spijltjesstoelen, hangend aan een stalen buis die op een van de dakbalken rustte, trok Dunja Hougaard zich in een *one arm pull-up* langzaam op. Stressen om er maar van af te zijn was zinloos. Het ging juist om het doorzettingsvermogen. Zonder doorzettingsvermogen zou ze verloren zijn en had ze het hele project maanden geleden al opgegeven. Ze zou tegen zichzelf hebben gezegd dat ze hem misschien toch niets konden maken. Dat er niets te onthullen viel over Kim Sleizner, het hoofd van de afdeling Moordzaken van de politie van Kopenhagen, om hem veroordeeld te krijgen.

Maar niets kon haar ontmoedigen. Niet alleen omdat hij precies het tegenovergestelde was van alles wat een hooggeplaatst iemand binnen de politie zou moeten zijn. Of omdat hij al haar pogingen om haar werk te doen tijdens haar jaren als moordonderzoeker categorisch had tegengewerkt, wat spijtig genoeg onschuldige mensenlevens had gekost. Het was ook niet dat hij zijn vette, smerige vingers in haar had gestoken, haar had geprobeerd te verkrachten en haar daarna de kou in had gedwongen waardoor haar vuurtje brandend werd gehouden. Nee, het was alles wat ze tot nu toe nog niet hadden gevonden. Alles waarvan ze zeker wist dat het er was en er alleen maar op wachtte ontdekt te worden en aan het licht te komen.

Eenmaal opgetrokken met haar kin boven de stalen buis liet ze zich zo langzaam zakken als het in haar spieren gejaagde melkzuur haar toestond. Het deed pijn, maar dat was waar ze heen moest. Helemaal tot aan het pijnpunt waar achtennegentig procent van haar wilde loslaten en de resterende twee vasthield aan het inzicht dat de val van drie meter recht naar beneden op de ondersteboven gekeerde stoelen onder haar aanzienlijk meer pijn zou doen. Ze greep de buis met haar andere hand beet en begon zich zo langzaam mogelijk weer omhoog te werken. Ze moest vier langzame pull-ups afwikkelen, daarna was haar twee uur lange trainingssessie voorbij.

Ze was nooit sterker geweest dan nu. Ze deed dan ook al sinds het voorjaar elke dag twee lange krachttrainingsessies plus een uur yoga. In slechts een paar maanden tijd had haar lichaam een verandering doorgemaakt die ze niet voor mogelijk had gehouden. Ze was een paar kilo zwaarder geworden, maar tegelijkertijd slanker. Maar vooral haar uithoudingsvermogen was veel groter geworden. Ze wist exact tot waar haar lichaam het aankon, en elke dag verlegde ze dat een klein stukje.

De training was begonnen als een noodzakelijk kwaad. Wilde ze een kans tegen Sleizner hebben dan zou ze sterker en sneller moeten zijn dan hij. Een punt dat ze waarschijnlijk al gepasseerd was, als je de foto's moest geloven die ze van hem genomen hadden. Daar was duidelijk te zien dat hij zijn eigen gezondheid in zijn jacht op haar had verwaarloosd.

Hij had weliswaar zijn ochtendyoga nu weer opgepakt, maar verder werkte hij niet echt aan zijn conditie. Toch was Sleizner hoe dan ook de laatste die je moest onderschatten. Om die reden maakte het haar niet uit dat ze die trainingssessies gewoon moest doen om niet tegen de muren op te vliegen vanwege de ontwenningsverschijnselen.

Het monitoren, het toezicht houden zelf, was een heel andere kwestie. Daar hadden ze tot nu toe geen resultaat geboekt. Ze waren er niet in geslaagd iets relevants te vinden. Niets wat concreet genoeg was om hem voor eens en voor altijd de das om te doen.

Toch hadden ze hem de laatste weken vrijwel ononderbroken in de gaten gehouden. Elk gesprek dat hij had gevoerd hadden ze afgeluisterd. Alle sms'jes en e-mails die hij had gestuurd of ontvangen, hadden ze gelezen en geanalyseerd. Ze hadden zijn financiële activiteiten tegen het licht gehouden en met behulp van een gps-tracker in zijn mobiel hadden ze al zijn bewegingen gevolgd, zodat ze op een paar uitzonderingen na tot op het kleinste detail konden zien wat hij deed, waar hij dat deed en vooral wanneer hij dat deed. Vaak konden ze bovendien met grote precisie alle drie de factoren voorspellen voordat die plaatsvonden.

De klootzak was met andere woorden volledig in kaart gebracht, en het had ze verrast hoe geregeld en saai zijn leven eruitzag. Het spannendste was dat hij regelmatig een bezoek bracht aan Jenny Nielsen, of Jenny *Wet-Pussy* Nielsen, zoals ze zich eigenlijk noemde, op Nøjsomhedsvej 4.

Dat was dezelfde prostituee met wie hij drie jaar geleden op de achterbank van zijn auto bij Lille Istedgade had gelegen. Dat was die keer uitgelopen op een klein schandaal toen de media er lucht van hadden kregen. Zeker toen bleek dat het onder werktijd was en ertoe had geleid dat hij een belangrijk gesprek had gemist van de Zweedse politie in Helsingborg.

Fareed Cherukuri was degene die die gegevens uit eigen beweging en volledig buiten haar om had gelekt naar *Ekstra Bladet*, dat op zijn beurt een hetze was gestart waarbij Sleizner vleugellam was gemaakt en in de weken erna op primetime en op vrijwel elke voorpagina te kijk was gezet. Iets wat er onder andere toe had geleid dat zijn vrouw hem had verlaten en dat hij van het hoofd van het Deense KLPD, Henrik Hammersten, zelf het bevel had gekregen om een time-out te nemen.

Je hoefde geen Einstein te zijn om te begrijpen dat dat er flink moest hebben ingehakt bij een mediageile haan als Sleizner, en om de een of andere reden had hij besloten de volledige schuld daarvoor bij haar te leggen, waardoor hij sindsdien alles had gedaan wat in zijn macht lag om haar kapot te maken.

Een macht die alleen maar was blijven groeien sinds hij er op bijna miraculeuze wijze in was geslaagd zich een weg terug te vechten, waar hij nu – een paar jaar later – loyale vrienden leek te hebben in vrijwel de hele toplaag van Denemarken. Het was op alle manieren een volstrekt onwaarschijnlijke comeback, en hoe hij daarin was geslaagd, was in haar ogen nog steeds een groot mysterie.

Dat hij regelmatig en buiten werktijd naar een prostituee ging die haar beste dagen gehad had, was helaas niet schandalig of opvallend en daarom verboden in dit land. Het was mogelijk armzalig en pathetisch, maar het was verre van voldoende om hem ten val te brengen. Hij zou in de ogen van velen eerder menselijker overkomen.

Als ze eerlijk moest zijn, had ze iets van een totaal ander kaliber verwacht, iets extravaganters en decadenters. Een soort dubbelleven met de ene voet in het politionele en de andere in… En dat was precies waar de schoen wrong. Ze had geen idee. Het enige wat ze had was een duidelijk gevoel dat er iets niet klopte. Dat ze ondanks alle tijd en energie die ze erin hadden gestoken, om nog maar te zwijgen over alle techniek die ze hadden gekocht en waar ze op hadden ingezet, er amper in waren geslaagd om zelfs maar aan de oppervlakte te krabbelen.

Dat Kim Sleizner door en door verdorven was, daar twijfelde ze daarentegen geen moment aan. Hoezeer hij ook zijn best deed een rechtschapen politieman te spelen, dat maakte niet uit. Ze keek recht door die gelikte façade heen en was zich er volledig van bewust dat die niet meer dan een schijnvertoning was.

Daarom konden ze niets anders doen dan blijven zoeken tot ze een spoor vonden. Blijven afluisteren, het kleinste stapje dat hij zette volgen en analyseren. Want ergens was er een beerput vol zaken die het daglicht absoluut niet konden verdragen.

Maar er was haast bij. Sleizner was niet iemand die op zijn lauweren rustte. Als hij niet sliep besteedde hij al zijn tijd aan het versterken van zijn verdediging en ervoor te zorgen dat die sterk genoeg was zodat geen enkel schandaal ter wereld hem ten val zou kunnen brengen, en voor zover ze kon zien, was hij aardig bezig daarin te slagen.

Ze trok zich opnieuw op en trotseerde de scherpe pijn in haar spieren, nog onkundig van wat er een paar meter onder haar gebeurde. Het was een paar minuten eerder begonnen met een ledje op een van de vele patchmodulen. Een knipperend lichtje dat plotseling een ander karakter had gekregen. Niet veel, maar voldoende om een verschil met de andere op te merken. Venijnig en onregelmatig. Alsof het was wakker geworden uit zijn harmonische slaap en net had ingezien dat het zich verslapen had.

En net als een besmettelijk virus had het onrustige geknipper zich verspreid naar nog een stuk of vijftig dioden, en kort daarna floepten diverse computerschermen aan en schakelden ze van hun screensavers over op het tonen van programma's met geluidscurves, regelaars en tijdlijnen die aangingen en begonnen op te nemen.

Op een van de vele beeldschermen was een beeld zichtbaar van een enorme kroonluchter die boven een onopgemaakt tweepersoonsbed hing. Op de rand van het bed zat een naakte Kim Sleizner met een beginnende kale plek op zijn hoofd zich uit te rekken.

Uit een luidspreker naast het scherm hoorde je hem kreunen terwijl hij zijn nek rekte en zijn ruggenwervels op hun plaats bracht, waarna hij opstond en uit beeld verdween.

Dunja reageerde op het geluid en slingerde zich naar beneden zodat ze op handen en voeten naast de berg stoelen landde. Op weg naar de schermen wierp ze een blik op haar horloge en constateerde dat het pas tien over vijf 's ochtends was.

Zo vroeg was Sleizner nooit opgestaan in de tijd dat ze hem in de gaten hielden, wat erop duidde dat er eindelijk iets onverwachts was gebeurd.

2

Van een afstandje zag de witte Mercedes er bijna uit als nieuw toen hij in de lucht hing, vlak voordat hij op de betonnen kade zou worden neergelaten. Alsof hij net uit de fabriek kwam, klaar om de weg op te gaan. Maar het water dat uit de omlaag gedraaide raampjes kwam en het zeewier dat op de motorkap was blijven plakken, in combinatie met de silhouetten van de twee lichamen, verried dat dat niet het geval was.

Voor Jan Hesk was het een aanblik die hem in een goed humeur bracht toen hij over de grindweg langs de kade op Refshaleøen aan kwam rijden en op gepaste afstand van de mobiele kraan parkeerde.

Het was dan wel onchristelijk vroeg, en hij had zijn vakantie moeten afbreken net toen hij en de rest van het gezin de auto zouden gaan inpakken voor een tripje naar Jutland en – tot grote vreugde van de kinderen – Legoland. Ze waren daar nog nooit geweest en nu zou het eindelijk gebeuren, dus hij kon hun teleurstelling best begrijpen. Met Lone was het erger geweest, die had alle registers opengetrokken en was midden op de oprit een luidruchtige ruzie begonnen.

Zelf was hij erin geslaagd enigszins kalm te blijven en had hij hun teleurstelling gedeeld, de omstandigheden als excuus aangevoerd en er met geen woord over gerept dat hij diep van binnen niet had kunnen wachten tot zijn verlof zou eindigen.

Want al sinds de eerste vakantieweek, toen hij de honneurs thuis had moeten waarnemen terwijl Lone haar winkel met plasticvrije babyspullen had geïnventariseerd, hadden zijn vingers gejeukt om terug te keren naar het hoofdbureau van de politie om weer aan het werk te mogen. Maar dat had hij voor zichzelf gehouden, terwijl hij manmoedig verder was gaan bouwen aan een boomhut, pannenkoeken had gebakken en naar het Amager Strandpark was gefietst zo gauw Benjamin thuis niet langer te handhaven was.

Nu was hij eindelijk terug, en in een geheel nieuwe functie bovendien. Een functie waar hij sinds zijn eerste dagen bij de afdeling Moordzaken al van had gedroomd. De aanleiding was de terroristische aanslag in Tivoli een maand geleden. Daarna was vrijwel alles veranderd. Van buitenaf gezien was het een enorme tragedie, en alle nabestaanden van de slachtoffers bevonden zich om begrijpelijke redenen in een duisternis die erger was dan hij zich ooit kon voorstellen.

Maar voor hemzelf hadden de gebeurtenissen juist een nieuwe kans betekend. Hij had nooit eerder zo duidelijk een ervoor en erna ervaren. In de ogen van zijn chef Kim Sleizner was hij slechts een hond geweest die je gewoon als een voetveeg kon behandelen, maar nu had hij opeens respect gewonnen.

Sleizner was zo onder de indruk geweest van zijn aanpak en zijn optreden tijdens de crisis, dat hij hem niet alleen een beter salaris en een eigen kantoor had gegeven, hij had vooral meer verantwoordelijkheid gekregen. Eindelijk zou hij een eigen team mogen samenstellen en daaraan leiding mogen geven.

Forensisch rechercheur Torben Hemmer was al gearriveerd en was druk bezig zijn gereedschapskoffers uit zijn bestelauto te laden, hoewel de kraanmachinist de riemen rond de druipende auto nog niet eens had kunnen losmaken.

Tot dusver hadden Hemmer en hij elkaar alleen over de telefoon gesproken, maar hij was er nu al van overtuigd dat de nieuwe man bij de FR een aanwinst was. De gefocuste energie die hij uitstraalde toen hij zijn apparatuur in orde maakte en voorbereidde voor het onderzoek was net wat ze nodig hadden. Iemand die hier was om de handen uit de mouwen te steken. Niet om koffie te drinken en slap te ouwehoeren.

Van Julie Bernstorff was Hesk daarentegen minder overtuigd. Hij kon er niet precies de vinger op leggen waarom. Misschien was ze gewoon té knap, zoals ze daar met haar haast onnatuurlijk zuivere trekken, haar donkere krullen als in een reclamefilm en haar lange benen op hem af kwam stappen.

Ze zag eruit alsof ze in de mode zat of in een of andere trendy branche werkte maar niet hier, waar de kleinste misstap op haar hoge hakken grote gevolgen kon hebben. Dat Sleizner bovendien degene was die haar in eerste instantie had aangenomen en had voorgesteld dat zij onderdeel van zijn team zou worden, maakte de zaak er niet beter op.

'Hallo, Julie Bernstorff,' zei ze, en ze streek met haar ene hand een lok achter haar oor terwijl ze de andere uitstak. 'Ik ben degene die...'

'Ik weet het,' onderbrak hij haar, en hij knikte. 'We hebben elkaar al eens eerder ontmoet.'

'O ja, ik herinner me zoiets,' zei ze met een dusdanige aarzeling in haar blik dat het duidelijk een leugen was.

'Van het voorjaar toen je op sollicitatiegesprek was bij Kim Sleizner,' zei hij om haar tegemoet te komen. 'We kwamen elkaar in de gang tegen, maar toen zat je vast met je gedachten ergens anders.' Hij wilde haar in elk geval een eerlijke kans gegeven voordat hij zijn hakken in het zand zette en haar liet vervangen.

'O ja, dat is waar ook.' Ze begon te stralen.

'Hoe dan ook, welkom in het team.' Hij pakte haar hand, schudde die kort en liep verder naar de Mercedes. Ze mocht dan wel een stuk zijn, maar dat was in zijn team niet per se een voordeel.

'Sorry, maar er is iets wat ik zou willen...'

'Dat kan misschien wachten tot we klaar zijn met het meest urgente,' kapte hij haar af zonder te blijven staan.

'Dat weet ik niet, het is namelijk zo dat...'

Hij bleef staan en draaide zich naar haar om. 'Luister eens, Julie. Ik ben niet erg gecompliceerd. Het enige wat ik vraag is dat iedereen doet wat hij of zij doen moet, en wat jou betreft, bij mijn weten ben je nog een groentje en dan is het in eerste instantie zaak om je op de achtergrond te houden. Luisteren en observeren zonder plaats in te nemen.' Hij schonk haar een zuinig lachje en liep door.

Het laatste wat hij wilde was zo worden als Sleizner, de chef uit de hel bij wie iedereen slijmde en een wit voetje probeerde te halen, maar die door iedereen hartgrondig werd gehaat. Maar er was nu gewoon geen tijd voor personeelsgesprekken, het opnemen van vakantiedagen en al die andere dingen die ook onder zijn verantwoordelijkheid vielen. Op dit moment lag er een onderzoek te wachten met twee stoffelijke overschotten die uit de haven waren opgevist.

Nu leek het geen enorm complex onderzoek te worden, uit het kleine beetje dat hij had gehoord. Iets wat hij als een groot voordeel zag. Ze hadden alles te winnen door de zaak zo snel en zo soepeltjes mogelijk op te lossen en zichzelf, maar vooral Sleizner, te laten zien dat ze de verantwoordelijkheid prima aankonden, een voorwaarde om later een van de meer gecompliceerde zaken op zich te mogen nemen.

'Ha, Torben.' Hij stak zijn hand uit naar Hemmer die net bezig was de rits van zijn volledig bedekkende beschermpak omhoog te trekken. 'Ik zie dat je al bezig bent en wilde je alleen even welkom heten in het team.'

'Bedankt en nee dank je.' Hemmer knikte naar zijn uitgestoken hand. 'Ik weet niet waar je daarmee geweest bent, en het laatste wat ik wil is besmet te raken tijdens een onderzoek van een plaats delict.'

'Uiteraard.' Hesk knikte en stak beide handen in de lucht. 'Maar wees niet bang. Deze twee zijn zo gedesinfecteerd dat de meter zou uitslaan als ik moest blazen bij een snelheidscontrole.' Hij begon te lachen. 'Het alcoholpromillage dus.'

'Prima, maar misschien kunnen we later verder praten, als we niet twee lichamen hebben die liggen te rotten en die we bovendien zo snel mogelijk ter beschikking willen bestellen aan hen daar.' Hemmer knikte in de richting van de ambulance die naar hen op weg was.

'Absoluut, absoluut.' Hesk deed een stap naar achteren en voelde de zelfhaat door zijn lijf stromen. 'Doe wat je moet doen. Daarom zijn we hier. Ik ben van plan de getuigen te gaan ondervragen.' Hij keek om zich heen. 'Waar zijn die?' Hij draaide zich om naar Bernstorff. 'Waren er niet twee getuigen? Een man en een vrouw.'

'Ja, dat klopt.' Bernstorff knikte. 'Dat was wat ik net tegen je wilde zeggen. Ik heb al met ze gesproken.'

'Oké, dus jij hebt uit eigen beweging een verhoor afgenomen, zonder eerst met mij te overleggen of mij daarover te informeren?'

Bernstorff knikte. 'Ik was als eerste ter plaatse, en ze waren behoorlijk onderkoeld en in shock. Vooral de vrouw, die was de instorting nabij, dus ik was van oordeel dat zij hulp nodig had en zo snel mogelijk naar het ziekenhuis moest om iets kalmerends te krijgen.'

'Oké.' Hij knikte en begon eindelijk vaste grond onder de voeten te voelen nu de focus verplaatst was van zijn gênante start met Hemmer. 'Maar de volgende keer wil ik graag dat je eerst contact met mij opneemt.'

'Dat heb ik ook gedaan. Ik heb je geprobeerd te bellen.'

'O?'

'Ja, maar je nam niet op.'

Dat moet dan tijdens zijn ruzie met Lone op de oprit zijn geweest. Shit. 'Oké, genoeg daarover. Is er iets belangwekkends naar voren gekomen?'

'Niet veel meer dan dat die man zijn vriendin had meegenomen op een vroege kajaktocht, en dat zij hier was omgeslagen in de boeggolven van een van de cruiseschepen.'

Hesk knikte. Ze had ongetwijfeld gelijk. Veel leuker dan dat was het vermoedelijk niet. 'Nee, dat is niet veel. Ik hoop dat je eraan gedacht hebt hun contactgegevens op te nemen.'

'Uiteraard. Ik heb je alle gegevens gemaild, samen met het verslag van het verhoor.'

Dus dat had ze al gedaan. Dat was hoe dan ook imponerend. 'Mooi zo,' zei hij in een poging zich te herpakken, toen er een portier achter hen werd dichtgesmeten. Hij draaide zich om en zag Morten Heinesen met zijn kenmerkend stijve, wat angstige manier van lopen op hen afkomen.

Heinesen was zonder meer de collega met wie hij het meest had samengewerkt tijdens zijn jaren binnen de politie. Hij was bovendien een van de weinigen die hij kende op wie hij volledig kon vertrouwen. Heinesen roddelde niet achter je rug om en had ook geen verborgen agenda om verder te komen op de carrièreladder. Het enige wat hij wilde, was alle regels nauwgezet volgen en zijn werk zo goed mogelijk doen.

Toch had hij altijd iets zenuwachtigs. Alsof hij zijn hele leven vernederd was en nu voortdurend op zijn qui-vive moest zijn voor een plotselinge uitbrander. Dat had hem een onverdiende reputatie gegeven als niet een van de scherpste mensen in de la, terwijl hij eigenlijk alleen maar bang was voor conflicten en zijn eigen mening liever voor zich hield dan dat hij riskeerde met iemand op een aanvaring af te stevenen.

'Goedemorgen, Morten,' zei hij, en hij begon te stralen, opgelucht dat er iemand nog later was gearriveerd dan hijzelf. 'Hier hebben we iemand die duidelijk zijn schoonheidsslaapje nodig had.'

'Hij was hier anders vlak na mij, hoor,' zei Bernstorff.

'Aha. Maar hoe kan...'

'Ik heb net de getuigen naar het ziekenhuis gebracht,' zei Heinesen.

'Aha, op die manier.' Hesk wilde het liefst door de grond zakken.

Zijn ochtend had niet slechter kunnen beginnen. Hij die nooit een mop kon vertellen, had nu twee keer geprobeerd lollig te zijn, en beide keren was dat rampzalig geëindigd. Waar was hij mee bezig? 'Het spijt me, ik dacht gewoon dat jij net zo laat was als ik.'

'Geen punt,' zei Heinesen met een glimlach. 'Hoe gaat het hier? Hebben jullie al wat interessants gevonden?'

'Ik weet het niet,' zei hij, en hij trok een paar handschoenen aan. 'Ik wilde Torben een kans geven om rustig te beginnen. Maar laten we erheen lopen om een kijkje te nemen.'

Heinesen knikte, en samen met Bernstorff gingen ze naar de auto, waar Hemmer voorovergebogen onder de geopende kofferbak foto's stond te nemen.

Hesk zelf liep om de auto heen, opende het rechterachterportier en keek naar de vrouw die naakt op haar rug op de omlaag geklapte achterbank lag. Eindelijk keerde de rust weer een beetje terug. Dit was immers wat hem te doen stond. Zich focussen op het onderzoek. Daar was hij goed in, en daar voelde hij zich senang bij. Dat leiderschap kwam later wel.

De vrouw was jonger dan hij gedacht had. Hoe jong was lastig te zeggen. Ze was van oorsprong geen Deense en door haar gladde, goudkleurig glanzende huid kon ze net zo goed vijftien als vijfentwintig zijn. Misschien zelfs wel boven de dertig. Ze was in elk geval gewurgd. Daarvan getuigden de donkerblauwe vlekken rond haar hals.

Hij draaide al lang genoeg mee om te weten dat het bij het onderzoekswerk zaak was te beginnen met het meest voor de hand liggende. Dat er in negen komma negen van de tien gevallen geen aanleiding was om de boel onnodig gecompliceerd te maken. De werkelijkheid hield zich immers niet aan een filmscript, waarin een scenarioschrijver zichzelf telkens overtreft door de ene ongelooflijke wending na de andere te creëren – puur voor het amusement.

Natuurlijk waren er uitzonderingen die de regel bevestigden. Zoals de onderzoeken die Fabian Risk en zijn collega's aan de

Zweedse kant van de Sont de laatste jaren op hun bordje hadden gekregen. Maar vanuit een breder perspectief gezien vormden die niet meer dan een minuscule afwijking in de curve.

In feite zag een plaats delict er over het algemeen precies zo uit als de omstandigheden het toelieten. Het was maar uiterst zelden dat aan een moord een doordacht plan ten grondslag lag, of überhaupt een plan, en als het misdrijf eenmaal was gepleegd, nam de dader zelden de moeite om zijn sporen uit te wissen. In de zeldzame gevallen dat dat wel het geval was, veroorzaakte hij juist meestal nieuwe sporen die nog eenvoudiger af te lezen waren.

Hij wendde zich tot Hemmer, die met zijn ene hand de benen van de vrouw spreidde en een serie foto's schoot. Zelf voelde hij zich altijd een beetje smoezelig als hij een dode vrouw met ontbloot geslacht zag. Hemmer leek er daarentegen geen moeite mee te hebben en leunde juist wat verder naar voren om de geheugenkaart van de camera te vullen.

'Goedemorgen, goedemorgen, hoe gaat het hier?'

Hesk keek omhoog over het dak van de auto heen en zag een vrouw met kortgeknipt rood haar en een witte doktersjas aankomen in gezelschap van twee ambulancebroeders.

'Mijn naam is Trin Bladh en ik ben van het forensisch lab,' vervolgde ze, en ze stak een hand op als collectieve groet.

'Dus jij valt in voor Oscar Pedersen,' zei Heinesen.

'Nee, ik ben eerder zijn nieuwe collega. Ik zou zeker de groeten van hem doen, als hij wist dat wij hier waren. Maar is het goed dat wij de stoffelijke overschotten meenemen?'

'Nog even niet,' zei Hesk. 'Geef ons nog een paar minuten.'

'Oké. Een paar minuten kan, maar liever niet meer. Je weet, als ze in het water hebben gelegen, kan het heel snel gaan.'

Hij zou haar een kanonnade van zure opmerkingen kunnen geven over wie er verantwoordelijk was voor het onderzoek. Maar zo diep wilde hij zich niet verlagen. Daar voelde hij zich te goed voor, en hij liet haar korte college oplossen door het ochtendbriesje terwijl hij het passagiersportier opendeed en naar de man keek die daar voorovergebogen zat, gekleed in smoking, een wit overhemd en een vlinderdas, met zijn hoofd op het stuur, waar de airbag als een vermoeide ballon tegenaan hing.

De bloederige krater in het achterhoofd van de man was zo groot dat Hesk bijna zou vergeten dat het hier om een mens ging. Maar dat was wel degelijk het geval, en iedereen kon concluderen dat de donkere vlekken rond de hals van de vrouw vrijwel zeker afkomstig waren van de handen van de man. Feit was dat hij al genoeg gezien had om het hele scenario duidelijk voor ogen te hebben.

'Tja, dit ziet er niet al te gecompliceerd uit. Wat zeg jij ervan?' Hij wendde zich tot Heinesen, die knikte terwijl hij tegelijkertijd zijn schouders ophaalde.

'Ja, het meeste wijst er wel op dat hij te ver was gegaan en haar per ongeluk had gewurgd, en toen de hand aan zichzelf heeft geslagen.'

'Exact mijn gedachte.'

'De vraag is of ze hier in de auto seks hadden.'

Hesk haalde zijn schouders op. 'Haar kleren zijn, voor zover ik kan zien, niet hier, dus ik gok erop dat ze of bij hem thuis waren of bij haar, of in een of ander onbemand hotel.'

'Met andere woorden waar dan ook,' zei Bernstorff.

Hesk wendde zich tot haar, wilde haar eraan herinneren dat ze zich op de achtergrond moest houden tot haar wat gevraagd werd. Maar hij slaagde erin zich in te houden en schonk haar in plaats daarvan een lachje. 'Mwa, niet helemaal. Mijn punt is dat hij de mogelijkheid moet hebben gehad om haar ongemerkt mee naar buiten te nemen en in de auto te laden. Ze is immers niet in een zwarte vuilniszak gepropt of in een tapijt gerold. Trouwens, hebben we het wapen al gelokaliseerd?' Hij wendde zich tot Hemmer, die ondertussen op de wanden van de auto monsters aan het verzamelen was van haren, bloedresten en hersensubstantie.

‘Dat lag daar beneden bij de pedalen.’

‘En waar ligt het nu?’

‘Op de tafel achter je.’

Hesk draaide zich om naar een opengeklapte campingtafel waarop een aantal zakken met bewijsmateriaal stonden, met in een ervan een pistool. Hij pakte het op en zag dat het wapen halfautomatisch was met modelnummer CZ75. Dat was een veelvoorkomend model, gemaakt in Tsjechië en verspreid over de hele wereld. ‘Julie, check jij DK556919B.’

Bernstorff knikte en liep weg met haar telefoon.

Buiten die blunders in het begin ging het eigenlijk net zo soepeltjes als waarop hij gehoopt had. Als het zo doorging, zouden ze misschien over een paar dagen klaar kunnen zijn, met Legoland in het verschiet als een heerlijke verrassing voor zijn gezin.

Het enige storende element was die sportvisser die een meter of dertig bij hen vandaan stond, buiten de afzetting, en die af en toe zijn werphengel uitgooide. Hij kon niet exact zeggen wat het was, maar iets maakte dat hij Hemmers camera leende, inzoomde en een stuk of tien foto’s van de gespierde man maakte, die gekleed was in een vissersvest met allemaal zakken en een hoedje met vastgenaaide koorden.

‘Torben,’ hoorde hij Heinesen achter zich vragen. ‘Heb je enig idee hoelang die auto in het water gelegen kan hebben?’

‘Hoogstens een paar dagen,’ zei Hemmer. ‘Als je het exacter wilt weten, moet je wachten tot ik klaar ben met het onderzoek van de elektronica van de auto.’

Dat er een sportvisser op de kade stond was niet ongebruikelijk. Zeker niet in de vroege uurtjes. Maar door het objectief kon hij duidelijk zien dat deze man niet eens leek te weten hoe je een werphengel vasthield, laat staan hoe je hem uitgooide. Dat hoefde op zich niets te betekenen. Eén keer moest de eerste zijn.

Hij gaf de camera weer terug aan Hemmer en wendde zich tot Trin Bladh. ‘Oké, de lichamen zijn van jou. Doe wat je doen moet.' In het gunstigste geval kon ze de bewijzen vinden voor wat ze al wisten. Dan restte alleen de identificatie nog, wat geen probleem zou moeten zijn.

'Sorry hoor, maar ik heb eigenlijk nog iets,' zei Heinesen met zijn gebruikelijke wijsvinger in de lucht. 'Het is vast niet belangrijk, maar om het zekere voor...'

'Het is wel goed,' zei Hesk. 'Maar maak voort, zodat forensische geneeskunde erbij kan.'

'Zoals gezegd, het is vast niets. Maar ik denk aan dat scenario waar we het over hadden.'

'Ja, wat is daarmee?'

Heinesen slikte. 'Ik weet niet of dat standhoudt. Vooral het feit dat hij zich van het leven heeft beroofd. Of beter gezegd: hóé hij dat heeft gedaan.'

'Hij heeft de loop in zijn mond gestoken en afgedrukt.' Hesk haalde zijn schouders op. 'Wat is daar zo gek aan?'

'Niets. Het vreemde is alleen dat hij dat gedaan moet hebben terwijl hij over de kaderand reed, wat misschien niet de allereenvoudigste manoeuvre is. Bovendien voelt het, hoe moet ik het zeggen, een beetje dubbelop.'

Hesk wilde wat zeggen, voornamelijk om verder te komen. Maar er zat wel iets in wat Heinesen zei. Het was inderdaad vreemd. 'Kan het niet een combinatie zijn van twee dingen?' vroeg hij uiteindelijk. 'Dat hij zo snel en pijnloos mogelijk wilde sterven, en dat hij gewoon wilde verdwijnen om in het gunstigste geval nooit gevonden te worden.'

'Ja.' Heinesen knikte. 'Je hebt vast gelijk. Zo zal het wel zijn.' Het was gewoon een theorie die hij had verkondigd. Dat hoefde niet te betekenen dat die slecht was of niet klopte. Maar nu stond Heinesen te knikken terwijl het overduidelijk was dat hij het er niet mee eens was. Zoals ze allemaal hadden gedaan toen Sleizner verantwoordelijk was voor de onderzoeken. 'Maar jij bent niet overtuigd, hè?' vroeg hij.

'Nee niet helemaal, maar het kan inderdaad precies zo zijn als jij zegt. Absoluut.'

'Morten.' Hesk liep om de auto heen en kwam naar hem toe. 'Het enige wat mij nu interesseert is wat jij dénkt. Niet wat jij méént dat ik graag wil horen.'

'Er klopt iets niet.'

Dat was het laatste wat hij wilde horen.

Dat was niet wat hij voor zich had gezien. Een onderzoek dat nauwelijks op stoom was gekomen en nu alweer afremde en in zijn achteruit ging. Hij had het juist sneller willen afronden dan Sleizner had verwacht. Hij had willen laten zien dat er maar één ding mis was met zijn promotie: dat die veel te lang op zich had laten wachten.

Maar Heinesen had gelijk. Er was iets met dit hele scenario wat niet in de haak was. En het laatste wat hij wilde was fouten maken. Net dat kleine detail missen dat later de sleutel voor de hele oplossing zou blijken te zijn. Hij wendde zich tot Hemmer. 'Wat zeg jij, Torben? Als je het een cijfer moet geven. Hoe waarschijnlijk is het dat hij zichzelf heeft doodgeschoten en tegelijkertijd over de kaderand is gereden?'

'Ik zou zeggen dat dat beslist mogelijk is. De auto kan bijvoorbeeld al in het water liggen, waarna hij zich van kant heeft gemaakt. Het duurt immers toch even voor een auto volloopt met water en zinkt.'

'Maar alle ramen zaten omlaag,' zei Heinesen.

'Klopt, maar dat duurt toch wel minstens twintig seconden, en hij had er niet meer dan één nodig.'

'Maar?' vroeg Hesk afwachtend.

Hemmer keek hem aan. 'Beslist mogelijk is niet hetzelfde als waarschijnlijk.'

'Dus jij denkt dat het zo niet is gegaan?'

'Wat ik denk, doet er niet toe. Het enige wat van belang is, is wat ik zie, en er is niet veel wat erop wijst dat hij zich hier in de auto heeft doodgeschoten.'

'En hoeveel wijst er op het tegendeel?'

'Een heleboel. Het duidelijkste is dat er geen kogel is of sporen daarvan.'

'Maar nogmaals, de ramen stonden open. Kan die er niet uit zijn gevlogen en ergens op de zeebodem zijn beland?'

'Dat betwijfel ik. Mogelijk door een van de achterramen. Maar in dat geval had hij door de neksteun moeten gaan, en daar is niets te zien.'

'En waarom niet door een van de ramen voor?'

'De hoek wordt veel te groot en te ongemakkelijk. Ik bedoel, waarom zou je in de seconde vóór je de trekker overhaalt negentig graden draaien?'

'Niet omdat ik aan je oordeel twijfel,' zei Heinesen. 'Maar zo'n auto schommelt vast behoorlijk in alle richtingen in de tijd dat hij volloopt met water.'

'Dat is waar.' Hemmer knikte en kneep in zijn oorlel. 'Daar heb je inderdaad gelijk in.'

'Hoe dan ook, we moeten sowieso duikers inzetten en de bodem afzoeken,' zei Hesk.

'Alleen dan is er nog de kwestie van de bloedspetters. Buiten een kleine concentratie hier op de binnenwanden is er vrijwel niets. Niet eens hier tegen het dak, wat natuurlijk wel zou moeten, of hij moet op zijn rug hebben gelegen toen hij zichzelf doodschoot.' Hemmer boog voorover en wees naar het dak. 'Zien jullie? Dat is helemaal schoon.'

'Wacht even.' Hesk voelde dat de hoofdpijn die hij sinds de ruzie van vanochtend niet gevoeld had weer kwam opzetten. 'Die auto zat vol water. Dan is het toch niet zo gek dat de hersensubstantie, of wat het nu is, aardig is rondgespoeld en op sommige plaatsen zelfs helemaal verdwenen is?'

'Tot op zekere hoogte heb je een punt. Maar niet wat betreft het dak. Daar zat namelijk een grote luchtbel die al het water heeft tegengehouden. Kijk hier zelf maar.' Hemmer wees op de gebogen vochtgrens die als een grote cirkel over het zachte binnendak liep.

Hesk knikte en slaagde er niet in een diepe zucht te onderdrukken. 'Oké, maar hoe je het ook wendt of keert, er zijn hier duidelijke bloedsporen, wat in mijn ogen een zeer sterk bewijs is dat hij zichzelf daadwerkelijk in de auto heeft doodgeschoten. Het alternatief zou zijn dat hij heel ergens anders gestorven is, waarop een derde persoon hem achter het stuur moet hebben gezet. Die persoon in kwestie moet bovendien het bloed en de hersensubstantie van de oorspronkelijke plaats hebben verzameld, vraag me niet hoe, om dat naar beste vermogen in de auto te verspreiden. Daarna heeft hij het op de een of andere manier voor elkaar gekregen de auto over de kant te laten rijden zonder dat hij er zelf in zat.' Hij spreidde zijn handen. 'Ik bedoel, jullie horen het zelf.'

'Dat laatste met die auto is eigenlijk niet zo ontzettend ingewikkeld,' zei Heinesen met zijn wijsvinger in de lucht. 'Je staat gewoon naast het bestuurdersportier en steekt een stok of een paraplu door het open raam naar binnen en drukt het gas tot op de bodem in.'

'Misschien. Maar als je het mij vraagt zou dat niet eens standhouden in een slechte aflevering van *Midsomer Murders*.'

'Op dat punt kan ik wel met je meegaan,' zei Hemmer, en hij begon te lachen. 'En ik ben natuurlijk nog lang niet klaar. Wie weet vind ik wel iets wat in een heel andere richting wijst.'

Losse aannames en vragen zonder antwoorden. Sporen en leidraden die met elkaar in strijd waren in plaats van in één en dezelfde richting leken te wijzen. Als het zo doorging, dan was een spoedige migraineaanval onvermijdelijk.

'Ja, ik ben er nog,' zei Bernstorff in haar mobiel op weg terug naar de collega's.

Hesk draaide zich om en zag in dat hij helemaal vergeten was dat zij er ook nog was.

'Inderdaad. DK556919B,' ging ze verder. 'Oké, bedankt.' Ze beëindigde het gesprek en wendde zich tot de anderen. 'We hebben een naam waarop het wapen geregistreerd staat.'

'Mooi, dan hebben we in elk geval één ding dat vaststaat. Laat horen.' Al voordat ze antwoord had kunnen geven, kon hij aan haar zien dat het meer was dan alleen een naam, en toen hij eenmaal de woorden 'Mogens Klinge' hoorde, verdampte het kleine beetje dat hem nog aan zelfvertrouwen restte. 'Je bedoelt toch niet dé Mogens Klinge?' probeerde hij, hoewel zowel hij als zijn migraine had begrepen dat dat precies was wat ze bedoelde.

'Ik weet het niet? Hoeveel zijn er?'

'Wacht even.' Heinesen wees naar de dode man achter het stuur. 'Is dat niet het hoofd van de PET?'

De PET, de Deense nationale inlichtingen- en veiligheidsdienst.

Bernstorff knikte. 'Hij heeft een vergunning voor meerdere wapens.'

'Maar alleen omdat het zijn wapen is, hoeft hij het nog niet te zijn. '

'Nee, maar ik heb de auto ook gecheckt, en die staat eveneens op zijn naam.'

'Oké,' zei Hesk, en hij knikte om wat tijd te winnen. 'Dat plaatst de hele zaak zonder meer in een heel ander daglicht. Morten, zorg jij dat de afzetting flink wordt uitgebreid voordat de media hier lucht van krijgen?' Hij liep naar de bestuurderskant van de auto. 'Hoe langer we dit onder de radar kunnen houden, hoe beter.'

Terwijl Heinesen wegsnelde, opende hij het voorportier en keek naar het lichaam dat voorovergebogen zat met zijn gezicht op het stuur. Om het zeker te weten moest het forensische lab uiteraard een identificatie uitvoeren. Iets wat tijd zou kosten, waardoor het nu even moest volstaan om het lichaam terug te duwen tegen de rugleuning. Het gezicht was vrijwel intact. Het enige wat aangaf dat er iets niet pluis was, waren de open mond en de verbaasde gezichtsuitdrukking. Alsof hij zich er helemaal niet van bewust was wat de kogel met zijn achterhoofd zou doen. Maar inderdaad, dit was een van de hoogste bazen binnen de inlichtingendienst van de politie, daar was geen twijfel over mogelijk.

Hesk rechtte zijn rug en draaide zich om, en keerde zich van de auto en de anderen af. Daarna kwam hij in beweging. Hij liep langs de afzetting helemaal tot aan de kaderand, waar hij uitkeek over het glinsterende water, helemaal naar de overkant, waar de eerste en vroegste toeristen al waren gearriveerd om *De kleine zeemeermin* te bewonderen.

Hij moest denken aan de eerste keer dat hij het beeld zelf had gezien. Hoe teleurgesteld hij was geweest toen bleek dat de grootte ervan helemaal niet overeenkwam met zijn verwachtingen. Dat was nu ook zo. Niets waar hij van was uitgegaan en wat hij vanochtend voor zich had gezien, had geklopt, niets, en hoe summier de aanwijzingen ook waren, het nieuws over Mogens Klinge zou spoedig bekend zijn en dan zou de hel losbarsten.

3

Op een van de drie werkplekken zat Fareed Cherukuri een aantal commando's in te typen. In de tijd dat hij voor mobiele telefoonaanbieder TDC werkte, had hij al zijn vrije tijd besteed aan het hacken van firewalls en het afluisteren van verschillende bekende personen om niet dood te gaan van verveling.

Naast hem zat zijn vriend, Qiang Who – ook een voormalig onbenut programmeringstalent van de afdeling Klantenservice van TDC – het scherm met de kroonluchter in de slaapkamer van Sleizner in de gaten te houden.

Zij waren allebei in de arm genomen door Dunja, die hun tegen een bescheiden salaris de mogelijkheid had geboden om iets anders te doen dan antwoord te geven op de vraag waarom de kosten de pan uit rezen als je je kinderen tijdens een buitenlandse vakantie alleen liet met hun mobiele telefoon.

'Ik snap het niet,' zei Qiang zonder op te kijken van zijn scherm. 'Wanneer is hij wakker geworden?'

'Om 5.08 uur, als je de slaapapp in zijn mobiel moet geloven. Dat wil zeggen zeventien minuten geleden.'

Uit een van de luidsprekers hoorde je in de verte een toilet doorspoelen.

'En hij hoeft niet gewoon mee met een of andere vroege vlucht of zo?' vroeg Dunja achter hen terwijl Qiang de tijdcode een stukje terugzette om de filmsequentie opnieuw af te spelen.

'Er staat niets in zijn agenda.' Fareed klikte verder in het menu op het scherm, dat eruitzag als het bureaublad van een mobiel en kwam bij een lange lijst wekkers voor verschillende tijdstippen. 'Een van de wekkers in zijn mobiel lijkt ook niet te hebben aangestaan, buiten zijn gewone wekker die om halfzeven afgaat.'

'Ook geen sms'je?' Qiang gaapte en rekte zich uit. 'Of iemand die heeft geprobeerd te bellen?'

'Hij heeft zijn telefoon op stil staan en was diep in slaap. Maar we zullen eens kijken.' Fareed ging naar de berichtenapp. 'Nee. Daar zie ik ook niets.'

Op het scherm van Qiang zag je Kim Sleizner nu op zijn rug liggen te slapen, zijn ogen gesloten en met open mond, verstrikt in zijn beddengoed.

'Hij lijkt onrustig te hebben geslapen.' Qiang wees op de warboel in het bed.

'Dat is de laatste nachten steeds het geval,' zei Dunja op het moment dat Sleizner met een schok wakker werd en om zich heen keek alsof hij eerst niet doorhad waar hij was.

'Maar misschien was het deze keer erger. Misschien is de optelsom van al zijn angsten nu pas bij hem ingedaald.'

'Bedoel je nou serieus dat die man een slecht geweten zou hebben?'

'Waarom niet?' Qiang haalde zijn schouders op. 'Zelfs een boosaardige olifant kan...'

'Alsjeblieft...' kapte Fareed hem af. 'Het is veel te vroeg voor die olifantenvergelijkingen van jou.'

'Daar is het altijd te vroeg voor,' zei Dunja.

'Zal ik jullie vertellen waar het te vroeg voor is?' vroeg Qiang. 'Nou? Willen jullie dat weten?'

'Nee, liever niet,' zei Fareed.

'Zoek liever uit wat er gebeurd is.' Dunja knikte naar het scherm, waar Sleizner net op zijn zij rolde en uit beeld verdween.

Qiang schudde zijn hoofd. 'Je zou bijna denken dat hij weet dat we zijn mobiel hebben gehackt, en dat hij gewoon een spelletje met ons speelt.'

Dunja deed haar wijsvinger voor haar mond en verhoogde het volume van een van de luidsprekers, en na een korte stilte hoorde je dat Sleizner een lange, zware zucht slaakte. '*Fuck, fuck, fuck…*'

'Dat klinkt niet als iemand die een spelletje speelt,' zei ze, en ze wendde zich tot Fareed. 'Wat zeg jij ervan?'

'Nee, ik ben het met je eens. Dit is allemaal nogal atypisch voor die man.'

Op het scherm zag je Sleizner terugkomen in beeld en op de rand van zijn bed gaan zitten, waar hij zich uitrekte zodat zijn nek en wervels kraakten, waarna hij opstond en weer uit beeld verdween.

'Ga eens terug naar realtime,' zei Dunja, en Qiang klikte in een van de dropdownmenu's.

Het beeld met de kristallen kroonluchter aan de plafondspiegel was hetzelfde, maar uit de luidspreker kon je horen dat Sleizner op weg terug was naar de slaapkamer.

'En wees nou een grote jongen en neem je mobiel mee,' zei Qiang.

Maar het enige wat te zien was, was een schaduw die langs de rand van het bed gleed om even snel weer uit beeld te verdwijnen.

'Dat zeg ik toch. Die klootzak speelt een spelletje met ons.'

'Ik stuur hem een sms'je van TDC met informatie over nieuwe instellingen van zijn provider,' zei Fareed, en hij ging aan de slag.

'Heeft hij hem niet op stil staan?' vroeg Dunja.

'Niet meer.' Fareed verhoogde het volume op Sleizners mobiel tot het maximum en stuurde het servicebericht, waarna de mobiel een ritmisch piepend geluid ging maken dat veel weg had van een brandalarm.

Het duurde niet lang voordat Sleizner terug was in beeld en zijn telefoon oppakte, waarna zijn slaapdronken gezicht in beeld verscheen toen hij het berichtje las. Toen hij klaar was, legde hij zijn mobiel terug op het nachtkastje en verdween uit beeld.

Fareed zuchtte en draaide zich om naar Qiang. 'Zullen we de

TC5 testen, zodat we zeker weten dat hij niet voor zijn gewone ochtendyoga uit bed is gekomen?'

'Waarom niet?' Qiang haalde zijn schouders op. '"Slechter kan het toch niet worden," zei de olifant en hij stak zijn slurf in...'

'Qiang...' maande Dunja, en ze schonk hem een aandringend lachje, waarop hij zuchtend een van de andere computers opstartte en een controle-eenheid met twee joysticks inplugde.

Op het scherm verscheen een beeld dat al spoedig het hele scherm vulde. Maar het enige wat je zag was iets ondefinieerbaar grijs dat aan de bovenkant overging in lichtblauw. Pas toen het hele beeld was opgebouwd en het oog van de camera zich scherp stelde, werd het duidelijk dat dat grijze asfaltpapier was op een dak van een huis dat was gevormd als een oneindigheidsteken met in het midden twee oprijzende glazen koepels.

Voor het gebouw zag je het blauwgroene water, en aan de overkant stond een aantal kantoorpanden met gevels van staal en glas. Daarachter tekende zich aan de horizon het silhouet van de wijk Vesterbro af en rechts kon je de zweefmolen van Tivoli met zijn vergulde toren zien. Met behulp van de joysticks draaide Qiang de camera terug naar het pand terwijl het beeld naar de gebogen gevel en de bovenste verdieping zakte, die bestond uit één groot balkon met panoramaramen van vloer tot plafond.

In de spiegeling van de ramen was de drone te zien, maar zo gauw Qiang de positie en scherpte ervan had aangepast, kon je rechtstreeks in Sleizners woonkamer kijken, die spaarzaam was ingericht met in het midden een grote uitnodigende zithoek, een eettafel en een enorme flatscreentelevisie naast een kunstwerk dat deed denken aan 'vrij kliederen met verf' op de kleuterschool. Sleizner zelf was daarentegen nergens te bekennen.

'Het lijkt erop dat we gelijk hebben,' zei Fareed terwijl Qiang de drone zijwaarts langs de gevel stuurde. 'Geen naakte zonnegroet en nudistenyoga zo ver het oog reikt. Er is beslist iets gebeurd.'

'Ja, daar lijkt het wel op,' zei Qiang. 'Maar hier is hij in elk geval.'

De dunne gordijnen in de aangrenzende kamer waren dicht en belemmerden het zicht, maar er bestond geen twijfel over dat Sleizner daarbinnen voorovergebogen achter de computer zat.

'En voor zover ik kan zien,' ging Qiang verder, en hij zoomde in op Sleizners armen die allebei stillagen, 'zit hij daar niet gewoon maar een beetje te surfen.'

'Kan het iets zijn op het nieuws?' Dunja ging achter een van de computers zitten. 'Iets wat...'

'Godverdomme,' hoorden ze Sleizner opeens roepen. 'Die godvergeten kuttenkop!' Op het scherm zag je dat hij zijn gezicht vastgreep en zijn hoofd schudde. 'Het is niet waar. Het is verdomme niet waar!'

4

Het was Jan Hesk in eerste instantie niet opgevallen toen hij de vrouw in de auto gezien had. Maar nu hij de onderzoeksruimte van het forensisch lab betrad en haar in het schijnsel van de felle lamp zag liggen, viel het hem op dat ze echt een schoonheid was. Haar weelderige krullen, haar hoekige maar toch zachte gelaatstrekken en haar goudbruine, haast glinsterende huid.

Toch was het het lichaam op de onderzoekstafel ernaast waar zijn blik naartoe werd getrokken. Een stoffelijk overschot dat allesbehalve mooi was en bepaald pijnlijk om naar te kijken, hoewel het kapotgeschoten hoofd schuilging onder een grote doek.

Mogens Klinge was van zijn leeftijd. De keren dat hij hem in interviews op tv had gezien, was hij altijd gezond en fit overgekomen, met zijn losse kledingstijl die meestal bestond uit een spijkerbroek en een trui. Nu hij daar naakt op tafel lag en zonder zijn spijkerbroek, trui of de smoking die hij had gedragen toen hij was gevonden, kon het verval niet duidelijker zijn geweest. Het lichaam was niet alleen bleek, het was roze, knalroze, en hoewel Klinge er ongetwijfeld voor had gewaakt dat zijn BMI de grenzen van het normale overschreed, dijden de vetrollen rond zijn middel uit als pas gerezen deeg. Bovendien maakte zijn lichaamsbeharing een nogal vlekkerige indruk, maar dat kwam waarschijnlijk vooral doordat hij slordig was omgegaan met de trimmer. En alsof dat nog niet genoeg was, was zijn penis dusdanig gekrompen dat er vrijwel niets meer van te zien was onder het dichtbegroeide schaamhaar.

Zou hij er zelf net zo onappetijtelijk uitzien? Hij was nooit dik geweest, maar had de laatste jaren wel een buikje gekregen, hoewel hij twee keer in de week ging hardlopen. Hij had zelfs halters, een balansplaat en een fitnessmat gekocht. Zou hij – als het zover was – daar ook zo liggen en iedereen die naar hem stond te kijken, wie dat dan ook was, een licht misselijk gevoel geven?

Hij wendde zich tot patholoog-anatoom Trin Bladh, die over de gespreide benen van de vrouw gebogen stond en door een vergrootglas iets aan de binnenkant van haar dijen bestudeerde. Ze was zo gefocust dat ze niet had opgemerkt dat hij daar al bijna twee minuten stond, waarop hij uiteindelijk zijn hand voor zijn mond deed en kuchte.

'Jij bent wel een ongeduldig baasje, zeg,' zei ze zonder ook maar enig teken dat erop wees dat ze haar onderzoek zou onderbreken.

'Het spijt me, ik begrijp dat je nog maar net begonnen bent. Ik wilde alleen even horen...'

'Geen probleem.' Ze draaide zich naar hem om. 'Ongeduldig is gewoon een woord dat is uitgevonden door mensen die nooit iets gedaan krijgen.'

Hij knikte. 'Weet je, dit is het eerste onderzoek onder mijn verantwoordelijkheid.'

'Ik weet het.'

'O ja? Heb ik dat dan gezegd, of heeft iemand anders...'

'De enige die iets hebben losgelaten, zijn de zweetdruppels op je voorhoofd en je stijve, enigszins nerveuze voorkomen.'

'Ik ben niet nerveus. Ik wil het alleen goed doen.'

'Precies. En dat wil je zo graag dat je bang bent om fouten te maken.'

Ze had dwars door hem heen gekeken.

'Ben jij net zo goed in het analyseren van doden als van levenden?'

'Dat valt nog te bezien.' Ze draaide zich om naar het vrouwenlichaam. 'Hopelijk kan dat litteken helpen bij haar identificatie.'

Hesk deed een stap naar voren, leunde voorover naar de gespreide benen van de vrouw en bestudeerde het litteken aan de binnenkant van haar rechterdij. Het was een paar centimeter lang en gevormd als een kruis, en hij zag in dat het dat moest zijn geweest wat Torben Hemmer die ochtend zo uitvoerig gefotografeerd had.

'Ik was er eerst van uitgegaan dat het gewoon een verwonding was die toevallig een litteken had achtergelaten in de vorm van een kruis,' vervolgde de patholoog-anatoom.

'Maar?'

'Ten eerste is het een hoogstonwaarschijnlijke plek om je te verwonden. Ten tweede zie ik niets wat erop duidt dat daar hechtingen hebben gezeten, wat erop wijst dat het iets is wat bewust is aangebracht.'

'Je bedoelt een vorm van marteling.'

'Dat zou het kunnen zijn, maar als je zo nodig pijn wilt veroorzaken, zijn er veel eenvoudigere en efficiëntere manieren om dat te doen. Bovendien, als we er even van uitgaan dat ze een prostituee was, verpest je eigenlijk een beetje het product dat je wilt verkopen.'

Hesk knikte. Als je het zo bekeek vormde het litteken heel duidelijk een belangrijk aandachtspunt.

'Als je het mij vraagt denk ik dat ze het zelf heeft gedaan. Bij wijze van tatoeage. Maar dat is zoals gezegd maar een gok.'

'Een tatoeage?' Hesk wendde zich tot de patholoog-anatoom. 'Je bedoelt dat ze iets wilde zeggen?'

'Nee, ik bedoel niets. Ik doe gewoon een gok.'

'Maar een kruis, dat is een symbool voor de dood.'

'Ja, maar ook voor een heleboel andere dingen, en het is vooral in combinatie met een doodshoofd een van de gebruikelijkste symbolen die mensen kiezen om te tatoeëren. Vraag me niet waarom. Dat is in mijn ogen net zo onbegrijpelijk als waarom mensen zich überhaupt laten tatoeëren. Maar dat is mijn bescheiden mening.' Ze haalde haar schouders op. 'Nu zou ik graag verder willen gaan met mijn onderzoek, als je het goed vindt.'

'Nog één dingetje, dan zal ik je met rust laten. Wat denk jij van het scenario dat wij vanochtend hadden bedacht? Heb je iets gevonden wat dat ondersteunt, of moeten we in heel andere banen gaan denken?'

'Het scenario waar je op doelt, houdt dat in dat Klinge die vrouw tijdens de seks per ongeluk heeft gewurgd en zich daarna door het hoofd heeft geschoten terwijl hij over de kaderand reed?'

'Zoiets ja.'

'Ik ben nog maar net begonnen, maar ik heb tot nu toe niets gevonden wat dat tegenspreekt.'

Hesk voelde direct dat de spanning in zijn schouders wat afnam. Misschien zou dit onderzoek ondanks alles toch enigszins soepeltjes verlopen. 'Dus je hebt kunnen constateren dat ze seks hebben gehad?'

De patholoog-anatoom knikte. 'Ja, maar alleen vaginaal, en daar lijkt het er best rustig aan toe te zijn gegaan. Ik heb alleen littekenvorming van oudere verwondingen kunnen vinden.'

'En hoe staat het met die verwurgingssporen? Is het mogelijk om vast te stellen dat die afkomstig zijn van zijn handen?'

'Dat kan lastig worden, denk ik.' Ze liep naar de andere kant van de onderzoekstafel en bestudeerde de sporen rond de nek van de vrouw. 'Als hij nou een naar binnen gedraaide zegelring of zoiets dergelijks had gehad, was het een ander verhaal geweest. Deze sporen kunnen vrijwel van iedereen zijn...' Ze zweeg en begon steeds harder te drukken. 'Vreemd,' zei ze na een tijdje bij zichzelf, waarna ze de mond van de vrouw opendeed en met een zaklampje recht in haar keel scheen.

'Heb je wat gevonden?' vroeg hij, ervoor wakend dat hij niet te dichtbij kwam. Het laatste wat hij wilde, was storen.

Een antwoord kreeg hij niet. Alsof ze hem niet eens gehoord had, ging ze verder met haar onderzoek door haar ene wijs- en middelvinger zo diep in de mond van de vrouw te steken dat zijn eigen braakreflexen werden geactiveerd.

Tegelijkertijd werd de deur geopend door een breedgeschouderde conciërge in overall die binnenkwam met een kar vol tl-buizen en gloeilampen in verschillende maten en uitvoeringen. 'Dag,' zei hij met een Oost-Europees accent. 'Alleen lampen verwisselen.'

'Dat is goed.' De patholoog-anatoom trok haar vingers uit de mond van de vrouw en draaide zich om naar een tafel met instrumenten, waar ze een pincet van een paar centimeter lang uitkoos.

Hoewel Hesk meer geïnteresseerd was in dat waar de patholoog-anatoom mee bezig was, was er iets waardoor hij zijn ogen op de conciërge gericht hield, die zijn ladder uitklapte, erop klom en de beschermkap van een van de armaturen begon te demonteren. Hij kon niet verklaren waarom. Het enige opvallende was eigenlijk de rechterhand van de man, waar de ringvinger ontbrak.

Na een tijdje draaide Hesk zich weer terug naar de patholoog-anatoom, die het pincet steeds dieper in de mond van de vrouw stak, en toen ze uiteindelijk iets uit de opengesperde mond omhoogtrok, liep hij naar haar toe om het van dichterbij te kunnen bestuderen.

Hij begreep niet wat het was, behalve dan dat het een kleurige reep stof was die glom van het slijm en het speeksel. Geel, oranje, roze, goud en groen. Smalle streepjes in alle mogelijke kleuren die uit de mond van de vrouw stroomden; er leek geen eind aan te komen.

'Ziet dat er niet uit als een pochet?' vroeg hij toen ze het vierkante stuk stof op een van de zijtafels had uitgevouwen.

'Ja.' De patholoog-anatoom knikte. 'Wat erop wijst dat jullie halve scenario in elk geval niet meer opgaat.'

'Hoe bedoel je?'

'Dit heeft niets te maken met wurgseks die te ver is gegaan. Dit gaat maar om één ding en dat is moord met voorbedachten rade.'

Hesk knikte en probeerde het nieuwe puzzelstukje te laten aansluiten op alle andere toen hij zag dat de conciërge met de tl-buis in zijn hand op de ladder recht omlaag naar hen en hun vondst stond te staren. 'Sorry hoor, maar was u hier niet om lampen te vervangen?' vroeg hij, en hij liep naar hem toe.

'O ja, lampen en tl-buizen.' De conciërge was weer bij de les en draaide een van de tl-buizen los.

'Misschien een domme vraag, maar wat is eigenlijk het nut van de vervanging van die lampen? Ik bedoel, ze doen het toch?'

'Nut?' De conciërge haalde zijn schouders op.

'Ja, waarom moeten ze worden vervangen als ze nog prima werken?'

'I don't know? You want to talk to my boss? It's better. I can call him.'

'No, it's not necessary. But I would like to see some ID.'

'Some what?'

'Your ID. May I see it?' herhaalde hij. Net als bij die sportvisser was er iets wat schuurde.

'Why? I don't understand?' De conciërge stapte van de ladder. '*I did nothing.*'

'I never said you did. But we're in the middle of an investigation here, and I want to be sure that everything is okay.'

'But I don't have it here.'

'Okay, so where do you have it?'

'In our office.'

De deur ging open en een tweede man stak zijn hoofd om de hoek. *'Wratlov, what are you doing? We don't have the whole day.'*

'It's him. He wants to see my ID, and I don't have it on me.'

'We moeten alleen een paar tl-buizen verwisselen.' De man kwam binnen en liep op Hesk af. 'Wat is het probleem?'

'Ik vind het alleen een beetje vreemd dat jullie tl-buizen moeten vervangen, die het duidelijk nog prima doen, net als wij hier bezig zijn.'

'Wij vervangen alle tl-buizen door meer energiezuinige. Wij volgen alleen de policy.'

'En mijn policy is te weten met wie ik mij tijdens een lopend onderzoek in dezelfde ruimte bevind. Dus óf jullie tonen jullie legitimatie óf jullie laten ons met rust.'

'Oké.' De man knikte. 'We doen deze ruimte later wel. Wanneer zijn jullie klaar?'

'Dat moet je mij niet vragen, maar haar.' Hij knikte naar de patholoog-anatoom, die nu bezig was de roodgelakte nagels van de vrouw door een vergrootglas te bestuderen. 'En ik denk dat ze momenteel te druk bezig is om daar antwoord op te kunnen geven.'

De man knikte naar zijn collega, die de tl-buis en de beschermkap weer terugplaatste, waarna hij naar beneden klom en de ladder inklapte. 'En hoe heet u?' vroeg de man in de tussentijd terwijl hij zijn collega hielp met diens apparatuur.

'Hesk. Jan Hesk.'

'Goed zo,' zei de patholoog-anatoom zodra de twee mannen de ruimte hadden verlaten. 'Je begint er al aardig in te komen.'

'Dat laat ik in het midden,' zei hij, hoewel dat precies was zoals hij zich voelde. 'Ik wil alleen geen onbevoegden...'

'Hopelijk ben je inmiddels voldoende op dreef om dit aan te kunnen,' kapte ze hem af terwijl ze de nagel van de rechtermiddelvinger van de vrouw omklemde met een tang en loswrikte zodat hij haaks op de vinger kwam te staan.

'Wat heb je gevonden?' vroeg hij, en hij liep naar haar toe.

'Dit.' Ze schraapte met een lang en smal instrumentje langs de onderkant van de omhoogstaande nagel en liet het bloedrode schraapsel zien. 'Dat is namelijk niet afkomstig van haarzelf.'

'Tja, ze zal hem wel gekrabd hebben.'

'Ja, dat zou je kunnen denken.' Ze deed de huid- en bloedschilfers onder een onderzoeksglaasje en hield dat tegen het licht. 'Het probleem is alleen dat Mogens Klinge nog geen schrammetje vertoont.'

5

Het was inmiddels over negenen en er waren vier uur verstreken sinds Kim Sleizner aanzienlijk vroeger dan normaal wakker was geworden en uit bed was gestapt. Na een eerste ochtendtoilet had hij een halfuur achter de computer in zijn werkkamer doorgebracht.

Helaas hadden ze niet exact kunnen zien wat hij daar deed. Om dat te kunnen zouden ze zijn appartement moeten betreden en een keylogger op de computer moeten installeren, wat ze tot nu toe een te hoog risico hadden gevonden.

Daarna had hij een snelle douche genomen, zich aangekleed en was hij circa een uur en een kwartier eerder op kantoor gearriveerd, zonder zijn gebruikelijke vrijdagsmoothie met spirulina, zeewier en spinazie, en vooral zonder de anders zo verplichte ochtendyoga met zijn even new age-achtige als oppervlakkige chill out-muziek.

Met andere woorden: Sleizners ochtend was allesbehalve normaal geweest. Pas toen hij op zijn kantoor bij het hoofdbureau van de politie was, was hij gaan communiceren via mail en sms. Alleen had niets van wat ze zagen een tipje van de sluier opgelicht waarom hij zo vroeg was opgestaan.

Het leeuwendeel van zijn werktijd werd in beslag genomen door de gebruikelijke administratieve rompslomp. Dat wil zeggen: discussies over het budget, personeelsroosters en een aantal gesprekken over hoe en wanneer ze naar buiten zouden treden met hun nieuwe ophelderingsstatistiek.

Het was allemaal zo gortdroog dat Qiang zich al spottend was gaan afvragen of het misschien interessanter was om te gaan zitten kijken hoe een boom groeide. Maar de energie was er nog en ze hadden de laatste uren intensiever gewerkt dan ooit.

Iets wat ook voor Sleizner gold, die deze ochtend achter zijn bureau ongewoon productief was geweest.

Diverse mailtjes die hij had beantwoord waren meerdere dagen oud geweest en sommige zelfs al twee weken. Bovendien had hij zijn medewerking aan alle ingeplande vergaderingen van die dag gecanceld en was hij bezig om dat ook voor de hele volgende week te doen.

De enige verklaring die ze hadden kunnen bedenken, was dat hij bezig was schoon schip te maken. Dat kon op zijn beurt komen doordat hij een of andere vorm van vertrek aan het voorbereiden was of dat datgene wat er gebeurd was zo ernstig was dat hij al het andere uit zijn handen moest laten vallen. Wat het ook was, het betekende hoe dan ook dat hij behoorlijk onder druk stond.

Dunja liep naar Fareed, die met een dampende kop thee in zijn hand afwisselend naar twee schermen keek. ‘Iets gevonden?’

‘Ik weet het niet. Misschien. Wat denk jij hiervan?’ Hij wees naar het ene scherm dat Sleizners e-mailcorrespondentie toonde. ‘Dit heeft hij drie minuten geleden ontvangen op een van zijn privéadressen.’

Van: reserveringen@restaurantzeleste.dk
Aan: kim.sleizner001@gmail.com
Onderwerp: Tafelreservering
Beste Kim Sleizner,
Dank voor uw tafelreservering voor 3 personen bij Restaurant Zeleste.
Hartelijk welkom op vrijdag 3 augustus 2012 van 14:30-17:00 uur.
Boekingsnummer: 15962897

Wilt u uw reservering annuleren, klik dan hier.
Met vriendelijke groet, Restaurant Zeleste

'Dat is vanmiddag al,' zei Dunja. 'Staat er iets over in zijn agenda?'

'Nog niet. Op dit moment is de hele middag schoongeveegd. Hij heeft net de budgetvergadering tussen halfeen en twee verwijderd, en de bespreking met HR die de rest van de dag zou duren ook. Je weet wel, waar ze de nieuwe gedragscode van de politie voor een beter werkklimaat zouden bespreken.'

Dunja knikte. Juist die bespreking had aardig op hun lachspieren gewerkt. Sleizner had hem zelf een paar weken geleden geïnitieerd, vast om zijn imago wat op te poetsen en iedereen te laten zien wat voor goede en empathische chef hij was. Maar blijkbaar waren er nu andere dingen die belangrijker waren dan *respect, compassie, gelijkheid* en *verscheidenheid.*

'Hebben we enig idee wie hij gaat ontmoeten?'

Fareed schudde zijn hoofd. 'Daar is Qiang nu mee bezig. Maar te oordelen naar zijn foute zithouding vlot dat niet zo erg.'

'Ik ben niet degene die constant klaagt over pijn in zijn rug,' zei Qiang, die eruitzag alsof hij elk moment van zijn stoel zou kunnen glijden terwijl hij met de cursor op een van de schermen rondklikte.

'Heb je Facebook gecheckt?' vroeg Dunja.

'Ja. En Twitter. En *Wordfeud.*'

'*Wordfeud?*' vroeg Fareed.

'Ja, dat heeft hij een paar weken geleden gedownload, en dat heeft een chatfunctie. Maar buiten de mail die jullie hebben gelezen, lijkt hij met niemand contact te hebben gehad. Hij is zelfs zijn kantoor niet uit geweest om zijn ochtendkoffie te halen en met collega's te praten.' Ze hoorden een pling, waarop Qiang rechtop ging zitten. 'Wacht, nu gebeurt er wat.'

'Wat dan?' Dunja liep naar hem toe.

'Hij heeft net een sms'je gestuurd vanaf zijn mobiel.'

‘Naar wie?’
‘Jan Hesk.’
‘Hesk?’ Dunja wendde zich tot Fareed. ‘Is die niet met vakantie?’
Fareed knikte. ‘Ja, die is pas maandag de dertiende weer terug.’
‘Lees voor wat hij schreef.’
‘*Hallo Jan, ik wil je alleen maar laten weten dat je mijn volste vertrouwen hebt*,’ las Qiang hardop voor. ‘*Ik kan me geen geschikter iemand voorstellen voor dit onderzoek dan jij*. En hij sluit af met een smiley.’
‘Onderzoek? Wat voor onderzoek? Ik begrijp er niets van. Krijgt hij ook antwoord?’
‘Ja, een bedankje.’
‘En verder? Is er niets meer?’
‘Ja, volgens mij is Sleizner nu iets aan het typen. Maar je weet hoe snel dat gaat met die worstvingers van hem.’ Qiang liep gauw even naar het koffieapparaat en vulde zijn kopje. Toen hij was gaan zitten, klonk er weer een pling. ‘Hij vraagt hoe het onderzoek gaat en wanneer het team bij elkaar komt.’
Dunja liep naar een van de vrije computers, klikte naar de website van *Ekstra Bladet* en zocht naar iets wat groot genoeg was om het hele apparaat op te starten. Maar het enige wat ze kon vinden was een heerlijke mix van geroddel over Deense celebrity’s en afslank- en vakantietips. Ochtendkrant *Politiken* was al niet veel beter, ook al had die zich ingespannen om de grote zomerse barbecuetest uit te voeren met verschillende kogelbarbecues.
‘En daar is het antwoord van Hesk,’ ging Qiang verder. ‘*Alles loopt op rolletjes. We komen met het team om kwart over twaalf bij elkaar. Ik heb voor iedereen lunch besteld.*’ Qiang schudde zijn hoofd. ‘Werken en eten tegelijk. Er is niets ergers.’
‘Trouwens, Sleizner heeft net die late lunchbespreking in zijn agenda gezet,’ zei Fareed, en hij wendde zich tot de anderen. ‘Tussen 14.30 en 17.00 vanmiddag moet hij blijkbaar naar de “tandarts”.’
Dunja begreep er niets van. Wat hadden ze toch gemist? Wat

was er zo belangrijk dat Hesk zijn vakantie had moeten afbreken en Sleizner al zijn vergaderingen had afgezegd en naar een luxe lunch ging onder het mom van dat hij naar de tandarts moest? Het enige wat ze met zekerheid wist, was dat dit de dag was waar ze op gewacht had.

6

De duisternis was als een groot diep gat dat uit het niets kwam. Zo was het telkens. Net als een zekering die het plotseling begaf, waardoor alles om hem heen uitdoofde en tot stilstand kwam.

Stilte.

En daarmee kwam de kou. Een kou die zich verspreidde van zijn borst naar de rest van zijn lichaam, dat begon te beven. Toch zweette hij. Zo hevig dat de druppels straaltjes werden, waardoor het laken onder hem aan zijn rug bleef plakken.

De eerste keer dat Fabian dat had meegemaakt, was hij ervan uitgegaan dat het gewoon een boze droom was. Nu wist hij wel beter. Er waren geen vervormde beelden waar zijn onderbewustzijn mee te kampen had. Geen decimeterhoge pauw die over zijn arm liep als een symbool dat onmogelijk was te duiden.

Hij was wakker, klaarwakker, maar het enige wat hij kon ervaren was een duisternis die zo zwaar op zijn borst drukte dat het moeilijk was om adem te halen.

Zo was het elke ochtend al sinds afgelopen dinsdag toen hij koud en bezweet wakker was geworden met een ademhaling die zo snel was alsof hij net kilometers had hardgelopen. Het was inmiddels vrijdag en hij bleef in dat eindeloze gat vallen dat hem omsloot en voelde een even koude als knagende angst.

Drie etmalen die nu al een eeuwigheid leken.

Toen, dinsdagochtend om halfzes, toen hij nog midden in dat andere leven stond dat nooit meer terug zou komen, had hij geen idee gehad waar het om ging. Waar dat zwarte gat, die ademnood en de angst vandaan kwamen.

Integendeel, de meeste problemen van de afgelopen jaren waren zich gaan bewegen in een richting die met een beetje goede wil leek te wijzen op een betere toekomst, zowel voor hem als voor zijn gezin.

Er was een maand verstreken sinds hij zijn collega, forensisch rechercheur Ingvar Molander, had kunnen oppakken voor maar liefst vijf moorden en twee pogingen tot moord. Dezelfde dag, een paar uur later, was hij er met behulp van de dobbelsteen ook in geslaagd Hao Wikholm te arresteren, alias de 'Dobbelsteenmoordenaar' zoals hij in de volksmond was gaan heten. Beiden zaten nu in verzekerde bewaring, ieder in afwachting van hun levenslange gevangenisstraf.

Voor het eerst sinds afgelopen voorjaar was de rust op de afdeling weergekeerd, en hij had eindelijk met een gerust hart vrij kunnen nemen. Bovendien hadden Sonja en hij het beter gehad dan in tijden. Er was dan weliswaar een zekere afstand tussen hen, maar die werd elke dag die ze samen doorbrachten kleiner. Elke nacht dat ze tegen elkaar aanlagen, hun armen om elkaar heen.

Ook met Matilda ging het beter, zij was weer haar oude ik aan het worden en noemde hem weer *papa* in plaats van *Fabian*. Zelfs de situatie van Theodor in het Deense detentiecentrum leek op weg naar een oplossing.

Nadat de rechtszaak over de moord op de dakloze vrouw om onverklaarbare redenen telkens was uitgesteld, zou deze na het weekend eindelijk weer worden hervat. De uitslag was volgens Theodors advocaat Jadwiga Komorovski onmogelijk te voorspellen. Daarentegen was het duidelijk geworden dat de rechtbank de mate van medeplichtigheid van zijn zoon als uiterst bescheiden zou beschouwen vergeleken met die van de andere daders, en in geval van een veroordeling zou de straf maximaal een jaar worden. Dat was dan wel een grote tegenslag, maar daar zouden ze wel doorheen komen. Theodor had uiteindelijk alleen op de uitkijk gestaan, waar hij door de anderen ook nog eens toe gedwongen was. Onder de huidige omstandigheden was dit in feite het gunstigste scenario. Toch had hij een pijn in zijn borst alsof de zuurstof in de ruimte op dreigde te raken. Net als sindsdien elke morgen het geval was. Hij draaide zich om naar Sonja, die haar dekbed had afgetrapt en op haar rug lag Ze ademde zo rustig dat hij naar haar voorover moest buigen om haar warme, vochtige ademhaling te voelen. Voorzichtig kuste hij haar wang. Maar alsof ze onder geen beding wilde riskeren te worden besmet door zijn duisternis wierp ze haar hoofd opzij en duwde hem van zich af.

Drie etmalen – en ze waren nooit verder van elkaar verwijderd als nu.

Het was inmiddels kwart voor tien, en als het zo doorging zouden ze binnenkort hun dag- en nachtritme hebben omgedraaid. Net als de drie dagen ervoor liet hij haar slapen en verliet hij de slaapkamer zo zachtjes mogelijk.

De adrenaline maakte hem klaarwakker, en hij kon net zo goed het trainingsprogramma gaan doen dat hij van zijn fysiotherapeut had gekregen. Dat duurde niet meer dan een halfuur en bestond uit gelijke delen stretchen, kracht en balans. Nu was training binnenshuis nooit zijn lievelingsbezigheid geweest. Toch had hij de afgelopen maand elke dag de verschillende oefeningen braaf uitgevoerd, wat het genezingsproces in zijn heup aanzienlijk had bespoedigd.

Hij hinkte nog wel, en zo gauw hij zich aan een langere wandeling waagde, kwam de pijn weer tot leven en straalde uit naar zijn been, maar hij zat niet langer in een rolstoel, en de krukken had hij twee weken geleden al weggelegd. Een bijzonder voorspoedig herstel als je bedacht dat het pas een maand geleden was dat Kim Sleizner hem in zijn been had geschoten.

Een schot dat niet uit te leggen was, aangezien hijzelf ongewapend was en net een van de ergste seriemoordenaars van Scandinavië had opgepakt. De hele zaak had ertoe geleid dat zijn chef, Astrid Tuvesson, contact had opgenomen met het hoofd van het Zweedse KLPD om officieel aangifte te doen tegen Sleizner en de Deense politie. Maar de man had geweigerd en zijn handtekening er niet onder willen zetten met het argument dat de relatie met de Denen al voldoende onder druk stond. Bovendien zou dat alleen een officieel excuus opleveren.

In feite was de kogel in zijn been niets anders dan wraak omdat hij Sleizner niet had willen helpen Dunja Hougaard te lokaliseren. Dat hij geen idee had waar zij zich bevond, maakte het alleen maar absurder. Ondanks alles had hij besloten er een streep onder te zetten en er in de toekomst voor te zorgen dat hij zo min mogelijk met de Deense hoofdcommissaris te maken kreeg.

Na een minuutje voor zijn platenverzameling te hebben gestaan, besloot hij *Ancient Future* op te zetten van Christopher Willits & Ryuichi Sakamoto. Een album dat hij onlangs had besteld omdat de algoritmen ervan overtuigd waren dat dit iets voor hem was.

Van Willits had hij nooit gehoord, maar Sakamoto vond hij al goed sinds Yellow Magic Orchestra begin jaren tachtig, en toen Sakamoto samen met David Sylvian 'Forbidden Colours' had geschreven, maakte hij voor eeuwig deel uit van de grote helden in Fabians platenverzameling.

Het nummer begon net zo meeslepend en sfeervol als hij had gehoopt, en hij draaide de volumeknop wat hoger, rolde zijn trainingsmat uit in de woonkamer en begon met zijn warming-up. Rustig werd hij er echter niet van. Ondanks de meditatieve muziek, de ontspannende oefeningen en het feit dat alles in hem erop gericht was geen gedachten te hebben, weigerde het adrenalinepeil af te nemen.

Waarschijnlijk kwam dat doordat het vandaag zou plaatsvinden. Dat datgene waar Sonja, Matilda en hij op gewacht hadden sinds ze het bericht hadden ontvangen, nu eindelijk zou gebeuren. Hopelijk zou dat een punt zetten achter het niemandsland waarin ze zich bevonden en in het gunstigste geval de start vormen van iets nieuws. Iets wat ze weer dichter bij elkaar kon brengen. Dichterbij ook in hun verdriet, dat hen tot nu toe juist uit elkaar had gedreven.

Uiteindelijk gaf hij zijn oefeningen op en liep hij naar het keukeneiland, waar zijn mobiel aan de lader lag. Net als afgelopen dinsdag. Nu was er niets. Geen sms'jes of gemiste gesprekken. Maar toen had er een bericht van Komorovski op zijn voicemail gestaan. Ze had hem om 5.32 uur geprobeerd te bellen, wat – zoals hij achteraf had ingezien – precies de tijd was dat hij voor het eerst in het zwarte gat was gevallen.

Hallo Fabian, met Jadwiga Komorovski, had ze op een neutrale, bijna onnatuurlijke toon gezegd. *Sorry dat ik zo vroeg bel, maar het zou goed zijn als je mij zo snel mogelijk kon bellen.* Alsof zij het eigenlijk niet was, maar een stemsynthese geprogrammeerd om op haar te lijken.

Met zijn hartslag bonkend in zijn oren had hij haar gebeld, en alsof het ook voor de mobiele telefoonsignalen veel te vroeg was, had het een paar seconden geduurd om contact te krijgen met de dichtstbijzijnde mast en het gesprek tot stand te brengen.

Hallo Fabian, had ze gezegd. Deze keer op een toon die alle ambitie om neutraal te klinken had laten varen. *Ik denk dat het het beste is als je even gaat zitten voordat we...*

Daar ergens was zijn mobiel uit zijn hand gegleden, alsof die opeens te zwaar was geworden, en een paar meter bij hem vandaan op de grond beland. Maar hij had geen lettergreep meer hoeven horen. Hij had al meer begrepen dan hij ooit zou hoeven.

Door dat inzicht waren zijn benen onder hem vandaan gegleden en hij was naast zijn mobiel in elkaar gezakt.

'Fabian? Wat is er gebeurd?' had een stem naar hem geroepen. Maar die was niet uit zijn mobiel gekomen maar van de trap, en toen hij opkeek had hij Sonja zien staan, gehuld in een badjas en in het gezelschap van Matilda. 'Wat is er aan de hand? Het is pas kwart voor zes.'

‘Snap je het dan niet, mama?’ had Matilda gezegd. ‘Het is Theodor. Toch, papa, het is Theodor, hè?’

Hij had geprobeerd antwoord te geven, maar de druk in zijn borst had hem sprakeloos gemaakt.

‘Fabian, is dat waar?’ had Sonja gevraagd terwijl de tranen over haar wangen liepen. ‘Klopt het wat Matilda zegt? Hé Fabian, geef eens antwoord! Is Theo...’

Hij had van Sonja naar Matilda gekeken en weer terug, niet in staat om ook maar één woord uit te brengen.

‘Ik wist het!’ had Matilda geroepen terwijl ze in huilen was uitgebarsten. ‘Ik zei het toch? Dit is precies wat ik de hele tijd heb gezegd!’

Zelf had hij niet kunnen schreeuwen of huilen. Hij had het geprobeerd, maar het had hem aan kracht ontbroken. Hij had geen traan gelaten. Alsof hij niet in staat was te begrijpen dat Theodor er niet meer was. Dat zijn eigen zoon zich van het leven had beroofd.

Toch was een deel van hem daar juist de hele tijd bang voor geweest. Als een onbestemd visioen. Een onderbewust voorgevoel dat het alleen zo zou kunnen eindigen. Dat hoe hij ook probeerde te vechten en de gebeurtenissen een andere loop te laten nemen, het altijd hiertoe zou leiden. Als bij een zwart gat waar niets aan de zwaartekracht kon ontsnappen.

Maar misschien zou alles vandaag veranderen, over een paar uur, als ze voor de eerste keer zouden overvaren om hem te zien.

Met eigen ogen het onbegrijpelijke zouden zien.

7

Juist deze gang was een van de meest nietszeggende gangen in het hele driehoekige gebouw van het hoofdbureau van de politie van Kopenhagen. Hij was lang en er waren geen deuren en ramen, en de muren waren geschilderd in een ongeïnspireerde beige kleur, een tint lichter dan de bruine linoleumvloer.

Maar het was zonder meer de gang waar Jan Hesk het meest gelopen had. Niet alleen tijdens zijn jaren bij de politie maar vermoedelijk in zijn hele leven, inclusief de gangen op school en de hal in zijn eigen huis. De diarreegang, zoals hij vanwege zijn kleurstelling werd genoemd, bracht je van de kantoren en de werkplekken naar de vergaderruimten, en het was niet ongebruikelijk dat hij er een keer of twintig per dag doorheen snelde.

Maar dat had hij nooit eerder gedaan om in zijn eentje een onderzoeksvergadering te leiden, en nooit had hij zo vaak over zijn schouder gekeken.

Hij kon het niet laten. Het voelde alsof iedereen hem nakeek en de kleinste stap die hij zette registreerde. Zoals Trin Bladh had aangestipt, was hij waarschijnlijk gewoon bang om fouten te maken. Dat voor het hele team onthuld zou worden dat hij niet méér was dan een bluffer die tot nu toe gewoon geluk had gehad.

Door die twijfel werd hij heen en weer geslingerd tussen zich haasten om niet nog een kostbare minuut te verspelen en zich omdraaien en gewoon hard weg te rennen.

Aan de ene kant was hij verrast door zijn eigen ambivalentie. Dit was immers precies waar hij al die jaren naar had uitgekeken.

Een moordonderzoek dat alle kanten op kon gaan en allesbehalve een volgende grauwe dag in zijn leven teweegbracht.

Natuurlijk was een eenvoudige zaak zo in het begin praktisch geweest, maar dit onderzoek had beslist iets onrustbarends. Iets waardoor hij op zijn hoede was.

Alleen, dat waren gevoelens en verwarrende gedachten, en daar was momenteel geen ruimte voor. Wilde hij dit onderzoek tot een goed einde brengen, dan moest hij het hoofd koel houden en zich op de juiste dingen focussen en niet afdwalen.

Hij liep de hoek om, kwam op de onlangs gerenoveerde vergaderafdeling en zag dat de rest van het team al rond de tafel achter een van de keurig gezeemde glazen wanden zat te discussiëren. Het zag er niet naar uit dat ze het over koetjes en kalfjes hadden, wat betekende dat ze de vergadering zonder hem waren begonnen.

Oké, hij was laat, dat was waar. Bijna een heel kwartier. Maar toch. Dit was zíjn onderzoek. Hij was degene die de discussie zou leiden en de taken zou verdelen. Een beetje respect daarvoor, was dat te veel gevraagd? Blijkbaar wel. Een kwartier, meer was er niet nodig voordat ze op tafel gingen dansen.

Hij was naar het toilet geweest. Hij had daar moeten zitten om zijn gedachten te ordenen, zonder ieders blikken op zich gericht te weten. Zonder ieders oordeel. Het was zijn eerste pauze geweest sinds vanochtend.

Normaliter was een kwartier in je eentje achter een afgesloten toiletdeur iets waar hij van genoot. Maar deze keer was zijn lichaam volledig geblokkeerd en had het krampachtig vastgehouden aan iets wat het gewoon moest loslaten. En in plaats van zijn krachten te bundelen voor wat er komen zou, had hij zitten persen tot de zweetdruppeltjes van zijn voorhoofd druppelden en had hij zijn eigen onvermogen vervloekt om zelfs het meest basale niet te kunnen volbrengen.

Uiteindelijk had hij zich genoodzaakt gevoeld het op te geven en zijn handen te wassen en het zweet van zijn gezicht te vegen voordat hij naar de vergaderkamer was gesneld. Zijn eigen twijfel had hij daarentegen niet weten weg te wassen, en op het moment dat hij zijn hand op de kruk van de glazen deur legde, was het duidelijk dat dat ook gold voor de rest van het team. Er was niemand die in hem geloofde.

'Met een beetje geluk kan ik de gps aan de praat krijgen,' zei Torben Hemmer tegen Julie Bernstorff en Morten Heinesen. 'Die zou ons kunnen laten zien waar de auto de laatste etmalen is geweest.'

'Hallo Jan,' zei Heinesen, en hij schonk hem een glimlach.

'Hallo,' zei hij, en hij deed de deur achter zich dicht. 'Sorry dat ik wat laat ben.'

'Geen probleem,' zei Hemmer zonder zich ook maar een beetje om te draaien. 'Dus ik stel voor dat we afwachten en kijken of mijn rijstbadje wat oplevert.'

'Het werkte toen mijn telefoon in de badkuip was beland,' zei Bernstorff.

'Ja, maar het hangt ook af van het model en van de instellingen die hij had.'

'Mooi. Dat moet met andere woorden dus blijken,' zei hij in een poging het woord te nemen. 'Dan is dat geregeld. Laten we beginnen.'

'Zoals je ziet zijn we al begonnen.' Hemmer keek hem met een glimlach aan. 'Zou er trouwens geen lunch komen?'

Hesk zag in dat hij totaal vergeten was de broodjes op te halen die hij besteld had. 'Vreemd. Die had hier al twintig minuten geleden moeten zijn,' zei hij, en hij keek op zijn horloge in een poging zijn leugen op te vijzelen.

'Oké, want ik moet namelijk over een uur weer op de kade zijn voor een bespreking met de duikers.' Hemmer richtte de afstandsbediening op de beamer aan het plafond, waarna een foto van het interieur van de auto op het uitgerolde scherm werd geprojecteerd. 'Wat ik zou willen belichten...'

'Torben, met alle respect, maar ik denk dat dat even moet wachten,' kapte Hesk hem af, en hij liep naar het projectiescherm. 'Ik heb namelijk een paar andere dingen die we moeten...'

'Helaas, ik heb haast,' onderbrak Hemmer hem. 'Ik moet weg.'

'Maar nu zeg ik dat dat moet wachten tot ik...'

'Torben, hoelang heb je nodig?' vroeg Julie Bernstorff.

'Twintig minuten. Maximaal.'

'Dan stel ik voor dat jij nu je ding doet, dan kunnen wij zonder jou verdergaan als jij weg moet. Is dat niet het beste? Wat zeg jij, Morten?'

'Ik stel voor dat we Jan dat laten beslissen, hij leidt immers het onderzoek.'

'Dank je, Morten,' zei Hesk, en hij wendde zich tot Hemmer. 'Torben, zou je zo vriendelijk willen zijn om de beamer uit te zetten?'

'Maar als ik mijn dingen wil kunnen doornemen, moet ik...'

'Het enige wat jij nu moet, is de beamer uitzetten, gaan zitten en luisteren,' kapte Hesk hem af met een kalmte die ook hem verbaasde. 'Niets anders. Is dat duidelijk?'

Hemmer stond als aan de grond genageld met de afstandsbediening in zijn hand en wierp een blik op Bernstorff, die haar schouders ophaalde.

'Is dat duidelijk, vroeg ik?'

Uiteindelijk knikte Hemmer, zette de beamer uit en ging zitten.

'Mooi. Bedankt.' Hesk keek alle aanwezigen een voor een aan. 'Zoals jullie allemaal weten, is dit de eerste keer dat ik een onderzoek leid, en ik zal niet onder stoelen of banken steken dat ik nerveus ben en er de laatste uren serieus aan heb getwijfeld of ik wel de juiste man ben voor deze klus.'

'Kom op, Jan,' zei Heinesen. 'Waarom zou jij niet...'

Hesk stak een hand op om hem het zwijgen op te leggen voor hij verderging. 'Ik had gehoopt dat ons eerste onderzoek een beetje eenvoudig zou zijn. Een kans om elkaar te leren kennen en een band te krijgen. Een team te worden.' Hij liep naar de ene glazen muur en begon de jaloezieën een voor een omlaag te doen en te kantelen. 'Maar toen een van de slachtoffers het hoofd van onze inlichtingendienst bleek te zijn, zag ik in dat het tegenovergestelde het geval zou worden, en nu ik bij het forensisch lab ben geweest, kan ik alleen maar zeggen dat het nog veel erger is.'

'Sorry, maar wat ben je dan precies te weten gekomen?' vroeg Bernstorff.

'Daar kom ik zo op. Maar eerst moet ik me ervan verzekeren dat ik jullie volste vertrouwen heb. Als dat niet het geval is, zal het nooit wat worden.'

'Hoezo vertrouwen?' Hemmer haalde zijn schouders op. 'Wij hebben elkaar net ontmoet en kennen elkaar amper.'

'Dat is volkomen correct. Toch ben ik degene die het onderzoek leidt. Dus óf je laat mij dat doen, óf je dient je ontslag in.'

'Hoho, rustig maar. Je kunt op me rekenen.' Hemmer stak beide handen in de lucht en ging zitten.

'En jullie?' Hij wendde zich tot Bernstorff en Heinesen.

'Uiteraard heb je mijn vertrouwen,' zei Heinesen. 'Dat heb je altijd gehad.'

'Het mijne ook,' zei Bernstorff.

'Mooi. Daar ben ik blij om.' Met hernieuwde energie deed hij de laatste jaloezie omlaag en kantelde die. 'Dan stel ik voor dat we zo snel mogelijk aan het werk gaan.' Hij nam de afstandsbediening over en drukte erop zodat het filmdoek weer werd opgerold. Daarna liep hij naar het whiteboard op de muur erachter en deed het licht aan. 'O ja, nog één ding. Ik wil jullie vragen al je privéafspraken voor komende week af te zeggen omdat er waarschijnlijk veel zal moeten worden overgewerkt.'

'Mag ik vragen waarom het onderzoek zo gecompliceerd zou zijn?' vroeg Hemmer.

'Dat komt voornamelijk door twee dingen. Ten eerste waar we het al over hebben gehad, namelijk dat het ene slachtoffer het hoofd van de inlichtingendienst van de politie was. Op het moment dat die informatie naar buiten komt, zijn alle blikken op ons gericht. Om die reden heb ik ook niet meer dan het absoluut noodzakelijke naar buiten gebracht en zal ik proberen een persconferentie zo lang mogelijk uit te stellen.'

'Dus we geven helemaal geen informatie?' vroeg Bernstorff.

'Jawel, maar die houden we voorlopig zeer beperkt. Ten tweede is het nu duidelijk dat we daadwerkelijk te maken hebben met een derde persoon. Een persoon die niet alleen de auto over de kaderand heeft gereden, maar die bovendien achter de moord op het meisje zit, waardoor die hele theorie over wurgseks en zelfmoord de prullenbak in kan.'

'Hebben we enig idee wie dat kan zijn?' vroeg Bernstorff.

'Nee, maar er zijn aardig wat aanwijzingen dat deze van hem is.' Hesk hield een doorzichtig vacuümzakje omhoog met de kleurrijke pochet met dunne strepen en stuurde dat rond.

'Waar hebben jullie die gevonden?' Hemmer bestudeerde de pochet van alle kanten voordat hij hem doorgaf aan Bernstorff. 'In haar mond?'

'Ik zou eerder zeggen in haar keelholte. Hij zat heel diep.'

'Dat is een klassieke Paul Smith,' zei Bernstorff. 'Maar wat ik niet begrijp is op welke manier dit wijst op een derde persoon.'

'Laat mij alleen onderstrepen dat ik met "derde persoon" iemand buiten de twee slachtoffers bedoel. Het kunnen er uiteraard ook best meer zijn. Terug naar jouw vraag. Ik weet niet hoe goed jij bekend bent met de kledingstijl van Mogens Klinge, maar een zijden pochet van Paul Smith lijkt me beslist niet iets voor hem.'

'Hij droeg een smoking.'

'Ja, maar die had hij gehuurd bij Amorin in Fredriksberg, en daar hebben ze geen Paul Smith-pochetten.'

'Julie heeft anders wel een punt,' zei Hemmer. 'Dit is hoe dan ook geen bewijs voor een derde persoon.'

'Dat is waar. Maar dít wel, zou ik zeggen.' Hesk overhandigde een close-up van de nagels van het vrouwelijke slachtoffer waarbij duidelijk te zien was dat er aan de onderkant iets donkers zat. 'Volgens Trin Bladh waren de handen van de vrouw schoongemaakt. Desondanks zaten er zoveel bloedsporen en huidfragmenten onder haar nagels dat ze de dader behoorlijk moet hebben gekrabd.' Hij stuurde nog een foto rond van de rechtopstaande nagel. 'De monsters zijn uiteraard naar het lab voor analyse, maar feit is dat het lichaam van Klinge geen krabsporen vertoont.'

Hesk liet de stilte zijn werk doen en genoot ervan Hemmer en de anderen te zien knikken toen ze de foto's bekeken. Misschien zouden ze het ondanks alles toch redden.

'Kijk eens aan. Wat gezellig hier.'

Hesk draaide zich om naar Kim Sleizner, die doodgemoedereerd de vergaderkamer binnenwandelde. 'Hallo, dag Kim,' zei hij met een glimlach, hoewel Sleizner wel de laatste was die hij op bezoek wilde hebben. 'Zoals je ziet, zitten we in vergadering.' Natuurlijk zou hij proberen de zaak over te nemen. 'Is er iets bijzonders?'

'Nou nou, niet meteen praatjes krijgen nu je een eigen kantoor hebt.'

'Sorry, zo bedoel ik het niet. Ik vroeg me alleen af of je misschien iets belangrijks had wat we moeten meenemen, dus...'

'Nee, nee. Nee. Rustig maar. Niets aan de hand.' Sleizner stak zijn handen omhoog. 'Ga maar lekker door en stoor je niet aan mij. Ik wilde gewoon even zien hoe het hier gaat.'

'We zijn net begonnen, maar het gaat eigenlijk prima.'

'Dat is mooi.' Sleizner knikte. 'Ja, ik twijfel daar ook niet aan hoor. Met jou aan de knoppen.'

'Dank je.'

'Ik moet jou bedanken. En ja, dat meen ik echt. Dit is immers een zaak die hoe dan ook de aandacht zal trekken, en dan is het fijn om te weten dat die in goede handen is.' Sleizner wendde zich tot de anderen. 'En wat jullie betreft, ik wil dat jullie heel goed luisteren. Niet naar mij, maar naar die man daar.' Hij wees op

Hesk. 'Hij weet namelijk waar hij het over heeft. Bovendien moet ik zelf naar de tandarts om een vulling te laten repareren en ben ik de rest van de dag weg.'

Heinesen en de anderen knikten. Zelf zorgde Hesk ervoor dat hij zijn gezicht in de plooi hield, hoewel hij geen woord geloofde van wat Sleizner net had gezegd.

'Mooi zo. Dan zal ik jullie niet meer storen,' ging Sleizner verder, en hij draaide zich weer om naar de deur. 'O ja, nog één ding.' Hij wendde zich weer tot Hesk. 'Wanneer denk je met iets te kunnen komen? Ik bedoel, buiten het feit dat Klinge zijn vingers te diep in de jampot lijkt te hebben gehad.'

'Tja, we zijn pas een paar uur bezig. Maar we werken zo snel we kunnen.'

'Dat klinkt perfect. Het belangrijkste is dat ik op de hoogte word gehouden van hoe ver jullie zijn in het onderzoek, ook al hoef je geen hogere wiskunde te hebben gestudeerd om uit te rekenen wat er gebeurd is. Toch?'

Hesk wist precies wat hij moest zeggen. Maar hij zweeg. Of dat kwam door iets in Sleizners blik of in zijn toonval, wist hij niet. Dat zijn chef er niet zeker van was dat hij erin zou slagen het onderzoek tot een goed einde te brengen, kon hij prima begrijpen. Zelf twijfelde hij ook steeds meer.

Maar dat betekende niet dat hij van plan was het op te geven en de handdoek in de ring te gooien. Dit was zijn onderzoek, zijn kans om iedereen te laten zien dat hij niet alleen zijn promotie waard was, maar dat ze bovendien bij komende onderzoeken op hem konden rekenen. En om daarin te slagen moest hij zorgen dat Sleizner zich zo min mogelijk in het onderzoek zou mengen.

'Oké Jan, ik begrijp het,' zei Sleizner uiteindelijk. 'Jij bent de kapitein op dit schip en je wilt eerst de onderste steen boven hebben voor je wat wilt zeggen. Wat ik probeer duidelijk te maken is dat dit een onderzoek is dat we niet onnodig moeten rekken. We hoeven niet zijn oude lagereschoolklas te verhoren en de inhoud van elke prullenbak in een straal van een paar kilometer rond de vindplaats te analyseren. Hoe eerder we de boel kunnen afronden, hoe beter.'

'Uiteraard. Dat is ook precies onze werkwijze, en zo gauw we iets hebben wat van belang kan zijn, laat ik het je weten,' zei hij na elk woord zorgvuldig te hebben afgewogen.

8

Ze werden naar de lift geleid. Fabian zelf, Sonja en Matilda. En hun advocaat Jadwiga Komorovski. Geen van hen zei wat, en terwijl de lift steeds dieper in zijn schacht zakte, vierde de stilte triomfen. Ieder van hen bevond zich in zijn eigen duisternis. Hun blikken waren gefocust op alles behalve op elkaar: op een plek op de wand, een flikkerende tl-buis of een cluster met wervelende stofdeeltjes. Op niets.

Ze stonden daar vanwege hem en door zijn toedoen. Anders kon je het niet zien. Hij was degene die Theodor onder druk had gezet om contact op te nemen met de politie in Helsingør en zich bereid te verklaren te getuigen en de waarheid te vertellen. Een druk die ertoe had geleid dat zijn zoon in het bos van Pålsjö had geprobeerd voor een trein te springen. Hij had hem daar op het laatste moment van kunnen weerhouden. Toch had Theo voet bij stuk gehouden en een paar dagen later waren ze samen naar Denemarken gegaan.

Hij had zichzelf proberen wijs te maken dat hij niet had kunnen weten dat Theodor zou worden opgepakt. Dat hij in zijn wildste fantasie niet had kunnen bedenken dat het zo zou aflopen. Maar dat was niet waar. Alle voortekenen wezen in die richting. Alles wat hij nodig had om de catastrofe af te wenden.

De liftdeuren gleden open en ze werden ontvangen door een vrouw met opgestoken haar en in een witte doktersjas. Met een eenvoudig knikje wees ze hun de weg door een gang met een glimmende vloer en groezelige muren. Hier en daar stonden ziekenhuisbedden geparkeerd. De meeste waren leeg, maar op sommige tekenden zich onder de dunne lakens de contouren van een lichaam af. Dit was duidelijk geen plek die bedoeld was voor externe bezoekers. Hun was ook aangeboden om Theodor te zien bij een van de begrafenisondernemingen in Helsingør, waar een waardiger ruimte zou zijn. Maar alleen al het transporteren van het lichaam en alles in orde brengen zou hebben betekend dat ze nog een dag hadden moeten wachten om hem te mogen zien, en als er iets was wat hij niet kon, dan was dat nog langer wachten.

Hij moest Theodor zien, en wel nu. Om voor eens en voor altijd de gedachte te laten varen dat het misschien toch een misverstand was en te accepteren dat rouwen nog het enige was wat hij kon doen.

Hij had afgelopen dinsdag al naar Helsingør willen gaan. Zonder vooropgesteld plan had hij onaangekondigd bij het detentiecentrum willen verschijnen, zijn politielegitimatie willen tonen en ze dwingen hem te mogen zien. Maar omwille van Sonja en Matilda had hij zich beheerst. Zijn rol was de rust en de stabiliteit thuis te bewaren, en met elke dag die verstreek had hij geprobeerd uit te leggen dat de regels in Denemarken heel anders waren, en dat ze niets anders konden doen dan afwachten tot de Denen officieel groen licht gaven.

Diep van binnen was hij echter woedend en had hij niet kunnen begrijpen waarom het zo lang moest duren. Zonder het aan Sonja te vertellen, had hij Komorovski aan de tand gevoeld, die op haar beurt de Denen had uitgehoord, maar geen van hen had met een plausibele verklaring kunnen komen, behalve dat er een heleboel extra administratie bij kwam kijken, aangezien Theo geen Deens staatsburger was, wat voornamelijk als een niet erg geloofwaardig excuus had geklonken.

De vrouw bleef voor een deur staan en klopte drie keer voor ze haar pasje door de lezer haalde, de viercijferige code intoetste en hen in een kamer liet waar een aantal brandende stearinekaarsen, bloemen in een vaas en lakens die met tape op de muren waren bevestigd probeerden te verhullen dat ze zich in een mortuarium bevonden.

Voor hen schudde Komorovski een man in een witte doktersjas de hand evenals een kleine, corpulente man met een bril en een vrijetijdsjasje met stukken op de ellebogen. Hij kon horen dat ze dingen tegen elkaar zeiden, maar niet wát, en dat deed er eigenlijk ook niet toe.

Want daar achter in de ruimte lag het lichaam. Het lag volkomen stil onder een wit laken op een uitgeklapte brancard, en met elke stap die Fabian zette, leefde de hoop meer op. Een hoop waarvan hij wist dat die hoe dan ook ijdel was en die hij koste wat kost wilde uitschakelen.

Maar nu hij hier was, kon hij zich onmogelijk wapenen tegen de gedachte dat het misschien toch Theodor niet was. Dat er ondanks alles een minieme kans was. Dat zijn Zweedse persoonsnummer was verwisseld met een Deens. Of dat het een nachtmerrie was die afgelopen zou zijn zodra hij het laken beetpakte, zich vermande en het opzij sloeg.

Theodor zag eruit zoals altijd wanneer hij sliep. De gesloten ogen en die vredige gloed waardoor het kleinste spiertje in zijn gezicht ontspande. Die maakte dat hij hem met een voorzichtige kus op zijn voorhoofd wakker wilde maken. Zoals hij altijd wilde doen sinds de dag dat hij vader was geworden. Wat maakte het nog uit dat Theo's kleine lijfje een tijdlang enorm veel last had gehad van krampjes en elk wakker uur een gevecht was geweest. Ook nu wilde hij hem wekken, en alsof het een impuls was die was ontsproten uit zijn reptielenbrein en waar hij niets aan kon doen, boog hij voorover naar Theodor, die net als toen hij klein was in zijn slaap bevrijd leek van alle pijnen.

Daarna was niets meer zoals vroeger. De kou die zijn lippen raakte verspreidde zich in hem en veranderde alles. Elke vorm van twijfel was verdwenen, het enige wat er was, was het besef dat zijn zoon, zijn eigen geliefde zoon, er niet meer was.

Tranen kwamen er echter niet. Hoe hij ze ook probeerde op te roepen, het leek alsof zijn verdriet vastliep en hem de toegang weigerde. Maar Sonja en Matilda, die huilden wél. Hij kon de druppels op hun wangen zien glimmen, en ergens ver weg kon hij het ook horen. Het verdriet dat over de rand liep en de vrije loop kreeg. Hij liep naar ze toe en sloeg zijn armen om hen heen. Drukte ze zo dicht mogelijk tegen zich aan, om hen te troosten, maar ook om zich proberen voor te stellen wat zij voelden. Maar dat ging niet. Hij voelde het nu, duidelijker dan ooit. Hij moest het weten. De politieman in hem moest exact weten wat er gebeurd was.

'Hoe is hij overleden?' vroeg hij, en hij liet Sonja en Matilda los.

'Fabian, dat weet je toch,' zei Komorovski. 'Dat heb ik over de telefoon verteld.'

'Ja. Maar ik wil het van hem horen.' Hij liep naar de arts toe. 'Want u bent toch degene die het onderzoek heeft gedaan?'

'Ja, dat klopt,' zei de man in het Deens. 'Mijn naam is Frank Bendt Nielsen, en ik ben forensisch patholoog hier in het ziekenhuis.'

'En ik heb een hele simpele vraag: hoe is Theodor overleden?'

'Fabian, is dit echt noodzakelijk?' vroeg Sonja.

'Ja,' zei hij. 'Helaas.' Waarop hij zich weer tot de arts wendde.

'Uw zoon heeft zich verhangen.'

'Waar ergens? Waar heeft hij zich verhangen?'

'Pap, schei uit!'

'Matilda, laat me alsjeblieft. Ik vroeg: waar heeft mijn zoon zich verhangen?'

'In zijn cel,' zei de corpulente man, en hij stak zijn hand uit. 'Flemming Friis. Ik ben verantwoordelijk voor het detentiecentrum in Helsingør, en ik wil om te beginnen mijn oprechte deelneming betuigen. Wat er gebeurd is, is in alle opzichten een afschuwelijke tragedie. Niet alleen voor u, maar ook voor iedereen die hier werkt.'

'Dus hij heeft zich opgehangen in zijn cel. En hoe is dat precies gegaan?'

'Wat bedoelt u?'

'Ik bedoel, hoe is hij te werk gegaan? Ik ga ervan uit dat jullie geen touwen of iets anders verstrekken waarmee...'

'Fabian, nou moet je echt ophouden,' onderbrak Sonja hem.

'Schat, het spijt me, maar ik moet weten wat er gebeurd is. Hoe het kan dat een jongeman die bewaakt werd alsof hij al bij voorbaat schuldig aan moord was, zich in zijn eigen cel kan hebben opgehangen.'

'Fabian, natuurlijk krijgen we alle antwoorden.' Komorovski liep naar hem toe. 'Maar dit is niet het juiste moment. Wij zijn hier alleen om...'

'Jadwiga, ik weet waarom we hier zijn.'

'Neem mij niet kwalijk.' Flemming Friis zette zijn bril goed en deed een stap in zijn richting. 'Ik begrijp heel goed dat u wilt weten wat er gebeurd is. U bent politieman, en u zult uiteraard alles te horen krijgen. Het probleem is dat wij op dit moment nog niet klaar zijn met ons onderzoek.'

'We hebben meer dan drie dagen moeten wachten om hem alleen maar te mogen zien, dat is een eeuwigheid in zo'n situatie, en jullie weten nog steeds niet wat er gebeurd is?'

'Wat wij met zekerheid weten, is dat hij zijn lakens in lange repen heeft gescheurd en die heeft samengevlochten tot een touw.'

'Alsjeblieft.' Sonja schudde haar hoofd. 'Moeten we hier echt naar luisteren?'

'Schat, gaan jullie maar naar buiten en wacht daar als jullie willen. Dat is misschien beter. Dan kom ik zo gauw ik hier klaar ben.' Hij draaide zich weer om naar Flemming Friis. 'Ga door.'

'Toen heeft hij de twee uiteinden aan elkaar geknoopt, zijn bed rechtop tegen de muur gezet, waarop hij...'

'Wacht even. Zijn bed rechtop gezet? Hoe kon dat? Dat zit toch net als in alle andere detentiecentra en dat soort instellingen vast aan de muur?'

'Dat klopt, en dat zou ook niet mogelijk moeten zijn. Maar

hij was op de een of andere manier in het bezit gekomen van een moersleutel. Zo'n Zweedse moersleutel.'

'Hij bedoelt een bahco,' zei Komorovski.

'Inderdaad, en hoe dat heeft kunnen gebeuren, is nog niet duidelijk.' Friis haalde zijn schouders op.

'En toen? Wat heeft hij daarna gedaan?'

'Toen heeft hij dat laken vastgebonden aan een van de twee bovenste poten van het bed en het om zijn eigen nek gedaan. Vervolgens is hij gaan zitten, en zo hebben wij hem aangetroffen.'

Hoe absurd alles ook was, klonk dit wel enigszins geloofwaardig. En waarom zou het dat niet zijn? Wat had hij dan gedacht? Dat iemand iets te verbergen zou hebben? Dat Theodor al heel lang niet goed in zijn vel zat, daar waren ze zich allemaal van bewust. Maar dat hij zo wanhopig zou zijn geweest dat hij in het geheim alle voorbereidingen had getroffen om er uiteindelijk een eind aan te maken, was toch voor iedereen bij het detentiecentrum als een schok gekomen.

'Hebt u verder nog vragen?' ging Friis verder.

Fabian schudde zijn hoofd. Hij zat vol vragen, maar kon er niet één bedenken, waarop hij Sonja en Matilda ieder bij een hand nam en naar de deur liep.

'En mocht er nog wat zijn, na de sectie weten we sowieso meer. Dus het beste is om die af te wachten.'

'Natuurlijk.' Komorovski gaf Friis een hand. 'Laten we er dan verder over praten.'

Was het de hand van Flemming Friis die was gaan beven of was het de blik die hij uitwisselde met de arts, die enigszins nerveuze blik? Of was het de amper merkbare stembuiging?

'Goed, dat is dan afgesproken.'

Wat het ook was, alle alarmbellen waren afgegaan en hij wist dat hij moest blijven en zich weer moest omdraaien.

'Lieverd, wat is er?' hoorde hij Sonja achter zich. 'We gaan nu.'

Maar hij kon geen rekening met haar houden. Niet nu. Dit was veel te belangrijk. 'Sorry hoor, maar is er dan nog geen sectie verricht? Er zijn zoals gezegd al meer dan drie hele dagen verstreken.'

'Jawel, maar alleen een klinische sectie. Voor alle zekerheid moet er ook een forensische...'

'Oké,' kapte Fabian hem af. 'Maar dan denk ik dat het beter is dat die in Zweden wordt gedaan. Dus mijn voorstel is dat wij hem mee terug nemen.'

'Helaas, dat zal niet gaan.' Friis schudde zijn hoofd en zette opnieuw zijn bril goed op zijn neus. 'Het is noodzakelijk dat hij hier wordt onderzocht in...'

'Nee, jullie hebben hem nu lang genoeg gehad.' Hij liep terug de ruimte in. 'En dan heb ik het niet alleen over de laatste dagen, maar over de hele laatste maand. Een maand waarin jullie geen enkel concreet argument hebben aangevoerd waarom de rechtszaak moest worden uitgesteld. Toch, Jadwiga, dat is toch zo?' Hij wendde zich tot Komorovski, die knikte.

'Ja, maar dat ligt bij het Openbaar Ministerie. Niet...'

'Vergeef me mijn taalgebruik, maar het kan me geen reet schelen bij wie dat ligt. Want nu is het genoeg. Horen jullie dat? Het is genoeg.' Hij liep naar de brancard en kon horen dat Matilda begon te huilen en dat Sonja haar troostte. Maar hoewel het allemaal al te laat was, was er geen andere manier.

'Luister eens,' zei Friis, die achter hem aan kwam. 'Het ongeval heeft hier in Denemarken pl...'

'Nee, nu luistert u naar mij.' Fabian draaide zich om naar Friis. 'Mijn zoon is hier vrijwillig naartoe gekomen om te getuigen. Om jullie te helpen de daders veroordeeld te krijgen. Jullie hebben hem bedankt door hem op te pakken en hem te behandelen als een nieuwe verdachte. Nu is het tijd dat hij met ons mee naar huis gaat.'

'Ik hoor wat u zegt, maar dat gaat simpelweg niet. Wij moeten hem hier houden tot we helemaal...'

'U kunt zeggen wat u wilt, dat kan me niet schelen. Ik laat

hem hier niet nog een keer achter. Is dat duidelijk?' Hij greep de brancard beet en maakte met zijn voet de rem los.

'Fabian, luister nou naar mij.' Komorovski liep naar hem toe. 'Je begrijpt toch wel dat we hun onderzoek niet zomaar even kunnen torpederen.'

'Ik vertrouw ze niet. Er klopt iets niet, en ik zal erachter komen wat dat is.'

'Kom Matilda.' Sonja sloeg haar arm om de huilende Matilda heen. 'Kom, we gaan.' Ze verdwenen samen de gang op.

'Fabian, alsjeblieft.' Komorovski legde haar hand op zijn schouder. 'Je moet proberen te kalmeren. Dit leidt nergens toe. Dat weet jij net zo goed als ik.'

Fabian schudde zijn hoofd. Er was geen aanleiding om te kalmeren. Het had geen nut om ook maar één millimeter toe te geven. Hij zag het duidelijker dan ooit. Aan hun reacties, aan hun onzekere blikken. Dat ze net zo goed als hij wisten dat hij ondanks alle regels en wetsartikelen het recht aan zijn kant had.

9

Het nieuws stond pas een paar minuten op de website van *Ekstra Bladet*. Er was echter geen sprake van een uitvoerig artikel. Het leek eerder met een schouderophalen te zijn geschreven Alsof het eigenlijk geen echt nieuws was, maar meer zo'n gebeurtenis waarover het publiek nu eenmaal moest worden geïnformeerd.

TWEE STOFFELIJKE OVERSCHOTTEN AANGETROFFEN IN HET WATER BIJ REFSHALEØEN, luidde de ongeïnspireerde kop. Verder liet de korte tekst weten dat een vrouw die eerder die ochtend samen met haar vriend aan het kajakken was geweest een auto met daarin een dode vrouw en een dode man op de zeebodem had aangetroffen. De enige foto was op afstand gemaakt en toonde een witte auto omgeven door mensen van het onderzoeksteam.

Dunja kon prima begrijpen waarom *Ekstra Bladet* meer ruimte bood aan de reportage over hoe je een echtscheiding kon vermijden tijdens een kampeervakantie. Dat er twee lichamen waren aangetroffen in Kopenhagen was ongeveer net zo spectaculair als Himmelbjerget – met zijn 147 meter boven zeeniveau een van de hoogste punten van Denemarken.

Toch was er iets waarop ze aansloeg. Iets waardoor ze de summiere tekst meerdere keren las en de foto tot in detail bestudeerde in een poging er meer informatie uit te persen. Maar het enige wat ze kon bedenken was dat een van de mannen op de foto deed denken aan Jan Hesk en dat de afstand van de auto tot aan de afzetting opmerkelijk groot was.

Op de andere nieuwssites was het al niet anders. Een wazige

foto van ver weg genomen en twee korte stukjes tekst. Je zou bijna kunnen denken dat de verschillende nieuwssites met elkaar wedijverden om wie er het meest sober was, maar in feite rook het van verre naar iets wat door de politie in de doofpot was gestopt – een tactiek die ze gebruikten als bleek dat een onderzoek om de een of andere reden extra gevoelig was. Maar haar konden ze niet voor de gek houden. Dat was natuurlijk de reden waarom Sleizner zo vroeg wakker was geworden en al zijn meetings had afgelast.

'Oké, het object is in aantocht,' zei Fareed met zijn blik op een van de schermen gericht, waarop een rood stipje bewoog op een kaart.

'Het object.' Qiang schudde zijn hoofd. 'Waarom kunnen we hem niet gewoon Sleizner noemen?'

'Omdat het zo niet werkt. Zeker niet als het om meerdere personen gaat. Dan is het noodzakelijk om ze aan te duiden als object 1, 2, 3 of eventueel A, B, C, wil er geen totale verwarring ontstaan.'

'Het gaat er nu maar om eentje.'

'Hoe kun je daar zo zeker van zijn? Het meeste wijst erop dat er minstens nog twee komen, en wie weet misschien nog wel meer.'

'Ja, en dan is het een geluk dat hij een naam heeft. Namelijk Sleizner.'

Fareed zuchtte hoofdschuddend.

'Fareed,' zei Dunja. 'Vertel liever waar hij zich bevindt.'

'Hij heeft net zijn auto op Amaliegade geparkeerd en is nu te voet over Sankt Annæ Plads op weg naar Zeleste.'

'Alleen of met anderen?'

'Lastig te zien zolang hij in beweging is. We kunnen immers alleen zijn mobiel exact tot op de meter traceren.'

'Hij praat in elk geval met niemand,' zei Qiang met de headset in zijn oren. 'Met mens noch object.' Het scherm waar hij op keek was helemaal donker, buiten een paar zwakke lichtsterktewisselingen in de linkerbovenhoek.

'Mag ik eens luisteren?' vroeg Dunja.

'Absoluut. Maar spannender dan dat wordt het niet.' Qiang schroefde met een van de schuiven op het mengpaneel het volume op, waarop er een ritselend geluid te horen was dat aangaf dat Sleizner zijn mobiel in zijn zak had.

'Nu is hij binnen bij het restaurant.' Fareed zoomde in op de kaart waar het stipje zich nog steeds bewoog. 'En het lijkt erop dat hij naar een tafel in de binnentuin wordt gebracht.'

'Mooi. Dan kunnen we misschien zelfs hopen op enige dekking,' zei Qiang.

'Hoe is het met zijn batterij?' vroeg Dunja.

'Die staat op zeventien procent, maar hoelang hij daar precies mee kan doen...'

'Zijn telefoon beweegt nu in elk geval niet meer,' onderbrak Fareed hem.

'Oké, dan is hij waarschijnlijk gaan zitten,' zei Dunja, en ze keek afwisselend naar beide schermen.

Het rode stipje op de kaart stond helemaal stil, en van de vage lichtsterktewisselingen in de hoek van het scherm voor Qiang was nu niets te zien. Uit de luidsprekers was zelfs geen ritselend geluid meer te horen. Er gebeurde met andere woorden niets anders dan dat de seconden minuten werden.

Sinds ze Sleizners tafelreservering voor drie personen hadden gevonden, had ze hier erg naar uitgekeken. Maar ze bedacht nu pas dat ze geen flauw idee had wat ze kon verwachten behalve dat het iets moest zijn. Waarom zou hij anders in zijn officiële werkagenda hebben gezet dat hij naar de tandarts moest?

'Nee, dit is niks,' zei ze na nog een paar minuten. 'We moeten wat doen. Fareed, hoe exact kunnen we de andere mobiele telefoons om hem heen traceren?'

'Als je bedenkt dat die in tegenstelling tot Sleizners mobiel geen gps-tracker hebben, gok ik dat we ergens op tien, twintig meter zitten.'

'Oké, maak een lijst van iedereen binnen een straal van vijftien meter van die eikel die niet in beweging is.'

Fareed knikte en rolde met zijn stoel naar de werkplek ernaast, waar hij een andere computer tot leven wekte.

'De Eikel,' herhaalde Qiang terwijl hij de instellingen van het mengpaneel afstelde. 'Zo moeten we hem misschien gaan noemen.' Hij verhoogde het volume nog verder, en nu kon je stemmen uit de luidsprekers herkennen. Maar alleen als een vaag gemompel, onmogelijk te onderscheiden als concrete woorden.

Dunja liep naar Qiang en leunde voorover naar de luidspreker. 'Hoor je wat ze zeggen?'

Qiang schudde zijn hoofd.

'Dit is niks. We moeten ervoor zorgen dat hij hem uit zijn zak haalt voordat we alles missen.'

'En hoe had je dat voor elkaar willen krijgen?' vroeg Fareed voor het scherm waar een groot aantal mobiele nummers verspreid stond op een ingezoomde kaart van het gebied rond restaurant Zeleste. 'Opbellen en hem vragen zijn toestel op tafel te leggen? "Hallo Kim, met Dunja. Zou je misschien..."'

'Ik heb een idee,' onderbrak Qiang hem, en hij keek omhoog naar het scherm erboven waar het bureaublad van Sleizners mobiel te zien was, terwijl hij met de cursor naar diens CONTACTEN ging, de naam VIVECA SLEIZNER opzocht en op het nummer klikte, waarop de telefoon haar ging bellen.

'Weet je dit zeker?' vroeg Dunja terwijl de signalen in de luidsprekers overgingen.

'Nee,' zei Qiang, en hij schudde zijn hoofd.

'Ja, wat is er?' hoorden ze de vermoeide stem van Sleizners exvrouw terwijl Qiang de luidsprekerfunctie van de mobiele telefoon inschakelde. 'Hallo?' zei Viveca weer. 'Kim, ik weet dat jij het bent en dat je heel goed weet dat ik het liefst wil dat alle communicatie via onze advocaten gaat.'

'Ben jij dat, Viveca?' hoorden ze Sleizner na een tijdje luid en duidelijk. 'Wat wil je? Het komt mij niet z...'

'Wat ik wil? Jij hebt mij gebeld.'

'O ja? Sorry, dat moet dan een binnenbroekse oproep zijn geweest. Doei.'

Een klik en het gesprek was beëindigd.

Op het scherm dat eerder helemaal donker was, waren nu delen van de gele vakwerkgevel van de binnentuin zichtbaar evenals een opgespannen zeil dat beschermde tegen de zon. Bovendien hoorden ze eindelijk het geroezemoes van het restaurant en duidelijke stemmen uit de luidsprekers.

'En zijn mobiel ligt op tafel!' riep Qiang. Hij stond op voor een overwinningsdansje.

'Goed gedaan,' zei Dunja. 'Niet dat dansje, maar...' Fareed maande haar tot stilte en zette het volume nog wat harder.

'Sorry, waar waren we gebleven?' hoorden ze Sleizners stem.

'Je vertelde dat je Jan Hesk op dit onderzoek had gezet,' hoorden ze een mannenstem zeggen. 'En om eerlijk te zijn had ik liever gehad dat jij dat zelf...' Het geluid begon te hakkelen om uiteindelijk een paar seconden helemaal te worden onderbroken.

'Nee, niet nu.' Dunja wendde zich tot Qiang. 'Alsjeblieft, doe iets.'

'Zijn accu staat nog maar op zeven procent.'

'Zeven? Je zei net zeventien.'

'Ja, maar nu staat-ie op zeven.' Qiang opende de camera-app. 'Ik zal proberen de camera uit te zetten.'

Het scherm met de gele vakwerkgevel en delen van de lucht werd zwart.

'De eerste keer was al één keer te veel,' hoorden ze Sleizner weer. 'Alleen al het idee om te proberen het weer te doen, zou een te groot risico vormen. Dat gaat gewoon niet. Los van deze kanttekening kun je gerust zijn. Hesk heeft mijn volste vertrouwen en ik ben ervan overtuigd dat hij dit elegant zal afhandelen.'

'Hoe kan ik er in godsnaam gerust op zijn na...'

'Luister nou toch,' bitste Sleizner. 'Wat Klinge heeft gedaan of niet heeft niets met ons te maken, oké? Dat is zijn eigen zaak. Ik beloof je dat zodra het onderzoek is afgerond alles weer terug kan naar normaal.'

'Klinge,' herhaalde Dunja. 'Iemand die een belletje hoort rinkelen?'

Fareed en Qiang schudden hun hoofd.

'Het probleem is dat ze alleen een beetje aan de oppervlakte hoeven te gaan schrapen...' vervolgde een derde stem voordat het geluid weer begon te haperen. '... Mogens' nauwe contacten met niet alleen de politie, maar het hele rechtswezen.'

'Mogens. Mogens Klinge.' Fareed wendde zich tot de anderen. 'Is dat niet die vent van de inlichtingendienst van de politie?'

'Dat zou verklaren waarom ze de boel in de doofpot willen stoppen,' zei Dunja.

'Als puntje bij paaltje komt, zijn wij uiteindelijk alleen een politieorganisatie die moet uitzoeken wat er gebeurd is,' hoorden ze Sleizner zeggen. 'En als je het mij vraagt, is de zaak zo klaar als een klontje, en ik kan jullie beloven dat Hesk dat ook zo zal zien.'

'Jij belooft een heleboel. Misschien soms een beetje te veel. Kijk alleen al hoe het is afgelopen met...'

'Luister eens, ik ken Hesk,' onderbrak Sleizner hem. 'Hij is een nuttige idioot die precies zal doen wat er van hem verwacht wordt. Eén plus één is twee. Niet meer en niet minder. Vertrouw nou maar op mij.'

'Ja, dat zeg je. Telkens weer, alsof dat het overtuigender zou maken. Maar je moet één ding goed begrijpen...' Weer werd de stem verhaspeld tot iets onherkenbaars wat verdronk in digitaal geruis.

'Hé, kunnen we daar niets aan doen?' Dunja keek Qiang smekend aan. 'Zo missen we alles.'

'Wat moet ik doen? Die telefoon is leeg, er zit nog maar twee procent in en hij kan er elk moment mee nokken.'

'Geen idee. Probeer alle andere apps af te sluiten.'

'Dat zal niet helpen. Het is gewoon...'

'Dondert niet, doe het nou maar. Als je maar wat doet.'

'Jakob, ik heb je al een keer gered en ook nu...' hoorden ze Sleizner zeggen voordat het geluid weer verdween.

Dunja wendde zich tot Fareed. 'Hebben we een Jakob binnen een straal van vijftien meter?'

Fareed typte een zoekopdracht in de groeiende lijst van mobiele nummers en namen in.

'Hij rapporteert rechtstreeks aan mij, dus ik heb de boel volledig onder controle, oké? Alles onder controle,' was Sleizner te horen in het scherpe geruis. 'Dit waait wel over.'

'Er zijn er zelfs drie,' zei Fareed. 'Ene Jakob Larsen, een Jakob Sand en een Jakob Brønnum.'

'Jakob Sand, is dat niet die steenrijke ondernemer?' vroeg Qiang.

Dunja knikte. Dat Sleizner omging met een parvenu en seksist die de vrouwen die hij in de steek had gelaten vergeleek met een zwakke pokerhand, verbaasde haar niets.

'Nog één ding, voor we afronden,' was Sleizner weer enigszins duidelijk te horen.

'Hoeveel heeft hij nog over?' vroeg Dunja.

'Nog steeds twee procent, dus misschien heeft dat toch een beetje geholpen.'

'Waar we het laatst over hadden. Heb je dat geregeld?' Daarna verdween de stem weer. Maar niet in geruis. In plaats daarvan barstte het gezelschap ernaast uit in een daverend gelach dat het hele geluidsbeeld domineerde. 'Je weet wel, over dat uit doen gaan van...' Een volgend lachsalvo maakte het onmogelijk te horen wat hij zei.

'Dat gaat zo niet.' Dunja pakte haar eigen mobiel en belde.

'Wat doe je?' vroeg Qiang terwijl de signalen overgingen. Maar ze kon geen antwoord meer geven en deed haar wijsvinger voor haar mond. 'Welkom bij Restaurant Zeleste,' hoorden ze een vrouwenstem aan de andere kant van de lijn. 'Waarmee kan ik u helpen?'

'Dit is voor zover ik weet een rustig en exclusief restaurant. Dat was in elk geval wat ik verwachtte toen ik hiernaartoe kwam.'

'Aha, u zit nu te eten?'

'Wat ik doe, doet er niet toe. Het gaat om het gezelschap in de binnentuin een paar tafeltjes bij ons vandaan. Die mensen weten zich niet te gedragen en ik moet zeggen dat het me verbaast dat jullie nog niet naar buiten zijn gekomen om ze te informeren dat dit geen camping op het Roskildefestival is.'

'Oké, ik kom eraan en zal het tegen ze zeggen.'

'Fijn. Dan kan ik zo meteen misschien weer horen wat ik denk.' Dunja beëindigde het gesprek en kon vlak daarna vaststellen dat het geluid van het aangrenzende gezelschap gedempt werd.

'Feit is dat alle documenten aanwezig moeten zijn,' hoorden ze de stem die ze nog steeds niet hadden weten te identificeren. 'Het is namelijk niet zomaar een richtlijn waar je om vraagt.' De vraag was hoeveel en vooral wat ze hadden gemist.

'Ik zou graag willen dat een en ander zo snel mogelijk wordt gepubliceerd.'

'Ja, dat heb ik begrepen. Maar je moet geduld hebben tot morgen middernacht. Eerder dan dat gaat niet. Wil het ons niet compromitteren, moet alles op correcte wijze worden gedaan.'

'Uiteraard. Ik ben alleen bang dat...' En toen verdween het geluid weer.

Dunja zuchtte en draaide zich om naar Qiang.

'Nou moet je niet naar mij kijken. Wat kan ik eraan doen?' vroeg Qiang. 'Het is die batterij...'

Dunja deed haar hand voor zijn mond.

'... een aanzienlijk groter probleem kan worden dan Klinge,' hoorden ze Sleizner, half begraven in geruis.

'Kim, ik heb dit nu tot vervelens toe gehoord, en als je het mij vraagt ben jij gewoon geobsedeerd. Maar dat is niet mijn zaak. Morgen om middernacht gaat het eruit. Niet eerder maar ook niet later.'

Weer verdween de stem in het geruis. Even later was ook dat verdwenen.

Het enige wat nog restte was de stilte.

10

Zijn verdriet was monumentaal. Een donkere afgrond die alles opslokte en hem zo broos maakte dat één tikje op de verkeerde plek er al voor zou zorgen dat hij zou breken. Maar het was vooral een droog verdriet. Een verdriet losgekoppeld van alle emoties die van hem verwacht werden. Die daar hadden moeten zijn.

Hij had ze geprobeerd op te roepen door aan alle fijne momenten te denken die Theodor en hij samen hadden beleefd. Zoals toen zijn zoon had leren fietsen en zijn eerste zwemslagen deed. Of toen hij bij hen in bed was gekropen na nachtmerries over Darth Vader. Alle spelletjes die ze hadden gespeeld en hoe ze gelachen hadden. Alles voordat het was misgegaan. Maar niets hielp. Zelfs niet toen hij daar in de Deense ambulance zat, met zijn hand op Theodors koude borst en zijn blik op het gezicht dat het beste van hem en Sonja had meegekregen. Zelfs toen kon hij niets anders voelen dan een vastbeslotenheid om erachter te komen wat er eigenlijk in het Deense detentiecentrum gebeurd was.

Het was niet dat hij niet wist dat het verkeerd was. Dat hij de regelgeving en het natuurlijke proces had moeten respecteren en in plaats daarvan thuis had moeten zijn om voor Sonja en Matilda te zorgen. Hij was zich er nu al volledig van bewust dat hij daar later spijt van zou krijgen. Wanneer het te laat was en het allerlaatste verloren was. Maar hoe graag hij dit alles ook wilde, dit was het enige waar hij toe in staat was.

De ambulance remde af voor het rode bakstenen huis, een van de weinige in de straat dat met de gevel naar de straat gekeerd stond.

'Oké, we zijn er. Traktörsgatan 38.' De Deense ambulancechauffeur keek door de voorruit naar de oude vrijstaande huizen in de straat. 'Dit ziet er niet uit als een ziekenhuis.'

'We moeten eerst de patholoog-anatoom ophalen,' zei Fabian, en hij zocht het nummer op in zijn mobiel.

Na een lange discussie met de dreiging om ze allemaal voor de Zweedse rechter te slepen, had hij het voor elkaar gekregen dat de Denen ermee akkoord waren gegaan dat de forensisch geneeskundige sectie in Helsingborg zou plaatsvinden in plaats van in Helsingør.

'*Einar Greide, Forensische Geneeskunde, en ja, je begrijpt het goed. Ik heb op dit moment geen tijd om met je te praten. En nee, spreek geen bericht in. Als ik geen tijd heb om met je te praten, waarom zou ik dan wel tijd hebben om naar je te luisteren?*'

Fabian stapte uit de ambulance en rechtte zijn rug. Zo'n twintig meter verderop stonden een paar knullen van Theodors leeftijd met een skateboard onder hun arm van hem naar de Deense ambulance en weer terug te kijken. Hij knikte naar ze en stak over naar het huis van Vlecht.

Hij was daar één keer eerder geweest, en net als toen trof het hem hoe weinig hij eigenlijk wist van zijn collega bij forensische geneeskunde. Dat hij nogal excentriek was had hij al bij hun eerste ontmoeting beseft. Hij droeg vaak een gehaakte broek met strepen in zuurstokkleuren en had vlechten in zijn haar die telkens correspondeerden met het aantal slachtoffers in een lopend onderzoek. Dat hij een van de allerbeste forensisch pathologen van Zweden was, had hij pas later ervaren.

Veel meer dan dat wist hij niet, want wat Einar Greide – Vlecht – vooral kenmerkte, was een strikte integriteit. Er was niemand die werk en privé zo goed kon scheiden als hij. Daar zaten waterdichte schotten tussen, en die twee werelden zouden elkaar nooit ontmoeten. Daarom ook kon hij zonder problemen zijn mobiel gedurende zijn hele vakantie uit laten staan.

Achter het hek en op de oprit voor de garage stonden wel dertig fietsen geparkeerd. Alles van bakfietsen met drie wielen en vredestekens erop tot langgerekte ligfietsen. Hij had geruchten gehoord dat Vlecht in zijn vrije tijd graag fietste, dat hij tien jaar geleden zelfs helemaal naar Düsseldorf was gefietst om mee te doen aan een wielerwedstrijd, maar dat hij zoveel verschillende fietsen had, leek toch onwaarschijnlijk.

Hij liep door het hek over het grind naar de voordeur en belde aan. Door de dichte begroeiing naast het huis hoorde hij her en der stemmen en hij vroeg zich af of hij moest wachten tot de gasten vertrokken waren en Vlecht weer alleen was.

Hij kon niet lang nadenken omdat de deur werd opengedaan door een man met een naakt bovenlijf en een kleurrijk drankje in zijn hand. Tegelijkertijd begon er een elektronische beat met een zware baspartij die door de vegetatie en de rest van de wijk heen dreunde. Dat het pas twaalf uur 's middags was, vormde blijkbaar geen beletsel.

'Vlecht, is hij thuis?' vroeg hij.

'*What?*' vroeg de man.

'Vlecht,' herhaalde Fabian. '*Is he...*'

'*Just come inside*,' kapte de man hem af, waarna hij in de menigte verdween.

Fabian liep mee naar binnen en keek om zich heen naar alle feestende mannen en vrouwen in leeftijd variërend van pakweg twintig tot wat wel boven de tachtig leek. In een andere werkelijkheid had hij het wellicht spannend gevonden, maar nu voelde het gedrang in combinatie met de zware bas claustrofobisch.

Hij wurmde zich door een dansende meute, langs de bar in de keuken, waar een man en een vrouw met eenzelfde soort kapsel cocktails maakten, gekleed in even strakke als glinsterende onesies. Op de banken en eilanden van grote vloerkussens lagen hier en daar gasten gekleed in bikini en zwembroek te lachen, met elkaar te rommelen of te slapen.

Hij kon niet begrijpen hoe ze konden lachen. Hoe iemand zichzelf kon toestaan ergens plezier aan te ontlenen. Hij wilde de hoofdschakelaar zoeken en de stroom uitzetten. Tegen ze schreeuwen dat ze hem met rust moesten laten en op hun fietsen moesten ophoepelen zodat hij in alle rust Vlecht kon gaan zoeken.

Ook buiten in de tuin achter het huis pulseerde de bliepende elektronische dansmuziek uit verborgen luidsprekers. Maar hier was het volume iets lager en kon je aanzienlijk makkelijker ademhalen, ook al stond het gazon eveneens vol gasten.

Toen kreeg hij Vlecht in het vizier. Gekleed in sandalen, een flodderige, ivoorkleurige harembroek, een lang overhemd en met een roze veren boa om zijn nek stond hij achter een draaitafel met zijn schouderlange haar te zwaaien, dat voor de verandering geen vlechten vertoonde.

Fabian liep naar hem toe, maar was nog maar halverwege toen Vlecht zich omdraaide om zijn vinylverzameling door te lopen en hem in het oog kreeg.

'Fabian?' Hij bleef midden in een beweging steken.

'Vlecht, ik weet dat je...'

'Fabian, Fabian,' onderbrak Vlecht hem, en hij toverde een glimlach op zijn gezicht. 'Rustig maar. Ik kan me niet herinneren dat ik jou zou hebben uitgenodigd, maar als er iemand van het team welkom is, ben jij het wel. Dus ontspan, trek je kleren uit en neem een drankje.'

'Dank je, maar... Vlecht, het spijt me, maar ik ben hier niet om...'

'Je wilt ook draaien. Bedoel je dat? Een kleine battle. Jij bent tenslotte ook een music-lover, dat had ik al wel begrepen. Trouwens, ken je dit?' Hij keerde zich om naar de draaitafel en verhoogde het volume op het paneel. '"2 Hearts" van Digitalism. Briljant gewoon.'

'Vlecht.' Fabian kwam dichterbij. 'Ik ben hier omdat ik je...'

'Wacht, ik moet alleen even...' Vlecht hield zijn hoofd schuin en perste zijn ene oor tegen de koptelefoon, die om zijn nek hing, terwijl hij met vaste hand de naald op de juiste plek plaatste en 'Musique Non Stop' van Kraftwerk opzette.

'Dit zou je in elk geval moeten kennen.' Vlecht richtte zich weer tot hem. 'Wist je dat ik bevriend ben met Ralf Hütter en een van de weinige buitenstaanders die in de Kling Klang Studio is geweest?' Hij schudde zijn hoofd. 'Over genieën gesproken.'

'Vlecht.' Fabian greep hem bij zijn schouders en keek hem strak aan. 'Ik ben hier omdat ik je hulp nodig heb.'

Vlechts glimlach veranderde in een streepje. 'En waarom ben ik niet eens verbaasd? Dat ik midden in mijn vakantie zit, doet er blijkbaar niet toe, of dat ik een feestje geef.'

'Als er alternatieven waren, zou ik het nooit vragen. Ik hoop dat je dat begrijpt. Heb je gedronken?'

'Hoe bedoel je, alcohol?' Vlecht keek hem met afgrijzen aan. 'Ben je gestoord? Dat heb ik al sinds mijn veertiende niet meer gedaan. Fabian, waar gaat het om? Kun je Arne Gruvesson niet vragen? Oké, hij is misschien niet degene met de beste papieren. Maar hij heeft dienst en ik kan je beloven dat hij gewoon zit te wachten op iets spannends om zijn tanden...'

'Vlecht, ik smeek het je,' onderbrak Fabian hem. 'Dit is geen nieuwe zaak. Het gaat om mijn zoon. Begrijp je dat? Mijn eigen zoon.'

Vlecht raakte volkomen van zijn stuk en keek Fabian aan als om vast te stellen of hij het echt meende. Daarna knikte hij kort en trok zijn boa af. 'Kom, we gaan.'

11

Jan Hesk had nooit begrepen waarom vrijwel iedere Kopenhagenaar er ooit in zijn leven van droomde om in Kartoffelrækkerne te mogen wonen – het blok met bijna vijfhonderd rode bakstenen rijtjeshuizen in het centrum van Kopenhagen. Oorspronkelijk waren ze gebouwd als eenvoudige arbeiderswoningen op een aantal grote aardappelvelden, vandaar ook de naam 'De aardappelrijen'. Nu kostten die huizen een fortuin dat maar voor weinigen was weggelegd, ook al waren de kamers nog net zo krap en was het plafond zo laag dat je uit puur lijfsbehoud moest bukken als je boven de 1 meter 80 was.

Maar er heerste onmiskenbaar een gemoedelijke, idyllische sfeer, dat moest hij toegeven toen hij Jens Juels Gade in liep, nadat hij zijn auto om de hoek had geparkeerd. Midden op straat waren een aantal kinderen aan het voetballen, anderen waren aan het hinkelen en rond een paar opgezette tafels vierde een groot gezelschap een verjaardag met koffie en gebak in de schaduw van een paar opengeklapte parasols.

De wijk stond bekend als een goede buurt. Er was een enorme saamhorigheid onder de bewoners, die zichzelf beschouwden als één grote familie, bestaande uit succesvolle kunstenaars, mediapersoonlijkheden en hooggeplaatste figuren als Mogens Klinge.

Hij passeerde het verjaardagsfeest. Het geroezemoes verstomde als op commando en maakte plaats voor vragende blikken die zijn stappen volgden. Waarschijnlijk was ook Klinge uitgenodigd voor het feest, en nu hij niet was komen opdagen waren ze zich gaan afvragen of alles wel in orde was. En wie weet had iemand wel iets van belang gezien. Zo gauw hij klaar was met het huis zou hij met iedereen gaan praten. Klinges vrouw was vijf jaar geleden overleden aan borstkanker. Dat had hij gelezen in een van de vele interviews die hij over hem had gevonden. Daar in de *Østerbro Avis* had hij verteld hoe eenzaam hij zich had gevoeld met zijn verdriet, aangezien hij geen kinderen of broers en zussen had, en dat hij zonder zijn fantastische buren nooit door die moeilijke tijd heen was gekomen.

Eenzaam of niet, hij had in elk geval zijn kleine terras voor nummer 38 goed verzorgd. In tegenstelling tot veel andere voortuintjes, waar de half verrotte tuinmeubels schreeuwden om een drupje olie en de natuur bezig was delen van de gevel te heroveren, was het hier keurig netjes. Bovendien was de boom voor het huis besnoeid en had het witte hek onlangs een nieuw verfje gekregen.

Na een paar handschoenen te hebben aangetrokken, haalde hij de sleutelbos tevoorschijn die Hemmer in de auto had aangetroffen, opende de voordeur en stapte naar binnen. Het rook bedompt, dus hij liet hem op een kier staan en liep door naar de woonkamer, die illustreerde waarom hij daar nooit zou kunnen wonen.

Hoewel het waarschijnlijk de grootste kamer van de woning was, stonden er veel te veel spullen op een veel te klein oppervlak. Het was op zich wel charmant en gezellig, maar hij kon zich niet onttrekken aan het gevoel dat hij in een poppenhuis was beland.

Morten Heinesen had aangeboden mee te gaan, maar dit was iets wat hij zelf wilde doen. Het was niet dat ze geen team waren en elkaar niet zouden helpen – hij wilde niets liever. Het was alleen zo dat hij vandaag nog niets had bereikt. Wat hij nodig had was iets wat hun vertrouwen won.

Dat van Heinesen had hij al. Maar het ging hem om dat van de twee anderen, Hemmer en Bernstorff, wat ze ook zeiden en hoe hard ze ook knikten. Als hij niet zeer binnenkort met een interessant aanknopingspunt of in elk geval een gedachtegang op de proppen kwam die geen van de anderen al had gehad, zou het niet lang duren voordat ze zouden stoppen met luisteren en achter zijn rug om hun eigen koers gingen volgen.

Het probleem was dat hij geen enkel idee had. Hij wist gewoon niet waar hij naar moest zoeken. Ergens had hij gehoopt dat hij al een paar antwoorden zou krijgen zodra hij een voet in het huis zette. Iets wat zijn aandacht trok en hem kon helpen net zo snel als ze allemaal wensten vooruit te komen in het onderzoek.

Maar niets van dit alles toen hij om zich heen keek. Niets meer dan een heleboel boeken in de boekenkast, een paar landschapsschilderingen aan de muren, een stapel kranten, een donkerblauwe stoffen bank, een sleetse fauteuil voor de tv en een aantal planten voor het raam.

Misschien lag het gewoon aan hem. Misschien waren er enorm veel aanwijzingen en antwoorden, als je maar het vermogen bezat om te analyseren wat je zag.

Zoals het feit dat er in de boekenkast voornamelijk vakliteratuur en biografieën stonden, en vrijwel geen enkele literaire titel. Het was bekend dat vrouwen meer literatuur lazen dan mannen. Maar was dat ook een teken dat Klinge alle boeken van zijn vrouw had opgeruimd? En betekende dat op zijn beurt dat hij toch niet in die mate om haar had gerouwd als hij had beweerd? Had hij soms een dubbelleven met andere vrouwen geleid? Of was zijn vrouw gewoon niet geïnteresseerd geweest in fictie? En vooral, was dat überhaupt van belang voor het onderzoek? Het antwoord was dat hij geen flauw idee had. Dat het allemaal één grote wirwar aan informatie was die alleen maar bijdroeg aan het verergeren van zijn hoofdpijn en hem nog meer stress bezorgde.

Dat voelde hij diep vanbinnen al zijn hele politiecarrière, maar het was nooit eerder zo duidelijk geweest als nu. Hoe hij, in tegenstelling tot bijvoorbeeld die Zweedse moordonderzoeker Fabian Risk, niets had van de instelling dat hij tot elke prijs een zaak wilde oplossen en ervoor zorgen dat de dader werd opgepakt. Natuurlijk wilde hij ook dat de schuldige zijn straf zou krijgen, maar dat was in al die jaren niet zijn grootste drijfveer geweest. Hij had gewoon geprobeerd de dingen zo goed mogelijk te doen en mensen zo min mogelijk op de tenen te trappen om zich zodoende omhoog te werken.

Hij was met andere woorden *fake*. Een bluffer die deed alsof hij bij diverse onderzoeken betrokken was geweest. Het enige talent dat hij had ontwikkeld, was bij vergaderingen zitten en overkomen alsof hij alles onder controle had en wist waar hij over sprak. Een talent dat zo verfijnd was dat hij er zelf soms in geloofde.

En nu stond hij helemaal klem in de hoek waar hij zich zelf in had gedreven, en, bluffer of niet, hij was de enige die kon zorgen dat hij vorderingen maakte. Op weg terug naar de hal en op de trap naar de bovenverdieping, probeerde hij zich ervan te overtuigen dat het onderzoek ondanks alles toch niet helemaal had stilgestaan.

Mogens Klinge was geïdentificeerd en ze hadden meerdere aanwijzingen gevonden die erop wezen dat er mogelijk meerdere personen bij de moord betrokken waren. Wie de vrouw was wisten ze nog niet, maar met haar kruisvormige litteken was het slechts een kwestie van tijd voordat ook dat vraagteken was opgelost. Bovendien waren ze pas een dag bezig. Natuurlijk had hij zelf gehoopt op een sneller verloop, maar dat was vanochtend. Nu wist hij wel beter en rekende hij er in tegenstelling tot Sleizner gewoon op dat het tijd zou kosten.

Hij opende de eerste van de drie deuren op de overloop en liep een slaapkamer binnen met een tweepersoonsbed met aan beide kanten een nachtkastje, een paar kasten en een televisie die aan de wand hing. Sporen dat Klinge hier met de vrouw seks zou hebben gehad voordat hij de loop van zijn pistool in zijn mond had gestoken, waren er niet te zien. Op de muren, de vaste vloerbedekking of de sprei zaten geen bloedspetters.

Dat had hij ook niet verwacht. Met die fantastische saamhorigheid tussen de bewoners was dit geen wijk waar je een prostituee mee naar huis nam. Het was ook geen buurt waar je ongemerkt twee stoffelijke overschotten kon afvoeren, zelfs niet midden in de nacht. Nee, waar de moorden ook hadden plaatsgevonden, hier was het niet.

Hij verliet de slaapkamer en opende de deur naar de kamer ernaast. Net als de andere kamer stond het er propvol maar was het toch gezellig, met een uitnodigende leesfauteuil en bijbehorende voetenbank. De ene muur was bedekt met boeken, die op hun beurt een werkplek flankeerden bestaande uit een oud, versleten bureau dat op een pennenbakje en een magneet met paperclips na leeg was. Net als beneden in de woonkamer stonden er een aantal planten in de vensterbank; roze en rode hibiscussen die allemaal in bloei stonden. Dat was niet de eenvoudigste plant, en dat Klinge zulke groene vingers had, had hij niet gedacht.

Maar de meeste mensen hadden kanten waar ze niet over opschepten, en zelf hield hij ook erg van bloemen en planten in al hun vormen. Hij kocht een keer per maand een mooie bos bloemen voor Lone. Het voorwendsel was om haar zijn waardering te tonen en haar blij te maken, wat meestal werkte, ook al kocht hij ze voornamelijk voor zichzelf.

Hij liep naar de fauteuil en keek door het raam naar buiten naar de kleine achtertuin, waar een overdekte barbecue stond, evenals een paar tuinmeubels en een ingeklapt droogrek. De tuin was afgescheiden van die van de buren door een hoge stenen muur, maar in de hoek zat een deur waardoor je ongehinderd naar de buren kon lopen, en om het zekere voor het onzekere te nemen, besloot hij uit te zoeken wie de buren waren.

Zijn belangstelling gold niet alleen de achtertuin, maar ook de vensterbank. Of beter gezegd: de grijze kunststof punt die achter een van de bloempotten omhoogstak. Hij moest denken aan een haaienvin. Het was alsof dat nietszeggende voorwerp een herinnering opriep waarvan hij niet wist dat hij die had.

Pas toen hij de pot opzij schoof en de oude, knalgele Ericsson-mobiel zag, begreep hij waarom. Die werd in de vroege jaren 2000 in de volksmond namelijk niet 'Ericsson R310s' genoemd, maar – inderdaad – 'haaienvin'. Hij had er zelf een paar jaar een gehad en wist nog goed dat hij er erg blij mee was geweest, ondanks de veel te grote antenne waardoor je hem onmogelijk in je broekzak kon steken. Slechts tien jaar geleden was het een technologisch hoogstandje geweest met een batterij die meer dan een week meeging, en over nog eens tien jaar zou hij vast voldoende retro zijn en een tweedehandswaarde hebben die hoger was dan de oorspronkelijke aankoopprijs. Maar vandaag de dag was het ding niet veel meer dan een lelijk, onhip stuk plastic dat, als het niet allang bij het vuil was beland, in de meeste gevallen vergeten in een la stof lag te verzamelen. Om die reden was het opmerkelijk dat Klinge hem daar had staan. Zeker als je bedacht dat er een nieuwe Samsung Galaxy in de auto had gelegen.

Hij nam de mobiel in zijn hand en constateerde dat die niet eens stoffig was. Daarna probeerde hij hem aan te zetten. Die beweging zat in zijn spiergeheugen. Maar het bleek dat hij al aan was, en toen het display oplichtte, kon hij op het batterijsymbool rechts constateren dat de batterij nog voor ongeveer een kwart vol zat. Bovendien getuigden de vier puntjes links ervan dat er een werkende simkaart in zat.

In die tijd zat nog niet overal een wachtwoord op, en dat betekende dat hij gewoon in de menu's kon rondklikken en een kijkje kon nemen.

Buiten een aantal verschillende servicenummers stond er maar één naam in de contacten, CONTACT1. Hij weerstond de verleiding om het groene hoorntje in te drukken en te zien waar hij belandde, en ging verder naar de gesprekkenlijst, alleen om te constateren dat – voor zover die niet was gewist – er niet één telefoontje was gepleegd. Er waren daarentegen wel een aantal sms'jes gestuurd.

Test was het eerste bericht van CONTACT1. Preciezer: gedateerd 16 april om 11.23 uur. Zes minuten later op dezelfde dag was het antwoord van Klinge gekomen in de vorm van een OK.

Daarna had het nog eens vijfenhalf uur geduurd voordat er een heel cluster van berichten was gekomen.

'*Don't ask me*,' hoorde hij plotseling een stem van de benedenverdieping. '*Maybe he just forgot to close it when he left.*'

'*You don't just forget to close and lock the door*,' hoorde hij iemand anders zeggen.

Hesk keek om zich heen naar mogelijke alternatieven om weg te komen. Er was geen balkon, en zijn knieën en heupen zouden een sprong op de stenen niet overleven. Eigenlijk zou hij gewoon zijn politielegitimatie tevoorschijn moeten halen en naar beneden moeten gaan om te kijken wie het waren. Maar hij was veel te bang. Hij was voor het eerst zolang hij zich kon herinneren bang voor wat er bij een confrontatie zou kunnen gebeuren.

En voordat hij had kunnen nadenken, was hij terug in de aangrenzende slaapkamer en sloot hij zich op in een van de garderobekasten. Hij had zoiets nooit eerder gedaan, behalve wanneer hij verstoppertje had gespeeld met de kinderen, en het voelde volkomen absurd. Maar hij kon niets beters bedenken.

Bovendien was hij ongewapend. Zijn pistool lag zoals gewoonlijk in de wapenkast op het hoofdbureau van de politie, en de laatste keer dat hij het had gebruikt was afgelopen winter op de schietbaan. Feit was dat hij het in de praktijk tot nu toe nog nooit had hoeven gebruiken. Maar nu miste hij het. Nu hij in elkaar gedoken in het donker onder de kleerhangers met overhemden en broeken zat en kon horen dat de twee mannen op weg waren naar boven.

'*We should be close now, very close*,' hoorde hij de een zeggen. '*Let's hope you're right*,' aldus de ander, die de slaapkamer binnenkwam. '*It already took way too long.*'

Hij hield zijn adem in en vroeg zich af of hij zich naar buiten zou werpen in een poging de persoon in kwestie te overmannen. Het verrassingseffect was in zijn voordeel. Maar dat was dan ook het enige. De rest was in zijn nadeel. Fysiek, balans, snelheid – hij had niets van dat alles. Hij zou met andere woorden geen kans maken.

Dat de man bovendien dichterbij kwam, maakte het er niet beter op. Zo dichtbij dat hij het zwakke gepiep van zijn ademhaling door zijn neusgaten kon horen. Toen hij vlak daarna de kast opendeed, was dat niet voorzichtig maar met een stevige ruk, alsof hij verwachtte dat er zich daar iemand zou schuilhouden.

Dat het de kast ernaast was, maakte weinig uit. Over een paar seconden zou zijn deur worden opengetrokken, en het enige wat hij kon doen was naar buiten springen en er het beste van hopen.

'*In here,*' riep de ander, waardoor de man de slaapkamer verliet. '*At least according to the screen. It should be here somewhere in this room.*'

'*So find it then. Don't just stand there. Find it.*'

Hij hoorde dat de laden in het bureau in de aangrenzende kamer werden uitgetrokken en geleegd, en dat de fauteuil werd verplaatst en een van de bloempotten op de grond belandde.

'*Is it still supposed to be here?*'

'*Yes. Look for yourself.*'

'*Okay, I'm calling it.*'

'*Sure?*'

'*You have a better idea? We're running out of time.*'

Zijn handen beefden van angst en weigerden te gehoorzamen. Uiteindelijk slaagde hij er toch in de oude Ericsson-telefoon uit zijn zak te vissen, net voordat die tot leven kwam. Het toestel kon echter geen geluid maken doordat hij op de rode knop drukte en die ingedrukt hield tot het scherm weer doofde.

12

Vlecht had zich in vloeiend Deens aan de ambulancechauffeur voorgesteld en hem de weg gewezen naar het forensisch lab in Helsingborg. Eenmaal daar had hij een aantal documenten ondertekend, waarop de chauffeur had geholpen de zwarte lijkzak op een van de brancards van het forensisch lab te tillen.

Maar Fabians eigen herinnering van het laatste halfuur was slechts fragmentarisch. Misschien was hij in de ambulance een paar keer weggedommeld. Misschien niet. Iets in hem was uitgeschakeld en verhinderde elke vorm van contact met de buitenwereld en vooral met hemzelf.

Toen Vlecht voor zijn collega Arne Gruvesson bleef staan, kon hij zien dat ze met elkaar spraken, maar het enige wat hij hoorde waren losse fragmenten waarin Gruvesson zich afvroeg wat Vlecht daar tijdens zijn vakantie te zoeken had.

'Gewoon een klein onderzoekje.' Vlecht glimlachte. 'Niets om je druk over te maken. Dus ga maar lekker door met koffiedrinken en *Murder Snails* spelen, of wat je ook aan het doen bent.'

Normaliter was hij ernaartoe gelopen, zich er goed van bewust dat Vlecht en Gruvesson een onmogelijke combinatie was. Nu kon hij niets anders doen dan naar zijn twee collega's kijken alsof hij langzaam een verkeersongeval passeerde.

Hij kon zich niet herinneren hoe ze in de onderzoekskamer waren gekomen. Opeens bevonden ze zich in de verlichte ruimte met de betegelde vloer, afvoerputjes, blinkend schone onderzoekstafels onder felle lampen en gedesinfecteerde instrumenten.

Pas toen hij zijn handen onder de lijkzak begroef en het gewicht van Theodors botten tegen zijn onderarmen voelde, slaagde de werkelijkheid erin door alle lagen heen te dringen.

Zijn zoon was dood.

Hij was echt dood, en niets zou hem ooit weer terug kunnen brengen.

In het mortuarium in Helsingør had hij vol vragen gezeten waar hij antwoord op wilde hebben. Hij was ervan overtuigd dat er iets niet klopte. Dat was nu allemaal verdwenen. Zijn zoon was er niet meer. Het was een punt, geen komma of een zwevend antwoord met ruimte voor vervolgvragen.

Hier eindigde de geschiedenis van Theodor.

'Ik zal je rustig je gang laten gaan.' Hij was veel te kwetsbaar om toe te kijken terwijl zijn zoon onderzocht werd. 'Ik wacht wel buiten.'

'Niks ervan. Jij blijft hier.' Vlecht opende de rits van de lijkzak en trok die helemaal omlaag zodat Theodor volledig zichtbaar werd zoals hij daar met gesloten ogen en zijn armen rustend op zijn buik op zijn rug lag. 'Normaliter heb ik mijn assistent hier, maar zij is op vakantie.'

Hij hield een groene werkjas omhoog.

Fabian aarzelde, maar trok de jas aan en hielp de lijkzak weg te trekken terwijl Vlecht het lichaam optilde.

Hij wist niet zeker of hij het aan zou kunnen om tijdens de hele sectie aanwezig te blijven. Maar misschien was dit wel precies wat hij nodig had. Om te kunnen accepteren dat het niet langer aan hem was. Dat hij niets anders kon doen dan naar huis gaan en voor het gezin zorgen dat hij nog over had.

Vlecht was al bezig om Theodors kleding met behulp van een krachtige schaar van het lichaam te verwijderen. Eerst de trui, daarna de broek, het ene been na het andere, en uiteindelijk zijn sokken en onderbroek.

Zelf had hij alles gedaan om met hem van plaats te mogen

ruilen. Wat dan ook om degene te mogen zijn die daar op het koude metaal lag, in plaats van zoals nu ernaast te staan en met elke ademhaling zijn straf te krijgen.

Als al die blauwe plekken op de borst en verder omlaag over zijn romp en de heupen er niet waren geweest, had hij zijn excuses gemaakt en Vlecht aangeboden diens taxikosten terug naar het feest te betalen. Maar nu was er iets in hem wakker geworden.

Dat Theodor betrokken was geweest bij een vechtpartij wist hij al, dat had Komorovski hem verteld. Tegen haar hadden ze gezegd dat zijn zoon zich in de kantine zomaar op een van de andere gedetineerden had gestort en zich schuldig had gemaakt aan zware mishandeling. Maar deze grijsblauwe plekken vertelden een heel ander verhaal. Een verhaal waarin ook hij klappen te verduren had gekregen.

Hij wilde aan Vlecht vragen hoe oud ze waren en hoe hard de klappen geweest moesten zijn. Of te zien was of ze van één iemand afkomstig waren of van meer mensen, of ze hem hadden geschopt of misschien zelfs een voorwerp hadden gebruikt dat dienstdeed als wapen. Maar Vlecht was druk bezig om iets in Theodors rechterhandpalm door een vergrootglas te bestuderen.

'Heb je wat gevonden?'

Het antwoord kwam in de vorm van een uitgestoken hand. 'Pincet, graag.'

Fabian liep naar een van de verzamelingen instrumenten die naast elkaar op een groen laken lagen en koos een van de vele pincetten en overhandigde die.

'Kijk.' Vlecht hield het pincet tussen hen omhoog. 'Zie je dit puntje?'

Fabian knikte en leunde voorover om het halve centimeter lange metalen puntje te bestuderen. 'Wat is dat?'

'Als ik een gok mag doen, zou ik zeggen dat het de punt van een punaise is.'

'Een punaise? Hoe kwam hij daar nou aan?'

'Dat is precies wat ik me afvraag, en ik moet zeggen dat het allemaal nogal vreemd overkomt,' zei Vlecht terwijl hij de handpalm onderzocht. 'Er zitten bovendien sporen van bloed rond de wond, wat erop duidt dat hij in leven was toen hij die verwonding opliep. Maar laten we naar die blauwe plekken gaan.' Hij stopte het metalen puntje in een afsluitbaar plastic zakje.

Fabian knikte. 'Ze hebben gezegd dat hij... dat hij anderen had mishandeld. Dat was wat ze zeiden. Dat hij de dader was. Dus toen ben ik naar hem toe gegaan... en heb ik gezegd dat hij zich gedeisd moest houden wilde hij een kans maken bij de rechtszaak.'

'Wat kun je meer doen dan wat je denkt dat goed is?'

'Ik kan alleen niet begrijpen waarom niemand het verteld heeft. Waarom niemand de waarheid vertelde. Zelfs hijzelf niet. Ik ben daar diverse keren ge...'

'Hé...' Vlecht legde zijn hand op zijn schouder. 'Misschien kun je beter naar huis gaan, naar je gezin. Ik laat je weten wanneer ik klaar ben.'

'Nee, ik blijf hier. Het is toch al te laat, dus ik kan net zo goed hier blijven. Ik wil graag dat je vertelt wat je ziet. Oké? En je hoeft mij niet te sparen. Ik wil alles horen.'

Vlecht wist met tegenzin een oké uit te brengen en begon de blauwe plekken op de heupen en delen van de romp en de borst te bestuderen. Daarna pakte hij het lichaam met beide handen beet en legde het op zijn zij om de rug te kunnen onderzoeken, die ook vol grote blauwe plekken zat.

'Zoals je ziet lijdt het geen twijfel dat hij is blootgesteld aan mishandeling. Het is waarschijnlijk dat hij lag en zowel geschopt als geslagen is.'

'Zijn er voorwerpen bij gebruikt?'

'Lastig te zeggen. Hier zitten aardig wat grote bloeduitstortingen, maar die kunnen net zo goed zijn aangebracht door schoenen met stalen neuzen als door wat anders. Wat daarentegen opmerkelijk is, is dat er geen plekken op zijn onderarmen of scheenbenen zitten.'

'En waarom is dat opmerkelijk?'

'Denk maar eens na. Jij ligt op de grond en wordt geschopt en geslagen. Dus wat doe je?'

'Ik probeer me te beschermen.'

'Exact. Je kruipt in foetushouding in elkaar en maakt jezelf zo klein mogelijk, wat vrijwel altijd resulteert in verwondingen op de onderarmen en schenen. Het probleem voor de dader is dat dat zichtbaar is als er, zoals in het detentiecentrum in Helsingør, overhemden met korte mouwen worden gedragen.'

'Dus ze waren met meer dan één.'

'Ik zou zeggen minstens drie.'

'Twee die zijn armen en benen vasthielden en eentje die schopte.' De beelden vlogen aan zijn geestesoog voorbij als aasgieren die weigerden hun kadaver op te geven.

Het moesten de anderen van de Smiley-liga zijn geweest die ook in afwachting waren van de rechtszaak. Zij hadden alle motieven ter wereld om te zorgen dat Theodor niet tegen hen kon getuigen, en van wat hij op de filmpjes gezien had waarin ze daklozen dusdanig hadden mishandeld dat die eraan waren bezweken, paste dit wel bij hen. Juist om die reden hadden ze van elkaar gescheiden moeten worden op verschillende afdelingen.

'En dan is er nog wat.' Vlecht wees. 'Zie je die bruine vlekken hier boven? Die zijn zo'n twee weken oud en de gele en groene hier circa één week.'

'Dus het is meer dan één keer gebeurd?'

Vlecht knikte. 'Al dat blauwzwarte hier en daar is nog geen vier, vijf dagen geleden ontstaan.'

Er was met andere woorden sprake geweest van een haast systematische mishandeling. Toch had niemand wat gezegd. Komorovski niet en de officier van justitie en de bewakers al evenmin. Hadden ze het niet geweten of hadden ze alles in de doofpot willen stoppen?

'Hebben ze gezegd hoe hij zich verhangen heeft?' ging Vlecht verder, die nu de sporen rond Theodors hals aan het onderzoeken was.

'Ja, hij was er blijkbaar in geslaagd het bed los te schroeven van de wand en dat rechtop op zijn kant te zetten, zodat hij de strop om een van de bovenste poten van het bed kon doen.'

'En de strop zelf, wat hebben ze daarover gezegd?'

'Hij zou de lakens in repen hebben gescheurd en die tot een koord hebben gevlochten.'

'Een gevlochten koord?' Vlecht wendde zich tot Fabian, die knikte en zijn schouders ophaalde. 'Interessant,' mompelde hij, en hij ging weer verder met zijn onderzoek, waarbij hij voorzichtig Theodors hoofd naar opzij legde om de sporen beter door zijn vergrootglas te kunnen bestuderen. 'Het zou mij verbazen als dit sporen waren van in elkaar gevlochten repen laken. Dat kan ik wel zeggen.'

'Dat is wat ze gezegd hebben.'

'Dat snap ik, maar om het helemaal zeker te weten moet ik die vlecht onderzoeken en kijken of die bij die sporen past. Maar reken daar maar niet op.'

'Dat kun je met een vergrootglas niet zien?'

'Geloof me. Je kunt voldoende zien, en van vlechten weet ik toevallig wel het een en ander af. Laten we zeggen dat het zo is gegaan. Dat hij het laken in repen heeft gescheurd en die heeft samengevlochten. Dan heeft hij waarschijnlijk drie stroken van het laken gevlochten, wat bij lange na niet voldoende zou zijn geweest voor zijn lichaamsgewicht. Dat pleit ervoor dat hij minstens drie van zulke vlechten heeft gemaakt, die hij dan op zijn beurt weer tot één grote heeft samengevlochten, en dat zou nooit een dergelijk spoor veroorzaken. Het alternatief is dat hij de negen repen in één keer heeft samengevlochten tot één vlecht. Die zou dan een gelijkmatiger oppervlak hebben gehad. Maar tenzij jouw zoon een knopenexpert was, lijkt mij dat tamelijk onwaarschijnlijk.'

'Wat heeft hij dan gebruikt?'

'Een echt touw of een of andere stroomkabel. Iets met een enigszins gelijkmatig oppervlak.'

Hadden ze hem bewust voorgelogen of hadden ze gewoon een of andere geloofwaardige verklaring verzonnen om hem met een zoethoudertje om de tuin te leiden? Hij had lopen tieren en hun een antwoord afgedwongen, dus als ze in het heetst van de strijd iets hadden gezegd wat niet helemaal klopte, was dat misschien niet zo vreemd.

Hij wendde zich tot Vlecht, die over Theodors hoofd gebogen stond en diens donkere krullen opzij deed om de hoofdhuid te onderzoeken. Die onhandelbare krullen die altijd zijn zoons signatuur waren geweest, hoe vaak Sonja ze ook met water in bedwang had proberen te houden toen hij klein was. Niets had ze ervan kunnen weerhouden hun eigen leven te leiden. Zelfs de dood niet.

Er dwarrelde iets omlaag. Het landde op de witbetegelde vloer. Iets wat in Theodors haar moest hebben gezeten.

Hij liep erheen en ging op zijn hurken zitten om het beter te bekijken en zag dat het een verfschilfer was zo groot als een oude munt van vijfentwintig öre. Met behulp van een pincet pakte hij hem op en stopte hem in een doorzichtig bewijszakje, en bestudeerde hem in het licht van een van de onderzoekslampen.

De schilfer was relatief dik, meer dan een millimeter, en donkergroen van kleur. Dat alleen was al opmerkelijk. Nu had hij Theodors cel niet gezien, maar dat de muren of het plafond zo donker zouden zijn, kon hij maar moeilijk geloven. Maar ergens was er dus een ruimte met die kleur. Een kamer waar Theodor zich om de een of andere reden bevonden had.

Het zoemende geluid van een haartrimmer maakte dat hij zich omdraaide naar Vlecht, die druk bezig was Theodors krullen af te scheren, die een voor een geluidloos op de grond vielen. Hij wilde tegen hem zeggen dat hij moest stoppen. Roepen dat het genoeg was. Dat hij niet meer hoefde te weten. Dat hij hoe dan ook niet aan die krullen mocht komen.

Maar het meeste lag al op de grond als een donker, donzig tapijt, en toen hij opkeek vielen de stukjes op hun plaats. Zowel de donkergroene verfschilfer die in zijn haar was blijven vastzitten als de enorme blauw-gele plekken, die als een ongebruikelijke huidziekte grote delen van Theodors kaalgeschoren hoofd bedekten.

13

Met zijn ratelende rolkoffer haastte Michael Rønning zich langs een stel prostituees en een groep luidruchtige drugsverslaafden voor Mændenes Hjem op Istedgade over het trottoir. Vlak daarna slaagde hij er maar net in een plas braaksel te ontwijken.

Het was met andere woorden een doorsneedag in de meest centrale zelfkant van Kopenhagen. Hij woonde hier al meer dan tien jaar en was allang de tel kwijt geraakt hoe vaak hem niet was gevraagd hoe hij het uithield in al die misère zo gauw hij een stap buiten zijn appartement zette.

De waarheid was dat hij er gewoon van hield. Juist deze buurt vormde een tegenwicht tegen alle nieuwbouw met glimmende gevels en welwillende burgers die netjes belasting betaalden en op tijd op hun werk verschenen. Een tegenwicht dat noodzakelijk was om al het andere in Kopenhagen te laten functioneren. Zonder achterkant met al het ranzige, onzedelijke en gevaarlijke geen voorkant.

Maar hij had nu geen tijd om daaraan te denken. Hij had zelfs geen tijd om zich eraan te ergeren dat Samsonite, Rimowa of een van de andere kofferfabrikanten er maar niet in slaagden een rolkoffer te maken die je enigszins geluidloos over de fraaie, maar ongelijkmatige stoepen kon voorttrekken.

Nu was hij ook gestrest. Dat was hij al sinds hij Dunja Hougaard had geholpen met het afluisteren van Kim Sleizners mobiel. Dat was een maand geleden, en nadien was de sfeer op het werk veranderd. Het was alsof Sleizner ergens vermoedde dat hij met Dunja samenspande. Sleizner was zich er scherp van bewust dat zij elkaar kenden en om die reden liet hij haar naam te pas en te onpas vallen, als om te testen waar zijn loyaliteit lag. Daarnaast had hij het vage gevoel dat hij voortdurend in de gaten werd gehouden. Hij was ervan overtuigd dat er iemand in zijn appartement was geweest. Er ontbrak niets, en vrijwel alles lag waar het liggen moest. Bijna alles. Dat gold ook voor zijn mobiel. Hoewel hij de gewoonte had om die elke dag weer te resetten naar de fabrieksinstellingen om zich ervan te verzekeren dat zijn toestel niet gehackt was, hoorde hij vreemde klikjes die er eerder nooit waren.

Hoe het met Dunja was wist hij niet. En dat kon hem ook niet schelen. Nou ja, eigenlijk wel. De waarheid was dat hij probeerde zich er niet meer druk om te maken. De banden door te knippen en haar naar een uithoek van zijn geheugen te verbannen, die alleen door middel van hypnose toegankelijk was. Maar dat was lastig. Hij had haar meerdere keren geprobeerd te bellen om zich ervan te vergewissen dat alles goed met haar was. Alleen had ze nooit opgenomen. Ze had niet eenmaal de moeite genomen om het knopje in te drukken voor een simpel 'hoi'. Behalve als ze zijn hulp nodig had.

En als er iemand was voor wie hij had klaargestaan, was zij het wel. Hij had zoveel regels overtreden en zoveel risico's genomen dat hij er bang van was geworden. Maar hij had haar gezien als een vriendin, als een van zijn naasten, en voor hen deed je alles.

Maar dat was toen, en nu moest hij de prijs betalen.

Daarom had hij besloten om alle contact met haar te verbreken. Het maakte niet uit dat ze hem vanmiddag diverse keren had geprobeerd te bellen. Hij wilde niet langer meedoen. Hij had genoeg van haar en haar ziekelijke haat jegens Sleizner en was nu van plan minstens twee weken uit te checken en naar zijn nieuwe vriend Balthazar in Malmö te vertrekken. Zijn mobiel had hij natuurlijk wel bij zich, maar die stond uit en dat zou zijn hele vakantie zo blijven.

Toch kon hij het gevoel niet van zich afschudden dat hij voortdurend werd gevolgd. Dat iemand hem constant in de gaten hield. Iemand die ervoor zorgde precies voldoende afstand te houden om nergens van beschuldigd te kunnen worden.

Zoals een minuut geleden, toen hij een laatste keer over zijn schouder had gekeken voordat hij Reventslowsgade was overgestoken en door de zijingang van het Centraal Station naar binnen was gegaan, waar operamuziek uit de luidsprekers kwam om alle junks daar weg te houden.

Nu had hij slechts een glimp kunnen opvangen van de man met de capuchon die het meeste van zijn gezicht overschaduwde. Dat was nog net voordat hij achter de hotdogkraam voor de ingang uit het zicht was verdwenen. Maar Rønning was er zeker van dat het dezelfde gedrongen man was die aan de overkant van de straat had staan wachten toen hij zijn portiek uit was gekomen.

Nadat hij zich door de vertrekhal naar het grote informatiebord had gewurmd kon hij constateren dat de volgende trein over de Sont naar Malmö al over twee minuten vertrok van spoor vijf. Daarna duurde het maar liefst zesentwintig minuten tot de volgende trein vertrok.

Hij wierp een blik over zijn schouder maar zag noch de man met de capuchon, noch een ander verdacht iemand. Dit was zijn kans. Nu kon hij degene die hem achtervolgde van zich afschudden. Hij moest gewoon zorgen dat hij die trein haalde, zonder eerst in de rij te gaan staan om een kaartje uit een van de automaten te halen.

Of dat de juiste beslissing was of niet moest nog blijken. Hij rende zo hard hij kon naar de trap, en vervolgens naar beneden tegen de stroom reizigers in die op weg waren naar boven en verder over het perron naar de trein, waar de deuren al dichtgingen.

Het was dom en verboden, toch aarzelde hij niet toen hij zijn trolley tussen de deuren stak, die uit protest begonnen te piepen toen hij zich ertussen perste, en die hij met de geïrriteerde blikken van de andere reizigers op zich gericht uiteindelijk wist los te rukken zodat de deuren dichtgleden.

Ze mochten staren zoveel ze wilden. Het belangrijkste was dat hij aan boord was en dat de trein het station uit reed. Als er een conducteur kwam die een kaartje wilde zien, dan was dat maar zo. Wat was nou een boete in verhouding tot bijna een halfuur op het perron te moeten blijven staan en gewoon te wachten tot dat gedrongen kereltje hem weer zou vinden.

Hij veegde het zweet van zijn voorhoofd, tilde zijn rolkoffer op en baande zich voorzichtig een weg door het smalle gangetje langs het toilet naar de rij zitplaatsen, waarvan er meerdere vrij waren.

Achter hem hoorde hij het zuigende geluid van een vacuümtoilet dat werd doorgespoeld en vlak daarna dat de wc-deur geopend werd. Maar hij reageerde pas toen een hand hem bij zijn schouder greep.

Hij kon zich alleen nog omdraaien voordat een tweede hand hem vastpakte, waarna hij in de krappe toiletruimte getrokken werd en met zijn gezicht tegen de ene muur werd gedrukt, terwijl de deur achter hem dicht- en op slot ging. Daarna lieten de handen hem los, en kon hij zich omdraaien naar de gedrongen man. Die geen man was.

De eerste fractie van de volgende seconde was de verwarring zo duizelingwekkend dat hij iets moest zoeken om zich aan vast te houden om zijn evenwicht niet te verliezen. Pas toen hij zeker wist dat hij het niet verkeerd had gezien, dat het inderdaad zo was, hoewel dat eigenlijk onmogelijk was, pas toen durfde hij los te laten. 'Dunja?' wist hij na nog een paar seconden uit te brengen. 'Verdomme nog aan toe! Ben jij degene die mij de hele tijd...'

'Michael,' onderbrak ze hem, en ze stak haar wijsvinger voor zijn mond. 'Niet nu. Er is te weinig tijd.' Ze deed de capuchon af zodat hij haar hele gezicht en kortgeknipte, zilverkleurige kapsel kon zien. 'Ik beloof je dat ik alles zal uitleggen zo gauw het allemaal voorbij is. Maar nu heb ik je hulp nodig. Oké?'

'Hulp?' Hij begon te lachen. 'Dus nu ineens schikt het mevrouw. Weer.' Natuurlijk, het was Dunja die hem in de gaten had gehouden. 'Maar ik heb slecht nieuws. Ik doe namelijk niet meer mee met dit spelletje.' Hij schudde zijn hoofd. 'Dus als je zo vriendelijk zou willen zijn een stap opzij te zetten, dan kan ik eruit. Openbare toiletten zijn zoals je weet nooit echt mijn ding geweest.'

Hij maakte aanstalten om zich langs haar heen te wurmen, maar kreeg de kans niet toen ze hem opnieuw beetpakte en hem tegen de spiegel boven de wastafel drukte.

'Dit is geen spelletje.' Ze keek hem recht in de ogen. 'Het is menens, Michael. Ik ben bloedserieus.'

Hij keek haar aan en schudde zijn hoofd. 'Je hebt getraind, en dat is vast goed voor je houding en je zelfverzekerdheid. Maar als je niet snel mijn pas gestreken overhemd loslaat, ga ik om hulp schreeuwen. En ik kan je verzekeren: als er iets is waar ik goed in ben, dan is het gillen.'

Dunja aarzelde, maar liet hem uiteindelijk toch los. 'Het spijt me. Maar wij moeten onder vier ogen praten en ik zag geen andere mogelijkheid dan deze omdat je weigert op te nemen als ik bel.'

'Jij moet met míj praten. Wíj moeten niets.'

'Michael, ik snap het als je kwaad bent. Ik weet dat ik de laatste maanden een heel slechte vriendin ben geweest. Maar zo gauw dit over is, beloof ik alles te doen om...'

'Dunja, ik ben al lang geleden gestopt met kwaad zijn,' onderbrak hij haar. 'Ik ben nu alleen maar bang. Om mijn baan kwijt te raken. Voor het vuur waar je mee speelt. Voor hoe dit allemaal zal eindigen. Dat zou jij ook moeten zijn. Dus mijn advies aan jou is om met die hele shit te stoppen en terug te gaan naar je oude leven.'

'Welk leven? Er is niets voor mij om naar terug te gaan. Niet zolang Sleizner vrij rondloopt. Het is hij of ik, begrijp je dat niet? Zodra hij mij vindt, is het echt afgelopen voor mij.'

'Oké, we weten allemaal dat Sleizner niet bepaald een lieverdje is. Maar Dunja, je overdrijft echt. Het zit tussen je oren. Je bent gewoon obsessief.'

Dunja schudde haar hoofd. 'Ik hoef niet te overdrijven. Dat is juist het probleem. Is hij een leugenaar? Ja. Een gore verkrachter? Eenmaal raden. Een volbloedpsychopaat? Absoluut. Maar dat is nog maar het begin. Als je hem echt wilt omschrijven, moet je compleet nieuwe woorden verzinnen. Dus nee, ik kan het niet zomaar opgeven en doen of alles toppiejoppie is. Dit is namelijk niet iets wat met mij eindigt. Vergeet het maar. Die man blijft gewoon doorgaan tot iemand hem levenslang achter de tralies zet. Echt waar.'

'Oké, wat heb je? Wat heb ik gemist dat dan zo ontzettend beangstigend is? En kom niet aan met dat hij je heeft geprobeerd te verkrachten, je eruit heeft gegooid en alles heeft gedaan om jouw onderzoeken te saboteren, want dat weten...'

'Michael,' onderbrak Dunja hem. 'Waar hij zich wat mij betreft schuldig aan heeft gemaakt, is wel het laatste waar het om gaat. Dat kan me eerlijk gezegd geen reet schelen. Maar waar ik me wél druk om maak, is datgene wat wij niet weten en alles wat hij tot nu toe nog niet heeft gedaan maar wel gaat doen. Ik weet bijvoorbeeld dat hij op dit moment iets groots aan het bekokstoven is, en daar kom jij in beeld.'

'Iets groots aan het bekokstoven? Maak je een geintje? Is dat het enige wat je hebt? Na een hele maand met zijn gehackte telefoon.'

'We hebben natuurlijk een heleboel concretere dingen gevonden, maar...'

'Dunja,' kapte hij haar af. 'Laten we voor de verandering duidelijke taal spreken. Voor zover ik kan horen, heb je helemaal niets. Niet eens een theorie over wat hij dan doet wat zo weerzinwekkend erg is dat hij met het ochtendgloren de kogel zou moeten krijgen.'

'Oké, hij houdt zich de laatste tijd ongebruikelijk koest, dat is waar. Maar nu is hij weer ergens mee bezig, en sinds vanochtend is niets meer hetzelfde. Luister alleen hier maar eens naar.' Ze pakte haar mobiel en speelde een paar geredigeerde geluidsfiles af.

'Feit is dat alle documenten aanwezig moeten zijn,' hoorde je een mannenstem zeggen. 'Het is namelijk niet zomaar een richtlijn waar je om vraagt.'

'Uiteraard. Ik ben alleen bang dat...' – dat was Sleizner – '... een aanzienlijk groter probleem kan worden dan Klinge.'

'Kim, ik heb dit nu tot vervelens toe gehoord, en als je het mij vraagt ben jij gewoon geobsedeerd. Maar dat is niet mijn zaak. Morgen om middernacht gaat het eruit. Niet eerder maar ook niet later.'

Dunja stopte de geluidsopname. 'En mocht je het nog niet weten, dan kan ik je vertellen dat Mogens Klinge, het hoofd van de inlichtingendienst van de politie, een van de twee slachtoffers is die in die auto in de haven is aangetroffen.'

'Oké,' zei hij, en hij knikte.

'En wat ik ervan begrijp is dat een groot probleem voor deze heren. Tot nu toe weten we niet waarom, maar daarom ben ik hier ook niet.'

'Nee? Waarom ben je hier dan eigenlijk wél?'

'Om erachter te komen wat "een aanzienlijk groter probleem kan worden dan Klinge", en dat is waar jij en die richtlijn die er middernacht uitgaat in beeld komen. Waarschijnlijk staat die al ergens op jullie intranet te wachten op goedkeuring om uitgestuurd te worden.'

Rønning haalde zijn schouders op. 'Die kan echt overal staan en is ongetwijfeld versleuteld.'

'Die versleuteling is geen probleem. Daar weten wij wel raad mee. Waar wij hulp bij nodig hebben, is om langs de firewalls te komen, zodat wij onze spinnen naar binnen kunnen sturen, en als die hun werk hebben gedaan, hebben we een insider nodig die onze sporen uitwist.'

Rønning keek Dunja aan en streelde haar zachtjes over haar wang. 'Ik geloof niet dat je weet hoeveel ik van je hou. Hoe belangrijk je voor mij was en nog steeds bent. En hoe gekwetst ik was toen je opeens gewoon verdween.'

'Michael, dat weet ik allemaal, maar nu is...'

'Nee, nu ben ik aan het woord, en ik wil dat je luistert, want je lijkt nog steeds niet te snappen waar het verdomme om gaat.' Hij zweeg en masseerde zijn slapen voor hij verderging. 'Natuurlijk wil ik je helpen. Natuurlijk wil ik alles voor je doen. Maar het laatste waar je nu hulp bij nodig hebt, is om langs de firewalls van het intranet van de politie te komen.'

'Is dat wat je te zeggen hebt?'

'Dunja. Dit alles – ook waar je nu weer mee bezig bent – is veel te ver gegaan.'

'Na al die jaren. Na alles wat we samen hebben meegemaakt.'

'Jezus, zie je nou niet waar je mee bezig bent? Dat je hulp zou moeten zoeken voor het te laat is?'

'Oké, dan weet ik genoeg.' Dunja knikte verbeten. 'Goed, dan weet ik waar jij staat en wens ik je een fucking fantastisch leven samen met je nieuwe vriend in Malmö. Meer valt er dan zeker niet te zeggen?'

'Nee, dat denk ik ook niet.'

'Nou, dan moet je maar gaan. Of wacht je ergens op? Een knuffel? Een rustig-ik-begrijp-het-laten-we-een-keertje-gaan-eten-als-het-allemaal-voorbij-is?'

'Nee, ik wacht op het terugkrijgen van de sleutels van mijn appartement.'

Dunja keek naar zijn uitgestrekte hand, waarop ze hem aankeek terwijl ze de sleutelbos uit haar binnenzak haalde en die met een poging tot een glimlach aan hem overhandigde. 'Wie moet er nu je plantjes water geven als jij niet thuis bent?'

Rønning beantwoordde de glimlach niet, maar schudde alleen zijn hoofd, wrong zich langs haar heen, haalde de deur van het slot en deed die open. Op weg naar buiten bleef hij staan en draaide zich weer naar haar om. 'Ik hoop echt dat je mijn advies opvolgt en hulp zoekt. Maar...' Hij zweeg, aarzelde of hij verder zou gaan. 'Als ik jou een beetje ken, versier je morgenavond liever een jong agentje met een communicatieradio. Het is dan weliswaar zaterdag en geen dinsdag, maar dat is dan maar zo.'

14

Jan Hesk zorgde ervoor dat hij niet helemaal tot aan zijn huis reed. In plaats daarvan parkeerde hij de auto een blok verderop en zette hij de motor uit aan het oostelijke uiteinde van Uralvej in de wijk Amager in Kopenhagen-Zuid. Daarna bleef hij achter het stuur zitten en probeerde hij zijn ademhaling te vertragen tot iets wat met een beetje fantasie op een enigszins normaal ritme kon lijken.

Alleen dat lukte niet. Er ging zoveel adrenaline door hem heen dat hij gewoon high was, wat hem uitgelaten maar ook ongerust maakte.

Eindelijk was hij iets op het spoor. Hij. Niet zij. Niet het hele team in een gemeenschappelijke inspanning, maar hij alleen. En dat was precies wat hij nodig had om niet alleen aan Heinesen en de anderen, maar vooral aan Sleizner te laten zien, dat hij zijn promotie waard was. Dat hij ondanks alles iemand was om rekening mee te houden.

Tegelijkertijd was hij nooit eerder in zijn leven zo bang geweest als toen hij met die uitgeschakelde telefoon in zijn hand in die kast had gezeten en had geprobeerd zijn adem in te houden.

Hij had geen idee wie die twee mannen waren die Klinges huis waren binnengekomen en daar naar iets hadden gezocht. Als hij moest gokken, waren het ingehuurde beveiligers of iets dergelijks. Dat het om dezelfde twee mannen ging die tijdens de sectie bij het forensisch lab waren binnengekomen om tl-buizen te vervangen, stond daarentegen als een paal boven water.

Bij beide gelegenheden hadden ze in het Engels met elkaar gecommuniceerd. De een met een duidelijk Oost-Europees accent, en de ander, duidelijk hoger in rang, had vloeiend Deens gesproken. Maar bij wie ze op de loonlijst stonden, daar had hij nog geen antwoord op.

Het was duidelijk dat hij er goed aan had gedaan om zich te verstoppen. Nog geen minuut nadat hij die mobiel had uitgezet, had een van hen een telefoontje gekregen, waarop ze plotseling even snel verdwenen waren als ze waren gekomen.

Maar hij kon zich niet blijven verstoppen. Waarschijnlijk hadden ze hem al geïdentificeerd als verantwoordelijk voor het onderzoek, en te oordelen naar hun methoden was het gewoon een kwestie van tijd voor hij bezoek zou krijgen.

De oplossing was om precies het tegenovergestelde te doen van de strategie die hij tot nu toe had gevolgd, waarbij het onderzoek zo veel mogelijk achter gesloten deuren had plaatsgevonden. Vanaf nu zouden ze zo breed mogelijk met informatie naar buiten treden. Dat was eigenlijk het laatste wat hij wilde, maar hoe meer mensen wisten welke conclusies ze hadden getrokken en waar ze zich in het onderzoek bevonden, hoe meer immuun en oninteressant hij in hun ogen zou worden.

Het eerste wat hij wilde doen was een persconferentie beleggen. Hij zou morgenochtend al alle kranten en radio- en televisiezenders bijeenroepen en naar buiten treden met vrijwel alles wat ze wisten.

Hij had dat idee in de auto op weg naar huis al bij Heinesen geventileerd, en zoals verwacht had hij meteen gezegd dat ze Sleizner moesten informeren; die had immers uitdrukkelijk gevraagd voortdurend op de hoogte gehouden te worden. Om daar pal tegenin te gaan, zou volgens Heinesen kunnen worden gezien als een duidelijke ambtsovertreding. Daar zat beslist wat in, maar hij had voet bij stuk gehouden. Sleizner informeren was hetzelfde als hem de regie in handen te geven en de persconferentie te laten houden. Daar had Heinesen natuurlijk niets op tegen. Die had toch al nooit de ambitie gehad om leidinggevende te worden en leek er geen enkel probleem mee te hebben om voortdurend op de achtergrond te blijven.

Voor hemzelf waren er echter geen alternatieven. Op het moment dat hij in de schaduw van Sleizner belandde, zou hij voor eeuwig gedegradeerd zijn tot een nietszeggende middelmanager zonder mandaat om ook maar één zelfstandige gedachte te denken. Dat ze bovendien de controle zouden verliezen over wie wat wist, was nog een argument om Sleizner erbuiten te houden.

Hij haalde de oude Ericsson-mobiel tevoorschijn en woog die in zijn hand. Daar waren die twee mannen naar op zoek geweest, dat was duidelijk. Ze hadden de beschikking over geavanceerde apparatuur om het toestel helemaal tot in de werkkamer te kunnen trianguleren, en minder dan anderhalve minuut nadat hij de telefoon had uitgezet, hadden ze begrepen dat het contact ermee verbroken was.

De frustratie in de kamer ernaast was overduidelijk geweest. Eerst waren ze ervan uitgegaan dat het aan hun eigen apparatuur lag, en de Deenssprekende man was niet genadig geweest in zijn kritiek. Daarna hadden ze de aanname gehuldigd dat de batterij in de mobiel leeg was, waarop ze het halfuur daarna de hele werkkamer ondersteboven hadden gehaald, voordat ze opeens een telefoontje hadden gekregen en het huis hadden verlaten.

Zelf was hij nog een halfuur in de garderobekast blijven zitten voordat hij die had durven openmaken en eruit was gekomen. Er was niemand geweest, niet in of buiten het huis. Zelfs buiten op straat was geen mens te zien. Geen spelende kinderen of verjaardagvierende volwassenen. Daarna had hij zich terug gehaast naar de auto, was in zuidelijke richting naar Amager gereden en had één blok van zijn woning geparkeerd, en daar zat hij nu al ruim twintig minuten in een poging zichzelf ervan te overtuigen dat hij rustig naar huis kon gaan.

Desondanks wachtte hij nog vijf minuten voordat hij uiteindelijk uitstapte, de auto op slot deed en via Sumatravej naar

Japanvej liep, waar hij, nadat hij over zijn schouder had gekeken, de tuin in liep, langs het speelgoed van de kinderen dat verspreid over het gazon lag.

De buitendeur zat zoals gewoonlijk niet op slot, maar tot zijn opluchting bevonden Lone of de kinderen zich geen van allen in de hal. Niet dat hij ze niet wilde zien. Integendeel. Alleen nu nog niet. Lone zou onmiddellijk aan hem merken dat er wat was en ongerust worden. Daarom deed hij de deur zo zachtjes mogelijk achter zich dicht en op slot, en liep hij naar beneden naar de kelder.

In de badkamer trok hij zijn kleren uit, die nog vochtig waren van het zweet. Hij rook eraan, en het was alsof hij de geur van zijn eigen paniek kon ruiken, waardoor hij alles in een zwarte vuilniszak propte.

Onder de douche voelde hij voor het eerst die dag dat er zich een rust door zijn lichaam verspreidde. Het was iets met de druppels op zijn hoofd en de stralen langs zijn lichaam. Die spoelden niet alleen het zweet weg, maar namen ook wat van de onrust mee, en toen hij zich had afgedroogd, zijn tanden had gepoetst en iets makkelijks had aangetrokken, was hij klaar om naar boven te gaan voor een weerzien met zijn gezin.

Toen bedacht hij opeens dat hij ze niet gehoord had. Normaliter maakten de kinderen vaak een lawaai als een hele peuterklas, maar ze hadden geen kik gegeven sinds hij thuis was. Daar konden meerdere verklaringen voor zijn, maar omdat hij bang was dat de twee mannen hem vóór waren geweest, snelde hij de keldertrap op en liep hij naar de gesloten keukendeur.

Zo gauw hij ze in de keuken zag, wist hij dat dit een beeld was dat hem altijd zou bijblijven. Als een foto in een album dat niet verbrand kon worden, zou dit het eerste zijn wat hij zag zodra hij de rest van zijn leven zijn ogen opendeed. Want daar waren ze, alle drie, in op het oog perfecte harmonie.

Katrine zat zonder ruzie te maken op de grond met Benjamin te spelen. Dat ze zich überhaupt in dezelfde ruimte bevonden zonder elkaar de ogen uit te krabben, was al uitzonderlijk. Lone op haar beurt stond met haar rug ernaartoe af te wassen.

Alles was, met andere woorden, een ideaal plaatje, en nu kon hij uitademen, de keuken in lopen en haar van achteren omhelzen.

'Dag schat,' zei hij, en hij kuste haar licht op haar ene oorlel.

'Wat doe je?' vroeg ze, en ze maakte zich los uit zijn greep.

'Huh, is een kleine omhelzing te veel gevraagd als je na een lange werkdag thuiskomt?'

'Vandaag misschien wel.' Lone trok haar huishoudhandschoenen uit en liep weg om haar schort op te hangen. 'Ik wist niet wanneer je thuiskwam, dus wij hebben al gegeten en er is helaas niets over.'

Dat was waar ook, ze was kwaad op hem. 'Oké, geen punt,' zei hij. Dat was hem totaal ontschoten. 'Denk maar niet aan mij. Ik maak zelf wel wat klaar.' Het voelde alsof er een heel leven tussen had gezeten sinds vanochtend, toen ze hun vakantiereisje naar Legoland hadden moeten afblazen.

'Er is brood en beleg. Ik ga even een wandelingetje maken.'

'Doe dat. Geen probleem.'

'En trouwens,' zei ze op weg naar de hal. 'Ik ga mijn lange ronde lopen, dus het zou mooi zijn als jij Benjamin naar bed kon brengen.'

'Uiteraard. Maak je daar maar niet druk om.' Hij liep naar Benjamin toe en tilde hem op. 'Wat zeg jij ervan, mannetje? Papa zal jou zo eens lekker in je bedje gaan leggen.'

'Papa niet.' Benjamin schudde zijn hoofd.

'Jawel, dat gaat helemaal goed komen, dat belooft papa.'

'Papa niet,' herhaalde Benjamin, en hij sloeg hem in zijn gezicht. 'Niet papa! Wil niet!'

'Goed gedaan hoor, pap.' Katrine stond met een zucht op. 'Had ik hem eindelijk rustig...'

Drie kwartier later was Benjamin eindelijk in slaap, waarna hij zich in de slaapkamer kon opsluiten en met de Ericsson-mobiel aan de secretaire ging zitten.

Het liefst van alles wilde hij het toestel gewoon weer aanzetten en de communicatie bekijken die Mogens Klinge het laatste etmaal met dat enige contact had gehad. Maar hij durfde niet. De kans was veel te groot dat de mobiel verbinding zou zoeken met een van de dichtstbijzijnde telefoonmasten en binnen een paar seconden als een pulserend rood stipje op het scherm van de twee mannen zou verschijnen.

Hoelang het zou duren voordat ze bij hem voor de deur stonden, viel onmogelijk te zeggen. Een paar uur, een dag, of slechts een kwartier? Het deed er ook niet toe, want ze zouden hoe dan ook komen.

In plaats daarvan maakte hij de twee veiligheidsschroefjes aan de achterkant los, haakte het batterijklepje eraf en trok de batterij met behulp van het uitstekende rubberen lipje los. Hij herinnerde zich de verschillende stappen als de dag van gisteren en kon zonder problemen het metalen houdertje naar voren schuiven, omhoogtrekken en de simkaart eruit wurmen.

Toen de batterij weer op zijn plaats zat, toetste hij de rode knop in tot de achtergrondverlichting van het scherm oplichtte. Destijds had hij er nooit over nagedacht hoelang het duurde voor de telefoon klaar was voor gebruik. Nu leek het wel een eeuwigheid voordat het bericht op het scherm verscheen.

NO SIM

Hij probeerde langs dat bericht te komen, maar welke toetsen hij ook indrukte, dat hielp niet. Zonder werkende simkaart weigerde de telefoon dienst. Hij demonteerde opnieuw de batterij om bij de houder voor de simkaart te komen, maar deze keer plaatste hij de kaart van zijn eigen telefoon.

De achtergrondverlichting van het scherm ging aan en vlak daarna had het toestel contact met de zendmasten en was het klaar voor gebruik. Hij ging allereerst naar het adresboek, maar kon al snel constateren dat daar niet één contact te vinden was. Hetzelfde gold voor de gesprekken- en berichtenlijst. Er was niets te vinden, alsof iemand alles uit de telefoon had gewist. Bij Klinge thuis had hij, voordat hij zich in de kast had moeten verstoppen, gezien dat er diverse sms'jes waren, en nu waren die plotseling verdwenen. Er klopte iets niet, en voor zover hij ze niet per ongeluk had gewist, zou de informatie daar nog ergens te vinden moeten zijn. De vraag was alleen waar.

Het antwoord kwam toen hij zijn ogen sloot en terugdacht aan de tijd dat hij zelf zo'n haaienvin had gehad, en dat was net zo simpel als ontmoedigend. Net als bij alle andere mobiele telefoons uit die tijd, toen de kosten grotendeels werden bepaald door de grootte van het geheugen, kon je ervoor kiezen de informatie op de telefoon zelf op te slaan of op de simkaart. Dáár stond alles natuurlijk op.

Voor de derde keer op rij maakte hij de batterij los om daarna zijn eigen simkaart eruit te trekken en die van Klinge terug te plaatsen. Maar voordat hij de batterij weer aanbracht, maakte hij met behulp van een schroevendraaier de twee schroeven los die de haaienvinachtige antenne op hun plaats hielden, die hij daarna kon losklikken.

Of dat hielp wist hij daarentegen niet. Er was niets wat erop wees dat die mobiel zonder zijn vin dan toch niet zou proberen verbinding te zoeken met de dichtstbijzijnde mast. Misschien was het alleen een soort versterker die de ontvangst verbeterde.

Eigenlijk zou hij in de auto moeten stappen en die mobiel pas een stuk verderop moeten aanzetten, maar Lone was nog niet terug en hij kon moeilijk de kinderen alleen thuis laten. Het alternatief was helemaal achter in de hoek van de kelder bij de winterbanden te gaan zitten, hij wist dat de ontvangst daar extreem slecht was.

Toen het scherm opnieuw aanging, zat hij met zijn blik vastgenageld op het knipperende antennesymbool en met zijn duim op de rode knop om het toestel snel uit te kunnen schakelen voor het geval het weer verbinding zou gaan zoeken met het mobiele netwerk. Maar toen eenmaal de mededeling NO NETWORK op het scherm verscheen, kon hij uitademen en in het menu gaan rondneuzen.

Net als eerder bevatte het eerste berichtje van CONTACTI de tekst *Test*. Het was verstuurd om 11.23 uur op 16 april van dit jaar. Vlak daarna had Klinge geantwoord met een kort en bondig *OK*. Bijna zes uur later had datzelfde CONTACTI vlak na elkaar vijf afzonderlijke berichtjes gestuurd.

Regel1: Wij nemen contact op met jou. Nooit andersom.
Regel2: Alle communicatie gaat via sms.
Regel3: Tegen het besluit van het Presidium kan niet in beroep worden gegaan.
Regel4: Bij afwijzing eindigt alle contact, de mobiele telefoon wordt vernietigd.
Regel5: Vastgestelde data/tijden kunnen niet worden beïnvloed/gewijzigd.

Het besluit van het Presidium? Hij begreep er niets van.

Zes dagen later, op 22 april, was het volgende sms'je van CONTACTI gekomen.

Ik dacht dat ik duidelijk genoeg was geweest. Nooit bellen. Overtreding van Regel 1&2.

Het antwoord van Klinge kwam nog geen minuut later.

Sorry. Ben gewoon zo benieuwd hoe het gaat.

Laat het niet weer gebeuren. Ik neem contact op als er wat te melden valt.

Daarna liet CONTACTI bijna drie hele maanden niets van zich horen tot er op 4 juli tussen 3.46 en 4.02 weer een heel cluster aan berichten kwam.

Het Presidium heeft zijn besluit genomen. Je bent toegelaten. Hartelijk gefeliciteerd.

Wat was dat voor gezelschap dat om vier uur 's ochtends vergaderde, en waar was Klinge voor toegelaten? Het rook naar een of andere louche sekte of geheim genootschap. Misschien was het een seksclub. Die had je te kust en te keur in Kopenhagen en voor alle smaken en geaardheden. En het was natuurlijk niet zo gek. Als je een enigszins bekende figuur was, gaf je natuurlijk de voorkeur aan een zo besloten mogelijk gezelschap.

De inwijdingsceremonie vindt plaats op 28 juli om 20.00 uur, klonk het volgende bericht.

Dat was afgelopen zaterdag, zes dagen geleden. Toen was er dus iets zo ontzettend fout gelopen dat het was geëindigd met twee stoffelijke overschotten in een auto onder water.

Kleding: Smoking, wit overhemd en strikje.

Het hing allemaal samen, toch kon hij zich niet aan het gevoel onttrekken dat hij waarschijnlijk nog niet eens het topje van de ijsberg had gezien.

Je wordt opgehaald om 19.30 uur op 55.692378, 12.586963.

Het enige waar hij enigszins van overtuigd was, was dat achter CONTACT1 de persoon of personen schuilgingen naar wie ze op zoek waren.

Regels tijdens de eigenlijke ceremonie: die zijn er niet.

Hij ging naar het adresboek en klikte op CONTACT1 om het mobiele nummer op te roepen. Daarna spurtte hij naar zijn werkbank en zocht hij in de gereedschapskist tot hij een pen had gevonden om het nummer op te schrijven: *26 58...*

Verder kwam hij niet doordat de mobiel er ineens mee stopte.

15

Het was al bijna nacht geworden toen Fabian de taxichauffeur betaalde, de passagiersdeur opende en op Pålsjögatan uitstapte. Het was bovendien gaan regenen, maar het waren slechts sporadische druppels die niet wisten wat ze wilden. De taxi maakte een U-bocht en verdween weer richting stad. Zelf bleef hij staan met zijn blik op hun huis gericht.

Toen hij klein was had hij er altijd van gedroomd om in deze rode bakstenen huizen te wonen. Inmiddels woonden ze hier al iets meer dan twee jaar, maar het voelde als twintig. Twintig nachtmerrieachtige jaren waar alles waar hij op gehoopt had toen ze uit Stockholm vertrokken anders was gelopen.

Het idee was geweest om de wonden te laten helen en het gezin te herenigen. Nu stond hij hier, eenzamer en geïsoleerder dan ooit. Door het raam van de woonkamer kon hij Sonja's profiel vermoeden. Ze kwam uit de keuken lopen met iets in beide handen voor zich, waarschijnlijk een blad met de theepot, honing en kopjes, om daarna uit beeld te verdwijnen toen ze op de bank ging zitten.

Maar toen ze de drie waxinelichtjes aanstak was ze terug in de vorm van drie spelende schaduwen op het plafond. Zij en Matilda, die naast haar zat. Eigenlijk waren de schaduwen veel te vluchtig om iets te kunnen zien. Maar voor hem was het kristalhelder hoe Sonja thee inschonk, eerst in de grote paarse beker zonder oor en daarna in die van Matilda met Moemin-motief, en hoe ze daarna haar eigen kop met beide handen beetpakte en naar haar mond bracht.

Hij zou de straat moeten oversteken, de trap op moeten lopen en door de deur naar binnen moeten gaan. Naar zijn gezin, op de bank gaan zitten en ze gezelschap houden. Meer dan dat was niet nodig. Dat was het enige wat zij wilden, en dat was precies wat hij zelf ook wilde.

In plaats daarvan stond hij daar als vastgenageld aan het asfalt met zijn blik op de schaduwen op het plafond gericht te hopen dat de verdwaalde druppels zich zouden ontwikkelen tot een fikse regenbui. Een wolkbreuk die de putten veranderde in fonteinen en alles wat op zijn weg kwam meesleurde. Die alles zuiverde en daarbij veranderde in een hagelbui. Grote, dikke ijsballen die blauwe plekken veroorzaakten, die op hem inbeukten en hem deden bekennen. Pijn. Verdriet. Wat dan ook.

Maar de druppels liepen op niets uit. Zo gauw ze op het warme asfalt landdden, verdampten ze, en uiteindelijk zag hij zichzelf oversteken, de sleutel omdraaien in het slot en de deur openmaken.

Binnen hoorde hij rustige muziek met piano, strijkers en sordinotrompet. Het was het laatste nummer op Tom Waits' album *Closing Time*, Sonja's absolute lievelingsalbum, en toen 'Ol' 55' van hetzelfde album begon, begreep hij dat dat de hele avond op repeat had gestaan.

Hij trok zijn schoenen uit, hing zijn colbertje op een leeg hangertje en liep verder naar de woonkamer, waar hij bleef staan en zijn blik liet rusten op Sonja en Matilda, die precies zo zaten als hij zich had voorgesteld, zo dicht mogelijk tegen elkaar aan, omgeven door kussens, en van hun dampende thee dronken.

'Hallo,' zei hij, en hij stak bij wijze van groet zijn hand op.

'Dag,' zei Sonja, en ze liet de vraag waar hij was geweest niet gesteld tussen hen in staan als een onzichtbare muur.

'Ik ga naar bed,' zei Matilda, en ze gaf Sonja een lange omhelzing voor ze opstond van de bank en in zijn richting liep.

'Slaap lekker,' zei hij, en hij wilde haar ook een knuffel geven, maar dat werd niet meer dan een aanzet toen ze zonder wat te zeggen of hem een blik waardig te keuren langs hem heen liep. En weg was ze.

Hij keek haar na toen ze de trap op liep naar de bovenverdieping. Het was duidelijk dat ze boos op hem was.

'Zeg, ik denk dat ik ook maar eens naar bed ga,' zei hij na een tijdje, en hij maakte aanstalten om zich om te draaien.

'Jij gaat helemaal nergens heen.' Sonja schonk haar kop weer vol. 'Ga zitten. Er is thee als je wilt.'

'Schat,' zei hij in een lange uitademing. 'Ik ben helemaal kapot, en...'

'Ga zitten,' siste ze in een poging niet te laten merken hoe verontwaardigd ze in feite was. 'Denk jij dat je de enige bent die moe is? Dat het alleen om jou en jouw behoeften gaat? Wij moeten praten, jij en ik, en wel nu.'

Hij knikte, kwam terug en ging in de fauteuil zitten. Ze had gelijk. Natuurlijk moesten ze praten. Waarschijnlijk zouden ze hier urenlang moeten zitten om elkaar weer te vinden. Maar daar zou dit gesprek niet toe leiden. Dat had hij gevoeld op het moment dat hij de schaduwen op het plafond had zien spelen.

'Ik heb geen idee wat je de hele dag hebt gedaan of waar je geweest bent,' begon ze, en ze moest moeite doen om niet in te storten. 'Maar één ding weet ik wel, en dat is dat jouw gedrag vandaag, toen we Theodor mochten zien, een van de ergste...'

'Schat,' onderbrak hij haar. 'Ik kan het uitleggen. Net zoals ik al vermoedde, is er inderdaad iets wat niet...'

'Nee, ik wil het niet horen.' Ze stak afwerend een hand in de lucht. 'Ik ben totaal niet geïnteresseerd in jouw vermoedens en verklaringen.'

'Maar Sonja, luister naar me. Het gaat om onze...'

'Nee, nu moet jij naar mij luisteren en me uit laten praten.'

Hij zei niets en knikte evenmin.

'Onze zoon heeft zich van het leven beroofd,' ging ze verder. 'Dat is iets wat niemand zou moeten meemaken. Dat gaat tegen alles in en is onmogelijk te accepteren als een onderdeel van het leven. Er bestaan geen gereedschappen of handleidingen voor, geen routekaart om je de weg te wijzen. Bovendien zijn er niet meer dan een paar dagen verstreken, dus we zijn allemaal nog in shock en hebben vast totaal verschillende manieren om te reageren. Maar jij en ik zijn volwassen mensen. Wat we ook doen, we moeten hoe dan ook zorgen dat we hierdoorheen komen, en dan kunnen we niet zulke scènes schoppen als vanochtend. Begrijp je dat? Dat kan niet. We moeten eensgezind zijn en elkaar steunen. Dat is de enige kans om hierdoorheen te komen. De rest moet wachten.' Ze zocht zijn blik om enige vorm van bevestiging te krijgen.

'Het probleem is dat het niet kán wachten,' zei hij toen hij zeker wist dat ze klaar was. 'Ik begrijp dat het afschuwelijk voor jullie moet zijn. Maar als ik die scène niet had gemaakt, als ik niet had gedaan wat ik gedaan heb, had iemand anders dan Vlecht de sectie gedaan, en was niets van wat ik vermoedde aan het licht gekomen. Snap je wel? Want er is iets wat niet klopt. Kijk alleen maar hoelang het duurde voor we hem mochten zien.'

'Alsjeblieft. Ik wil het niet horen.'

'Maar Sonja, ze liegen tegen ons. Je was er zelf bij toen ze beweerden dat hij zijn laken had stukgescheurd en er een touw van had gevlochten, toch? Maar volgens Vlecht duiden de afdrukken rond zijn hals erop dat het iets met een veel gelijkmatiger oppervlak moet zijn geweest, zoals een elektriciteitssnoer of iets...'

'Hoor je niet wat ik zeg? Ik wil het echt niet weten.'

'Maar begrijp je het dan niet? Ze houden iets achter.'

'Nee, jíj bent degene die het niet begrijpt. Ik wil niets horen over de sectie van mijn zoon. Ik wil niet horen dat er iets niet klopt. Dat wil ik niet. Theodor is dood. Is dat niet genoeg? Wat valt daar nog aan toe te voegen?'

'Ik moet weten wat er gebeurd is.'

'Wat er gebeurd is. Oké.' Sonja knikte. 'En dan? Waar zal dat toe leiden? Brengt dat hem weer tot leven zodat hij weer thuis kan komen? Nou? Is dat wat jij denkt? Dat alles weer teruggaat naar normaal?'

'Nee, maar...'

'Waarom blijf je dan maar doorgaan? Wat denk je ermee te bereiken?'

'Dat we erachter komen wat er daadwerkelijk gebeurd is. Dat we samen verder kunnen met ons verdriet gebaseerd op de waarheid en niet op een of ander verzonnen verhaal dat...'

'De waarheid?' Sonja sloot haar ogen en schudde haar hoofd. 'Het gaat dus om die verdomde waarheid. Dat is echt jouw stokpaardje. De waarheid, de waarheid, de waarheid. Is dat het enige voor jou wat telt? Alsof dat het belangrijkste van alles is.'

'Nee, maar als we die niet kennen, als we niet weten wat er eigenlijk gebeurd is, zal dit de rest van ons leven een open wond blijven.'

'Maar die waarheid heeft hem verdomme nou juist het leven gekost! Heb je dat al verdrongen of zo? Ben je soms vergeten dat jij hem gedwongen hebt om naar Denemarken af te reizen om zich aan te geven en zijn verhaal te doen? Als het niet omwille van die dwangmatige jacht op de waarheid van jou was, had hij hier nu bij ons gezeten.'

'O ja? Geloof je het zelf? Dat hij hier gewoon met ons thee had zitten drinken en had gedaan alsof er niets aan de hand was na alles wat hij had meegemaakt? Heb jij überhaupt die filmpjes wel eens gezien? Waarin ze daklozen doodmartelen op de meest macabere en weerzinwekkende manieren die je je kunt voorstellen?'

'Jij laat het klinken alsof hij eraan meedeed. Het enige wat hij deed, was een van die keren op wacht staan. Ben je dat vergeten? Omdat hij gedwongen werd.'

'Nee, dat ben ik niet vergeten, en dat zal ik ook nooit doen. Ik geloof namelijk niet dat het gewoon verdwijnt doordat je er niet over praat en doet of je neus bloedt. Dat het uiteindelijk niet gebeurd is als je er maar lang genoeg over zwijgt. Maar dat doe jij blijkbaar wel. Voor jou doet het er kennelijk niet toe dat het gevolg zou zijn geweest dat de daadwerkelijke daders zouden zijn vrijgesproken zodat ze door konden gaan met hun spelletjes. Dat heeft immers niets met ons of met Theodor van doen.' Hij schudde zijn hoofd. 'Dat werkt voor jou misschien, Sonja. Leven in een leugen, een glimlach opplakken en hopen dat niemand daardoorheen kijkt. Maar voor mij niet. Ik kan niet loslaten dat er iets met Theodors dood is wat niet klopt. Ik kan alle fouten en vergrijpen die hebben plaatsgevonden en waar hij het slachtoffer van is geworden niet gewoon laten passeren alsof het nooit gebeurd is. Dat kan ik gewoon niet.'

'Op één punt heb je gelijk,' zei Sonja, en ze knikte. 'Ik had alles gedaan wat in mijn macht lag om hem nu hier bij mij te hebben. Echt alles. Als dat had betekend dat ik had moeten leven met een leugen en een opgeplakte glimlach, dan had ik dat gedaan.'

'En al het onrecht dat hem nu is aangedaan? Daar heb jij gewoon lak aan. Dat kan toch niet?'

Sonja keek hem aan met een duisternis in haar blik die deed denken aan het gat dat zich in zijn dromen onder hem geopend had. 'Fabian, het grootste onrecht dat onze zoon is aangedaan, is dat hij jou als vader had.' Daarna kwam ze overeind, zette haar theekop in de keuken en verdween naar boven.

16

'Ja, dat klopt,' antwoordde Hesk op de rechtstreekse vraag of hij kon bevestigen dat het Mogens Klinge was, het hoofd van de inlichtingendienst van de politie, die dood in zijn auto bij Refshaleøen was aangetroffen. 'Daarentegen zijn wij nog druk bezig om de vrouw te identificeren die zich samen met hem in de auto bevond.'

Hij keek uit over de veelkoppige menigte toehoorders – alle grote kranten, nieuwszenders en radiostations waren aanwezig – en merkte dat hij volkomen rustig was, terwijl hij altijd zat te zweten en aan zijn stropdas zat te frunniken wanneer Sleizner hem naast zich op het podium wilde hebben. Bovendien was hij dik tevreden dat er zoveel mensen verschenen waren, hoewel ze hun uitnodiging pas een uur van tevoren hadden ontvangen. De aanleiding daarvoor waren in eerste instantie de twee mannen die hem de dag ervoor hadden geschaduwd en naar die mobiel hadden gezocht. Er was veel wat erop wees dat zij een link hadden met de politie aangezien ze duidelijk hadden geweten wanneer en waar de sectie op Mogens Klinge zou worden uitgevoerd.

'Klopt het dat hij zichzelf in de mond heeft geschoten?' vroeg iemand op de achterste rij.

'Het is correct dat Klinge door een kogel om het leven is gekomen. Die is er door de mond in gegaan en door het achterhoofd er weer uit. Meer kunnen we op dit moment niet zeggen.'

'Betekent dat dat jullie kunnen bevestigen dat Mogens Klinge zelfmoord heeft gepleegd?'

'Nee, het enige wat wij kunnen bevestigen is dat hij was doodgeschoten toen wij hem aantroffen.' Hij liet zijn blik op de verslaggever los en wendde zich tot de anderen. 'Het onderzoek bevindt zich überhaupt in een nog veel te vroeg stadium om opties uit te sluiten en verregaande conclusies te trekken.'

'Wat kunnen jullie zeggen over de vrouw?' vroeg een ander.

'Helaas niet zoveel als we zouden willen.'

'Was ze prostituee?'

'Dat is zeer goed mogelijk, maar dat is niet iets waar we ons al over kunnen uitspreken, omdat ze nog steeds niet geïdentificeerd is.'

'Is ze Deense?'

'Als je met Deense Deens staatsburger bedoelt, dan zou dat heel goed kunnen. Daarentegen ziet ze er niet etnisch Deens uit. Maar dat is een min of meer gecalculeerde gok. Waar wij daarentegen op hopen, is dat er een groot aantal vraagtekens kunnen worden geschrapt zo gauw we weten wie ze is. Om die reden hebben wij nu besloten naar buiten te treden en het grote publiek om hulp te vragen.'

Via de afstandsbediening klikte hij een van de vele foto's aan die Hemmer van het gezicht van de jonge vrouw had genomen en dat op het filmdoek boven hem werd geprojecteerd, waarna hij onmiddellijk de opeengepakte camera's een salvo aan foto's hoorde afvuren.

'Rustig maar. Deze foto kan in hoge resolutie worden gedownload van onze website,' zei hij, waarna hij een foto van het litteken van de vrouw vertoonde. 'En dat geldt ook voor deze.'

'Wat is dat voor iets?' vroeg iemand op de voorste rij.

'Een litteken gevormd als een kruis aan de binnenkant van haar rechterdij, en ik wil daarmee iedereen aansporen die meent haar of dat litteken te herkennen om contact op te nemen met de politie zodat wij kunnen...' Hij raakte van zijn à propos toen hij een geratel hoorde afkomstig van de camera's. Maar deze keer waren ze niet op hem gericht, maar op de zijkant van de ruimte.

Toen hij zich omdraaide en Kim Sleizner het podium zag naderen met een flesje mineraalwater en twee glazen in zijn hand en vooral een brede glimlach, begreep hij waarom.

'Goedendag beste mensen. Ik wil jullie niet storen.'

Dit was niet waar! Hesk wist niet of hij moest lachen of huilen, maar hij zag geen andere mogelijkheid dan een glimlach op zijn gezicht te toveren, toen Sleizner het flesje mineraalwater en de twee glazen op het podium zette en zich met zijn ene hand voor de microfoon naar hem vooroverboog.

'Interessant,' fluisterde hij in zijn oor. 'Ik geef je mijn pink en je begint meteen achter mijn rug aan mijn arm te knabbelen met kraakbeen, levervlekken en al.'

'Kim, ik kan het uitleggen. Zo gauw ik klaar ben, kan ik je meer vertellen.'

'Rustig maar.' Sleizner klopte hem zachtjes op zijn schouder. 'Ik zal je handje vasthouden en zorgen dat dit goed afloopt. Niemand hoeft hier in zijn eentje te zitten terwijl het vuur hem aan de schenen wordt gelegd.'

'Bedankt,' fluisterde hij terug. 'Maar ik geloof dat het toch het beste is als ik dit alleen...'

'Kim,' riep een vrouwelijke verslaggever helemaal aan de zijkant. 'Wat zijn jouw gedachten over de dood van Mogens Klinge?'

'Hallo Mette.' Sleizner stak zijn hand op naar de verslaggever om haar te groeten. 'Bedankt voor je vraag, maar ik zeg tegen jou hetzelfde als tegen de anderen. Als jullie denken dat ik hier ben om deze persconferentie over te nemen, dan hebben jullie het mis.' Daarna nam hij plaats op de stoel rechts van Hesk, opende het flesje en vulde beide glazen met water. 'Ik ben hier alleen om te onderstrepen en duidelijk te maken dat Jan Hesk mijn volste vertrouwen heeft voor het leiden van dit uiterst belangrijke onderzoek. Feit is dat ik zover zou willen gaan dat ik niemand ken die geschikter is dan Jan.'

'In hoeverre ben jijzelf betrokken bij het onderzoekswerk?'

'Zoals ik net heb gezegd, draagt Jan de volledige verantwoordelijkheid. Maar gezien het gewicht van het onderzoek is het vanzelfsprekend dat hij mij op de hoogte houdt. Zo niet, dan zou dat een ambtsovertreding zijn.' Sleizner wendde zich met een glimlach tot Hesk en dronk van het water.

'Maar je denkt toch wel íéts.'

'Natuurlijk heb ik zo mijn gedachten. Een heleboel zelfs. Maar omwille van jou en alle anderen hier in de zaal kan ik die maar beter voor mezelf houden.'

Veel van de aanwezigen begonnen te lachen, en Sleizner zat in het licht van de schijnwerper te stralen alsof hij zich nooit beter had gevoeld.

Voor Hesk was het minder leuk. Zijn hartslag was al te hoog en het zweet drong ondertussen door zijn huid naar buiten, naar zijn handpalmen die al zo vochtig waren dat het geheel hem uit handen dreigde te glijden als hij niet snel reageerde en iets deed.

'Maar wat denk jij van Mogens Klinge?' riep iemand.

'Ik?' Sleizner wees op zichzelf. 'Wat ik denk van Klinge?'

'Ja. Was het zelfmoord?'

'Ik zou zeggen dat het geen enkele twijfel lijdt dat hij...'

'Neem me niet kwalijk, Kim,' onderbrak Hesk hem, hoewel een conflict met Sleizner en plein public wel het laatste was wat hij wilde. 'Maar ik denk toch dat het het beste is als ik dit afhandel.' Hij nam een paar flinke slokken van het verkoelende mineraalwater en leunde voorover naar de microfoon. 'Die vraag hebben we al beantwoord. En zoals ik gezegd heb, kunnen we op dit moment niets bevestigen.'

'Ik ben niet uit op wat jullie wel en niet kunnen bevestigen. Ik wil alleen weten wat jullie denken, en in dit geval wat Kim Sleizner denkt en wat hem het meest waarschijnlijk lijkt.'

'Dit is een politieonderzoek en niet zomaar een gokspelletje. Dus wat afzonderlijke personen binnen de politie denken of geloven is niet iets wat op deze persconferentie thuishoort.'

'Wat Jan probeert te zeggen,' zei Sleizner, 'is dat wij op dit moment parallel werken met verschillende theorieën en ons niet kunnen vastpinnen op het ene of het andere scenario. Dat gezegd hebbende kunnen we niet ontkennen dat het meeste erop wijst dat Klinge het wapen zelf heeft vastgehouden.'

'En wat is de andere theorie?' vroeg een van de verslaggevers. 'Als het geen zelfmoord was.'

'Dat er een of meer personen bij betrokken zijn,' zei Hesk.

'Ja, wat anders?' Sleizner spreidde zijn handen en begon te lachen. 'Feit is dat er op dit moment niet veel is wat daarop wijst. Ik zou haast zeggen dat er helemaal niets is. Maar zoals gezegd, alle mogelijkheden staan nog open.'

Voor de verandering volgden er niet meer vragen, en buiten het geluid van de verslaggevers die aantekeningen maakten in hun schrijfblokken was het stil. Hoelang was lastig te zeggen. Maar lang genoeg om Sleizner de gelegenheid te geven zich naar hem voorover te buigen.

'Wat denk je ervan om de zaak af te ronden?' fluisterde hij. 'Er valt op dit moment niet veel meer te zeggen.'

Hesk richtte zich tot de toehoorders, die er door de verblindende schijnwerpers uitzagen als één grote, donkere massa van hoofden die onmogelijk van elkaar te onderscheiden waren. Desondanks zag hij het duidelijker voor zich dan ooit.

De tweesprong.

Als hij gewoon zou blijven zwijgen, instemmend knikte en de persconferentie beëindigde, zou dat in feite betekenen dat hij accepteerde dat Sleizner informeel het onderzoek overnam en het zodoende afboog van het spoor dat erop wees dat er meerdere personen bij betrokken waren. Een spoor dat eerst zou afkoelen en uiteindelijk helemaal dood zou lopen.

Het onderzoek zou dan snel worden afgerond, wat er vermoedelijk toe zou leiden dat de twee mannen die hem hadden achtervolgd er genoeg van zouden krijgen en hem verder met rust lieten, zodat hij in alle rust naar huis kon gaan en zijn gezin met het zoveelste loze wapenfeit op zijn cv kon meenemen naar Legoland.

Maar zou hij daarmee kunnen leven? Met zichzelf?

En ineens was daar het antwoord. Dat hij überhaupt had geaarzeld!

'Dat klopt helaas niet,' hoorde hij zichzelf zeggen terwijl de eerste zweetdruppel van zijn voorhoofd liep.

'Huh?' Sleizner draaide zich naar hem om. 'Wat zeg je nou?'

'Ik zei dat dat helaas niet klopt,' herhaalde hij hardop, en hij veegde met zijn ene mouw zijn voorhoofd af. 'Er is juist een heleboel dat ervoor pleit dat er op de een of andere manier een of meer personen bij betrokken waren.' Het zweet bleef hem koppig uitbreken.

'Zoals wat?' riep een van de verslaggevers.

'Meerdere dingen, maar vooral dat we bloed en huidresten onder de nagels van de vrouw hebben aangetroffen die niet van haarzelf of van Mogens Klinge afkomstig zijn.' Zijn rug was nu doorweekt en hij dronk het laatste restje water op.

'Hebben jullie een verdachte?' riep een ander.

'Dat is iets waar wij op dit moment geen…' Hij was even de draad kwijt en zag in dat hij was vergeten waar hij het over had. 'Sorry, wat was de vraag?'

'Hebben jullie een verdachte? Denken jullie dat er een politiek motief achter zit?'

'Nee, het enige wat ik zeg is dat we volgens een scenario werken waar…' Hij raakte opnieuw van zijn stuk. Misschien had hij de boel toch moeten afronden. Al was het maar om daar weg te komen. Uit dat warme licht van de schijnwerpers. Weg van alle vragen.

Hij zag dat Sleizner naar de microfoon vooroverboog en tegen de verzamelde pers praatte, maar het enige wat hij hoorde was een dof gemompel.

Hij had meer water nodig. Veel meer. Maar het glas en het flesje op het podium waren leeg. Hij probeerde te slikken, en dat voelde aan als schuurpapier. Hij wilde weg, stond op, iets te bruusk, waardoor de stoel achter hem omviel.

Daarna werd alles zwart.

17

Fabian was nog niet eens uitgesproken toen hij aan de geüniformeerde bewaker zag dat de beslissing al was genomen. Dat de man knikte en probeerde te glimlachen veranderde daar niets aan. Zijn ogen zeiden meer dan voldoende. De kleiner wordende pupillen en de wat vragende blik die in één keer veranderde in hard en vijandig.

Hij kon best begrijpen waarom. Zijn verzoek om een bezoek te mogen brengen aan Theodors cel was tegen de regels van het detentiecentrum, en ze konden natuurlijk niet iedereen zomaar binnenlaten. Zeker niet na de scène die hij de dag ervoor in het mortuarium had geschopt.

Toen kwam waar hij op gewacht had – het verplichte hoofdschudden. 'Nee, dat gaat helaas niet.' De bewaker aaide over zijn snor terwijl hij zijn hoofd schudde. 'Het spijt me, maar dat kan niet.'

De bejegening was geheel in lijn met wat hij verwacht had, aangezien er geen aanklacht of officieel onderzoek was om zich op te beroepen. Zo op het oog waren er immers geen fouten gemaakt.

Vlecht had hem het advies gegeven aangifte te doen bij de politie, zodat er een onderzoek kon worden ingesteld. Maar dat zou in het gunstigste geval maanden duren, en in die tijd zouden de sporen zijn uitgewist. Bovendien zou hij zelf nooit deel mogen uitmaken van de onderzoeksgroep. Om die reden had hij besloten om zijn politietitel thuis te laten en ernaartoe te gaan op persoonlijke titel. Een vader die zijn zoon had verloren.

'Ik moet u dus vragen de gevangenis te verlaten,' ging de bewaker verder.

Hij kon daardoor gemakkelijker worden afgepoeierd. Had hij maar iets wat sterker was dan wapens, voorschriften en ondertekende documenten. Zijn verdriet. Als hij daar maar contact mee kon krijgen, zouden ze hem een bezoek niet kunnen weigeren.

Hij wist alleen niet hoe hij dat voor elkaar moest krijgen. Het was alsof hij de sleutel was kwijtgeraakt en geen toegang had tot dat deel van zichzelf. Wat hij ook probeerde, hij voelde geen verdriet, alleen woede, en dat was op dit moment het laatste wat hem zou helpen.

'Alstublieft,' zei hij, en hij kneep zijn ogen dicht in een poging traanvocht te produceren. 'Het enige wat ik vraag is om de ruimte te mogen bezoeken waar mijn zoon het laatst in leven was. Is dat te veel gevraagd? Tien minuten, meer heb ik niet nodig.'

'Helaas,' zei de bewaker in zijn beste Zweeds. 'Dat gaat niet. Nu moet ik u vragen te gaan.'

'Mag ik nog één ding vragen?' Hij keek de bewaker in zijn ogen. 'Hebt u zelf kinderen?'

'Ik begrijp niet wat dat ermee te maken heeft...'

'Alstublieft, geef alleen antwoord op mijn vraag. Hebt u kinderen? Nou?'

'Ja,' zei de bewaker uiteindelijk, en hij trok aan zijn snor. 'Twee jongens.'

'Dan begrijpt u waar ik het over heb, toch?' Hij zorgde ervoor oogcontact te blijven houden. 'Probeert u zich dan eens voor te stellen dat een van uw kinderen hierbinnen is overleden en u de toegang wordt geweigerd. Probeer eens...'

'Ha, Dennis, wat is hier aan de hand?' Een collega-bewaker stak zijn hoofd om de hoek van de personeelsruimte achter de balie.

'Het is die Zweedse politieman Fabian Risk die graag de cel wil zien.'

'Nee, nee, nee. Dat klopt niet,' zei Fabian. 'Ik ben hier helemaal niet in de hoedanigheid van politieman. Begrijp dat goed. Mijn bezoek is volstrekt privé en persoonlijk gemotiveerd.'

'En wat wilt u precies?' De collega kwam naar de balie toe lopen.

'Alleen daar even zitten. Op de brits in de cel waar mijn zoon zich van het leven heeft beroofd. Dat is het enige. Om daar tien minuten in mijn eentje te mogen zitten voor een laatste afscheid.'

De collega wendde zich tot de bewaker. 'Tien minuten, een kwartier, dat maakt toch niet uit?'

'Maar volgens de regels mogen wij geen...'

'Nou, *so what*? Die man is in de rouw en dat begrijp ik best.' De collega wendde zich tot Fabian. 'Weet u wat? Ik heb eigenlijk pauze, maar dat maakt niet uit. Loop maar met mij mee.'

'Maar Peter, dat mogen we toch niet...'

'Dennis, het komt goed. Ik regel het.'

Een paar minuten later mocht hij de lege cel betreden.

'Wanneer u het gevoel hebt dat u klaar bent, drukt u op deze knop en dan kom ik u halen.'

Fabian knikte, liep naar binnen en ging op de brits zitten.

Het was de eerste keer dat hij zich in de cel bevond. Bij eerdere bezoeken hadden Theodor en hij elkaar altijd ontmoet in een van de bezoekersruimten.

Deze ruimte was aanzienlijk kleiner. Een aan de wand gemonteerde brits, een kast en een bureautje, een stoel en een toilet met wastafel. Dat was alles en uit niets bleek dat Theodor hier de laatste weken van zijn leven had doorgebracht.

Kwam het daardoor dat hij niets voelde? Doordat de cel al dusdanig ontsmet was dat elk klein spoortje van zijn zoon uitgewist was en de ruimte hem alleen maar deed denken aan een slecht hotel waar te sterke schoonmaakmiddelen gebruikt werden om het ongedierte de baas te kunnen?

Nu was hij niet gekomen om veel te voelen. Dat was niet waarom hij hier zat en zich probeerde voor te stellen hoe Theodor de nacht van afgelopen maandag op dinsdag hier op deze brits had gelegen, eenzaam en alleen met zijn angst, en naar het plafond had liggen staren voor hij uiteindelijk zijn beslissing had genomen.

Dat was om een heel andere reden.

Uit de binnenzak van zijn colbert haalde hij het doorzichtige bewijszakje met de donkergroene verfschilfer die uit Theodors haar was gevallen. Hij hoefde hem er niet eens uit te halen en tegen de lichtblauwe muren te houden om te constateren dat hij daar niet vandaan kwam. Hetzelfde gold voor het witgeschilderde plafond.

Hij kwam overeind en keek om zich heen, maar zag nergens donkergroene verf. Dat dat daadwerkelijk iets betekende, was overigens niet vanzelfsprekend. De verfschilfer kon in een heel andere ruimte in zijn haar zijn blijven steken, zoals in de kantine, de gym of waar dan ook. Een andere verklaring was dat hij hier helemaal niet geweest was toen hij...

Hij onderbrak zijn gedachtegang en schudde die van zich af als volstrekt onwaarschijnlijk. Natuurlijk was dit de plek waar hij zelfmoord had gepleegd. Maar die andere gedachte vond als een eigenwijze muis al snel een nieuwe weg naar binnen, waardoor hij opkeek naar het plafond.

Daar zat een lamparmatuur, maar een elektriciteitskabel kon hij niet zien. Waarschijnlijk was die weggewerkt in het plafond juist om te voorkomen dat je hem ver genoeg naar beneden kon trekken om je hoofd erin te kunnen steken en los te laten. Maar als je Vlecht moest geloven, had Theodor juist een elektriciteitskabel gebruikt of een kant-en-klaar touw met een enigszins gelijkmatig oppervlak. Hij liep naar de intercom, die hij zou gebruiken als hij klaar was met zijn bezoek, en dat was hij op zich ook wel.

Hij had niets meer te zoeken in de cel. Toch belde hij de bewaker niet.

De gang buiten was breed en lang, zeker zo'n vijftien meter, en aan beide kanten waren deuren naar cellen. De deuren zaten niet op slot en de gedetineerden konden vrij rondlopen. Hier en daar stonden bewakers met elkaar of met een van de gedetineerden te praten. Het was er rustig en niemand leek hem op te merken.

Zonder eigenlijk plan of idee waar hij heen zou gaan, sloeg hij links af en liep langs de rij cellen die, hoewel ze in feite hetzelfde waren, eruitzagen als een eigen wereldje afhankelijk van wie er verbleef.

De gang mondde uit in een algemene ruimte met een aantal bankstellen waar werd gekaart, koffiegedronken en de krant gelezen. Hij moest denken aan de jongelui van de zogeheten Smiley-liga die nog steeds in afwachting waren van hun rechtszaak. Zou hij ze überhaupt herkennen als ze daar zaten te kaarten? En wat zou hij in dat geval doen?

Een stuk verderop ging een deur open, en er kwam een man naar buiten in witte werkkleding vol verfvlekken en een mondmasker dat om zijn hals hing. Hij zette twee verfemmers tussen enkele zwarte vuilniszakken die langs de muur stonden, samen met een geplastificeerde matras en een paar bakken met donkergroene verf.

Misschien betekende het niets, misschien was het gewoon toeval. Of niet. Hoe dan ook, hij haastte zich naar de deur waar de schilder uit was gekomen, keek over zijn schouder en maakte hem open.

Het rook sterk naar verf in wat in het donker een voorraadkast leek, met aan de ene kant een lege, aan de wand gemonteerde open kast. Nadat hij de deur achter zich dicht had gedaan, tastte hij met zijn hand over de muur tot hij de schakelaar vond en het licht kon aandoen.

De aanblik deed hem naar zijn maag grijpen, alsof hij zojuist een enorme dreun had gekregen. De geplastificeerde matras die buiten tegen de muur had gestaan. De dikke stroomkabel die over het plafond tot aan de veel te felle lamp liep en de open wandkast die daarnaartoe leidde. En de verf. De donkergroene verf, zowel op de muren als op het plafond, die op sommige plekken was overgeschilderd zodat de prikkende lucht het steeds moeilijker maakte om adem te halen.

Hij trotseerde de dampen en bleef staan in een poging het feit te bevatten dat Theodor niet in een van de cellen opgesloten had gezeten, maar hier in een koud hok zonder ramen met kale donkergroene muren en een smerige matras op de grond als enige gezelschap. Hij leek niet eens beddengoed te hebben gehad. Niets.

Maar dat was moeilijk, en een deel van hem verzette zich ertegen en zocht koortsachtig naar alternatieve verklaringen, terwijl het andere deel al had ingezien dat die er niet waren. Dat alle bewijzen die hij nodig had aanwezig waren. Dat Theodor hier, in deze ruimte, was gebroken door wat nog het meest overeenkwam met martelpraktijken, uur na uur, dag na dag, tot alles was samengevloeid tot één donkergroene brij zonder begin, midden of eind.

Maar waarom? Waar had hij dit aan verdiend? Hoe was het überhaupt mogelijk? Hij was dus degene die was mishandeld, en niet andersom. Hij was juist het slachtoffer. En dat terwijl hij hiernaartoe was gekomen om de waarheid te vertellen. Om goed te doen.

Of het door de sterke dampen kwam dat hij begon te wankelen en bijna zijn evenwicht verloor, wist hij niet. Ook niet hoelang hij daar stond met knallende koppijn en gedachten die overal en nergens waren.

Zijn blik bleef hangen bij een gedeelte midden op de muur voor hem. Een gebied op taillehoogte waar de groene verf zich een nuance onderscheidde van de rest van de muur. Hij liep erheen, voelde met zijn hand en constateerde dat de verf nog vochtig was. Daarna trok hij snel zijn colbertje uit en veegde met behulp daarvan zo veel mogelijk verf weg.

Er werden een aantal witgeplamuurde vlekken in verschillende afmetingen blootgelegd. Meer was niet nodig om het geheel voor zich te kunnen zien. Hoe de muur was gerepareerd en was geëgaliseerd voordat er een nieuwe laag verf op was aangebracht, wat betekende dat de muur beschadigingen had en de oude verf had losgelaten.

Schilfer na schilfer.

Klap na klap.

Blauwe plek na blauwe plek.

Hij wilde het gewoon uitschreeuwen, en deze keer deed hij dat ook. Deze keer kon hij zich niet langer inhouden en gooide hij alles er in een keer uit, terwijl hij ondertussen naar de open wandkast liep en erop klom. Dat hij zich in zijn ene handpalm prikte aan een van de vele punaises die los op de een na bovenste plank lagen, deerde hem niet.

Zo moest het zijn gegaan. Hij zag duidelijk voor zich wat Theodor had gedaan. Een andere verklaring was er niet. Dat hij in deze ruimte opgesloten had gezeten. Een voorraadhok. Waaróm kon hij niet begrijpen, maar alles paste in elkaar. De mishandeling, de isolatie en het telkens verdagen van de rechtszaak. Alles om hem te breken. Om hem uiteindelijk te laten craqueleren onder het gewicht van zijn eigen duisternis.

Plotseling vielen de stukjes op hun plaats, het ene na het andere, in een bombardement van antwoorden terwijl hij zich steeds bezweter en meer buiten adem naar het plafond werkte, waar de stroomkabel tot aan de lamparmatuur in het midden van de kamer was getrokken.

Zijn hele focus was gericht op het gebied waar ook de kabel was overgeschilderd met de nieuwe donkergroene verf die nog niet droog was, en net zoals het gegaan moest zijn bij Theodor kon hij de kabel zo lostrekken. Vlak daarna was de lus groot genoeg om er zonder probleem zijn hoofd doorheen te kunnen steken en de kast los te laten.

‘Hé, wat gebeurt hier verdomme?’

Fabian keek omlaag en zag de twee bewakers van de ingang binnen komen snellen in gezelschap van Flemming Friis. ‘Dat is precies wat ik me afvraag.’ Hij sprong weer op de grond en liep naar ze toe. ‘Wat is hier in godsnaam aan de hand? Nou? Geef eens antwoord!’ Hij priemde zijn wijsvinger in Friis’ borst. ‘Wat moest mijn zoon hierbinnen?’

'Nu doen we even rustig aan.' Friis deed een stap naar achteren en zette ondertussen zijn bril goed op zijn neus.

'Rustig aan? Geen sprake van. Ik eis antwoorden, en wel nú.' Fabian liep naar hem toe. 'Vertel mij maar eens waar Theodor het aan verdiend had om in dit voorraadhok te worden opgesloten terwijl hij juist het slachtoffer was van mishandeling!'

'Luister nou even,' probeerde Friis in het Zweeds. 'Ik weet niet hoe je daaraan komt, maar jouw zoon is hier nooit geweest.' Hij spreidde zijn handen. 'Helemaal nooit.'

Fabian sloot zijn ogen, zuchtte diep en schudde zijn hoofd. 'Als er iets is waar ik op dit moment niet tegen kan, dan zijn het nog meer leugens. Dus doe mij, en vooral jezelf, een lol en geef antwoord op de vraag waarom hij hierbinnen zat opgesloten.'

'Jouw zoon is nooit...'

'Verdomme nog aan toe!' Fabian haalde het doorzichtige bewijszakje met de donkergroene verfschilfer tevoorschijn. 'Zie je dit?' Hij hield het voor Friis' gezicht. 'Weet je waar ik dat gevonden heb? Nou? Waar denk je?'

'Nee, hoe zou ik kunnen weten...'

'In Theodors haar. Wil je weten waarom het daar was blijven vastzitten? Ik vroeg: wil je weten waarom?'

Friis keek naar de bewakers en knikte naar ze om ze tot actie te laten overgaan.

'Nou, omdat een of meerdere mensen hem op zo brute wijze in deze ruimte hadden mishandeld dat de muur moest worden gerepareerd.' Fabian wees op de plamuurvlekken. 'Dus nu wil ik weten wie dat waren, en hoe het komt dat niemand...'

Hij werd onderbroken doordat de bewakers hem bij zijn armen pakten en hem naar achteren trokken.

'Fabian, ik begrijp heel goed dat je van streek bent.' Friis zette opnieuw zijn bril recht. 'Geloof mij. Maar jouw zoon...'

'Jij begrijpt het heel goed?'

'Wat ik bedoel is dat...'

'Weet jij wat ik denk?' onderbrak hij Friis terwijl de bewakers hem vasthielden. 'Ik denk dat jij er helemaal niets van begrepen hebt. Zoals dat dit allemaal jouw verantwoordelijkheid is. Alles wat er gebeurd is en alles wat er op dit moment gaande is. Elke leugen komt op jouw conto.'

Hij rukte zich los uit de greep van de bewakers, liep naar de deur en verliet de ruimte.

18

Hesk kon niet verklaren hoe de compacte duisternis in zo'n korte tijd kon worden afgewisseld door een even fel als hoofdpijn veroorzakend licht. Hij kon nog minder verklaren waar hij zich bevond. Het was alsof hij zich de laatste uren, of misschien wel dagen, in een vacuüm had bevonden waar de tijd had stilgestaan.

Hij moest geslapen hebben, want nu was hij wakker, dat wist hij in elk geval zeker. Bovendien lag hij op zijn rug, op iets hards, dat voelde hij, en hij hoorde dat er ergens een deur open- of dichtging. Er kwam iemand de kamer in, dat kon hij duidelijk horen, en de stem die erop volgde klonk bekend.

'Jan? Aha, dus hier heb je je verstopt.'

Zo bekend dat het onbegrijpelijk was dat hij hem niet kon plaatsen. Hij trotseerde de migraine, opende zijn ogen en zag Kim Sleizner naar hem omlaag kijken.

'Wat moet dit in godsnaam voorstellen?' Sleizner spreidde zijn handen. 'Serieus. Kon je echt niets beters bedenken?'

'Hè?' wist hij ten slotte uit te brengen, en naarmate zijn blik helderder werd, zag hij dat hij op een grote tafel lag met stoelen eromheen.

'Hoe bedoel je "hè?"' Sleizner leunde over hem heen en deed alsof hij hem op zijn hoofd klopte. 'Hallo, is er iemand thuis? Begrijp je zelf wel waar je mee bezig bent? Ik snap het namelijk niet.'

Aan de ene muur was een groot, leeg whiteboard bevestigd, voor het andere zaten dichtgetrokken gordijnen en boven hem aan het plafond hing een beamer.

'Ik heb je geholpen en je alles gegeven waar je om gevraagd had. En dit is wat ik krijg: stank voor dank.' Sleizner schudde zijn hoofd.

Een vergaderkamer...? Hesk begreep er niets van.

'Ik dacht dat ik duidelijk had aangegeven dat dit een onderzoek was dat veel te delicaat was om aan de grote klok te hangen. En wat doe jij? Jij belegt verdomme een persconferentie. Achter mijn rug om nog wel. Snap je niet dat ik nu een enorme flater sla?'

O ja, die persconferentie waar Sleizner plotseling was opgedoken en de boel had overgenomen. Daarna was alles blanco, tot nu toe.

'Kim, het was beslist niet mijn bedoeling om je in verlegenheid te brengen. Echt niet.' Hoewel hij nog steeds duizelig was, wist hij met veel moeite overeind te gaan zitten. 'Maar er is veel dat erop wijst dat er meer personen bij betrokken kunnen zijn.' Hij moest zijn flauwgevallen. Dat was de enige verklaring. En het was warm geweest op het podium, dat herinnerde hij zich nu, hoe hij had zitten zweten en het glas water had leeggedronken dat Sleizner bij zich had gehad, maar dat hij toch dorst bleef houden.

'O ja?' Sleizner haalde zijn schouders op. 'Dus?'

Hesk probeerde al het droge weg te slikken. 'Ik bedoel alleen dat we onze ogen niet kunnen sluiten voor alle aanwijzingen en sporen die we...'

'Wie heeft verdomme gezegd dat we onze ogen moeten sluiten? Ik niet in elk geval. Of wel soms?'

Het was niet de eerste keer dat hij was flauwgevallen. Feit was dat dat vaker gebeurde dan hij wilde toegeven. Soms gebeurde het al als hij te snel uit bed kwam. Maar dat het tijdens een persconferentie zou gebeuren, was wel vreemd.

'Jan, ik vroeg je wat,' hield Sleizner aan. 'Heb ik ooit gezegd dat we onze ogen moeten sluiten voor dingen die in het onderzoek naar voren komen? Dat we de waarheid moeten achterhouden.'

'Nee, maar...'

'Nee, inderdaad. Wat ik daarentegen gezegd heb, is dat je mij op de hoogte moet houden. Juist om dit soort blunders te voorkomen. Is dat te veel gevraagd?'

Er kwam een gedachte bij Hesk op die volstrekt taboe was, maar die zich toch aandiende.

'Oké, je lijkt je tong verloren te hebben,' vervolgde Sleizner. 'Maar dit is het geval: het zal mij persoonlijk een rotzorg zijn of er nog iemand anders of een heel regiment bij betrokken is. Het enige wat van belang is, is dat dit zo snel mogelijk wordt afgehandeld.'

'Kim, we werken al zo snel we maar...'

'Hou nou eens je kop en luister!'

Was hij gedrogeerd? Kwam het daardoor dat hij plotseling was gaan zweten en steeds meer dorst had gekregen?

'Ik ben degene die jou deze kans heeft gegeven.' Sleizner stak een wijsvinger in de lucht. 'Door mijn toedoen heb je deze functie. En voor je eigen bestwil kan ik alleen maar zeggen: vergeet dat verdomme nooit.'

Kon het het water zijn waar Sleizner mee was binnengekomen? Nee, dat was een nieuw flesje geweest. Of had hij twee flesjes bij zich gehad?

'Hallo?' Sleizner pakte hem bij de schouders en schudde hem als een kapot stuk speelgoed door elkaar. 'Wat heb je verdomme toch? Je lijkt helemaal van de wereld.' Hij tikte hem zachtjes op zijn wang. 'Luister je überhaupt wel naar wat ik zeg?'

Hesk keek Sleizner aan. 'Ik word achtervolgd.'

'Hoezo, achtervolgd? Waar heb je het over?'

'Ze zijn met z'n tweeën. Twee mannen. Ze spreken Engels, maar volgens mij is een van de twee Deens.' Hij haalde zijn telefoon uit zijn zak en bladerde naar de foto's van de sportvisser die Hemmer hem had gestuurd. 'Dit is een van hen.'

Sleizner pakte de telefoon aan en keek alsof het even duurde voor hij het begreep. 'Godverdomme...' Hij gaf de mobiel terug en verdween met zijn blik in het niets. Toen knikte hij, als in gedachten. 'Dat is nou precies waar ik bang voor was. Dat moeten zij wel zijn. Een andere verklaring is er niet. Zij moeten het zijn.'

'Dus jij weet wie het zijn?'

'Nou ja, weten, weten. Het hoofd van onze inlichtingendienst is dood, misschien zelfs wel vermoord. Denk jij dat ze er dan gewoon naast gaan zitten duimendraaien en rustig afwachten tot wij ons werk hebben gedaan?'

'Dus jij bedoelt dat het...'

'Wie zouden het anders zijn?' onderbrak Sleizner hem. 'Daarom zou een snelle afronding de voorkeur hebben gehad. Ze zijn natuurlijk bang voor wat er naar de oppervlakte kan komen drijven als wij het onderzoek doen. Ik had alleen nooit gedacht dat ze zo ver zouden gaan.'

'Hoe bedoel je? Wat hebben ze dan nog meer gedaan?'

Sleizner legde zijn hand op Hesks schouder en slikte. 'Ik weet het niet zeker, maar ik vermoed dat ze jou hebben gedrogeerd. Dat je daardoor bent flauwgevallen en nu pas wakker bent geworden.'

'Maar, ik begrijp het niet? Waarom zouden ze zoiets... drastisch doen?'

'Misschien een manier om jou tot zwijgen te brengen, geen idee.' Sleizner haalde zijn schouders op. 'Al dat geklets over dat er meer betrokkenen kunnen zijn. Of heb je zelf misschien een idee? Iets wat je mij niet verteld hebt? Hoe dan ook, het was die sportvisser van jou samen met nog iemand die het podium op kwam om jou af te voeren toen je van je stokje was gegaan.'

'Hè, kwamen die twee om mij van het podium af te dragen?'

Sleizner knikte. 'Ik ging ervan uit dat dat twee gewone bewakers waren.'

'En toen? Wat hebben ze daarna gedaan?'

'Ze zijn met jou weggelopen. Verder weet ik het ook niet. Ik moest daar immers blijven zitten en een poging doen de hele zaak zo netjes mogelijk af te ronden. Sindsdien heb ik overal naar je lopen zoeken.' Sleizner begon te lachen. 'Ik heb je vaker proberen te bellen dan een verliefde tiener.'

Hesk wist niet wat hij moest zeggen. Het klonk allemaal heel logisch, maar tegelijkertijd volstrekt onwaarschijnlijk.

'Kun je gaan staan?' ging Sleizner verder, en hij stak zijn hand uit.

'Ik denk van wel.' Met Sleizners hulp kwam hij voorzichtig van de tafel overeind.

'Oké. Mooi. Nu wil ik dat je al je zakken nagaat.'

'Maar waarom...'

'Alsjeblieft, doe nou gewoon wat ik zeg en controleer of er niets ontbreekt.'

Hesk begon zijn zakken een voor een te checken. Zijn mobiel had hij al.

'Portefeuille,' zei Sleizner. 'Heb je die?'

Hij knikte. Zijn portefeuille zat precies waar hij moest zitten, in de linkerbinnenzak van zijn colbert, en voor zover hij kon zien zat alles er nog in.

'En je sleutels?'

Hij voelde in zijn broekzakken en vond ze uiteindelijk in de linkervoorzak.

'Mooi. En alle sleutels zitten eraan?'

Hij controleerde de sleutelbos, rustig en methodisch, sleutel voor sleutel en knikte uiteindelijk. Ze waren er allemaal.

Het enige wat niet klopte, was dat hij zijn bos altijd in de rechtervoorzak had.

Nooit in de linker.

19

'Oké, ik stel voor dat we het als volgt doen,' hoorden ze Sleizners gedempte stem uit een van de luidsprekers naast het scherm komen, dat buiten een lichtstraaltje in de ene hoek helemaal zwart was. 'Ik neem contact op met de inlichtingendienst en voel ze aan de tand. Dit gaat alle perken te buiten en dat hoeven we niet te pikken.'

'Kun je zien waar ze zijn?' Qiang richtte zich tot Fareed, die de kaart bestudeerde met het rode stipje op – zo te zien – het hoofdbureau van de politie in Kopenhagen.

'En ik dan?' klonk een afgematte Hesk. 'Wat moet ik doen?'

'Ik kan niet precies zien op welke verdieping ze zitten.' Fareed verplaatste zijn blik naar het scherm ernaast, waar hij inzoomde op een virtueel driedimensionaal model van het gebouw. 'Maar als ze zich niet hier midden in de gang of op een van de toiletten bevinden, zouden ze in vergaderkamer 44B op de tweede verdieping in de noordelijke vleugel moeten zitten.'

'Dat met dat toilet klinkt wel spannend,' zei Qiang. 'Maar ik zou toch gokken op die vergaderkamer.'

'De vraag is of je niet gewoon naar huis zou moeten gaan om uit te rusten,' aldus Sleizner. 'En in jouw toestand wil ik het liefst dat je een taxi neemt. De baas betaalt, dus daar hoef je je niet druk om te maken.'

'Zijn dat Hesk en Sleizner?' vroeg Dunja, die uit de badkamer kwam. Ze had zojuist gedoucht en was gewikkeld in een handdoek.

Qiang knikte. 'Hij is net weer wakker.'

'Bedankt, Kim, maar dat hoeft niet. Ik voel me al beter,' hoorden ze Hesk zeggen. 'Veel beter.'

'Nu pas?'

'Ja, de Eikel trof hem aan in een van de vergaderkamers op de tweede verdieping net op het moment dat hij bijkwam.'

'Maar het is al bijna twee uur geleden dat hij is flauwgevallen.'

'Sleizner heeft het erover dat hij kan zijn gedrogeerd,' zei Fareed.

'Door wie dan?'

'De inlichtingendienst van de politie.'

'Dit wordt steeds gekker en...' Dunja zweeg en leunde voorover naar de luidspreker, waar Sleizners stem weer te horen was.

'Jan, luister nou. Je bent net weer bijgekomen nadat je twee uur bent weggeweest. Er klopt iets niet, dus ik sta erop dat je naar huis gaat en rustig aan doet. Ik zal ondertussen proberen uit te zoeken wat er aan de hand is, en dan pakken we morgen de draad weer op.'

'Nu ben ik toevallig wel degene die dit onderzoek leidt,' zei Hesk. 'En ik bepaal graag zelf wanneer ik naar huis ga.'

'Wauw, horen jullie dat?' Dunja wendde zich tot de anderen. 'Daar was geen woord Frans bij.'

'Jan, rustig maar. Natuurlijk doe jij precies wat je wilt, en wees niet bang voor dat onderzoek. Er is niemand die dat van je afpakt. Ik ben hier alleen om te helpen. Oké?'

'Oké.'

'Maar het laatste wat ik wil, is dat je er opeens doorheen zit en een halfjaar lang niet terugkomt. Snap je? Dat zou voor mij rampzalig zijn. Dan zit ik met de gebakken peren en moet ik een nieuwe ster zien te vinden, en die zijn zeldzaam, dat kan ik je wel vertellen. Dus probeer omwille van mij te overleven. In elk geval tot dit onderzoek klaar is.' Sleizner begon te lachen. 'Kunnen we dat afspreken? Dat jij nog een tijdje in leven blijft?' Hij begon weer te lachen. 'Kom hier, dan kan ik je een hug geven.'

'Wat een vreselijke vent.' Dunja schudde haar hoofd. 'Ik begrijp niet hoe Hesk überhaupt met die man in één ruimte kan zijn. Trouwens, hebben ze iets gezegd over die richtlijn?'

'Nee, geen woord,' zei Qiang.

'Vreemd. Die zou er toch om middernacht uit moeten gaan.'

'Misschien is dat helemaal niet zo vreemd.'

'Hoe bedoel je?'

'Ik bedoel alleen dat...' Qiang slikte en wisselde een blik met Fareed. 'Dat het maar de vraag is of... of het zo is dat...'

'Of het zo is dat wát? Wat probeer je nu te zeggen?'

'Of dat echt zo interessant is,' vulde Fareed aan. 'Dat jij, met alle risico's van dien, vannacht de hort op gaat, alleen om een politieman met een communicatie-eenheid te versieren.'

'Als jij iets beters weet, moet je daar nu mee komen. En waarom zou die richtlijn niet interessant zijn? Jullie hebben Sleizner immers zelfs horen aandringen om die richtlijn, waar die dan ook over gaat, er zo snel mogelijk doorheen te krijgen. Waarom zou hij dat tijdens een geheime lunch doen als het niet belangrijk was?'

'Oké, maar wat denk jij dan dat het is?' Qiang sloeg zijn armen over elkaar.

'Geen idee. Daar wil ik proberen achter te komen. Maar als ik een gok moet doen, denk ik dat het iets is wat groot genoeg is om te zorgen dat iedereen de verkeerde kant op gaat kijken, en het enige wat wij dan hoeven doen, is ons omdraaien. En hoe eerder we dat kunnen doen, hoe beter.'

'Dunja.' Fareed keek haar in haar ogen. 'Ik weet dat jij meent dat we gisteren iets op het spoor zijn gekomen, en dat wat tijdens die lunch werd gezegd de sleutel kan zijn voor iets groots. En dat is het misschien ook wel, geen idee. Wat ik daarentegen weet, is dat Qiang en ik de hele geluidsopname hebben doorgespit en geanalyseerd, woord voor woord, en het spijt me dat ik het moet zeggen, maar daar is niets uit gekomen.' Hij schudde zijn hoofd. 'Het enige concrete is dat ze bang zijn dat Hesk niet de juiste man is om het onderzoek te leiden, en te oordelen naar de persconferentie van vandaag, kan ik hun ongerustheid best begrijpen. Die richtlijn waar jij op gefocust bent, is iets wat in het voorbijgaan is langsgekomen, en het is maar de vraag of het zoveel interessanter wordt dan dat.'

'Als je het Michael Rønning vraagt niet,' zei Qiang.

'Wat die er dan ook mee te maken heeft,' zei Dunja.

'Hij is ondanks alles je beste vriend, en hij zou ons natuurlijk helpen met firewalls en het uitwissen van onze sporen als hij het net zo interessant zou vinden als jij.'

Dunja schudde haar hoofd. 'Het enige wat Michael wil, is dat ik ermee stop en terugkeer naar mijn normale leven.'

'Het is niet in je hoofd opgekomen dat hij misschien wel gelijk heeft?' vroeg Fareed.

Dunja dacht even na voor ze uiteindelijk knikte. 'Natuurlijk wel.'

'Maar?' vroeg Qiang.

'Wij zijn in oorlog, als jullie dat nog niet begrepen hebben.' Ze keek van de een naar de ander. 'Een oorlog met maar twee uitkomsten, en teruggaan en doen of er niets gebeurd is, hoort daar niet bij. Het is wij of Sleizner. En ik kan je beloven dat die man er geen seconde over nadenkt om ermee te stoppen en van zijn weekend te gaan genieten. Hij werkt dag en nacht om ons te vinden en ons te pakken te krijgen, en op dit moment is hij in paniek, doodsbenauwd dat wij eerder zullen zijn dan hij en zullen vinden wat hij nu onder het tapijt probeert te vegen.'

Fareed zuchtte. 'Oké, hij is gisteren afgeweken van zijn routines. Dat is waar.'

'Ja,' zei Qiang, en hij knikte.

'Maar is dat echt zo gek?' ging Fareed verder. 'Het is hoe dan ook een onderzoek waar alle ogen op gericht zijn. En wat die lunchvergadering betreft zou ik zeggen dat Sleizner de rustigste van de drie was.'

'Ja,' zei Qiang weer.

‘Nu wil het geval dat ik van ons drieën degene ben die hem het beste kent,’ zei Dunja. ‘En wat ik eruit kon opmaken was het een wanhopige Sleizner die er alles aan deed om de twee anderen te kalmeren. Wat Jakob Sand met de hele zaak te maken heeft, weet ik niet. Dat moet blijken. Maar wat als een paal boven water staat, is dat de dood van Mogens Klinge Sleizner om de een of andere reden persoonlijk tot in zijn diepste vezels geraakt heeft, en het is onze taak uit te zoeken waarom, ook al heb ik al zo mijn theorieën.’

‘En hoe kun jij er zo zeker van zijn dat het persoonlijk is?’ vroeg Fareed.

‘Zag je niet hoe gestrest hij was op de persconferentie?’

Fareed haalde zijn schouders op en schudde zijn hoofd.

‘Als jullie het mij vragen, vond ik hem juist in een opperbeste stemming en redelijk ontspannen,’ zei Qiang.

‘Maar niemand vraagt het je.’ Dunja schudde haar hoofd. ‘Nee, wat jullie zagen was een Sleizner die met zijn opgeplakte glimlach en geforceerde grapjes alles deed om ontspannen over te komen, maar in feite vocht voor zijn leven.’

‘Ik zou meer zeggen dat Hesk onder druk leek te staan en zat te zweten,’ zei Fareed. ‘Hij is immers ook degene die is flauwgevallen.’

‘Ja, en dat was ook vreemd,’ zei Dunja, en ze knikte. ‘Hesk is altijd al gevoelig, maar zo kwetsbaar heb ik hem nog nooit gezien. Hij begon zich overigens pas beroerd te voelen toen Sleizner ten tonele verscheen, wat mij zegt dat die twee momenteel niet op goede voet met elkaar staan. En jullie hebben hem trouwens zo-even ook van zich af horen bijten.’

‘Geldt dat niet min of meer voor iedereen als het om Sleizner gaat?’ vroeg Qiang.

‘Voor iedereen behalve voor Hesk. Hij is altijd Sleizners loyale vazal geweest, en nu al dat hielenlikken eindelijk vruchten heeft afgeworpen, bedankt hij zijn beschermheer door hem niet eens te informeren dat hij een persconferentie gaat houden. Dus wat gebeurt er dan? Tja, zo gauw Sleizner dat merkt, haast hij zich het podium op om datgene te vertellen waar iedereen al van uit was gegaan. Dat wil zeggen dat Mogens Klinge zich van kant heeft gemaakt nadat hij die vrouw tijdens een seksuele handeling bewust of onbewust heeft gewurgd. Toen had de persconferentie afgelopen kunnen zijn, en niemand had een wenkbrauw gefronst – als Hesk hem niet had tegengesproken. Ik geloof niet dat ik hem ooit eerder Sleizner heb horen tegenspreken. Maar dat deed hij nu wel, voor de camera's nota bene, met een theorie die regelrecht tegen die van Sleizner in ging, over dat er meer personen bij betrokken kunnen zijn geweest. En als ik Hesk een beetje ken, zou hij zijn kiezen op elkaar hebben gehouden als hij er niet zeker van was.'

'En die meerdere personen,' zei Fareed. 'Zou Sleizner een kandidaat zijn?'

'Waarom niet?' Dunja haalde haar schouders op.

'En waarom zou hij Klinge van het leven beroven?'

'Goede vraag, en het zou me niet verbazen als een deel van het antwoord tussen de regels van die richtlijn te vinden is.'

'Oké. Maar als ik iets naar voren mag brengen,' zei Qiang, en hij wachtte tot Dunja en Fareed zich naar hem omdraaiden. 'Tot nu toe blijven het slechts losse aannamen, min of meer uit de lucht gegrepen.'

'Ik weet het, we hebben concrete bewijzen nodig,' zei Dunja. 'Maar het zou me beslist niet verbazen als zou blijken dat we daar al heel dichtbij zaten.'

'Wat voor bewijzen? Hoe bedoel je?'

'Niemand heeft hem de laatste maand zo goed in de gaten gehouden als wij. We hebben data verzameld en hem tot in het miniemste detail in kaart gebracht. We hebben hem letterlijk op de voet gevolgd. Elk gesprek hebben we afgeluisterd. Sms, mail, we hebben alles gelezen, en dat hebben we allemaal hier.' Dunja maakte een breed armgebaar naar alle computers, schermen en harddisks. 'Het probleem is dat we niet wisten waar we naar moesten zoeken. Dan is het zoeken naar een speld in een hooiberg zonder te weten dat die is gemaakt van metaal, smal en puntig is, en niet meer dan een paar centimeter lang. Maar we hebben nu een naam en een gebeurtenis om op af te gaan, en tegen middernacht weten we hopelijk nog meer. Dus mijn voorstel is dat jullie die uren besteden aan het opnieuw doornemen van alles wat we hebben. In de tussentijd ga ik proberen een leuk agentje van de communicatieafdeling te versieren zodat ik op de eerste rang zit als die richtlijn gepubliceerd wordt.'

20

Van een afstandje vanaf de andere kant van de glazen wand zag het er ongetwijfeld uit alsof hij alles onder controle had, zoals hij daar op zijn bureaustoel achter zijn bureau zat en uitkeek over zijn kantoor. Die Jan Hesk heeft z'n zaakjes mooi voor elkaar, zouden degenen die hem zagen zitten wellicht denken. Maar niets kon misleidender zijn. Hij was in feite druk bezig de paniek te bezweren die zo hevig was dat hij van binnenuit leek te worden aangevreten.

Dit was niet wat hij voor ogen had gehad toen hij de eerste keer had plaatsgenomen in zijn eigen, nieuwe kantoor met uitzicht op de tuin en met zelfs ruimte voor een bank en fauteuils. Hij kon er niet van genieten. Hij had geen mogelijkheid om tevreden achterover te leunen, zijn voeten op tafel te leggen, de geur van succes op te snuiven en eindelijk het gevoel te hebben er zonder schaamte van te kunnen genieten.

Hij had tijdens zijn vakantie nog wel de tijd genomen om een eigen bureaustoel van echt leer te kopen, kosten: een half maandsalaris. Een stoel die trouwens van exact hetzelfde exclusieve merk was als die van Sleizner, met het kleine verschil dat die net iets mooier was.

Maar dit was niet het moment om aan het hendeltje aan de onderkant van de stoel te trekken en de stoel in de relaxstand te zetten. Ook niet om het uitzicht te bewonderen of de boeken in de boekenkast, die Lone op kleur had gesorteerd en neergezet, met de ingelijste Joan Miró-afbeeldingen op de muur ertegenover.

Nu kwam het alleen maar belachelijk over, en een deel van hem verlangde terug naar zijn oude, krappe werkplek in de kantoortuin tussen de anderen.

De laatste gebeurtenissen hadden hem volledig uit zijn evenwicht gehaald, en hoewel het al even geleden was dat hij in de vergaderkamer was bijgekomen, kon hij er maar niet over uit dat hij tijdens een persconferentie doodleuk was gedrogeerd en afgevoerd.

Hij had heus wel het een en ander meegemaakt tijdens zijn jaren bij de politie, maar dit sloeg alles.

Het goede nieuws was dat hij daardoor eindelijk de stap had durven zetten om Sleizner te zeggen waar het op stond, wat ertoe had geleid dat Sleizner voor het eerst iets had getoond wat leek op respect. Wat betreft dat drogeren had Sleizner de conclusie getrokken dat de inlichtingendienst daar waarschijnlijk achter zat, en er was geen reden om dat in twijfel te trekken. Maar hoe dat precies in zijn werk was gegaan, daar hadden ze geen van beiden een antwoord op. En om die reden had hij besloten om zelf naar de uitzending van de persconferentie te kijken, die al op internet stond.

Tot nu toe had hij zich er nog niet toe kunnen zetten om op het witte driehoekje te drukken en het meer dan een uur durende programma te bekijken. Het voelde alsof hij opnieuw zou worden blootgesteld aan die vernedering. Aan de andere kant kon hij er moeilijk omheen. Het nieuws over zijn instorting had de nieuwsfeed overspoeld, en de twaalf seconden lange clip waarin hij in elkaar zakte en van zijn stoel viel, was viral gegaan en was al meer dan honderdduizend keer bekeken op YouTube.

Hij had het zelf ook al een paar keer gezien. Alleen had hij niet zozeer moeite met die paar seconden, als wel met alle andere. Iets zei hem dat toen de daadwerkelijke vernedering had plaatsgevonden.

Hij pakte de muis en bracht de cursor naar het driehoekje. Maar het ging niet. Iets in hem bood weerstand en in zijn wijsvinger leek plotseling onvoldoende kracht te zitten om de linkermuisknop in te drukken.

In plaats daarvan haalde hij zijn sleutelbos tevoorschijn en bestudeerde die in het zonlicht dat door het raam achter hem naar binnen viel. Hij had niet tegen Sleizner gezegd dat die in de verkeerde zak had gezeten. Op dat moment was hij nog niet geheel bijgekomen en had hij gedacht dat hij hem misschien gewoon in de verkeerde zak had gestopt. Maar dat was niet zo, dat wist hij zeker. De bos was van de ene zak naar de andere verhuisd in de tijd dat hij was uitgeschakeld. Het meest waarschijnlijke was dat ze kopieën van de sleutels hadden gemaakt, en het zou vast niet lang duren voordat ze die gingen gebruiken.

In de auto waren ze in elk geval niet geweest. Daar heerste precies dezelfde chaos als altijd. In zijn nieuwe kantoor hadden ze ook niet rondgeneusd. Daar was dan ook niets spannenders te halen dan zijn mooie stoel.

De mobiel op zijn bureau lichtte op en begon te zoemen. Het was Lone. Zij had natuurlijk het nieuws gehoord en de clip gezien. Maar zij moest maar wachten en genoegen nemen met het sms'je *Kan nu niet praten, maar alles is in orde. Kus, J.* Op dat moment bedacht hij het opeens, vlak na het bevestigende *swish*-geluid dat zijn sms'je aan zijn reis was begonnen.

Die mobiel.

Die was hij helemaal vergeten. Daar waren ze natuurlijk naar op zoek. Die oude gele haaienvin.

Hij pakte zijn telefoon weer op en belde Lone.

'Aha, daar ben je,' hoorde hij haar stem. 'Hoe gaat het nu? Wat is er gebeurd?'

'Rustig maar, alles is in orde,' zei hij, maar hij hoorde zelf hoe geforceerd dat klonk.

'In orde? Hoe kun je nou beweren dat alles in orde is, als...'

'Lieverd, ik zal je straks meer vertellen. Alles is onder controle, echt. Maar dat is niet waarom ik bel.'

'Nee, maar dat was wel waarom ík belde, en nu wil ik weten wat er...'

'Lone, kunnen we het daar vanavond over hebben? Ik wil nu graag dat je luistert en antwoord geeft op mijn vragen. Oké?'

De stilte aan de andere kant van de lijn sprak duidelijke taal.

'Ik zie mijn eigen man tijdens een directe uitzending in elkaar storten. Ik word ongerust en probeer te bellen, maar wordt er opgenomen? Nee, pas na een paar uur.'

'Schat, ik weet het en kan het uitleggen.'

'Nee, nu ben ík aan het woord, en laat één ding duidelijk zijn. Omdat jij nou toevallig promotie hebt gemaakt, moet je niet denken dat je je alles maar kunt permitteren en mij bevelen kunt geven.'

'Nee, en dat denk ik ook niet. Op dit moment wil ik alleen maar weten of er iemand aan de deur is geweest,' vroeg hij in een poging haar humeur te negeren.

'Aan de deur? Nee, wie zou dat dan moeten zijn geweest?'

'En je bent de hele dag thuis geweest, hè?'

Hij hoorde dat Benjamin op de achtergrond begon te huilen en dat ze hem optilde en in haar armen nam om hem rustig te krijgen. 'Jan, waar ben je mee bezig?'

'Alsjeblieft, kun je gewoon antwoord geven? Ben je de hele dag thuis geweest of niet?'

'Waar zou ik anders zijn geweest? Jij bent immers niet thuis, en als ik om me heen kijk, ben ik in elk geval niet in Legoland.'

'Mooi, en ben je de hele tijd binnen geweest? Ik bedoel, in huis?'

'Jezus, wat is dit voor verhoor?'

'Dit is geen verhoor. Ik wil alleen weten of je de hele tijd binnen bent geweest, of dat je misschien ook buiten...'

'Verdomme nog aan toe!' bitste ze.

'Domme,' hoorden ze Benjamin herhalen. 'Je zei domme.'

'Wat denk je zelf? Als het buiten zevenentwintig graden is. Nee, ik heb natuurlijk niet de hele tijd binnen gezeten.'

'Oké. En waar ben je buiten geweest?'

'Dit is echt krankzinnig, dat snap je toch wel, hè? Volkomen gestoord.'

'Lone, alsjeblieft,' zei hij in een poging haar te kalmeren. 'Ik begrijp dat het raar en onbegrijpelijk overkomt. Maar je moet me vertrouwen en vertellen waar of ongeveer hoe vèr van ons huis je geweest bent.' Het liefst had hij de waarheid willen vertellen. Maar dan zou ze flippen en als dat eenmaal het geval was, zou hij onmogelijk nog met haar kunnen communiceren. 'En als je nog weet wanneer en hoelang je buiten bent geweest, zou dat nog mooier zijn.'

'Ik ben buiten geweest om de was op te hangen,' zei ze op steriele toon terwijl Morten Heinesen binnenkwam en in het nieuwe kantoor om zich heen keek. 'Onder andere jouw versleten onderbroeken. Dat was om negen uur achtenvijftig en duurde twaalf minuten en zesentwintig seconden.'

Hij gebaarde Heinesen weg te gaan en hem met rust te laten. Maar zijn collega schudde zijn hoofd en bleef staan.

'Toen zijn Benjamin en ik om dertien uur zeven naar Adam gegaan aan de andere kant van de heg. Benjamin is op de trampoline geweest.'

'Hop, hop...'

'In de tussentijd hebben Adam en ik twee uur en drie minuten heel gezellig koffie gedronken in de zon, waarna ik thuis ben gekomen voor dit gezellige gesprekje.'

Twee uur. Dat was meer dan voldoende om het huis te kunnen doorzoeken en die mobiel te vinden.

'Om veertien uur tweeënveertig heeft hij mij trouwens een sigaret aangeboden,' ging Lone verder terwijl Heinesen op de bank ging zitten. 'En die heb ik geaccepteerd, want ik vond dat ik dat wel verdiend had. Maar nu, na dit alles, bedenk ik dat ik er eigenlijk twee had moeten nemen.'

Ze was weer begonnen. Hij vermoedde dat al sinds het voorjaar toen hij meende dat haar jas naar rook stonk, maar dat had hij afgewimpeld als paranoia. Maar dat was het dus niet. Ondanks alles wat ze hadden gedaan om haar te laten stoppen. Al zijn pogingen om haar af te leiden van haar nicotineverslaving. Alle keren dat hij haar nukkige humeur had beantwoord met een omhelzing en veel begrip.

'Schat, ik wil dat je naar de secretaire in de slaapkamer loopt.'

'Schat,' herhaalde ze gemaakt. 'Hoor je zelf wel hoe pathetisch dat klinkt?'

'Alsjeblieft, doe nou gewoon wat ik zeg.'

'Jaja, ik ben daar nu. Wat moet ik nog meer doen? Met beide voeten tegelijk omhoog springen?'

'Ik wil dat je de secretaire openmaakt, de bovenste linkerlade uittrekt en kijkt wat er helemaal achterin onder de stapel enveloppen ligt.'

'Een lelijke oude gele mobiel. Tevreden?'

'Ja,' zei hij, en hij kon eindelijk uitademen. 'Heel tevreden. Dank je wel, lieverd. Tot vanavond.'

Een klik, en het gesprek was voorbij.

'Ik hou ook van jou,' zei hij tegen de stilte voordat hij zijn mobiel neerlegde en Heinesen aankeek. 'Wat is het nut van een eigen kantoor als je niet met rust wordt gelaten?'

'Dit kan helaas niet wachten.' Heinesen kwam overeind. 'Ik heb net contact gehad met de anderen van het team.'

'Ja, en?'

'Het pistool, de pochet, alle foto's en monsters. Alles is verdwenen.'

21

Jadwiga Komorovski zat achter haar antieke bureau van walnotenhout. Buiten een bureaulamp met messing voet en een lampenkap van groen glas lagen er een leren onderlegger, een vulpen en een gelinieerd schrijfblok op het bureau. De rest van het oppervlak was leeg.

Het was niet de eerste keer dat Fabian in de comfortabele bezoekersstoel zat, die zelfs vulling in de armleuningen had. Maar hij merkte nu pas op hoe Theodors advocaat en haar fraaie kantoor met uitzicht op de haven van Helsingborg er eigenlijk uitzagen.

Bijna alle juristen met wie hij tijdens zijn jaren bij de politie te maken had gehad, zaten verscholen achter stapels mappen en documenten midden in een stoffige chaos waar niemand anders dan zijzelf de juiste map konden vinden. Hier was het blinkend schoon en rook het vaag naar meubelwas. Net zo opgepoetst als Komorovski zelf, zoals ze hem daar in haar donkerblauwe mantelpakje met ivoorwitte strikblouse, haar leesbril in haar losgemaakte, kastanjebruine haar geschoven, zat aan te kijken.

Had hij haar daarom in de arm genomen? Vanwege dat gevoel van controle en exclusiviteit? Hij wist het niet meer. Alles wat langer dan een paar dagen geleden was, was vaag en ondoordringbaar geworden. Duur was ze in elk geval wel, en misschien was dat waar hij door verblind was. De gedachte dat het louter en alleen een geldkwestie was om het allemaal goed te laten komen.

'Fabian, dit kan zo niet langer,' zei ze op een toon alsof hij bij de rector was geroepen. 'Ik hoop dat je dat begrijpt.'

'Er klopt iets niet.' Het verraste hem hoe kalm hij klonk. 'Ze houden wat achter.' Misschien was zijn energie gewoon op.

Komorovski woog haar woorden. 'Ik heb zelf geen kinderen en kan waarschijnlijk niet begrijpen hoe moeilijk het is om er een te verliezen. Zo hoort het niet te gaan en het druist in tegen alles waar wij in geloven. Maar wat ik wel begrijp is dat waar jij mee bezig bent jou, Sonja of Matilda niet zal helpen. Het lijkt de boel eerder erger te maken. Veel erger. Sonja heeft eerder vandaag contact met mij opgenomen om te vertellen dat...'

'Ik weet het,' onderbrak Fabian haar. 'Dus ik moet het gewoon loslaten zodat ze worden vrijgesproken? Is dat wat je bedoelt? Dat ze gewoon door kunnen gaan met hun leven alsof er niets gebeurd is.'

'Worden vrijgesproken van wat?'

'Dat ze mij mijn zoon hebben afgenomen. Dat ze hem hebben mishandeld en kapot hebben gemaakt, zodat hij uiteindelijk...' Hij zweeg. Die woorden deden nog veel te veel pijn.

'Fabian.' Ze leunde voorover over het bureau en gaf hem een zakdoekje, dat hij aanpakte, hoewel hij het niet nodig had. 'Ik heb contact met ze gehad, of beter gezegd: ze belden mij na jouw onaangekondigde bezoek van vandaag, en geloof me, er is niets wat ze achterhouden.'

'Maar waarom heeft niemand ons dan geïnformeerd dat hij in isolatie zat?'

'Dat hebben ze wél gedaan, Fabian. Ik heb dat zelfs hier op de mail, als je mij niet gelooft.' Ze trok een lade van het bureau uit, haalde een uitgeprint mailtje tevoorschijn en legde dat voor hem neer. 'Dat heb ik op 27 juni ontvangen en daarin wordt die mishandeling in de kantine genoemd en het besluit om hem een paar dagen in isolatie te zetten.'

'En waarom heb je mij daar niets over verteld?'

'Dat héb ik gedaan. Maar het enige waar jij op reageerde was die mishandeling. Ik kon horen hoe boos je op hem was, en hoe teleurgesteld. Zodra je daarover hoorde, kreeg je een rode waas voor je ogen en kon je nergens anders meer aan denken. Ik heb dat gesprek nog, als je me niet gelooft. Zoals je weet neem ik alles op.'

Het was alsof zijn geheugen aan grauwe staar leed. Hij kon zich niets herinneren van wat ze zei. Aan de ene kant wilde hij wel naar dat gesprek luisteren. Horen of hij inderdaad zo in beslag was genomen door zijn eigen woede dat hij niet had geluisterd naar wat ze gezegd had. Maar hij kon het niet, hij kon alleen zijn hoofd schudden. 'Maar Theodor dan? Waarom heeft die niets gezegd toen ik hem opzocht?'

'Er is veel wat hij niet heeft gezegd. Zeker tegen degenen die hij niet vertrouwde.' Fabian keek op en ontmoette haar blik.

'Sorry, dat klonk als kritiek,' ging ze verder. 'Zo was het helemaal niet bedoeld. Tegen mij heeft hij ook niets gezegd.'

'Maar ik ben zijn vader. Als hij míj niet kon vertrouwen, wie dan wel?'

'Is dat wat je probeerde te doen? Hem laten zien dat hij jou kon vertrouwen.'

'Ik probeer er alleen maar achter te komen wat er gebeurd is. De waarheid.'

Komorovski keek de andere kant op en zuchtte diep.

'Ja, zucht maar. Maar ik heb samen met een van de beste patholoog-anatomen van Zweden alle verwondingen en blauwe plekken op zijn lichaam en vooral op zijn schedel bestudeerd, en alles wijst erop dat hij mishandeld werd en alleen maar heeft geprobeerd zich te verdedigen.'

'Je bedoelt dus dat ze ons gewoon voorliegen.'

'Dat zou niet voor het eerst zijn.'

'Maar waarom? Wat is hun motief om daarover te liegen? Ik bedoel, hij heeft zich hoe dan ook van het leven beroofd. En wat betreft die sporen op zijn lichaam, is het natuurlijk niet zo gek dat hij zelf een groot aantal klappen en trappen te verduren heeft gekregen nadat hij die andere geïnterneerde had mishandeld. Of kan hij dat zelf hebben gedaan? Kan het niet zo zijn dat hij zo hard met zijn hoofd tegen de muur heeft gebonkt dat de verfschilfers in zijn haar zijn blijven vastzitten? Zelfbeschadigend gedrag is namelijk niet zo ongebruikelijk als je in isolatie zit.'

Fabian schudde zijn hoofd. 'Als al het andere van wat ze beweren had geklopt, dan had ik dat nog wel kunnen geloven. Maar nu niet, met al die rookgordijnen.'

'Ik begrijp niet wat voor rookgordijnen je bedoelt.'

'Nou, bijvoorbeeld wáár hij zelfmoord heeft gepleegd. Ze beweren dat het in zijn cel was. De vraag is dan hoe je de punaise in zijn handpalm kunt verklaren. Of dat Einar Greide tijdens de sectie constateerde dat de sporen rond zijn hals onmogelijk afkomstig konden zijn van in elkaar gevlochten repen laken. Als je hem mag geloven, is het waarschijnlijker dat Theodor zich heeft verhangen aan een elektriciteitskabel. Maar die was er niet in zijn cel. Wel in de ruimte waar hij geïsoleerd zat en waar ze trouwens, net als op de muren, de groene verf langs dat snoer helemaal tot aan de plafondlamp hadden bijgewerkt.'

Komorovski dacht even na en knikte uiteindelijk. 'Ja, misschien heb je gelijk. Misschien heeft hij in de isolatie zelfmoord gepleegd en niet in zijn cel.' Ze spreidde haar handen.

'En dan komen we bij jouw vraag,' zei Fabian. 'Waarom zou je daarover liegen?'

'Fabian, misschien ben je dat vergeten, maar ik was erbij toen jullie daar gisteren waren om hem te identificeren en jij het personeel opeens begon te onderwerpen aan een regelrecht verhoor. Ik was erbij en zag hoe jij ze onder druk zette en precieze informatie eiste over hoe hij het heeft gedaan.'

'Dat klopt. Is dat echt zo gek?'

'Zeker niet, maar misschien had je het aan heel iemand anders moeten vragen. Iemand die wist wat er gebeurd was en niet het meest waarschijnlijke scenario opdiste om jou te kalmeren.'

'Laten we zeggen dat het zo is. Waarom zouden ze achteraf dan niet gewoon kunnen toegeven dat ze verkeerde informatie hebben gegeven en vertellen hoe het daadwerkelijk is gegaan, in plaats van nog steeds vast te houden aan die leugen?'

'Fabian, ik weet het niet. Misschien omdat jij zo hard van leer trok en hun geen andere keus liet.'

'Dus het is mijn fout dat ze liegen? Het komt niet doordat ze eigenlijk willen verbergen dat hij niet eens in een echte isoleercel werd gezet, maar in een leeggeruimd voorraadhok met een open wandkast, zodat hij naar de elektrakabel aan het plafond kon klauteren. Is dat wat jij zegt? Dat zij niets te verbergen hebben en dat ik in feite het probleem ben?'

Hij zag het in haar ogen. Het antwoord. Ver voordat haar mond zich ging bewegen.

Toen de woorden eenmaal kwamen, was hij al op weg naar buiten.

22

Zoiets had Jan Hesk nog nooit gehoord. Wanneer technisch bewijs zoekraakte, kwam dat in de meeste gevallen doordat de boel slordig gelabeld was, en als je er de tijd voor nam werd het meestal wel teruggevonden, alleen op de verkeerde plank. Dat wat hun nu was overkomen, was van een heel andere aard. Hier had iemand van buitenaf zich toegang verschaft, zowel in het hoofdbureau van de politie als in het forensisch lab, en de verzameling bewijzen van hun onderzoek vrijwel helemaal verwijderd. Toen Heinesen het nieuws vertelde, was het alsof hij een mokerslag in zijn gezicht kreeg. Maar in plaats van uit zelfmedelijden in foetushouding onder een dekentje te kruipen, was hij woest geworden. Hij werd bijna nooit boos, maar nu was hij plotseling razend en meende hij dat het nu afgelopen moest zijn. Over en uit.

Hij remde af en parkeerde voor zijn huis op Japanvej, zette de motor uit en verliet de auto. Er was geen aanleiding meer om elders te parkeren en te doen alsof ze hem niet in de gaten hielden. Natuurlijk wisten ze waar hij woonde.

Het eerste wat hij had gedaan, was zijn team bij elkaar roepen en ze op de hoogte stellen van de laatste gebeurtenissen. Deze keer had hij niets weggelaten, maar alles verteld – vanaf de mobiel die hij bij Mogens Klinge thuis had gevonden tot de twee mannen die hem hadden geschaduwd en misschien zelfs hadden gedrogeerd.

Het was een gewaagde gok die verkeerd had kunnen uitpakken, aangezien hij buiten Heinesen de anderen geen van allen goed genoeg kende om te weten of hij ze kon vertrouwen. Maar het was buigen of barsten. Dit was niet iets wat hij in zijn eentje aankon. Hij had hen nodig, en toen hij ze dat eenmaal had laten inzien, was dat teamgevoel waar hij al de hele tijd naar op zoek was, eindelijk een feit.

Weg waren de territoriumdrift en het voortdurende vraagtekens zetten bij zijn leiderschap. Plotseling was iedereen zich bewust van zijn eigen rol, alsof ze nooit anders hadden gedaan dan samenwerken.

Hij wierp een blik over zijn schouder en zag een vrouw met een kinderwagen aan komen lopen evenals een oudere man met een teckel die tegen een lantaarnpaal pieste, waarna hij verder liep naar zijn huis.

Ze waren het erover eens geworden dat het voldoende was om de tongen van zijn voordeur te laten vervangen, en dat ze vanaf nu hun besprekingen zo veel mogelijk buiten het hoofdbureau van de politie zouden houden. Heinesen had na enig aandringen zijn appartement in Christianshavn ter beschikking gesteld en zorgde nu dat de belangrijkste dingen daar naartoe werden overgebracht.

Wat de verdwenen monsters en bewijzen betrof, waren sommige verloren terwijl andere wellicht opnieuw gecreëerd konden worden. Eventueel nieuw bewijs zou expres volgens hun eigen code foutief worden gemerkt en verspreid op verkeerde planken worden bewaard, tussen andere afgeronde onderzoeken.

Maar hun meeste hoop was gevestigd op de mobiele telefoon. Die gele haaienvin.

Zo gauw ze die weer aan de praat kregen en de sms-conversatie tot in het detail konden analyseren, zouden ze voldoende leidraden moeten hebben om hun verdere werk een duidelijke richting te geven.

Daarnaast was het mobiele nummer van CONTACTI hoogst interessant. Tot nu toe hadden ze alleen de eerste vier cijfers 26 58. Als ze ook achter de laatste vier konden komen, zouden ze eindelijk een concreet eindje hebben waar ze aan konden gaan trekken.

Hij stapte de hal binnen en deed de deur achter zich op slot, zowel het gewone als het extra slot waarvoor ook aan de binnenkant een sleutel nodig was. Dat zou ze niet verhinderen om met hun kopieën binnen te komen, maar dat ze binnen zouden dringen als hij en de rest van zijn gezin thuis waren, was niet erg waarschijnlijk. Bovendien had de slotenmaker beloofd om binnen een uur te komen.

Op weg naar de keuken rook hij de geur van gehaktsaus die stond te pruttelen. Hij had de hele dag niets gegeten en een flinke portie pasta met vlees en ketchup was precies waar hij zin in had.

'Hallo,' zei hij tegen Lone, die de pasta net afgoot in een vergiet. 'Dat ruikt heerlijk.'

'Jij moet zelf maar wat regelen,' zei ze, en ze goot de pasta weer terug in de pan. 'Ik wist niet wanneer jij van plan was thuis te komen.'

'Nee, natuurlijk niet. Hoe zou je dat ook kunnen weten,' zei hij, en hij constateerde dat er maar voor drie personen was gedekt. 'Maar geen punt, hoor. Je hoeft met mij geen rekening te houden. Ik heb toch niet zo'n trek.'

'Mooi. Dan is iedereen met andere woorden dus helemaal happy.'

Dat zei ze altijd als ze genoeg had van haar leven, en vooral van hem. 'Fijn dat we zo gelukkig zijn, gefeliciteerd met ons,' riep ze dan in een vurig sarcasme, en wat hij ook deed en wat hij ook probeerde, ruzie was dan onvermijdelijk.

Maar deze keer was hij niet van plan om naar haar toe te gaan en haar te omhelzen en te vragen wat er mis was. Deels omdat hij precies wist wat dat was, en deels omdat hij geen puf of tijd had voor een fikse ruzie.

In plaats daarvan deed hij het tafelzeil omhoog, pakte het tafelblad met beide handen beet en trok de tafel over de vloer zodat de glazen en borden rinkelden.

'Jezus, wat doe je?'

'Niets. Ik moet alleen even naar de zolder.'

'Nu? We zouden net gaan eten.'

'Dat heb ik begrepen, en dat kan hier ook prima,' zei hij terwijl hij de stoelen optilde en bij de tafel zette voordat hij naar de schoonmaakkast liep en de metalen stok met de haak aan het uiteinde pakte.

'Jan, nu wil ik dat je uitlegt wat je...'

'Niet nu, schat. Daar heb ik nu geen tijd voor. Maar als het allemaal achter de rug is zal ik je alles vertellen, oké?'

'Ja, maar...'

'Ik zei "als het achter de rug is",' onderbrak hij haar. 'Niet nu.' Hij haakte de haak in het oog van het dakluik en trok eraan zodat het luik omlaag kwam, en zoals altijd als hij een tijdje niet op zolder was geweest, regende het vuil en zand toen hij de ladder uittrok. 'Rustig maar, ik ruim het zelf op,' zei hij op weg naar boven. 'Ik beloof je dat het straks weer netjes is.'

'Jij belooft veel de laatste tijd,' hoorde hij Lone vanuit de keuken foeteren. 'Zoals Legoland. Weet je nog? Dat heb je ook beloofd!'

Maar zijn focus was gericht op de chaos om hem heen op zolder. Overal lagen zwarte vuilniszakken vol kleren die ze nooit zouden dragen, evenals verhuisdozen, oude tennisrackets, ski's, stapels bordspellen en een heleboel andere rommel waarvan hij niet wist waar die vandaan kwam.

Hij was al jaren van plan een lang weekend te besteden om de boel hier boven uit te mesten en te organiseren. Hij had er zelfs over gedacht een container te huren, alles in één keer weg te doen en weer van voren af aan te beginnen. Het enige wat hem tegenhield was dat hij wist hoe Lone zou reageren.

Dus hij had het wel een beetje aan haar te danken dat hij vijf minuten later de doos in het vizier kreeg waar hij naar op zoek was. Want daar stond hij. Helemaal onderop de stapel verhuisdozen, gemerkt met KANTOORSPULLEN + OUDE HERINNERINGEN.

Hij tilde de andere dozen eraf, zette de doos in het middenpad en maakte hem open.

Bovenop lagen twee ordners, gemerkt FINANCIËN 1 en 2, en daaronder lagen een paar rollen ongebruikt faxpapier, een verzameling pennen die het niet meer deden, post-itblaadjes en een roodgeschilderd houten doosje met een slot dat hij zelf had getimmerd bij houtbewerking op school. Maar daar was hij allemaal niet naar op zoek, maar naar het zwarte snoer dat uitstak boven de stapel oude foto's, diskettes en andere kabeltjes. Hij trok er voorzichtig aan zodat het niet stukging en viste de lader op van zijn oude Ericsson-mobiel.

'En? Heb je gevonden wat er nou zo superbelangrijk was en niet kon wachten?' vroeg Lone toen hij de ladder weer inklapte.

'Ja, kijk.' Hij hield de lader voor zich. 'Dankzij jou, lieverd.' Daarna kwam hij naar haar toe en gaf haar een kus op haar wang voordat hij doorliep naar de slaapkamer.

'En de vloer dan?' riep ze hem na. 'Jij zou de boel toch weer achter je kont opruimen?'

'Zo gauw ik hiermee klaar ben,' riep hij terug, en hij ging achter de secretaire zitten, waarvan het werkblad nu omlaag was geklapt.

Hij trok de linkerla uit en tilde de stapel enveloppen op, om vervolgens te ontdekken dat de gele haaienvin schitterde door afwezigheid. Er lagen alleen een paar postzegels, een gummetje en een rolletje buitenlandse bankbiljetten.

Hij had toen al in paniek moeten raken. Maar dat gebeurde niet. Misschien had Lone die mobiel gewoon teruggelegd tussen de stapel rekeningen of, waarom niet, achter de computer. Pas toen hij elk hoekje van de secretaire had onderzocht, begon de paniek zich te manifesteren.

'Lone,' riep hij, en hij kon de wanhoop er doorheen horen klinken. 'Lone! Waar heb je die mobiel gelaten?' Hij keek om zich heen in de slaapkamer. 'Ik kan hem niet vinden!'

Waren ze ondanks alles toch hier geweest? Hij boog voorover en keek op de grond onder de secretaire en tussen de kleren die op de bureaustoel gesmeten lagen. Kon het echt zo zijn dat ze hier waren geweest nadat hij Lone had gesproken? Hij wroette door de overvolle prullenbak en keerde die uiteindelijk om. Dat betekende in dat geval dat ze hem hadden afgeluisterd en precies hadden geweten waar die mobiel lag.

'Lone! Geef eens antwoord!' riep hij op weg terug naar de keuken. 'Waarom reageer je niet als ik je roep?'

'Antwoord geven waarop?' Lone zette de fles ketchup op tafel. 'Wat heb je nou weer te zeuren?'

'Die mobiel, verdomme!' riep hij. 'Waar ik over belde!'

'Jezus, schreeuw niet zo. Kalmeer een beetje!'

'Je zei dat die in de secretaire lag!'

Ze keek de andere kant op. 'Katrine en Benjamin! Eten!'

'Daar is hij in elk geval nu niet, dus mijn vraag is waar hij is.'

'Geen idee.' Lone haalde haar schouders op. 'Moet je mij niet vragen.'

'Wie moet ik het verdomme dan vragen?'

'Katrine en Benjamin! Eten!'

'Hallo?' Hij pakte haar bij haar arm en draaide haar naar zich toe. 'Wie moet ik het dan in godsnaam vragen?'

'Ik weet niet waar je mee bezig bent.' Ze rukte zich los uit zijn greep. 'Maar als je niet gauw kalmeert, neem ik de kinderen mee en vertrekken we zo gauw ze wat gegeten hebben. Wat betreft het huis, mijn ouders hebben daar borg voor gestaan en hebben de aanbetaling gedaan, dus je krijgt tot maandag om je spullen te pakken. In de kinderen ben je toch al nooit zo geïnteresseerd geweest, dus om het weekend een paar uur zou voldoende moeten zijn.'

'Heb je weer stiekem zitten roken bij die Adam? Hè? Is dat wat je niet wilt toegeven? En hoelang ben je deze keer weggeweest? Een uur? Twee?'

Lone schudde haar hoofd zonder haar ogen af te wenden. 'Ik weet niet of je doorhebt dat je nu heel erg met vuur speelt. Maar nee, ik ben niet bij Adam geweest. Benjamin en ik zijn daarentegen boodschappen wezen doen en op weg naar huis zijn we een tijdje in de speeltuin gebleven. Daarna heb ik de was gedaan, schoongemaakt en gestofzuigd, voordat jij de boel weer vies kwam maken, en heb ik gekookt. En als we elkaar nu toch aan het verhoren zijn, mag je antwoord geven op de vraag waarom al mijn ondergoed opeens door de war ligt. Katrine en Benjamin! Als jullie nu niet komen, ga ik alleen eten!'

'Je ondergoed door de war? Hoe bedoel je, schat?' Er was geen twijfel meer mogelijk. Ze waren hier geweest.

'Schat? Zijn we dat stadium jaren geleden al niet gepasseerd?'

'Lone, ik ben niet uit op ruzie.' Met behulp van de kopieën van zijn sleutels waren ze het huis binnengekomen en hadden ze die mobiel opgespoord. En nu was die verdwenen. Hun enige kans om een zekere opheldering te krijgen in deze hele chaos was hun bij de handen afgebroken.

'Niet? Dat is wel het enige wat je doet zo gauw je thuiskomt.'

Hesk trok een van de stoelen naar achteren, ging zitten en schonk een glas water in, dat hij in één teug leegdronk. 'Het enige waar het om gaat is die mobiel, en terwijl jullie boodschappen aan het doen waren en naar de speeltuin gingen, moeten ze...' Hij raakte van zijn à propos en zweeg op het moment dat Benjamin de keuken in kwam. 'Maar...' De paniek, de ruzie en het hele gevoel dat alles verloren was, was meteen verdwenen. '... daar is-ie.'

'Wat?' vroeg Lone.

'Die mobiel, daar heb ik de hele tijd naar lopen zoeken.'

'O die. Die wilde Benjamin niet meer loslaten nadat jij daarover gebeld had en voor de eerste keer Gestapo aan het spelen was. Dat is het enige wat hem rustig houdt.'

'O, wat fijn.' Hij begon te lachen en kwam overeind. Benjamin had hem gered. 'Dat is fantastisch.' Als hij hem niet had meegenomen naar de speeltuin was hij ongetwijfeld weg geweest. 'Maar nu moet papa zijn telefoon weer terug hebben.' Hij liep naar Benjamin toe en stak zijn hand uit. 'Kan papa die nu weer krijgen?'

'Nee. Van mij.' Benjamin hield zijn handen achter zijn rug.

'Nee, Benjamin, die is echt van papa.' Hij begon weer te lachen en probeerde zo rustig mogelijk te blijven.

'Niet van papa. Van mij.' Benjamin schudde zijn hoofd en Hesk zag uiteindelijk geen andere mogelijkheid dan zijn zoon bij de arm te pakken en die mobiel uit zijn hand te wrikken.

'Niet mijn tefoon pakken! Is mijn tefoon. Papa mijn tefoon afgepakt.' Benjamin rende huilend naar Lone, die hem optilde en begon te troosten.

Het beste wat hij kon doen was ze met rust laten, waarop hij snel terug naar de slaapkamer liep, de deur achter zich dichtdeed en de stapel kleren van de bureaustoel pakte, waarna hij met de mobiel in zijn hand ging zitten. Daarna drukte hij de lader in het verdeelblok achter de computer, blies het zand van de telefoon en stak voorzichtig het smalle contactje in de telefoon. Ten slotte drukte hij op de rode knop om hem aan te zetten.

Eerst gebeurde er niets. Daarna nog steeds niets. Het scherm bleef zwart.

Hoewel hij nog wat zandkorreltjes wist weg te blazen en controleerde of het snoer heel was.

Hoewel hij gedurende meer dan een minuut een tweede poging deed met de rode knop.

Die mobiel was dood.

De volgende seconde had de twijfel toegeslagen. Alsof zijn eerdere besluitvaardigheid om de zaak tot op de bodem uit te zoeken niet meer was geweest dan een flinterdun laagje vernis dat barstjes begon te vertonen als je er alleen maar naar keek.

Toen lichtte het scherm eindelijk op. Alsof het hem alleen maar op de proef had willen stellen om te zien hoeveel er nodig was om hem te doen instorten.

Er was ontzettend veel in die telefoon wat ze moesten doornemen en analyseren, maar hij was op dit moment maar op zoek naar één ding.

Het nummer van CONTACTI.

Een paar klikken later in het adresboek van de mobiel kon hij de vier laatste cijfers toevoegen: 89 32. Daarna haalde hij zijn eigen telefoon tevoorschijn en belde Morten Heinesen.

'Hoi,' nam Heinesen al na één keer overgaan op. 'Hoe gaat het daar?'

'Goed, uiteindelijk wel, na veel mitsen en maren,' zei hij terwijl hij ondertussen hoorde dat er werd aangebeld. 'Schat, doe jij even open?' riep hij naar de keuken. 'Sorry, dat is de slotenmaker. En hoe gaat het bij jullie?'

'We zitten op jou te wachten. Torben heeft zojuist verbinding gemaakt en een VPN-tunnel tot stand weten te brengen, dus het enige wat we missen is dat nummer.'

'26 58 89 32.'

'26 58 89 32,' herhaalde Heinesen, en je hoorde Hemmer het op de achtergrond nog een keer herhalen. 'Maar zeg, ik heb nog ergens over zitten nadenken,' vervolgde Heinesen terwijl er opnieuw bij Hesk werd aangebeld. 'Deze hele onderneming. Is het echt zo slim om Sleizner niet te infor...'

'Lieverd!' riep hij weer zonder een reactie te krijgen. 'Morten, ik moet ophangen. Ik bel je zo terug.'

'Oké, ik snap het. Dat is goed. We horen het wel als je klaar bent.'

Hesk drukte het gesprek weg en haastte zich de slaapkamer uit. 'Hoor je niet dat er wordt aangebeld?' vroeg hij op weg langs de eettafel waar Lone met de kinderen zat te eten.

'Jawel, maar zoals je ziet zitten we aan tafel en geen van ons verwacht bezoek.'

Eenmaal in de hal haalde hij beide sloten van het slot, deed open en bleef midden in zijn beweging steken toen hij zag wie het was.

'Aha, daar ben je. Dat duurde even, zeg.' Sleizner voegde er een van zijn gepatenteerde glimlachjes aan toe. 'Hopelijk stoor ik niet.'

23

Heinesen had net het model van het Star Wars-ruimteschip Slave I in de slaapkamer gezet toen hij Julie Bernstorff vanuit de woonkamer hoorde zeggen:

'Torben, is dat niet de helm van die Bobby?'

Hij haastte zich terug naar de woonkamer en zag dat ze de genummerde helm van de plank pakte.

'Hoe heet hij ook alweer? O ja, Bobby Fett. Toch?' Ze zette hem op haar hoofd en richtte haar blik naar hem. '*Hello, my name is Bobby, and I'm a robot.*'

'Boba Fett,' corrigeerde hij. 'En ik zou graag willen dat je hem terugzet.'

'Oeps. Sorry.' Bernstorff deed hem weer af en gaf hem aan Heinesen, die hem voorzichtig terugzette op zijn plaats op de plank. 'Is hij soms geld waard of zo? Hoeveel dan, als ik vragen mag?'

'Genoeg, zeker omdat hij nog heel is en de handtekening van Jeremy Bulloch aan de binnenkant staat. Dus niet van Temuera Morrison, maar van de originele acteur.'

Bernstorff knikte. 'Die mag dus niet mee als je in de bossen gaat larpen.'

'Koffie of thee?' vroeg hij om op een ander onderwerp over te gaan.

'Thee is perfect. Graag.'

'En ik graag koffie, als dat kan,' zei Hemmer, die met zijn laptop op de bank zat.

‘Absoluut. Geen probleem.’ Heinesen ging naar de keuken, waar hij water opzette en aan het tafeltje met één stoel ging zitten wachtende tot het water zou koken.

Ze waren hier nog niet langer dan een uur, toch was hij nu al bekaf. Het aantal bezoekers dat hij had gehad in de bijna dertig jaar dat hij hier in de kleine driekamerwoning op Overgaden Oven Vandet in de wijk Christianshavn woonde, was dan ook op één hand te tellen. Zijn moeder was drie keer ongenood bij hem langsgekomen en op zijn veertigste verjaardag, acht jaar geleden, had hij Anders, Frank en Lars uitgenodigd voor het eten. En nu vanavond waren Torben en Julie er dus.

Als Hesk het hem niet uitdrukkelijk had gevraagd, had hij nooit aangeboden om zijn huis ter beschikking te stellen. Maar hij wilde niet moeilijk doen, en aangezien de situatie waarin ze zich bevonden beslist buitengewoon was, met verdwenen bewijsmateriaal en zo, was het misschien niet zo gek dat ze out of the box moesten denken.

Goed voelde het daarentegen niet. Hij was een gewoontedier en moest zich strikt aan zijn routines houden om te kunnen functioneren, en dit ging in tegen alles waar hij in geloofde. Als het aan hem had gelegen, hadden ze in elk geval Sleizner ingelicht over hun nieuwe escapades en dat op die manier ook vastgelegd in het systeem, wat hij ook meer dan eens had voorgesteld. Maar Hesk had erop gestaan dat niemand buiten het team erbij betrokken zou worden, en ook al begreep hij de argumenten over een eventueel intern lek, beschouwde hij het toch als niets anders dan een onnodig hanengevecht, en hij had geen enkele zin om daaraan mee te doen.

Feit was dat hij zich steeds vaker afvroeg of Hesk niet veel te veel hooi op zijn vork nam. Er was geen twijfel over mogelijk dat hij bereid was alles te doen om vorderingen te maken in het onderzoek, en hij had Hesk nog nooit zo betrokken meegemaakt als nu. Maar als hij Sleizner een beetje kende, zou dat nieuws niet in goede aarde vallen als het hem eenmaal bereikte, wat vroeg of laat het geval zou zijn, en hij kon alleen maar hopen dat Hesk wist wat hij deed.

Maar hoe dan ook, hun superieuren hier niet over informeren was duidelijk een ambtsovertreding. En dan deed het er niet toe wat je zelf van de regels vond of welke goede bedoelingen je had.

In de meeste gevallen waren die regels er om een bepaalde reden, en die oprekken of eraan gaan morrelen kon op dat moment een goed idee lijken, maar zou uiteindelijk altijd eindigen in een botsing.

Toen het water een paar graden van het kookpunt af was, schonk hij het in twee kopjes, eentje met oploskoffie en een met een zakje earl grey-thee, en keerde terug naar de woonkamer waar Bernstorff het mobiele nummer 26 58 89 32 met zwarte inkt bovenaan een groot schetsblok had gezet en nu bezig was pijlen te trekken naar een aantal vierkanten waar onder andere TELEFOONAANBIEDER, SIMKAARTNUMMER, VERKOOPPUNT, BETAALKAART en als laatste IDENTITEIT stonden.

In de tussentijd had ze blijkbaar ook kunnen pielen aan zijn verzameling Star Wars-poppetjes en Greedo en Bossk omgewisseld. Alsof hij dat niet zou merken.

'Morten, wat vind je hiervan?' vroeg ze met een voldane glimlach toen hij de kopjes op de salontafel had gezet.

'Je bedoelt voor het geval het nummer niet meer actief zou zijn,' zei hij, en hij besloot te doen alsof er niets aan de hand was.

'Ja, want ik denk eigenlijk niet dat we daarvan uit moeten gaan, en als we dan achter dat simkaartnummer kunnen komen, zouden we met behulp van de provider misschien kunnen achterhalen waar die ergens…'

'Dat hoeft helemaal niet,' onderbrak Hemmer haar, en hij keek op van het scherm. 'Het nummer is namelijk niet alleen actief, die mobiel staat bovendien ook aan.'

24

'Neem me niet kwalijk, ik wilde niet storen.' Sleizner stapte de hal binnen. 'Maar ik was in de buurt en dacht dat we misschien even moesten praten na alles wat er vandaag gebeurd is.'

'Oké,' zei Hesk met een knikje. 'We zouden net gaan eten, maar dat maakt niet uit. Dat kan wachten.'

'Uitstekend.' Sleizner liep door naar de keuken, waar hij naar Lone en de kinderen zwaaide. 'Hallo.'

'Dag,' zei Lone, haar blik gericht op haar waterglas.

'Mama, wie is dat?' vroeg Benjamin.

'Dat is papa's chef.'

'Wat is chef?'

'Ga nou maar eten.'

'Ik heet Kim.' Sleizner boog voorover om op ooghoogte van de jongen te komen. 'Maar wat je moeder zegt is waar. Ik ben je vaders chef en dat betekent dat ik zijn baas ben als hij aan het werk is. Net als je moeder wanneer hij thuis is.' Hij begon te lachen en richtte zich tot Hesk. 'Of niet dan, Jan? Heb jij thuis wat te zeggen, of bepaalt je vrouwtje de hele agenda?'

'Eh... we...'

'Zij lijkt in elk geval van mening dat jij vandaag niet hoeft te eten.' Sleizner wendde zich tot Lone. 'Wordt-ie te dik? Houd je hem daarom op dieet?'

'Je wilde praten, zei je,' zei Hesk.

Sleizner knikte en keek in de keuken om zich heen, en draaide zich vervolgens om naar Hesk. 'Maar graag ergens ongestoord.'

Hesk knikte en leidde Sleizner verder het huis in.

'Jullie wonen mooi.' Sleizner keek om zich heen en stak zijn hoofd om de hoek van de slaapkamer. 'Misschien een beetje te rommelig naar mijn idee. Maar verder, heel aardig. Of, hoe zeggen ze dat, het heeft potentie.'

'We kunnen hiernaartoe.' Hesk deed de deur van de woonkamer achter Sleizner dicht en ging op het puntje van de bank zitten, hoewel hij meestal in de fauteuil zat.

Sleizner keek even rond voordat hij plaatsnam in de fauteuil en met zijn vingers op de armleuningen begon te trommelen alsof het zijn eigen stoel was.

'Ik geloof eigenlijk niet dat ik hier eerder geweest ben,' zei hij uiteindelijk terwijl hij bleef rondkijken. 'Maar misschien hadden jullie ook geen housewarmingparty.'

'Jawel, maar die was meer voor goede vrienden.'

'Logisch.' Sleizner knikte. 'Het is natuurlijk niet zo groot en dan moet je prioriteiten stellen.'

Er volgde opnieuw een stilte en die was even kort als ondraaglijk.

'Wil je trouwens iets drinken?' vroeg hij, voornamelijk om de stilte te doorbreken.

'Tja, waarom niet? Als je vrouw daar tenminste niets op tegen heeft?'

Hesk kwam overeind en liep naar de deur. 'Wat mag het zijn?'

'Een biertje zou lekker zijn. Het is tenslotte zaterdag.'

Hij spoedde zich naar de keuken om twee biertjes te halen. Maar daar was alleen Tuborg Grön, dus hij liep snel naar de koelkast in de berging. Er was vast een verklaring voor het feit waarom hij Sleizner niet gewoon een Tuborg kon aanbieden, of een glas water met een schijfje citroen, maar die analyse kon wachten.

Toen hij terugkwam stond Sleizner bij de boekenkast de ruggen te bestuderen.

'Dank je.' Sleizner pakte het flesje aan en keek naar het etiket van Nørrebro Bryghus, een lokale brouwerij, voordat hij een slok nam. 'Mm, een goede pils is nooit verkeerd. Heb je deze trouwens allemaal gelezen?' Hij knikte naar de rijen boeken.

'Nee, Lone is voornamelijk degene die leest,' zei hij, en hij proefde van zijn bier.

'Bij mij ook.' Sleizner nam weer een slok. 'Ik begrijp niet hoe mensen een heel boek van een paar honderd pagina's kunnen doorwerken naast een baan, een gezin en andere verplichtingen. De laatste keer dat ik een boek van kaft tot kaft heb gelezen was toen ik jong was en per se *In de ban van de ring* wilde lezen.'

'Ik wist niet dat jij van fantasy hield.'

'Doe ik ook niet. Het heeft me een hele zomervakantie gekost en ik heb er nog nooit zo naar verlangd dat de school weer zou beginnen als die zomer. En jij, heb jij ze gelezen?'

'Nee.'

'Je hebt niks gemist. Ik weet dat het verhaal hoog wordt aangeslagen en wordt beschouwd als een van de beste series ooit. Maar als je het mij vraagt, zou ik zeggen dat het een beetje... wat zal ik zeggen... haastwerk is. Alsof je onzichtbaar zou worden zo gauw je die magische ring omdoet.' Sleizner nam een slok van zijn bier. 'Ik bedoel, kom op. Hij had toch wel wat creatiever kunnen zijn? Neem alleen al *De onzichtbare man*, dat werd ergens in de negentiende eeuw geschreven. Daar kun je het hebben over je tijd ver vooruit zijn. En tot op heden heeft nog niemand mij kunnen uitleggen hoe je zo stom kunt zijn dat je die ring niet gewoon om je vinger houdt als je weet dat de zwarte ruiters binnen twee seconden op de stoep staan. Maar genoeg daarover. Dat is niet waarom ik hier ben. Proost.' Hij stak zijn flesje in de lucht en keerde terug naar de fauteuil.

Hesk zelf ging op de bank zitten en zag dat Sleizners geforceerde pogingen om joviaal te zijn waren vervangen door ernst.

'Ik heb gehoord wat er met het technische bewijs is gebeurd.' Sleizner keek hem aan. 'Het is ontzettend beroerd, maar ik kan niet zeggen dat ik erg verbaasd ben. Zo werken die lui.' Hij zuchtte en dronk van zijn biertje.

'Wat willen zij dat wij niet zullen vinden?' vroeg hij terwijl zijn mobiel begon te zoemen.

'Tja, zeg jij het maar.' Sleizner haalde zijn schouders op.

Hij zag dat het Heinesen was en klikte het gesprek weg.

'Maar één ding weet ik wel,' vervolgde Sleizner. 'En dat is dat wij daarachter moeten zien te komen. Want als er iets is wat mij in een slecht humeur brengt, is het wanneer iemand mij in de wielen rijdt.'

Zijn mobiel lichtte weer op en begon te trillen, maar hoe graag hij ook wilde opnemen, dat moest wachten.

'Begrijp je wat ik zeg, Jan?'

Hesk knikte, ook al kon hij het niet helemaal volgen.

'Wat er vandaag is gebeurd, gaat alle perken te buiten, en op de een of andere manier voel ik me medeschuldig en wil daarom zeggen dat het me spijt dat ik bij die persconferentie binnen ben komen klossen en de boel alleen maar erger heb gemaakt. Dat was echt niet mijn bedoeling.'

'Het is wel goed.'

'Nee, helemaal niet. Maar ik moet er gewoon aan wennen dat jij aan het roer staat. Ik ben hier trouwens niet alleen om mijn excuus aan te bieden. Ik wil er vooral van op aan kunnen dat jij niet van plan bent de handdoek in de ring te gooien.'

'Waarom zou ik?'

'Je kwam behoorlijk aangedaan over en, hoe zal ik het zeggen, alsof je overal aan twijfelde toen ik je in die vergaderkamer aantrof. En geloof me, ik kan uitstekend begrijpen waarom. Ik had me net zo gevoeld. Er zijn sterke krachten in het spel.'

'Hoe wil je dat we verdergaan?'

'Jan, het is jouw onderzoek. Niet het mijne. Maar als ik in jouw schoenen stond, zou ik liever een keer te veel over mijn schouder kijken dan te weinig. Heb je trouwens tekenen gezien dat ze hier bij jou thuis zijn geweest?'

'Nee.' Het antwoord kwam zonder dat hij had kunnen nadenken, en hij kon alleen zijn hoofd nog maar schudden. 'Niets.'

'Dat is mooi. Nu weet ik niet of ze erin geslaagd zijn beslag te leggen op al het bewijsmateriaal, of dat jullie nog iets van waarde over hebben. Maar hoe dan ook, we moeten ervan uitgaan dat het weer kan gebeuren als we niet voorzichtig zijn. Daarom wil ik dat je deze neemt.' Sleizner legde een messingkleurig sleuteltje op de salontafel en schoof dat naar hem toe. 'Die is van de kluis in mijn kantoor. Je weet wel, die in de muur naast de archiefkast zit ingebouwd.'

Hesk knikte.

'Die heeft helaas geen koeling, dus organische monsters gaan niet, maar alle andere dingen, zolang ze niet te groot zijn, zouden daarin moeten kunnen.'

'En jij en ik zijn de enigen die daar een sleutel van hebben?'

'Uiteraard. En je kunt gewoon komen en gaan zoals het je...'

Sleizner werd onderbroken door Hesks mobiel, die weer tot leven kwam en voor de derde keer begon te trillen. 'Misschien is het beter dat je opneemt,' zei hij, en hij dronk de rest van zijn biertje op.

Hesk nam het gesprek aan en hield zijn mobiel tegen zijn oor. 'Hoi. Zeg, ik ben momenteel even bezig. Kan ik je terugbellen?'

'Nee, helaas, dit kan niet wachten,' zei Heinesen.

'Oké, wat is er dan?'

'Hemmer heeft dat nummer net onderzocht, en zoals verwacht is het anoniem. Mogelijk kunnen we erachter komen waar het gekocht is en dat matchen met inkopen met betaalpassen, maar dat gaat weken duren. Hoe dan ook, hij heeft een driehoeksmeting gedaan en nu wordt het pas echt interessant omdat gebleken is dat het nummer nog steeds actief is.'

'Oké. Dus jullie hebben een positie gevonden?'

'Ja, en eerst gingen we ervan uit dat er iets mis was en zijn we opnieuw begonnen. Daarom kostte het wat tijd.'

‘Maakt niet uit, zoals gezegd ben ik toch nog even bezig.’

‘Het punt is dat de positie exact gelijk was, en de reden dat ik jou bel is dat jij daar misschien een goede verklaring voor hebt.’

‘Ik?’

‘Ja, want op dit moment bevindt de persoon in kwestie zich namelijk bij jou thuis.’

25

De man onder Dunja was zeker tien jaar jonger dan zij. Misschien nog wel meer. Maar daar maakte ze zich niet druk om. In elk geval niet op dit moment, nu zíj eindelijk degene was die de touwtjes in handen had en ervoor zorgde dat elke kleine beweging omwille van haarzelf was.

Hij was gespierd en kon haar zonder moeite optillen en in welk standje dan ook manoeuvreren. Dat had hij in het begin al meteen gedemonstreerd. Eerst het missionarisstandje en daarna lepeltje-lepeltje. Daarna had hij haar rondgezwaaid alsof ze optraden in een circus, waarna hij haar van achteren had genomen. En toen was het klaar.

Dit was allemaal zo typerend voor jonge, porno kijkende testosteronmannen die in snel tempo zo veel mogelijk standjes wilden uitproberen en het vervolgens niet meer dan een paar minuten uithielden, om daarna als een blok in slaap te vallen alsof de stroom plotseling was uitgevallen.

Maar hij was goed toegerust, dat kon ze niet ontkennen, en als het alleen daarom ging had ze hem gewoon verder laten slapen, wat haar eigenlijk beter uitkwam met nog maar een paar minuten te gaan tot middernacht. In haar vorige leven was ze elke dinsdagavond gaan stappen, aangezien ze juist op een dinsdag bij Carsten was weggegaan. Maar ze had de laatste twee maanden in een onvrijwillig celibaat geleefd, waarbij ze zichzelf niet eens had kunnen bevredigen zonder de aandacht van Fareed en Qiang te trekken. En nu, hoewel het zaterdag was en de minnaar tussen haar benen niet om over naar huis te schrijven, was er toch iets in haar tot leven gewekt, en ze beloofde zichzelf dat ze zo gauw ze de mogelijkheid kreeg, haar dinsdagse ritueel weer zou hervatten.

Vanavond was ze rechtstreeks het hol van de leeuw binnengestapt en naar Byens Bodega gegaan, op een steenworp afstand van het hoofdbureau van de politie. En net zoals toen zij zelf een groentje was, was dit nog steeds de plek waar de jongste politieagenten elkaar na afloop van hun dienst ontmoetten bij een biertje. Er was niets veranderd. De bruine, doorrookte houten inrichting, de kleine bar en de schilderijen aan de wanden. Alleen zijzelf was veranderd.

Aanvankelijk had ze zich veel te overdressed gevoeld in haar broekpak en haar hoge hakken. Het plan was om de aandacht te trekken en zo snel mogelijk iemand te versieren zonder het risico te lopen te worden herkend – voor het geval iemand in nauw contact met Sleizner zou staan. Ze had zich daarom stevig opgemaakt en zelfs een donkere pagepruik opgezet.

Haar nieuwe uiterlijk had boven verwachting gewerkt. Al na een half biertje had de man van wie ze de naam niet meer wist en die net was begonnen als verkeersagent voorgesteld dat ze naar zijn huis zouden gaan, en op de achterbank van de taxi had ze alleen maar hoeven zeggen dat ze geilde op uniformen, waarna ze langs het hoofdbureau van de politie waren gereden en hij zijn complete uitrusting had opgehaald.

Eenmaal in zijn appartement aangekomen had ze zich opgesloten in de badkamer en gezegd dat ze alleen opendeed voor echte politiemannen in vol ornaat, waarop hij vlak daarna in volledig tenue had aangeklopt.

Terwijl hij in de badkamer een poging had gedaan tot een stripnummer, had ze hem zover gekregen zijn wapenstok en de handboeien te demonstreren, maar vooral ook de portofoon die gebruikt werd voor de interne communicatie van de politie en de overige hulpdiensten. Ze had hem zelfs het wachtwoord weten te ontfutselen dat nodig was om het apparaat aan te zetten.

Nu lag alles op de badkamervloer gesmeten, inclusief haar pruik. Alleen niet de digitale portofoon, want daar was ze op uit. De rest was gewoon een bonus. Daarop zou ze namelijk, over minder dan vijf minuten, Sleizners volgende zet te zien krijgen, wat haar in het gunstigste geval voldoende informatie zou opleveren om daar toe te slaan waar het 't meeste pijn deed.

Het was buiten haar om gegaan. Plotseling was haar hand gewoon daar en hielp mee terwijl haar heupen het tempo verhoogden en steeds dieper stootten. Tot nu toe was het lekker geweest, maar het was alsof haar lichaam serieus had ingezien dat, wilde het écht lekker worden, het de controle moest overnemen – niet alleen over dat knulletje, maar ook over haarzelf.

Het was nu onvermijdelijk dat ze zich steeds sneller en harder in het zweet zou werken tot de climax, en toen het vuurwerk eenmaal voorbij was, zakte ze in elkaar om adem te halen.

'Nergens heen gaan,' zei hij, en hij trok zich uit haar. 'Ik ben zo terug.' Hij draaide haar voorzichtig op haar zij en stapte uit bed.

'Stel dat ik in slaap val,' zei ze, en ze trok het dekbed over zich heen. 'Wat doe je dan?'

'Dan is het mijn beurt om jou wakker te maken. Maar hóé precies, dat wordt een verrassing.' Hij verdween naar de badkamer.

Zo gauw hij de deur had dichtgedaan, zocht ze de portofoon op tussen het beddengoed, drukte erop en toetste het wachtwoord in op het moment dat de klok in de bovenhoek van het scherm van 23.59 omsloeg naar 00.00.

Daarna duurde het niet lang voor er een symbool verscheen dat aangaf dat er een nieuw, ongelezen bericht met de hoogste prioriteit was, en op het moment dat ze het opende, sloeg haar hart een paar keer over voordat het verderging in een tempo alsof het vanaf toen nog maar om één ding ging.

Overleven.

De foto van haarzelf was geen korrelige schermdump van een

of andere lage resolutie-bewakingsfilm. Het was een haarscherp portret genomen door een professionele fotograaf in een echte fotostudio. Ze wist nog als de dag van gisteren dat ze toen ze haar politielegitimatie had moeten vernieuwen, besloten had een echte foto te laten maken.

De foto was echter bewerkt. Weg waren de blonde krullen die nooit wilden vallen zoals zij dat wilde. In plaats daarvan was haar haar kortgeknipt en zilverkleurig, en zag het er net zo uit als haar huidige kapsel. Hetzelfde gold voor de grote ronde oorbellen en haar roodgestifte lippen. Zelfs haar wangen waren geretoucheerd zodat ze er net als in het echt slanker zou uitzien.

LANDELIJK OPSPORINGSBEVEL!

Er is een arrestatiebevel uitgevaardigd voor oud-politieagente Dunja Hougaard (36 jaar, 167 cm lang). Zij wordt verdacht van het beramen van een misdrijf tegen de nationale veiligheid. Zij bevindt zich vermoedelijk in of in de buurt van Kopenhagen samen met twee mannen van buitenlandse afkomst. Omdat zij bekend staat als extreem gewelddadig, moeten bij een eventuele arrestatie alle veiligheidsmaatregelen in acht worden genomen.

Ze ademde door haar mond, oppervlakkig, haar bloed kreeg amper nieuwe zuurstof toegediend. Hetzelfde gold voor haar hartslag – haar hart ging als een bezetene tekeer alsof het gas én de koppeling tegelijkertijd tot op de bodem waren ingetrapt. Ze moest hier weg. En wel onmiddellijk.

Het was Sleizner helemaal niet te doen om het uitwissen van sporen van zijn betrokkenheid bij de dood van Mogens Klinge. Nee, het ging om háár. Natuurlijk! Zijn vurige haat had een nieuwe dimensie van gestoordheid bereikt door haar aan te klagen voor een misdrijf tegen de nationale veiligheid, wat vaag genoeg was om alles te kunnen betekenen, van het verspreiden van geheime documenten tot het plannen van een terroristische aanslag. Vanaf nu was niet alleen hij naar haar op zoek, maar het volledige politiekorps van Denemarken.

Ze keek om zich heen. Haar kleren lagen op de grond in de badkamer. Met een beetje geluk hing er iets in de kast wat ze kon aantrekken. Anders had ze geen andere keus dan…

Die gedachte kwam tot een punt op het moment dat de badkamerdeur opengleed en de man terugkwam, naakt en met een erectie die recht naar voren stond. Haar kant op.

'Zoals je ziet, ben ik klaar voor de volgende ronde.' Hij maakte neukbewegingen in de lucht en liep naar het bed toe.

'Eindelijk,' zei ze terwijl ze het dekbed over de communicatie-eenheid trok. 'Ik dacht dat je nooit zou terugkomen.'

'Maar nu ben ik er.' Hij stapte in bed, drukte haar achterover en ging schrijlings op haar borstkas zitten zodat zijn met bloed gevulde eikel tegen haar mond werd gedrukt.

'Mm, lekker,' zei ze, en ze kronkelde zich tussen zijn benen door. 'Maar nu is het jouw beurt om te wachten.' Ze verliet het bed en haastte zich naar de badkamer, waar ze zich opsloot.

'Als het maar niet te lang duurt,' hoorde ze hem vanuit het bed roepen.

'Als jij maar niet in slaap valt,' riep ze terug terwijl ze haar onderbroek aantrok, die op de mengkraan in de badkuip ging. Voor haar beha was geen tijd. Ze moest daar weg, nu, niet over een kwartier of een paar minuten, maar nu meteen. Het broekpak, dat op een hoop op de grond lag, ging minder snel aan. Was het niet een van de pijpen die binnenstebuiten zat, dan was het wel een mouw, en toen ze het eenmaal aan had, zag ze in dat het achterstevoren zat.

Jammer dan. Ze was al veel te lang gebleven. Het belangrijkste was dat hij geen argwaan had gekregen en zou reageren voordat ze naar de ingang spurtte. Haar schoenen met hakken moest ze maar in haar hand houden. Ze zou daar toch niet op kunnen rennen.

Ze liep snel naar de deur en legde haar hand op de deurkruk

om open te doen, toen die vanzelf omlaagging. Shit, dacht ze nog terwijl ze achteruit liep. Shit, shit, shit.

'Hallo? Kun je opendoen en mij erin laten?' klonk zijn stem vanaf de andere kant.

'Nou, jij hebt ook niet veel geduld,' zei ze, en ze spoelde het toilet door voordat ze naar het bad liep en de douche aanzette.

'Hallo! Ik wil dat je opendoet!'

'Hè? Ik hoor niet wat je zegt.' Eenmaal terug bij het toilet deed ze de deksel omlaag, ging erop staan en opende het vierkante raampje dat uitkeek op de tuin.

'Doe open! Nu onmiddellijk!'

'Ik ben bijna klaar. Waar vind ik trouwens een schone handdoek?'

Het raampje was veel te klein om eruit te kunnen komen, maar het was haar enige mogelijkheid. Zonder te weten wat er aan de andere kant was, begon ze zich door de krappe opening te persen, haar armen gestrekt voor zich.

Haar schouders waren het grootste probleem, en ze voelde echt hoe haar huid aan beide kanten schaafde, alsof iemand haar bewerkte met een rasp. Maar de adrenalinestoot nam de pijn voor zijn rekening, en de rest van haar bovenlichaam ging redelijk soepeltjes.

Het was verder naar de grond dan waarop ze gerekend had. Minstens zes, zeven meter. Als ze erin slaagde de vuilniscontainers en de geparkeerde fietsen te ontwijken en op het gras een stukje van de gevel landde, zou ze het met een beetje geluk kunnen overleven. Ze zou ongetwijfeld gehandicapt raken.

Haar enige kans was de regenpijp die langs de gevel liep, een meter rechts van het raam. Als ze maar met haar benen eerst naar buiten was gekomen, had ze hangend met haar handen om de raamlijst daar naartoe kunnen zwaaien en met haar voeten grip kunnen krijgen om die pijp. Nu moest ze die beweging ondersteboven hangend uitvoeren en kon ze alleen maar hopen dat ze zich met haar voeten goed kon vasthouden.

Maar de alternatieven waren slechter, en met het risico dat de kleinste verkeerde verplaatsing van het zwaartepunt tot gevolg zou hebben dat ze pardoes omlaag stortte, perste ze zich steeds verder naar buiten tot haar hele bovenlijf buiten de gevel hing. Ze kon nu ten minste grip krijgen op de onregelmatigheden in de bakstenen, wat haar hielp om zich decimeter voor decimeter naar de regenpijp te werken.

Uiteindelijk kon ze haar ene hand uitrekken naar de regenpijp, en misschien had ze die ook wel te pakken gekregen, als de handen er niet waren geweest die haar bij haar enkels grepen en haar weer achterwaarts naar binnen trokken. Ze probeerde zich los te schoppen, maar hij was te sterk, en al spoedig was ze weer terug in de badkamer en bonkte ze met haar hoofd op de wc-deksel, voordat ze met haar handen haar val kon breken tegen de tegels op de vloer.

Ze deed een poging zich om te draaien, maar hij zat al met de handboeien bovenop haar en perste zijn ene knie tussen haar schouderbladen.

'Mazzel dat ik die had meegenomen.' Hij trok haar linkerarm omlaag en bevestigde de handboei om haar pols, niet wetende dat zij in de tussentijd met haar rechterhand de weegschaal te pakken wist te krijgen die onder de wastafel stond.

Zonder exact te weten waar hij zich achter haar bevond, slingerde ze de weegschaal met volle kracht boven haar hoofd weg. Te oordelen aan het doffe geluid van de glasplaat die versplinterde en zijn brul had ze aardig goed gemikt.

Zijn knie hield haar nog steeds op de grond, maar niet met dezelfde kracht, en met een snelle ruk wist ze zich op haar rug te draaien. Alleen om te ontdekken dat hij nog steeds naakt was en schrijlings op haar zat, druk bezig om aan een bloedige wond vlak onder zijn oog te voelen.

Ze probeerde zich uit zijn greep te wurmen, maar hoewel hij wat versuft was, was hij te zwaar en te sterk, waarop ze hem bij zijn ballen greep en die zo hard omdraaide dat hij met een schreeuw uit zichzelf van haar af rolde.

Eenmaal op de been overwoog ze snel haar vluchtmogelijkheden. Ze zou via de overvolle badkuip, waar de douche nog steeds liep, om hem heen kunnen komen, maar aangezien hij nog steeds niet helemaal bij was, besloot ze recht over hem heen te springen.

'Vergeet het maar,' zei hij, alsof hij haar gedachten had gelezen.

'Luister,' zei ze terwijl hij probeerde te gaan staan. 'Ik weet dat je een aardige jongen bent die gewoon zijn werk doet.' Pas nu zag ze een stukje wit glas van de weegschaal in de wond onder zijn oog glinsteren. 'Ik zou kunnen zeggen dat wat je over mij hebt gelezen niet klopt. Dat het allemaal een leugen is, verzonnen door Kim Sleizner om het mij betaald te kunnen zetten. Maar dat heeft geen zin. Je zou mij toch niet geloven. Daarom wil ik er geen misverstand over laten bestaan dat ik, ook al heb ik je al zwaarder toegetakeld dan noodzakelijk, niet zal terugdeinzen om nog verder te gaan.'

'Je kunt zeggen wat je wilt. Maar je wordt gezocht, dus in plaats van jezelf hier te verdedigen stel ik voor dat je dat doet bij je advocaat. Want wat je ook zegt, ik zal je oppakken.'

Dunja woog haar alternatieven voordat ze uiteindelijk een diepe zucht slaakte en zich met haar armen achter haar rug omdraaide. Een hartslag later was hij bij haar en rukte aan haar linkerhand, waar de ene helft van de handboei al omheen zat.

Hij was totaal niet voorbereid op haar beweging. Net toen hij haar rechterhand wilde pakken, verdween die terwijl zij tegen de wijzers van de klok in om haar as draaide, waarna ze zich plotseling achter hem bevond. Na nog twee hartslagen had ze hem vastgegrepen, met haar rechterhand het losse uiteinde van de handboei te pakken gekregen en dat om zijn hals gelegd, waarna ze de handboei dichtdrukte en hem vervolgens een krachtige schop tegen zijn benen gaf.

Meer was niet nodig om hem zijn evenwicht te laten verliezen, waardoor hij achteroverviel. De rest had hij te danken aan zijn eigen lichaamsgewicht, en ze hoefde alleen met haar rechtervoet een stap naar achteren te doen om met een eenvoudige verplaatsing van haar zwaartepunt en met de handboei als een teugel om zijn hals hem richting de badkuip te dwingen.

Hij vocht met beide armen en schopte in zijn pogingen om los te komen uit haar greep, maar de natuurwetten waren in haar voordeel en al snel had ze zijn hoofd onder water geduwd.

Hoeveel hartslagen het daarna duurde wist ze niet.

Tien?

Vijftien?

Pas toen de bubbeltjes niet meer naar de oppervlakte stegen en zijn armen en benen niet meer bewogen, trok ze hem omhoog en liet ze hem hoestend en naar lucht happend op de grond zakken.

26

Alleen al zijn ogen opendoen en wakker worden was een straf. Een klap in zijn gezicht, een herinnering dat zijn bewustzijn het vanaf nu zou overnemen en hem zou pijnigen tot hij er weer in zou slagen zijn ogen een paar uur dicht te houden. Want alleen daar, ver in de droomloze duisternis, kon hij rust vinden.

Na zijn bezoek aan Jadwiga Komorovski had hij geprobeerd zijn angst te dempen met alcohol, maar dat had niet geholpen. Drank was nooit zijn drug geweest. In plaats van even vrij te zijn van zichzelf waren zijn gedachten en gevoelens opgefokt en verdraaid tot iets wat alleen maar nog meer pijn deed.

Vervolgens was hij over zijn nek gegaan. Daarna, te voet op weg naar huis omdat geen taxi hem had willen meenemen, had hij nog even andere drugs overwogen, maar was hij tot de slotsom gekomen dat dat zinloos was. Zolang je daarna weer wakker werd, was het net als de slaap niet meer dan een tijdelijke oplossing, en voor het eerst had hij een mogelijke uitweg gezien in het volgen van Theodors voorbeeld.

'Ben je daar?' hoorde hij een broze meisjesstem die op het punt stond in huilen uit te barsten. 'Hallo? Kun je mij horen?'

Fabian draaide zich om naar de opgespannen lap stof aan het plafond en merkte dat hij onder een deken op de grond in zijn kelderkantoor lag.

'Ik ben het, Matilda,' ging de stem aan de andere kant van het gordijn verder. 'Ik zou met je willen praten.'

'Ik ben hier als je wilt praten,' zei hij terwijl hij in zijn geheugen zocht waarom hij naar beneden was gegaan en in de kelder was gaan liggen. Maar dat was leeg, en hij bedacht dat hij uit puur zelfbehoud niet naast Sonja in bed was gekropen.

'Ik wil vragen of je mij ergens mee kunt helpen. Met iets heel belangrijks.'

'Natuurlijk wil ik je helpen, Matilda.' Hij ging rechtop zitten. 'Ik wil alles voor je doen.'

Het grootste onrecht dat Theodor was aangedaan, was dat hij hem als vader had gehad. Dat had Sonja zonder aarzeling in haar stem gezegd. Zelf had hij naar argumenten gezocht die dat tegenspraken en een ander beeld gaven, maar hij had uiteindelijk moeten inzien dat ze gelijk had. Dat het allemaal zijn fout was, en dat er geen verzachtende omstandigheden waren en gedane zaken geen keer namen.

Maar Matilda was er nog. Met haar kon hij ondanks alles met een schone lei beginnen.

'Je had gelijk,' zei ze, en hij vroeg zich af wat ze bedoelde. 'Je had de hele tijd gelijk.' Als er iets was wat hij niet had gehad, dan was het gelijk. 'En nu moet ik weten of je contact hebt met mijn broer,' ging ze verder, en op dat moment begreep hij het. 'Zijn naam is Theodor, maar dat weet je natuurlijk al.'

Het inzicht deed pijn, maar was volstrekt logisch. Natuurlijk wendde ze zich niet tot hem voor hulp, maar tot die geest, Greta. Bij haar zocht ze troost.

'Ik mis hem en ik moet met hem praten. Begrijp je dat?' Haar stem klonk alsof die elk moment kon breken. 'Ik wist dat jij gelijk zou krijgen, maar het mag zo niet eindigen. Het mag niet gewoon voorbij zijn. Jij moet mij helpen contact met hem te krijgen.'

Ze was weer bezig met dat ouijabord. Het bord dat – of je er nou wel of niet in geloofde – zijn dochter had verblind en haar, nota bene in hun eigen huis, in de duisternis had geleid.

'Je kunt toch wel vragen hoe het met hem is? Of het goed met hem gaat? Dat is het enige wat ik wil weten. Of hij het fijn heeft. En zeg dat ik van hem hou. Zeg dat alsjeblieft.'

Hij trotseerde de druk achter zijn voorhoofdsbeen, kwam overeind en trok de lap stof weg. En daar zat ze, zijn dochter en nu enige kind, omgeven door brandende waxinelichtjes en met haar vinger op een wijzer die zich over een bord met letters en cijfers bewoog.

'Matilda,' zei hij, en hij ging tegenover haar zitten. 'Zullen wij niet liever wat praten? We kunnen een stukje gaan lopen als je wilt. Ergens iets gaan eten. Alleen jij en ik.'

'Ik wil het liefst met rust worden gelaten,' zei ze zonder de wijzer met haar vinger los te laten.

'En ik wil het liefst dat je daarmee stopt.' Hij legde zijn hand op die van haar om hem van de wijzer te halen.

'Hou op.' Ze rukte haar hand los. 'Zo verbreek je het contact.'

'Matilda, ik begrijp dat je verdrietig bent. Dat zijn wij allemaal, en we hebben allemaal onze eigen manier om om te gaan met ons verdriet, maar...'

'Greta, maak je niet druk om mijn vader,' onderbrak Matilda hem. 'Hij gaat zo weer weg.'

'Matilda, luister eens. Ik begrijp dat je met iemand wilt praten.'

'Nee, jij begrijpt er niets van. Dus alsjeblieft, ga gewoon weg.'

'Maar waarom kun je niet met mama of met mij praten in plaats van met die geesten, of hoe ze ook heten? Of met een andere volwassene? We moeten allemaal in therapie om hier doorheen te komen.'

'Ze heet Greta, en ik praat met haar zoveel ik wil. En nu wil ik dat je weggaat. Ga boven ruzie maken met mama of zo. Daar ben je tenslotte heel goed in.'

Ze wist precies wat zijn tere punten waren. Hoe ze hem in de verdediging wist te dwingen en boos te krijgen, om uiteindelijk zijn zelfbeheersing te verliezen. Alleen deze keer was hij niet van plan in de val te lopen. 'Matilda.' Hij leunde naar haar voorover.

'Dat Theodor een einde aan zijn leven heeft gemaakt, heeft niets met jouw fantasievriendin te maken.'

'Noem haar zoals je wilt, maar zij heeft gezegd dat er iemand binnen ons gezin zou sterven. Dat heeft ze de hele tijd gezegd, maar jij weigerde te luisteren. Hoewel ik het diverse keren heb verteld, dus...'

'Dus wát?' onderbrak hij haar. 'Wat had ik volgens jou met die informatie moeten doen? Vertel me dat eens. Wat had ik anders moeten doen?'

'Alles.'

De manier waarop ze dat zei was nog het ergste. Met haar ogen in die van hem gepriemd en onverbloemd.

'Matilda, ik weet dat ik veel fouten heb gemaakt, zeker jegens Theodor. En ik zweer het je: er gaat geen dag voorbij dat ik me niet afvraag wat ik had kunnen doen om te voorkomen dat het zo zou eindigen. Maar dat is niet hetzelfde als dat ik iets had kunnen doen.'

'Je had hem gewoon met rust moeten laten.'

'Bedoel je dat dat hem gered zou hebben? Dat hij dan nu hier was geweest en zich goed had gevoeld, als ik het erbij had laten zitten?'

'Dan had hij in elk geval nog geleefd.'

'O ja? Hoelang nog, denk je? Dat zou overigens betekenen dat die Greta van jou het mis zou hebben gehad. Zij die alles weet en altijd gelijk heeft.'

'Ze heeft alleen gezegd "iemand binnen ons gezin". Nooit wíé.'

'Dus je bedoelt dat ík had moeten sterven. Is dat wat je zegt?' Matilda bleef hem strak aankijken zonder wat te zeggen. 'Nou?' ging hij verder zonder een reactie te krijgen. 'Zit het zo? Was ik eigenlijk degene die had moeten sterven, en heeft Theodor gewoon mijn plaats ingenomen?'

Matilda knikte niet en schudde evenmin haar hoofd. Ze zat hem alleen maar zwijgend aan te kijken.

'Was hij het in plaats van ik? Heeft ze dat gezegd, die Greta? Dat Theodor is gestorven in plaats van mij? Of is dat gewoon iets wat je zelf hebt bedacht?' Hij wachtte op antwoord, maar dat kwam niet. 'Matilda, geef eens antwoord als ik tegen je praat. Hallo!' Hij sloeg met zijn vuist op het oude bord, dat in stukken brak. 'Was ik degene die had moeten sterven?'

Matilda keek naar het kapotte speelbord, kwam overeind, keerde hem de rug toe en verdween.

27

Hesk werkte zich fragment na fragment door de persconferentie die hij het liefst wilde vergeten. Gezeten op de toiletbril, met zijn computer op schoot en Lone die op de gang agressief aan het stofzuigen was, had hij de stoute schoenen aangetrokken en beleefde hij opnieuw zijn openbare afgang als één lange lijdensweg, waarbij elk stilstaand beeld een volgende fluim van het uitzinnig schreeuwende gepeupel was. Het deed pijn, maar misschien was hier het antwoord te vinden op de vraag waarom hij buiten bewustzijn was geraakt. Hij had de hele nacht geen oog dichtgedaan. Het onwelkome bezoek van Sleizner en de onthulling van Heinesen dat de mobiel waar Mogens Klinge in contact mee had gestaan zich op dat moment bij hem thuis had bevonden, hadden hem niet meer losgelaten. Betekende dat dat Sleizner die derde persoon was? Dat hij de jonge vrouw in de auto om het leven had gebracht, en misschien Klinge zelfs ook?

Dat zijn chef allesbehalve deugde, kwam niet als een grote verrassing. Dat hij mensen in zijn omgeving pestte en kleineerde om zelf te kunnen gloriëren en er tegelijkertijd geen enkele moeite mee had dingen door de vingers te zien zolang hij er zelf beter van werd, maakte deel uit van de algemene ontwikkeling van de meeste politieagenten in Kopenhagen. Maar iemand van het leven beroven was iets totaal anders. Zelfs als het om Sleizner ging kon hij dat maar moeilijk geloven. Daarom had hij geprobeerd andere verklaringen te vinden, zoals dat het gewoon een ongelukkig toeval was en dat de mobiele techniek ze voor de gek hield net op het moment dat Hemmer zijn driehoeksmeting had uitgevoerd. Maar hij was er niet eens in geslaagd zichzelf te overtuigen, en uiteindelijk had hij moeten accepteren dat dit puzzelstukje gewoon te goed paste.

Hij was nu bij het tijdstip gekomen waarop hij zich leek om te draaien naar een glimlachende Sleizner, die met een fles mineraalwater en twee glazen het podium betrad en die voor hen neerzette. Hij klikte verder en zag Sleizner naar hem vooroverbuigen en met een hand op zijn schouder iets in zijn oor fluisteren.

Op afstand kon het worden gezien als een vriendelijke begroeting tussen twee collega's, maar hij wist precies wat er werd gezegd. Hij kon zich elke lettergreep herinneren. Dat die waren uitgesproken met een kilheid die hem volkomen had verlamd. Op dat moment had hij nergens anders aan kunnen denken.

Nu gold zijn belangstelling vooral het water. De fles mineraalwater en de twee glazen. Hij had dat gevoel al eerder gehad, maar het verworpen als onzin. Of nee, de waarheid was dat hij zijn gedachtegang niet had willen voltooien omdat de consequenties – als zijn vermoedens zouden blijken te kloppen – niet te overzien waren.

Dat waren ze nog steeds niet. Het verschil was dat na het bezoek van Sleizner onwetendheid geen optie meer was.

Normaliter stonden er bij een persbijeenkomst altijd water en glazen op het podium. Maar deze keer niet. Waarschijnlijk kwam dat doordat zo weinig mensen hadden geweten dat er überhaupt een bijeenkomst zou plaatsvinden, dat juist het drinkwater een van de vele vergeten details was, wat ertoe had bijgedragen dat het volkomen natuurlijk en passend had geleken dat Sleizner ermee was komen aanzetten.

Er werd op de badkamerdeur geklopt. 'Hallo, ben je in slaap gevallen?' hoorde hij Lone vanaf de andere kant vragen. 'Er zijn meer mensen die gebruik willen maken van de badkamer.'

'Ik ben zo klaar,' riep hij terug.

'Wat is zo?'

'Hoogstens vijf minuten.'

Je hoorde dat ze met een zucht de stofzuiger weer aanzette. In de tussentijd bekeek hij het fragment verder waarin Sleizner de dop van de fles water schroefde en beide glazen vulde, eerst dat van hem en daarna zijn eigen glas, waarna hij een slok nam. Hij was met andere woorden niet via het water vergiftigd.

Kon dat al eerder zijn gebeurd? Hij nam de uren voor de persconferentie door. Waar hij was geweest en wie hij had ontmoet, om te zien of er een andere gelegenheid was geweest waar hij iets te drinken of te eten aangeboden had gekregen, maar kon niets bedenken.

Bij gebrek aan andere ideeën spoelde hij de opname daarom terug en zag hij het mineraalwater uit Sleizners glas terugstromen in de fles, en toen dat helemaal leeg was zette Sleizner het terug op het podium en pakte dat van hem, waarop het water ook daar van het glas terug de fles in liep.

En op dat moment bedacht hij hoe het moest zijn gegaan. Net toen Sleizner zijn glas neerzette en de dop pakte om die op de fles te draaien, had er een moment moeten zijn waarop het glas helder was. Het glas had leeg moeten zijn, net zo droog als dat van Sleizner. Maar dat was helemaal niet het geval.

Daar op het podium, voor het oog van alle camera's en in de hitte van de schijnwerpers, was hij veel te gestrest geweest om het op te merken. Het was toen alleen zaak geweest zonder kleerscheuren door de persconferentie te komen, ondanks al Sleizners streken.

Maar nu kon hij het duidelijk zien. Het bevroren beeld loog niet: de doorzichtige druppels aan de binnenkant van het glas en de vloeistof op de bodem. Het was niet veel, niet meer dan dat je kon denken dat het glas net was afgewassen, maar tegelijkertijd meer dan voldoende om een volwassen man urenlang uit te schakelen.

28

Haar slaap had twee gezichten gehad. Van alles tot niets. Van één tot nul. Zo diep dat het maar de vraag was of ze weer zou kunnen opstaan. Alsof haar lichaam de nacht was doorgekomen op een waakvlammetje dat zo zwak was dat een iets te krachtige ademhaling al voldoende kon zijn het helemaal te doven.

Bij het zachte gemompel van Fareed en Qiang daarbeneden vulde ze haar longen met lucht en probeerde ze dieper adem te halen. Dat ging, ook al voelde ze de pijn van de klappen op haar borst. Daarna deed ze het dekbed omhoog en inspecteerde alle blauwe plekken, zwellingen en wonden.

Het was geen fraaie aanblik. Toch voelde ze zich als een update van zichzelf, vol energie, en na zich ervan verzekerd te hebben dat er niets gebroken was, kwam ze moeizaam uit bed, trok een joggingbroek en een T-shirt aan en strompelde de smalle houten trap af.

'Kijk eens aan, daar hebben we iemand die vannacht zo te zien veel plezier heeft gehad.'

Qiang volgde haar met zijn blik.

'De leukste nacht sinds tijden,' zei ze terwijl ze hinkend naar hen toe liep.

'Gaat het wel?' vroeg Fareed met een dampende kop thee in zijn hand.

'Verre van dat, maar dat doet er nu niet toe. Hoe is het hier afgelopen?'

Qiang en Fareed keken elkaar aan.

‘Dunja.’ Fareed zette zijn theekop weg. ‘Je staat op de politiewebsite bij de gezochte personen.’

Ze zuchtte. ‘Ik weet het. Maar nu wil ik horen of jullie wat gevonden hebben. Als ik me niet vergis, zouden jullie al het materiaal nog een keer doornemen in de tijd dat ik weg was.’

‘Dat hebben we ook gedaan, maar dat jij landelijk wordt gezocht en verdacht wordt van het voorbereiden van een misdrijf tegen de nationale veiligheid is niet niks. Dat staat gelijk aan terrorisme, dus we kunnen niet doen alsof er niets aan de hand is.’

‘Wat wil je dat ik ga doen? Me vrijwillig aangeven?’

‘Dat is aan jou. Feit is dat ook Qiang en ik genoemd worden. Gelukkig nog niet bij naam, alleen als *twee mannen van...*’

‘Fareed, ik heb het gelezen,’ onderbrak ze hem. ‘Ik zei toch dat hij wat van plan was. Nu had ik dit beslist niet verwacht, maar achteraf gezien kan ik niet zeggen dat ik erg verrast ben. Dit is Sleizner ten voeten uit: als hij iets doet, gaat hij er helemaal voor. De vraag is hoe we nu verdergaan.’

‘Wat Fareed volgens mij probeert te zeggen,’ Qiang slikte even, ‘is dat het eerder de vraag is óf we überhaupt verder zullen gaan.’

‘Oké, even voor een goed begrip.’ Dunja keek van de een naar de ander en weer terug. ‘Jullie maken een geintje, toch?’

‘Ik hoor niemand lachen,’ zei Fareed, en hij draaide zich om naar Qiang. ‘Jij?’

‘Nee.’

‘Als jullie serieus denken dat jullie gewoon je boeltje kunnen pakken en kunnen vertrekken...’

‘Dunja, tot nu toe weet hij niet meer dan dat wij van buitenlandse afkomst zijn,’ zei Fareed. ‘Maar het is gewoon een kwestie van tijd voordat...’

‘Dat is helemaal geen kwestie van tijd. Natuurlijk weet hij wie jullie zijn. Hoe had hij anders ons vorige adres kunnen vinden? Ik kan jullie op een briefje geven dat hij precies weet dat Qiang linkshandig is en aan zijn nagelriemen knaagt zo gauw hij een beetje opgewonden raakt. Of dat jij rooibos haat en kwaad wordt als iemand dat per ongeluk thee noemt.'

'Maar hij is op zoek naar jou,' zei Qiang. 'Niet naar ons.'

'Dat is waar, maar als jullie denken dat hij jullie ongestraft laat wegkomen als hij klaar is met mij, dan vergis je je. Jullie staan niet ver onder mij op zijn haatlijst en zitten daarom, met een uiterst kleine vertraging, net zo erg in de shit als ik.'

Fareed en Qiang keken elkaar opnieuw aan.

'Ik zou het alleen willen omkeren,' ging ze verder. 'Als puntje bij paaltje komt, is hij degene die in de shit zit. Niet wij. Neem alleen al deze laatste zet van hem, in mijn ogen is het een duidelijke aanwijzing dat hij zich in het nauw gedreven en bedreigd voelt. Hij is wanhopig, en zoals ik gisteren al zei, probeert hij ieders aandacht af te leiden van zichzelf. En waarom zou hij dat doen als hij niets te verbergen had?' Ze zweeg om ze met tegenwerpingen te laten komen, maar ging door toen ze geen van beiden wat zeiden. 'Het beste wat we nu kunnen doen, is hem onder druk blijven zetten tot hij een fout maakt. Want dat gaat gebeuren, dat weet ik zeker, en op dat moment slaan wij toe.'

'Goed, wat wil je van ons?'

'Wat zou je ervan zeggen om allereerst eens te vertellen wat jullie gevonden hebben?'

'Dat hebben we al gedaan.'

'Dus jullie hebben niets gevonden? Hoewel jullie al het materiaal nog een keer hebben doorgenomen en geanalyseerd, zijn jullie er niet in geslaagd ook maar één klein bruikbaar dingetje te vinden waar we verder mee kunnen?'

'Ik weet niet of het wat is, maar ik heb misschien iets,' zei Qiang na een kort moment van stilte.

'Hè? Wat dan?' Fareed richtte zich tot hem. 'Waarom weet ik dat niet?'

'Omdat ik er vannacht opeens aan dacht, net voordat ik in slaap viel, en het is vast niets. Maar zoals jullie weten heb ik al Sleizners bewegingen in kaart gebracht, en er is één plek waar ik niet echt een goede verklaring voor kan vinden.'

'Welke dan?' vroeg Dunja.

'Jullie kennen die garage bij Østerbrogade, hè?'

'Je bedoelt die garage waar hij een paar nachten per week parkeert?'

'Die ja.'

'Maar daar is toch een verklaring voor,' zei Fareed. 'Een verklaring die aan de overkant van de straat woont en Jenny *Wet-Pussy* Nielsen heet.'

'Ik weet het, maar...' Qiang zweeg en schudde zijn hoofd.

'Dus jij denkt niet dat hij haar af en toe een bezoekje brengt?' vroeg Dunja.

'Ik ben daar vanochtend eens wat dieper in gedoken, en zo ziet ze er momenteel uit.' Qiang klikte op een van zijn schermen een foto aan met daarop een close-up van een onnatuurlijk geblondeerde vrouw met een verbotoxt gezicht. 'Ik weet niet hoor, maar ik kan me haast niet voorstellen dat hij hier meerdere keren per week opgewonden van raakt.'

Dunja bestudeerde de foto, en ook al kon ze geen limiet bedenken voor hoe diep Sleizner kon zinken, was ze bereid het met hem eens te zijn. 'Dus jij bedoelt dat het gewoon toeval is dat zijn oude lievelingssnol daar woont?'

'Wellicht is er een heel andere verklaring. Ze is daar in de nazomer van 2010 vanuit Vesterbro naartoe verhuisd, dat was vlak nadat haar naam in de pers veelvuldig in verband werd gebracht met Sleizner, maar sindsdien heeft ze helemaal geen inkomsten gedeclareerd.'

'Ze zal niet de eerste prostituee zijn die zwart werkt,' zei Fareed, en hij wekte een van de computers tot leven.

'Hoe zou ze anders aan geld komen?' vroeg Dunja.

'Het zou mij niet verbazen als er desondanks een link met Sleizner is,' zei Qiang.

‘Kan hij de eigenaar zijn van dat pand?’

‘Waarom niet?’

‘Ik kan me bijna niet voorstellen dat hij zich een heel pand in het centrum kan veroorloven,’ zei Fareed terwijl hij een paar zoekopdrachten intypte. ‘Ook al heeft hij een goed salaris, hij is toch ook maar een gewone loonslaaf.’

Dunja liep naar het whiteboard dat volhing met op afstand genomen foto’s met de focus op Sleizner. Op enkele ervan was op de achtergrond een lange, geblondeerde vrouw in een leren broek en met een grote zonnebril te zien. ‘Kan zij dat niet zijn?’ Ze trok een van de foto’s los, liep terug en vergeleek haar met de vrouw op het scherm. ‘Ja, kijk, dat is ze.’ Ze gaf de foto aan Fareed en Qiang. ‘Dus ze hebben nog steeds contact. Waar is deze foto genomen?’

‘Op Gunnar Nu Hansens Plads. Dat is het plein precies boven die garage.’

‘En dan is er nog wat,’ zei Qiang. ‘Het lijkt alsof zijn mobiel telkens als hij daar is om de een of andere reden in de garage blijft, en ik begrijp niet wat hij daar vrijwel elke nacht een paar uur lang te zoeken heeft.’

‘Of is het alleen onze gps-tracker in zijn mobiel die daarbeneden in de radioluwte belandt?’ vroeg Dunja.

‘Ja, die verdwijnt van onze schermen als hij de garage in rijdt en wordt pas weer zichtbaar als hij bovenkomt om naar huis te rijden. Maar of hij nou naar Jenny Nielsen of naar iemand anders wil, dan moet hij toch te voet die garage uit en dan zouden wij hem direct weer moeten zien.’

‘Als hij zijn telefoon niet gewoon in de auto laat liggen zodat hij niet gestoord wordt, zoals die keer dat de Zweedse politie hem te pakken probeerde te krijgen.’

‘Oké, moeten jullie dit horen,’ zei Fareed. ‘Sinds 1992 is dat pand eigendom van durfkapitaalverstrekker Greener Grass Investment Limited.’

‘En wie zit of zitten daarachter?’ vroeg Dunja.

Fareed keek op van het scherm en keek hen aan. 'Niemand minder dan Jakob Sand.'

'Is dat niet diegene die aanwezig was bij die lunch?' vroeg Qiang, en Fareed knikte.

'Eindelijk,' zei Dunja. 'Ik heb het steeds gezegd. Wat kun je vinden over dat pand?'

Fareed klikte verder. 'Het is een hoekpand met een ingang aan Østerbrogade 120. Het bestaat uit zesentwintig huurappartementen verdeeld over vijf verdiepingen en twee bedrijfsruimten op de begane grond, die zijn verhuurd aan Sesam Låse en McDonald's.'

'Is dat alles?'

Fareed scrolde tussen verschillende documenten. 'Ja. Er heeft in 2005 een grote renovatie plaatsgevonden, toen heeft dezelfde durfkapitalist tevens de garage aan de overkant van Østerbrogade verworven.'

'Hebben we het dan over de garage waar Sleizner altijd parkeert?'

'Daar lijkt het wel op.'

'Yes!' zei Qiang.

'Daar zit ook nog een reparatiebedrijf in. Kronow Auto.'

'En die renovatie,' zei Dunja. 'Kun je daar tekeningen van vinden, zodat we kunnen zien wat ze gedaan hebben?'

Fareed knikte en liep naar de printer, die net tot leven was gewekt, en printte een aantal pagina's uit die hij weer per vier aan elkaar plakte tot twee grote vellen. 'Dit is de oude situatie, en deze werd ingeleverd tegelijk met de aanvraag voor de bouwvergunning.'

Dunja legde de twee tekeningen naast elkaar en zag onmiddellijk dat er een heleboel veranderingen hadden plaatsgevonden. Er waren appartementen samengevoegd en gesplitst. De droogzolder was verbouwd, en de ramen en deuren van de appartementen waren vervangen. Feit was dat er zoveel gedaan was dat het onmogelijk te beoordelen was of er iets bij zat wat voor hen van belang was.

Dat kon ze pas zien toen ze de twee tekeningen over elkaar heen legde en tegen het licht hield.

'En, zie je wat?' Fareed en Qiang liepen naar haar toe.

'Ik weet niet. Misschien.' Ze legde de tekeningen weer naast elkaar op de grond. 'Kijk hier eens.' Ze streek met haar vinger langs de kelderverdieping op de ene tekening. 'Zien jullie dit? En vergelijk dat nu eens met die andere.'

Fareed en Qiang bestudeerden de twee tekeningen wat uitvoeriger.

'Ik snap het niet.' Qiang keek haar aan. 'Die met die kelderverdieping is de oude tekening.'

'Precies.' Dunja knikte. 'Dat is het gekke. Neem alleen al die lift hier.' Ze wees op een liftschacht. 'Vóór die verbouwing ging die helemaal naar beneden. Nu gaat hij niet verder dan de begane grond.'

'Dat moet een fortuin hebben gekost.' Fareed schudde zijn hoofd. 'Ik begrijp het niet, wie doet nou zoiets?'

Dunja snapte er ook niks van. Ze had niets wat maar in de buurt kwam van een theorie of een antwoord op de vraag waarom iemand bij een renovatie een hele kelderverdieping zou weghalen.

29

Hesk wist niet hoe hij zich een houding moest geven in de stilte die was ontstaan nadat hij had verteld over zijn vermoedens over Sleizner. De eerste minuten had hij daar geen problemen mee. Wanneer het zou blijken te kloppen, was er sprake van een schandaal dat groter was dan alles wat ze in hun jaren bij de politie hadden meegemaakt. Hierdoor had hij deze geïnterpreteerd alsof Heinesen, Hemmer en Bernstorff in shock waren, net als hijzelf.

Maar nu had de stilte nog eens anderhalve minuut geduurd, en hij begon te vermoeden dat dat kwam doordat ze hem geen van allen geloofden. Waarom zouden ze daar anders op die sleetse leren bank zitten te zoeken naar een lege plek op de muur waar ze hun blik op konden vestigen?

Of was híj eigenlijk degene die de stilte moest doorbreken en een discussie op gang moest brengen in plaats van wezenloos naar die verzameling Star Wars-parafernalia te kijken?

Bernstorff en Hemmer waren allebei vrij nieuw. Geen van hen had in de directe omgeving van Sleizner gewerkt en ze hadden hoogstens losse geruchten over hem gehoord. Voor Heinesen lag dat anders. In zijn geval ging het om veel meer dan geruchten en een bekend gezicht. Hij was een van degenen die ongetwijfeld het langst met Sleizner had gewerkt, en misschien was dat de reden dat hij daar met een introvert uitdrukkingsloos gezicht zat.

'Hoe zeker ben je ervan?' vroeg zijn oude collega uiteindelijk, waarmee hij eindelijk de stilte doorbrak.

'Zo zeker als je kunt zijn zonder helemaal zeker te zijn.' Dat was precies zoals hij zich voelde. In de war gebracht, maar toch ook weer niet. 'Tot nu toe zijn het alleen vermoedens gebaseerd op incidenten. Maar ik zou zeggen dat de aanwijzingen zo sterk zijn dat we geen andere keus hebben dan Sleizner als onze hoofdverdachte te beschouwen.'

'Oké, maar nu moet ik toch echt wat zeggen,' zei Bernstorff, en ze richtte zich specifiek tot hem. 'Meen je nou echt serieus dat wij in actie moeten komen tegen een van de hoogste bazen bij de politie voor een paar incidenten die, als je het mij vraagt, tamelijk vaag overkomen?'

'Vaag?' Hij snoof minachtend en schudde zijn hoofd, wat hem deed beseffen dat hij geïrriteerd was. 'Hoe kun je nou zeggen dat die vaag zijn?' Hij mocht ook best geïrriteerd zijn. Ze ging ten slotte tegen hem in de aanval. 'Hoe bedoel je?'

'Ik denk gewoon dat ze vindt dat het niet voldoende is om wat te kunnen ondernemen,' zei Hemmer.

'En ik denk dat Julie best zelf antwoord kan geven op mijn vraag,' zei hij, en hij wendde zich tot Heinesen. 'Wat zeg jij ervan, Morten? Vind jij ook dat de incidenten te vaag zijn om Sleizner als hoofdverdachte te beschouwen?'

'Eh, tja...' Heinesen zat wat te draaien en te slikken, hoewel hij niets had gegeten of gedronken. 'Ik weet het niet. Het is zo...'

'Hoezo, ik weet het niet? Morten, kom op zeg.' Wat hadden ze vandaag? Begrepen ze niet dat het menens was? 'Geef toe dat je hem nooit hebt gemogen, en jij had datzelfde gevoel als ik. Toch?'

'Ja, eh, Sleizner is altijd zo geweest, maar...'

'Morten, het is logisch dat we verbaasd zijn. Maar zijn we écht zo verbaasd, als we heel eerlijk zijn?'

Heinesen leek niet te weten wat hij moest zeggen.

'Dat is nou net het probleem,' zei Bernstorff. 'Hoe zouden we kunnen weten dat het niet gewoon komt doordat jij hem niet mag?'

'Dat is eigenlijk precies wat ik ook dacht,' zei Hemmer. 'Ik ben hier nog geen week, maar voel me nu al helemaal geïndoctrineerd door hoe min of meer iedereen die hier een paar jaar werkt hem lijkt te haten.'

'Er is niemand die het woord "haten" in de mond heeft genomen,' zei Hesk, en hij deed alles om zijn irritatie te beteugelen. 'Maar het is wel zo dat hij niet een van de meest geliefde chefs is, en ik zal niet ontkennen dat hij en ik door de jaren heen de nodige controversen hebben gehad. Maar dat dit een persoonlijke vendetta van mijn kant zou zijn, is beslist niet waar. Ik zou ook niets liever willen dan dat het iemand anders was dan uitgerekend Sleizner.' Hij leunde voorover in de fauteuil en keek Bernstorff strak aan. 'Als ik eerlijk ben, kan ik me geen beroerdere situatie voorstellen dan die waar we nu in zitten, en als het niet was omdat jij hier zo nieuw bent en mij en Sleizner niet kent, had ik jouw bezwaren als een persoonlijke aanval gezien.' Hij pakte zijn koffie, maar zijn hand trilde zo dat het eroverheen ging, ook al probeerde hij dat met zijn andere hand tegen te gaan. 'Verdorie...'

'Geeft niks.' Heinesen was snel op de been en liep naar de keuken. 'Ik haal even een doekje.'

'Sorry, ik heb vannacht geen oog dichtgedaan,' zei hij terwijl Heinesen de fauteuil en de vloer onder hem droog depte.

'Misschien moet je zorgen dat je een beetje uitrust voor we vaststellen hoe we verdergaan,' zei Bernstorff.

'Wat bedoel je daarmee?' Hij zette het kopje wat te snel neer, zodat er ook koffie op tafel spatte. Deze keer zag hij geen reden om zijn irritatie te verbergen. Die was volstrekt gerechtvaardigd, en werd er niet minder door doordat Heinesen meteen weer klaarstond met zijn verdomde doekje. 'Bedoel je dat ik te moe zou zijn om helder te kunnen denken? Dat ik niet weet waar ik het over heb?'

'Het enige wat ik zeg is dat je zo'n beslissing om onze eigen chef als hoofdverdachte aan te merken niet in een handomdraai moet nemen. Zeker niet als je bedenkt hoe jij je op dit moment lijkt te voelen.'

'Het gaat er verdomme niet om hoe ik me voel of hoe uitgerust ik ben. Het gaat erom dat het meeste op Sleizner wijst. Ik zou zelfs willen beweren dat het zonneklaar is dat hij het is. Wat zeg jij ervan, Morten?' Hij wendde zich tot Heinesen, die net terugkwam uit de keuken. 'Help mij eens.'

'Ik stel voor dat we allereerst de dingen doornemen die we zeker weten,' zei Heinesen.

'Oké.' Bernstorff knikte. 'Dat lijkt me een prima idee.'

'Ik dacht dat ik het belangrijkste al had gezegd, maar goed. Ik kan het nog een keer herhalen,' zei hij, en hij rechtte zijn rug. 'Sinds 16 april van dit jaar tot de dagen voordat Mogens Klinge overleed, stond hij in contact met Sleizner via een oude Ericsson-mobiel. Daar kreeg hij onder andere te weten dat hij ergens voor was toegelaten. Ik gok dat het om een of andere herenclub gaat. Daarna ontvangt hij informatie over een inwijdingsceremonie die zal plaatsvinden op de avond van 28 juli, wat goed overeenkomt met het tijdstip van zijn dood. Hij krijgt bovendien te weten dat hij dient te verschijnen in smoking, wit overhemd en strikje, en dat hij diezelfde avond om halfacht op een bepaalde plaats zal worden opgehaald. Die heb ik hier genoteerd. Torben, check jij eens waar dat ergens is.' Hij gaf Hemmer een papiertje met de coördinaten.

'En hoe weten we zeker dat Sleizner achter die andere mobiel zit en niet iemand anders?' vroeg Bernstorff.

'Omdat Torben die bij mij thuis wist te traceren op het moment dat Sleizner bij mij op de stoep stond.'

'En is dat echt zo exact?' Bernstorff wendde zich tot Hemmer.

'Nee, ik zou zeggen tot tien, twintig meter.' Hemmer haalde zijn schouders op.

'Tien, twintig meter? Dat betekent dus dat die mobiel zich net zo goed bij een van jouw buren kan hebben bevonden of, waarom niet, in een auto die buiten op straat geparkeerd stond.'

Hesk wendde zich tot Hemmer, die instemmend knikte terwijl hij de cijfers van het briefje intypte op de computer. 'Dat klopt, maar dan hebben we het over een volstrekt onwaarschijnlijke samenloop van omstandigheden. Maar goed, dat zou kunnen.'

'Heb je nu ook geprobeerd een positionering te doen?' vroeg Heinesen.

'Ja, vlak voor deze vergadering, maar toen stond-ie uit,' antwoordde Hemmer. 'Ik zal het af en toe weer proberen, maar ik denk niet dat we moeten verwachten dat hij weer tot leven komt.'

'We zullen zien,' zei Hesk. 'Laten we doorgaan met het onderzoek. Er is namelijk meer, en de reden dat ik dat niet eerder heb genoemd, is dat ik dat pas een uur geleden zelf heb ontdekt en nog enigszins in shock ben.'

'Wat dan, Jan?' Heinesen keek hem met een ongeruste blik aan.

'Het zou zomaar kunnen dat Sleizner degene is die mij op de persconferentie heeft gedrogeerd.'

'Meen je dat nou serieus?'

'Ja, natuurlijk. Hij was degene die mij dat water heeft aangeboden, en hij was degene die mij later in de vergaderkamer heeft aangetroffen. Net toen ik weer bijkwam, bovendien.'

'En jij bent er nog steeds van overtuigd dat je werd gedrogeerd?' vroeg Bernstorff. 'Ik bedoel, het kan niet gewoon een plotselinge bloeddrukdaling zijn geweest of zo?'

'Ik ben twee uur buiten bewustzijn geweest, dus nee, dat denk ik niet.' Hij schudde zijn hoofd. 'Julie, het is niet dat ik niet begrijp dat dit allemaal wat overweldigend overkomt. Dat voel ik zelf ook wel. Maar ik heb de opname van de persconferentie bekeken, en daar kun je duidelijk zien dat er iets in mijn glas zat, dat glas waar Sleizner mee aankwam voordat hij er water in schonk. Bovendien hebben we te maken met twee mannen die ons schaduwen en ons in de gaten houden sinds we die auto hebben opgevist. Ze hebben kopieën gemaakt van mijn sleutels, hebben zich toegang verschaft tot mijn huis en dat doorzocht, ze hebben het meeste van ons technische bewijs in beslag genomen en zijn bij Klinge binnen geweest op jacht naar die mobiel. Dat weten we allemaal zeker. En alsof dat nog niet genoeg is, komt Sleizner gisteravond naar mijn huis en probeert hij erachter te komen of wij toch nog iets aan bewijsstukken hebben. Hij heeft mij zelfs een sleutel gegeven van de kluis in zijn kantoor voor het geval we een veilige bewaarplek wilden hebben. Dat alles zegt mij dat ze wanhopig op zoek zijn naar die mobiel.'

'Waar is die nu?' vroeg Heinesen.

'Bij mij thuis. Ik dacht dat dat het veiligst was omdat ze daar al gezocht hebben. Maar zo gauw wij hier klaar zijn, wil ik graag dat jij hem uitvoerig onderzoekt, Torben. Er zullen vast dingen zijn die ik gemist heb.'

Hemmer knikte zonder zijn ogen van het scherm te halen.

'Trouwens, weet je al waar Klinge zou worden opgepikt?'

'Ja, Station Østerport, precies voor het stationsgebouw.'

'Dat zegt ons dus eigenlijk niets,' zei Bernstorff. 'En het spijt me dat ik het moet zeggen, maar ik snap nog steeds niet waarom Sleizner jou zou verdoven, een stel mannen in de arm zou nemen om ons te schaduwen en beslag zou leggen op het technische bewijs. Het zou toch veel eenvoudiger voor hem zijn geweest om zelf het onderzoek te leiden en dat naar eigen inzicht uit te voeren. Dan had hij de volledige controle gehad.'

'Dat was veel te opzichtig geweest,' zei Hesk. 'Zelfs voor iemand als Sleizner. Wat zeg jij ervan, Morten?'

'Ik?'

'Ja, jij. Jij bent ondanks alles degene van ons die Sleizner het beste kent.'

'Ik ben het er eigenlijk wel mee eens,' zei Heinesen, en hij knikte.

'Dank je,' zei hij, en hij richtte zich weer tot Bernstorff.

'Ik bedoel dus met Julie,' verduidelijkte Heinesen. 'Ik vind dat hele scenario dat jij schetst ontzettend vergezocht klinken en, wat zal ik zeggen, samenzweerderig.'

'Aha, dus zo denk jij erover.' Hesk kon een zucht niet onderdrukken. Ook schudde hij onwillekeurig zijn hoofd. 'Tja. Het klinkt bijna alsof hij jou promotie had moeten geven in plaats van mij.'

'Jan, schei uit. Dat is het helemaal niet...'

'Nee, ik meen het. Dat hij mij een mooier kantoor gaf, was omdat hij ervan uit ging dat ik een willig instrument zou zijn. Dat zag ik toen niet, maar nu wel. En juist bij dit onderzoek was hij ervan overtuigd dat ik voor de meest duidelijke en simpele oplossing zou gaan. Dat wil zeggen dat Mogens Klinge die vrouw zou hebben gewurgd en daarna de hand aan zichzelf had geslagen. Dan was alles voor hem goed afgelopen en was de zaak snel in de vergetelheid geraakt. Maar toen hij begreep dat ik daar niet in meeging, en dat moet in verband met die persconferentie zijn geweest, had hij geen andere keus dan snel te handelen en te pogen de controle terug te krijgen.' Hij haalde zijn schouders op. 'Zo achteraf voelt het heel logisch.'

'Nee, Jan. Dat is niet waar.' Heinesen schudde zijn hoofd. 'Ik zou eerder zeggen dat het allesbehalve logisch is. Bovendien zou een dergelijk optreden erop duiden dat er veel meer op het spel staat. Veel meer dan dat ze toevallig allebei lid zijn van dezelfde herenclub.'

'Je bedoelt iets wat een dubbele moord waard is?'

'Ja, bijvoorbeeld, en op dit moment hebben we geen bewijs, incidenten of iets anders wat erop wijst dat Sleizner achter de moord op die vrouw of Klinge zou zitten.'

'We hebben trouwens de uitslag van de DNA-analyse van de huid onder de nagels van de vrouw,' zei Hemmer. 'Die is een paar uur geleden binnengekomen.'

'En er was geen match met het centrale strafregister?' vroeg Bernstorff.

'De computer in het lab is daar nog mee bezig. Ik zal eens kijken of die wat gevonden heeft.'

'Tja, als het Sleizner is, is er geen match,' zei Heinesen, en hij begon te lachen.

'Nee, maar het zou me daarentegen niet verbazen als het overeenkomt met de monsters hiervan.' Hesk deed zijn tas open en haalde er een doorzichtige bewijszak uit met een leeg bierflesje. 'Dit heeft hij gisteren bij mij thuis leeggedronken, dus daar zou voldoende bewijs op moeten zitten.'

'Ik weet niet of dat nodig is.' Hemmer keek op van zijn laptop.

'Hoezo, heb je een match?' Hesk wist niet wat hij moest geloven. Het bestond niet dat Sleizner in het DNA-register van veroordeelden en verdachte daders van de politie zat. Of toch wel? Het zou hem niet verbazen als Sleizner dingen had gedaan waar ze geen van allen weet van hadden. Maar hij kon niet ergens voor zijn veroordeeld en al evenmin ergens van zijn verdacht. Dan hadden ze dat geweten. De enige verklaring was dat hij daar om een heel andere reden in voorkwam. 'Mag ik eens zien?' vroeg hij, en hij pakte de laptop aan. De DNA-analyse had inderdaad een match opgeleverd in het register. Alleen niet met Sleizner, maar met een van de bekendste ondernemers van Denemarken: Jakob Sand.

Hesk begreep er niets van. Helemaal niets.

30

Een paar strategisch geplaatste bomen, een hoge houten schutting als afscherming tegen een stel vuilcontainers en een ondoordringbare heg rond de daadwerkelijke inrit van de ondergrondse parkeergarage vormden samen een dusdanig effectieve camouflage dat hij bijna onmogelijk te vinden was. En dat terwijl de inrit midden op Gunnar Nu Hansens Plads lag – een plein in de wijk Østerbro vol cafés en flanerende voetgangers.

Er was dan ook niemand die de anonieme vaalgrijze bestelauto met hier en daar roestvlekken opmerkte die de gegroefde betonnen helling af reed en in de garage verdween.

Achter de dichtgetrokken gordijntjes die de bestuurderscabine scheidden van de rest van de auto, zat Dunja naar de schermpjes te turen die alle in verbinding stonden met een draadloos camera-oog. Vier waren er aan de buitenkant van de bestelauto gemonteerd, één in elke richting, verborgen door roestwerende verf. Nog eens vier zaten er op de petten van Fareed en Qiang, voor en achter, en de laatste vier wachtten nog om ergens geplaatst te worden. 'Houd links aan,' zei ze via haar headset in het groepsgesprek tussen de drie pas gekochte prepaid abonnementen.

Fareed passeerde een reparatiebedrijf en reed stapvoets verder door de garage, langs de aan beide zijden geparkeerde auto's.

Wat ze op de schermen kon zien, was de garage, gevormd als een grote cirkel met het reparatiebedrijf Kronow Auto recht voor je als je vanaf de inrit kwam, en twee rijen parkeerplaatsen langs de omtrek van de cirkel.

'Er is een lege plek iets verderop aan de rechterkant.' Qiang boog wat voorover over de bijrijdersstoel zodat Dunja die op een van haar schermen kon zien. 'Zullen we daar gaan staan?'

'Nee, rijd door. Ik wil eerst de hele garage zien.'

Toen ze het hele rondje hadden gemaakt, kon ze constateren dat het eruitzag als een gewone parkeergarage met een combinatie van verhuurde en algemene plaatsen. Zelfs het reparatiebedrijf met de mannen in overall die over open motorkappen gebogen stonden, had niet eens haar aandacht getrokken.

Als de kleine laad- en losplaats met de rij vuilnisbakken tegen de ene muur er niet was geweest, had ze Fareed waarschijnlijk gevraagd weer naar huis te rijden. Nu vroeg ze hem daarentegen om achteruit te rijden en op een van de lege plaatsen te parkeren.

Wat moest een laad- en losplaats in een ondergrondse garage? Voor zover ze wist, waren er geen levensmiddelenzaken op straatniveau, of iets anders waarbij zware spullen op pallets geladen moesten worden.

'Ik wil dat jullie beginnen met die vuilnisbakken op de laad- en losplaats,' zei ze zodra Fareed de motor had uitgezet.

'Neem jij die, dan plaats ik de camera's,' hoorde ze Qiang zeggen, waarop ze uitstapten.

Terwijl Qiang snel rondliep en de laatste vier camera's plaatste, ging Fareed de stalen trap naar de laad- en losplaats op en opende de eerste van de drie vuilnisbakken.

'Het is te donker. Doe de zaklamp aan, ik wil het ook kunnen zien.'

'Er valt niks te zien. Hij is leeg,' zei Fareed, en hij scheen omlaag in de vuilnisbak, die inderdaad leeg was.

'Oké, neem de volgende.'

Fareed deed de vuilnisbak ernaast open, die ook leeg was. 'Weinig spannends hier. Misschien zijn ze net geleegd.'

'Ja, maar neem toch de volgende maar,' zei ze bij gebrek aan andere ideeën. 'Voor de zekerheid.'

Fareed deed de laatste vuilnisbak open en scheen erin, en daar lag eindelijk iets.

'Kun je zien wat het is?' vroeg ze.

'Het lijken kleren, vies en versleten.'

'Wat voor kleren?'

'Geen idee. Van alles wat. Een lange broek, een rok, een paar truien, wat slipjes en kousen.'

Die weggegooide kleren konden vrijwel alles betekenen. Maar in combinatie met het feit dat Sleizner zijn auto hier zeer regelmatig 's nachts parkeerde, waren de beelden die ze voor zich zag allesbehalve plezierig. Tegelijkertijd gaven ze haar energie. Dit was het eerste teken dat het misschien toch geen gewone parkeergarage was.

'Wil je dat ik kijk of er nog meer onder ligt?'

'Nee, dit is genoeg,' zei ze, en ze zoomde in op het beeld van de camera die achter op de pet van Fareed zat. 'Zie ik het fout of zit er een deur achter je?'

Fareed deed de vuilnisbak dicht, draaide zich om en liep naar de plaatstalen deur.

'Zit die op slot?'

'Ja,' zei Fareed terwijl zijn hand aan de deurkruk aan de onderkant van het beeld leek te voelen.

'Qiang, pak je slotenmakersgereedschap en help hem. We moeten naar binnen, kijken wat er aan de andere kant zit.'

'Oké,' hoorde ze Qiang zeggen, die net de laatste camera had bevestigd, die hij op de laad- en losplaats had gericht. Kort daarna haalde hij een van de rugzakken uit de bestelauto en liep naar Fareed op de laad- en losplaats, en toen hij de pickgun had gevonden, de juiste stift had gemonteerd en die in het zevenpuntsslot had gestoken, duurde het niet lang voordat hij het slot kon omdraaien en de deur openging.

'Oké, we gaan naar binnen,' zei Fareed, waarop de vier schermen van hun camera's donker werden.

Een bewegingssensor zorgde ervoor dat er een reeks tl-buizen aanfloepte in wat een lange ondergrondse gang bleek te zijn.

Op de schermen was het lastig om exact in te schatten hoe lang hij was, maar ze schatte ergens tussen de veertig en vijftig meter, wat vrij goed overeenkwam met de afstand tussen de parkeergarage en het pand aan de overkant van de straat. Van hieruit kwamen ze dus in hun geheime kelder.

Zo'n vijf, zes meter de gang in kwamen ze bij een volgende plaatstalen deur aan de linkerkant. Maar die had geen sleutelgat. In plaats daarvan zat er een klein toetsenpaneel op de muur ernaast.

'Zeg het maar. Zal ik een poging doen?' vroeg Qiang. 'Ik heb alles bij me wat we nodig hebben.'

'Nee, wacht daarmee en loop verder door.'

'Zeker weten? Ik heb de software namelijk nog wat verfijnd. Zo heb ik een mogelijkheid toegevoegd om de verschillende combinaties in willekeurige volgorde te testen. Slim, hè?'

'Superslim. Kom op,' hoorde ze Fareed zeggen, die al verder de gang in was gelopen, naar het andere uiteinde, waar nog een deur was met hetzelfde type codeslot als de voorgaande deur.

'Is dat iets wat jij open kunt krijgen, Qiang?'

'We gaan het zien.' Qiang had al een schroefboormachine gepakt en was bezig de schroeven los te draaien, waarna hij de beschermkap van het toetsenpaneel opklapte en met krokodillenklemmen een aantal snoertjes aan de printplaat bevestigde. Als laatste sloot hij de snoertjes aan op zijn laptop en startte een programma dat verschillende cijfercombinaties ging testen.

'Hoelang gaat dat duren?' vroeg ze met haar blik op het scherm gevestigd, waar de cijfertjes zo snel veranderden dat ze samenvloeiden tot flikkerende achten.

'Dat hangt ervan af. Zoals ik al zei, als je geluisterd had, test het programma de combinaties in willekeurige volgorde zodat we niet een eeuw hoeven te wachten als de code toevallig 9999 zou zijn.'

'Hoelang? Dat is het enige wat ik wil weten.'

'Jezus, jij bent nog erger dan een hoogzwangere olifantkoe in...'

'Reken op een uur,' onderbrak Fareed hem.

'Een uur?'

'Tja, ik zou eerder zeggen zo'n vijfenveertig, vijftig minuten,' zei Qiang. 'Als we pech hebben, kan het oplopen tot negentig minuten, ervan uitgaande dat hij honderdelf combinaties per minuut kan uittesten. Hoelang dacht jij dan dat het zou duren?'

'Een paar minuten. Hoogstens.'

Ze hoorde dat Fareed en Qiang allebei begonnen te lachen. 'Ze heeft te veel films gezien,' zei Fareed.

'Je moet blij zijn dat de code niet zescijferig is. Dan had het een paar...' Qiang zweeg opeens.

'Hallo?' vroeg Dunja. 'Wat gebeurt er?'

'Dankzij mijn nieuwe programma lijk jij gelijk te krijgen.'

'Huh, is het al klaar?'

'7895, als we de techniek moeten geloven.' Qiang plaatste de beschermkap weer terug, pakte zijn apparatuur in en toetste de viercijferige code in, waarna de deur openklikte. 'Voilà.'

Achter een zwaar gordijn bevond zich een ruimte met een ronde, purperkleurige pluchen bank in het midden, zwakke verlichting, vaste vloerbedekking en donker behang met een patroon.

'Hoeveel deuren, afgezien van die waardoor jullie zijn binnengekomen?' vroeg ze.

'Twee, voor zover ik kan zien,' zei Fareed, en op een van de schermen zag je dat hij een ervan opendeed en een ruimte binnenstapte waar de lampen allesbehalve fel waren, maar toch meer dan voldoende met hun doffe rode schijnsel zodat er geen twijfel over mogelijk was wat dit voor ruimte was.

In het midden stond een uit steen gehouwen tafel, omgeven door vier sokkels met twaalfarmige kandelaars. Verderop, aan een van de muren, hingen kettingen met hand- en voetboeien, dikke touwen en een verzameling zweepjes, voorzien van alles van ijzeren kogeltjes tot weerhaakjes.

De stilte van Fareed en Qiang sprak voor zich. Eindelijk was het hun duidelijk geworden dat haar verdenkingen jegens Sleizner meer waren dan alleen een idee-fixe.

Op de schermen van Qiang zag je dat hij naar een houten kast liep die vol zat met alles van blinddoeken, leren kappen en gagballs tot tangen, elektriciteitssnoeren en tandartsboren. In een lade lagen messen en scalpels. In een andere pipetten en kleine bruine glazen flesjes met zout- en zwavelzuur.

Op het scherm ernaast zag ze opeens dat er een witte SUV met donkere ramen de garage in kwam rijden.

'Luister,' zei ze, en ze volgde de auto met haar blik toen die links afsloeg net als zij hadden gedaan. 'Jullie moeten daar zo snel mogelijk weg.'

'Hè?' hoorde ze Fareed zeggen. 'Hoezo?'

'Gewoon weg daar, nu!'

'Waarom dan? Wat is er aan de hand?' vroeg Qiang terwijl Fareed en hij snel terugliepen naar de donkere hal, langs de met pluche beklede bank naar de ondergrondse gang.

'Jullie hebben vermoedelijk een of ander alarm in werking gesteld of zo. Ze zijn in elk geval onderweg, dus alsjeblieft, haast je.'

Er was eigenlijk niets geks aan een auto in een parkeergarage, zelfs niet als die getinte ramen had. Maar deze reed zo snel door de garage dat ze de banden hoorde gieren op het beton.

Fareed en Qiang kwamen net weer op de laad- en losplaats toen de auto hun bestelauto passeerde.

'Ze zijn er bijna,' zei ze, en ze zag dat Fareed en Qiang terugrenden naar de bestelauto. 'Nee, dat gaan jullie niet redden.'

'Waar moeten we dan verdomme naartoe?' vroeg Qiang. 'We kunnen moeilijk...'

'Verstop je daar ergens,' onderbrak ze hem. 'Waar dan ook, maar doe het nu!'

Ze wierpen zich achter een paar geparkeerde auto's net op het moment dat de witte auto voor de laad- en losplaats slippend tot stilstand kwam. De twee portieren gingen tegelijkertijd open, alsof ze met elkaar in verbinding stonden, en twee mannen in pak en met oortjes in spurtten de stalen trap naar de laad- en losplaats op.

Dunja zoomde het beeld in, wijzigde het contrast en maakte gauw een paar screenshots van de gezichten van de mannen voordat de een door de plaatstalen deur naar binnen verdween, terwijl de ander bleef staan om de boel in de gaten te houden.

'Zijn ze al weg?' hoorde ze Qiang vragen, die zich voor zover ze kon zien op zijn buik onder een auto had gewurmd. 'Ik kan niet...'

'Qiang, als je ooit stil zou moeten zijn, is het wel nu,' onderbrak ze hem. 'Een van hen staat op de uitkijk, op slechts een paar meter bij je vandaan.' De man draaide zich om en luisterde, waarna hij een hand onder zijn colbertje stak en een pistool tevoorschijn trok.

'Hij is bovendien gewapend en beweegt zich nu richting de vuilnisbakken.'

Op het scherm kon ze zien dat de man de vuilnisbakken een voor een openmaakte en erin keek. Daarna draaide hij zich om naar de stalen trap en liep naar beneden naar de auto, terwijl hij ondertussen de garage scande.

'Hij is nu vlakbij,' ging ze verder. 'Hij staat precies onder aan de laad- en losplaats.'

Plotseling draaide de man zich om en keek haar recht aan met een dusdanig indringende blik dat ze zichzelf eraan moest herinneren dat zij hem wel kon zien, maar omgekeerd niet. Maar toen hij op de bestelauto af kwam lopen, voelde ze zich steeds onzekerder worden en begon ze daaraan te twijfelen.

Had hij iets gezien of had hij gereageerd op haar stem? Hoeveel geluid lekte er eigenlijk door het plaatwerk van de auto naar buiten?

De man kwam naar de bestelauto toe en keek om zich heen alsof hij iets zocht, daarna leunde hij voorover naar het oog van de camera en kwam zo dichtbij dat zijn gezicht met de starende ogen het beeld zozeer vulde dat ze achteruitdeinsde.

Toen deed hij een paar stappen naar achteren en richtte zijn aandacht op de bestuurderscabine. Via een van de camera's die Qiang op de muur ertegenover had bevestigd, kon ze zien dat hij erheen liep en door de zijruit naar binnen keek. Ze probeerde te bedenken wat Fareed en Qiang daar hadden achtergelaten en nu volledig zichtbaar was, en op welke ideeën het de man kon brengen, die plotseling aan het passagiersportier rukte zodat de hele bestelauto heen en weer schudde.

Ze hadden er in elk geval aan gedacht om de boel af te sluiten. De man liep naar de bestuurderskant, en deze keer rukte hij zo hard aan het portier dat haar halfvolle koffiekop van het kleine tafeltje gleed. Haar reactie was volkomen instinctief toen ze haar stoel naar achteren schoof, vooroverboog en het kopje een centimeter boven de grond opving, zodat het net niet in stukken uiteenviel. Als ze erbij had nagedacht, had ze het gewoon laten crashen, want dat zou best een voor de hand liggend geluid kunnen zijn wanneer je een bestelauto liet schommelen, wat je niet kon zeggen van het schrapende geluid van stoelpoten. Dat deed meer denken aan een agressief familielid van Chewbacca uit Star Wars.

Door het geluid liet de man het bestuurdersportier los en ging hij op onderzoek uit. Hij liep naar de achterkant van de auto, en toen bedacht ze het opeens: de achterportieren.

Hoewel ze van alles hadden geprobeerd, zoals vet en slotspray, werkte de centrale vergrendeling achter niet, waardoor ze zo snel en zo geruisloos mogelijk naar de achterportieren liep en het rode knopje van het slot handmatig omlaag drukte.

De man buiten begon aan de portieren te rukken. Niet één keer, maar telkens weer, alsof hij besloten had dat het nu zijn beurt was om aan het langste eind te trekken. Zij pareerde zijn geruk en getrek zo goed en zo kwaad als het ging, maar als hij zo doorging, zouden de deuren het snel begeven. Daarom bereidde ze een verrassingsaanval voor. Ze wilde de deuren plotseling en met volle kracht openduwen en hem op die manier onschadelijk maken.

Maar zover kwam het niet, want iemand verderop in de garage begon te toeteren en te roepen, waardoor de man de deur losliet en richting die auto liep, die er niet door kon vanwege hun schuin geparkeerde SUV.

'Oké, luister,' zei ze zachtjes in de headset. 'Hij is nu weer op weg naar zijn auto, en dat is jullie kant op. Dus op mijn teken proberen jullie daar weg te rennen. Niet mijn kant op, want dan lopen jullie hem recht in de armen, maar de andere kant op, helemaal rond.' Ze wachtte tot de man het bestuurdersportier opendeed en achter het stuur ging zitten. 'Oké, nú.'

Fareed en Qiang kropen uit hun schuilplaatsen en spurtten gebukt en in de bescherming van de geparkeerde auto's langs het reparatiebedrijf. Hoe verder ze kwamen, hoe meer ze rechtop konden gaan lopen en zich op die manier ook sneller konden verplaatsen.

Als die rode Citroën er maar niet geweest was, die als een hypersensitieve flipperkast tot leven kwam en begon te toeteren en te knipperen toen Qiang zich tussen de muur en de voorkant van die auto wrong.

De man stapte snel weer uit. '*Hey! You there!*' riep hij, en hij rende op Qiang af.

'Hij heeft mij gezien. Wat moet ik doen?' hoorde ze Qiang vragen terwijl hij ondertussen door bleef rennen. 'Verdomme, zeg eens wat. Wat moet ik doen?'

'Het reparatiebedrijf,' zei ze zonder te weten of dat een goed of een slecht plan was. 'Misschien kun je je daar ergens verstoppen. Zo niet, dan zouden daar in elk geval getuigen moeten zijn die maken dat hij niets doet.'

'Oké.' Qiang draaide zich om en rende in tegenovergestelde richting terug naar de werkplaats, waar hij naar binnen vluchtte en snel tussen de wielloze auto's doorliep, ondertussen om zich heen kijkend naar een geschikte schuilplaats. Door zijn schokkerige bewegingen kon Dunja het op de schermen niet goed volgen, maar op een gegeven moment leek hij zich in een ruimte te bevinden met helemaal achterin een balie en een reeks bezoekersstoelen tegen de muur naast een waterdispenser. Meer kon ze niet zien voordat een stem maakte dat Qiang zich omdraaide.

'Wat kan ik voor je doen?' De oudere automonteur in overall en met grijs, stug haar kwam de werkplaats binnen en liep langs Qiang naar de andere kant van de balie.

'Ik heb een auto waar wat mee is.'

'Aha, ik vermoedde al zoiets.' De monteur begon te lachen, kreeg een hoestaanval en begon in een agenda te bladeren. 'Wat is het voor auto?'

'Een... eh Volkswagen.'

'Volkswagen heeft een heleboel modellen.'

'Oké, blijf rustig, maar weet dat hij op weg is naar de wachtkamer,' zei Dunja met haar ogen gericht op het scherm, waar ze de man in het pak via de camera achter op Qiangs pet de bezoekersruimte in zag lopen. 'Blijf gewoon doorpraten alsof er niets aan de hand is, en draai je vooral niet om.'

'Het is een Golf,' ging Qiang verder. 'Een Golf uit 2005. Soms stopt de motor er opeens mee, zonder enige aanleiding.'

'De motor.' De monteur knikte. 'Ja, dat soort dingen gebeuren, vooral als je het 't minst verwacht.' Hij boog met een scheef lachje voorover en dook achter de balie.

Dunja begreep pas waarom, toen ze op het scherm zag dat de man in het pak een paar meter bij Qiang vandaan bleef staan en zijn pistool tevoorschijn haalde.

'Ga liggen!' zei ze. 'Hij heeft een pistool!'

Qiang wierp zich voorover vlak voordat het schot afging, en zonder te weten of hij geraakt was of niet bleef Dunja instructies geven.

'En dan schop je nu de benen onder hem vandaan. Wacht niet tot hij zich herpakt heeft en opnieuw gaat richten. Je gewoon nu omdraaien en zo hard trappen als je kunt.'

Het enige wat ze kon zien, waren delen van de smerige linoleum vloerbedekking, een paar bezoekersstoelen langs de ene muur en de benen van een Michelinmannetje. Van de man zag ze niets. Ze kon hem alleen wel horen kreunen; hij smakte met een dreun op de grond en liet het pistool vallen, dat in beeld gleed.

Qiangs hand pakte het pistool beet, waarna hij overeind kwam en zich omdraaide naar de uitgang.

'Niet die kant op. Dat gaat niet,' zei ze toen ze de andere man langs de camera bij de inrit zag sprinten en hij met getrokken wapen het reparatiebedrijf binnenkwam. 'Zij zijn met z'n tweeën, je maakt geen schijn van kans. Neem de deur achter je. Aan de andere kant van de balie.'

Qiang draaide zich om en liep snel terug. 'En jij blijft daar mooi liggen,' zei hij met het pistool op de man op de grond gericht terwijl hij om de balie heen liep. Daar werd het beeld weer fragmentarischer, omdat hij afwisselend heen en weer keek tussen de man op de grond en de monteur, die nog steeds op zijn hurken achter de balie zat.

'En jij ook. Blijf daar,' zei hij tegen de monteur terwijl hij naar de deur naar het kantoor liep. Na een paar vlugge bewegingen op het scherm liet de voorste camera zien dat de man in het pak bezig was overeind te krabbelen. 'Liggen blijven, zei ik,' hoorde ze Qiang zeggen terwijl hij achterwaarts het kantoor in liep.

Maar toen hield hij opeens halt, alsof hij met zijn voeten ergens was blijven steken, en toen hij omlaag keek, zag ze dat de monteur hem bij zijn been vasthield. Qiang reageerde onmiddellijk, en ook al waren de beelden op het scherm haperend, ze vermoedde dat hij de monteur met het pistool op zijn hoofd sloeg.

Daarna ging de deur dicht en op slot, waarna hij zich omdraaide naar iets wat een rommelig kantoor leek met twee overvolle bureaus en een aantal wandkasten die doorbogen door het gewicht van alle ordners.

Te oordelen naar zijn oppervlakkige ademhaling en de beelden op de twee schermen met bewegingen die zo snel en schokkerig waren dat je alleen wazige kleuren in verschillende nuances bruin en beige zag, was Qiang in paniek.

'En nu? Wat moet ik nu?' riep hij. 'Jij zei dat ik hier naar binnen moest gaan, dus wat moet ik verdomme nu doen?'

'Probeer wat minder te bewegen, dan kan ik ten minste de omgeving zien.'

'Jij hebt makkelijk praten, daar in die...'

'Qiang,' onderbrak ze hem. 'Jouw grootste vijand is nu de paniek. Ik zweer het, die is veel erger dan die kerels daarbuiten. Ze weten dat jij een pistool hebt en niet zult aarzelen om het te gebruiken.'

'Maar dat is niet waar. Ik heb nog nooit iemand beschoten, en...' Er werd op de deur gebonkt. 'Zie je wel, ze staan zo hierbinnen. En dan? Wat moet ik nou? Ik kan toch niet gewoon...'

'Qiang, verdomme! Luister naar me. Je bent bijna in je rug geschoten, maar je hebt je op de grond geworpen en de benen onder hem vandaan geschopt en zijn pistool afgepakt. Meer informatie hebben ze niet nodig om respect voor je te hebben. Dus zorg verdomme dat je je herpakt.'

'Oké,' antwoordde hij, en ze kon aan de bewegingen van de camera zien dat hij knikte en zichzelf tegelijkertijd dwong diep adem te halen terwijl het geweld tegen de deur een paar meter bij hem vandaan steeds heftiger werd.

Zijn bewegingen bleven rustig genoeg om haar een indruk te geven van hoe de ruimte waarin hij zich bevond eruitzag. Zoals de archiefkast helemaal achter in de hoek of de foto van koningin Margrethe, die was omgeven door posters met schaars geklede vrouwen met opgepompte borsten en een door de zon gebruind kruis.

'Kun je naar die posters lopen om te kijken wat er achter die ene zit?' vroeg ze na te hebben geconstateerd dat er iets op de muur achter een van de posters zat, waardoor die bol kwam te staan.

'Hoe bedoel je?'

'Er zit iets, schuin onder die sportieve meid.'

'Welke?'

'Die op de trampoline.'

Qiang liep erheen toen ze opeens een schot hoorden afgaan. 'Godverdomme!' riep hij met zijn blik op de deur gericht, die het met zijn kapotgeschoten slot elk moment kon begeven.

'Schieten,' zei ze. 'Schiet terug op die deur.'

Qiang loste twee snelle schoten, waarop het geweld tegen de deur stopte.

'Mooi. Nu hebben wij de overhand.' Tijd om zich af te vragen of er aan de andere kant van de deur iemand gewond was, was er niet. 'Nu wil ik dat je naar de muur loopt om te kijken wat er onder die poster zit.'

'Maar ik moet de deur in de gaten houden, zodat ze niet binnenkomen. Als dat gebeurt, kan ik het wel vergeten.'

'Qiang, doe nou gewoon wat ik zeg.' Ze kon niet verklaren waarom, maar meende dat er een link moest zijn met de eerste deur die ze in de ondergrondse gang waren tegengekomen.

Ze kon op het scherm zien hoe Qiang met het pistool in zijn hand achteruitliep, weg van de deur en naar de muur met de posters. Eenmaal daar trok hij die met de vrouw op de trampoline weg, terwijl hij ondertussen de deur in de gaten hield, en via zijn achterste camera kon ze zien dat dit met een beetje geluk precies was wat ze nodig hadden, maar waar ze in haar wildste fantasie niet op had durven hopen.

'Draai je om,' zei ze, maar ze kreeg geen reactie. 'Qiang! Wakker worden!'

Qiang draaide zich uiteindelijk om naar het toetsenpaneel op de muur. 'Wat is dat?' vroeg hij.

'Doet er niet toe, toets gewoon de code in.'

'Maar? Hier is toch geen...'

'Kom op, waar wacht je op? 7895.'

Qiang toetste de code met een trillende wijsvinger in, waarop je iets hoorde klikken.

'Hoor jij hetzelfde geluid als ik?' vroeg ze zonder antwoord te krijgen.

Qiang was al bezig de archiefkast en de achterkant daarvan te onderzoeken.

'Qiang, geef eens antwoord? Heb jij ook een klik gehoord?'

Zonder antwoord te geven plaatste Qiang beide handen op de archiefkast en duwde die recht naar achteren. Hij hoefde niet eens kracht te zetten, leek het, zo gemakkelijk ging het, en al spoedig was de hele kast in de muur verdwenen, waar nu een donker gat was ontstaan.

Ze wilde tegen hem zeggen dat hij dat gat in moest gaan, maar hij was al in de duisternis verdwenen en te oordelen naar het geluid rolde hij de archiefkast terug op zijn plaats. Zijn twee schermen waren nu zwart, maar in de headset hoorde je hoe hij op de tast zijn weg zocht in de duisternis.

Of het een smalle gang of een grote ruimte was, was onmogelijk te zeggen, maar toen er door een steeds groter wordende kier een zacht licht naar binnen sijpelde, begreep ze dat hij een deur moest hebben gevonden. Dit was een totaal andere wereld vergeleken met die van het garagebedrijf. Hier was niets van al dat sleetse en vervallene. Verdwenen waren het harde tl-licht, de chaos en alle papieren en ordners. Hier hadden de wanden een sobere grijze tint die afstak tegen de blauwe vaste vloerbedekking.

Er stond een deur op een kier en Qiang kwam in een krappe ruimte die met evenveel geavanceerde techniek gevuld leek als die van hen. Boven iets wat eruitzag als een groot controlepaneel hingen een aantal schermen. Een ervan liet beelden zien van de verschillende bewakingscamera's die rondom in de parkeergarage waren geplaatst, maar ook die bij de laad- en losplaats, de ondergrondse gang en de verschillende ruimten van het garagebedrijf.

Ze vroeg zich af wat dat inhield, maar had nog niets weten te bedenken toen ze via Qiangs achterste camera nog een scherm zag. Een scherm met daarop de gemanipuleerde foto van haarzelf die in het opsporingsbevel was gebruikt.

Hier had Sleizner dus zijn commandocentrum van waaruit hij hen probeerde te pakken te krijgen. De vraag was hoeveel hij wist en of zij degenen waren die hém hadden gevonden, of dat het juist andersom was.

'Draai je om naar de computer achter je,' zei ze zonder een reactie te krijgen. 'Die met de foto van mij.' Er kwam nog steeds geen reactie. 'Hallo? Qiang, kun je mij horen? Qiang?'

Ze pakte haar mobiel, zag dat de verbinding was verbroken en probeerde hem weer te bellen. In de tussentijd kon ze zien dat hij zich naar weer een computerscherm omdraaide, met daarop een grote hoeveelheid min of meer scherpe beelden van verschillende bewakingscamera's. Voor alle beelden gold dat zij centraal stond. Er waren foto's van het Centraal Station, maar ook van een aantal openbare plaatsen in Kopenhagen en Byens Bodega, en toen ze…

Zonder waarschuwing vooraf verdween het scherm uit beeld en werd vervangen door een tafelpoot en het blauwe tapijt waar die tafel op stond. Alsof de pet op de grond was gevallen. Of Qiang. Daarna werden zijn beide schermen voor haar zwart.

31

Hesk draaide de parkeergarage in en hoefde niet meer dan een meter of twintig te rijden voor er een lege plek kwam, waar hij achteruit in wilde rijden. Op de een of andere manier kwam de auto schuin te staan in verhouding tot de betonnen pilaren en moest hij als een zenuwachtige rijschoolleerling een paar keer heen en weer steken voordat hij de motor kon uitzetten, zijn gordel losmaakte en uitstapte.

Normaliter was hij zo ongeveer een expert in het inparkeren in krappe ruimten en moest hij altijd het stuur overnemen als Lone de auto in een smal vak wilde zetten. Maar hij was zichzelf niet en stond ook enigszins te zwaaien op zijn benen toen hij door de garage liep, zijn blik gevestigd op de verschillende auto's en hun kentekenplaten.

De eenvoudigste verklaring was dat hij moe was, aangezien hij al bijna een heel etmaal niet geslapen had. En hij was inderdaad ook moe. Doodmoe. Maar dat was niet de hele verklaring.

De aanleiding was vooral verwarring. Er was eerst een lijn geweest die hij kon volgen, weliswaar met meerdere vraagtekens, maar nu wist hij niet meer wat links of rechts was. Het was alsof de dingen zomaar een andere wending konden nemen, zonder enige waarschuwing vooraf, waarbij hij ondertussen probeerde de puzzel te leggen terwijl de stukjes voortdurend van vorm veranderden.

Dat was ook de reden dat hij na de bespreking bij Heinesen niet naar huis was gereden, maar naar Østerbro om eens een kijkje te nemen in die garage waar Hemmer de mobiel van Jakob Sand had weten te lokaliseren.

Hij wist niet waar hij naar moest zoeken, óf hij überhaupt ergens naar moest zoeken, maar dat maakte niet uit. Het was meer bij gebrek aan beter, want als er iets was waar hij geen trek in had, dan was het wel een doodvermoeiende ruzie met Lone. Dan maakte hij liever hier een neutraal rondje in een poging wat van zijn verloren zelfverzekerdheid in ere te herstellen.

Dat hij beslist niet de beste rechercheur van het land was, had hij al lang geleden ingezien, dat stond buiten kijf, maar hij kon zich niet herinneren dat hij zich ooit zo zeker en overtuigd had gevoeld van iets wat later zonder meer onjuist was gebleken. Zo achteraf bezien was dit zonder twijfel een van de ergste en pijnlijkste dingen die hij in zijn jaren bij de politie had meegemaakt, inclusief zijn instorting tijdens de persconferentie.

Zelfs Heinesen had aan hem getwijfeld. Uitgerekend Heinesen, die altijd loyaal was en nooit iets of iemand in twijfel trok. Dat naderhand bovendien bleek dat hun twijfel terecht was, maakte de zaak er niet beter op. Vanaf dat moment had hij in hun ogen afgedaan.

Hij had geen moeite om te begrijpen waarom. Maar dat betekende niet dat hij van plan was zijn nederlaag zonder slag of stoot te erkennen. Misschien was hij dan wel bijna uitgeteld, zolang de scheidsrechter nog niet bij tien was gekomen, had hij nog steeds een kans om weer overeind te krabbelen.

Afgezien van zijn eigen situatie had het onderzoek ondanks alles een grote stap voorwaarts gemaakt. Precies zoals hij tegen het team had gezegd in zijn pogingen de hele zaak goed te praten, zou hij blij en opgelucht moeten zijn dat Sleizner niet achter de moord op de vrouw zat. Dat vereenvoudigde het verdere werk aanzienlijk. Hij kon bovendien tevreden zijn dat ze erin geslaagd waren Jakob Sand te identificeren en konden beginnen met de voorbereidingen voor diens arrestatie.

Bernstorff, die precies zei waar het op stond, had volkomen gelijk toen ze had geïnsinueerd dat zijn verdenkingen jegens Sleizner niet alleen stoelden op feiten. Hij had dat toen niet willen toegeven, en wilde dat nu eigenlijk ook niet, maar de simpele waarheid was dat hij teleurgesteld was. Hoe vreselijk dat ook klonk, hij had diep vanbinnen niets liever gewild dan dat het Sleizner was geweest.

Ergens was het volkomen logisch geweest als de stijl die zijn chef had weten te perfectioneren door elke regel tot het uiterste op te rekken, uiteindelijk tot zijn eigen ondergang had geleid.

Wat de afdeling Moordzaken en hun werk betrof, bestond er geen twijfel over dat uitgerekend Sleizner de wortel van het kwaad vormde. Met een indrukwekkende doelbewustheid had hij zijn gif door de hele organisatie weten te verspreiden. Hij was zelf meerdere keren het mikpunt geweest, en hij had anderen blootgesteld zien worden aan dingen die zo grensoverschrijdend waren dat hij vandaag de dag niet kon begrijpen waarom niemand, inclusief hijzelf, had gereageerd en aangifte had gedaan.

Maar dat was toen. Hij had Sleizner al de les gelezen op een manier die hij vroeger nooit gedurfd zou hebben. Het was alsof hij door de laatste gebeurtenissen geen remmingen meer had, en als het ooit nodig zou zijn, zou hij er geen moeite mee hebben om bij het fraaie kantoor van zijn chef aan te kloppen, naar zijn bureau te lopen en hem kalm en vriendelijk te laten weten waar hij van verdacht werd, voordat hij zijn handen boeide en hem naar het cellencomplex bracht.

Maar nu was Sleizner niet degene die de vrouw om het leven had gebracht, en misschien was hij ook niet degene die sms-contact had gehad met Mogens Klinge. Misschien was het net zoals Bernstorff had gesuggereerd gewoon een zeer ongelukkig toeval.

In plaats daarvan was de schuldige naar alle waarschijnlijkheid Jakob Sand. De succesvolle ondernemer, tevens de meest gehate persoon van Denemarken. Dit was smullen voor de sensatiebladen en zou vette koppen opleveren. Maar dat begon eigenlijk al zodra die man 's morgens uit bed stapte. Was er geen sprake van belastingontduiking, dan was er wel een nieuwe minnares of een volgende echtscheiding.

Maar elke keer was hij weer overeind gekrabbeld, had hij het stof van zijn kostuum geklopt en was hij verdergegaan alsof er niets gebeurd was. Zelfs toen hij zes jaar geleden werd verdacht van de moord op die prostituee Jana Helsing. Die keer had een DNA-analyse hem vrijgesproken. Dezelfde analyse die hem nu de kop zou kosten.

En daar was-ie. De auto. Of in elk geval een van zijn vele auto's. Een sportrode Mercedes-Benz cabrio met vleugeldeuren. Hemmers triangulatie was dus correct gebleken. Sand zelf was uiteraard nergens te bekennen.

Hij leunde voorover naar de zijruit en plaatste zijn handen rond zijn gezicht om naar binnen te kunnen kijken. Het interieur was rood en zwart, en op de bijrijdersstoel lagen een doosje Läkerol en een groen zakje Fisherman's Friend. Niet erg veelzeggend, behalve dan dat de man belang hechtte aan een frisse adem. Daarna rechtte hij zijn rug en besloot dat hij nu het beste naar huis kon gaan om een paar uur slaap te krijgen. Antwoorden zou hij hier beneden toch niet vinden, en als die er al waren was hij te moe om ze te kunnen zien. Op dat moment, toen hij zich langs de betonnen pilaar wilde wurmen, begon de mobiel in de zak van zijn colbert te trillen. Hij haalde hem tevoorschijn en constateerde dat het een Zweeds nummer was dat hij niet herkende.

'Ja, hallo. Met Jan Hesk.'

'Dag, mijn naam is Malin Rehnberg van de politie in Stockholm. Sorry dat ik zo laat op de zondagavond nog stoor.'

'Waar gaat het om?'

'Oké, we komen meteen ter zake, hoor ik.' Ze begon te lachen. 'Maar dat is mooi. Dat komt mij goed uit. Ik bel naar aanleiding van die vrouw in de auto die jullie proberen te identificeren. Die met dat kruisvormige litteken aan de binnenkant van haar dij.'

'Weten jullie wie het is?'

'Nee, helaas. Maar feit is dat er ook hier in Stockholm een moord is gepleegd.'

'Tja, dat gebeurt in Astrid Lindgren-land helaas ook.'

'Ja, en zullen we die kinderachtige steken onder water maar achterwege laten? Zullen we met het vingertje gaan wijzen en gekke bekken naar elkaar trekken, of zullen we proberen elkaar te helpen?'

'Het spijt me. Ik ben gewoon moe. Het was niet mijn bedoeling om...' Hij raakte van de wijs, wist niet meer wat hij had willen zeggen. 'Sorry. Gaat het ook om een dubbele moord op een man en een vrouw?'

'Nee, het betreft hier alleen een vrouw.'

'Was ze een prostituee?'

'Niet dat we op dit moment weten. Feit is dat wat ik van jullie onderzoek heb gezien er geen overeenkomsten zijn met het slachtoffer of de werkwijze.'

'Oké, maar dan moet ik je toch vragen waarom...'

'Ik bel?'

'Inderdaad.'

'Eindelijk begrijpen we elkaar. Het is namelijk zo dat de enige aanwijzing die we over de dader hebben een soortgelijk litteken is als op jullie vrouw.'

De dader? Had hij het goed gehoord? Of was dit een spraakverwarring die...

Het geluid van een stevige deur die ergens in de garage werd dichtgesmeten doorbrak zijn concentratie.

'Hallo, ben je er nog?'

Daarna hoorde hij snelle voetstappen, alsof iemand over de betonnen vloer holde. Hij leunde achterover en verschool zich achter de betonnen pilaar, en zag een man in pak naar een witte SUV rennen, die voor een laad- en losplaats geparkeerd stond.

'Ik moet je terugbellen,' zei hij, en hij drukte het gesprek weg.

Hij had achter de pilaar kunnen blijven staan. Doen alsof hij niet zag dat de man de bagageruimte openmaakte en daar een rol zwarte vuilniszakken, grove tape en wat een donkere ijshockeytas leek uit haalde. Dat was onmiskenbaar het eenvoudigste geweest. Wat je niet wilt zien, heb je gewoon niet gezien. Een halve minuut, meer was er niet nodig voordat de man verdwenen was en hij zelf onwetend zou kunnen terugkeren naar zijn auto.

Dat was in al zijn eenvoud een reëel alternatief. Alleen niet voor hem. Niet nu. Niet na alles wat hij had meegemaakt. De man die nu de stalen trap naar de laad- en losplaats op liep, was dezelfde man die op de kade had staan vissen, de tl-buizen in het forensisch lab had vervangen en hem – naar verluidt – tijdens het persmoment van het podium had gedragen. De rechterhand met de ontbrekende ringvinger viel niet te missen.

Er bestond dus een link tussen die twee mannen en Jakob Sand, en die wilde hij tot op de bodem uitzoeken, waarop hij zijn schuilplaats verliet en naar de laad- en losplaats liep, waar de man druk bezig was een deur te ontgrendelen.

In de tussentijd knoopte hij zijn colbertje en zijn schouderholster open om zijn wapen te pakken, maar bedacht zich en haalde in plaats daarvan zijn politielegitimatie tevoorschijn om geen onnodig geweld uit te lokken. Wat er daarna gebeurde, zou hij pas een minuut later begrijpen. Toen hij zijn evenwicht verloor en voorover op de betonvloer viel, was het al te laat. Dat iemand zich van achteren over hem heen had geworpen, was duidelijk. Maar de man die de auto had geparkeerd, zou zich vóór hem moeten bevinden. Niet áchter hem. Aan de andere kant waren ze met z'n tweeën.

Hij probeerde zich om te draaien, maar de dader zat al bovenop hem en duwde zijn armen tegen de grond.

'En nu blijf je rustig liggen en geef je geen kik,' snauwde een stem in zijn oor.

Een stem die hij pas kon plaatsen toen de druk op zijn armen afnam en hij zich kon omdraaien en zag dat het Dunja Hougaard was.

'Wat doe jij hier in godsnaam?' vroeg hij terwijl hij overeind kwam en zijn pistool tevoorschijn wist te halen. 'Je wordt gezocht.'

'En jij bent blijkbaar doof.'

Voor Hesk kon reageren deed Dunja een stap naar voren, trok het wapen uit zijn hand en gaf hem met haar elleboog een harde klap onder zijn kin.

32

'Wat moest jij hier?'

Jan Hesk had meerdere varianten van dezelfde vraag gehoord. *Waarom ben je hier? Wat heeft jou hier gebracht? Hoeveel weet je?* Maar die hadden allemaal zo gedempt en ver weg geklonken dat hij niet had begrepen dat ze aan hem waren gesteld. Dat was pas het geval toen hij zijn bewustzijn voldoende terug had om zijn ogen open te doen en Dunja over hem heen te zien staan in iets wat eruitzag als een bestelauto.

'Jan,' ging ze verder. 'Ik moet weten wat jou juist naar deze garage heeft gebracht.'

'Jij bent degene die wordt gezocht. Niet ik.' Hij ging rechtop zitten en keek in de krappe ruimte om zich heen, verbaasd over de wirwar aan snoeren, apparaten met antennes en allerlei schermpjes. De geruchten die hij nooit serieus had genomen, maar die klaarblijkelijk klopten.

'Maar ik heb jouw pistool. Jij niet.' Dunja hield zijn wapen omhoog.

'Al sinds jouw eerste dag op de afdeling was ik onder de indruk van je. Soms zelfs een beetje jaloers dat jij, in tegenstelling tot mij, alles had wat vereist was om precies te doen waar ik van droomde. Ik heb je daarentegen nooit gemogen.'

'Mooi zo, want ik vond het al bijna gênant worden. Maar onze gevoelens voor elkaar zijn dan toch in elk geval wederzijds.'

'Ik herinner me hoe Sleizner jou voor liet gaan in de rij en bij mij voordrong omdat hij jou jong en lekker vond. Hij had er geen idee van hoe goed jij eigenlijk was, en de vraag is of jij dat überhaupt zelf wel doorhad. Jij was voornamelijk bezig je te koesteren in zijn aandacht en mij te schofferen, zolang dat jouw carrière diende.' Hij kwam overeind. 'Maar dat je die tegen een oud-collega zou gebruiken, kan ik ondanks alles maar moeilijk geloven, ook al word jij momenteel beschouwd als een gevaar voor de nationale veiligheid.' Hij liep naar haar toe, pakte het pistool uit haar hand en stak het weer in zijn schouderholster. 'Dus nu wil ik graag antwoord op de vraag waar jij mee bezig bent. Waarom je, buiten dat je mij niet mag, het een goed idee vond om mij te overvallen en bewusteloos te slaan.'

'Dat was uit pure bezorgdheid.' Dunja overhandigde hem het magazijn van zijn pistool. 'Dat was het minste wat ik bij wijze van tegenprestatie kon doen als je kijkt wat jij tijdens dat kerstfeest voor mij hebt gedaan in het kantoor van Sleizner. Als jij er niet was geweest, had hij mij verkracht, en als ik jou vandaag niet had tegengehouden, had de man naar wie jij op weg was jou ook te grazen genomen. Zie het als een wat laat bedankje voor je hulp.'

'Die man is een van de verdachten in mijn onderzoek.' Hesk haalde zijn pistool weer tevoorschijn en drukte het magazijn erin voor hij het weer terugstopte in de holster. 'Door dat zogenoemde bedankje van jou is hij mij ontglipt.'

Dunja schudde haar hoofd. 'Jij hebt echt geen flauw idee waar dit om gaat, hè?'

'Ik weet in elk geval dat...'

'Jan, ik zie het gewoon aan je,' onderbrak Dunja hem. 'Hoe je vecht om iedereen inclusief jezelf ervan te overtuigen dat je de boel onder controle hebt, terwijl je er eigenlijk geen flauw benul van hebt met wat of wie je te maken hebt.'

'Ik leid het onderzoek naar de dubbelde moord op onder andere Mogens Klinge. En ja, ik wil best toegeven dat het aanzienlijk gecompliceerder is dan wat ik in eerste instantie dacht. Ik heb me meer dan eens afgevraagd of dat het echt waard is. Maar ik ben niet iemand die de handdoek meteen in de ring gooit, en op dit moment heeft het onderzoek mij hiernaartoe gebracht. Daarom kan ik niet accepteren dat jij...'

'Jan, geloof me,' onderbrak Dunja hem. 'Je zou geen schijn van kans hebben gemaakt. Ze hebben al een vriend van mij.'

'Een vriend van je? Met z'n hoevelen zijn jullie eigenlijk? En dit allemaal?' Hij gebaarde breed naar het krappe werkblad met alle schermen. 'Ik vraag het nogmaals. Waar ben je mee bezig?'

Dunja keek hem aan met een blik alsof ze door zijn huid en zijn voorhoofdsbeen heen probeerde te kijken om zijn gedachten te raden. Maar op dat moment ging het portier achter hen open.

Hesk draaide zich om en richtte zijn pistool op de man met de donkere huidskleur en een pet die zich achterstevoren de bestelauto in wurmde. 'En wie ben jij?'

'Gewoon een man van buitenlandse afkomst,' zei Fareed, en hij deed het portier dicht.

'Hij hoort bij mij.' Dunja kwam naar Hesk toe en duwde zijn arm met het pistool omlaag. 'Hoe is het afgelopen?'

Fareed zette zijn pet af en schudde zijn hoofd.

Dunja knikte met een zucht en wendde zich tot Hesk. 'Sorry, waar waren we?'

'Je zou net vertellen waar je mee bezig was.'

'Ik heb het voorzien op Sleizner.'

'En hij lijkt het klaarblijkelijk op jou te hebben gemunt.'

'Het verschil is dat hij iets in zijn schild voert. Vraag me niet wat, maar uit het weinige wat wij hier vandaag hebben gezien, blijken dat niet bepaald leuke dingen te zijn.'

'Helaas moet ik je melden dat hij onschuldig is.'

'Aan wat?'

'De moord op de vrouw en eventueel ook Mogens Klinge.'

'Wacht even.' Dunja wendde zich tot Fareed, die met een laptop op schoot zat. 'Hoor je dat? Ze verdachten Sleizner ervan dat hij achter die dubbele moord zat.'

'Dat niet alleen.' Hesk schudde zijn hoofd. 'Tot een paar uur geleden was ik ervan overtuigd dat hij er ook echt achter zat.'

Dunja keek hem aan zonder wat te zeggen.

'Ik weet precies wat je denkt,' ging hij verder. 'Dat ik Sleizners gewillige lakei ben, en dat was ik misschien ook. Maar nu niet meer. Er is veel gebeurd sinds jij vertrokken bent.'

'Wat bracht jou op de gedachte dat hij het was?'

'Meerdere dingen, maar vooral een anoniem mobiel nummer vanaf een extra mobiele telefoon waar Klinge al vanaf dit voorjaar tot aan de dag dat hij stierf mee in contact stond. We waren erin geslaagd een positie te bepalen die bij mij thuis bleek te zijn op het moment dat Sleizner daar was tijdens een onaangekondigd bezoek.'

'Dus hij heeft nog een mobiel?'

'Dat was waar ik van uitging, en dat doe ik nog steeds.'

Dunja wendde zich tot Fareed. 'Waarom hebben wíj daar niet aan gedacht?'

'Goeie vraag.' Fareed haalde zijn schouders op. 'Dat zou een hoop verklaren.'

'Oké, maar nu zeg je dus dat hij het niet is.'

Hesk knikte. 'De DNA-analyse van de huiddeeltjes onder de nagels van de vrouw kwamen niet overeen met Sleizner, maar met...'

'Jakob Sand,' onderbrak Dunja hem.

'Hoe wist je dat?'

'Dat wist ik niet, ik deed maar een gok. Die twee, en nog iemand die we nog niet hebben weten te identificeren, hebben namelijk een paar dagen geleden samen geluncht bij Zeleste waar ze het, nog los van het besluit om mij te laten opsporen, over jou hadden. Ze bespraken in hoeverre jij geschikt was om het onderzoek te leiden.'

Hij wilde vragen hoe ze aan al die informatie kwam. Of ze ze hadden afgeluisterd, en hoe ze dat in dat geval hadden klaargespeeld tijdens een informele lunch op een intieme plek als Zeleste. Hij wilde exact weten wat Sleizner over hem had gezegd.

Op welke toon ook. Of hij had gelachen of serieus was geweest. Hij wilde alles weten. Maar dat kwam er niet van doordat de man die Fareed werd genoemd, zich tot hen richtte. 'Dunja, kijk eens.' Hij wees op een van de schermen, met daarop verschillende nuances wit. 'Zie je dat? De camera is weer tot leven gekomen.'

'Welke?'

'Die voor op zijn pet.'

Ook Hesk kwam een kijkje nemen, maar hij begreep niets van het witte scherm.

'Kan het zo zijn dat hij dichter bij ons is, en dat de ontvangst daardoor beter is?' vroeg Dunja.

'Nee, dan zou die achterste het ook moeten doen.' Fareed tikte met zijn wijsvinger op het scherm ernaast, dat nog helemaal donker was.

'Hoe verklaar je dan dat hij het opeens weer doet?'

'Ik zou het niet weten.' Fareed leunde voorover om het beter te kunnen zien. 'De vraag is of hij hem überhaupt op heeft. Daar lijkt het eigenlijk niet op.'

'Hoe kun je dat zien? Ik zie alleen een hoop wit.'

'Hij ligt helemaal stil. Zie je dat niet?' Hij wees op de verschillende schaduwen. 'Er is geen beweging.'

'Betekent dat dan dat hij... Dat hij...' Dunja zweeg.

'Zie je die wat donkerder lijnen hier en hier?' Fareed wees op het scherm en Dunja knikte. 'Dat zou een vloer kunnen zijn, toch? Een betegelde vloer.'

'Dus je bedoelt dat hij ligt.'

'Daar lijkt het wel op.'

Hoelang ze daar zaten met hun ogen op het scherm gericht, daar waren ze zich geen van allen van bewust. Ze waren als gehypnotiseerd door de witte schakeringen en kwamen weer bij hun positieven toen Dunja de stilte doorbrak.

'Gebeurt er nu iets?' Ze wees op het scherm. 'Of ben ik de enige die denkt dat er beweging is?'

'Nee, je hebt gelijk.' Fareed begon te stralen.

De verschillende lichtvelden bewogen zich inderdaad ten opzichte van elkaar, en algauw werden de lijnen in het ruitpatroon dat ze hadden gedefinieerd als vloer steeds talrijker en werden de vierkanten zelf steeds kleiner.

'Ja, kijk, hij komt overeind.'

'Maar waarom is het zo onscherp?' Hesk knikte naar het scherm, waar de camera er niet in leek te slagen haar focus te vinden, ook al kon je vermoeden dat het om een witbetegelde ruimte ging.

Fareed probeerde het beeld in te zoomen. 'Het lijkt wel of de lens beslagen is.'

'Het lijkt wel alsof hij zich in een badkamer bevindt,' zei Dunja.

Fareed knikte. 'Kijk of je hem kunt bellen en vraag hem dan de lens droog te maken.'

Dunja klikte het nummer aan op haar mobiel en belde Qiang terwijl het beeld op het scherm schokkerig heen en weer begon te bewegen. Af en toe was de plafondverlichting zichtbaar, die zo fel was dat het hele beeld werd overbelicht. Eén keer zagen ze vaag iets langskomen wat deed denken aan een wastafel. Een andere keer een afvoerputje van glanzend metaal.

'Nee, er gaat niet eens een signaal over.'

'Er is vast geen ontvangst. Maar…' Fareed leunde voorover naar het scherm.

'Maar wat?'

'Ik weet het niet zeker, maar het ziet er niet uit of hij zijn pet op zijn hoofd heeft. De camera zit lager en lijkt heen en weer te schommelen.'

'Hij houdt hem misschien in zijn hand,' zei Hesk op het moment dat Dunja's mobiel oplichtte.

'Wacht, nu belt hij.' Ze beantwoordde het gesprek en schakelde de luidsprekerfunctie in. 'Hallo? Met Dunja. Hoe is het?' Ze wachtte op een antwoord, maar hoorde alleen een zwak geruis. 'Qiang, kun je mij horen? Hallo? Qiang? Ik kan jou niet horen.

Steek twee vingers voor de camera omhoog als je mij kunt horen.' Fareed sloot een snoertje aan op Dunja's telefoon, waarop het diffuse geruis uit twee luidsprekers hoorbaar was. Daarna stelde hij een aantal frequentieregelaars af op een equalizer in een poging iets anders uit het geluidsbeeld te filteren dan geruis.

In de tussentijd werd een langwerpige, donkere figuur met vage randen steeds groter naarmate de camera dichterbij kwam. De schaduw bleek een persoon te zijn die op zijn knieën zat met zijn handen achter zijn rug en met gebogen hoofd. Maar pas toen er een vinger in beeld kwam die de wasem van de lens veegde, konden ze zien dat het Qiang was.

'Och, jezus.' Dunja wendde haar ogen af.

'Is dat jullie vriend?' Hesk richtte zich tot Fareed, die knikte.

Er kwam iemand in beeld die vlak achter Qiang ging staan. Je kon alleen zijn stevige soldatenkistjes en zijn grove camouflagebroek zien.

'Wat gebeurt er in godsnaam?' Dunja keek Fareed vertwijfeld aan. 'Wat zijn ze aan het doen?'

'Geen idee.'

'We moeten wat ondernemen. We kunnen hier niet zitten toekijken en niks doen.'

De rechterhand van de man kwam in beeld en greep Qiang bij zijn haar en dwong hem in de camera te kijken, zijn blik verstard van schrik.

'Dat is 'm.' Hesk wees op de hand waarvan de ringvinger ontbrak. 'Dat is die vent die ik daar buiten zag.'

'Hallo, wat willen jullie?' riep Dunja in haar mobiel. 'Dit is Dunja Hougaard. Zeg verdomme wat jullie willen!'

'Jullie moeten naar mij luisteren,' hoorden ze een doodsbange Qiang zeggen tussen zijn gesnik door. 'Horen jullie me? Jullie moeten goed luisteren.'

'We luisteren,' zei Dunja. 'Zeg gewoon wat we moeten doen, dan doen we dat. Ik beloof je dat we alles...'

'Luister dan, want die klootzakken zijn bloedserieus. Jullie moeten...' Qiang barstte in tranen uit.

'Qiang, we...'

'Dat heeft geen zin,' onderbrak Fareed haar. 'Hij kan je toch niet horen.'

'Jullie moeten ermee stoppen, horen jullie dat?' ging Qiang verder. 'Alles. Al het afluisteren, en alle foto's en films. Alles moet weg, snap je? Anders zullen ze ons een voor een afmaken. Dat is wat ze zeggen. Een voor een.'

'Natuurlijk zullen we dat doen, Qiang, we doen alles wat ze willen, als ze jou maar laten gaan. Zeg dat maar tegen ze. Alles wat...'

Verder kwam ze niet voordat de linkerhand van de in camouflagekleding gestoken man zo snel in beeld kwam dat ze pas door de snee vlak onder Qiangs kin zagen dat de hand een mes vast had gehad dat nu een stukje boven Qiangs adamsappel zat, terwijl het bloed uit de open wond gutste, op zijn kleren en over de witte tegels.

Qiang probeerde nog wat te zeggen, maar dat ging niet. Het enige wat er uit zijn mond kwam, waren bloed en luchtbellen, en uiteindelijk viel hij op de grond terwijl zijn lichaam schokte van de doodsstuipen, waarna de beeldverbinding verbroken werd.

33

In het licht van de bureaulamp in het kelderkantoor bracht Fabian tweecomponentenlijm langs de dunne houten randen aan. Daarna blies hij op het lijmoppervlak, bevestigde de stukken op hun plaats en drukte ze met een zo gelijk mogelijke belasting tegen elkaar.

Dat was het laatste stuk en het oude ouijabord zag er weer heel behoorlijk uit. Als je goed keek zouden de gevolgen van zijn uitbarsting wel zichtbaar blijven, maar erger dan dat was het niet – in tegenstelling tot veel van zijn andere fouten.

De laatste uren had hij buitenshuis doorgebracht tijdens een lange wandeling. Eerst naar het bos van Pålsjö en de voetgangersbrug over de spoorlijn. Daarna was hij naar Pålsjöbaden gegaan, had zijn schoenen uitgetrokken en was in noordelijke richting door het stenige zand langs de waterrand gelopen.

Na een uur hadden zijn voeten pijn gedaan van de hoekige stenen en de kapotte schelpen, en ter hoogte van Hittarp was hij in een glasscherf getrapt, maar hij was gewoon doorgelopen, en een uur later was de pijn in zijn voeten weggetrokken.

In de buurt van Grå läge had hij zijn kleren uitgetrokken en was hij het water in gegaan. Het idee flitste door hem heen om gewoon te blijven zwemmen, de oneindigheid in. Maar iets had hem daarvan weerhouden, en eenmaal weer op het strand was hij in het zand gaan zitten en had hij zich door de zon laten opdrogen.

Daar had hij uitgekeken over het water en het Deense laagland dat trilde boven de horizon, en het moeilijkste besluit van zijn leven genomen om vanaf nu zijn pogingen om erachter te komen wat er eigenlijk met zijn zoon was gebeurd te staken.

Dat voelde opnieuw als verraad jegens Theodor, en in zekere zin ontliep hij de schuld die hij moest betalen. Maar daar en toen had hij besloten het allemaal los te laten. Te accepteren dat hij er nooit achter zou komen en dat welke aanknopingspunten er ook waren voor wat er was misgegaan, met Theodor het graf in zouden gaan.

Sonja, Komorovski en alle anderen hadden gelijk. Het maakte niet uit hoe dicht hij bij de waarheid kwam, hij zou de tijd toch nooit kunnen terugdraaien. Gedane zaken namen geen keer, en sommige dingen konden maar beter onaangeroerd blijven.

Voor de tweede keer deze zomer trok hij de middelste lade uit het ladeblok en pakte hij het met stof omwikkelde pakket, legde het naast het ouijabord voor zich op het bureau, vouwde het open en keek naar het pistool waarmee zijn zoon die noodlottige nacht was thuisgekomen, toen hij met de Smiley-liga in Helsingør was geweest.

Hij had geprobeerd uit hem te krijgen hoe hij aan dat wapen gekomen was, maar had nooit iets anders te horen gekregen dan verzonnen, doorzichtige pogingen tot een antwoord. Het was een Heckler & Koch USP Compact 9 mm, een model bestemd voor gevechten van man tegen man en vrij gangbaar binnen het Deense politiekorps. Zoveel wist hij, maar aangezien het serienummer was weggevijld, was het onmogelijk om daarop te zoeken.

Het plan was geweest om het pistool in te leveren bij de Denen en het hen te laten onderzoeken en analyseren. Maar daar, in het door de zon verwarmde zand bij Grå läge, had hij zich bedacht. Niemand zou het ooit mogen onderzoeken. In plaats daarvan zou hij zich ervan ontdoen. Ervoor zorgen dat het voor eeuwig verdween, samen met alle andere onbeantwoorde vragen.

Hij vouwde de stof weer dicht, legde het pakketje opzij en controleerde of de lijm droog was, waarna hij het fijnste schuurpapier pakte dat hij kon vinden en met voorzichtige bewegingen langs de gelijmde randen begon te schuren. Vanaf nu zou hij alleen nog vooruitkijken en er zijn voor Sonja en Matilda. Als die hem tenminste nog in hun leven wilden.

Dat was allesbehalve zeker. De blikken die ze hem hadden toegeworpen en de bewoordingen waarvan ze zich hadden bediend, zouden lang blijven doorklinken. Misschien wel voor altijd. Maar hij zou een eerlijke poging doen.

Als hij klaar was met het bord zou hij ermee naar boven gaan naar Matilda en haar zijn excuses aanbieden. Geen uitvluchten of voorbehoud, maar gewoon een oprecht excuus voor zijn uitbarsting van vanochtend. Hij zou haar duidelijk maken dat ze zo vaak ze wilde naar de kelder mocht gaan om contact te krijgen met de geest die ze Greta noemde. Als dat nou iets was waar zij in geloofde en nodig had om verder te komen met haar verdriet, zou hij dat niet in de weg staan.

Maar als het om Sonja ging, wist hij niet wat hij moest doen. Daar waren geen excuses die een verschil zouden maken. Geen excuses die konden helen. Het maakte waarschijnlijk niet uit wat hij zei. Ze had haar besluit al genomen, en in zekere zin kon hij haar wel begrijpen.

Hij had de afgelopen jaren wel zijn best gedaan, maar het had geen zoden aan de dijk gezet. Er was zoveel wat zij wilde en wat hij haar nooit zou kunnen geven. Zoveel zelfs dat het nog maar de vraag was of hij überhaupt zélf nog wel wilde.

Hij sloot zijn ogen, streek met zijn hand over het bord en constateerde dat het oppervlak zo glad was dat zijn vingers bijna over het hout zweefden. Hij kon de reparaties nog wel voelen, maar alleen als vage gewaarwordingen van iets wat al vaag en diffuus overkwam. Alsof het hout een helende kracht in zich had.

Toen hij zijn ogen weer opendeed, was het alsof hij het bord voor het eerst zag. Het handwerk, de aderen in het hout, hoe mooi het eigenlijk was, hoewel het zo oud en versleten was dat sommige letters en de cijfers bijna niet meer te lezen waren.

Stel dat het waar was.

Stel dat Matilda gelijk had.

Als er iets was wat daarvoor pleitte, was dat die episode van een maand geleden. Zoals zoveel andere dingen had hij die verdrongen, in een poging zichzelf ervan te overtuigen dat het nooit gebeurd was. Maar er was wél iets gebeurd. Tijdens het lopende onderzoek had hij opeens een idee gekregen. Net toen ze een aantal arrestaties hadden verricht en eindelijk een samenhang tussen een aantal zaken waren gaan zien, had iets hem gezegd dat alles wat ze wisten fout was. Dat had gemaakt dat hij het hele onderzoek had overgedaan, wat uiteindelijk tot de arrestatie van de Dobbelsteenmoordenaar had geleid.

Hij zou in elk geval 'dankjewel' moeten zeggen. Of hij er nou zelf in geloofde of niet, dat was wel het minste wat hij kon doen. Daarom kwam hij overeind, nam het bord mee naar de andere kant van het dichtgetrokken gordijn en ging op een van de kussens op de grond zitten.

Dat was de plek waar Matilda en Esmaralda hun seances altijd hielden, en net als zij stak hij de waxinelichtjes aan die in een cirkel om hem heen stonden. Daarna plaatste hij de wijzer op het bord en vergewiste zich ervan dat die zich ongehinderd over de letters kon bewegen.

Van het weinige wat hij van Matilda's oefeningen had gezien, had ze met haar wijsvinger op de wijzer gezeten en haar vragen gewoon hardop gesteld. Het was net zoiets als het spelletje glaasje draaien waar sommigen uit zijn lagere schoolklas destijds vol van waren.

Het voelde als een schending van alles waar hij in geloofde toen hij zijn rechterarm uitstak en zijn wijsvinger op de wijzer liet zakken. Alsof hij een verboden handeling verrichtte. Hij voelde geen enkele magische kracht en was meer bezig met de gedachte hoe gênant het zou zijn als iemand hem zo zou zien zitten dan dat hij verwachtte dat er wat zou gebeuren.

'Neem mij niet kwalijk,' zei hij uiteindelijk. 'Maar als er iemand is, aan de andere kant dus, wil ik alleen maar...' Hij raakte van zijn stuk. Alleen al zijn eigen stem de stilte te horen doorbreken, maakte hem onrustig. Aan de ene kant wilde hij opstaan en weggaan, maar hij wilde toch ook blijven zitten. 'Mijn naam is Fabian, Fabian Risk,' ging hij verder. 'Ik ben de vader van Theodor. En van Matilda.' Hij wist niet waarom hij dat laatste eraan toevoegde. Dit ging om de hulp die hij had gehad bij het onderzoek, nergens anders om.

De wijzer bewoog zich niet. Hoe zou dat ook kunnen onder het gewicht van zijn arm? Misschien duwde hij gewoon te hard en moest hij wat minder stevig drukken.

'Ik weet niet of iemand mij hoort.' Hij probeerde deze keer wat harder te praten. 'Waarschijnlijk niet. Maar ik wil toch datgene of diegene bedanken die mij heeft geholpen bij het onderzoek en heeft gezegd dat we op een fout spoor zaten. Misschien was het iemand die Greta heette, ik weet het niet. Maar het heeft ons in elk geval geholpen. Dat was het enige wat ik wilde...' Plotselinge trillingen deden hem opschrikken en hij haalde zijn hand snel van de wijzer, alsof hij zich had gebrand. Maar toen hij weer wat gekalmeerd was, constateerde hij dat het alleen maar de mobiel in zijn zak was die een berichtje had ontvangen.

Hij haalde hem tevoorschijn, klikte het aan en las de boodschap.

Het berichtje was afkomstig van zijn oud-collega Ingvar Molander, die vastzat in afwachting van zijn rechtszaak. Het bestond uit vijf zinnen. Niet meer en niet minder.

Vijf zinnen die alles veranderden.

34

Hesk drukte op het bovenste knopje naast de lange rij welluidende achternamen tot de intercom oplichtte en begon te piepen. Daarna streek hij snel zijn haar glad, dronk het flesje bier leeg en hield dat achter zijn rug zodat het niet in de camera te zien zou zijn. Een paar uur geleden was hij op weg geweest naar huis. Maar toen hij eenmaal in de auto zat, de sleutel had omgedraaid en de parkeergarage in Østerbro uit was gereden, waren de beelden van de executie van Qiang teruggekeerd. Ingezoomde beelden van details die niemand zou moeten zien.

Dat was op zich niets nieuws. Al sinds de videotechniek voor de gewone man beschikbaar was geworden, werd er voor de draaiende camera verkracht, mishandeld en gemoord. Terroristen hadden het tot hun handelsmerk gemaakt om mensen voor de camera op allerlei manieren om het leven te brengen – de ene nog weerzinwekkender dan de andere – en die filmpjes vervolgens op internet te zetten.

Maar dit was iets heel anders dan een anonieme snuff-video. En niet eens omdat het iemand was die hij kende. Dunja's geboeide vriend, die onder ongetwijfeld helse pijnen had liggen doodbloeden, was voor hem immers een vreemde.

Nee, wat er echt bij hem had ingehakt, was dat dit in realtime en voor zijn ogen had plaatsgevonden. Dit was geen op beeld vastgelegde moord die al eerder ergens in de wereld was gepleegd. Dit was iets wat daar op dat moment was gebeurd, en het enige wat ze hadden kunnen doen, was toekijken hoe het leven letterlijk uit hem gevloeid was.

Die klootzakken hadden hem maar één keer gestoken. Eén keer zodat het niet te vlug zou gaan. Zodat ze echt zouden zien en begrijpen met wie ze te maken hadden. Wat hun te wachten stond.

Ondanks alle beelden en gedachten had hij geprobeerd naar huis te rijden, toen hij onderweg naar Amager in zuidelijke richting op de H.C. Andersens Boulevard voor een van de rode stoplichten voor Tivoli plotseling in tranen was uitgebarsten. Geen geluidloze huilbui met vochtige ogen en een paar tranen, maar een heftig gesnotter dat de hele weg over Langebro had aangehouden, en om niet het risico te lopen de macht over het stuur te verliezen, was hij na de brug rechts afgeslagen.

Dat hij op een fietsstrook verzeild was geraakt had hij ook niet kunnen helpen, en na enkele scherpe stoepranden was hij om het huizenblok heen gereden en had hij de auto op een lege plek voor Café Langebro gezet. Daar had hij zitten janken terwijl het mes steeds weer in Qiangs hals was gestoken, keer op keer, of hij zijn ogen nou dichtkneep of niet.

Toen hij rustig genoeg was geworden om zijn auto te kunnen verlaten, was hij het nachtcafé binnengegaan en aan de bar gaan zitten, waar hij had gevraagd om een groot glas bier van de tap en een borrel. En met elk biertje dat hij achterover had geslagen, was het filmpje dat op repeat stond enigszins vervaagd tot hij in de dikker wordende mist de bloederige beelden alleen nog maar kon vermoeden.

Het gepiep van de intercom kwam tot zwijgen en hij drukte het knopje weer in. Het was midden in de nacht, maar hij had gezien dat er nog licht brandde voor de ramen helemaal boven in de Gemini Residence, een van de lelijkste gebouwen op Islands Brygge, en hij meende zelfs een schaduw te hebben gezien die zich daarbinnen bewoog, waardoor hij van plan was zo lang te blijven aanbellen als nodig was.

Toen de barkeeper uiteindelijk een groot glas water had neergezet in plaats van nog een biertje, had hij zo lang zitten zeuren dat hij uiteindelijk nog een laatste flesje kreeg, waarna hij had betaald en naar de kade was gelopen, waar de lichten van het flatgebouw van Danhostel en de glazen kubus van Nykredit aan de overkant weerkaatsten in het donkere, spiegelgladde wateroppervlak.

Daar had het frisse briesje aangevoeld als een koele streling over zijn warme, opgezwollen gezicht en was hij in westelijke richting langs Islands Brygge verder gelopen. Maar naarmate zijn roes was afgenomen, waren de beelden van de adamsappel die wanhopig op en neer ging om lucht te krijgen in plaats van bloed weer teruggekomen. Op het ergste moment had zijn maag zich omgedraaid, en toen hij naderhand op de kaderand was gaan zitten, had hij ingezien dat het voor hemzelf maar een haartje gescheeld had.

Hij was helemaal niet van plan geweest om die kant op te lopen. Maar toen hij zich eenmaal had omgedraaid en omhoog had gekeken naar de gewelfde gevel, omheind door glazen balkons, had hij bedacht dat het allemaal misschien toch nut had.

Van daaruit had een plan vorm gekregen. Een plan waarin hij voor eens en voor altijd zou laten zien wat hij waard was en waardoor het nog veel te vroeg was om hem van het onderzoek te halen. Het was een wilde gok en het kon op alle mogelijke manieren fout gaan. Maar als er iemand was die hierin kon slagen, was hij het wel.

'Jan? Ben jij dat?' hoorde hij de stem uit de intercom vragen.

'Hallo Kim,' zei hij, en hij keek met een geforceerd glimlachje naar het oog van de camera. 'Ik dacht dat we misschien even konden praten.'

'Nu? Het is halftwee 's nachts. Kan dat niet wachten tot morgen? We kunnen samen ontbijten, als je niet wilt afspreken op kantoor. Ik weet een leuk tentje op Vesterbro.'

'Nee, liever nu meteen.'

De stilte die volgde was kort, beslist niet meer dan een paar seconden. Toch maakte die overduidelijk dat hij ondanks het late tijdstip op het juiste spoor zat.

'Oké, maar waar gaat het over? Wat is er zo belangrijk dat het niet een paar uur kan wachten?'

'Je hebt gezegd dat ik jou op de hoogte moest houden als er wat gebeurde. Toch?'

Deze stilte duurde langer, veel langer, voordat hij werd verbroken door de klik van het deurslot.

Het was al jaren geleden dat hij daar geweest was. In die tijd hielden Sleizner en zijn vrouw Viveca op de eerste zaterdag van december hun jaarlijkse glöggparty, en elk jaar in november was het weer de vraag wie van de afdeling vereerd zou worden met de felbegeerde uitnodiging.

De binnenkant van het pand was werkelijk iets totaal anders dan de buitenkant. De eerste keer dat hij de hal had betreden, was zijn mond opengevallen van verbazing, dat moest hij beslist toegeven. De hal liep als een enorm cilindervormig atrium helemaal door tot aan de gewelfde lichtkoepel zo'n dertig meter boven hem, en met de witgeschilderde galerijen en trappen die ogenschijnlijk gewichtloos in de lucht zweefden en de verschillende verdiepingen met elkaar verbonden, was het trappenhuis werkelijk uniek.

Maar deze nacht stapte hij niet vol verwachting en met het gevoel dat hij een van de weinige uitverkorenen was de lift in. Hij was hier om antwoorden te krijgen. Om zijn chef met de rug tegen de muur te zetten en hem te laten vertellen waar dit in godsnaam allemaal om ging. Vanaf nu was het uit met dat in het duister tasten en nederig en respectvol de kruimels opvegen. Vanaf nu was hij degene die de touwtjes in handen hield, en zijn plan was even simpel als briljant.

Simpel, omdat vrijwel iedereen het tot uitvoer zou kunnen brengen. Briljant, omdat niemand, en zeker Sleizner niet, überhaupt op de gedachte zou komen dat hij tot iets dergelijks in staat was.

De liftdeuren gleden open en Sleizner stond gekleed in een badjas in de deuropening te wachten.

'Oei, volgens mij heb jij hem aardig zitten raken. Kom erin.'

Sleizner legde een arm op zijn schouder, liet hem binnen en deed de deur dicht. 'Het gebeurt niet elke nacht dat ik zulk hoog bezoek krijg.'

'Kim, sorry dat ik zo midden in de nacht binnen kom vallen, maar het leek mij het beste om maar meteen meer helderheid te krijgen,' zei hij, en hij liep door naar de woonkamer, waar hij wegzakte in een enorme gewelfde bank die midden in de kamer stond, voor het grootste tv-scherm dat hij ooit gezien had.

'Ja, het is inderdaad al laat. Maar goed, de schade is nu toch al geleden, zeg maar, en ik trek gewoon mijn overuren van jouw salaris af.' Sleizner begon te lachen. 'Rustig maar, dat was maar een grapje. Het is al goed. Wil je trouwens wat drinken? Je lijkt wel een hartversterkertje te kunnen gebruiken. Wat zeg je van een whisky? Ik heb een fantastische Glenfiddich van drieëntwintig jaar oud die je gewoon moet proeven.' Het laatste waar hij nu behoefte aan had, was nog meer alcohol. Toch knikte hij en pakte het glas aan; het had zo'n dikke bodem dat je het – hoe dronken je ook was – onmogelijk kon omstoten. Daarna proefde, of liever gezegd nipte hij van de whisky, die eigenlijk fantastisch lekker was. 'Nou? Niet verkeerd, hè?' Sleizner hief zijn glas, proostte en nam een slokje.

Zelf deed hij precies hetzelfde, waarna hij het glas op het dressoir zette, zijn keel schraapte, hoewel er niets weg te schrapen viel en probeerde hij wat meer rechtop te gaan zitten, alleen was dat niet zo eenvoudig in die diepe bank. Maar hij moest de controle over zien te nemen en laten zien dat hij de agenda voor dit overleg bepaalde.

'Toen we de auto van Mogens Klinge uit het water visten, zag ik een relatief eenvoudig onderzoek voor me,' zei hij, terwijl Sleizner overeind kwam en naar een glazen wandrek liep. 'Een onderzoek dat conform jouw wens snel zou zijn afgerond.'

'Ga door. Ik luister.' Sleizner pakte een afstandsbediening.

'Nu, drie dagen later, is het duidelijk dat ik het helemaal mis had. Niets bleek te zijn zoals we hadden verwacht. Er lijkt juist iets totaal anders achter te zitten, iets...'

'Wacht, ik wil alleen even iets laten horen,' onderbrak Sleizner hem, en hij richtte de afstandsbediening op de andere kant van de kamer. 'Ik heb dit een paar maanden geleden laten installeren, en dit geluid wil je niet missen. Ik zweer het je. Luister alleen hier eens naar.'

Algauw klonk Yes met 'Owner of a lonely heart' op zo'n luid volume dat de gesampelde gitaarriffs vermoedelijk helemaal in het hoofdbureau van de politie aan de overkant van het water te horen waren.

'Wees niet ongerust,' riep Sleizner, en hij zette de muziek nog harder. 'Ik heb het hele appartement laten isoleren, het is geluiddicht, dus wij zijn de enigen die kunnen genieten. Je moet toch toegeven dat dit absoluut van de buitencategorie is!'

Hesk knikte en besloot nog een slokje whisky te nemen. Op dit moment moest hij alle zeilen bijzetten om niet weer over zich heen te laten walsen.

'Voel je de bas?' ging Sleizner verder, en hij speelde luchtbas terwijl hij een paar duidelijk ingestudeerde dansbewegingen maakte op het tempo van de muziek. 'Er zit namelijk een subwoofer in die bank! Bizar eigenlijk, maar wel heel erg effectief als je dames op visite hebt!'

Hesk wilde net gaan lachen, zoals hij altijd deed als Sleizner met een van zijn slechte grappen kwam. Maar deze keer richtte hij zijn aandacht op de whisky, waardoor Sleizner het volume uiteindelijk zachter zette.

'Sorry, ik wilde je dit alleen even laten horen. Waar waren we? Je zei iets over dat je het mis had gehad.'

Hesk knikte en probeerde zich te herinneren wat hij had willen zeggen, maar besloot aan een heel andere kant te beginnen. 'Er hebben zich de laatste vierentwintig uur veel, hoe zal ik het zeggen, verrassende en vooral ernstige ontwikkelingen voorgedaan binnen het onderzoek.'

'Heerlijk dat er in elk geval wat gebeurt. Ik zal je eerlijk zeggen dat ik een beetje ongerust begon te worden. Maar dan zijn er misschien zelfs binnenkort wat resultaten te verwachten.'

Hesk knikte. 'Dat is in zekere zin ook de reden dat ik hier ben.'

'Oké. Spannend. Vertel. Tot welke conclusie zijn jullie gekomen?'

'Kim, ik ben hier niet om te vertellen, maar om te luisteren naar wat jij te zeggen hebt.' Er viel een stilte, een wending die de rest van het gesprek zou beïnvloeden, en hij kon gewoon zien dat Sleizner daar in zijn badjas hetzelfde dacht.

'Eh. Nu weet ik niet of ik het helemaal kan volgen.' Sleizner legde zijn hand op zijn borst. 'Wat bedoel je precies dat ik moet gaan doen?'

'Duidelijkheid brengen in bepaalde zaken.'

Sleizner knikte en toverde een glimlach op zijn gezicht. 'Ik zit niet boven op allerlei geheime informatie, maar als ik ergens mee kan helpen dan doe ik dat uiteraard graag.' Hij deed zijn badjas goed en trok de ceintuur wat aan. '*So bring it on, I'm at your service*, dan zullen we zien wat we kunnen doen.'

'Ken jij Jakob Sand? Die ondernemer.'

Sleizner, die net een slok whisky wilde nemen, liet zijn glas weer zakken. 'Nee, het enige wat ik weet, is dat dat die excentrieke zakenman is die vorig jaar heeft meegedaan aan *Let's dance* en toen gewonnen heeft.'

'Of de excentrieke zakenman die ervan werd verdacht een prostituee te hebben vermoord.'

'Werd hij daar niet van vrijgesproken? Dat is al zo lang geleden, ik kan het me niet meer precies herinneren.'

'Dat klopt. Geholpen door een DNA-analyse. Wel gek dat je dat niet meer weet aangezien jij dat onderzoek zelf hebt geleid.'

'Ja, maar je weet hoe dat gaat. We doen zoveel onderzoeken dat die uiteindelijk in elkaar overvloeien. Proost.' Sleizner hief zijn glas en nam een slok.

Hesk zei niets maar zat zijn chef te bestuderen, die duidelijk in het nauw was gedreven.

'Nou ja, misschien weet jij ook helemaal niet hoe dat gaat,' vervolgde Sleizner. 'Jij bent nog lang niet bij zoveel onderzoeken betrokken geweest als ik. Maar goed. Hoe komt die Sand in beeld?'

'We hebben een match met zijn DNA.'

'Aha, op die manier. En waar hebben jullie die monsters van afgenomen?'

'Bloed en huidschilfers onder de nagels van de vrouw.'

'Kijk eens aan. Goed werk.' Sleizner knikte en leek in gedachten verzonken. 'Heel mooi.'

'Maar jij kent hem dus niet?'

'Nee, helemaal niet. Hoe zou ik hem moeten kennen? Ik heb die vent nooit ontmoet.'

Sleizner zat hem dus gewoon voor te liegen. Dat hij niet altijd de waarheid sprak, was een onderdeel van zijn natuur, maar het was nooit zo duidelijk geweest als nu.

'Wat betreft DNA-monsters moet je één ding voor ogen houden,' ging Sleizner verder. 'In tegenstelling tot wat veel mensen denken, is dat beslist geen garantie dat de persoon in kwestie uiteindelijk ook wordt veroordeeld.'

'Als hij kon worden vrijgesproken, dan zou hij ook veroordeeld moeten kunnen worden.'

'Ja, maar er is iets wat je moet begrijpen. Alleen omdat er toevallig wat huid van hem onder haar nagels zit, hoeft dat niet te betekenen dat hij degene is die haar heeft vermoord. Als ze nou prostituee was, was ze misschien samen met Sand voordat ze Klinge ontmoette. En stel dat het er zo stevig aan toe ging dat ze hem heeft gekrabd. Het zou me niet verbazen als die Sand zo iemand is die daarop geilt. Het is zelfs gebruikelijker dan je zou denken dat alfamannen als hij niets anders willen dan gedomineerd worden.'

'Ik zou eerder zeggen dat zij gedomineerd werd. Niet Sand.'

Sleizner zuchtte. 'Ik zeg alleen maar dat – hoe graag je ook wilt – DNA niet overal het antwoord op is.'

'Nee, we moeten maar kijken waar het schip strandt als we

zover komen. We halen hem op voor verhoor en kijken wat hij te zeggen heeft.'

'Ja, dat lijkt me de enige redelijke optie.' Sleizner knikte en nam een slokje van zijn whisky. 'Heb je meer vragen waar ik geen antwoord op kan geven, of zijn we er nu zo'n beetje?'

'Ken jij een parkeergarage bij het Stadion van Østerbro?'

'Nee.' Sleizner schudde zijn hoofd. 'Ik weet niet zeker of ik de vraag goed begrijp. Waarom zou ik die moeten kennen?'

'Hij ligt bij Østerbrogade precies tegenover McDonald's.'

'Ik vraag het nogmaals. Waarom zou ik die moeten kennen? Daar zijn ik weet niet hoeveel parkeergarages.'

'Omdat jij daar gisteravond nog was nadat je bij mij thuis was geweest,' zei hij, zich er goed van bewust dat hij zich op glad ijs begaf met uitsluitend gegevens uit de tweede hand, via Dunja, als houvast.

'Hoezo "daar geweest"? Waar heb je het over? Waarom zou ik daar geweest zijn?'

'Dat was mijn volgende vraag.'

'Maar Jan, wacht nou eens even. Waar ben je eigenlijk mee bezig? Is dit een of ander verhoor of zo? Word ik ergens van verdacht en zou ik mijn advocaat moeten bellen?'

'Dat weet ik niet. Dat is waar ik achter probeer te komen.'

'Dan stel ik voor dat je nu opstaat en naar huis gaat, voordat je je in een dronken bui nog verder belachelijk maakt.'

Sleizner had ongetwijfeld gelijk. Dit was een gesprek dat hij in nuchtere toestand zou moeten voeren, maar het was nu even niet anders. Nu zat hij hier en had hij A gezegd, en als hij zijn chef een beetje kende, zou het nooit tot B komen als hij nu vertrok.

'Er zijn aanwijzingen dat jij de laatste tijd zeer frequent in die garage parkeert.'

'Hè? Sorry hoor, maar ik begrijp hier eigenlijk niets van.'

'Ik heb ook informatie waaruit blijkt dat jij afgelopen vrijdag samen met Jakob Sand en nog iemand hebt zitten lunchen bij Zeleste.'

Sleizner keek Hesk aan en schudde zijn hoofd. 'Oké, ik dacht eerst dat het een geintje was of dat ik het helemaal verkeerd had begrepen. Maar dat is klaarblijkelijk niet het geval. Je verdenkt mij echt serieus. Ik weet niet precies waarvan, maar in elk geval voldoende om je hele carrière op het spel te zetten. Goed, ik heb afgelopen vrijdag geluncht bij Zeleste. En ja, misschien was die Sand daar toevallig ook. Maar niet aan mijn tafeltje, want ik ken die man niet. Is dat nou zo moeilijk te begrijpen?'

'Ik probeer alleen mijn werk te doen.'

'Werk?' Sleizner snoof minachtend en trok de ceintuur van zijn badjas nog verder aan voordat hij zijn mobiel pakte, een nummer aanklikte en het toestel naar zijn oor bracht. 'Ik zou het eerder huisvredebreuk willen noemen. Ja, hallo... Dat is juist... Hesk. Jan Hesk. Perfect, bedankt.' Hij beëindigde het gesprek, liep naar de bank en ging op zijn hurken zitten om op ooghoogte met Hesk te komen. 'Jan, luister nou eens naar me. Je bent dronken en weet niet waar je mee bezig bent.'

Dronken voelde hij zich niet, mogelijk aangeschoten. Maar dat was nu helemaal niet van belang. Wat wel zo was, was dat hij ongetwijfeld veel te veel gedronken had om zijn plan hier, met Sleizner als tegenstander, op ordelijke wijze tot een succesvol einde te brengen.

'Nou ja,' ging Sleizner verder. 'Iedereen begaat wel eens een misstap. En wees maar gerust, ik zal dit door de vingers zien en morgen is alles gewoon weer zoals normaal. Je bent niet met de auto, hoop ik?'

'Ja, maar die staat bij Café Langebro, en daar kan-ie nog wel een tijdje blijven staan.'

'Goed, kom dan nu maar mee, dan help ik je naar beneden naar de taxi.' Sleizner kwam overeind en stak zijn hand uit. 'Jan. Kom op, voordat dit helemaal uit de hand loopt.'

'Bedankt, maar ik kan nog wel zelf naar beneden komen naar een taxi.' Hij sloeg zijn armen over elkaar en zag in dat de alcohol eigenlijk een hulpmiddel was. 'Maar pas als ik antwoord heb gekregen op mijn vragen.' Zonder drank had hij nooit durven doen wat hij al lang geleden had moeten doen.

'Antwoord geven op jouw vragen?' Sleizner schudde zijn hoofd. 'Zal ik jou eens wat zeggen? Nou? Wil je het echt weten? Dat is dat jij op dit moment bezig bent je eigen graf te graven. Snap je dat niet? Het is voor jou einde carrière als je op deze voet door blijft gaan.'

'Dan is dat maar zo. Dat neemt niet weg dat ik nog steeds wil weten waarom jij contact had met Jakob Sand en waarom jij van dezelfde parkeergarage gebruikmaakt als...'

'Verdomme, Jan! Wat heb je toch? Wat is er nou zo onduidelijk?' onderbrak Sleizner hem. 'Ik heb geen contact met Sand. Ik heb die man überhaupt nooit ontmoet! En die garage waar je maar over doorwauwelt.' Sleizner spreidde zijn armen. 'Geen idee. Misschien heb ik daar mijn banden wel laten vervangen of heeft mijn auto daar ooit een beurt gehad, misschien ook niet. Als er daar überhaupt een werkplaats is, dat weet jij vast beter dan ik. Maar dat doet er niet toe. Niets van dit alles doet ertoe, want nu wil ik dat je weggaat. Nu meteen. Is dat duidelijk? Sta op met die spillepoten van je en verdwijn.' Sleizner wees naar de hal.

'Toch is er één ding dat ik niet begrijp.' Hesk maakte geen aanstalten om op te staan. 'Als het nou zo is als jij beweert, dat jij Sand niet kent en hem überhaupt nooit ontmoet hebt.' Hij pakte het whiskyglas stevig beet en nam een flinke slok om niet slap over te komen. 'Hoe komt het dan dat jullie twee tijdens jullie gemeenschappelijke lunch bij Zeleste bespraken in hoeverre ik geschikt was om dit onderzoek te leiden? En kom dan meteen ook met een goede verklaring waarom Sand, een excentrieke zakenman die *Let's dance* heeft gewonnen, daarin geïnteresseerd zou zijn. En kom dan niet met iets als DNA aan.'

Sleizner keek Hesk aan met een blik alsof het nu pas tot hem doordrong dat hij zijn collega totaal verkeerd had ingeschat. 'Dus jij hebt mijn mobiel afgeluisterd? Is dat wat je achter mijn rug aan het doen bent? Traceren en afluisteren. En ik heb je nog wel deze mooie carrièresprong bezorgd terwijl je daar eigenlijk nog helemaal niet aan toe was. Verdomme, geef eens antwoord!'

'Ja, dat klopt,' zei Hesk. 'We hebben bepaalde maatregelen genomen.'

'En waarom dan in godsnaam, als ik vragen mag?'

'Daar kan ik om onderzoekstechnische redenen niet op in gaan. Het zou het beste zijn als je nu mee zou gaan naar het bureau en in de cel gaat overnachten, dan kunnen we de zaak morgen tijdens een echt verhoor verder ophelderen.'

'In de cel? Ben je wel goed bij je hoofd, incompetente klootzak? Wie denk je wel dat je bent? Nou?'

'Kim, dit is net zo moeilijk voor mij als voor jou.'

'Belt midden in de nacht aan en komt mijn huis binnenstiefelen, en denkt dan ook nog dat-ie mij zo kan beledigen.'

'Alsjeblieft, maak het niet moeilijker dan het al is.'

'Moeilijker? Jij kunt dat woord niet eens meer spellen als ik klaar met je ben. Ik zal je zo hard aanpakken dat je gaat wensen dat je moeder haar benen nooit had gespreid, die keer dat je vader haar een beurt wilde geven.'

Zich er goed van bewust dat dit allesbehalve loze dreigementen waren, zette hij zich schrap, pakte zijn glas en dronk het leeg voordat hij het woord nam. 'Kim, het zit zo. Wij weten dat jij in contact staat met Sand. Wij weten dat jij bij meerdere gelegenheden in die parkeergarage bij Østerbrogade bent geweest, en wij weten bovendien dat jij een tweede mobiel hebt, waarschijnlijk van een oud model, waarmee je onder andere via sms met Mogens Klinge hebt gecommuniceerd over zijn inwijdingsceremonie op 28 juli om 20.00 uur, wat dezelfde nacht was als waarin hij is overleden. Dat weten we allemaal al. Ik wilde je voornamelijk een kans geven om tekst en uitleg te geven. Maar dat kun je blijkbaar niet.'

Sleizner trok wit weg terwijl hij een paar keer slikte, alsof zijn maag zich wilde omdraaien. 'Oké,' zei hij uiteindelijk, en hij haalde zijn hand door zijn dunne haar. 'Je hebt gelijk. Het spijt me. Ik heb niet de hele waarheid verteld. Nee, eigenlijk niet. En nu vraag jij je natuurlijk af waarom niet, of ik iets te verbergen heb. De simpele verklaring is dat ik dacht en hoopte dat het niet nodig zou zijn. Dat het allemaal in orde zou komen als ik jou het onderzoek zou laten leiden en zelf op gepaste afstand bleef. Dat was natuurlijk verkeerd. Dat zie ik nu ook in. Helemaal fout, maar dat kan helaas niet worden teruggedraaid. Dat is eigenlijk alles.'

'Kim, het gaat wel om een moordonderzoek.'

'Je wilde een verklaring hebben, luister dan verdomme. Ja, ik had contact met Mogens doordat hij mocht toetreden tot onze loge.'

'Loge?'

'We vormen met een aantal mannen een clubje waar we samen dingen doen.'

'Zoals wat?'

Sleizner dacht even na voor hij antwoord gaf. 'Allerlei verschillende dingen, maar om jouw vraag te beantwoorden: we hebben soms seks met escortgirls. En ik wil even onderstrepen dat dat nog steeds niet onwettig is hier in Denemarken, net als alle andere dingen die wij daar doen.'

'Een vrouw wurgen zodat ze overlijdt, is voor zover ik weet nog steeds niet toegestaan.'

'Ik doelde meer op onze andere activiteiten. Wat er in dit geval is gebeurd, is natuurlijk zeer betreurenswaardig.'

'Misschien is dit het moment om te vertellen wat er gebeurd is.'

Sleizner knikte, waarna hij de whiskyfles haalde, zijn glas bijvulde en Hesk de fles voorhield. Die hield zijn glas omhoog, liet Sleizner het bijvullen, waarna ze zonder iets te zeggen of elkaar aan te kijken dronken. Toen de glazen leeg waren, trok Sleizner een stoel bij en ging hij tegenover Hesk zitten.

'Hoelang kennen wij elkaar en werken we al samen?'

'Twaalf jaar.'

'In september dertien. Ik herinner me nog als de dag van gisteren dat ik jou heb aangenomen. Ik kon direct zien dat je talentvol was, ondanks je relatief jonge leeftijd. Dat was gewoon zo. Maar dat was niet de reden dat ik jou heb aangenomen. Jij was beslist niet de beste kandidaat. Maar wat jij had, en al die anderen kwamen daar niet eens bij in de buurt, was de honger naar een carrière. Het straalde gewoon van je af dat je bereid was alles te doen om hogerop te komen.' Sleizner begon te lachen en schudde zijn hoofd. 'Veel mensen vinden dat verkeerd, maar ik zag mijzelf in jou, en als je het mij vraagt, is dat de beste drijfveer die er bestaat. Je wordt ambitieus en nauwkeurig, en vooral loyaal jegens degene die jou hogerop kan helpen.' Hij schonk nog een paar druppels in zijn glas en hield Hesk de fles voor.

'Het is goed zo, dank je.' Hesk stak een afwerende hand op.

'Mocht je je bedenken, dan hoor ik het wel.' Sleizner dronk zijn glas leeg. 'Ik weet dat ik hard kan zijn, en dat jij en ik wel eens wat wrijvingen hebben gehad. Maar ik heb nooit getwijfeld aan jouw vermogen om een onderzoek te leiden of aan jouw loyaliteit. Ik heb altijd op je kunnen rekenen, en jij hebt eigenlijk ook altijd op mij kunnen rekenen. Een symbiose waar we hopelijk mee door kunnen gaan, ook nu ik iets ga vertellen waarvan ik nooit had gedacht dit met een ander te hoeven delen.'

'Kim, ik zit midden in een moordonderzoek, en als blijkt dat jij iets hebt gedaan wat...'

'Jan, alsjeblieft,' onderbrak Kim hem. 'Als je wilt dat ik ga vertellen, laat mij dat dan doen. Op mijn manier. Het enige wat jij moet doen is luisteren en wachten tot ik klaar ben. Oké?'

Hesk knikte.

'Nadat ik een aantal maanden via sms contact had gehad met Mogens haal ik hem op de avond van 28 juli voor Station Østerport op,' vervolgde Sleizner. 'Eenmaal in de auto doe ik hem een blinddoek voor en rijd hem naar onze loge.'

'Die loge,' zei Hesk, hoewel hij had beloofd zijn mond te houden, 'ligt die in de buurt van die garage waar we het over hadden?'

'Daar kan ik helaas niet op ingaan, omdat dat in strijd is met onze statuten. Het is een geheim genootschap en ik kan hierover geen details aan de grote klok hangen.'

'Kim, dit is...'

'Een verhoor?' onderbrak Sleizner hem, en hij schudde zijn hoofd. 'Nee, dat is het niet. Ik zie geen opnameapparatuur of een advocaat naast me. Het enige wat ik zie zijn twee dronken collega's die met elkaar praten. Oké, de inwijdingsceremonie gaat van start zoals gepland, en een van de rituelen is dat je een escortgirl krijgt met wie je in principe alles mag doen wat je wilt. Binnen de grenzen van de wet, uiteraard. Dat is nooit een probleem geweest, maar deze keer loopt het helemaal uit de hand. Wij, de anderen dus, bevinden ons in de Kristalzaal en zitten te wachten tot hij klaar is, als we plotseling een schot horen afgaan.' Sleizner spreidde zijn handen. 'We begrijpen er niets van en Jakob Sand rent erheen om te kijken wat er gebeurd is. Dan blijkt dat Mogens, die idioot, een van zijn wapens bij zich had en dat dat meisje dat te pakken heeft gekregen. Om de een of andere reden had ze hem recht in zijn mond geschoten. Met andere woorden: een zuivere afrekening. Volgens Sand was dat meisje stapelgek en wierp ze zich krijsend op hem. Dit zijn zijn woorden, maar ik heb geen reden om hem niet te geloven. Hoe dan ook, hij grijpt haar uit pure zelfverdediging uiteindelijk bij haar keel in een poging haar rustig te krijgen. Maar ze gedroeg zich als een met rabiës besmette tijger en krabde en klauwde hem waar ze maar kon tot ze, wat ik ervan begrijp, levenloos op het bed in elkaar zakte. Zo ging het. Van het ene moment op het andere van alles naar niets. Sand kwam naar buiten rennen en ik werd erbij gehaald. Ik heb de hartslag van het meisje gecontroleerd en haar ademhaling, en kon alleen maar constateren dat ze was overleden.'

'Dus hij heeft haar gewurgd?'

'Ja.' Sleizner knikte. 'Maar dat was uit zelfverdediging. Dat wil ik echt onderstrepen. Pure zelfverdediging.'

'Maar waarom hebben jullie de politie niet ingeschakeld en aangifte gedaan?'

'Dat hadden we uiteraard moeten doen.' Sleizner schonk nog een glas whisky in en dronk dat in één teug leeg. 'Maar achteraf is het altijd makkelijk praten. Op dat moment heerste er volledige paniek. Iedereen schreeuwde door elkaar, en uiteindelijk heb ik de leiding genomen in een poging er het beste van te maken. Het grote probleem met een politieaangifte was dat dat in strijd zou zijn met een van onze meest fundamentele en essentiële regels. Onder andere die inzake ieders recht op volledige anonimiteit.'

'Dus jullie overtreden liever de wet dan dat...'

'Jan, ik weet precies wat je wilt zeggen.' Sleizner zuchtte. 'En nee, natuurlijk staan wij niet boven de wet. Dat is voor een buitenstaander misschien moeilijk te begrijpen, maar onze statuten zitten diep in alle leden verankerd, en dan bedoel ik tot in elke vezel, en ik kan je wel zeggen dat het hier niet om de eerste de besten gaat.'

'In mijn wereld is iedereen voor de wet gelijk.' Hesk hield hem zijn glas voor.

'In de mijne ook,' zei Sleizner, en hij vulde Hesks glas bij. 'De reden dat ik dit benadruk is dat jij mijn optreden gemakkelijker zult kunnen plaatsen.'

'Wat ik jou hoor zeggen is dat jij niets met die moorden te maken had.'

'Ja, dat klopt helemaal. Niet met die moorden zelf. Maar ik ben degene die Mogens had uitgenodigd en daarnaartoe had gebracht, en ik had uiteraard moeten controleren of hij niet gewapend was, wat ik niet deed. Daarnaast heb ik ook geregeld dat hij en het meisje daar werden afgevoerd.'

'Maar dat was in de auto van Mogens. Ik dacht dat je zei dat je hem met jouw auto had opgehaald.'

'Ik heb nooit gezegd dat het mijn auto was, maar dat was wel zo. Dus het eerste wat ik moest doen, was naar zijn huis rijden en zijn auto ophalen. Daarna heb ik alles gedaan wat ik kon om het erop te laten lijken dat ze in die auto wurgseks hadden gehad en dat hij zich daarna had doodgeschoten. Je vraagt je natuurlijk af hoe ik zo stom kon zijn, en het enige antwoord dat ik heb is dat ik uitsluitend bezig was – hoe verkeerd dan ook – om het probleem zo snel mogelijk uit de wereld te helpen.' Sleizner zweeg even en schudde zijn hoofd. 'Verder moet ik zeggen dat het extreme pech was dat dat verdomde mens in die kano nou net daar moest omslaan en die auto zag liggen. Ik had gehoopt dat het minstens een paar maanden zou duren. Dat jij en je nieuwe team veel scherper waren dan waar ik van was uitgegaan, maakte de zaak er niet beter op, ook al maakt het me ook trots.'

Hesk bestudeerde zijn chef toen hij zichzelf nog een glas whisky inschonk en met trillende hand leegdronk. Er was alle reden om aan te nemen dat hij de waarheid zat te verdraaien. Als er iemand was die je zonder met zijn ogen te knipperen een min of meer geloofwaardig verhaal kon opdissen, was het Sleizner wel.

Maar toch. Iets zei hem dat zijn chef deze keer volkomen eerlijk was geweest. Hij kon het natuurlijk niet zeker weten, maar er waren te veel dingen die Sleizner had gedaan en zonder omhaal had bekend om te denken dat hij loog.

Waar die plotselinge openheid door werd veroorzaakt, kon hij alleen maar naar raden. Misschien had Sleizner ingezien dat de hele zaak onhoudbaar werd. Dat hoe langer hij de waarheid omzeilde en rookgordijnen legde, hoe harder hij zou vallen. Of hij had het gewoon opgegeven en wilde niets liever dan de pijn zo kort mogelijk maken.

Feit was dat Sleizner niet iemand was die het zomaar opeens opgaf en plat op de grond ging liggen. Hij was als een das die zich vastbeet en pas opgaf als het geluid van verbrijzeld bot zijn oren bereikte, wat hem zei dat Sleizner waarschijnlijk niet voor niets al zijn kaarten op tafel had gelegd. Maar hoe dan ook, zijn plan was geslaagd en het onderzoek was op een haar na tot een succesvol einde gebracht. Hun hele gesprek was opgenomen op zijn mobiel. De gehele verklaring van wat er gebeurd was, en vooral Sleizners bekentenis die ongetwijfeld zou resulteren in een meerjarige gevangenisstraf. Nu moesten alleen Heinesen en de anderen van het team er nog bij worden betrokken en dan konden ze de zaak afronden.

'Jan, ik hoop dat je je ervan bewust bent dat dit iets is wat ik niet had hoeven vertellen,' ging Sleizner na de korte pauze verder. 'Ik had je op een heel ander, aanzienlijk eenvoudiger verhaal kunnen trakteren dat feilloos had aangesloten bij jouw bewijzen en mij had vrijgepleit. Maar dat heb ik niet gedaan, en wil je weten waarom?' Hesk kon niet eens zijn mond opendoen voordat Sleizner doorging.

'Omdat ik jou vertrouw. Als het niet was om onze wederzijdse loyaliteit had ik je nooit binnengelaten. Dan had je ook dit onderzoek niet mogen leiden – daar was geen denken aan geweest. Maar nu zitten we hier met de beste whisky die ik ooit heb geproefd, en voor het eerst in onze bijna dertienjarige vriendschap is het nu aan jou de beurt om wat voor mij te doen.'

'Kim, als je bedoelt dat ik dit allemaal onder het ta...'

'Hoho,' onderbrak Sleizner hem. 'Ik zou het bijzonder op prijs stellen als je mij helemaal zou willen laten uitpraten voordat jij met je bezwaren komt. Kun je je daar iets bij voorstellen?'

Hesk knikte.

'Mooi. En wees maar niet bang, het zal niet lang duren. Ik ben daar al min of meer. Het enige wat ik van je vraag, is dat jij doorgaat in dezelfde richting als je al bent ingeslagen en er naar beste vermogen voor zorgt dat je het onderzoek tot een succesvol einde brengt zodat iedereen blij en tevreden is. Dat is alles.' Voor de eerste keer sinds tijden verwaardigde Sleizner zich een glimlachje.

'Ik weet niet of ik het begrijp. Als ik doorga op de ingeslagen weg betekent dat dat ik...'

'Jan, je moet precies doen wat je van plan was voordat je hier naartoe kwam. Jakob Sand ophalen voor verhoor en hem het mes op de keel zetten. Doe het gewoon. Hij zal iets zeggen in de trant van dat hij die vrouw op zaterdagmiddag 28 juli had ontmoet en seks met haar had. Daarna zal hij verklaren dat het er zo heftig aan toe was gegaan dat ze hem tijdens de grande finale in zijn hals had gekrabd. Wat ze daarna had gedaan, wie ze had ontmoet en wat er toen was gebeurd, daar zal hij geen antwoord op kunnen geven omdat hij domweg geen idee heeft.'

'En dan? Wat gebeurt er daarna?'

'Je bedankt hem voor het gesprek en laat hem gaan. Daarna kun je kiezen. Of je gaat met hem verder en zoekt bewijs om hem veroordeeld te krijgen – je zult dan van de ene impasse in de andere belanden – of je zorgt dat je het onderzoek in de richting stuurt die je al had uitgezet toen je die twee lichamen in die auto voor het eerst zag. Dat Mogens Klinge haar tijdens de seksdaad heeft gewurgd en daarna zelfmoord heeft gepleegd. Met andere woorden: in de verste verte geen andere dader.'

'Maar zo is het helemaal niet gegaan.'

'Nee, dat is correct. Dat is niet de exacte waarheid. Maar wel een soortgelijke en volstrekt volwaardige variant ervan, net zoals wanneer je 9,50 afrondt op precies 10 kronen, en het is vooral het enige scenario waarbij je de boel kunt afronden en verder kunt gaan. Je kunt eeuwen met de waarheid bezig zijn, maar die zul je nooit kunnen bewijzen. Niet via incidenten of via technisch bewijs – waar jullie het meeste trouwens al van kwijt zijn.'

'Niet zijn mobiel. Die hebben we nog steeds. Die mobiel waarmee hij in contact stond met jou.'

Sleizner knikte glimlachend. 'Dat is waar. Als die oude gsm er niet geweest was, hadden we hier waarschijnlijk nooit zitten praten. De vraag is hoe je van plan was te bewijzen dat die met mij in contact stond? Je denkt toch niet dat ik zo stom ben dat ik die mobiel of dat abonnement nog heb?' Hij leunde voorover naar Hesk. 'Jan, waarom zou je dit niet proberen te zien als een mogelijkheid in plaats van je ertegen te verzetten en met je kop tegen de muur te lopen?'

'Een mogelijkheid?' Hesk snoof minachtend. 'Wat voor mogelijkheid?'

'Om nog een paar treden op de carrièreladder te stijgen en het van mij over te nemen. Wat zou je daarvan zegen?'

Hesk keek Sleizner aan in een poging vast te stellen of hij het meende.

'Ja, je hoort het goed,' vervolgde Sleizner. 'En laten we er niet omheen draaien, is dat niet precies wat je de hele tijd al wilde?'

'Maar ik begrijp het niet. En jij dan? Wat ga...'

'Eerlijk gezegd heb ik het nu wel zo'n beetje gezien.' Sleizner nam een slok van zijn whisky. 'Nou ja, zo'n beetje? Ik ben er eigenlijk wel klaar mee. Het voelt alsof ik mijn steentje wel heb bijgedragen bij de politie en dat het gewoon tijd is voor iets anders.'

'Voor wat dan?'

'De tijd zal het leren, maar de inlichtingendienst zou niet verkeerd zijn. Daar is immers net een vacature ontstaan, en ik ben ervan overtuigd dat ik op een dergelijke positie nuttig werk zou kunnen verrichten. Dus wat zeg je ervan?' Sleizner spreidde zijn handen. 'Dit is toch een te mooie kans om tussen je vingers door te laten glippen?'

Alles wat hij nodig had, had hij met zijn mobiel opgenomen. Meer dan dat zelfs. Het enige wat resteerde, was overeind komen en wegwezen. Maar iets in hem aarzelde en daardoor bleef hij op de bank zitten en vroeg hij zich af of dit echt gebeurde, of dat het gewoon iets was wat hij droomde terwijl hij ergens op Islands Brygge zijn roes lag uit te slapen.

'Die promotie waar je een paar weken geleden nog zo blij mee was, valt hierbij in het niet,' ging Sleizner verder. 'Je carrière komt nu echt in een stroomversnelling. Je zult op een heel andere manier kunnen werken, veel strategischer en meer overkoepelend.

Je stelt je verschillende teams precies naar eigen inzicht samen, en je hoeft niet een heleboel plaatsen delict te bezoeken en lange vergaderingen te houden om de betekenis van één klein haartje te analyseren. En als we eerlijk zijn is dat toch nooit jouw ding geweest. Het mijne ook niet, trouwens. Dat mogen anderen doen, die aan jou rapporteren. Als zij vorderingen maken, kun jij met de eer gaan strijken. En anders is het gewoon een kwestie van iemand de grond in trappen. Zo simpel is het.'

Hesk merkte dat hij zat te knikken en pakte zijn kin beet om dat te stoppen. Maar Sleizner had gelijk. Ook al stuitte het hem tegen de borst om het toe te geven, hij had altijd al chef willen worden. Op welk gebied was eigenlijk nooit zo belangrijk geweest, zolang hij maar iemand was met wie rekening gehouden moest worden. Dat het in zijn geval binnen het politiekorps speelde, was voornamelijk toeval.

'Neem alleen al je salaris, dat ik trouwens net heb verhoogd,' ging Sleizner in steeds hoger tempo verder. 'Dat zal worden verdubbeld, net als dat je kantoor twee keer zo groot wordt, als je het mijne overneemt. Of nee, wacht, dat is zelfs drie keer zo groot als dat van jou. Jan, snap je wat ik zeg? We hebben het over een totale verbetering op alle fronten.'

Hesk knikte weer, en deze keer deed hij niets om daarmee op te houden. Het maakte niet uit dat het door de alcohol kwam. Net zoals Sleizner had onderstreept, was dit een aanbod dat hij niet zomaar kon afslaan, en om zijn eigen overtuiging een handje op weg te helpen, hield hij zijn glas omhoog en dat werd onmiddellijk bijgevuld.

'Vanaf nu zul je een vrijheid hebben die je niet eens voor mogelijk had gehouden,' zei Sleizner, en hij tikte zijn glas tegen dat van Hesk. 'Neem alleen Lone al. Ik zal me niet met jullie relatie bemoeien, maar zij leek mij niet de gezelligste toen ik haar onlangs bij jullie aan tafel zag zitten. Dat kan natuurlijk allerlei redenen hebben, maar in mijn ogen zag ze er nogal, wat zal ik zeggen, afgemat uit. In jullie nieuwe leven zou zij bijvoorbeeld niet meer hoeven te werken. Jij zorgt voor de centjes en zij kan haar dagen besteden met naar de sportschool gaan om van die extra kilo's af te komen die ze gekweekt heeft.'

Sleizner hief opnieuw zijn glas en Hesk volgde zijn voorbeeld, niet zeker wetende of dat was om te toosten of zijn gevoel verder te verdoven.

'Ik bedoel: als we eerlijk zijn, lijkt het me geen pretje om met haar naar bed te gaan terwijl al dat vet om haar heen flappert. Uiteindelijk weet je niet of je een borst of een vetrol aan het kneden bent.' Sleizner nam lachend een slok.

Maar ondanks zijn roes begon het Hesk duidelijk te worden.

'En als dat nog niet genoeg zou zijn om jou te overtuigen, heb ik nog een troef in handen. De ultieme troef, als je het mij vraagt. Namelijk het lidmaatschap van onze kleine loge.' Sleizner zweeg terwijl hij knikte om het tot Hesk te laten doordringen. 'Helaas kan ik je niet vertellen welke anderen er lid zijn voordat je tot lid bent verkozen en bent ingewijd. Maar dat maakt niet uit, want je zou me toch niet geloven. Ik heb het over de crème de la crème. *Top of the bill.* Daar gebeurt het gewoon. Bij ons kleine clubje worden de daadwerkelijke beslissingen genomen. Daar hoor jij gewoon thuis.' Sleizner stak zijn hand uit voor een handdruk. 'Dus, wat zeg je ervan?'

Hesk keek omlaag naar de uitgestoken hand en richtte vervolgens zijn blik omhoog en keek Sleizner recht in de ogen. 'Ik denk dat ik nu moet gaan.'

'Gaan? Je kunt nu toch niet zomaar opstappen? Niet nu we het net gaan vieren en zo.'

Hesk zette zijn glas neer, kwam overeind en bood weerstand aan het alcoholpercentage in zijn bloed. 'Ik geef je tot acht uur om te bedenken wat je wilt,' zei hij, en hij voelde dat hij een dikke keel had van de whisky.

'Nee, wacht nou even, Jan. Denk nou nog een keer goed na over wat je zegt voor het te laat is.'

‘Of je geeft je om uiterlijk acht punt nul nul uur vrijwillig aan, of ik vaardig een arrestatiebevel uit en zorg dat je wordt opgepakt.’

‘Nee.’ Sleizner schudde zijn hoofd. ‘Nee, nee, nee, dat mag je niet zeggen, Jan. Dat is niet redelijk.’

‘Dat is het enige redelijke, en dat weet jij net zo goed als ik.’

‘Niet na alles wat ik in al die jaren voor je gedaan heb. Dat kan niet. Wij zijn tot elkaar veroordeeld, of je dat nou wilt of niet. Maar hé.’ Sleizner stak zijn handen in de lucht. ‘Ik snap best dat dit allemaal wat overweldigend is en dat je niet meteen ja kunt zeggen. Dat is logisch. Slaap er een nachtje over en dan praten we morgen verder als we weer nuchter zijn. Zullen we dat afspreken? Morgen. Ik zal je een eersteklas lunch aanbieden, en dan kunnen we alle details in alle rust doorspreken. Klinkt dat niet goed?’

Hesk stond daar maar omlaag te kijken naar zijn chef en zag voor het eerst hoe sneu hij eigenlijk was zoals hij daar zat in zijn badjas, die voortdurend opengleed. Opnieuw wist hij niet wat hij moest zeggen, maar dat maakte nu niets meer uit. Alles was al gezegd. Alle woorden waren verbruikt en dreigden alleen maar te verwateren als ze herhaald werden.

‘Nou, zullen we dat afspreken?’ ging Sleizner verder. ‘We zien elkaar morgen en dan praten we verder, en als je vragen hebt kun je die gewoon stellen. Wat dan ook. Dat maakt niet uit. Ik smeek het je.’ Sleizner gleed van zijn stoel, ging op zijn knieën voor Hesk zitten en vouwde zijn handen. ‘Zie je? Ik zit zelfs op mijn blote knieën. Als je geen lid wilt worden van de club, *fine*, dat is oké, ik snap het, dat wil niet iedereen, ook al ben ik ervan overtuigd dat je het heerlijk zou vinden. Maar misschien is er iets anders wat je zou willen hebben. Wat dan ook. Gewoon zeggen en aanwijzen, dan regel ik dat. *You name it*.’

Hesk vroeg zich af of hij nog iets zou zeggen, hem bedanken en tekst en uitleg zou geven, maar hij besloot hem gewoon de rug toe te keren en naar de uitgang te lopen. Achter zich meende hij te horen dat Sleizner met een zware zucht overeind kwam, toen plotseling twee handen hem bij zijn enkels grepen en zijn benen met zo'n stevige ruk naar achteren trokken dat hij pardoes voorover viel, veel te dronken om zich tijdig met zijn handen te kunnen tegenhouden.

'Sorry, Jan. Sorry, dat was niet de bedoeling,' hoorde hij Sleizner zeggen terwijl hij bedwelmd en met een bloedsmaak in zijn mond op zijn rug rolde en moeizaam wist te gaan zitten. 'Maar ik kan je niet gewoon zomaar laten gaan. Dat begrijp je toch wel? Niet nu ik alles heb verteld.'

'Dat is precies wat je moet doen,' zei hij, en hij veegde het ergste bloed met de achterkant van zijn hand weg voordat hij kracht verzamelde om weer overeind te komen. 'Je moet mij laten gaan en nadenken over wat je wilt. Je hebt tot acht uur de tijd.'

'Maar dat kan ik toch niet.' Sleizner greep hem bij zijn jasje om hem op de grond te houden. 'Heb je dat niet begrepen, Jan? We moeten er als twee volwassen mannen over kunnen praten. Toch? We kunnen moeilijk...'

'Kim, laat me los,' zei hij, en hij probeerde zo rustig mogelijk te klinken. 'Er valt niets meer te zeggen. Niet onder deze omstandigheden.'

'O, zeker wel. Er is ik weet niet hoeveel om over te...'

'Ik heb die executie vandaag gezien,' onderbrak Hesk hem, hoewel hij had besloten daarmee te wachten tot het officiële verhoor. 'Ik heb met eigen ogen gezien hoe ze het mes recht onder zijn kin erin staken en het bloed gewoon lieten stromen tot het voorbij was.'

'Executie? Waar héb je het over?'

'Weet je dat niet? Dat is vreemd, gezien het feit dat het dezelfde mannen waren die mij van het podium hebben gedragen. Dat wil zeggen: jóúw mannen.'

Sleizner verstijfde terwijl zijn pupillen zich ondertussen samentrokken tot twee zwarte speldenkoppen. 'Dunja... Jij hebt Dunja ontmoet.' Hij liet Hesks colbertje los. 'Dat is de enige verklaring. Jij hebt contact gehad met Dunja.'

Hesk kon zien dat de paniek zich als een olievlek door Sleizners lijf verspreidde. Zijn gezicht werd steeds bleker terwijl zijn ademhaling sneller en oppervlakkiger werd, alsof hij elk moment kon flauwvallen.

Maar in plaats daarvan werd alles hemzelf zwart voor de ogen, en toen hij zijn ogen weer opendeed zag hij in dat hij opnieuw op de grond lag. Deze keer met zijn kaak uit de kom en Sleizner die schrijlings op zijn borst zat met zijn knieën zo stijf tegen zijn armen geperst dat hij zich niet kon bewegen.

'Kim,' wist hij ondanks de pijn uit te brengen. 'Waar ben je in godsnaam mee bezig?'

'Ik? Dit heb je helemaal aan jezelf te danken.' Sleizner knoopte zijn colbertje open. 'Want ik heb dit niet gewild. Helemaal niet zelfs,' ging hij verder, terwijl hij de stropdas van Hesk losmaakte en er zo aan trok dat beide uiteinden even lang werden. 'Ik heb er juist alles aan gedaan om te zorgen dat het niet zover zou komen.' Daarna legde hij er een knoop in en trok deze met beide handen aan. 'Dat is toch zo, of niet dan?'

Hesk probeerde antwoord te geven, maar kon geen woord uitbrengen.

'"Of niet dan?" vroeg ik.'

Ook al kon hij nog steeds ademhalen, de stropdas zat zo strak om zijn keel dat zijn stembanden inmiddels buiten werking waren.

'Maar je hebt mij geen keus gelaten.' Sleizner trok nog harder. 'Dat begrijp je toch wel? Jij hebt jezelf in dit verdomde parket gebracht. Dat je dat niet snapt, sukkel die je bent.'

De pijn was niet het ergste. Ook niet de gestaakte bloedtoevoer waardoor zijn hoofd en de aderen in zijn hals elk moment konden knappen. Het ergste was de druk op zijn luchtpijp en het gevoel dat hij weer in de tweede klas zat op het schoolplein en geen trap tegen de bal kon geven omdat iemand zijn astmamedicijnen had afgepakt.

'Ik heb nooit iemand om het leven gebracht. In al die jaren niet één keer.' Sleizner trok de stropdas zo hard aan dat Hesk niet alleen voelde, maar ook kon horen dat het kraakbeen in zijn keelholte verbrijzelde. 'Dit is de eerste keer. Vat je dat? De eerste keer. En dat is jouw schuld, Jan. Je eigen verdomde schuld! Als je mijn voorstel maar geaccepteerd had, was dit allemaal niet nodig geweest. Maar je kon het niet laten, hè? Je moest zo nodig tot het gaatje gaan, hoewel ik je gewaarschuwd had. Hoewel ik alles gedaan heb om te zorgen dat je het zou begrijpen en je de ene kans na de andere heb gegeven. Maar je moest toch doorgaan. Jij hebt mij hiertoe aangezet. Jij en niemand anders! Niet waar, Jan? "Niet waar?" vroeg ik!'

Maar Hesk kon geen antwoord geven. Hij kon niet eens meer een poging doen.

DEEL II

6–8 augustus 2012

Eindig of niet. Die eeuwige vraag.

Niets is voor eeuwig. Zelfs het universum niet. Voor mij is de vraag altijd geweest wat er daarna komt. Wat er schuilgaat achter de oneindigheid. Misschien is het slechts het einde van het begin. Het enige wat ik met zekerheid weet, is dat de woorden zijn opgedroogd en hun betekenis hebben verloren. De bereidheid ook om het te proberen uit te leggen. Te vertellen.

Eenmaal op dat punt beland, hoef je alleen je pen maar neer te leggen en op te staan. Weg te lopen bij je bureau en woorden om te zetten in daden.

35

'Ik kan je telefoontje helaas nu niet beantwoorden, dus spreek een bericht in of – nog liever – stuur een sms'je, dan bel ik je zo snel mogelijk terug.'

Morten Heinesen drukte het gesprek weg, legde zijn mobiel op tafel en ontmoette Hemmers en Bernstorffs vragende blikken.

'Misschien heeft-ie zich gewoon verslapen.' Hemmer haalde zijn schouders op. 'Hij zag er gisteren op z'n zachtst gezegd nogal moe en afgepeigerd uit.'

Heinesen schudde zijn hoofd. 'Ook al is hij bekaf, Jan is niet iemand die zich verslaapt.'

'Misschien is hij een beetje depri en wil hij even alleen zijn,' zei Bernstorff.

'Depri?'

'Ja, na gisteren, toen zijn verdenkingen jegens Sleizner niet bleken te kloppen. Daar had hij al zijn geld op ingezet, dus toen we een match kregen met Jakob Sand was het alsof alle kracht uit hem wegvloeide. Hebben jullie dat niet gemerkt?'

Hemmer knikte. 'Was dat met Sleizner sowieso niet een beetje vreemd? Ik bedoel, oké, Kim Sleizner is blijkbaar niet het braafste jongetje van de klas. Maar dat uitgerekend hij achter die moorden zou zitten, een collega aanstelt om het onderzoek te leiden en als dat vervolgens niet loopt zoals gepland, dat hij dan die hele operatie op touw zou zetten om de sporen uit te wissen – met alle risico's van dien om ontdekt te worden?' Hij schudde zijn hoofd. 'Nee, het is zoals met de meeste samenzweringstheorieën.

Het hele plaatje is gewoon niet houdbaar.'

Bernstorff knikte. 'De vraag is of hij überhaupt hier op de afdeling verder kan. Ik zou me in elk geval niet erg op mijn gemak voelen als ik in zijn schoenen zou staan.'

'Misschien dat hij er daarom niet is. Ik bedoel, we zijn tenslotte door Sleizner bijeengeroepen voor deze briefing. Hij wil horen hoe ver we gekomen zijn in het onderzoek.'

'Nee, dat is duidelijk,' zei Heinesen. 'Dat is niet iets waar Hesk naar zou uitkijken, maar hij zou zich nooit zomaar terugtrekken. Nooit.'

'Oké, maar hij is er in elk geval niet,' zei Bernstorff, en ze wierp een blik op haar horloge. 'Wat zeggen jullie ervan, zullen we toch maar vast beginnen? Ik heb namelijk een aantal dingen die ik met jullie zou willen doornemen voordat Sleizner er is.'

'Je denkt aan Jakob Sand?' vroeg Hemmer.

'Ja, feit is dat we niet de hele dag hebben als we hem willen ophalen voor verhoor. Het kleine beetje dat ik over hem weet, maakt de kans zeer groot dat hij plotseling op het idee komt om het land te verlaten met een van die privéjets van hem. Wat zeg jij ervan, Morten?' Ze wendde zich tot Heinesen. 'Zouden we nu niet vrij snel actie moeten ondernemen?'

Hij was helemaal niet voorbereid op die vraag. En al helemaal niet op het feit dat hij degene was die de knoop moest doorhakken. Hij was juist altijd dat kleine grijze muisje dat niemand ooit opmerkte, en nu was hij opeens de meest ervaren persoon in de ruimte.

Het liefst had hij gewild dat Hesk alsnog opdook, zodat ze even konden afstemmen voordat Sleizner de boel kwam overnemen. Nu waren de strategische beslissingen opeens aan hem, alleen omdat Hesk zich verslapen had, of wat er ook gebeurd was. Hij had er nooit naar gestreefd een onderzoek te mogen leiden, had ook geen carrière willen maken. Hij was dik tevreden met zijn positie en had moeite om zichzelf op de bestuurdersstoel te zien zitten, dat was eigenlijk onmogelijk.

'Oké,' zei hij, en hij knikte in een poging om die rol tijdelijk en zo goed mogelijk op zich te nemen. 'Laten we beginnen.'

Bernstorff kwam overeind en liep naar het whiteboard, waar ze een van de stiften pakte en een paar lijnen trok. 'Zoals jullie weten staat zijn huis sinds gisteravond onder observatie, en volgens degenen die daar posten is Sand vanochtend om halfdrie thuisgekomen, dus het is geen al te wilde gok dat hij nog ligt te slapen wat, als jullie het mij vragen, een uitstekend moment is om hem op te halen.'

Heinesen knikte opnieuw. Daar had ze beslist een punt, er was geen tijd te verliezen. Sand moest zo snel mogelijk worden verhoord. In het gunstigste geval konden ze hem voldoende onder druk zetten voor een bekentenis, waarna het onderzoek zo goed als afgerond was.

Toch was hij er niet voor de volle honderd procent bij met zijn hoofd. Dat Hesk niet kwam opdagen, was onrustbarend, en ergens had hij moeite te geloven dat hun collega zich gewoon had verslapen doordat zijn telefoon leeg was of zo. Dat zou de Hesk die hij kende nooit overkomen. Aan de andere kant was hij de laatste dagen zichzelf niet.

Al vanaf de eerste dag van het onderzoek was hij ongewoon nerveus overgekomen, alsof hij onder zware druk stond. Zo erg zelfs dat hij gisteravond haast manisch was geweest. En nu, de volgende ochtend, was hij opeens verdwenen.

'Oké.' Bernstorff trok een laatste lijn op het whiteboard. 'Zoals jullie zien was tekenen op school niet mijn beste vak, maar met een beetje fantasie moet dit het huis van Sand voorstellen. Het ligt op de hoek van Frydendalsvej en Jacobys Allé in stadsdeel Fredriksberg. Het heeft vier ingangen, aan elke kant eentje, plus een brandtrap die van de bovenverdieping naar het dak van de garage loopt. Nu denk ik eerlijk gezegd niet dat hij zal proberen te vluchten als we bij de voordeur aanbellen. Maar we moeten voor de zekerheid volgens mij minstens zes...' Ze werd onderbroken door Heinesens mobiel die op tafel begon te zoemen. 'Is het Hesk?'

Heinesen pakte zijn mobiel, zag een nummer dat hij niet herkende en nam op. 'Met Morten.'

'Morten Heinesen?' klonk een vrouwenstem.

'Ja, dat klopt. Met wie spreek ik?'

'Jij bent een van de collega's van Jan Hesk, toch?'

'Ja, dat klopt. Wij werken veel samen.'

'Mooi. Ik wist niet zeker of dit het juiste nummer was.'

'Sorry, maar met wie spreek ik?'

'Met Lone. Lone Hesk, de vrouw van Jan.'

'Aha, hallo. Fijn dat je belt. We vragen ons namelijk af waar hij blijft. Een halfuur geleden stond er een bespreking op de agenda.'

'Och, jezus...' Je hoorde haar hijgen en moeite doen om niet in huilen uit te barsten. 'Dus jullie weten niet waar hij is?'

'Nee, wij dachten dat hij zich misschien gewoon had verslapen en gingen ervan uit dat hij hier elk moment zou opduiken.'

'Ik had al zo'n gevoel, echt waar. Gisteren voelde ik al dat er iets niet klopte. Ik had lekker gekookt, kip in de oven, daar houdt hij zo van, en rabarbertaart met vanillesaus als toetje. Ik had zelfs een van zijn lievelingswijnen in de koeling gelegd. Wij hebben het de laatste tijd namelijk, wat zal ik zeggen, een beetje moeilijk. Hoewel ík eigenlijk voornamelijk boos op hém was, en nu wilde ik proberen...'

'Lone,' onderbrak hij haar, en hij wachtte tot ze haar mond hield. 'Is Jan gisteren niet thuisgekomen?'

'Nee, en hij belt altijd om te zeggen als het laat wordt. Altijd. Maar gisteren niet. Hij heeft niet gebeld, en ik wilde hem ook niet bellen omdat ik weet dat jullie midden in een moordonderzoek zitten en niet gestoord willen worden. Maar ik heb toch gebeld, en toen was het al ik weet niet hoe laat, maar hij nam niet op. Nu ook niet. Ik heb het al een heleboel keer geprobeerd, maar ik krijg telkens zijn voicemail.'

De deur ging open en Sleizner kwam binnen. 'Goedemorgen, goedemorgen.'

'Wat moet ik doen?' ging Lone aan de andere kant van de lijn verder. 'Stel dat er wat met hem gebeurd is.'

Sleizner deed de deur achter zich dicht en nam tegelijkertijd alle aanwezigen in zich op. 'Heeft iedereen goed geslapen?'

Hemmer en Bernstorff knikten.

'Mooi. Ik hoorde dat jullie gisteravond nog laat aan het werk waren, en dan is het de volgende dag soms maar lastig op gang komen.'

'Dat valt wel mee hoor,' zei Bernstorff. 'We gaan dit oplossen.'

'Mooi. En ik wil jullie ook beslist niet storen tijdens het werk, ik was alleen benieuwd hoe het gaat en waar in het proces jullie je bevinden.'

'Lone,' zei Heinesen. 'Er is vast niets aan de hand, maar zou ik je over zo'n twintig minuten kunnen terugbellen? Ik zit hier namelijk midden in een andere zaak.'

'Maar er is hem toch niets overkomen? Nee toch?'

'Niet dat ik weet, en als er wat ernstigs gebeurd was, had ik dat beslist geweten. Ik bel je straks terug en dan praten we verder. Zullen we dat afspreken?'

'Oké. Ik ben thuis, dus je kunt gewoon bellen. Graag zo gauw mogelijk.'

Heinesen drukte het gesprek weg en wendde zich tot Sleizner en de anderen. 'Dat was Jan z'n vrouw. Ze is ongerust en bang dat hem wat is overkomen.'

'Ja, ik wilde net vragen waar hij uithangt.' Sleizner keek om zich heen. 'Ik dacht dat hij druk bezig zou zijn jullie bij te praten.'

'Nee, we weten eigenlijk niet waar hij is. Ik heb hem geprobeerd te bellen, maar er wordt niet opgenomen, en volgens zijn vrouw Lone is hij gisteravond niet thuisgekomen.'

'O jee.' Sleizner keek de anderen aan. 'Dat klinkt niet zo best. Helemaal niet. Wanneer hebben jullie hem voor het laatst gezien?'

'Gisteravond tijdens de bespreking,' zei Hemmer.

Sleizner knikte en wreef over zijn kin. 'Denken jullie dat het wat met het onderzoek te maken kan hebben?'

Heinesen haalde zijn schouders op. 'Ik heb eerlijk gezegd geen idee. We hebben gisteren uitsluitsel gekregen over de DNA-monsters van de huid onder de nagels van de vrouw, en die bleken afkomstig van Jakob Sand.'

'Jakob Sand?' Sleizner keek alsof hij het verkeerd had gehoord.

'Ja, je weet wel, die ondernemer die...'

'Ik weet wie Sand is. Maar jullie denken toch niet dat hij achter die moorden zou zitten?'

'Er is aardig wat dat daarop wijst,' zei Heinesen.

'Nu we het daar toch over hebben, denk ik dat we niet veel langer moeten wachten met hem op te halen voor verhoor,' zei Bernstorff.

'Nee, zeker niet.' Sleizner schudde zijn hoofd. 'Als jullie een DNA-match op hem hebben, is het gewoon een kwestie van doorpakken zodat het zo snel mogelijk wordt opgelost.'

Bernstorff knikte en kwam overeind.

'Maar hou het wel een beetje discreet,' ging Sleizner verder. 'Gezien zijn bekendheid moeten we proberen niet te veel ophef te veroorzaken. In elk geval niet voor we het zeker weten. Er kan immers een andere verklaring zijn.'

'Absoluut. Wij gaan in burger en bellen gewoon aan bij de voordeur,' zei Bernstorff, en ze verliet de vergaderkamer.

'En wat doen we met Hesk?' Heinesen hield zijn mobiel in de lucht. 'Ik heb zijn vrouw beloofd terug te bellen.'

'Je bedoelt Lone,' zei Sleizner. 'Laat mij dat maar doen. Geen probleem. We hebben elkaar regelmatig ontmoet tijdens etentjes in de tijd dat ik nog getrouwd was, dus we kennen elkaar vrij goed. Maar ik moet zeggen dat de hele zaak me geen goed gevoel geeft.' Hij keek de andere kant op. 'Wat zei ze toen je met haar sprak?'

'Dat hij gisteren niet had gebeld en ook niet thuis was gekomen, en dat ze het de laatste tijd wat moeilijk hadden samen. Zij was voornamelijk kwaad op hém en leek een slecht geweten te hebben.'

'Dat is dan misschien meteen de verklaring,' zei Hemmer. 'Wellicht is hij gewoon naar een hotel gegaan om een beetje rust te krijgen na al dat geruzie.'

'Nee, dan ken jij Hesk niet.' Sleizner schudde zijn hoofd. 'Dat is niks voor hem. Hij is de ordelijkheid zelve en zou nooit zomaar van de radar verdwijnen tijdens een lopend onderzoek waar hij zelf bovendien verantwoordelijk voor is. Is er nog meer naar voren gekomen, buiten die DNA-monsters? Iets waar Hesk zich mee kan hebben beziggehouden en waardoor hij op de een of andere manier...' Sleizner spreidde zijn handen uiteen en zuchtte. 'Tja, geen idee. Waardoor hij in de problemen is geraakt? Welke dat ook kunnen zijn.'

'Het is een onderzoek dat zich naar meerdere kanten vertakt,' zei Heinesen. 'Zoals die oude mobiel die hij bij Klinge thuis had gevonden met daarop een aantal tekstberichten die erop zouden duiden dat Klinge mocht toetreden tot een of ander geheim genootschap.'

'Geheim genootschap.' Sleizner begon te lachen. 'Tja, waarom niet? Dat zou me niet verbazen, niet van Klinge en niet van Sand, als ik eerlijk ben.' Hij schudde zijn hoofd. 'En die oude mobiel. Waar is die?'

'Bij Hesk thuis. Er is hier ingebroken en we zijn een heleboel bewijsmateriaal kwijtgeraakt.'

'Ja, ik heb het gehoord. Absurd gewoon. Maar mocht blijken dat die mobiel belangrijk is, dan komt-ie vanzelf wel weer boven water. Net als Hesk hopelijk. Trouwens, hebben jullie geprobeerd de mobiele telefoon van Sand te traceren?'

'Jazeker, gisteren al, meteen nadat we een match kregen op die DNA-monsters,' zei Hemmer.

'En waar was die toen?'

'In een parkeergarage bij Østerbrogade, en het gekke is dat hij zich daar de laatste nachten bevonden lijkt te hebben.'

'Waarom zou dat zo vreemd zijn? De eigenaar doet wat alle anderen ook doen en parkeert zijn auto daar.'

'In dat geval parkeert hij zijn telefoon daar ook, omdat die de garage niet één keer heeft verlaten, dat is pas het geval als hij weer wegrijdt, en dat is vaak uren later.'

Sleizner knikte en wreef weer over zijn kin. 'Ja, dat klinkt inderdaad wat vreemd.' Hij wendde zich tot Heinesen. 'Wat zeg jij, Morten? Misschien moet je er eens een kijkje gaan nemen. Wie weet. Er bestaat een kans dat Hesk daar gisteravond op weg naar huis is langsgereden. Als we geluk hebben, zijn er misschien zelfs bewakingscamera's daar die ons een paar antwoorden kunnen geven.'

Heinesen knikte en kwam overeind, op de een of andere manier opgelucht dat iemand anders het roer had overgenomen, maar ook bezorgd. Niet alleen over wat er met Hesk was gebeurd, maar misschien vooral over het vage gevoel dat de laatste minuten steeds sterker was geworden sinds Sleizner de leiding had overgenomen.

36

Fabian gaf zijn sleutels, portefeuille en mobiel af, werd gefouilleerd en moest door de scanner voordat hij door een van de vele gangen van het detentiecentrum verder werd begeleid. Een paar afgesloten deuren en hekken later kwam hij in een bezoekersruimte die, buiten een tafel voor vier, een bank en een bed, was opgeleukt met plastic bloemen voor het van tralies voorziene raam en een paar clown-aquarellen in pastelkleuren aan de muren.

Hij dacht na over het berichtje dat hij van Ingvar Molander thuis in de kelder had ontvangen en realiseerde zich dat hij zich het woordelijk herinnerde, tot op de komma.

Hallo Fabian,
Ik heb het gehoord van je zoon Theodor, gecondoleerd. Er gaan geruchten en ik hoor dingen hier in de gevangenis. Dingen die interessant zouden kunnen zijn. Als je meer wilt weten, moet je maar langskomen. Ik heb, zoals je weet, alle tijd van de wereld.
Vriendelijke groeten, Ingvar Molander

Het bericht had alles in hem op zijn kop gezet. Van te hebben besloten om niet meer te gaan wroeten in de omstandigheden rond de dood van zijn zoon, en in plaats daarvan alle energie te steken in Sonja en Matilda en de aanstaande begrafenis, deed hij nu precies het omgekeerde.

Hij trok een van de stoelen naar achteren, ging aan tafel zitten en gaf met een knikje aan de bewaker die met hem mee was gekomen te kennen dat hij gerust weg kon gaan. Het voelde goed dat hij de eerste was. Dat Molander naar hém toe kwam en niet andersom.

Vijf weken. Zo kort was het pas geleden dat hij de eigen forensisch rechercheur van de politie van Helsingborg in Norra Hamnen had opgepakt. Hij had toen nergens anders aan kunnen denken. Het enige wat telde was voldoende sluitend bewijs verzamelen voor een veroordeling, zodat hij nooit weer op vrije voeten zou komen. Sindsdien had hij er geen seconde meer aan gedacht. Het was of Molander en alle moorden die hij had gepleegd in één klap uit zijn geheugen waren gewist en tot iets geworden waren waar hij hoogstens in de krant over gelezen had. Dat zijn voormalige collega zich niet meer dan een paar honderd meter van het hoofdbureau van de politie bevond in afwachting van zijn rechtszaak, maakte niet uit. Een rechtszaak waarvan iedereen verwachtte dat die zou resulteren in levenslang. Molander zelf waarschijnlijk ook.

Hij maakte zich er dan ook geen zorgen over – dat kwam nu pas, nu hij hier met tegenzin zat te wachten. Had Molander een joker in zijn mouw? Was deze ontmoeting eigenlijk een onderdeel van iets groters, iets wat de hele aanklacht zou kunnen dwarsbomen?

Hij kon het niet voorspellen. Dat kon je bij Molander nooit.

Daarom voelde hij zich nimmer op zijn gemak in het gezelschap van zijn collega. Hoewel ze samen enkele van de meest gecompliceerde moordzaken van het land hadden opgelost, had hij altijd het gevoel gehad dat er van alles kon gebeuren als zij zich in dezelfde ruimte bevonden. Dat juist Molander de laatste was die je achter je wilde hebben.

Hij wist niet of de anderen van het team dat gevoel ook hadden. Velen werden ongetwijfeld om de tuin geleid door Molanders enorme deskundigheid. Dat hij bovendien een enorm gevoel voor humor had, was ook een pluspunt. Er was niemand die zo goed de stemming erin kon houden als Molander, hoe macaber het onderzoek waar ze aan werkten ook was.

Je zou gemakkelijk kunnen denken dat Molander altijd vrolijk deed om de stemming voor het team wat te verlichten, dat dat iets was wat hij deed voor het team. Zo had hij er zelf ook altijd over gedacht voordat het wantrouwen bij hem de overhand begon te krijgen. Maar voor Molander ging het altijd gewoon om het onderzoek waar ze op dat moment mee bezig waren. Hoe weerzinwekkender en wreder de dader te werk was gegaan, hoe beter Molanders humeur. Hij had zich ook tot in de perfectie laten inspireren door hun wapenfeiten.

Er gaan geruchten, had er in het berichtje gestaan. Dat verwees naar Theodors zelfmoord. Meer was niet nodig geweest om naar datzelfde nummer terug te bellen om meer te weten te komen. Maar de beltoon loste op in het niets, en hij had uiteindelijk moeten accepteren dat hij een fysiek bezoek zou moeten brengen.

'Kijk eens aan, daar is-ie,' riep Molander toen hij de bezoekersruimte in kwam vergezeld door een gevangenbewaarder. '*The man, the myth, the legend*, en niet te vergeten mijn oude lievelingscollega. Wat leuk om je te zien. En hoe was het ook alweer? Drink je nog steeds het liefst espresso?'

Fabian knikte en vroeg zich af of hij zou opstaan om hem te begroeten, maar hij bleef zitten.

'Ik heb zelf moeten wennen aan de filterkoffie hier, die heeft zo'n hoge pH-waarde dat die elke maag kan ontregelen,' ratelde Molander maar door. Hij was blijkbaar in een stralend humeur. 'Maar misschien kunnen we een kleine uitzondering maken en om twee echte cappuccino's vragen, nu er gewichtig bezoek is.' Hij wendde zich tot de bewaker in de deuropening en vouwde zijn handen. 'Alsjeblieft.'

'Oké. Ga ik regelen,' zei de bewaker, en hij draaide zich om en liep weg.

'O, ik ben je eeuwig dankbaar. En als het niet te veel gevraagd is graag een laagje kaneel en kristalsuiker erbovenop,' riep Molander hem na voordat hij tegenover Fabian plaatsnam. 'Je moet weten, ze hebben een echte espressomachine in de personeelsruimte. Dat is vast om ons gewone stervelingen te pesten. Maar ze wisten niet eens hoe die werkte voordat ik hier kwam.' Hij schudde zijn hoofd, zweeg en keek Fabian aan. 'Echt leuk om je te zien. Ik wist niet zeker of je zou komen omdat ik, zoals je vast wel zult begrijpen, dat bericht niet van mijn eigen mobiel kon versturen.'

'Ik denk eigenlijk dat jij überhaupt geen berichten zou moeten kunnen versturen.'

'Nee, dat is waar.' Molander begon te lachen. 'Dat is ongeveer net zo taboe als een lekker kopje espresso. Maar nu ben je in elk geval hier, en het is al een tijd geleden dat ik je gezien heb.'

'Negenendertig dagen,' zei Fabian zonder een spier te vertrekken. Het laatste wat hij wilde was doen of hij het ook gezellig vond.

'Dus jij telt de dagen ook. Interessant.' Molander knikte. 'Het is alsof ons beider leven voor altijd verbonden zal zijn met die datum, 28 juni 2012. Wie weet.' Hij haalde zijn schouders op. 'Misschien zullen we er op een mooie dag samen een boek over schrijven.'

'Ik tel de dagen niet. Ik heb het alleen gecheckt voordat ik hiernaartoe kwam. Verder ben ik daar niet mee bezig, en met jou al evenmin.'

Molander antwoordde met een glimlach. 'Herinner je je nog de eerste keer dat wij elkaar ontmoet hebben? Jij was net in Helsingborg komen wonen en zou eigenlijk nog vakantie hebben, en ik had eindelijk een plaats delict in het handenarbeidlokaal van de Fredriksdalsschool waar ik me in kon vastbijten. Een onderzoek dat iets bijzonders bleek te zijn, vergeleken met al die gewone en fantasieloze zaken. En toen viel mij al op dat jij dingen zag die niemand anders zag. Toch heb ik je onderschat.' Hij begon te lachen en schudde zijn hoofd. 'Het was niet dat ik me er niet van bewust was dat jij met dat geheime onderzoek naar mij bezig was. Dat begreep ik meteen al. Feit was dat ik dat zelfs zag als een...'

'Je schreef iets over geruchten in verband met de dood van mijn zoon,' onderbrak Fabian hem.

'Waarom zo'n haast?'

'Omdat ik niet de hele dag de tijd heb.'

'Maar ik wél, en dat behoeft natuurlijk geen verdere uitleg.' Molander wendde zich tot de bewaker die met twee kopjes cappuccino op een dienblad binnenkwam. 'Wow, Bengan, je lijkt jezelf deze keer te hebben overtroffen. Als ik had gekund, had ik je een fikse fooi gegeven.' Hij schoof het ene kopje naar Fabian toe en bracht het andere naar zijn mond en nam een slok.

'Mmm... helemaal perfect. Ik heb het zelfs voor elkaar gekregen dat ze goede bonen zijn gaan kopen en een echte koffiemolen. Proef maar, dan zul je het wel merken.'

'Ingvar, ik ben hier niet om gezellig oude herinneringen op te halen. Ik ben hier omdat jij mij een berichtje hebt gestuurd waarin je...'

'Weet je dat jij de eerste bent die me komt opzoeken?' onderbrak Molander hem, terwijl hij van zijn koffie nipte. 'Niemand van het team is langs geweest, hoewel we min of meer buren zijn. Zelfs Gertrud heeft me niet eens een bezoekje gebracht. Zeg nou zelf, is dat niet een beetje laks?'

'Dat weet ik niet. Ze ligt nog steeds in het ziekenhuis en is onder behandeling.'

'Wat ik ervan heb gehoord, is ze alweer op de been en druk bezig met revalideren, dus een wandelingetje hiernaartoe zou haar alleen maar goeddoen.'

'Dus jij denkt niet dat jouw poging haar om te brengen haar enthousiasme enigszins heeft getemperd? Je hebt haar wel opgesloten in een ondergrondse kelder en haar daar gewoon zo laten liggen.'

'Nou ja, poging...' Molander haalde zijn schouders op. 'Geloof me. Als ik had gewild dat ze zou sterven, had ze zich heel ergens anders bevonden dan in een revalidatiekliniek. Bovendien heeft ze daar maar een paar dagen gelegen. Dat is niets vergeleken met hoelang wij getrouwd waren. Bijna vijfendertig jaar. Dat is meer dan Sonja en jij gaan redden, dat geef ik je op een briefje.'

'Laten we het liever over die geruchten hebben. Wat heb je eigenlijk gehoord?'

'Je weet hoe het gaat, hoe er in dit soort instellingen op de gangen gefluisterd wordt. Het is nog net geen vrouwengevangenis, daar is het vast nog erger.' Molander begon weer te lachen. 'Als je de helft gelooft van wat er gezegd wordt, is het onwaarschijnlijk dat je het hier meer dan een jaar uithoudt. Geloof je een tiende, dan ben je gewoon naïef.' Hij schudde zijn hoofd. 'Maar toen ik hoorde wat er over Theodor werd gezegd, bestond daar geen twijfel over. Ik heb, zoals je vast wel weet, jou en je gezin sinds het voorjaar gevolgd, en ik kan helaas niet zeggen dat het me erg heeft verbaasd, die jongen leek er erg slecht aan toe.'

'Die geruchten,' zei Fabian, en hij had moeite om zijn emoties in bedwang te houden. 'Vertel liever over die geruchten.' Dat was namelijk precies wat Molander wilde. 'Al het andere kun je met je therapeut bespreken of met iemand anders die ernaar wil luisteren.' Een spelletje met hem doen en hem rondjes laten lopen in de manege tot alles overkookte.

'Waarom zou ik in therapie gaan?' Molander dronk van de koffie. 'Mijn zoon heeft geen zelfmoord gepleegd. Ik ben niet degene die al het andere belangrijker vond dan er voor hem te zijn toen hij mij het hardste nodig had.'

'Daar weet jij niets van.'

'Nee, dat is waar. Wie ben ik dat ik denk te weten hoe jij je voelt? Je bent immers hartstikke succesvol. Knap dat je zowel mij als de Dobbelsteenmoordenaar wist op te pakken. Dus wat dat betreft kun je tevreden zijn. Dondert niet dat het je zoon zijn leven kostte. We stellen allemaal zo onze prioriteiten, niet waar?'

Fabian kwam overeind en zijn hele aandacht was erop gericht die beweging zo kalm en rustig mogelijk te laten zijn. 'Ik kan maar beter gaan, denk ik.'

'Nu al? Je hebt je koffie nog niet eens geproefd.'

'Ik ben niet zo van de kaneel en de suiker.' Hij liep met kalme, beheerste passen naar de deur. Dat Molander er alleen maar op uit was te etteren, zou hem niet moeten verbazen. Eerst de ene voet, daarna de andere. Natuurlijk had Molander de behoefte om wraak te willen nemen, zijn vinger daar in te prikken, waar de pijn het hevigst was.

'Hij heet Preben,' zei Molander op het moment dat Fabian zijn hand op de deurkruk legde. 'Degene die hierheen werd gebracht nadat hij een paar maanden in Helsingør had gezeten.'

Hij wilde gewoon de deur opendoen, naar buiten gaan en dit allemaal achter zich laten. De boel afsluiten en de sleutel simpelweg weggooien. Maar hij maakte al aanstalten om zich om te draaien.

'Nou,' ging Molander verder, terwijl hij weer van zijn koffie nipte. 'Hadden zijn ouders humor of hadden ze gewoon een slechte dag toen ze bedachten dat ze hun zoon Preben zouden noemen? Preben, zo ouderwets, hadden ze geen fantasie? Ik vraag me af wat het Zweedse equivalent zou zijn? Wat denk jij? Sven, of misschien wel Fabian?'

Fabian gaf geen antwoord, stond daar met een lege blik op zijn oud-collega gericht.

'Nou ja, maakt ook niet uit. Wat ik wilde zeggen was toen hij hoorde dat jij en ik collega's waren geweest, vertelde hij dat er een bevel was uitgevaardigd aan de Deense bewakers. Een bevel van de hoogste leiding dat ze met alle denkbare middelen jouw zoon geestelijk moesten laten instorten tot hij... Tja, tot hij er gewoon aan onderdoor ging.' Molander begon te lachen. Een lach die volstrekt misplaats was. 'En misschien denk je nu dat dat mijn woordkeus was, maar dat is niet zo. Dat was precies wat ze hadden gezegd. *Tot hij er aan onderdoor ging.* Alsof hij een porseleinen pop was die je gewoon kon stuktrappen.'

Fabian zei niets. Uiterlijk leek hij volkomen onaangedaan.

37

Het gevoel dat ze aan haar vingertoppen hing, had Dunja al de hele nacht in zijn greep. Op het moment dat ze het niet meer zou volhouden en de rand zou loslaten, zou ze vallen en alles zou met haar omlaag storten, de zwarte, bodemloze diepte in. In de eeuwige duisternis. Dat de zon buiten nog hoog aan een wolkeloze hemel stond, deed daar niets aan af. Alles zou voorbij zijn.

Fareed worstelde waarschijnlijk met hetzelfde als zij, in een poging de beelden van de terechtstelling van Qiang, die daar op zijn knieën had gezeten in afwachting van er wat zou gebeuren, te verwerken en te bewerken. De schok, die toch totaal was geweest toen het mes in zijn hals werd gestoken, voor haar en voor Hesk en Fareed. Maar dat was niets vergeleken met hoe het voor Qiang moest zijn geweest.

Ze had het in zijn blik gezien. De verschrikkelijke pijn, maar vooral ook verwondering over wat er eigenlijk gebeurde. Over hoe juist hij daar beland was. En net zoals zijn hart onwetend bloed uit zijn mond en zijn hals was blijven pompen, kon ze alleen maar hopen dat hij het ook niet begrepen had voor het voorbij was.

Tot nu toe hadden Fareed en zij het er niet over gehad. Ze hadden überhaupt niet met elkaar gesproken. Ze had zo nu en dan een poging gedaan een gesprek op gang te brengen, maar had direct duidelijke signalen gekregen dat hij daar nog niet aan toe was. In plaats daarvan domineerde de stilte, en daarin hadden ze provisorisch een vorm van eensgezindheid gevonden die hen in elk geval heelhuids door de nacht heen had geholpen.

Ze waren om beurten gaan slapen, ieder telkens één uur, terwijl de ander het gebied rond de bestelauto met behulp van de camera's in de gaten hield of ervoor zorgde dat de auto in beweging was om op die manier de accu op te laden en al te nieuwsgierige ogen te vermijden.

Ze waren nu zo'n twee uur terug in de binnenstad, waar ze vanaf een lege parkeerplaats op Vester Søgade op gepaste afstand ieder met een verrekijker tussen de treurwilgen door naar het zwarte pand met de pionnen aan de overkant van het Sankt Jørgens-meer konden kijken om te controleren of ze geen ongenode gasten kregen.

Ze konden onmogelijk weten waar Qiang aan was blootgesteld voordat de camera was aangezet. Of de twee mannen hem hadden laten prijsgeven waar zij hun verblijfplaats hadden en hoeveel ze wisten. Maar daar was niets aan te doen. Ook al liepen ze het risico om regelrecht in de val te lopen, ze konden het huis niet zomaar in de steek laten. Daar hadden ze de meeste apparatuur, maar vooral hun bewijsmateriaal, en als in een gemeenschappelijke ingeving deden ze hun kijkers omlaag en keken ze elkaar aan.

'Wat vind je?' vroeg ze. 'Zullen we het erop wagen?'

Fareed knikte, waarop ze de bestelauto verlieten en in de schaduw van de bomen langs het meer liepen, langs het Tycho Brahe-planetarium en verder rond, voortdurend rondspeurend naar onnatuurlijke bewegingspatronen bij de vele voorbijgangers. Maar ook bij het stelletje op het bankje dat in een vertrouwelijk gesprek tegen elkaar geleund zat, de oude man die bij het water de eendjes aan het voeren was of de hijgende joggers die bezweet en met een rood gezicht langsrenden.

Maar alles en iedereen kwam normaal over, en al snel konden ze zich door de dichte haag om het huis persen, waar ze even afwachtten voordat ze de hoek om liepen naar de ingang.

Eenmaal binnen keken ze om zich heen naar tekenen dat er iemand geweest was, maar alles zag eruit zoals ze het de vorige dag hadden achtergelaten. Het ingedroogde koffiekopje naast het geopende zakje *Djungelvrål*, de superzoute dropjes. De snoeren die van het ene apparaat naar het andere liepen in een wirwar van verschillende kleuren, onmogelijk te ontwarren. De onopgemaakte matrassen op de grond en de bedompte, wat naar zweet ruikende lucht. Alles was zoals anders. 'Misschien heeft hij toch niks losgelaten,' zei ze, en ze schudde de laatste dropjes uit het zakje.

'Nee, misschien niet.' Fareed liep naar zijn werkplek, waar hij een van de computers dichtklapte, de snoeren eruit trok en oppakte.

'Voordat we beginnen moeten we misschien eerst eens even bespreken hoe we verdergaan. Of we hier blijven of ergens anders heen gaan. En, in dat geval, wat we meenemen.'

'Je doet maar,' zei Fareed terwijl hij het moederbord loskoppelde. 'In praten ben jij goed. Ik pak alleen mijn spullen, dan ben ik weg.'

'Hè? Hoe bedoel je "weg"? Heb ik iets gemist? Je kunt mij toch niet zomaar in de steek laten met al die spullen hier?'

'O, reken maar, en dat is ook precies wat ik ga doen,' zei Fareed, en hij ging verder met het loskoppelen van printkaarten en andere kleine units, en stopte ze in zijn rugzak.

'O ja? En waar was je dan van plan naartoe te gaan, als ik vragen mag? Terug naar dat flatje van je? Nou, succes!'

Fareed begon te zuchten voordat hij zich uiteindelijk naar haar omdraaide. 'Vanaf nu is het maar beter dat we zo weinig mogelijk van elkaar weten.'

'Even voor mijn begrip. Een paar dagen geleden had je het er al over om het op te geven omdat je meende dat we niks tegen Sleizner hadden. Dat we alle mogelijkheden hadden uitgeput, en dat het gewoon iets was wat ik me had ingebeeld. En nu ga je ervandoor omdat je weet dat het in werkelijkheid allemaal precies omgekeerd is.'

'Formuleer het zoals je wilt, wat voor jou het beste aanvoelt. Dat maakt mij niet uit, ik ben hier zo snel mogelijk weg.'

'Ja, dat heb ik begrepen. Maar wat ik niet begrijp is hoe jij verdomme denkt. Meen je nou echt dat we dit zomaar ongestraft kunnen laten passeren? Dat ze jouw beste vriend gewoon voor je ogen mogen ombrengen, of nee, executeren. Is dat wat je bedoelt? Dat het verzamelen van die verdomde printkaarten het enige is wat voor jou van belang is?'

Fareed keek haar aan. 'Dit is jóúw oorlog. De jouwe, niet de mijne.'

'Misschien was het mijn oorlog, maar nu niet meer. Niet na wat er gebeurd is. Het zou nu meer dan ooit ónze oorlog moeten zijn.'

'Er is zoveel wat zou moeten. Qiang en ik hadden dit zinkende schip al heel lang geleden moeten verlaten. En wil je weten waarom we dat niet gedaan hebben? Nou? Wil je dat echt weten? Omdat je ons salaris gaf. Jij wilt vast iets anders geloven, zodat het beter aanvoelt, maar jouw geld was de enige reden dat we gebleven zijn. En denk je dat Qiang het dat achteraf waard vond? Dus ja, ik denk aan mijn printkaarten, maar ik denk vooral aan mijn leven.'

'Oké, dus jij meent serieus dat je hier gewoon naar buiten kunt wandelen en dat het dan wat jou betreft voorbij is?'

'Hij heeft het op jou voorzien, niet op mij.'

'Op dit moment, ja. Maar zodra hij klaar is met mij, sta jij vrij hoog op zijn lijstje. Zo werkt het bij hem namelijk. Daar kickt hij juist op, en voor hem zal dit nooit voorbij zijn. Hij zal blijven doorgaan tot iemand hem een keer tegenhoudt.'

'Ja, je hebt ongetwijfeld gelijk,' zei Fareed terwijl hij de laatste spullen in zijn rugzak stopte. 'En juist daarom ben ik van plan mezelf onvindbaar te maken.'

Dunja zuchtte. Ze wilde wat zeggen. Iets wat hem op andere gedachten kon brengen, maar alles was al gezegd. 'Oké,' zei ze uiteindelijk en ze knikte. Alle woorden waren verbruikt. 'Dat is het dan.' Ze spreidde haar handen, voornamelijk omdat ze niet wist waar ze ze moest laten. 'Het ga je goed, waar je dan ook van plan bent naartoe te gaan.'

Fareed knikte en trok de rits van zijn rugzak dicht. 'En over salaris gesproken, je bent me juli nog verschuldigd.'

'Absoluut. Geen probleem. Zal ik regelen.'

'Oké.' Fareed bleef knikken alsof hij ook niet wist wat hij moest doen. Daarna draaide hij zich om en hing de rugzak over zijn schouder. Als laatste haalde hij zijn mobiel uit zijn zak en legde die op tafel, samen met de huissleutels en de sleutel van de bestelauto. 'Dan ga ik maar.' Hij zwaaide een beetje onhandig en liep richting de deur. Dunja stond hem na te kijken. Ze wilde hem terugroepen. Dreigen met een pistool, als ze dat gehad had, en hem dwingen zijn verstand te gebruiken. Maar dat was precies wat hij had gedaan, dat zag ze nu ook wel in. Er was niets voor hem om naar terug te keren. Geen plan. Geen route of richting. Niets anders dan het inzicht dat ze verloren hadden.

Toch bleef hij staan en draaide hij zich om. Niet omdat hij wat vergeten was of van gedachten was veranderd, maar door de stemmen. De Engelssprekende stemmen buiten.

Er was geen tijd om na te denken en de verschillende alternatieven tegen elkaar af te wegen. Er waren geen alternatieven. De mannen waren al druk bezig de deur in te trappen, die zo meteen zou bezwijken. Ze keken elkaar aan, meer was niet nodig om het eens te worden. Op het moment dat het geluid van de deur die werd ingetrapt hen bereikte, waren ze al de trap op geklommen naar haar slaapzolder, waar ze niets anders konden doen dan hopen dat de mannen meer geïnteresseerd zouden zijn in de apparatuur daarbeneden en wat daar eventueel in te vinden zou zijn, dan dat ze naar hen op zoek gingen.

Het klonk in elk geval niet alsof een van hen op weg was naar boven. Het klonk zelfs niet eens alsof ze iets zochten. In plaats daarvan werd er iets op de grond gezet, iets hards, misschien metaalachtigs, terwijl ze tegen elkaar praatten, of eerder mompelden. Vlak daarna meende ze water te horen klotsen, alsof ze het koffiezetapparaat bijvulden of zoiets. Maar dat kon niet kloppen.

Waren ze echt zo ontspannen dat ze de tijd namen voor een kop koffie?

Daarna werd het stil. Doodstil. Zelfs de mompelende stemmen waren niet eens meer te horen.

Ze keek Fareed aan en zag dat hij, net als zijzelf, alleen maar durfde af te wachten tot de mannen zouden vertrekken. Ondertussen bleef het stil, alsof ook de stilte zelf haar adem inhield wachtende tot er wat zou gebeuren.

De geur deed haar uiteindelijk inzien dat de mannen het huis hadden verlaten. Die prikkende brandlucht.

'Kom,' zei ze, en ze ging snel naar beneden. 'Voordat het te veel om zich heen grijpt.'

Maar eenmaal beneden zag ze dat de meeste technische apparatuur al in lichterlaaie stond en dikke zwarte rook veroorzaakte, die snel de hele kamer vulde.

'Ik haal de brandblusser,' riep Fareed, en hij snelde naar het keukentje.

Maar het vuur had zich al zo ver verspreid dat je door de hitte niet dichtbij genoeg kon komen om te blussen.

'Het is te laat,' riep ze tegen Fareed. 'Het gaat al te hard!' Ze kon niet begrijpen hoe dat zo snel had kunnen gaan. Niet voordat ze de vlammen zag die zich aan beide kanten over de vloer verspreidden en haar omsingelden met een muur van vuur. Het was niet het geluid van water dat ze had gehoord, maar van benzine.

'Dunja, we moeten eruit,' riep Fareed bij de ingang. 'We moeten...'

Verder kwam hij niet voordat de ingang explodeerde in een vuurzee en een drukgolf veroorzaakte die zo krachtig was dat ze omver werd geblazen.

Nee, niet Fareed, was haar eerste gedachte toen ze bijkwam en zijn stem niet hoorde. Niet hij ook. 'Fareed,' riep ze, en ze probeerde weer overeind te krabbelen. 'Fareed!' Maar het geluid van het steeds feller oplaaiende allesvernietigende vuur overstemde haar.

Het brandde echt overal, en toen haar benen begonnen te schrijnen en ze zag dat de vlammen van de vloerplanken al naar haar broek waren overgeslagen, trok ze haar trui omhoog over haar hoofd en wierp ze zich door de vlammenzee naar buiten, waar ze op de grond zakte terwijl de vlammen nog steeds aan haar benen likten, maar die ze niet langer voelde.

De benzine voelde ze daarentegen wel. De nu nog koude benzine die over haar heen werd gegoten. Hier hadden ze dus gestaan. De twee mannen. Hier hadden ze staan wachten tot ze naar buiten zou komen.

Het enige wat niet klopte, was de geur. Of liever gezegd: het ontbreken van de geur. Hoe dat kwam, zag ze toen een paar handen haar trui uittrokken en de duimen voorzichtig haar ogen opendeden, zodat ze kon zien dat het Fareed was.

Meer dan dat was niet nodig om het haar te laten begrijpen.

Geen woorden.

Alleen een blik.

Vanaf nu was het hún oorlog.

38

Eigenlijk zou Lone Hesk buiten op het terras moeten zitten. De zon scheen en daar was het vast goed toeven. Maar ze had geen puf om zich te vertonen aan de buren en de mensen die langsliepen op straat. Die waren vast gaan vermoeden dat er iets niet in de haak was. Zo'n buurt was het namelijk. Als er maar iemand zijn kleine teen verstuikte, kwam het roddelcircuit op gang. Daarom zat ze liever hier onder de afzuigkap achter de gesloten gordijnen en vulde ze haar longen met de kalmerende rook, terwijl ze de ene sigaret aanstak met de andere. Ze nam nog een paar trekjes, hoewel het niet echt lekker meer was.

Maar ze had het nodig. Om niet te bezwijken onder de stress moest ze iets doen wat in elk geval een illusie gaf van rust. En wat moest ze anders dan in de keuken zitten wachten tot er iets zou gebeuren?

Ze nam een nieuw trekje, inhaleerde zo diep ze kon en keek omhoog naar de loeiende afzuigkap boven haar. Alsof die de zaak zoveel beter maakte. Dat koolstoffilter was al jaren niet vervangen en het enige wat hij deed, was de baklucht, of in dit geval de sigarettenstank door het hele huis verspreiden. Dat ze nog steeds niet zo'n ventilatiekanaal hadden laten aanleggen, zodat de lucht ook daadwerkelijk naar buiten werd afgevoerd, was gewoon onbegrijpelijk.

Benjamin was in elk geval in slaap gevallen en Katrine was met een vriendinnetje weggefietst om te gaan zwemmen bij het Amager Strandpark. Tot nu toe had ze hun nog niets verteld, maar Benjamin voelde aan dat er iets was en was bij het minste of geringste gaan huilen. En gisteravond, toen ze naar het nieuws zaten te kijken, had Katrine gevraagd of ze gingen scheiden. Gewoon zo uit het niets. Ze had heel verkeerd gereageerd, was met stemverheffing gaan praten en boos geworden, wat het tegenovergestelde effect had gehad en had aangetoond wat een gevoelig punt het eigenlijk was.

Maar de waarheid was dat ze Jan juist nu meer miste dan in jaren. Plotseling kon ze niet één voorbeeld bedenken van de miljoenen dingen waar ze zich gewoonlijk aan ergerde.

Het enige waar ze aan dacht, was hoe lief en zorgzaam hij was. Hoe loyaal en betrouwbaar. En knap. Dat viel haar elke keer op als ze haar mobiel pakte en een foto van hem opzocht. In tegenstelling tot veel andere mannen van zijn leeftijd had hij al zijn haar nog en had hij geen rimpels en wallen onder zijn ogen. Toch was ze zo boos en gefrustreerd dat ze elke keer klaagde, wát hij ook deed. Op het laatst hoefden ze zich alleen maar in dezelfde ruimte te bevinden of ze ging al over de rooie.

Tot aan vanochtend was ze ervan overtuigd geweest dat hij uit puur zelfbehoud eieren voor zijn geld had gekozen en haar verlaten had. Dat hij had gedaan waar zij de afgelopen jaren al zo vaak aan had gedacht, maar er nooit de consequenties aan had durven verbinden. Alsof hij haar idee had gepikt en nu een stap voor lag om met de rest van zijn leven te beginnen.

Toen ze moed had gevat en zijn werk had gebeld, was ze pas echt ongerust geworden, en ze was er nu van overtuigd dat er echt iets ergs gebeurd was, wat haar deed verstijven van angst.

Hoe moest ze het zien te rooien? Neem alleen al de babywinkel, die kon niet eens zijn eigen huur betalen. Die zou ze moeten sluiten, en misschien was dat wel het beste, ook al kreeg ze zure oprispingen van de gedachte om weer achter de kassa van de Føtex te moeten gaan zitten. Ze zou het huis moeten verkopen, en ze zouden naar een of andere krappe huurflat moeten verhuizen, ver van…

Ze schrok van het felle geluid van de deurbel en liet haar sigaret vallen, die met een kort gesis in haar koffiekopje uitging. Ze kwam overeind, liep naar de hal en maakte de buitendeur open.

Het was vast Adam. Hij was huisman en zorgde voor de kinderen terwijl zijn vrouw werkte, en ze hielpen elkaar om de dagen door te komen. Ging zij niet naar hem, dan kwam hij wel bij haar langs.

Ze hadden niks gedaan, nog niet, maar ze flirtten wel met elkaar, en telkens als ze elkaar zagen vibreerde de lucht door iets wat helemaal niets met liefde te maken had. Het was onhoudbaar en ooit zouden ze te ver gaan, dat wisten ze allebei. En als dat eenmaal gebeurde, zou het over zijn. Daarom had ze geprobeerd het te rekken en zo lang mogelijk te genieten van hun verboden spelletje. Maar vandaag niet. Nu wilde ze gewoon alleen zijn en daar onder de afzuigkap zitten.

Ze deed open en wilde net zeggen dat ze zich niet lekker voelde, toen ze zag dat het Adam helemaal niet was, maar Jans chef, Kim Sleizner.

'Hallo Lone,' zei Sleizner met een glimlach. 'Mag ik binnenkomen?'

Ze wilde nee zeggen en hem vragen weg te gaan. Al sinds die keer jaren geleden, toen ze bij hem thuis een etentje hadden gehad, had ze zich vies gevoeld onder elke blik die hij haar toewierp. Desondanks knikte ze en deed ze een stap opzij zodat hij binnen kon komen.

'Ik kom vooral om te kijken hoe het met je is,' ging hij verder, op weg naar de keuken, waar hij bleef staan en zich naar haar omdraaide. 'Dus hoe gaat het?'

'Eh, ja... Ik weet het niet zo goed.' Ze haalde haar schouders op en wilde alleen maar dat hij zou vertrekken. 'Het is, hoe zal ik het zeggen, moeilijk als je niets weet. Om hier thuis in onzekerheid te verkeren. Trouwens, jullie hebben toch niets gehoord, hè? Nee toch?'

Sleizner schudde zijn hoofd. 'Nog niet. Maar dat zal niet lang meer duren, dat beloof ik je. Ik heb opdracht gegeven alle middelen in te zetten, zodat het niet onnodig lang zal duren. Dus wat er ook gebeurd is, binnenkort weten we meer.'

'Het klinkt haast alsof jij al weet dat er iets gebeurd is,' zei ze, en ze voelde de tranen opkomen. 'Iets ernstigs.'

'Nee, nee, nee.' Sleizner begon te lachen, terwijl hij opnieuw zijn hoofd schudde. 'Op dit moment weten we niets. Ik zweer het je, rustig maar. Zo gauw we nieuws hebben, ben jij de eerste die het hoort.'

Ze keek hem aan en meende te doorzien dat hij probeerde te verhullen wat hij al wist, of in elk geval vermoedde, om haar alleen maar tijd te geven om zich voor te bereiden op het bericht.

'Tja...' zei hij, en hij liep naar haar toe. 'Zo ben ik nou eenmaal. Dat is gewoon beroepsdeformatie. Na al die jaren bij de politie heb ik de gewoonte om uit te gaan van het ergste. Meestal is dat helemaal niet nodig, maar in de gevallen waarin dat wel zo is, wil ik erop zijn voorbereid. Dat ben je toch wel met me eens? Ik houd namelijk niet zo van verrassingen.'

Lone knikte ook al waren het alleen maar een hele hoop woorden. Woorden die goed klonken, maar die haar niets zeiden.

'Lone...' ging hij verder, en hij sloeg zijn armen om haar heen in een omhelzing. 'Ik begrijp hoe moeilijk het moet zijn, maar het komt vast goed, dat zul je zien.' Hij drukte haar tegen zich aan en streek met zijn ene hand over haar ruggengraat. 'Ik zal er alles aan doen wat in mijn macht ligt om erachter te komen wat er gebeurd is. Áls er überhaupt iets gebeurd is. Wie weet, misschien is er wel een heel andere verklaring. Maar hoe dan ook, ik ga het uitzoeken.'

Ze hoorde de woorden niet eens meer. Die liepen door elkaar heen en versmolten tot een dikke laag van geruis. Wat wel wat betekende was zijn omhelzing. De warmte van zijn lijf en de doffe slagen van zijn hart slechts een paar centimeter van haar oor.

Ze vond het niet prettig, die omhelzing, noch de strelingen over haar rug. Ze voelde zich net zo vies en ranzig als na dat etentje, toen hij onder tafel met haar was gaan voetjevrijen, pal tegenover Jan en zijn eigen vrouw Viveca. Toch wilde ze niet dat het zou stoppen.

Een paar minuten geleden zou ze gezegd hebben 'nooit van mijn leven'. Maar hoe onfatsoenlijk ze zich ook voelde, dit was precies wat ze nodig had. Een knuffel en wat nabijheid. Van wie deed er blijkbaar niet toe. Na dat etentje, toen Viveca in de keuken bezig was met het nagerecht, had hij een flink glas whisky voor Jan ingeschonken en was hij met haar weggelopen om haar een kunstwerk van Jens Jørgen Thorsen te laten zien, dat hij net had aangeschaft. Het had iets geheten in de trant van Disneyland en een geile Mickey Mouse. In haar ogen was het voornamelijk een hele hoop geklieder in verschillende kleuren, wat ze ook had gezegd. Maar Kim had alleen maar gelachen en haar verder door de grote woning naar een badkamer geleid.

'Zeg...' zei hij zonder haar los te laten. 'Ik zit te denken aan het onderzoek waar Jan aan werkt en vraag me af of zijn verdwijning daar iets mee te maken kan hebben. Hij heeft daar toevallig niks over verteld?'

'Nee, niets,' zei ze, en ze constateerde dat zijn strelingen over haar rug iets tot leven wekten. 'Hij is altijd erg geheimzinnig over zijn werk en vertelt mij bijna nooit wat. Maar hij was gestrest, dat weet ik wel. Dat was duidelijk aan hem te zien.'

'Ik begrijp het.' Sleizner liet zijn hand helemaal tot aan haar stuitje glijden, waar de minste aanraking haar deed sidderen. 'En er is niets wat hij van dat onderzoek mee naar huis heeft genomen?'

'Nee, niet dat ik weet,' zei ze met toenemende zelfverachting. 'Wat zou dat moeten zijn?'

'Tja, wie zal het zeggen? Een aanwijzing voor waar hij mee bezig was, wat dan ook. Misschien zou het ons een indicatie kunnen geven van wat er gebeurd is. Zoals een oude mobiel bijvoorbeeld.'

‘Mobiel?’ Ze herinnerde het zich plotseling en keek hem aan. ‘Een oude gele Ericsson-mobiel?’

‘Ach, waarom ook niet?’ Sleizner toverde een glimlach op zijn gezicht en streek haar haar achter haar oor. ‘Ga die maar even halen, dan zullen we eens kijken.’

39

Na een kwartier rondjes te hebben gereden, vond Morten Heinesen eindelijk de inrit naar de ondergrondse parkeergarage aan Østerbrogade. Hij betaalde in de automaat, plaatste het bonnetje achter de voorruit en ging een rondje lopen.

De enige informatie die ze over de garage hadden, was dat Jakob Sand daar regelmatig 's nachts parkeerde – als je Hemmers analyse van de triangulatie van Sands mobiele nummer mocht geloven. Sand stond er vaak uren achter elkaar. Dat was op zich misschien niet zo verwonderlijk, maar het was wel vreemd dat Sand de garage in die tijd zelf ook niet verliet, tenzij hij zijn mobiel in de auto liet liggen, en dat zou toch wel opmerkelijk zijn.

Volgens Hemmer zou Sand zich daar bovendien gisteravond hebben bevonden. Of dat voldoende was voor Hesk om hier na hun bespreking uit eigen beweging naartoe te gaan, was daarentegen moeilijk te zeggen. Hesk was eigenlijk niet iemand die risico's nam en gedurfde soloacties ondernam. Als je een openbare parkeergarage in rijden tenminste gedurfd wilde noemen. En zelfs als Sand hier geweest was en niet alleen zijn achtergelaten mobiel, was hij hiermee niet meteen een levensgevaarlijke seriemoordenaar.

Zelf voelde hij daarentegen altijd al een aversie tegen parkeergarages, en dan vooral die openbare waar iedereen zomaar in kon en zich overal schuil kon houden. Allerlei louche figuren die daar eigenlijk niets te zoeken hadden. Het was bovendien meestal beangstigend eenvoudig voor een dader om er snel weer weg te komen.

Hij had hetzelfde met benzinepompen langs autosnelwegen in the middle of nowhere. Zeker die in Zuid-Europa, die vaak op een plek lagen waar meerdere drukke verkeerswegen elkaar kruisten. Om op zo'n plek een kind te kidnappen dat in de auto zat te wachten terwijl de ouders aan de kassa betaalden, was een eitje. Daarna was het gewoon een kwestie van voor altijd in een van de vier windstreken verdwijnen.

Nu had hij zelf nooit wat meegemaakt, maar hij had zonder aarzelen extra betaald voor de Amerikaanse slotvariant op zijn auto waarbij bij eenmaal drukken op de afstandsbediening alleen het portier aan de bestuurderskant van het slot ging, zodat niemand hem via de passagierskant met een mes zou kunnen bedreigen op het moment dat hij de centrale slotvergrendeling had opgeheven en achter het stuur was gaan zitten.

Maar in deze garage voelde het wel oké. Het reparatiebedrijf met de twee mannen in overall stelde hem gerust, en net zoals Sleizner had vermoed, hingen er een aantal bewakingscamera's. Een bij de in- en uitrit, twee bij het reparatiebedrijf en nog eentje bij een kleine laad- en losplaats.

'Hallo daar,' zei hij nadat hij helemaal was rondgelopen. 'Pardon.' Hij zwaaide, hoewel de ene monteur over een opgeklapte motorkap gebogen stond en de andere net onder een auto was gerold. 'Weten jullie misschien wie er over die bewakingscamera's in de garage gaat?'

Geen van de mannen reageerde. In plaats daarvan verspreidden er zich lasvonken over het beton onder de auto.

'Hallo? Pardon,' herhaalde hij zo luid hij kon zonder te gaan schreeuwen, waarna de man onder de motorkap opkeek. 'Ik ben van de politie en moet weten wie...'

'*Policja?*' De man wendde zich tot zijn collega onder de auto. 'Krzysztof!'

De man die klaarblijkelijk Krzysztof heette, rolde onder de auto vandaan, kwam overeind en veegde zijn handen af aan zijn overall.

'*I'm from the police and would like to know who's responsible for the surveillance cameras here in the garage,*' herhaalde hij.

De man antwoordde niet, maar draaide zich om naar zijn collega en zei iets wat klonk als Pools. De collega antwoordde iets in dezelfde taal, waarop Heinesen zijn politielegitimatie tevoorschijn haalde en die omhooghield om zijn woorden meer kracht bij te zetten. '*As I said I'm from the police, and...*'

'*Not me,*' onderbrak de man hem. '*My boss.*' Hij knikte in de richting van een deur verderop in de werkplaats. '*Talk to boss.*'

'*Okay, thank you.*' Heinesen liep langs hen heen en voelde hoe ze hem helemaal nakeken tot hij bij de deur kwam waarop RECEPTIE stond.

Daar was niemand, maar het wateroppervlak in de blauwe op zijn kop staande waterdispenser bewoog alsof er net iemand een plastic bekertje gevuld had. Hij liep verder naar de onbemande balie en drukte op het belletje, dat hem met zijn harde geluid deed beseffen hoe stil het hier eigenlijk was.

Hij telde de seconden die het duurde voordat het geluid was weggestorven, maar dat waren er zoveel dat hij de tel kwijt was geraakt voordat de stilte weer terug was. Hier zou hij zijn auto nooit voor reparatie brengen, dat was een ding dat zeker was. Hij wilde nog een keer bellen, harder deze keer, maar bedacht zich toen zijn oog op een spleetvormig gat van een paar centimeter groot in de deur achter de balie viel, en hij daarbinnen iets zag bewegen in een ruimte die eruitzag als een kantoor.

Hij leunde over de balie om het beter te kunnen zien, en inderdaad waren er een paar benen in overall-broekspijpen zichtbaar onder een overvol bureau. Hoezo slechte klantenservice? '*Hello,*' riep hij, en hij klonk bewust geïrriteerd. '*Can you please come out? I've been waiting here for a while now.*'

Na een tijdje werd de deur opengedaan door een oudere automonteur met een mobiel tegen zijn oor gedrukt.

'*Dobrze. Dobrze*,' zei de man, waarna hij het gesprek wegdrukte en Heinesen aankeek. 'Wat kan ik voor u doen?'

'Het gaat om de bewakingscamera's in de garage. Ik zou willen weten wie daarvoor verantwoordelijk is.'

'En u bent?'

'Mijn naam is Morten Heinesen, en ik ben van de politie van Kopenhagen.'

'Legitimatie. Ik wil een legitimatie zien.'

Heinesen haalde zijn identiteitsbewijs tevoorschijn en legde dat op de balie, net op het moment dat de deur achter hem openging. Hij draaide zich om en zag dat daar nu een man in een kostuum stond, zijn armen over elkaar geslagen alsof hij al te lang had moeten wachten. Hij glimlachte naar de man om te laten zien dat hij wist hoe dat voelde, maar kreeg geen reactie terug. De oudere monteur bestudeerde zijn legitimatie, alsof hij elk cijfertje van het persoonsnummer in zich opnam, waarna hij het pasje teruglegde op de balie, langs Heinesen heen keek en knikte naar de man in het pak.

Heinesen richtte zich tot de man in het pak die op hem afkwam. 'Sorry hoor, maar wij zijn nog niet klaar.' Hij draaide zich om en ontdekte dat de oudere man net achter de balie vooroverboog. 'Sorry hoor, maar wat bent u aan het doen?' Hij leunde voorover over de balie. 'Hallo, kunt u antwoord geven? Ik praat tegen u. Wie is er verantwoordelijk voor de bewakingscamera's buiten? Met wie moet ik contact opnemen voor een opname van de laatste...' Hij werd onderbroken doordat de man achter hem hem op zijn schouder tikte. 'Zoals ik zei, ik ben nog niet klaar,' snauwde hij, en hij sloeg de hand van de man weg. 'Hoe moeilijk kan het zijn? Of spreekt u misschien ook geen Deens?'

De man zei niets, maar stak zijn hand uit met daarin een USB-stick.

'Wat is dat?'

'De film waar u naar vroeg,' zei de oudere man die weer overeind was gekomen en een papier en een pen had gepakt. 'Naam, telefoonnummer en hier een handtekening graag.'

40

Sonja had moeite om haar verbazing te verhullen toen hij ruim voor de afgesproken tijd bij het kantoor van begrafenisondernemer Fonus op de hoek van Pålsjögatan en Föreningsgatan arriveerde. Vermoedelijk had ze überhaupt niet verwacht dat hij zou komen opdagen.

'Hallo,' zei ze, en ze onderdrukte de neiging om te vragen waar hij die ochtend geweest was.

Fabian groette terug, maar zei niets over zijn ontmoeting met Molander, die had verteld dat de misstanden jegens hun zoon volgens een gerucht hadden plaatsgevonden in opdracht van de hoogste leiding van het Deense detentiecentrum. 'Zullen we naar binnen gaan?' vroeg hij in plaats daarvan, en hij pakte haar hand.

Ze knikte maar liet zijn hand bijna onmiddellijk weer los om de deur open te houden. Een lelijke aluminiumdeur die deed denken aan een vervallen school uit de jaren zeventig waar niemand het ooit naar zijn zin had gehad.

Eenmaal binnen zocht hij haar hand weer, maar ze liep al achter de begrafenisondernemer aan die zich had voorgesteld als Tjälve en hen had gecondoleerd op een manier die zo ingestudeerd en geforceerd overkwam dat het overduidelijk was dat het hem weinig deed.

Ze werden naar een ruimte gebracht met smoezelige muren met nietszeggende lithografieën en een verveloze vergadertafel groot genoeg voor een klein gezelschap nabestaanden. De plafondlamp boven de tafel had zes witte tentakels van glas met daarin de lelijkste soort spaarlampen die er bestonden, waarvan er ook nog eens twee kapot waren. Het was een ongeïnspireerde, armetierige en vooral onwaardige ontvangst.

'Zo, ik zal alles regelen, dus ga maar lekker zitten.' Tjälve spreidde zijn handen. 'En neem gerust van de kaneelbroodjes. Ze zijn vers, van Börjes op Tågagatan. De beste van de stad als je het mij vraagt, en elke calorie waard.'

De begrafenisondernemer snelde weg en ze trokken ieder een stoel naar achter en gingen zitten. Hij eerst en zij vlak daarna, met een lege stoel tussen hen in. Of dat expres was of niet was lastig te zeggen, maar de afstand was nu te groot om haar hand te kunnen pakken. Hij keek haar kant op en zag dat ze recht voor zich uit staarde. Hij vond haar altijd al knap, maar zo en profil was ze echt beeldschoon, met haar slanke hals en haar fraai gevormde nek die nu zo duidelijk zichtbaar was sinds ze kort haar had. Ze was altijd al een klasse apart, en nog steeds, ondanks alles wat ze hadden meegemaakt. Zelfs nu, met al haar verdriet en met haar blik starend in het niets en alle zeilen bijzettend om de controle te behouden.

Hij gaf haar de doos tissues, ze pakte er eentje uit en depte haar ogen terwijl Tjälve terugkwam met een blad met twee kopjes koffie en een met thee, een kannetje melk en een schaal suikerklontjes. Hoe kon hij weten dat Sonja 's middags en de rest van de dag liever thee dronk? Had ze hem dat bij binnenkomst laten weten?

'Budget?' Sonja keek hem aan. 'Ja, wat vind jij?'

'Geen idee,' zei hij, en hij schonk haar een glimlach. 'Ik heb daar eigenlijk niet zoveel over kunnen nadenken. Maar geld is nu niet het belangrijkste, dat komt wel goed. Het belangrijkste voor mij is dat het voor jou goed voelt.'

De enige die glimlachte was Tjälve. Hij was vast van plan ze de duurste kist aan te smeren plus een uitvoerige koffietafel na afloop van de begrafenis. Sonja daarentegen vertrok geen spier, ook al had hij haar alleen zijn steun willen tonen en haar de vrije hand willen geven.

Maar uit haar ogen sprak precies het tegenovergestelde. Dat kon hij aan haar zien. Dat hij alle verantwoordelijkheid afschoof en haar elke beslissing liet nemen en afweging liet maken. En in zekere zin had ze gelijk. Het kon hem geen zier schelen welke bekleding de kist had of hoeveel verschillende koekjes er op de schaal zouden liggen. Als het aan hem lag, zouden ze het goedkoopste en meest uitgeklede alternatief kiezen. Theodor was dood, en daar konden vergulde sierletters op een ivoorkleurige rouwkaart niets aan veranderen.

De enige reden dat hij hier zat was omwille van Sonja. Voor haar was dit belangrijk. Dit was haar manier om haar verdriet te verwerken, niet die van hem.

Zelf werd hij nog in beslag genomen door zijn ontmoeting met Molander en het rondgaande gerucht over het spel achter Theodors dood. De gegevens kwamen zo goed overeen met zijn eigen vermoedens dat het niet zomaar uit de lucht gegrepen kon zijn. Een kern van waarheid moest er hoe dan ook toch wel in zitten, en dat was het daadwerkelijke probleem. Dat steentje in zijn schoen, waardoor hij deze zaak nooit de rug zou kunnen toekeren en verder zou kunnen gaan met zijn leven. Dat daar tot bloedens toe zou liggen schuren tot hij er uiteindelijk achter zou komen hoe het echt zat.

Als op afspraak stonden Sonja en de begrafenisondernemer op en liepen ze naar een showroom met verschillende modellen kisten. Hij sjokte erachteraan en zag dat de man op een van de lichtere kisten wees, eentje van wit gelazuurd hout en verchroomde handgrepen. Sonja knikte, en misschien zei ze ook nog wat. Of niet. De man maakte in elk geval een aantekening in zijn map.

De kist leek niet het goedkoopste model, maar ook niet het duurste. Mooi was hij daarentegen niet. Voor zover kisten mooi konden zijn. Maar deze was precies het tegenovergestelde van alles waar Theodor voor stond. Hij haatte wit en zou ongetwijfeld een pikzwarte hebben gekozen, het liefst bekleed met leer en klinknagels, als hij mee had mogen beslissen.

Er werd gepraat, geknikt en genoteerd, waarna ze terugkeerden naar de vergaderruimte, waar nog meer woorden werden gewisseld. Daarna werden er handen geschud en werd er weer geknikt, en op weg naar buiten moest hij denken aan de kaneelbroodjes die ze geen van beiden hadden aangeraakt, en dat hij enorme trek had.

'Jij kunt nu net zo goed gaan,' zei Sonja toen ze op de stoep voor de ingang stonden en hij net wilde voorstellen om bij een gezellig tentje wat te gaan eten.

'Gaan? Waarnaartoe?' vroeg hij, en hij ging na of hij wat gemist had.

'Geen idee.' Ze haalde haar schouders op. 'Hier ben je in elk geval niet met je gedachten, dus misschien kun je maar beter gaan doen wat je doen moet.'

Hij knikte, meende het te begrijpen.

'Maar dit is wel de laatste keer,' ging ze verder. 'Als je nu weggaat, hoef je niet meer terug te komen.'

Hij had zichzelf beloofd om het nooit zover te laten komen. Om er alles aan te doen om andere oplossingen te vinden, ervan overtuigd dat er later ook voor hen een lichtpuntje kwam.

Maar de laatste jaren had de knoop liggen wachten om te worden doorgehakt. Ook al was het taboe, hij had ermee gespeeld en het voor zich gezien, als verschillende versies van dezelfde scène die alleen voor hem werd afgespeeld. Hij had de dialoog gehoord, zijn eigen argumenten. Die van Sonja. Hoorde hoe ze ruzie maakten, huilden en schreeuwden om uiteindelijk te kalmeren en het eens te worden over het onvermijdelijke.

Maar geen van al die versies was zo beknopt en bedaard geweest als deze. Er viel ook niets meer te zeggen. Alles was al te vaak gezegd, en het enige wat hij kon doen was knikken en weggaan.

Voor de laatste keer.

41

Of het uit was met zijn vriend in Malmö wist ze niet. De naam Balthazar klonk anders wel als een man die beslist iets voor Michael Rønning was. Toen Fareed bovendien foto's van de Zweed uit de provincie Skåne had weten te bemachtigen, leek het haar onwaarschijnlijk dat Rønning die knappe jongeman al na drie dagen uit eigen beweging verlaten zou hebben, aangezien het de bedoeling was dat hij daar twee weken zou blijven.

De kans bestond natuurlijk ook dat Balthazar er genoeg van had gekregen, maar Rønning was niet iemand van wie je simpelweg genoeg kreeg. Als er iemand was die ergens snel op uitgekeken was, was het Michael. Zo ging het altijd.

Het derde en volgens haarzelf meest waarschijnlijke alternatief, was dat hij zich na hun gesprek in de trein gewoon had bedacht. Nu was een slecht geweten niet bepaald iets voor hem, maar hij was hoe dan ook een enigszins logisch denkend wezen, en alleen al het feit dat zij gezocht werd en ervan werd beschuldigd een gevaar voor de nationale veiligheid te vormen, zou meer dan voldoende moeten zijn om hem te laten inzien dat Sleizner tot elke prijs moest worden gestopt.

Hij was hoe dan ook terug in Kopenhagen, en dat alleen al had haar in een beter humeur gebracht. Ondanks alle tegenslagen en ellende, ondanks de brandwonden op haar scheenbenen die na verkoelende zalven en uren met getapete ijspakkingen nog steeds brandden, zelfs ondanks Qiangs verschrikkelijke lot was bij haar de hoop opgeleefd dat ze nog een kans hadden.

Rønning was pas een paar uur geleden teruggekeerd naar zijn appartement aan Lille Istedgade. Dat had Fareed ontdekt toen hij toevallig Rønnings mobiel had getraceerd. Daarop hadden ze afgesproken een nieuwe poging te doen om hem te overtuigen. Als ze konden beschikken over een insider die Sleizners doen en laten in de gaten kon houden, zou dat het verschil maken.

Om die reden was ze zojuist op de stoep bij Mændenes Hjem gaan zitten, de dak- en thuislozenopvang, en begon ze als een bezetene aan haar onderarm te krabben terwijl ze heen en weer wiegde, haar capuchon over haar hoofd getrokken, net als alle andere junks om zich heen. Zo zou ze niet opvallen als Rønning aan de overkant van de straat zijn voordeur uit zou komen en zoals gewoonlijk om zich heen zou kijken voordat hij wegliep.

Vijf minuten daarvoor had ze zich door die kluwen van misère en wheeling en dealing op de hoek van Istedgade geperst. Ze was van plan geweest om naar boven te gaan, bij hem aan te kloppen en in alle rust met hem te praten. Alles te vertellen wat hij niet wist. Maar net toen ze wilde oversteken en naar zijn voordeur wilde lopen, had Fareed haar via de headset laten weten dat het erop leek dat Rønning weg zou gaan.

Ze hadden hun plannen in no time moeten wijzigen en moeten improviseren. Dit was geen gesprek dat ze even terloops op straat konden voeren. Ze moesten ergens rustig kunnen zitten, en ze hadden vooral tijd nodig.

'Op het scherm lijkt het alsof hij richting Halmtorvet loopt. Klopt dat?' vroeg Fareed vanuit de bestelauto die zo'n honderd meter verderop geparkeerd stond, voor de Øksnehal in Kødbyen, de wijk waar voorheen vleesverwerkingsbedrijven waren gevestigd. Dit was het gedeelte met de voornamelijk bruine gebouwen.

'Ja,' antwoordde ze, en ze volgde Rønning met haar blik. 'Denk je dat hij op weg is naar het bureau?'

'Hij gaat vast niet naar DGI-byen om te bowlen. Ik stel voor dat we hem op Stoltenbergsgade aanklampen.'

Ze stond op toen Rønning de hoek om liep naar de rotonde waar nog maar een paar jaar geleden de prostituees zich verdrongen om de beste plaatsen. Nu had de schuurborstel van de gentrificatie de stoepranden schoongeboend en ze naar het oostelijke deel van Istedgade verdreven, of naar het ruige deel, zoals het blok naar het Centraal Station werd genoemd.

Dat Rønning op weg was naar zijn werk was geen gewaagde gok. Dat was vrijwel altijd het geval wanneer hij Halmtorvet overstak, voor zover hij niet naar zijn lievelings-Indiër ging, Tandoori Masala.

Dat duidde erop dat hij van plan was zijn vakantie af te breken, wat ze hem ook had willen voorstellen. Want daar, in de gangen op de zesde verdieping van het hoofdbureau van de politie, was hij het meest van nut.

'Ik passeer hem nu,' hoorde ze Fareed zeggen. 'En hij is niet op weg naar een *balti chicken patak*.'

'Oké, tot zo op Stoltenbergsgade.' Dunja zette de spurt erin richting Istedgade en verder naar het Centraal Station. Dat was een behoorlijke omweg, maar het was niet anders. Gelukkig was ze nu in betere conditie dan ooit, in tegenstelling tot Rønning, die halsstarrig weigerde zijn voet zelfs maar in een hardloopschoen te steken.

Stoltenbergsgade lag slechts twee blokken van het hoofdbureau van de politie verwijderd en was eigenlijk de laatste mogelijkheid om hem te onderscheppen. Het probleem was dat zijn route door een van de drukste gedeelten van de stad liep. Zeker nu, zo midden op de dag.

Op Tietgensgade, die hem over de treinsporen leidde, verdrongen de reizigers zich bijna net zo sterk als in de aankomsthal, waar ze moesten zigzaggen om niet met anderen in botsing te komen. Daarna zou hij verder lopen naar de zuidwesthoek van Tivoli, waar het steeds krapper zou worden op de stoepen.

Pas als hij rechts afsloeg naar Bernstorffsgade zou het wat rustiger worden, en eenmaal bij Stoltenbergsgade zouden er zo weinig mensen op straat zijn dat niemand zou reageren op wat er gebeurde.

'Oké, ik ben daar nu,' hoorde ze Fareed zeggen terwijl zij zich door de oostelijke ingang van de aankomsthal naar buiten perste en schuin de straat overstak, tussen de auto's door die net gas wilden geven omdat het stoplicht zojuist op groen was gesprongen.

'Probeer zo te parkeren dat hij de auto niet ziet staan.'

Toen ze eenmaal aan de kant van Tivoli was, liepen er daar zoveel mensen dat ze op de fietsstrook moest gaan lopen waar ze, ondanks alle fietsers die luid bellend van de andere kant aan kwamen rijden, snel naar de volgende kruising kon rennen.

'Oké, ik zie hem,' zei ze terwijl ze op adem kwam en Rønning volgde met haar blik. 'Hij steekt net Bernstorffsgade over.'

'Mooi, dan kan hij elk moment hier zijn.'

Dunja maakte zich op om over te steken zodra Rønning rechts af zou slaan naar Stoltenbergsgade. Maar in plaats daarvan liep hij rechtdoor. 'Oké, we hebben een probleem,' zei ze. 'Hij loopt door naar H.C. Andersen.'

'Waarom? Heeft hij je gezien?'

'Nee, hij heeft niet eens mijn kant op gekeken. Ik ga hem volgen.'

Met Rønning op gepaste afstand voor haar liep ze door naar H.C. Andersens Boulevard en verder naar Stormgade, terwijl ze ondertussen met Fareed probeerde te bedenken waar hij naar op weg was. Maar ze hadden geen idee. Dit was überhaupt Rønnings buurt niet. Zeker niet het stuk bij het Fredriksholmskanaal dat hij zo pittoresk en snoezig vond dat hij elke keer een acute aanval van Gilles de la Tourette kreeg als hij daar toevallig langskwam.

Deze keer leek het daarentegen niet alsof hij er toevallig langskwam. Hij liep juist steeds doelbewuster en keek voortdurend op zijn horloge, alsof hij aan de late kant was. Na een paar honderd meter over de kinderkopjes van Gammel Strand ging hij aan een leeg tafeltje op het terras van Café Diamanten zitten.

Wat was dat? Ze bleef staan en keek hem na. Diamanten was

immers háár stamkroeg. Daar ging ze altijd naartoe om zich te verstoppen tussen alle toeristen wanneer ze met rust gelaten wilde worden. Een echte Kopenhagenaar zou niet op het idee komen om hier te gaan zitten.

Alleen zij.

Zij, en Rønning nu blijkbaar ook.

De laatste keer dat hij haar had geholpen, had ze hem gevraagd hiernaartoe te komen. Dat was een maand geleden. Na diverse pogingen was hij er eindelijk in geslaagd Sleizners mobiel mee te krijgen, die Fareed en Qiang daarna hadden gehackt en voorzien van een gps-tracker. In de tussentijd hadden Michael en zij een paar woorden kunnen wisselen, maar vervolgens was ze verdwenen en had ze hem met de meeste vragen onbeantwoord moeten achterlaten.

Toen ze zich realiseerde hoe het zat, moest ze lachen.

'Wat is er zo leuk?' vroeg Fareed.

'Ik ga erheen,' zei ze, en ze wilde net de laatste twintig meter afleggen. 'Ik ga naar hem toe.'

Hij hield haar natuurlijk voor de gek. Die grappenmaker. Dit was echt iets voor hem. Dat ze dat niet eerder had ingezien. Hij was zich er natuurlijk volledig van bewust dat ze hem zou schaduwen zo gauw hij naar buiten kwam, en waar konden ze elkaar beter ontmoeten dan hier? Ze zou het hem betaald zetten wanneer dit allemaal voorbij was.

Drie stappen later veranderde alles. Van kleur in zwart-wit.

Van wit in zwart.

De synapsen in haar hersenen zagen geen kans om het te bevatten, en ze moest al haar energie besteden om in beweging te blijven, zodat ze op enigszins natuurlijke wijze weg kon lopen bij het café en geen aandacht op zich vestigde.

Ze had hem maar een fractie van een seconde gezien en was nu al bezig alternatieve verklaringen te zoeken. Maar die poging was tevergeefs. Die waren er niet.

Dit was niet zomaar een onfortuinlijke ontmoeting.

Dit was Sleizner.

Als een geest op klaarlichte dag kwam hij van de andere kant aan lopen. Er zat niet meer dan vijf meter tussen hen toen ze elkaar passeerden. Het enige positieve was dat zijn blik gericht was op iets achter haar.

Toen begonnen de stukjes op hun plaats te vallen. Het ene na het andere. Maar het kon niet waar zijn. Het mocht niet waar zijn. Alsof ineens onomstotelijk was bewezen dat de aarde plat was, weigerde ze het te accepteren. Niet eens toen ze uiteindelijk stil durfde te gaan staan, zich omdraaide en zag dat hij Rønning de hand schudde en tegenover hem ging zitten. Zelfs toen kon ze het nog niet geloven.

'Dunja, ben je er nog?' hoorde ze Fareed na een tijdje vragen. 'Wat is er aan de hand?'

'Sleizner, dat is er aan de hand, Fareed. Kim fucking Sleizner.'

'Hè? Wat heeft hij hiermee te m...'

'Het is zinloos om het te proberen te begrijpen. Zet gewoon de microfoon in zijn mobiel aan en sluit die aan op de luidsprekers zodat ik kan...'

'Even voor de duidelijkheid. Meen je nou serieus dat Rønning en...'

'Fareed, verdomme,' bitste ze. 'Doe gewoon wat ik zeg.'

'Ik ben al bezig. Het gaat alleen gewoon niet sneller. Het lijkt er in elk geval op dat hij zijn mobiel op...' Fareed werd onderbroken door een enorm geruis, gevolgd door een even vervormd als hakkelig geluidsbeeld voordat ze stemmen konden onderscheiden.

'Camilla Krystchoff?' hoorden ze de ene zeggen, waarschijnlijk Rønning. 'Met C, H en dubbelF?'

'*Exactemento*,' zei Sleizner terwijl de ober vlak naast zijn mobiel koolzuurhoudend mineraalwater inschonk.

'Geef me haar persoonsnummer maar, dan regel ik het. Geen probleem.'

'Perfect,' zei Sleizner, en hij dronk van het water. 'En zoals je begrijpt is dit iets wat we, althans voorlopig, onder de radar moeten houden.'

'Uiteraard. Als het maar niet...'

'Nee, nee, nee, wees maar niet bang. Er zijn geen hobbels op de weg, geen enkele. Het enige waar het om gaat, is haar te helpen. Dat is het enige wat ik wil, en zoals je zelf ook weet, vormt ze momenteel niet alleen een gevaar voor zichzelf, maar voor de hele... Nou ja, je begrijpt wel wat ik bedoel.'

'Eh, nou dat weet ik eigenlijk niet.'

'Michael, wat ik probeer te zeggen is dat als dit te vroeg uitlekt, we de poppen aan het dansen hebben, en de enige uiteindelijke verliezer is zijzelf. Snap je?'

'Ja, ik begrijp het. Is er meer dat ik moet weten?'

'Op dit moment niet. Er zullen steeds meer details bij komen. Maar ik moet eerst weten of ik je volledig kan vertrouwen.'

'Natuurlijk. Je kunt op mij rekenen.'

'Fijn om te horen. Heel mooi.' Sleizner zweeg even voordat hij opnieuw het woord nam. 'Maar als je verder niets te zeggen hebt, stel ik voor dat we hier afronden.'

'Oké. Of wacht, één ding eigenlijk,' zei Rønning.

'*Shoot*.'

'Je herinnert je misschien nog dat ik een maand geleden een beveiligingsupdate op jouw mobiel heb uitgevoerd.'

'Ja, absoluut. Moet dat alweer?'

'Nee, dat is niet nodig. Maar gezien alles wat er gebeurd is en we nu toch hier zitten, wilde ik eigenlijk meteen even controleren of alles oké is, als dat mag.'

'Maar natuurlijk, geen punt. *Be my guest*. Hier.'

Ze hoorden hoe het toestel werd opgepakt en van eigenaar wisselde. Daarna hoorden ze hoe Sleizner dronk, meer mineraalwater in zijn glas schonk en weer een slok nam.

'O jee,' hoorden ze Rønning na een tijdje zeggen. 'Wanneer heb je hem voor het laatst onbewaakt achtergelaten?'

'Huh, heb je wat gevonden?'

'Ja, dat kun je wel zeggen. Kijk hier maar eens naar, en dit. Zie je?'

'Verdomme... Is zij dat? Hè? Nou? Zit zij daarachter?'

'Dat zou kunnen. Maar wees niet ongerust. Het zou relatief eenvoudig moeten zijn om...' Rønnings stem ging over in geruis, om een paar seconden later helemaal tot zwijgen te komen.

42

'Oké, het is al laat, dus laten we een beetje voortmaken,' zei Sleizner terwijl hij de vergaderkamer binnenliep. 'Geen omslachtige uitweidingen en irrelevante details, gewoon tempo. En ik houd de touwtjes strak in handen. Vragen daarover?'

Heinesen had een heleboel vragen, maar zweeg en schudde zijn hoofd, evenals Hemmer en Bernstorff. Hij wilde zich niet onderscheiden van de rest van de groep en riskeren Sleizners woede te wekken.

'Mooi,' zei Sleizner na een korte pauze. 'We hebben namelijk een heleboel door te spreken en eigenlijk maar weinig tijd.' Hij deed de deur achter zich dicht en liep naar het uiteinde van de ovale tafel. 'Zoals jullie weten zijn de sporen in de eerste uren na een verdwijning nog vers en is de kans om Hesk nu te vinden redelijk goed. Maar daarna gaat het snel bergafwaarts, en dan wordt het vrijwel onmogelijk om erachter te komen wat er gebeurd is.'

'Mag ik iets vragen?' Hemmer stak zijn hand op.

'Nee. Niet als het niet over het verhoor van Jakob Sand gaat. Want nu wil ik een kort verslag horen van hoe dat is afgelopen voordat we verdergaan met het belangrijkste punt van deze bespreking.' Sleizner wendde zich tot Bernstorff.

'Ja, wat moet ik zeggen.' Bernstorff haalde haar schouders op. 'Hij is rustig meegegaan naar het bureau en daar hebben we het verhoor afgenomen zoals gepland.'

'En hij was bereid tot samenwerking en gaf antwoord op al je vragen?'

'Ja, hij was kalm en bedaard, en leek zich eigenlijk helemaal geen zorgen te maken.'

'Nee, hij denkt vermoedelijk dat hij niets te verbergen heeft.'

'Hoe verklaarde hij dat er huidfragmenten van hem onder de nagels van de vrouw zaten?' vroeg Hemmer.

'Hij gaf toe dat hij op zaterdag 28 juli met haar samen was geweest, dat wil zeggen hetzelfde etmaal dat ze vermoord is, maar dan 's middags, vier à vijf uur eerder dan Mogens Klinges inwijdingsceremonie om acht uur 's avonds.'

'Wat voor inwijdingsceremonie?' vroeg Sleizner.

'Dat weten we niet precies, maar gezien het feit dat de vrouw prostituee was en de sms-conversatie op zijn oude Ericsson-mobiel zou het om een soort seksclub kunnen gaan.'

'Oké. Een oude viezerik dus.' Sleizner schudde zijn hoofd. 'Jaja. Terug naar het verhoor. Kon hij ons helpen haar te identificeren?'

'Nee, helaas. Hij had haar gewoon opgepikt op Istedgade op de hoek van Viktoriagade en was naar een van zijn huizen in Valby gereden. Het was er blijkbaar nogal wild aan toegegaan, maar volgens hem was hij degene die had gebloed, niet zij. '

Hemmer knikte. 'En waarom vertelt hij dat nu pas, een paar dagen nadat wij ons met foto's tot het publiek hebben gericht, zowel van haar als haar opmerkelijke litteken?'

'Als je hem mag geloven had hij de verslaggeving over die zaak niet gevolgd en daardoor niet begrepen dat het om dezelfde vrouw ging.'

'Wat zei hij over de pochet die we in haar keel hebben gevonden?'

'Dat die mooi was en dat hij er net zo een had.'

'Dat is trouwens irrelevant omdat die verdwenen is uit onze bewijzenverzameling,' zei Sleizner. 'Ik ga ervan uit dat je niets anders kon dan hem laten gaan. Maar wat is je eigen inschatting nu je met hem hebt gesproken? Denk je dat hij het was?'

'Ja en nee. Aan de ene kant was hij veel te rustig als je bedenkt dat hij een publieke figuur is en dat het toch om vrij ernstige verdenkingen gaat. Het leek alsof hij precies wist wat ik zou vragen en dat hij de antwoorden al had voorbereid. Aan de andere kant moet ik toegeven dat zijn antwoorden logisch en geloofwaardig overkwamen.'

'All right.' Sleizner haalde de foto van Jakob Sand van het whiteboard en legde die op tafel. 'We verliezen hem niet helemaal uit het oog, maar zetten hem tijdelijk *on hold* en gaan over naar de verdwijning van Hesk.'

'Sorry, maar alleen omdat we Sand even parkeren, hoeven we toch niet het hele onderzoek te parkeren,' zei Heinesen.

'Wie heeft gezegd dat we dat gaan doen?' Sleizner keek hem aan alsof hij op een zak etensafval was gestuit die te lang buiten in de zon had gestaan. 'Ik niet in elk geval.'

'Ik dacht dat je zei dat we over zouden gaan naar de verdwijning van Hesk,' zei hij, en hij deed zijn best om hem te blijven aankijken. 'En ik bedoel alleen dat we met genoeg mensen zijn om aan beide zaken tegelijk te werken, parallel. Er zijn immers een heleboel andere dingen, buiten Sand, waar we mee verder zouden moeten gaan.'

'Natuurlijk doen we dat,' zei Sleizner. 'De vraag is alleen wat er belangrijker kan zijn dan de verdwijning van onze collega. Het is een kwestie van prioriteiten stellen, Morten. Prioriteiten. En ik wil nu dat wij al onze energie besteden aan Hesk. Jouw visie mag je in je memoires schrijven.'

'Is er iets specifieks waar we op dit moment mee verder zouden moeten?' vroeg Bernstorff aan Heinesen.

'Ja, bijvoorbeeld die hoek Istedgade/Viktoriagade. Als het inderdaad klopt dat Sand haar daar heeft opgepikt, bestaat de kans dat een van de andere meiden die daar meestal staan weet wie ze was en ons kan helpen bij de identificatie.'

Bernstorff knikte en wendde zich tot Sleizner, die op zijn beurt ook knikte.

'Dat is een goed idee, heel goed, en dat gaan we natuurlijk doen. Absoluut. Maar niet nu, oké? Dat moet gewoon nog een of twee dagen wachten.'

'Waarom?' vroeg Heinesen.

'Omdat daar geen haast bij is! Is dat nou zo moeilijk te begrijpen?' Sleizner boorde zijn blik in die van Heinesen. 'Waar daarentegen wel haast bij is, is de verdwijning van onze collega. Dat wordt met elke seconde dringender.' Hij richtte zich tot ieder van hen. 'Jan Hesk betekent voor jullie misschien niet zoveel als voor mij. Dat is dan maar zo. Maar ik wil jullie toch vragen dit de hoogste prioriteit te geven, zodat we door gemeenschappelijke inspanningen erachter kunnen komen wat er met onze collega gebeurd is, in plaats van de weinige tijd die we hebben te verspillen door een heleboel dingen ter sprake te brengen die best even kunnen wachten.'

Bernstorff en Hemmer knikten, en ook Heinesen zag in dat dit het enige was wat hij kon doen om niet op voet van oorlog met Sleizner te komen.

'Mooi. Dan gaan we aan de slag.' Sleizner sloeg zijn handen ineen. 'Ik weet niet of een van jullie het nieuws al heeft gehoord, maar vanmiddag is zijn auto aangetroffen op een parkeerplaats bij Islands Brygge vlak voor Café Langebro.'

'Wie heeft hem gevonden?' vroeg Bernstorff.

'Een parkeerwachter die hem op de bon wilde slingeren. Ik had doorgegeven dat naar dat kenteken moest worden uitgekeken, dus dat verscheen vast op zijn scherm of zoiets. Hoe dan ook, ik heb er een duikteam naartoe gestuurd dat al druk bezig is de bodem langs de kade te dreggen.'

'Dus jij denkt dat hij in het water zou zijn gevallen?' vroeg Hemmer.

'Nee, ik denk niets. Maar het zou kunnen dat hij een glaasje te veel heeft genuttigd bij die kroeg en daarna wat te dicht langs de kaderand is gelopen.' Sleizner haalde zijn schouders op. 'Persoonlijk lijkt me dat beslist niks voor Hesk, maar naar wat ik begrepen heb, leek hij de laatste dagen volledig uit balans. Bovendien heb ik zijn vrouw Lone beloofd dat we elke steen zouden omdraaien, en die belofte ben ik van plan te houden.'

Heinesen volgde opnieuw het voorbeeld van de anderen en knikte, ook al wist hij niet wat hij moest geloven. Er waren zoveel vragen, maar er was geen tijd om ook maar een ervan te stellen. Sleizner was daar niet om elke steen om te draaien. Dat had hij klaarblijkelijk al gedaan. In minder dan geen tijd bovendien.

'Hallo, Houston hier. Houston roept Morten.' Heinesen keek naar Sleizner, die begon te stralen.

'Aha, kijk, daar is-ie! Waar zat je met je gedachten?'

Heinesen maakte aanstalten om wat te zeggen.

'Doet er ook niet toe,' vervolgde Sleizner. 'Ook al leek je het daar leuker te hebben dan hier.'

'Sorry, ik dacht er alleen over na hoe...'

'Rustig maar. We moeten allemaal af en toe wegdromen en een pauze nemen. Het is een lange dag geweest en we zijn allemaal moe. Maar voordat we welterusten zeggen wil ik van jou horen hoe het is afgelopen in die parkeergarage. Was er camerabewaking?'

Heinesen knikte en legde de USB-stick op tafel. 'Ik heb deze meegekregen.'

'Geweldig. Laten we kijken of er iets relevants op staat.' Sleizner wendde zich tot Hemmer. 'Kun jij dat regelen?'

'Eh, je bedoelt nu meteen?' Hemmer pakte de USB-stick en bestudeerde die. 'Anders kan ik hem ook vanavond bekijken en de interessante stukken aan elkaar plakken voor morgen, dan kunnen we de tijd nu beter besteden aan...'

'"Waarom wachten?" zei de jongen tegen het meisje,' onderbrak Sleizner hem met een lach, waarna hij zonder waarschuwing vooraf met zijn vuist op tafel sloeg. 'Wat hebben jullie verdomme toch? Zitten jullie niet te slapen, dan willen jullie wachten tot morgen. Het gaat wel om onze collega, hè, niet om een of andere nobody die we niet eens kunnen identificeren. Het is een kwestie van uren en minuten, willen we nog enige kans maken. Niet van dagen.'

'Sorry, het was maar een voorstel.' Hemmer stak de USB-stick in zijn laptop en schakelde de beamer in, die een paar commando's later de opnames van de vier bewakingscamera's in de parkeergarage op het projectiescherm toverde, dat Sleizner omlaag trok.

Het beeld was onderverdeeld in vier even grote delen die elk een hoek van de garage toonden. De camera's waren klaarblijkelijk voorzien van bewegingssensoren aangezien er óf een auto óf een persoon in een of meer van de vier vakken langskwam. In de linkeronderhoek stond een tijdsaanduiding: 15.00, 050812.

'Drie uur 's middags is misschien wat te vroeg,' zei Sleizner terwijl er een bordeauxrode Volvo de helling af kwam rijden. 'Wanneer waren jullie gisteravond klaar met jullie meeting?'

Heinesen en de anderen keken elkaar aan.

'Rond acht uur, halfnegen, zou ik denken,' zei Bernstorff.

'Oké, spoel door naar acht uur. We hebben zoals gezegd niet de hele avond.'

Hemmer knikte en verplaatste de cursor tot de tijdsaanduiding in de hoek op 19.55, 050812 stond.

Ze zagen een zilverkleurige Lexus de garage binnen rijden en een lege plek in draaien, waarop een vrouw met blond haar opgestoken in een knot, een leren broek en hoge hakken uitstapte en uit beeld verdween. Daarna gebeurde er niets, waardoor de camera blijkbaar gedeactiveerd werd, aangezien het volgende fragment van 20.48, 050812 was, toen er een blauwe Peugeot de helling af reed.

'Misschien heb ik het mis hoor,' zei Sleizner terwijl de auto een paar keer heen en weer stak voordat hij goed in het parkeervak stond. 'Maar is dat niet Jans oude Peugeot?'

Heinesen knikte. Dat was inderdaad de auto van Hesk en het was inderdaad Hesk die vlak daarna langs een van de camera's liep, zijn blik gericht op de geparkeerde auto's.

Sleizner schudde zijn hoofd. 'Het is volstrekt onbegrijpelijk waarom hij die niet heeft ingeruild voor wat leukers. Met het salaris dat hij nu heeft, zou hij zonder meer een Ferrari kunnen leasen.'

Hesk was daar dus op eigen initiatief heen gereden. Net zoals Sleizner al had aangestipt, moest hij op weg naar huis het idee hebben opgevat om te kijken of Jakob Sand of zijn auto daar was, wat blijkbaar het geval was toen het vakje rechtsonder liet zien dat Hesk zo'n twintig meter van de camera bij een glanzende rode sportwagen bleef staan en uit beeld verdween toen hij zich tussen die auto en een betonnen pilaar wurmde.

De volgende scène speelde zich een paar minuten later af toen Hesk van achter de pilaar rondkeek, zijn mobiel tegen zijn oor gedrukt. Zijn mond bewoog alsof hij iets zei, waarna hij zijn mobiel in de zak van zijn colbert stopte en in de richting van de camera liep.

'Torben, check met wie hij gesproken heeft.' Heinesen wendde zich tot Hemmer, die knikte.

'Goed idee, Morten,' zei Sleizner, en hij stak zijn duim op.

Wat Hesk in het oog had gekregen, viel niet te zien. Maar het was in elk geval iets wat maakte dat hij zijn rechterhand in zijn colbert stak, alsof hij zijn pistool tevoorschijn wilde halen. Vervolgens had hij zich blijkbaar bedacht en pakte hij in plaats daarvan zijn politielegitimatie. Was er iemand op wie hij was gestuit? Iemand buiten beeld? Ja, nu zag hij het. Een persoon die door Hesk zelf aan het zicht werd onttrokken en die alleen te zien was aan de schaduw die op de betonvloer viel.

Was het hier allemaal fout gelopen?

'Zie ik het verkeerd, of staat er iemand vlak achter hem?' vroeg Hemmer.

'O ja, waar dan?' Sleizner deed een stap in de richting van het projectiescherm.

'Daar.' Hemmer wees. 'Zie je die schaduw op de grond niet?'

Voordat Sleizner kon antwoorden wierp de schaduw zich op Hesk, die voorover viel met de man bovenop zich. Een man die na te zijn opgestaan een vrouw bleek te zijn.

'Godverdegodver, het is toch niet waar?' Sleizner draaide zich om naar de anderen terwijl Hesk overeind probeerde te komen en weer het zicht op de vrouw blokkeerde. 'Zagen jullie wie dat was? Hè? Zagen jullie dat?'

Maar dat was pas het geval toen Hesk weer op de grond viel, deze keer bewusteloos en met zijn pistool in zijn hand.

'Dat is Dunja Hougaard,' ging Sleizner verder terwijl Dunja zich over Hesk heen boog, het pistool uit zijn hand wrikte, zijn beide handen beetpakte en hem over de betonvloer en uit beeld sleepte. 'Van alle klootzakken is uitgerekend zij degene die hem wat heeft aangedaan.'

Heinesen was met stomheid geslagen. Dunja Hougaard. Gebeurde dit echt?

Dat Sleizner haar meer dan wat ook haatte, was niemand ontgaan, en toen hij dat opsporingsbevel had laten uitgaan, waren de meesten het erover eens geweest dat hij in zijn persoonlijke vendetta een stap te ver ging. Maar dat was dus blijkbaar niet zo. Het leek er nu juist op dat hij alle anderen een stap vóór was.

'Mogen we dat nog een keer zien?' vroeg hij uiteindelijk, en toen de beelden opnieuw langsflitsten kon hij zien dat zij het inderdaad was en dat ze Hesk met één elleboogstoot bewusteloos sloeg en hem daarna over de grond wegsleepte. In de volgende scène, die zich anderhalf uur later afspeelde, zagen ze twee mannen in camouflagekleding die iets droegen wat niets anders kon zijn dan een menselijk lichaam, helemaal verpakt in zwarte vuilniszakken en stevige tape.

'Maar wacht nou eens even.' Bernstorff keek de anderen aan. 'Die Dunja, die jullie blijkbaar allemaal kennen, wat heeft zij met ons onderzoek te maken?'

'Dat is een goede vraag.' Sleizner richtte zich tot haar. 'Een heel goede vraag. Ze heeft een paar jaar hier op de afdeling gewerkt, en degenen die mij kennen, weten dat ik haar nooit heb gemogen. De lijst met missers en overtredingen waaraan ze zich schuldig heeft gemaakt, is langer dan een wc-rol. Dat ze gevaarlijk is en een bedreiging kon vormen, is geen verrassing. Dat is precies de reden dat ze gezocht wordt. Maar ik moet toch zeggen dat dit wel het toppunt is.'

'En wat heeft ze tegen Hesk?' vroeg Hemmer.

'Ook dat is een goede vraag.' Sleizner spreidde zijn handen, terwijl Hesks blauwe Peugeot in de linkerbovenhoek de garage uit reed en uit beeld verdween. 'Het enige wat ik weet is dat ze bepaalde controversen hadden toen zij net nieuw was en Hesk en zij bij een onderzoek moesten samenwerken. Jan was natuurlijk altijd loyaal aan mij, en dat steekt dan misschien bij iemand die…' Hij werd onderbroken door zijn eigen mobiel. 'Met Kim Sleizner… Aha… Oké…' Hij slaakte een lange, diepe zucht en begon zijn voorhoofd met zijn vrije hand te masseren. 'Nee, dat heeft geen zin. Dan kunnen jullie het daar net zo goed afronden en de boel inpakken… Dag.' Hij drukte het gesprek weg, legde zijn mobiel neer, slikte, veegde eerst zijn ene oog af en daarna het andere voordat hij zich omdraaide naar de anderen. 'Ze hebben het stoffelijk overschot gevonden.'

43

Het privéadres van Flemming Friis, die verantwoordelijk was voor het detentiecentrum in Helsingør, was tijdens de korte oversteek naar het buurland in een paar klikken gevonden en stond nu op het scherm van zijn telefoon. Koldingvej 6, even ten zuiden van Helsingør, een rood bakstenen huis dat deed denken aan de woning waar zijn moeder had gewoond voordat ze tegen haar zin naar een verpleeghuis was verkast, waar ze binnen een halfjaar was weggekwijnd.

Fabian had Friis al twee keer eerder ontmoet, maar beide keren had hij het idee gehad dat hij geen eerlijke antwoorden had gekregen inzake de details rond Theodors zelfmoord. Het enige wat hij te horen had gekregen waren smoezen en geforceerde uitvluchten.

Daarom was hij deze avond niet naar Friis' werk gegaan, maar naar zijn huis. Dit was namelijk geen werk, dit was privé. Dat was ook de reden dat hij zijn dienstwapen thuis had gelaten.

Hij parkeerde op straat pal voor het huis. Hij wilde geen tijd kwijt zijn aan het verkennen van de gezapige villawijk en zijn auto op een plekje achteraf zetten. Híj had immers niets te verbergen.

Daarna opende hij het handschoenenvakje, nam het in stof gewikkelde pakket met het pistool eruit waar Theodor een keer mee was thuisgekomen en vouwde het open, en toen hij het magazijn had gevuld met munitie en die in de kolf omhoog had gedrukt, stak hij het pistool met het weggevijlde serienummer in zijn schouderholster en stapte uit.

Net als de meeste andere huizen in de wijk was het huis van Friis omgeven door een begroeide schutting van twee meter hoog, die beschermde tegen alle inkijk. Er waren weliswaar een vergrendelde garagedeur en een deur met een intercom, maar hij koos ervoor over de schutting te klimmen en er aan de andere kant weer af te springen. Het was dan ook geen beleefdheidsbezoek dat hij aflegde, meer een verrassingsbezoek.

Tuinieren was blijkbaar niet Friis' grootste hobby. Het gazon was weliswaar gemaaid, maar was zo bruinverbrand en droog dat een zonnestraal door een geslepen bril het gemakkelijk vlam zou kunnen laten vatten. Hier en daar stonden oude aalbessenstruiken die al lang geleden alle pogingen hadden opgegeven om vrucht te dragen, en midden in de tuin, naast een stel tuinmeubels, stond een droogrek dat volhing met ondergoed. Daaruit viel af te lezen dat de familie Friis bestond uit Flemming zelf, zijn vrouw en twee kinderen, een dochter van een jaar of twaalf, dertien en een zoon van rond de tien.

In de hoek aan zijn rechterkant bevond zich een schommel, en ook was er een zandbak die de natuur al aardig aan het heroveren was. Een paar meter daarvandaan stond een trampoline. De zoon zat op de rand naar hem te kijken. Fabian stak zijn hand op en zwaaide glimlachend. Alsof het de gewoonste zaak van de wereld was dat er een wildvreemde vent over de schutting klom.

'Wie ben jij?' riep de jongen in het Deens, en hij ging op de trampoline staan.

'Ik heet Fabian,' antwoordde hij in het Zweeds, terwijl hij bleef zwaaien. 'Fabian Risk.'

Maar de jongen zwaaide niet terug. In plaats daarvan zei hij niets en ging zijn blik heen en weer tussen hem en het huis. 'Ik zag wat je deed, dat mag helemaal niet.'

'Nee, daar heb je gelijk in,' zei Fabian, terwijl hij koers zette naar de trampoline. 'Maar soms doe je zulke dingen toch, niet waar? Heb jij zelf nooit iets gedaan wat niet mocht?'

De jongen schudde zijn hoofd.

'Echt niet? Ik bedoel: soms heb je misschien geen andere keus.'

'Je hebt altijd een keus. Althans, dat zegt mijn vader.'

Fabian knikte. 'Dat zei ik ook altijd tegen mijn zoon.'

'Heb jij een zoon? Hoe oud is die? Is hij net zo groot als ik?'

Fabian begon te lachen en knikte. 'Zestien. Hij zou dit voorjaar zeventien worden.'

De jongen keek hem vragend aan. Maar hij vroeg niets en ging in plaats daarvan weer op de rand van de trampoline zitten. 'Mijn moeder komt ook uit Zweden,' zei de jongen in het Zweeds.

'Kijk eens aan. En jij spreekt vloeiend Deens en Zweeds. Knap hoor.'

'Ik heb nooit in Zweden gewoond, maar mijn opa en oma wonen daar. En mijn oom, en mijn neefjes en nichtjes. Maar ik heb vandaag een ijsje uit de vriezer gepikt zonder het te vragen.' De jongen keek Fabian aan. 'Ik heb het gewoon gedaan, ook al mag dat niet. Maar ik heb het tegen niemand gezegd.'

'Ik beloof het niet te vertellen, als jij mij belooft om niet te vertellen wat ik net gedaan heb.'

Weer een stilte.

'Hoor jij bij de goeien of ben je een van die mensen die papa opsluit?'

'Ik probeer mijn hele leven al goed te doen, maar dat is niet zo best gelukt, en nu...' Fabian haalde zijn schouders op. 'Nu weet ik het eerlijk gezegd niet meer.'

'Je lijkt in elk geval heel aardig. Als je wilt, kan ik tegen mijn vader zeggen dat hij je niet moet opsluiten.'

'Dat is lief, maar dat...'

'Hé,' hoorden ze iemand vanuit het huis roepen.

Fabian draaide zich om en zag Flemming Friis met ontbloot bovenlijf voor het open raam staan.

'Wat doe jij hier in godsnaam?' ging hij verder. 'Wegwezen. Dit is privéterrein!'

'Hij heet Fabian Risk en komt uit Zweden,' riep de jongen.
Hoewel er meer dan tien meter tussen hen was, kon Fabian zien hoe Friis' gezicht bevroor.
'Anton! Kom onmiddellijk binnen!'
'Waarom?'
'Omdat ik het zeg! Kom hier, en een beetje snel!'
'Maar ik wil niet.'
'Anton! Luister naar je vader en doe wat hij zegt,' riep de moeder, die voor het raam ernaast stond te wenken dat hij voort moest maken.
'Het is misschien beter dat je doet wat ze zeggen.' Fabian woelde met zijn hand door het haar van de jongen. 'Dan kunnen je vader en ik even praten.'
De jongen zuchtte en liet zich van de trampoline tillen. 'Maar beloof niets te zeggen over dat ijsje. Dat moet je beloven.'
'Ik beloof het.'
Ze schudden elkaar de hand, waarna de jongen wegspurtte over het gazon en in het huis verdween. Even daarna kwam Flemming Friis vastberaden op hem aflopen terwijl hij een trui over zijn buik omlaag trok.
'Ik weet niet waar je mee bezig bent,' zei hij op hem wijzend. 'Maar wanneer je mijn tuin nu niet onmiddellijk verlaat op dezelfde manier als je gekomen bent, bel ik de politie.'
'Leuke zoon heb je,' zei Fabian zonder ook maar enige aanstalten te maken om te vertrekken. 'Ontzettend leuk zelfs.'
'Wegwezen hier, is dat duidelijk? Eruit!'
'Het moet heerlijk zijn om thuis te komen bij een gezin waar niemand ontbreekt. Ik hoop voor jou dat je daar nog een tijdje van kunt genieten, want je weet namelijk nooit wanneer dat eindigt.'
'Oké, nu bel ik de politie om je te komen halen.' Friis haalde zijn telefoon tevoorschijn en ontgrendelde die.
'Ik heb een voorstel. Wat zou je ervan zeggen als we onze telefoons met rust laten?' Fabian was in twee stappen bij hem, rukte de

telefoon uit Friis' hand en smeet hem weg over het gras. 'Die geven toch alleen maar een heleboel kankerverwekkende straling af.'

De gebalde vuist trof hem met volle kracht in zijn gezicht. Maar hij voelde niets, hoorde alleen dat er iets kapot ging in zijn neus, die begon te bloeden.

'Eruit zei ik, *fucking idiot*!' brulde Friis, en hij hield zijn pistool met trillende handen vast. 'En ja, ik schiet. Daar kun je vergif op innemen. Ik schiet als je nu niet weggaat.'

'Ik ook.' Fabian trok zijn pistool, ontgrendelde het en richtte het op Friis. 'De vraag is alleen wie er het meest te verliezen heeft. Jij of ik?' Hij pakte met zijn linkerhand in één beweging de loop van Friis' pistool beet en trok dat naar opzij, terwijl hij de benen onder de man vandaan schopte.

Het ging allemaal zo snel dat Friis pas kon reageren toen hij op zijn rug in het gras lag met Fabian boven op zich en beide pistolen tegen zijn slapen geduwd.

'Ik heb zelf geen gezin meer,' ging Fabian verder terwijl de donkerrode druppels uit zijn neus in Friis' gezicht liepen. 'Mijn zoon heb je me al afgenomen en de rest van mijn gezin is vandaag bij mij weggegaan. Dus zonder al te veel over jouw leven te weten, gok ik dat jij het meest te verliezen hebt. Te oordelen naar wat ik heb gezien is dat behoorlijk veel.'

'Wat wil je?' Friis beefde over zijn hele lichaam en stond op het punt in te storten. 'Wat wil je, verdomme?'

'Hier weg,' zei Fabian. 'Ik wil niets liever dan weggaan en jou, je vrouw, jullie dochter en vooral jullie leuke zoon met rust laten. Maar om op te staan en weer over de schutting te klimmen, wil ik eerst van jou horen wat er met mijn zoon is gebeurd. Waarom hij in dat detentiecentrum van jou herhaalde malen is blootgesteld aan zware mishandeling. Waarom hij in isolatie zat in een voorraadhok waar alles aanwezig was wat hij nodig had wanneer hij zou breken.'

'Dat heb ik je al verteld. Ik heb gezegd dat hij...'

Fabian sloeg hem met het pistool. De klap met de kolf was zo hard dat het bloed schoksgewijs uit de open wond onder zijn ene oog pompte. 'Nu bloeden we allebei. Of het daarbij blijft, is aan jou.'

'Ik heb geen idee. Ik kan niet meer zeggen dan wat ik al heb...'

De volgende klap raakte hem op hetzelfde punt en in dezelfde wond, die nu zo diep werd dat het voor altijd een litteken zou blijven.

'Nee, blijkbaar niet.' Fabian keek toe hoe Friis vocht tegen de pijn. 'En dan hebben we onmiskenbaar een klein dilemma. Jij kunt niet meer vertellen dan je al gedaan hebt, en ik kan niet gaan voordat ik antwoorden heb. Dus de vraag is hoe we dat gaan aanpakken. Er doet namelijk een gerucht de ronde dat ik geneigd ben te geloven. Een gerucht dat beweert dat de mishandeling van mijn zoon heeft plaatsgevonden op bevel van de hoogste leiding. Dat wil zeggen van jou.'

'Nee.' Friis schudde zijn hoofd. 'Nee, dat is niet waar.'

'Nu zou ik heel, heel voorzichtig zijn als ik jou was.' Met behulp van zijn ene hand en de loop van het pistool dwong Fabian Friis, ondanks diens tegenstribbelen, zijn mond open te doen. 'Je begrijpt dat ik veel grenzen gepasseerd ben. Grenzen waarvan ik een paar dagen geleden nooit had gedacht dat ik daar ook maar bij in de buurt zou komen.' Daarna drukte hij de loop van het pistool zo ver in Friis' mond als maar ging. 'Voor je eigen bestwil, dwing me niet om er nog eentje over te gaan.'

Friis probeerde wat te zeggen, maar het was onmogelijk te horen wát. Waarschijnlijk nieuwe excuses en uitvluchten. Uitvluchten die zouden maken dat Fabian zou afdrukken als hij ze zou horen.

Hij was aan het einde van de weg gekomen. Er waren nu zo weinig alternatieven dat het nu óf-óf was. Doorgaan of stoppen. Tegelijkertijd was de verleiding nooit groter geweest om maar één optie over te laten. Alsof het eigenlijk niet aan hem was. Alsof hij er altijd al toe was aangetrokken. Net als waar Matilda het de hele tijd over had. Dat je lot was bepaald. Dat alles al was voorbestemd.

Hij keek omlaag en trok de loop van het pistool weer tevoorschijn, waarna Friis zwetend en bloedend begon te rochelen en vervolgens te praten.

'Ik was het niet, Fabian. Je moet me geloven. Ik was het niet,' zei Friis zwaar hijgend terwijl Fabian overeind kwam. 'Ik heb alleen maar gehandeld in opdracht van Kopenhagen. Begrijp je? Van Kim. Weet je wie dat is? Kim Sleizner.'

44

Ze hadden de bestelauto maar een paar meter van het oude, verbouwde silogebouw gezet waarvan Sleizner de bovenste verdieping bewoonde. Dat was niet bepaald een plek achteraf; ze stonden midden op de fietsstrook op Islands Brygge. Een fietsstrook die in het verlengde lag van Bryggebroen, de brug die op zijn beurt het water naar Vesterbro kruiste en daardoor een drukke verkeersader was.

Zelf had ze voorgesteld om een van de vele lege parkeerhavens in de straat achter de silo te nemen om niet in het blikveld van alle passanten te staan, maar Fareed had voet bij stuk gehouden en meende dat dit juist het minst slechte alternatief was. Sleizners woning keek uit over het water, en als ze binnen het bereik van de camera's wilden blijven als hij eenmaal binnen was in het appartement, moesten ze niet het hele pand tussen zich in hebben.

Er was daar in elk geval een putdeksel die ze hadden kunnen openmaken en hadden afgezet met pylonen en knipperende waarschuwingslichten, en om de dekmantel nog wat geloofwaardiger te maken, hadden ze een paar losse kabels in de put omlaag gestoken. Nu kon ze alleen maar hopen dat hun voorbereidingen in de woning van Sleizner niet te veel tijd in beslag zouden nemen.

Wat Michael Rønning betrof hoopte ze echter nergens meer op. Zijn samenwerking met Sleizner was nog zo'n grote schok dat het maar de vraag was of ze daar ooit overheen zou komen. Dat hij dat vast met de beste bedoelingen had gedaan in de overtuiging dat het voor haar eigen bestwil was, veranderde niets aan het feit dat ze zich nooit eerder zo verraden had gevoeld.

Dat, samen met de brand en de moord op Qiang, had alles veranderd. Als er eerder nog een speelveld was geweest met bepaalde regels, dan was dat nu verdwenen. Daarom was het nu afgelopen met in de schaduw blijven en op afstand voldoende bewijs proberen te verzamelen om Sleizner veroordeeld te krijgen. Vanaf nu ontbrak de motivatie om zo veel mogelijk de wet te volgen en het rechte pad te bewandelen.

In plaats daarvan hadden ze nu een plan bedacht dat hem onmiddellijk zou laten bekennen. Een plan dat even simpel en effectief als illegaal was. 'Oké, ik ben binnen,' hoorde ze Fareed in de luidsprekers zeggen, en op het scherm dat beelden van zijn voorste camera toonde kon ze zien hoe hij de loper weer in het etui stopte en verder het gebouw in liep.

'Neem de lift,' zei ze. 'Daar is het risico om iemand tegen te komen het kleinst.'

'Maar dan verliezen we het contact tot ik boven ben.'

'Dan moeten we hopen dat we niet te veel uit elkaar zijn gegroeid als jij boven bent.'

Op het ene scherm volgde ze Fareeds weg naar en in de lift. Op het tweede was ze zijn ogen in zijn nek. Maar op het moment dat de liftdeuren dichtgingen, begonnen de beelden te haperen en bevroren ze om uiteindelijk helemaal te verdwijnen.

Tegelijkertijd ging het alarm af dat aangaf dat het negen uur was, en ze ging gauw naar de website van de politie, waar ze op de link klikte voor de live uitgezonden persconferentie die Sleizner had aangekondigd. Waar die precies over ging leek niemand te weten, en in de media werd al uitvoerig gespeculeerd over alle mogelijke opties, van iets doorslaggevends in het lopende moordonderzoek tot de aankondiging van zijn aftreden.

Het kon haar weinig schelen. Het enige wat van belang was, was dat hij niet thuis was. Dat ze rustig al hun voorbereidingen konden treffen. Om die reden voelde het allesbehalve goed dat het podium voor alle camera's en microfoons nog steeds leeg was, hoewel het al een paar minuten over negen was.

Het was op zich niet ongebruikelijk dat persconferenties na de aangekondigde tijd begonnen, zeker niet als het Sleizner betrof. Hij vond het heerlijk om anderen te laten wachten. Maar deze keer was het wel onrustbarend. Was dit hele spektakel in werkelijkheid een val om ze in een hinderlaag te lokken?

De beelden van Fareeds camera's kwamen weer tot leven en lieten zien dat hij de lift had verlaten en op weg was naar de appartementsdeur met K. SLEIZNER op het naambordje.

'Hé,' zei ze, en ze deed haar headset goed. 'De vraag is of we niet even moeten wachten.'

'Waarom?' vroeg Fareed. 'Dit is onze kans.'

'Feit is dat de persconferentie nog steeds niet begonnen is. Het podium is helemaal leeg en stel dat dit allemaal gewoon een...'

'Oké, ik snap het,' onderbrak Fareed haar, en je zag op de schermen dat hij om zich heen keek of hij zich ergens kon verschuilen.

'Ik denk dat je beter maar weer kunt terugkomen,' zei ze zonder haar ogen van het scherm met het lege podium te halen. 'Zo gauw mogelijk, voordat je... of wacht, nu gebeurt er iets,' onderbrak ze zichzelf. 'Ja, nu komt hij eindelijk.' Ze was nog nooit zo blij geweest om Sleizner te zien als nu. 'Niks aan de hand. Ga maar gewoon verder.'

Op het tv-scherm nam Sleizner plaats op het podium, vulde een glas met water en dronk een paar slokken. Op het scherm ernaast was Fareed ondertussen terug bij de appartementsdeur, druk doende het codeslot te onderzoeken.

Voor zijn doen als hij op een podium in het middelpunt van de belangstelling stond, kwam Sleizner buitengewoon gereserveerd over. 'Ik wil allereerst iedereen welkom heten op deze verlate persconferentie. Het spijt me dat jullie hebben moeten wachten.' Hij zweeg en nam nog een slok water.

Dunja begreep er niets van. Dat Sleizner zijn verontschuldigingen aanbood, was nooit eerder vertoond.

'Zoals sommigen van jullie wellicht weten, is mijn naam Kim Sleizner,' ging hij verder. 'Ik ben verantwoordelijk voor de afdeling Moordzaken hier in Kopenhagen, en ik heb vanochtend vernomen dat een van mijn medewerkers, Jan Hesk, sinds gisteravond vermist werd.' Hij zweeg en slikte een paar keer. 'Na een intensieve zoektocht heb ik vanmiddag het bericht ontvangen waar ik al bang voor was.' Hij laste nog een pauze in en dronk het laatste beetje water op. 'Vandaag om vijf voor halfdrie heeft ons duikteam het lichaam van Jan Hesk aangetroffen op de zeebodem bij het oostelijke deel van Islands Brygge.'

Jan Hesk dood. Dunja kon alleen haar hoofd maar schudden. Hesk, die altijd op de afdeling Moordzaken had gewerkt en daar als een natuurwet altijd zou blijven. Ze hadden het niet bijster goed met elkaar kunnen vinden in de tijd dat ze samenwerkten, want zij vond hem maar ouderwets en sloom, en hij had zich aan haar geërgerd omdat ze als groentje was komen binnendenderen en kritiek op hem had geleverd, maar toch was hij er altijd geweest als ze hem nodig had.

'Jan Hesk is dood,' zei ze tegen Fareed, die het toetsenpaneel van het codeslot aan het losmaken was. 'Daar gaat die persconferentie over.'

'Dood? Maar...? Hoe dan? We hebben hem gisteravond nog gezien toen...'

'Ik weet het. Maar ze hebben hem blijkbaar vanmiddag aangetroffen in het water bij Islands Brygge.'

'Jan Hesk was niet alleen een van mijn bekwaamste medewerkers,' ging Sleizner met onvaste stem verder. 'Hij was bovendien een van mijn absoluut beste vrienden. Daarom doet het mij mogelijk nog meer pijn om te vertellen dat de sectie van het lichaam heeft uitgewezen dat het geen ongeluk was, maar dat Jan Hesk om het leven is gebracht.'

Ze had hem jaren niet gezien, en dan lopen ze elkaar een paar uur voordat hij sterft tegen het lijf. Voordat hij wordt vermóórd. Was dat toeval of nog een zet van de man op het podium? De vraag bleef in de lucht hangen toen ze op een van de vier schermen die het gebied rond de bestelauto in de gaten hielden, zag dat er een parkeerwacht naar de afzetting rond de put kwam lopen. Dat was nou net waar ze bang voor was geweest, maar ze kon niets doen. Als hij hen wilde beboeten, dan was dat maar zo. Op dit moment was dat hun minste probleem.

'Moord op een politieman is zoals jullie begrijpen iets wat wij extra serieus nemen, en we zijn daarom al druk bezig met een onderzoek,' hoorde ze Sleizner vervolgen.

'Oké, ik ben binnen,' zei Fareed op het moment dat ze zag dat de parkeerwacht over de afzetting klom en met zijn zaklamp in de afvoerput scheen, voordat hij zijn mobiel pakte en alles fotografeerde, van de open put tot de afzetting en de bestelauto.

'Hoe gaat het daar?'

'Je bedoelt buiten het feit dat iemand Hesk om zeep heeft geholpen en een of andere overijverige boa hier buiten foto's staat te maken?'

'Wat voor foto's?'

'Van de put en de auto en...'

'Je moet naar buiten gaan en met hem praten.'

'Wat moet ik dan zeggen? Er valt weinig te...'

'Verzin een verklaring, wat dan ook, zolang hij die maar slikt.'

'Oké.' Ze kwam overeind en stapte via het achterportier uit. 'Pardon,' zei ze op weg naar de parkeerwacht, die haar aankeek. 'Is er een probleem?'

'Hier mogen jullie niet staan. Je staat midden op de fietsstrook.'

'Daar zijn we ons van bewust, maar dit kabelwerk moet gedaan worden.'

‘Wat voor kabelwerk? Er staat niets over in ons systeem.’

‘Niet?’

‘Nee, dus ik moet jullie vragen je boeltje bij elkaar te pakken en de fietsstrook zo gauw mogelijk weer vrij te maken voor doorgaand verkeer.’

‘Helaas, dat gaat niet. Zoals je ziet zijn we er druk mee bezig en we kunnen niet verplaatsen voordat dit…’

‘Dat is dan jullie probleem. Niet het mijne,’ onderbrak de parkeerwacht haar. ‘Jullie krijgen vijf minuten. Anders moet ik een melding maken.’

‘Wacht eens even. Hoe kan het nou ons probleem zijn dat jij het niet in jullie systeem kan zien? Ik snap dat dat lastig voor je is, maar ik begrijp eerlijk gezegd niet wat ik daaraan moet doen.’

‘Jullie moeten je boeltje inpakken en de auto verplaatsen omdat jullie geen toestemming hebben om…’

‘Wie heeft gezegd dat wij geen toestemming hebben, alleen omdat het niet op jouw scherm te zien is? Tja.’ Ze haalde haar schouders op. ‘Jullie hebben vast een of ander nieuw IT-systeem geïmplementeerd of zo.’

‘Ja, dat is waar, maar dan krijgen we nooit zulke fouten. Het gaat dan bijna altijd over de positie en tijdsaanduidingen van boten die niet willen…’

‘Luister, het spijt me.’ Dunja stak haar handen in de lucht. ‘Maar hier heb ik geen tijd voor. We hebben een paar glasvezelkabels die erin moeten, en daar hebben we sinds vanochtend groen licht voor. Wat er wel of niet op jouw scherm staat, dat moet je maar uitvechten met jullie IT-afdeling. En nu moet ik je vragen buiten de afzetting te gaan staan. Dat moet van de verzekering. Anders ben ik degene die een melding moet maken.’

De parkeerwacht liep achteruit en ging aan de andere kant van de afzetting staan, waar hij een tijdje bleef hangen, zijn blik afwisselend op zijn handcomputer, de bestelauto en de open putdeksel gericht, voordat hij uiteindelijk doorliep.

Dunja ging weer naar binnen, deed de portieren op slot en ging zitten om te rapporteren dat het probleem was opgelost. Maar de aanblik die haar wachtte, maakte dat ze bleef steken in haar beweging, haar blik op een van de schermen gericht waarop zij zelf te zien was, als keek ze in een spiegel. Pas een paar seconden later bedacht ze dat ze het geluid harder moest zetten.

'Dunja Hougaard heeft een verleden op mijn afdeling,' hoorde ze Sleizner zeggen, die weer terug was in beeld. 'Toen al lag ze met Jan Hesk overhoop, en twee jaar geleden, nadat ze onder andere mijn handtekening had vervalst, zag ik geen andere uitweg dan haar te ontslaan.'

'Hallo? Dunja, ben je daar?' hoorde ze Fareed vragen, die zichtbaar op verkenning was in het luxueuze appartement.

'Ja, ik ben hier, Fareed. Maar Sleizner, hij... hij beschuldigt mij.'

'Ik kon toen amper bevroeden dat ik een paar jaar later een intern opsporingsbevel voor haar zou moeten doen uitgaan, en dat is twee dagen geleden gebeurd,' ging Sleizner verder. 'En nu dit.' Hij zweeg en schudde zijn hoofd.

'Dunja, hier is het.' Fareed bevond zich in een ruimte zonder ramen voor een multigym met weerstandsbanden, gewichten en verschillende handgrepen. 'Maar het is hier te krap, er is geen plaats voor de camera en zo.'

'Fareed, hij beschuldigt mij van die moord,' zei ze. 'Begrijp je dat? Hij wil mij ervoor...'

'Maar hier zou het moeten lukken. Toch? Er is zelfs een afzuigkap.' Fareed kwam in een keuken met een grote, brede kookplaat onder een al even grote wasemkap. 'Het enige wat we hoeven te doen is die eettafel even verplaatsen,' ging hij verder. 'Wat vind je?' Hij draaide zich om naar de tafel, zodat ze die op het scherm zou kunnen zien. 'Hallo? Dunja? Je ziet dat ik in de keuken ben, toch? Of ben je het contact met de camera's kwijt?'

'En hoe weten jullie dat Dunja Hougaard achter die moord zit?' vroeg een van de verslaggevers op het tv-scherm.

'Nee hoor, ik zie en hoor je,' zei Dunja in de headset. 'Maar kun jij mij horen?'

'Bedankt voor je vraag,' zei Sleizner. 'Dat wilde ik net gaan vertellen.'

'Ja hoor, luid en duidelijk,' zei Fareed terwijl hij de stoelen rond de eettafel opzijzette. 'Een beetje schokkerig en vertraagd, maar dat is geen probleem.'

'Deze sequentie is van gisteravond laat,' vervolgde Sleizner. 'Die is afkomstig van een bewakingscamera in een parkeergarage in de binnenstad van Kopenhagen.'

Dat was minder dan een etmaal geleden gebeurd. Toch had ze het al verdrongen, alsof het nooit had plaatsgevonden. Maar nu kwam alles terug. Nu ze de bewakingsfilm zag waarop Hesk met zijn rug naar de camera en een pistool in zijn hand stond.

Op de achtergrond was van ver het geluid van een helikopter te horen. Daar had ze niet aan gedacht toen ze vlak achter hem in die garage had gestaan. Toen was haar hele aandacht erop gericht ervoor te zorgen dat hij niet rechtstreeks in de fuik zou lopen. Maar nu ze zag hoe hij na haar klap in elkaar was gezakt, kon ze bijna niet geloven dat zij dat zelf veroorzaakt had.

Het geluid van de helikopter werd steeds luider, hoewel de bewakingsfilm was afgelopen en Sleizner weer terug was in beeld, en pas nu besefte ze dat dat geluid helemaal niet afkomstig was van de tv-uitzending.

'Dan plaatsen we de camera hier en de gym daar.' Op het scherm zag je hoe Fareed in de keuken om zich heen keek, waar de eettafel nu in de hoek was geschoven. 'Maar die is te zwaar om hem in mijn eentje te kunnen verplaatsen.'

'Alle middelen worden nu ingezet om haar op te pakken, en we zijn blij met alle tips van het publiek.'

'Fareed, je moet naar me luisteren,' zei ze terwijl ze zag hoe ze het pistool uit Hesks hand trok, het in haar broekband stopte en hem over de betonvloer wegsleepte. 'Ze hebben...'

'Maar als we het samen doen, hoeft het geen probleem te zijn.'

'Fareed, verdomme,' onderbrak ze hem terwijl hun bestelauto in beeld kwam.

'We hebben sterke vermoedens dat ze zich verplaatsen in deze bestelauto met kenteken DH 48 895. Dat is al naar alle instanties verstuurd...'

'Maar dat is de enige kans als we die gym in...'

'Kun je je bek even houden en luisteren?'

'Hallo? Dunja, zei je wat?'

De helikopter was nu zo luid en duidelijk te horen dat je de ratelende rotorbladen zonder probleem kon onderscheiden van het geluid van de motor. 'Ja, ik zei wat. Die klootzak laat mij nu opsporen voor de moord op Hesk,' zei ze terwijl ze op de schermen probeerde te zien waar de helikopter van plan was te landen. Maar ze kon hem niet zien, niet in de achtercamera, en niet in de voorste of de twee zijcamera's.

'Je bent slecht te verstaan. Probeer in de headset te praten.'

'Dat doe ik ook! Maar er cirkelt hier een helikopter rond.'

'Ja, nu hoor ik hem ook. Ze zijn misschien nog verder aan het dreggen.'

'Nee, ze hebben de dader al duidelijk in beeld, en dat ben ik!'

'Echt waar?'

'Ja, die klootzak heeft net in een directe uitzending beelden van de garage laten zien waar ik Hesk tegen de grond werk en hem naar de auto sleep. Ons kenteken is zelfs al...'

'Oké, ik kom naar beneden. Pak de boel in, dan vertrekken we.'

Dunja kwam overeind om naar het achterportier te lopen, toen ze een luide dreun hoorde die de bestelauto deed schudden. Ze keerde terug naar de schermen, maar zag buiten nog steeds niets. Ze begreep het pas toen ze weer een dreun hoorde en het dak boven haar indeukte.

'Ze zijn al hier.' Met haar blik op het dak liep ze achteruit naar de bestuurdersplaats. 'Ik kan niet op je wachten. We zien elkaar op de ontmoetingsplek.' Ze ging achter het stuur zitten en stak de sleutel in het contactslot terwijl ze ver weg – door het geluid van de ratelende rotorbladen heen – sirenes dichterbij hoorde komen.

Maar ze kon niet eens de contactsleutel omdraaien voordat er een donker geklede man van een arrestatieteam vanaf het dak over de voorruit omlaag gleed en op de grond bij het bestuurdersportier landde. Een paar klappen met de kolf van zijn automatische vuurwapen later had hij de zijruit ingetikt en het portier opengemaakt.

Dunja trok zich zo snel mogelijk terug naar de achterportieren, die met een stevige klap geopend werden door een tweede donker geklede figuur met een kogelwerend vest en een veiligheidshelm op. Daarna probeerde ze achteruit terug te lopen om er via het zijportier uit te komen, maar sterke handen hadden haar al bij haar enkels gegrepen en trokken haar de auto uit, op de grond, waar ze op haar buik werd gedraaid en haar armen achter haar rug werden geboeid.

'Ben jij Camilla Krystchoff?' hoorde ze een stem vragen die op haar antwoord wachtte, wat niet kwam, waarop een hand haar hoofd omhoogtrok terwijl een andere haar met een felle zaklamp verblindde. 'Ja, dat is ze. '

Daarna werd ze overeind getrokken en naar een van de politieauto's met zwaailicht geleid, die met gierende banden voor hen stopte. Het ene achterportier ging open, ze werd op de achterbank geduwd, in de gordel gegespt, waarna de auto wegreed, langs de parkeerwacht die haar met twee geüniformeerde politiemensen stond na te kijken.

45

Lone Hesk zoog de rook naar binnen alsof ze het record diep inhaleren probeerde te verbreken. Op dit moment was dat het enige wat werkte. Door de nicotine trokken de aderen samen en versnelde haar hartslag. Jammer dat haar oude rokershoestje zich alweer manifesteerde. De tabak hield haar zenuwen onder controle. Ze nam nog een lange trek en de sigaret werd zo warm dat ze haar vingers brandde.

'Lone... de gloed nooit voorbij het streepje laten komen.' Sleizner schudde zijn hoofd terwijl hij Frederik V's Vej bij het Rigshospital in draaide. 'Ik zweer het je. Het is een hellend vlak. Als je die grens eenmaal gepasseerd bent zal al het andere in het leven uiteindelijk ook ontsporen, en voordat je het weet maak je je bed niet meer op en doe je de gordijnen niet meer open, en is het enige waar je nog puf voor hebt terwijl je koude ravioli zo uit het blik eet, door de asbak met je peuken te wroeten.'

Ze wilde tegen hem zeggen dat hij zijn betweterskop moest houden en zijn bijdehante opmerkingen voor zich moest houden. Maar dit was zijn auto. Hoewel hij op dit moment een van de drukstbezette mannen van Kopenhagen was, was hij helemaal naar Amager gereden om haar op te halen, en nu stond door haar toedoen bovendien de hele auto blauw van de rook zonder dat hij daarover morde. Nee, bij nader inzien was zij degene die haar mond moest houden. Hij bedoelde het goed, dat wist ze.

Feit was dat Sleizner al sinds de verdwijning van Jan heel zorgzaam was. Hij was niet alleen langsgekomen, maar had ook meerdere keren gebeld om te kijken of het goed met haar ging. Voor zover dat mogelijk was in haar situatie. Maar het was wel lief. Dat hij haar naar het forensisch lab reed om het lichaam te identificeren, was op zichzelf al veel meer dan hij eigenlijk had hoeven doen.

Ze parkeerden op een lege plek in het grind onder de bomen, die samen met de dichte struiken een groene muur van bladeren naar het Fælledpark aan de overkant vormden. 'Hier. Neem liever een nieuwe.' Sleizner hield haar een pas geopend pakje rode Prince voor.

'Ik vind jou helemaal geen type om te roken.' Ze draaide het zijraampje omlaag en gooide de gloeiende peuk naar buiten.

'Dat klopt.' Sleizner tikte met zijn middelvinger op de onderkant van het pakje zodat er een paar sigaretten omhoogkwamen. 'Deze zijn voor jou. Ik dacht dat je die wel kon gebruiken met alles wat je te wachten staat.'

Ze probeerde te glimlachen, maar dat werd meer een grimas, terwijl ze er een nieuwe sigaret uit trok en hem die liet aansteken.

'Neem gewoon de tijd die je nodig hebt,' ging hij verder, en hij gaf haar een klopje op haar been. 'Ik heb ze laten weten dat we er zijn en dat ze ervoor moeten zorgen dat de afdeling verlaten is tegen de tijd dat wij daar zijn, dus laat je niet opjagen.'

'Dank je,' zei ze knikkend. 'Bedankt.' Iets anders wist ze niet te zeggen. Dat ze dit alles zonder hem niet gered zou hebben, wist hij vast al wel.

Ze had in elk geval de koe bij de hoorns gevat en het nieuws gisteravond aan Katrine verteld. Ze had er eigenlijk mee willen wachten tot na de identificatie van vandaag, maar net als haar moeder en haar zus had Sleizner erop aangedrongen dat ze het zou zeggen, en ze hadden natuurlijk gelijk, want ook al keek haar dochter nooit naar het nieuws en las ze geen kranten, dat wilde natuurlijk niet zeggen dat haar vriendinnetjes of hun ouders dat ook niet deden.

Ze had geprobeerd zich voor te bereiden door er goed over na te denken hoe ze het 't beste kon vertellen. Maar toen ze eenmaal op de bank zaten, was ze gewoon gaan praten en ze had zichzelf *papa is dood* horen zeggen. Ze had geklonken als een nieuwslezer op de radio. *Ze hebben hem een paar uur geleden aangetroffen op de zeebodem bij Islands Brygge en zijn nu druk bezig te onderzoeken of er sprake is van een misdrijf.*

De stilte die volgde was zwaar genoeg om de woonkamer te laten instorten. Katrine had daar maar hoofdschuddend gezeten, haar handen voor haar oren. Daarna was ze opgestaan en had ze haar er schreeuwend van beschuldigd dat ze loog en het gewoon verzon, om op die manier alléén het ouderlijk gezag te krijgen nu haar vader het enige juiste had gedaan en bij haar was weggegaan. Zelf was ze tot niets anders in staat geweest dan daar te zitten en alle beschuldigingen aan te horen, terechte en onterechte, tot ze de klap van Katrines deur had gehoord en haar dochter zich had opgesloten op haar kamer.

Daarna was er geen gesprek meer met haar mogelijk geweest. Al haar pogingen waren uitgelopen op een onverstoorbaar zwijgen van de andere kant van de deur. Toen Sleizner ook nog gebeld had om te horen hoe het met haar was, was ze ingestort. Hij had aangeboden naar haar toe te komen, en hoewel ze uitdrukkelijk nee had gezegd, net als tegen haar moeder en haar zus en later ook tegen Adam, was hij in de auto gesprongen en naar haar toe gereden om haar bij te staan.

En naar hem had Katrine om de een of andere reden wel geluisterd. Hij had het zelfs voor elkaar gekregen dat ze haar kamer uit kwam en op de bank naast haar was gaan zitten zodat ze elkaar langdurig konden omhelzen en op elkaars schouder konden uithuilen. En dat was ook wel nodig geweest. Daarna had hij een pot thee gezet en die geserveerd met honing en een paar beschuitjes die hij in de kast had gevonden, waarna hij gedag had gezegd en ze met rust had gelaten. En nu zat ze hier haar eigen tijd en die van hem te verdoen terwijl de sigaret tussen haar vingers steeds verder opbrandde.

Ze was überhaupt niet klaar om hem te gaan identificeren, maar wanneer zou ze dat wel zijn? Wanneer zou ze sterk genoeg zijn om in te zien dat *hij háár* in de steek had gelaten en niet andersom. Dat zij nu degene was die er alleen voor stond met de aflossingen van het huis, waar ze geen geld voor had, en een winkel die zo snel mogelijk failliet moest worden verklaard. Waarschijnlijk nooit, dus ze kon het maar beter nu gelijk afhandelen.

Een kort knikje. Meer was niet nodig om hem te laten uitstappen, en voordat ze de gordel los had kunnen maken hield hij het passagiersportier open en had hij het zijraam dichtgedaan.

'Laat me je helpen. Er ligt hier een grote plas.'

Ze pakte Sleizners hand en stapte over het smerige bruine water waar haar peuk als een bootje in ronddreef, met rokende schoorsteen en al.

Bij de ingang van forensische geneeskunde werden ze ontvangen door een man en een vrouw in een witte jas en ieder met een map in hun hand, die hen begeleidden naar het mortuarium.

Hoe verder ze in de gang kwamen, hoe zwaarder het aanvoelde. Alsof ze door haar eigen schuldgevoel aan het waden was. Dat alles wat ze had geprobeerd te verdringen, maar waar ze zich de hele tijd bewust van was geweest, nu uit de schaduwen tevoorschijn kwam.

Wat zou het anders zijn? Hij had door haar geklaag en voortdurende ongenoegen uiteindelijk vast veel te grote risico's genomen in zijn ijver te bewijzen dat hij helemaal niet zo waardeloos was als waar zij hem altijd van had beschuldigd.

De man in de witte jas voor hen toetste een code in en hield de deur open, waarna de vrouw ze naar een koele ruimte bracht met langs twee van de muren drie rijen vierkante koeldeuren boven elkaar. Het rook er schoon en fris.

De man en de vrouw maakten samen een van de koelboxen in

de tweede rij open, trokken de slee met het overdekte lichaam eruit en deden een paar passen opzij.

'Ik zou graag willen dat jullie de ruimte verlaten en buiten wachten tot wij klaar zijn,' zei Sleizner.

'Maar wij moeten erbij blijven om te garanderen dat...'

'Dat hoeft helemaal niet. Ik ben van de politie en dat moet voldoende garantie zijn.' Hij liep naar ze toe en nam de mappen van ze over. 'Wij komen naar buiten als we klaar zijn.'

De man en de vrouw keken elkaar aan voordat ze met tegenzin knikten, naar de deur liepen en verdwenen. Sleizner kwam weer bij haar staan.

'Kom, dan is dat maar gebeurd,' zei hij, en hij pakte haar hand.

Huid tegen huid, alsof het zo hoorde. Het was grensoverschrijdend, maar ook fijn. Het was allemaal verwarrend en haar gevoelens wilden alle kanten op, maar toen ze eenmaal opkeek naar de uitgetrokken slee waarop de contouren van het lichaam van haar man zich onder het lichte laken aftekenden, begreep ze dat er geen andere opties waren dan het gewoon over zich heen te laten komen.

'Lone, neem alle tijd die je nodig hebt.' Sleizner had zich naar haar omgedraaid. 'Je hoeft je zoals gezegd niet te haasten, en als je alleen wilt zijn kan ik ook buiten wachten, dan kom jij naar buiten als je klaar bent.'

'Ik zou graag willen dat je blijft,' zei ze, en ze bleef zijn hand stevig vasthouden. Als die er niet was geweest, zou ze haar evenwicht hebben verloren en zijn ingestort.

'Oké, ben je zover?'

'Hoe weet je of je zover bent?'

'Het gaat heus wel goed.' Hij pakte een hoek van het laken beet en vouwde dat opzij.

Ze was niet voorbereid op de tranen die kwamen op het moment dat ze zijn gezicht zag. Zijn serene gezicht dat met zijn gesloten ogen aangaf dat niets hem meer zorgen kon baren, terwijl zij juist stond te trillen alsof er diep van binnen iets kapot was gegaan.

Ze hadden een dader, dat wist ze. Een vrouw genaamd Dunja Hougaard. Maar waarom en hoe zij Jan om het leven had gebracht, wist ze niet. Sleizner had gevraagd hoeveel details ze wilde hebben, en ze had gezegd: 'Zo min mogelijk.' Maar nu wilde ze het weten. Nu wilde ze precies horen waar die vrouw haar man aan had blootgesteld.

'Het eerste wat we moeten doen, is ons ervan verzekeren dat dit Jan is.' Sleizner richtte zich tot haar. 'Dus de vraag is of jij meer moet zien om dat te kunnen vaststellen.'

'Wat heeft ze met hem gedaan?'

'Pardon?'

'Die Dunja. Wat heeft ze met mijn Jan gedaan? Ik wil dat je alles vertelt wat jullie weten.'

'O, Lone...' Sleizner zuchtte en schudde zijn hoofd. 'Wil je dat pad echt nu bewandelen?'

'Ik moet het weten. Kun je dat dan niet begrijpen? Het is wel mijn Jan die daar ligt. Mijn man die er plotseling niet... niet meer is.'

'Ja, dat begrijp ik heel goed.' Sleizner knikte en sloeg zijn armen om haar heen. 'Ik begrijp het precies.' Hij hield haar zo stevig tegen zich aan dat ze de geur van zijn deodorant kon ruiken. Dat was dezelfde die Jan altijd had, Dior Sauvage, die ze voor de kerst voor hem had gekocht na dat etentje op Islands Brygge. 'Maar over een paar dagen weten we veel meer, en ik denk dat jij er dan ook meer klaar voor bent,' ging hij verder terwijl hij haar rug lichtjes streelde. Ze had zich afgevraagd of ze een jas zou aantrekken, maar had uiteindelijk besloten dat dat te warm was. En nu stond ze daar in haar dunne zomerjurk met een te diep decolleté en voelde ze zijn handen langs haar wervels op en neer glijden.

'Ik kan je daarentegen wel zeggen dat ze gelukkig is opgepakt,' ging hij verder terwijl zijn handen haar rug verkenden. 'Maar daar zijn we niet mee naar buiten getreden en je moet beloven dat voorlopig voor jezelf te houden.'

Ze knikte, ook al was ze nu geheel in beslag genomen door zijn strelende handen. Ze wilde die wegrukken en schreeuwen dat hij moest ophouden. Maar ze had er de kracht niet voor en kon alleen haar hoofd maar schudden.

'Kom kom, goed zo, Lone. Heel goed.' Hij streelde met zijn ene hand haar haar terwijl zijn andere hand verder onder haar jurk gleed.

'Kim. Niet doen.'

Hij ging fluisterend door met zijn lichte strelingen. 'Ik begrijp dat het moeilijk is, maar het komt goed. Dat beloof ik je. Zolang we op elkaar kunnen vertrouwen, komt alles goed. Dat is op dit moment het belangrijkste. Snap je wat ik bedoel?' Hij stopte met zijn liefkozingen en zocht haar blik.

'Ik weet het niet.'

'Wat ik probeer te zeggen, is dat je hierin niet alleen staat. Zo voelt het misschien wel, maar dat is niet zo. Ik ben er voor je, en ik zal er alles aan doen, en nog meer dan dat, om er exact achter te komen wat er gebeurd is en ervoor zorgen dat die Dunja Hougaard gestraft wordt, niet één keer, maar telkens weer. Dus wat dat betreft kun je gerust zijn. Dat beloof ik je. Echt. Vertrouw je mij?'

Ze wist het niet, maar knikte toch.

De kus kwam als een totale verrassing, en ze had pas door wat er gebeurde toen hij zijn lippen op de hare perste en ze voelde dat het puntje van zijn tong een weg naar binnen zocht. Ze deed een poging om zich terug te trekken en hem van zich af te duwen. Daarna wilde ze zijn eerdere aanbod om haar alleen te laten alsnog accepteren en naar de wastafel in de hoek lopen om haar mond te spoelen.

Maar daar bleef het bij. Ze had de energie niet om hem tegen te houden, en ook al was er slechts een klein spleetje tussen haar lippen, zijn tong slaagde erin in haar mond te komen. Om niet te stikken, liet ze haar eigen tong weerstand bieden als in een onderlinge dans. Een dans die ze een keer eerder in zijn badkamer had gedanst tijdens dat onfatsoenlijke etentje. En net als die keer was het een spel en een strijd, als twee tijgers die om elkaar heen draaiden voor ze in gevecht zouden raken, waarna als het stof weer was neergedaald er maar één de winnaar kon zijn.

De klap in zijn gezicht kwam als vanzelf, en ze voelde dat haar handpalm begon te gloeien. 'Ik wil dat je nu gaat,' hoorde ze zichzelf zeggen. Ze had hem geslagen. Maar dat was blijkbaar nodig om hem te laten ophouden en te laten inzien dat dit niet kon. Dat dit op alle fronten fout was.

Hoewel ze was voorbereid op een reactie, had ze moeite te begrijpen wat er vervolgens gebeurde, behalve dan dat het aanvoelde alsof ze een whiplash had. Duizelig probeerde ze hem van zich af te duwen, maar hij was te sterk.

Wat er daarna gebeurde, zou ze gedurende de rest van haar leven proberen te verdringen met pillen, alcohol en een overvloed aan kapotte relaties.

46

Aan het kleine ronde tafeltje helemaal achterin het café dwong Morten Heinesen zich nog een hap te nemen van zijn droge salami- en briesandwich met veel te weinig boter, veel te weinig salami en, vooral, veel te weinig brie. Maar hij had iets meer moeten bestellen dan alleen koffie als hij een werkplek in beslag wilde nemen. Tegen Hemmer en Bernstorff had hij gezegd dat hij de lunch oversloeg en een wandeling ging maken, en om niet te riskeren een van hen of iemand anders die hij kende tegen het lijf te lopen, had hij ervoor gekozen om naar een van de cafeetjes in de buurt van Strøget te gaan, de grote winkelstraat. Dat was beslist niets voor hem. Maar alles was de laatste dagen dan ook zo snel gegaan. Er waren beslissingen genomen en er was vooruitgang geboekt, en hij kon alles maar met moeite bijbenen.

Nu moest hij nodig reflecteren en het tempo verlagen om helder te kunnen denken, en dan kon hij niet aan zijn bureau zitten waar ze hem allemaal bleven bestoken met hun opvattingen.

Het broodje groeide als purschuim in zijn mond, en zo gauw er niemand in zijn richting keek, spuugde hij de broodbal in een servetje dat hij op zijn beurt weer onder nog meer papieren begroef. Zijn computer stond al opengeklapt op tafel. Het enige wat hem te doen stond, was de USB-stick erin steken om de bewakingsfilmpjes van de parkeergarage nog een keer in alle rust te bekijken.

Dat Hesk niet alleen verdwenen, maar ook dood was en zou zijn vermoord door hun voormalige collega Dunja Hougaard, had alles van een film die zo slecht was dat hij alleen op een obscure zender midden in de nacht vertoond kon worden. Maar ze hadden het allemaal met eigen ogen zien gebeuren, hoe ze hem buiten westen had geslagen en als een zak aardappels had weggesleept.

Zelf had hij haar diverse keren ontmoet tijdens haar tijd op de afdeling. Hij kon daarentegen niet zeggen dat hij haar kende. In elk geval niet meer dan dat ze op hem was overgekomen als bekwaam en toegewijd aan haar werk, en dat ze bij het team had aangesloten met een energie als weinig anderen.

Tegelijkertijd had ze iets compromisloos gehad, alsof ze zonder met haar ogen te knipperen over lijken kon gaan om haar zin door te drijven. Of dat was waar Hesk zich aan geërgerd had, wist hij niet.

Hesk was zeer ervaren en zou na al die jaren eindelijk eens kunnen oogsten, maar toen kwam Dunja plotseling op van links en kreeg alle schijnwerpers op zich gericht. In slechts een paar maanden tijd was hun persoonlijke verstandhouding echt giftig geworden, waardoor ze amper meer in dezelfde ruimte konden zijn.

Juist daarom leek het nogal onbegrijpelijk dat die twee weer contact met elkaar zouden hebben gehad, wat een van de grote vraagtekens was rond de dood van zijn collega. Hadden ze afgesproken in die garage? En welke rol speelde Dunja in dat geval bij het onderzoek?

Die vragen op zich waren paradoxaal, aangezien er nooit veel vraagtekens waren als het Hesk betrof. Hij was altijd een open boek. Vrijwel alles wat hij had ondernomen was bekend bij het team. In tegenstelling tot Dunja, die rustig in haar eentje verdween, had Hesk altijd gepleit voor teamwork en een open, duidelijke communicatie.

Maar klaarblijkelijk deze keer niet, toen hij besloten had om op de solotoer te gaan zonder hemzelf, Hemmer of Bernstorff te informeren, en al helemaal Sleizner niet. De meest voor de hand liggende verklaring was de nederlaag tijdens die bespreking bij hem thuis, toen Hesk ervan overtuigd was dat het allemaal één grote samenzwering tegen hem en hun onderzoek was.

Geen van hen, inclusief hijzelf, had Hesk serieus genomen. Niet wat die complottheorie betrof en ook zijn verdenkingen tegen Sleizner niet. Alsof het te veel was geweest om het allemaal te kunnen bevatten, hadden ze hem niet eens laten uitpraten, en het was geen hogere wiskunde om te begrijpen hoe frustrerend dat moest zijn geweest. Inmiddels wees het meeste erop dat Jakob Sand de vrouw vermoord had, en niet Sleizner. Maar dat veranderde niets aan het feit dat er iets niet klopte aan hun chef. Iets wat achter die grijnzende façade lag te sudderen. Zeker als het ging om zijn aanpak van Hesks verdwijning.

Zelf had hij daar al tijdens de vergadering op gereageerd. Het was niet alleen veel te vlotjes gegaan, het was vooral veel te simpel geweest. Het was bijna of Sleizner sowieso al wist dat Hesk naar die garage was gegaan en samen met Dunja op die bewakingscamera was vastgelegd, maar dat het er beter uitzag als iemand van het team, en niet Sleizner zelf, erheen ging om die USB-stick op te halen. Alleen al de manier waarop hij die stick aangeleverd had gekregen was allesbehalve natuurlijk overgekomen.

Dat ze het stoffelijk overschot slechts een paar uur later al hadden gevonden, was ook opmerkelijk. Dat kon natuurlijk door het solide politiewerk komen in combinatie met een flinke hoeveelheid geluk. Dat was mogelijk. Sleizner bezat altijd al een intuïtief vermogen om de onderzoeken in de juiste richting te trekken, en het ophelderingspercentage op de afdeling Moordzaken was nooit zo hoog geweest als onder zijn leiding. Aan het alternatief wilde hij nog even niet denken. Niet voordat hij het zwart op wit had.

Het eerste wat hij van plan was te doen, was uitzoeken met wie Hesk contact had gehad toen hij met zijn mobiel in zijn hand van achter die betonnen pilaar had staan kijken. Hemmer had het nummer weten te achterhalen. Het bleek een Zweeds nummer te zijn, en terwijl de signalen de grens overstaken, bereidde hij zich voor om zijn verroeste oude Zweeds op te diepen dat zijn vader hem ooit had geleerd.

'Met Malin Rehnberg.'

'Dag, mijn naam is Morten Heinesen. Ik ben van de politie in Kopenhagen.

'Aha,' zei ze na een korte pauze. 'Oké.'

Hij kon horen dat ze ging zitten. 'Sorry dat ik het vraag, maar met wie spreek ik eigenlijk?'

'Het lijkt erop dat wij Scandinavische collega's zijn.'

'Ik begrijp het. En à propos collega, klopt het dat jij zondagavond laat nog met Jan Hesk hebt gesproken?'

'Ja, ik had hem gebeld.' Hij hoorde haar zuchten. 'Ik zag het nieuws over zijn overlijden. Wat afschuwelijk.'

'Ja, het is een enorme schok.'

'Dat snap ik. Wat ik daarentegen niet begrijp, is hoe Dunja Hougaard daarachter zou kunnen zitten.'

'Hoe dat zo?' vroeg hij, en hij probeerde zo neutraal mogelijk te klinken.

'Niet dat ik wil beweren dat ik haar ken, maar van de enkele keren dat wij elkaar hebben ontmoet, zie ik dat als volstrekt onwaarschijnlijk.'

'Ik kan wel zeggen dat jij niet de enige bent, en daarom zou ik willen weten waar Jan en jij het zondag over hadden.'

'Dat was iets heel anders, wat hier niets mee te maken heeft.'

'Oké, maar was het wel werkgerelateerd?'

'Ja, jeetje, ja. Wij kenden elkaar niet. Het betrof een moordonderzoek waar ik hier in Stockholm mee bezig ben. Toen hadden we één slachtoffer, en nu… Tja, eerlijk gezegd weet ik nog niet waar dit gaat eindigen.'

'En waar belde je Jan voor?'

'Het probleem was dat hij op dat moment geen tijd had. Hij beloofde terug te bellen, maar dat is helaas dus anders gelopen.' Ze zuchtte opnieuw. 'Het ging over het litteken op een van de slachtoffers in dat onderzoek waar hij aan werkte. Het blijkt namelijk dat onze daders soortgelijke littekens hebben.'

'Daders? Je bedoelt zeker slachtoffers?'

'Nou, ik zou zeggen allebei. Daders, omdat ze zich schuldig hebben gemaakt aan moord. Slachtoffers, omdat het om slachtoffers van trafficking gaat binnen een netwerk dat banden onderhoudt met Denemarken en met name Kopenhagen. Ik kan het je nu niet allemaal uitleggen, ik sta op het punt om weg te gaan, maar wij hebben onder andere een document gevonden waaruit blijkt dat die vrouw van jullie uit die auto is overgekocht van Zweden, en dat de Deense kopers niet erg te spreken waren toen ze dat litteken zagen en daardoor niet de volle mep wilden betalen.'

'Wacht even.' Heinesen glimlachte naar de serveerster, die hem met slecht verborgen afkeer bevrijdde van zijn bord met de broodbal. 'Even voor mijn begrip. Jullie zijn er dus in geslaagd haar te identificeren?'

'Ja, ze heet Elaya Goodluck.'

'Goodluck?'

'Ja, dat is blijkbaar een gebruikelijke achternaam in Nigeria, waar ze oorspronkelijk vandaan komt.'

'En dat document dat jullie gevonden hebben. Wat is dat voor iets?'

'Een print van een bericht met een foto van haar litteken, verstuurd van een anoniem Deens nummer. Als je wilt, kan ik het naar je doorsturen.'

'Heel graag. En ik wil dat Deense nummer ook graag hebben.'

'Absoluut. Geen probleem. Dat is dan afgesproken. Nu moet ik verder. Je Zweeds mag er zijn, *by the way*.'

Heinesen kon haar niet bedanken, want het gesprek was meteen verbroken. Toen hij zijn mobiel weer opborg had hij het gevoel dat hij nog maar net langs het oppervlak was gescheerd van iets waar hij totaal geen vat op had. Dat de vrouw in de auto slachtoffer was van trafficking verraste hem niet. Ook niet dat ze was overgekocht uit Zweden of een ander land. Zo werkten die lui. Ze lieten hun slachtoffers steeds weer verkassen, over de ene grens na de andere zodat ze niet te traceren waren. Maar dat er meer zouden zijn met een soortgelijk litteken en dat die Zweedse politievrouw ze bovendien *daders* had genoemd, was iets totaal nieuws. Betekende dat als puntje bij paaltje kwam dat Elaya Goodluck Mogens Klinge had doodgeschoten? Of had hij het gewoon verkeerd geïnterpreteerd? Zo vertrouwd was hij tenslotte ook weer niet met het Zweeds.

Hij zou moeten terugbellen en meer met die Zweedse rechercheur moeten praten. Misschien konden ze elkaar helpen. Maar niet nu. In plaats daarvan wekte hij de computer tot leven en speelde hij het bewakingsfilmpje vanaf het begin af.

Net zoals toen ze gisteren gekeken hadden, stond de tijdsaanduiding in de linkerbovenhoek op 15.00, 050812, toen een bordeauxrode Volvo naar beneden kwam rijden en verder de garage in reed en op een vrije plaats ging staan. In het volgende fragment, achttien minuten later, zag je een man in een spijkerbroek en een openhangend overhemd over zijn T-shirt naar een Opel lopen.

Zo ging het door tot 20.48, toen Jan Hesks blauwe Peugeot aan kwam rijden en langzaam naar een lege plek reed, waar hij zich na een paar pogingen in wist te wurmen. Om niets te missen, verminderde Heinesen de afspeelsnelheid van de resterende sequentie waarin Hesk rondliep en zijn blik over alle auto's liet gaan tot hij de rode sportwagen van Jakob Sand aantrof en die begon te onderzoeken, om een paar minuten later door Dunja bewusteloos te worden geslagen.

Maar hij zag nergens iets wat niet leek te kloppen. Het was echt Dunja, en zij was inderdaad degene die hem tegen de grond werkte. Het licht, de schaduwen, alles leek echt. Het in plastic gehulde lichaam dat de twee mannen in camouflagekleding in een latere clip wegdroegen, kon natuurlijk heel iemand anders zijn, maar de beelden die hij van het dreggen bij Islands Brygge had gezien, toonden aan dat Hesk ook zo was ingepakt.

Anderen waren wellicht teleurgesteld geweest. Zelf voelde hij vooral opluchting. Hij had gehoopt niets op de film aan te treffen wat niet klopte. Hij had juist gevreesd dat dat wel zo zou zijn en dat hij daarna de consequenties zou moeten dragen. Maar hij was voor niets ongerust geweest. Voor zover hij kon beoordelen was geen van de sequenties gemanipuleerd, wat betekende dat hij gedaan had wat hij moest doen en met een gerust gemoed achterover kon leunen.

Toch trok hij de cursor helemaal terug naar het begin om het filmpje nog een keer te bekijken. Hij kon niet verklaren waarom, behalve dat het voelde als het enige juiste. *Voelde*... Hij schudde zijn hoofd. Hij, die altijd pleitte voor harde feiten, bewijzen en logische redeneringen in plaats van rond te lopen en een heleboel dingen te 'voelen'. Nu zat hij hier met een gevoel als enig argument.

De verklaring kwam al in de eerste sequentie, toen de Volvo de garage in kwam rijden. Maar deze keer ging het hem niet om die Volvo. Hij keek überhaupt niet naar de beelden van díé camera, maar naar een van de andere drie, waarin helemaal niets gebeurde.

Het was meteen zo duidelijk dat hij niet kon begrijpen hoe hij en de anderen van het team dat hadden kunnen missen. De verklaring was waarschijnlijk dat het allemaal in hoog tempo was afgeraffeld. Sleizner had ze opgejaagd en Hemmer opgedragen meteen vooruit te spoelen tot Hesk in beeld kwam.

Maar in die eerste sequentie was wat je zág niet het interessantste. Dat was wat je níét zag.

Specifieker: Jakob Sands glimmende rode sportwagen.

In het beeld rechtsonder was die parkeerplaats leeg toen de Volvo in het beeld linksboven aan kwam rijden. Hetzelfde gold voor de volgende vijf sequenties waarin auto's de garage binnenkwamen of verlieten. Maar in de clip waarin een zilverkleurige Lexus de garage in reed, was de lege plaats plotseling bezet door de sportwagen van Sand.

De tijdsaanduiding stond toen op 19.55. Dat wil zeggen zestien minuten na de voorgaande clip, wat inhield dat Sand ergens tussen tien over halfacht en vijf voor acht 's avonds moest zijn gearriveerd.

Een verklaring zou kunnen zijn dat de bewegingssensoren niet hadden gereageerd en de vier bewakingscamera's niet hadden geactiveerd toen hij de garage in kwam rijden en uit zijn sportauto was gestapt. Een andere dat iemand juist die passage had gewist.

47

Kim Sleizner…

Fabian herhaalde die naam toen hij over het plaveisel naar de ingang van het hoofdbureau van de politie in Kopenhagen liep.

Kim Sleizner…

Dat de Deense baas van de afdeling Moordzaken hem haatte en er alles aan had gedaan om hem tegen te werken, was één ding. Dat wist hij allang. Maar zijn zoon aanzetten tot zelfmoord had die haat tot een heel nieuw niveau gebracht.

Kim Sleizner…

Dat hij degene was – een van de meest hooggeplaatste personen binnen de Deense politie – die opdracht had gegeven voor de mishandeling van Theodor, het getreiter en de isolatie, was eigenlijk volstrekt ondenkbaar. Isolatie in een ruimte waarin hij bovendien zo naar boven had kunnen klimmen om bij een niet weggewerkt elektriciteitssnoer te komen dat krachtig genoeg was. Maar als je Sleizner een beetje kende, was het juist volstrekt logisch.

'Dag, mijn naam is Fabian Risk,' zei hij nadat hij de automatische entreedeuren was gepasseerd en naar de man aan de receptie liep, waar hij zijn Zweedse politielegitimatie toonde. 'Ik ben van de politie van Helsingborg en ben op zoek naar Kim Sleizner. Is hij toevallig aanwezig?'

'Kim Sleizner. Even kijken.' De man typte de naam in op de computer. 'Ja, hij zou er moeten zijn. Zal ik hem bellen?'

'Graag, maar nu nog niet. Ik zou eerst even gebruik willen maken van het toilet.'

'Er is een bezoekerstoilet aan het eind van de gang rechts.' De man wees een gang in.

Eenmaal op het toilet trok Fabian zijn colbert en zijn overhemd uit, hing die aan een haakje en waste zich onder zijn armen en depte zijn gezicht.

Nadat hij de vorige avond in de Deense hoofdstad was aangekomen, was hij naar Langelinie gereden waar hij met uitzicht op de kleine zeemeermin door pure uitputting uiteindelijk in de auto in slaap was gevallen. Hij was pas om halftien 's ochtends wakker geworden toen een bus vol Aziatische toeristen, gewapend met camera's en selfiesticks, hem van de keerlus had verdreven.

Hij droogde zich af met een papieren handdoekje en haalde een paar keer diep adem in een poging zich te herpakken, terwijl hij ondertussen zijn overhemd dichtknoopte en zijn jasje weer aantrok. Zijn hart bleef alleen tekeergaan als een alarm bij een meltdown, en dat zou waarschijnlijk niet minder worden voordat hij klaar was. Helemaal klaar.

Eenmaal weer buiten glipte hij met een vrouw met een toegangspasje mee de lift in naar de afdeling Moordzaken op de zesde verdieping.

De laatste keer dat hij daar geweest was, was toen hij Dunja Hougaard had opgezocht, die hem had geholpen bij een onderzoek. Dat was nog geen twee jaar geleden en nu was ze opeens voorpaginanieuws en zag je haar gezicht overal onder de kop POLITIEMOORDENAAR.

'Sorry, waar moet u wezen?' hoorde hij iemand achter zich vragen.

Hij draaide zich om en toonde zijn politielegitimatie aan een man met een bril en slordig geverfd haar. 'Mijn naam is Fabian Risk, en ik kom voor Kim Sleizner.'

'Hebben jullie een afspraak? Ik heb hem namelijk de hele dag nog niet gezien. En zonder afspraak moet u...'

'Hij zou hier zijn. Ik heb al met de receptie gesproken, dus dat is vast geen probleem. Maar zou u mij zijn kantoor willen wijzen?'

De man dacht even na, maar knikte uiteindelijk. 'Oké, loop maar met mij mee.' Een paar verwarrend identieke gangen later bleef hij staan bij een deur met Sleizners naambordje daarop. Aan de muur hing een lampje, dat rood brandde. 'Zoals u ziet, is hij bezet,' zei de man, en hij zette zijn bril recht.

'Geen punt, ik ben ook acht minuten te vroeg.' Fabian keek op zijn horloge. 'Je wilt ook niet te laat komen als je een afspraak hebt.' Hij glimlachte tegen de man. 'Maar ik ga hier gewoon even zitten wachten.'

Met de wantrouwende blik van de man in zijn nek nam hij plaats op een stoel. Daarna pakte hij zijn telefoon en begon lukraak door de menu's te klikken tot de man er genoeg van had en doorliep.

Eenmaal terug bij de gesloten kantoordeur pakte hij de deurkruk beet en drukte die omlaag. De deur zat zoals verwacht op slot, waardoor hij – na zich ervan verzekerd te hebben dat hij nog steeds alleen was op de gang – een stap achteruit deed en hard tegen de deur trapte. Het kantoor was een van de grootste dat hij ooit binnen het politiewezen had gezien. Zelfs het hoofd van het Zweedse KLPD kon niet bogen op zoveel vierkante meters. Maar er zat niemand achter het bureau. Ook niet op de bank of in een van de fauteuils. Dus ook al brandde het rode bezet-lampje, Sleizner schitterde door afwezigheid. Hij deed de deur zo goed mogelijk achter zich dicht en liep over het krakende parket naar het bureau, dat tussen twee ramen met aan weerszijden gordijnen stond.

Buiten een computerscherm met toetsenbord, een paar pennen en een notitieblok lagen er twee grote stapels documenten, die hij doorbladerde.

Een deel van de documenten leek te gaan over de plotselinge dood van Jan Hesk. Er waren bevindingen van het forensisch lab, foto's waarop te zien was hoe het in plastic gewikkelde lichaam uit het water werd gevist en een aantal handgeschreven aanduidingen met tijd en datum en bijbehorende opmerkingen als BEWAREN en

ERUIT KNIPPEN. Er lagen ook diverse foto's van Dunja Hougaard. Van een afstand en in het donker door verschillende bewakingscamera's gemaakte, uitgeprinte foto's.

Maar niets van dat alles trok zijn speciale aandacht, waarop hij een van de bureauladen uittrok, de inhoud uitspreidde over het bureau en de stapel doornam, met alles van gummetjes en keelpastilles tot nog meer documenten met vluchtig neergekrabbelde aantekeningen zoals M. RØNNING LOG RESETTEN, VERWARMING HOGER LATEN ZETTEN en BCAMERA'S VERHOORKAMER 4 UITSCHAKELEN. Er was bovendien een lijst met VERMISTE PERSONEN, waarop de naam CAMILLA KRYSTCHOFF omcirkeld was.

Ook daar was niets opvallends te ontdekken, en na ook de andere bureaulade te hebben omgekeerd, viel zijn blik eindelijk op een van de vele mappen uit de stapel. Een rode met de initialen TR met zwarte stift erop geschreven.

De aanblik deed hem wankelen, en om niet onderuit te gaan ging hij op de bureaustoel zitten, maakte het elastiek rond de map los en deed hem open.

Het bovenste document had als kop: ARGUMENTEN VOOR HET VERTRAGEN VAN DE RECHTSZAAK. Het document erna behelsde een uitspraak van een psycholoog met woorden als DEPRESSIEF, GESLOTEN en ZELFMOORDNEIGINGEN. Daarna volgden een aantal geprinte foto's van verschillende isoleercellen met een korte begeleidende brief.

Beste Kim,

Als je deze nog te 'mooi en gezellig' vindt, hebben we ook een ruimte die niet een echte isoleercel is, maar die aan de andere kant wel alles heeft wat jij vraagt.

Vriendelijke groeten,

F. Friis

48

De hoekijzers die de tafel op hun plaats hielden waren aan de ene kant met stevige bouten in de betonvloer verankerd, waar speciaal gereedschap voor nodig was om ze weer los te maken. Aan het andere uiteinde waren ze aan de tafelpoten bevestigd, één voor elke poot. In het rechthoekige tafelblad zat een stalen beugel, waar de handboeien om Dunja's polsen aan vastzaten.

Ze droeg een veel te grote joggingbroek en een hoody, allemaal grijs. Een klok was er niet in de ruimte, maar ze had de seconden geteld en was nu bij 5243, wat inhield dat ze nu bijna anderhalf uur had gewacht.

Zonder water of iets te eten.

Zonder wat dan ook sinds ze naar het detentiecentrum was gebracht via een achteraf-ingang waarvan ze het bestaan niet eens wist.

Waarschijnlijk zaten ze aan de andere kant van de spiegel te wachten tot ze murw genoeg zou zijn met het uitzicht dat ze had op de dispenser met gekoeld drinkwater tegen de muur verderop. Tot ze zou breken en een dankbare prooi zou worden bij het aankomende verhoor. Maar breken was wel het laatste wat ze van plan was. Hoewel ze niets liever wilde dan vooroverleunen, haar hoofd op haar armen leggen en haar ogen sluiten, al was het maar voor een paar minuten, zat ze met rechte rug en zorgde ze ervoor wakker te blijven, vastbesloten om de rugleuning niet eens aan te raken.

Haar doel was de rollen om te draaien en te zorgen dat degenen aan de andere kant er genoeg van kregen. Degenen die zaten te wachten. Op haar. Op haar instorting. Op het moment dat zij toegaven en uiteindelijk binnenkwamen, had zij een psychologisch voordeel.

Bij 5509 ging de deur plotseling open, wat veel eerder was dan de tienduizend seconden waarop ze gerekend had.

'Kijk eens aan,' klonk een al te bekende stem nog voor ze kon opkijken. 'Als dat Dunja Hougaard in hoogsteigen persoon niet is.'

Elke spier in haar wilde zich op hem storten, maar ze slaagde erin haar kracht om te leiden, weg van de vernedering om hier vastgeketend te zitten, en juist geen spier te vertrekken.

'Dag Kim.'

'Is dat alles wat je na al die tijd te zeggen hebt?' Sleizner smeet de deur achter zich dicht en deed een paar stappen naar binnen. '"Dag Kim".' Hij snoof minachtend en schudde zijn hoofd. 'Ik hoop echt dat je geen saaie tante geworden bent. Wij hebben immers altijd heel veel lol gehad samen. Toch? Jij en ik.'

'Er is nooit een jij en ik geweest, en dat zal er ook nooit komen.'

Sleizner glimlachte en liep naar haar toe. 'Ik denk niet dat je doorhebt hoe ik hiernaar heb uitgekeken. Hoe ik naar dit moment verlangd heb. Het was mijn persoonlijke licht-aan-het-eind-van-de-tunnel-motivatie om jou op een mooie dag weer te ontmoeten. *The one and only* Dunja.' Sleizner spreidde zijn handen.

'Het spijt me dat ik je moet teleurstellen.'

'Wie heeft er iets gezegd over teleurstellen? Wat mij betreft had het niet beter kunnen beginnen, behalve dan misschien dat "Dag Kim". Daar had je wel met iets met meer schwung kunnen komen. Maar dat komt nog wel. We hebben immers de hele dag nog voor ons. Plus de hele nacht, als we dat willen.'

'Ik heb recht op een advocaat.'

'Advocaat?' Sleizner barstte in lachen uit. 'Ik zei toch dat het leuk zou worden. Ten eerste is dit geen verhoor en heb je niemand in een slecht zittend pak nodig die jouw handje vasthoudt. Je kunt me niets vertellen wat ik nog niet weet. Ten tweede heb jij helemaal nergens recht op.' Hij boog zich voorover tot vlakbij haar oor. 'Dit hier is namelijk mijn territorium, en hier gelden mijn regels.' Hij stak zijn tong uit, liet het puntje helemaal in haar oor glijden en ging daarna verder naar haar slaap en haar voorhoofd. 'Kijk, officieel is de buitenwereld er helemaal niet van op de hoogte dat jij bent opgepakt. We hebben vannacht wel iemand gearresteerd die sterk aan jou deed denken, maar zij bleek Camilla Krystchoff te heten en niet Dunja Kuttenkop Hougaard.' Hij haalde zijn schouders op.

Dat was dus waar Rønning en hij het over hadden gehad tijdens hun onderonsje bij Diamanten. *Krystchoff* en *Onder de radar houden, voor haar eigen bestwil.* Maar hoe ze ook probeerde er vat op te krijgen, dat ging niet. Dat Sleizner vrijwel overal toe in staat was, dat wist ze, maar Michael Rønning, die ze een halfjaar geleden nog had beschouwd als haar beste vriend? Óf hij wist niet beter, óf Sleizner had hem in zijn macht.

'Dus er is helaas niemand die weet dat jij hier bent,' vervolgde Sleizner. 'Sterker nog: er is zelfs niemand die weet dat ík hier ben. Misschien denk jij dat er iemand achter die spiegel zit, maar dat is niet zo. En die camera's.' Hij wees op de twee bewakingscamera's aan het plafond. 'Vraag me niet waarom, maar die werken blijkbaar geen van beide.' Hij spreidde zijn handen. 'Vette pech. Voor jou dan. Niet voor mij, want nu kan ik precies doen waar ik zin in heb.'

Hij sloeg haar zonder enige waarschuwing vooraf zo hard in haar gezicht dat ze terwijl het bloed uit haar neus spatte achteruit werd geslingerd en van de stoel zou zijn gevallen als ze niet vastgeketend had gezeten.

'Zoals dat bijvoorbeeld,' ging hij verder. 'Dat was precies waar ik zin in had. Dat was eigenlijk heel lekker.' Hij pakte zijn hand beet en streelde zijn bebloede knokkel. 'Zo lekker dat ik denk dat ik het nog een keer ga doen.' Hij sloeg haar opnieuw. Op hetzelfde punt en met dezelfde gebalde vuist, maar met nog meer kracht. 'Oei, ik geloof dat je neus gebroken is. Hij staat in elk geval helemaal scheef. Je had altijd een mooi neusje. Arme Dunja met haar fraaie wipneus. Boem, pats, niks van over.' Hij plaatste zijn wijsvinger op haar gebroken neus en drukte erop. 'In plaats daarvan zit hier plotseling een Camilla met een helemaal scheve, bloederige neus.'

Sleizner trok een van de stoelen naar achteren, ging tegenover haar zitten en leunde voorover. 'Verder moet ik toegeven dat jouw nieuwe look mij wel bevalt. Het staat je goed dat je dat babyvet kwijt bent en wat meer *guts* in je blik hebt.' Met zijn rechterhand begon hij haar borsten te betasten, eerst de ene en daarna de andere. 'Maar hier moet je echt wat aan doen. Ze zijn nooit erg groot geweest, maar dit kan gewoon niet.' Hij trok haar hoody omhoog en bestudeerde ze. 'Wanneer heb je voor het laatst in de spiegel gekeken? Ze zijn helemaal stukgetraind. Het lijkt wel of je de halve derde wereld borstvoeding hebt gegeven. Zit er überhaupt nog wel gevoel in?' Hij kneep met zijn duim en wijsvinger in haar ene tepel. 'Zie het maar als een gewone mammografie en zeg het als het pijn gaat doen.'

De pijn nam steeds verder toe naarmate Sleizner harder kneep, en na een tijdje was die zo fel dat ze begon te zweten. Maar ze zei niets. Ze gaf geen kik. Haar hele focus was erop gericht dit alles te doorstaan en niets te zeggen, en toen hij er uiteindelijk mee ophield, stond ze op het punt flauw te vallen.

'Precies wat ik al dacht,' zei hij, en hij leunde achterover op zijn stoel. 'Te veel training en te weinig seks. Heb je trouwens dorst?'

Ze gaf geen antwoord, keek hem alleen in zijn ogen. Die lelijke groene ogen, die altijd op zoek waren naar zwakke punten. Ze telde tot 142 voordat hij met een glimlach ten slotte wegkeek.

'Ik weet precies wat je denkt,' zei hij, en hij begon zijn nagels schoon te maken. 'Dat is al tijdens ons hele kat-en-muisspel het geval. Dat is ook de reden dat ik telkens een stap vóór loop, voor het geval je je afvraagt hoe dat komt.' Hij begon te lachen. 'Jij denkt nu natuurlijk dat als je maar lang genoeg je mond houdt, dat ik er op een gegeven moment genoeg van krijg en dat het dan eindelijk voorbij is. Maar zoals met zoveel andere dingen, vergis je je ook hierin. Feit is namelijk dat het voor jou nooit over zal zijn. Nu denk je misschien dat ik lieg, en het is beslist goed om te blijven geloven dat de zon ooit weer zal doorbreken. Maar de waarheid is dat het voor jou niet beter zal worden dan dit. Dus geniet er nu maar van.' Hij kwam overeind. 'Weet je zeker dat je toch niets te drinken wilt? Ik heb ze weliswaar gevraagd de verwarming hoger te zetten, maar de vraag is of het niet té warm is geworden.' Hij liep naar de op zijn kop staande waterdispenser, trok er een plastic bekertje uit, vulde dat met water en nam een slok. 'Mmm, soms is er niets lekkerder dan een paar slokken ijskoud kristalhelder water.' Hij vulde het bekertje bij en dronk nog meer. 'Zeg het maar als je je bedenkt.' Hij vulde het bekertje voor de derde keer bij, waarna hij terugliep en het voor haar op tafel zette. 'Het staat hier op je te wachten.'

'Achtenveertig uur. Langer kun je me niet vasthouden voordat je een aanklacht moet indienen,' zei ze.

'Dat klopt.' Het was duidelijk dat Sleizner blij was dat ze eindelijk enige sjoege gaf. 'Dat had in elk geval kúnnen kloppen.' Hij ging op de rand van de tafel zitten en leunde naar haar voorover. 'Het spijt me om het te moeten zeggen. Of nee, het spijt me eigenlijk helemaal niet. Maar er kómt helemaal geen aanklacht of rechtszaak. Gek hè?' Hij spreidde zijn handen. 'Naar ik heb begrepen was jij blijkbaar zo goed in het spoorloos verdwijnen, dat we er nooit in zijn geslaagd je te vinden, en uiteindelijk hadden we geen andere keus dan onze zoektocht te staken. Dus gefeliciteerd.' Hij applaudisseerde een paar keer. 'Helaas is Camilla Krystchoff wat minder fortuinlijk. Zij zal dan wel worden uitgeschreven en het detentiecentrum vannacht mogen verlaten, maar haar bewegingsvrijheid zal zeer beperkt zijn. Voor zover ze een hol op een of andere onbekende plek als vrijheid beschouwt. Daglicht kan ze wel schudden, wat zeker in het begin heel zwaar zal zijn. Maar op een gegeven moment zal ze vergeten zijn hoe dat eruitziet, en zal haar enige wens zijn dat het ooit een keer afgelopen is. Dat ze zal ophouden te bestaan, zodat de maden het kunnen overnemen.' Hij lachte. 'Ik had eerst eigenlijk het plan om haar open te snijden. Je weet wel: gewoon rechttoe rechtaan met mijn kleine karambitmes.' In een snelle beweging had hij zijn gevechtsmes met het karakteristieke gebogen snijvlak tevoorschijn gehaald en hield het tegen haar hals. 'Maar dat geeft slechts een kortdurende bevrediging. Net zoiets als een te vroege zaadlozing. Dus besloot ik het zo lang mogelijk te rekken en haar in plaats daarvan een echte, hoe zal ik het noemen, "tantra-dood" te geven.' Hij stak het mes weer in de schede. 'Je moet het toch met me eens zijn dat dat beter is. Ik bedoel, ze is een hoer, dus ik wil eerst nog wat plezier met haar beleven. In elk geval de eerste vijf of tien jaar. Daarna is ze vast te lelijk en te weerzinwekkend en zal ze heel langzaam aftakelen. Want ik ga ervan uit dat ze voedsel zal gaan weigeren en zich zal doodhongeren. Maar in mijn wereld ben ik degene die beslist hoeveel of hoe weinig iemand te eten krijgt. Dus ze zal met een trechter sondevoeding krijgen.' Hij haalde zijn schouders op. 'Misschien niet het allerleukste, maar je moet toch wat. En soms, als ze er het minst op bedacht is, zal er iets in haar eten zitten wat daar misschien niet in hoort. Je weet wel, dat kan van alles zijn, van een beetje rattengif tot schoonmaakmiddel. Niet veel, gewoon net genoeg zodat ze zich geleidelijk steeds slechter gaat voelen. Haar haar zal als een van de eerste dingen uitvallen. Maar dat voel je amper. Erger wordt het als haar nagels los gaan zitten. Dat is echt vreselijk. Om er nog maar over te zwijgen wanneer haar inwendige organen het gaan begeven. Maar dat is pas jaren later en dan heeft ze in elk geval geen last meer van mij, want dan heb ik allang geen belangstelling meer voor haar. Waarschijnlijk zal ik dan alleen af en toe inloggen en een kijkje nemen via de webcam als ik een beetje moet worden opgevrolijkt.'

Hij dronk het laatste restje uit het bekertje. 'Mmm, dat water dus. Ik weet dat ik dat al gezegd heb, maar soms kan water zoveel smaak hebben dat daar niets boven gaat. Toch? Ik weet niet wat het is. Of dat komt door de verschillende mineralen, of gewoon doordat het hier zo warm en benauwd is dat alles lekker is...'

'Oké, geef mij dan maar een bekertje,' onderbrak ze hem met een zucht.

'Wow, echt waar? Ik dacht even dat je het had opgegeven. Maar natuurlijk kun je een bekertje krijgen.' Met een glimlach ritste hij zijn gulp open, haalde zijn penis eruit, trok de voorhuid naar achteren, hield de eikel in het bekertje en begon te plassen. 'O... Pissen is soms net zo lekker als drinken. Zo niet lekkerder. Oei, dat gaat wel erg snel,' zei hij, en hij onderbrak de straal. 'We willen tenslotte niet dat het overstroomt.' Hij zette het bekertje voor haar neer, zijn pik nog uit zijn broek hangend. Daarna droogde hij hem af aan haar trui, stopte hem weer terug in zijn broek en trok zijn gulp dicht. 'Alsjeblieft.'

Dunja keek naar het bekertje, dat tot de rand was gevuld met knalgele urine.

'Waar wacht je nog op? Drink dan. Je had toch zo'n dorst. Ach ja, wat ben ik toch een sukkel. Je hebt hulp nodig. Wat een mazzel heb jij, want ik help je maar al te graag.' Hij pakte het bekertje weer op en bracht het naar haar mond. 'Trouwens, je weet toch wel dat urine volkomen steriel is, hè? Geen bacteriën en zo. Er zijn zelfs mensen die beweren dat het gezond is. Neem nou Madonna, zij genas haar voetschimmel met haar eigen urine, dus het is gewoon een kwestie van opdrinken.' Met zijn vrije hand duwde hij haar hoofd achterover en kneep haar beschadigde neus dicht.

De pijn was ondraaglijk, maar al na een minuut was die niets vergeleken met het gebrek aan zuurstof.

'Doe nu maar gewoon wat de dokter zegt en doe je mond wijd open.'

Uiteindelijk kon ze niets anders dan het opgeven en haar mond opendoen om lucht te krijgen.

49

Nog maar een paar uur geleden was Heinesen ervan overtuigd dat hij bezig was met de uitvoering van een uitstekend idee. Nu wist hij dat niet meer zo zeker, en hoe goed het idee ook was, hij was zeker niet de meest geschikte persoon om het uit te voeren.

Zijn bijnaam was 'Good Cop', aangezien het in zijn karakter lag altijd vrede en harmonie te zoeken, maar nu zou hij precies het tegenovergestelde gaan doen.

Het huis van Jakob Sand aan Frydendalsvej was groot. Zo groot dat het een gigantisch vermogen gekost moest hebben, en dan waren nog niet eens de kosten voor de jaarlijkse onroerendgoedbelasting en alle patserige auto's die buiten geparkeerd stonden meegerekend.

Heinesen had nooit zijn stem uitgebracht op *Enhedslisten*, de Rood-Groenen, of op een echt linkse partij, maar het idee dat iemand zo exorbitant rijk kon zijn dat hij geld had voor een dergelijk huis midden in Kopenhagen maakte dat hij er nu serieus over nadacht.

Alleen al het feit dat de intercom drie knoppen had met dezelfde naam erop, maakte hem opstandig, waardoor hij ze alle drie tegelijk indrukte. Als je je dit kon veroorloven, was je daar vast niet op eerlijke wijze aan gekomen.

'Wie is daar?' hoorde hij een slaperige stem vragen, hoewel de middag al was overgegaan in de avond.

'Mijn naam is Morten Heinesen,' zei hij, en hij schraapte zijn keel om zijn stembanden meer kracht bij te zetten. 'Ik ben van de afdeling Moordzaken van de politie van Kopenhagen en heb een paar vragen waar ik graag antwoord op zou willen hebben.'

'Ik heb alle vragen al beantwoord.'

'U hebt antwoord gegeven op een aantal vragen, maar nog lang niet allemaal.'

'En als ik weiger?'

'Dat kunt u natuurlijk doen, maar dat zal er alleen toe leiden dat ik zo meteen terugkom met een arrestatieteam, en dat blijft niet wachten tot u eindelijk opendoet. Bovendien zal er proces-verbaal worden opgemaakt, en voor het geval we een aanklacht zouden willen indienen, is het niet meewerken aan een verhoor niet direct in uw voordeel.'

Hij zweeg en deed een stap achteruit, onder de indruk van, maar ook geschrokken van zijn eigen vermogen om zonder blikken of blozen zoveel leugens in één zin te proppen. Maar blijkbaar was dat precies wat er nodig was, want hij hoorde een zucht en daarna deed Jakob Sand open. Hij was op blote voeten en gekleed in een witte linnen broek en een half dichtgeknoopt linnen overhemd.

'Ik hoop wel dat het een beetje snel kan.' Sand haalde zijn hand door zijn achterovergekamde haar en gebaarde hem binnen te komen. 'Als dat niet kan, moeten we een andere tijd afspreken. Ik moet namelijk naar een vergadering.'

'In het gunstigste geval is één vraag voldoende.' Heinesen stapte een ruime hal binnen met een hoge lambrisering, groenbruine schilderijen van vogels en een trap met een brede leuning waar je gemakkelijk vanaf zou kunnen glijden als je daar zin in had. 'Kunnen we even ergens ongestoord praten?'

'Als dat uw vraag was, is het antwoord nee. Dit is goed genoeg.'

'Hebben we bezoek?' vroeg een veel te magere vrouw die van de bovenverdieping naar beneden keek, ook zij gekleed in licht linnen.

'Hallo,' zei hij, en hij zwaaide. 'Morten Heinesen van de afdeling Moordzaken in Kopenhagen.'

'Moordzaken? Hoezo de afdeling Moordzaken?' De vrouw keek naar Sand. 'Wat is er gebeurd? Is er iemand dood?'

'Niet dat ik weet,' zei Sand, en hij spreidde zijn handen. 'Doe jij nou maar je yoga en laat mij dit afhandelen, dan kan ik het je later hopelijk uitleggen.' Hij keerde haar de rug toe om aan te geven dat ze hen alleen moest laten.

'Hebt u deze vrouw om het leven gebracht?' vroeg Heinesen hard genoeg zodat de vrouw het zou horen, terwijl hij hem tegelijkertijd een foto van Elaya Goodluck voorhield.

'Jezus, Jakob. Je wordt toch niet verdacht van moord?'

'Nee.' Sand zuchtte en schudde zijn hoofd. 'Natuurlijk niet.'

'Nou, eigenlijk wel.' Heinesen keek omhoog naar de vrouw. 'Er zijn namelijk nogal wat aanwijzingen dat...'

'Wacht eens even,' onderbrak Sand hem. 'Jullie hebben mij verdomme net ontheven van alle verdenkingen.'

'Ontheven?' vroeg de vrouw. 'Jakob, was je dan...'

'Ga nou die verrekte zonnegroet van je maar maken, dan kan ik dit misverstand uit de wereld helpen. Oké?'

De vrouw bleef staan terwijl ze van Sand naar Heinesen keek en weer terug, voordat ze zich minachtend snuivend omdraaide en wegliep.

'En wat was het idee erachter om haar erbij te betrekken, als ik vragen mag?'

'Helemaal geen,' loog hij. 'Ik had u zoals gezegd graag onder vier ogen gesproken.'

'Tja, iedereen wil wel iets graag.' Sand streek het haar achter zijn oor. 'Maar kom ter zake. Zoals ik zei wacht mij zo een vergadering.'

Heinesen haalde zijn schouders op. 'Op dit moment ben ik degene die staat te wachten.'

'Wat ís dit in godsnaam?' Sand keek alsof hij iets kapot wilde maken.

'Een verhoor, en ik wacht nog steeds op antwoord.'

'Antwoord waaróp?'

'Op de vraag of u deze vrouw om het leven hebt gebracht.' Heinesen toonde hem nogmaals de foto.

Sand rolde met zijn ogen. 'Nee, dat heb ik niet gedaan, dat heb ik tijdens dat verhoor gisteren ook al duidelijk gemaakt.' Hij deed een stap in Heinesens richting en begon zachter te praten. 'Daarentegen heb ik haar eerder die dag wél ontmoet, en toen heeft ze mij dit aangedaan.' Hij trok de kraag van zijn overhemd opzij en toonde de schrammen op zijn hals. 'Dus nu hebt u uw antwoord. Nogmaals. Zijn we nu klaar?'

'Waar hebt u haar ontmoet?'

Sand zuchtte en keerde hem de rug toe. 'Loop mee.'

Heinesen liep achter Sand aan naar een aangrenzende werkkamer met in een van de hoeken een uitnodigende bank en fauteuils.

'U hoeft niet te gaan zitten.' Sand deed de deur dicht. 'Dit verhoor is zo goed als afgelopen.'

'Dat is aan mij om te bepalen.'

Sand snoof minachtend en rolde met zijn ogen. 'Hoe denkt u dat ik erin geslaagd ben mijn onderneming op te bouwen tot een van de meest winstgevende van het land? Nou? Hoe denkt u dat ik aan het geld gekomen ben om me zo'n huis te kunnen veroorloven?' Hij spreidde zijn armen. 'Soms omdat ik zo onnozel ben? Is dat wat u denkt? Denkt u dat ik niet doorheb dat jullie geen poot hebben om op te staan? En zo ja, dan hebt u het helemaal mis, want ik kan deze oefening elk moment afronden en u mijn huis uit laten gooien. Het enige wat ik hoef te doen is met mijn vingers knippen, en dan ligt u buiten op de stoep u af te vragen wat er is gebeurd.'

'Is dat een dreigement?'

'Interpreteer het zoals u wilt.' Sand haalde een keer diep adem. 'De enige reden dat ik u überhaupt heb binnengelaten, is dat ik graag mijn medewerking wil verlenen aan het verdere onderzoek.

Ik wil niets liever dan dat jullie de schuldige zo snel mogelijk oppakken. Dus om antwoord te geven op uw vraag: ik heb haar opgepikt op de hoek van Istedgade en Viktoriagade. Daarna ben ik naar een van mijn kantoren in Valby gereden.'

'Heeft dat pand ook een adres?'

'Gammel Køge Landevej 65.'

'En welke weg hebt u daar naartoe genomen?'

'Geen idee.' Sand haalde zijn schouders op. 'De gebruikelijke.'

'Ten zuiden of ten noorden van Vestre Kirkegård? Die zijn ongeveer even snel, het scheelt iets van twee minuten.'

'Dan heb ik waarschijnlijk de snelste genomen.'

'Dus de noordelijke via Vigerslev Allé.'

'Inderdaad. Dat klopt.'

'Interessant.' Heinesen knikte even. 'Maar hoe verklaart u dan dat wij niet een van uw auto's langs een van de verkeerscamera's op de hoek van Vigerslev Allé/Enghavevej hebben zien komen?'

'Wat voor verkeerscamera's?'

'U bent niet de enige die ze niet ziet. Ze vallen niet op. Terug naar mijn vraag. Waarom zien we geen van uw auto's op de beelden?'

'Omdat ik daar niet in reed.'

'Dat klopt dan niet met wat u in het laatste verhoor hebt gezegd. Volgens het verslag hebt u uitdrukkelijk gezegd dat u...'

'Ik weet niet hoeveel auto's u hebt. Maar ik heb er...'

'Dertien stuks. In Denemarken geregistreerd. Verder hebt u...'

'Oké, ik heb een foutief aantal genoemd! *Big deal.*'

'Ja, vrij *big*, eigenlijk. Dus in welke auto reed u nou?'

Sand wilde iets zeggen, maar bedacht zich. Misschien had hij op de proppen willen komen met de auto van zijn vrouw of een van de vele bedrijfswagens, maar had hij ingezien dat die waarschijnlijk geen van alle door de camera's waren geregistreerd. 'O ja, nu weet ik het weer. We zijn met een taxi gegaan,' zei hij uiteindelijk met een geforceerd glimlachje. 'Zo zat het. Ik heb een taxi genomen. Dat was ik helemaal vergeten. Foutje van mijn kant. Sorry.'

'Van welke maatschappij?'

'Dat weet ik helaas niet meer.'

'Hebt u een bonnetje?'

'Nee.'

'Misschien een bankafschrift met daarop de kaarttransactie?'

'Ik heb contant betaald en die taxi aangehouden op H.C. Andersen bij Rådhuspladsen.'

Heinesen knikte. 'Tja, dan valt er weinig te bewijzen.'

'Ja, helaas. Was dat alles of hebt u nog meer vragen?'

'Nee, het is goed zo. Voorlopig althans. Als er nog wat is, dan weten we u te vinden.'

'Ik zou het op prijs stellen als jullie de volgende keer even bellen. Dan zorg ik dat de koffie klaar staat.'

'Dat klinkt uitnodigend, maar ik kom het liefst onaangekondigd. U weet hoe het gaat als iemand onvoorbereid is: men zegt het één, maar iemands blik en lichaamstaal tonen iets heel anders. Ik wens u nog een prettige avond.'

Heinesen verliet de werkkamer en liep door de hal naar de buitendeur. Hij kon niet horen dat Sand achter hem aan liep. Of dat een teken van kracht en zelfverzekerdheid was, viel echter te bezien. Hoe dan ook, hij was erg content met zijn actie.

Eenmaal terug in de auto, die twee blokken verderop geparkeerd stond, schakelde hij zijn headset in en belde Hemmer.

'Hoe is het afgelopen?' vroeg Hemmer.

'Goed, geloof ik. En bij jou?'

'Ja, ik heb verbinding, zowel met zijn officiële mobiele nummer als met dat van zijn vrouw, hun vaste nummer en nog twee anonieme prepaidkaartnummers, die zich ergens in de woning bevinden. Wacht, nu wordt een ervan geactiveerd.'

'Welke?'

'Dat ene prepaidkaartnummer.'

'Kun je zien wie er gebeld wordt?'

'Hopelijk zo meteen, als alles werkt zoals zou moeten.' Je hoorde vingers ratelen op het toetsenbord. 'Ik heb het nummer hier, maar krijg helaas geen match. Het is waarschijnlijk ook een anonieme prepaidkaart.'

'Sluit je mij ook aan?'

'Absoluut,' zei Hemmer, en hij hoorde vrijwel meteen de telefoonsignalen overgaan.

'Hallo. Zeg, het komt nu even niet zo goed uit,' hoorde hij plotseling een bekende stem zeggen. 'Ik bel je terug zo gauw ik hier klaar ben.'

'Je hebt gezegd dat het voorbij was. Dat je de situatie volledig onder controle had,' zei Sand, die net zo boos klonk als hij gehoopt had.

'Even rustig, Jakob. Wat is er gebeurd?'

'Een van die dienders van jou is mij net thuis komen lastigvallen.'

'Wie dan?'

'Hij stelde zich voor als Morten Heinesen en vroeg me het hemd van mijn lijf over welke weg en welke auto ik met die meid had genomen. Blijkbaar was geen van mijn auto's geregistreerd op de camera bij Vigerslev Allé.'

'Wat voor camera?'

'Een of andere verkeerscamera, weet ik veel. Doet er ook niet toe. Ik heb me eruit weten te redden met dat ik een taxi heb genomen en cash heb betaald. Maar als het zo doorgaat, zijn we de lul, dat snap je toch wel hè? Ze zullen blijven zoeken tot ze wat gevonden hebben.'

'Oké, maar ik denk dat het beter is als we nu ophangen, we hebben het er vanavond wel over, dan zien we elkaar toch.'

Een klikje en het gesprek was voorbij. Een gesprek waarin vrijwel al hun verdenkingen zwart op wit stonden. Hemmer had het uiteraard opgenomen, maar omdat ze geen toestemming hadden voor het afluisteren van telefoongesprekken, zou het nooit als bewijs gebruikt kunnen worden in een komende rechtszaak.

Maar dat was niet waar hij op uit was. Voor hem was het meer dan voldoende om te weten dat Sand Sleizner gebeld had.

50

Kim Sleizner stopte de oude Nokia-mobiel weer in de zak van zijn colbert en wendde zich tot Dunja, die met rechte rug, haar vastgeketende handen en haar toegetakelde gezicht aan tafel zat. 'Sorry, waar waren we gebleven?'

Dunja bleef zwijgen en zorgde ervoor dat ze haar blik op een vaag punt voor zich gericht hield. Zoals hij had opgemerkt was ze aan hem overgeleverd, aan zijn geweld, aan zijn wereld, en er was niets wat ze kon doen om daar verandering in te brengen. Wat ze ook zei, hij zou toch doorgaan op het pad dat hij voor zich zag, haar blijven vernederen en verwonden, of waar hij ook maar zin in had. Het enige wat hem nooit zou lukken was haar breken. Waar hij haar ook aan zou blootstellen, ze zou haar vuurtje brandend houden.

'Ja ja, ga gerust door met stommetje spelen. Je hebt in elk geval je dorst kunnen lessen, dus je hebt niets te klagen.' Hij kwam naar haar toe, maar liep toen langs haar heen en bleef vlak achter haar staan.

Ze was niet van plan over haar schouder te kijken. In plaats daarvan zat ze daar in afwachting van wat er zou gebeuren. Dat het pijn zou doen wist ze al. Dat het letsel zou veroorzaken dat tijd en verzorging nodig zou hebben om te genezen eveneens.

Daarom was ze verbaasd door de handen op haar schouders. Handen die haar met gelijkmatige, rustige bewegingen begonnen te masseren. Eerst haar schouders en daarna langzaam haar nek en al het stramme dat erom smeekte soepel te worden gemaakt.

'Weet je nog dat ik je een keer gemasseerd heb in de tijd dat wij vrienden en collega's waren? Je weet wel, in de tijd dat ik je hielp en zorgde dat je alle kansen kreeg op een glanzende carrière.' Sleizner wachtte op antwoord terwijl hij doorging met zijn massage. Maar er kwam geen antwoord. 'Nee, waarschijnlijk niet, want dan had je dat wel gezegd,' ging hij zelf verder. 'Want als ik ergens om bekend sta, is het namelijk mijn vermogen om de perfecte massage te geven. Nu zijn voeten weliswaar mijn specialiteit, maar schouders en nek komen op een goede tweede plaats. Je moet toch toegeven dat het lekker is.'

Dat Dunja geen antwoord gaf, betekende niet dat hij geen gelijk had. In een andere werkelijkheid, wanneer het de handen van iemand anders waren, was het inderdaad lekker geweest, misschien zelfs ontzettend lekker. Nu voelde ze zich alleen maar misselijk, hoewel zijn vingers het vermogen hadden om precies alle pijnlijke plekken te vinden die al jaren naar aanraking verlangden. Ze was zo misselijk dat ze bijna over haar nek ging van walging dat uitgerekend Sleizner achter haar stond.

'Je bent ontzettend stijf moet ik zeggen,' zei hij, en hij bleef haar schouders en nek bewerken. 'Zorg je wel goed voor jezelf? Ik kan zien dat je traint, maar de vraag is of je wel af en toe stretcht en je lichaam soepel houdt. Zoals hier, en hier. Voel je die knopen?' Hij duwde met beide duimen en hield die op de betreffende spierknoop tot die was losgemaakt, waarna hij een stukje verder ging naar haar rug en haar schouderbladen.

'Denk je eens in hoe goed wij het zouden kunnen hebben, jij en ik,' ging Sleizner achter haar verder. 'Wees niet bang, ik weet hoe erg we elkaar haten en dat het nooit zo zal worden. Maar laten we, gewoon voor de lol, alle shit even op de vuilnishoop gooien en ons overgeven aan het gedachte-experiment dat wij tweeën samen door het leven gaan.'

Het was overduidelijk dat hij erop uit was dat ze zich veilig waande zodat ze zou durven ontspannen en ondanks alles weer zou gaan geloven in een goede afloop.

'Denk je eens in wat een perfect samenwerkend duo wij zouden worden. We zouden elkaar aanvullen als yin en yang. Dat moet je toch wel met me eens zijn. Jij met je vermogen om het nooit op te geven als je eenmaal ergens voor gaat, en ik met mijn hele netwerk en mijn creativiteit. Ik zweer het, wij zouden wonderen kunnen verrichten, jij en ik.'

Dit was een klassiek trekje bij psychopaten. Beginnen met sadisme en iemand de grond in boren, en daarna je excuses aanbieden en om vergeving vragen, en bezweren hoeveel je van de persoon in kwestie houdt. Vervolgens sla je dan weer toe, net op het moment dat de ander gelooft dat alles weer goed is. Het was gewoon het spelen van een spel met het slachtoffer dat je, zoals Sleizner net zelf had aangestipt, zo lang mogelijk wilde rekken.

'Ik zou je elke avond een massage kunnen geven.' Sleizner werkte zich al knedend steeds verder omlaag. 'En jij, jij zou...'

Het duurde even voordat ze reageerde op Sleizners stilzwijgen en opkeek. Ze was overal op voorbereid, op het ergste zelfs, maar niet op wat ze nu voor zich zag.

'Neem mij niet kwalijk,' zei de man in het pak en met de baard, die nu naar binnen liep. 'Maar is dit Camilla Krystchoff?'

'Eh...? Ja, dat klopt,' wist Sleizner uiteindelijk uit te brengen, en hij haalde zijn handen van haar af. 'En wie bent u, als ik vragen mag?'

'Krystchoffs advocaat.'

'Maar? Nu weet ik niet of ik het helemaal begrijp.' Sleizner schraapte zijn keel. 'Hoe kan het dat...'

'Dan zitten wij in hetzelfde schuitje,' onderbrak de man hem, en hij deed de deur achter zich dicht. 'In mijn ogen lijkt het er namelijk op dat u al begonnen bent met het verhoor van mijn cliënte, wat tegen alle...'

'Nee, nee, nee, ik ben helemaal niet begonnen met een verhoor.' Sleizner liep een stukje bij Dunja vandaan. 'Zeker niet. Ik ben hier alleen om te zien hoe het met haar gaat en om vast te stellen of alles is zoals zou moeten. Ik ben niet eens degene die het verhoor zal afnemen. Maar u weet misschien niet wie ik ben.'

'Jawel hoor, ik weet heel goed wie u bent, en dat maakt de zaak er niet beter op.' De man liep op Sleizner af. 'Bent u toevallig ook degene die haar mishandeld heeft?'

'Nee, nee, dat heeft ze zelf gedaan. Ze is, hoe moet ik het zeggen, nogal zelfdestructief, wat ook een van de aanleidingen was dat ik naar haar wilde kijken.'

De man stond nu vlak voor haar. Hij had een spuit in zijn hand, waar hij tegen tikte om eventuele luchtbellen weg te krijgen.

'En wat moet dit voorstellen?' vroeg Sleizner.

Het antwoord kwam in de vorm van een naald dwars door zijn colbert, helemaal tot in zijn borst, waarna hij in elkaar zakte en op de grond plofte.

'Fareed, hoe ben jij er in godsnaam in geslaagd hier binnen te komen?' vroeg ze.

'De quizvragen moeten even wachten tot een andere keer.' Fareed liep snel terug naar de deur. 'Het enige wat jij nu moet doen is doen wat wij zeggen en op een beetje geluk hopen.'

'Wij? Hoezo wij?'

Fareed deed de deur open en Michael Rønning kwam binnen. In politie-uniform.

'Michael? Maar...'

'Trek dit aan,' onderbrak Rønning haar, en hij legde een set kleding op de tafel voor haar terwijl Fareed haar handboeien losmaakte. 'De rest komt later.'

Ze knikte, slikte al haar vragen in en liet hen in stilte verder werken.

Vlak daarna was ze bevrijd en was het bloed van haar gezicht geveegd, waarna ze de witte broek en de doktersjas over haar andere kleren kon aantrekken.

Als laatste deed ze de stethoscoop om haar nek en veegde de ergste bloedvlekken van de grond, terwijl Fareed en Rønning samen de bewusteloze Sleizner op een brancard hesen, hem in stabiele zijligging legden, een hartslagmeter aansloten en een beademingsmasker met ballon over zijn gezicht trokken, waarna ze zich allemaal naar buiten spoedden.

51

'Sleizner?' Procureur-generaal Mads Jensen zat in zijn keurig gestreken overhemd en zwart-witgestreepte bretels met bijpassende stropdas achter zijn bureau, en keek alsof er net iemand een grap met hem had uitgehaald. 'Eh, bedoel je Sleizner als in Kim Sleizner?'

Tegenover hem op de bezoekersstoel zat Morten Heinesen te knikken terwijl hij probeerde te slikken, maar dat ging niet zo best. De brok in zijn keel was te groot, of de stropdas die hij zojuist had omgedaan was te strak aangetrokken.

'Nog even voor mijn goede begrip,' ging Jensen verder. 'Meen je nou serieus dat Sleizner op de een of andere manier betrokken zou zijn bij de moord op Mogens Klinge en die vrouw?'

Heinesen knikte opnieuw. Hij was nooit eerder met de procureur-generaal samen in één ruimte geweest. Althans niet in zijn eentje. Normaliter was het altijd Sleizner of iemand veel hoger in de hiërarchie die dat afhandelde. Nu was er niemand anders. Bovendien was deze zaak zo groot en vooral zo gevoelig dat, ook al zou hij naar een officier van justitie op zijn eigen niveau stappen, het probleem toch zou worden doorgeschoven om uiteindelijk op dit bureau te belanden.

'Maar dat klinkt...' Jensen raakte van zijn à propos en schudde zijn hoofd. 'Wat moet ik zeggen? Dat klinkt volkomen gestoord.'

'Ik weet het. Ik kon het zelf ook bijna niet geloven.' Hij slaagde er eindelijk in iets van zijn nervositeit weg te slikken. 'Maar er zijn helaas een heleboel aanwijzingen voor.'

De procureur-generaal knikte, streek met zijn vingers over zijn keurig getrimde snor en maakte aanstalten om wat te zeggen, maar in plaats daarvan zat hij daar alleen te knikken terwijl de brok in Heinesens keel weer groter werd.

Hij had een tegenvraag verwacht over waar hij zijn verdenkingen en aanklachten op baseerde. Waardoor hij zo'n drastische conclusie had getrokken. In plaats daarvan werd hij wantrouwig en zwijgzaam aangekeken, wat steeds stressvoller werd naarmate hij weer probeerde te slikken. 'Hier is een overzicht,' zei hij uiteindelijk, en hij legde het document neer dat hij had voorbereid en waarin alles wat pleitte voor Sleizners betrokkenheid puntsgewijs was opgeschreven.

Daarin stonden al Hesks vermoedens over hoe Sleizner hem tijdens de persconferentie had gedrogeerd en dat hij via een anoniem mobiel nummer in contact had gestaan met Mogens Klinge. Maar daarin waren ook zijn eigen gedachten te lezen dat hun chef al bij voorbaat had geweten dat Hesk in die parkeergarage was geweest en tijdens de overval was vastgelegd op de bewakingscamera. Dat hij er hoogstwaarschijnlijk ook voor had gezorgd dat de sequentie waarin Jakob Sand in zijn rode sportauto was gearriveerd, uit het materiaal was geknipt.

De procureur-generaal keek de lijst door, een bezorgde frons tussen zijn wenkbrauwen, en Heinesen kon niet meer doen dan wachten tot hij klaar was en weer opkeek van het document.

'Het zijn alleen allerlei vage aannamen.' Jensen legde het printje terzijde. 'Naar mijn oordeel is er geen enkel concreet bewijs dat een van al jouw beweringen staaft.'

'Dat is correct. Er is geen bewijs. Maar in mijn ogen zijn geen van de aannamen vaag. Integendeel, ik zou willen beweren dat ze allemaal hoogst relevant en concreet zijn. Dat, plus een groot aantal toevalligheden, maakt dat je er niet zomaar omheen kunt. Er is met andere woorden veel te veel rook om te beweren dat er geen vuur zou zijn.'

'Dat kan wel zo wezen. Maar in mijn werk is rook alleen niet voldoende. Ik moet vuur zien om actie te kunnen ondernemen, en in dit geval zou ik een hele bosbrand nodig hebben.'

Heinesen knikte met een geforceerd glimlachje. 'Juist om die reden heb ik niet eerder contact met je opgenomen. Een uur geleden zijn de vlammen namelijk goed zichtbaar geworden.'

Hij legde zijn mobiel voor zich op tafel, drukte op PLAY en bestudeerde de reactie van de procureur-generaal terwijl hij het geluidsfragment afspeelde.

'*Even rustig, Jakob. Wat is er gebeurd?*' hoorden ze Sleizner vragen, en Jensen keek precies zo verbaasd als hij had gehoopt.

'En je wilt zeggen dat dit Sleizner is?' vroeg Jensen, en Heinesen knikte.

'*Een van die dienders van jou is mij net thuis komen lastigvallen.*'

'En daar heb je Jakob Sand.'

'*Wie dan?*' vroeg Sleizner.

'*Hij stelde zich voor als Morten Heinesen en vroeg me het hemd van mijn lijf over welke route en welke auto ik met die meid had genomen. Blijkbaar was geen van mijn auto's geregistreerd op de camera bij Vigerslev Allé.*' Het was duidelijk dat Jensen behoorlijk geschokt was. Alle kleur was uit zijn gezicht verdwenen en zijn mond hing open alsof zijn kaakspieren geen houvast meer hadden.

'*Wat voor camera?*' vroeg Sleizner.

'*Een of andere verkeerscamera, weet ik veel. Doet er ook niet toe. Ik heb me eruit weten te redden met dat ik een taxi heb genomen en cash heb betaald. Maar als het zo doorgaat, zijn we de lul, dat snap je toch wel hè? Ze zullen blijven zoeken tot ze wat hebben gevonden.*'

'*Oké, maar ik denk dat het beter is als we nu ophangen, we hebben het er vanavond wel over, dan zien we elkaar toch.*'

Heinesen pakte zijn telefoon en zette de opname uit, stopte het toestel weer in zijn zak en wachtte af. Deze keer stoorde de stilte hem niet. Die maakte juist rustig. Natuurlijk moest Jensen dit verwerken en had hij een paar minuten nodig om na te denken over de consequenties voordat hij zich kon uitspreken.

'Dat afluisteren,' zei Jensen na een tijdje. 'Wie heeft daar toestemming voor gegeven?'

'Niemand,' zei Heinesen. 'Niemand anders dan ik zelf.'

'Maar dan kunnen jullie die opname niet gebruiken.'

'Nee, en dat was ook nooit de bedoeling.'

'Maar dan moet ik je toch vragen wat het nut ervan is.'

'Groen licht krijgen om ermee door te gaan.'

'Hoe zou je dan verder willen gaan?'

'Ik wil Sleizner en Sand allebei oproepen voor verhoor. Hun mobiele telefoons en computers doorpluizen en hun huis en hun werkplek doorzoeken. Die garage afzetten en een grondig onderzoek doen om erachter te komen wat dat voor dekmantel is. En het liefst zo snel mogelijk, voordat ze de sporen hebben kunnen uitwissen. Dat is op dit moment het enige juiste.'

'Ja, jij zegt het.' Jensen knikte. 'Het zou zelfs mijn idee kunnen zijn, ja.' Hij bleef knikken als woog hij dat eigen idee. 'Maar ik moet toch nee zeggen.'

'Nee zeggen?' Heinesen ging rechtop zitten. 'Dat begrijp ik niet. Waarom?'

'Kim Sleizner is een van onze beste en meest succesvolle onderzoeksleiders.'

'Maar we kunnen het onder de radar houden. Geen persconferenties en dergelijke. We zorgen dat het intern blijft tot we meer weten.'

'En dan? Wat denk je dat er daarna gebeurt?'

'Tja, dan zal blijken of hij schuldig is, of...'

'Of niet,' onderbrak Jensen hem. 'Maar het zal hoe dan ook een schandaal worden dat het hele politiekorps uiteindelijk meer kwaad dan goed zal doen.'

Heinesen kon niet geloven wat hij net had gehoord. 'Dus je bedoelt dat hij gewoon vrijuit gaat?'

'Sorry, hoe heette je ook alweer?'

'Morten. Morten Heinesen.'

'Morten, we kennen Kim allemaal en weten hoe hij is. Maar dat hij... Tja, dat hij onder één hoedje zou spelen met die Jakob Sand, die trouwens niet meer onder verdenking staat, is volgens mij volstrekt ondenkbaar.'

'Ondenkbaar? Waar zouden ze het vanavond dan over hebben als ze elkaar zien?'

'Geen idee.' Jensen haalde zijn schouders op. 'Dat kan overal over zijn. Alleen omdat ze niet willen dat het naar buiten komt, hoeft het niet iets onwettigs te zijn. Je weet hoe het gaat met geruchten en schandalen als de heksenjacht eenmaal op gang is. Dan wordt iedereen over één kam geschoren en dan kan zelfs de beste ten val komen, ook al heeft hij niets verkeerds gedaan.'

Heinesen kwam overeind. Er viel niets meer te zeggen. De punt was gezet en de zin afgerond. Het enige wat resteerde was naar de deur lopen en weggaan. Hij legde zijn hand kalm en bedaard op de deurkruk, deed de deur open en verliet de kamer. Op weg naar buiten voelde hij zijn mobiel trillen in zijn zak. Maar pas toen hij hem uit zijn zak haalde, zag hij dat het een bericht was van die Zweedse politievrouw Malin Rehnberg, met wie hij eerder gesproken had. Hij klikte het aan en zag de foto van het document waar ze over verteld had en dat ze hem had beloofd te sturen. Het was inderdaad een foto van het kruisvormige litteken aan de binnenkant van de dij van de vrouw, samen met een tekst over dat de prijs veel te hoog was, gezien het feit dat de koopwaar defect was.

Maar dat was niet waardoor hij midden in de gang bleef staan en op de foto inzoomde om het beter te kunnen zien. Dat was de hand helemaal aan de buitenrand van de foto, die de benen van de vrouw spreidde. Die was dan wel onscherp en slechts gedeeltelijk zichtbaar, maar toch voldoende om het polshorloge te herkennen. Een Rolex Day-Date waarover Sleizner altijd en eeuwig opschepte dat het exact hetzelfde model was als Tony Soprano droeg.

Concreter dan dat kon het niet worden. Sleizner bleek niet alleen in nauw contact met een moordverdachte te staan. Hij was er bovendien zelf zo nauw bij betrokken dat het geen kwestie meer was van min of meer ernstige vermoedens. De vraag was nu alleen waar dit zou eindigen. Hij zou terug moeten gaan naar de procureur-generaal en dit nieuwe bewijs moeten presenteren, want hoe graag je het ook wilde, hier kon je je ogen niet voor sluiten. Maar iets zei hem dat dat nu juist absoluut het laatste was wat hij moest doen.

52

Het was nog hoogzomerwarm, bijna tropisch. Maar er kwamen steeds meer tekenen dat de zomer ten einde liep. Zoals de verzadiging in de lucht. Die had zo lang stilgestaan dat het hoog tijd was om die te vervangen door een stevige storm of in elk geval een fikse regenbui. De schaduwen waren ook een teken. Al in de middag waren die drie, vier keer zo lang geworden als hun voorgangers in de vroege zomer.

Maar vooral het besef hoe vroeg de nacht al viel. Van nooit helemaal donker worden zakte de zon nu al even na negen uur 's avonds achter de horizon, en tien minuten later was het nacht. Op zich was dat prachtig. Het uitzicht van de hotelkamer op de achttiende verdieping in het SAS Radisson midden in Kopenhagen was weergaloos. De lichtjes van al die honderdduizenden lampen daarbeneden, die een spiegelbeeld werden van het heldere sterrengewelf daarboven, zouden bij iedereen het vermoeden oproepen dat er meer was buiten ons onmiddellijke bevattingsvermogen.

Maar Fabian had zich niet een kamer vrij bovenin veroorloofd om naar het universum te kunnen staren en vervuld te worden van een metafysisch inzicht. Hij wilde gewoon ontsnappen aan alles, al was het maar voor een paar uur. Zo ver mogelijk, zonder om die reden Kopenhagen te hoeven verlaten. Een adempauze, meer niet. Hij was nog lang niet klaar. Op hoogte was het beste alternatief, en hoger dan de achttiende verdieping hadden zijn financiën niet toegelaten.

Het eerste wat hij gedaan had was in bed kruipen. Hij was

vrijwel onmiddellijk in slaap gevallen en had vijf uur aan één stuk door en zonder te dromen geslapen.

Hij was helemaal out geweest als tijdens een stroomuitval, en misschien maakte de mengeling van woede en paniek zich daarom meteen kenbaar toen hij weer bij bewustzijn kwam en inzag waar hij zich bevond. Wat er gebeurd was en wie daarachter bleek te zitten.

Daarna was hij naar de badkamer gegaan en had hij het bad vol laten lopen met heet water en alle badolie die de kleine flesjes konden bieden, en daar lag hij nu nog steeds met zijn blik op het plafond gericht en zijn oren onder het wateroppervlak. Hij had de hele map gemerkt 'TR' doorgenomen. Hij had elke aantekening gelezen, hoe minuscuul ook, niet één keer, maar meerdere keren, en was uiteindelijk tot de conclusie gekomen dat er geen twijfel mogelijk was. Dit kon op geen enkele manier verkeerd worden geïnterpreteerd of begrepen. Er waren geen mazen om tussendoor te laveren en met mogelijke alternatieven te komen.

Theodor had niet goed in zijn vel gezeten. Zo slecht zelfs dat hij had geprobeerd zelfmoord te plegen. Maar eraan denken en een poging doen is één ding. Het daadwerkelijk ook doen was iets heel anders.

Dat kwam voor rekening van Sleizner.

Hij was degene die alle andere uitwegen had afgesneden zodat Theodor steeds verder naar de rand was gedwongen. Hij had de hele zaak voorbereid en geregeld, waardoor er uiteindelijk nog maar een klein duwtje nodig was – als het dat al was – voordat het allemaal over en uit zou zijn.

Maar hij mocht zichzelf ook niet uitvlakken qua verantwoordelijkheid. Hij had zijn zoon onder druk gezet om de waarheid te vertellen, en daardoor torste hij een schuld op zijn schouders die hij voor altijd met zich mee zou moeten dragen. Precies zoals Sonja en Matilda hadden aangegeven, zou vandaag alles anders zijn geweest als hij op een andere manier had gehandeld. Verre van ideaal misschien, maar in elk geval beter dan dit.

Wat 'dit' dan ook mocht inhouden.

Een punt of een komma.

Was er überhaupt een vervolg, of was hij aan het eind van zijn tocht gekomen? Had hij het eind van de weg bereikt terwijl hij op de achttiende verdieping van een hotel in Kopenhagen in bad lag zonder dat hij nog iets te verliezen had?

53

Nadat Dunja en Fareed Sleizners appartement hadden uitgekamd op sporen, en zowel vingerafdrukken als bloedvlekken en haren hadden aangetroffen, waren ze overgegaan op de eigenlijke voorbereidingen.

De multigym was van de kleine, vensterloze trainingsruimte verplaatst naar de aangrenzende keuken, waar deze voor de kookplaat was gezet. De camera was op een statief voor het trainingstoestel bevestigd. De accu zat vol en de scherpte was ingesteld. Het opnamegeluid was getest en afgesteld om te garanderen dat elke lettergreep te horen zou zijn, hoe zachtjes hij ook mompelde.

De bewusteloze Sleizner was op de trainingsbank van de gym gedeponeerd, en met behulp van spanbanden hadden ze zijn voeten onder aan de bank aan elkaar gebonden. Zijn armen hadden ze vastgesjord aan de grijpstang voor rug- en armtraining. Die zat vast aan een kabel die leidde naar een stapel gewichten, die het mogelijk maakten dat Sleizner rechtop bleef zitten. Het zag eruit alsof hij gekruisigd zou worden, en het had er in zekere zin ook wel wat van weg.

Terwijl Fareed uittestte hoeveel hij aan tegengewicht moest aanbrengen om te zorgen dat Sleizner omhoog zou komen van de bank, bekeek zijzelf de cd-verzameling in de woonkamer. Die besloeg een paar vierkante meter tegen een van de muren, maar desondanks kon ze niet één album vinden dat ze mooi vond.

De verzameling bestond uitsluitend uit muziek uit de jaren tachtig. Alleen maar cd's uit die tijd! Een decennium dat volgens haar uit de muziekgeschiedenis gewist zou moeten worden. Hier stond bovendien ook nog eens het slechtste van het slechtste, en om maar iets te kiezen, deed ze uiteindelijk *Diesel And Dust* van Midnight Oil in de Bang & Olufsen-speler, die nu zo stond ingesteld dat hij met één druk op de afstandsbediening aanging, als dat 's nachts zo uitkwam.

Terug in de keuken keek ze Fareed aan, die met een kort knikje aangaf dat hij klaar was. Nu moesten ze gewoon afwachten tot Sleizner zijn ogen opendeed.

'Wat zeg je ervan?' Ze ging op haar hurken voor Sleizner zitten. 'Zullen we hem eens wakker maken?'

'Niet zo ongeduldig. We kunnen hem nog wel een paar minuten geven.' Fareed liep naar de camera en zette die aan.

Maar ze was wél ongeduldig. In feite was dit precies waar ze de afgelopen weken voor gevochten hadden. Het was echter heel anders gelopen dan ze gedacht hadden, en tot nog maar een paar uur geleden had ze haar wraak al afgedaan als een naïeve wensdroom die onmogelijk in vervulling zou kunnen gaan. Iets wat ook echt zo zou zijn gegaan, als Michael Rønning er niet was geweest. Het had even geduurd voordat ze zich dat had gerealiseerd, maar ze had dit allemaal aan hem te danken. Natuurlijk had ook Fareed zijn aandeel geleverd, maar Rønning had alles te verliezen aan deze onderneming, en hij was toch voornamelijk het brein achter de vlucht.

Blijkbaar had Sleizner de laatste maand bij hem lopen vissen of hij informatie over haar had, terwijl hij heel goed wist dat zij in elk geval vroeger bevriend waren. Toen Rønning vervolgens het interne bericht had gezien dat zij gezocht werd en werd vergeleken met een terrorist, had hij besloten er alles aan te doen om Sleizners vertrouwen te winnen.

Dat was het doel geweest van die ontmoeting bij Diamanten. Daar had hij het voor elkaar gekregen dat Sleizner hem de verantwoordelijkheid gaf om de zaak onder de radar te houden voor het geval ze zou worden opgepakt. Als dat niet het geval was geweest, had ze nog steeds in die cel gezeten of was ze op weg geweest naar een of andere afgelegen ondergrondse kelder.

Dat hij er bovendien in geslaagd was om in contact te komen met Fareed, ervoor had gezorgd dat alle informatie met betrekking tot de arrestatie van Camilla Krystchoff was gewist, al die kleding en toebehoren had geregeld en tot in detail had uitgedacht hoe ze zonder een heleboel onnodige vragen uit het detentiecentrum konden komen, maakte dat ze aardig bij hem in het krijt stond. Daarnaast had hij geregeld dat er een ambulance met blauw zwaailicht naast het detentiecentrum had staan wachten, om de bewakers duidelijk te maken dat er haast bij was.

Na een paar kilometer had hij de ambulance aan de kant gezet en was hij vertrokken onder het motto dat hoe minder hij wist, hoe beter het was. Ze had hem niet eens kunnen bedanken of omhelzen voordat hij was weggerend en in de duisternis was verdwenen.

Ze had niets kunnen zeggen, niets wat ze had willen zeggen. Maar ze kon hem prima begrijpen. Natuurlijk moest hij zo ver mogelijk bij haar vandaan blijven. Niet alleen vanwege de laatste gebeurtenissen, maar vooral gezien alles wat er nog zou komen.

Toen Sleizner eindelijk een teken van leven gaf, was dat met een zwak en amper merkbaar gekreun, waarna het leek of hij weer in slaap zou vallen. Het ging allemaal veel te langzaam voor haar, en uiteindelijk kon ze haar vingers niet langer van de afstandsbediening houden, die richtte ze op de woonkamer en ze drukte op PLAY.

De drie inleidende akkoorden, meer hoefde Midnight Oil niet van 'Beds are Burning' op vol volume vanuit de luidsprekers in de keuken te spelen voordat Sleizner zijn ogen opendeed.

'Kijk eens aan. Als dat Kim fucking Sleizner in hoogsteigen persoon niet is,' zei ze terwijl Peter Robert Garrett zong dat het tijd was. 'Ik hoop dat je lekker hebt geslapen.'

Sleizner keek om zich heen, afwachtend en nog half afwezig, alsof hij niet helemaal kon geloven dat hij zich daadwerkelijk thuis in zijn eigen keuken vastgebonden voor een camera bevond, slechts gekleed in zijn onderbroek en met Dunja die tegenover hem stond.

'Wat is dit verdomme, wat heb je gedaan?' vroeg hij toen het besef begon door te dringen. 'Hè? Wat is dit in godsnaam, jij kleine kuttenkop?' Hij rukte en trok in een poging los te komen, maar kon alleen naar opzij draaien.

'Zeg maar als je zover bent, dan kunnen we beginnen.' Ze draaide de stoel naast de camera een halve slag en ging er met de rugleuning tussen haar benen op zitten.

'Beginnen waarmee? En hoe heb je in godsnaam uit dat detentiecentrum weten te komen?'

'Op A is mijn antwoord: jouw bekentenis. Wat B betreft denk ik dat je dat beter aan Camilla Krystchoff kunt vragen. Heette ze zo niet?'

Sleizner snoof minachtend. 'Je krijgt één kans: mij losmaken en alles weer in de oude staat terugbrengen. De gym moet weer naar waar hij stond en...'

'En anders?' onderbrak Dunja hem, terwijl ze tegen de rugleuning vooroverleunde.

Sleizner zuchtte. 'Je bent zelfs nog stommer dan ik dacht. Er is geen anders. Sterven zul je hoe dan ook. Het enige waar je nog invloed op hebt is de manier waarop.'

'Stoer hoor, maar het is wel zo dat jij je nu in mijn wereld bevindt, hoewel dit aardig doet denken aan jouw keuken.'

Sleizner schudde zijn hoofd. 'Je bent zo naïef dat ik bijna medelijden met je heb. Dit is weliswaar mijn keuken, maar dat is niet het enige. Ook alles daarbuiten is van mij, alles buiten dit appartement, aan de andere kant van de haven. Amager, waar dan ook. Dat is allemaal mijn wereld. Elke stap die jij en die naar curry stinkende Indiër zetten, is op mijn grond.'

'Ik moet toegeven dat ik onder de indruk ben.' Ze knikte en wendde zich tot Fareed. 'Wat vind jij? Hij heeft geen idee wat hem te wachten staat. Toch doet hij het voorkomen alsof hij alle troeven in handen heeft.'

'Ik vind het bijna aandoenlijk overkomen,' zei Fareed.

'Aandoenlijk? Ja, misschien wel.' Ze draaide zich weer om naar Sleizner en priemde haar ogen in die van hem. 'Als je niet zou weten wie hij is.'

'À propos, je weet wat je te wachten staat,' zei Sleizner. 'Denk jij nou echt dat je dit ongestraft kunt doen? Even serieus. Leg me dat eens uit, gewoon zodat ik begrijp hoe een naïef hoertje als jij denkt.'

'Het heeft geen zin om dat überhaupt te proberen. Begrijpen zul je het nooit.'

'Jouw enige kans is om mij los te maken. Niet nu of over vijf minuten, maar een fucking halfuur geleden. Ik heb vrienden en contacten. Ik heb mannen die vierentwintig uur per dag voor mij werken, en zo gauw ik meer dan twee uur wegblijf zonder mijn veiligheidscode in te toetsen, gaat het alarm af. Nu weet ik niet hoe laat het is, maar ze zijn ongetwijfeld al in aantocht. Dus ik zou zeggen dat jouw kansen helaas verkeken zijn. Dat je plannen mislukt zijn.'

'Je klinkt bijna een beetje wanhopig. Vind je niet?' Ze keek naar Fareed, die knikte. 'Tja. De tijd moet maar uitwijzen voor wie alles het meest verkeken is. Laten we beginnen, als jij tenminste geen vragen meer hebt. In dat geval kunnen we die net zo goed meteen afhandelen.' Dunja wachtte af, maar Sleizner zei niets. 'Oké, geen onduidelijkheden met andere woorden. Mooi. Dan stel ik voor dat we overgaan naar mijn vragen.' Ze zette de muziek vlak voordat het refrein begon uit en knikte naar Fareed, die de opname startte. 'Laten we beginnen met de garage en die kelderruimte bij Østerbrogade. Met wat voor activiteiten houden Jakob Sand en jij je daar bezig?'

Sleizner haalde zijn schouders op. 'Ik weet niet over wat voor kelderruimte je het hebt. Maar een garage, dat klinkt als een plek waar je je auto kunt parkeren.'

'Heel grappig. Maar ik bedoel meer die geheime ruimte onder de garage.'

'Je kunt erover bezig blijven, maar dat verandert niets aan het feit dat ik geen idee heb wat je bedoelt.'

'Ik bedoel die ruimte waar jij je mannen opdracht hebt gegeven om Qiang Who te vermoorden.'

'Qiang wíé?' Sleizner begon te lachen.

'Ontzettend leuk. Maar nu wil ik dat je antwoord geeft op mijn vragen, en voor het geval je dat nog niet bedacht hebt, kan ik je vertellen dat we vrijwel overal bewijs voor hebben. Zoals dat jij je zeer vaak in de ruimte bevindt waar Qiang is vermoord. We hebben opgenomen gesprekken en foto's van jouw samenwerking met Jakob Sand, die overigens de eigenaar is van dat souterrain. Bovendien weten we dat jij, Jakob en Mogens Klinge je daar bevonden in de nacht dat Klinge overleed. Of vermoord werd, zouden we misschien moeten zeggen.'

'Als ik had kunnen applaudisseren, had ik dat gedaan,' zei Sleizner. 'Het klonk bijna geloofwaardig. Alsof jullie een heleboel hebben, terwijl jullie in feite geen poot hebben om op te staan, omdat er ook niets is.'

'O nee? En wat maakt dat jij daar zo zeker van bent? Door die brand waar jij opdracht voor had gegeven? Ga je ervan uit dat alles toen vernietigd is? O zeker, er is een heleboel in vlammen opgegaan, dat zal ik niet ontkennen, maar gelukkig niets wat echt van belang was.'

'Je bluft.' Sleizner keek haar aan en glimlachte. 'Dat verbaast me niets. Wat moet je anders? Wat mij vooral verbaast, is hoe slecht je daarin bent. Je blik, je toon, je hele lichaamstaal. Je maakt vrijwel alle klassieke fouten.'

Er was niemand die van liegen zo'n integraal onderdeel van

zijn persoonlijkheid had gemaakt als Sleizner. Als hij ergens goed in was, was het wel je een leugen voorschotelen zonder met zijn ogen te knipperen. En nu leek hij dwars door haar heen te kijken en haar gedachten te lezen alsof hij naar een luisterboek luisterde. 'Laten we het even hebben over Jan Hesk,' zei ze na een tijdje. 'Ik moet zeggen dat dat trucje van jou, om mij met behulp van die video van die overval op Jan aan te klagen, best indrukwekkend was. Dat was goed doordacht, ook al weten we allebei dat het geen moer met de waarheid van doen heeft.'

'Niet?'

'Ik dacht eerst dat het je alleen om mij ging. Dat kon ik in zekere zin nog wel snappen. Maar waar ik op aansloeg, was dat het zo snel ging. Dat zogenaamde onderzoek van jou tot dat het lichaam gevonden was en jullie mij konden aanklagen. Ongeloofwaardig snel gewoon. We hebben het over uren, en dat moet een soort record zijn. Dus zo achteraf begrijp ik dat jij het gewoon al wist en dat je alleen je troepen die kant op hoefde te manoeuvreren om ze zijn lichaam te laten vinden.'

Sleizner schudde zijn hoofd. 'Je zou misdaadauteur moeten worden. Niet dat we behoefte hebben aan nóg een oud-politiefunctionaris met slecht proza en te veel fantasie, maar net als goedkoop plastic speelgoed en lelijke souvenirs in een winkelstraat waar veel toeristen komen, zou jouw boek vast goed verkopen.'

'Hoe verklaar je dan dat we vingerafdrukken van Hesk hier in jouw flat hebben aangetroffen? En niet op één, maar op meerdere plaatsen, zoals op een van jouw whiskyglazen.'

Sleizner antwoordde niet, hij zat haar maar aan te kijken in een poging haar te lezen.

'Voor het geval je het je afvraagt, we hebben op het kleed in de woonkamer ook een heleboel haren aangetroffen die van hem zouden kunnen zijn. Maar dat moeten we nog even afwachten. Het duurt altijd een paar dagen voor de labuitslagen komen.'

Sleizners adamsappel ging op en neer terwijl hij knikte, en

Dunja meende bijna te kunnen zien hoe een beslissing in hem vorm kreeg. Maar in plaats van iets te zeggen, schraapte hij zijn keel, niet eenmaal maar meerdere keren, tot hij een grote fluim had gevormd, die hij vervolgens recht naar de camera stuurde. Of het nu geluk of behendigheid was, de beige-gele klodder kwam precies op de lens terecht.

'Dat interpreteer ik als een weigering om te bekennen of wat dan ook te vertellen.'

'Misschien ben je toch niet zo stom, als puntje bij paaltje komt.'

'Oké.' Ze zuchtte en wendde zich tot Fareed. 'Laten we de geheugenkaart niet onnodig belasten.'

Fareed zette de camera uit en pakte een servetje om de lens schoon te maken. In de tussentijd stond Dunja op en liep naar Sleizner toe. Ze ging op haar hurken zitten zodat ze op ooghoogte met hem kwam. Tot dusver was er niets aan zijn gedrag wat haar verbaasde. Ze was er nooit van uitgegaan dat hij alles gewoon rechttoe rechtaan zou toegeven.

Tot nu toe ging het om een warming-up om hem voor te bereiden op wat hem te wachten stond. Nu zouden ze hem echt aan de praat krijgen.

'Herinner je je het gevoel nog toen je de eerste keer in een achtbaan zat?' vroeg ze, en ze wachtte op een reactie die niet kwam. 'Je weet wel: als je op de eerste lange helling omhooggaat. Je rijdt tergend langzaam naar de top. Je bent doodsbenauwd en hebt spijt dat je in die rij bent gaan staan, en het enige wat je wilt is eruit springen. Tegelijkertijd heeft het ook iets prikkelends. Iets waardoor je ook uitkijkt naar wat er komen gaat als je die top eenmaal gepasseerd bent en weer op weg naar beneden bent. Als je jezelf toestaat de controle te verliezen en je je gewoon laat gaan. Zo voelt het voor mij op dit moment.'

'Ik heb het niet zo op achtbanen,' zei Sleizner. 'Maar leuk voor jou.'

'Ja, we zullen zien hoe leuk het wordt. Ik heb het namelijk niet zo op martelen, nooit gehad ook, niet eens als kind als je mee moest naar de bioscoop naar een of andere horrorfilm. Ik weet niet hoe dat voor jou was, maar ik keek altijd weg zo gauw er vingers zouden worden afgeknipt en ogen uitgestoken. Juist die scènes kwamen altijd zo onnodig spectaculair over, en ook al kneep je je ogen dicht, je miste nooit wat van het verhaal. En zo is het voor mij nog steeds. Maar met jou kan ik me wel voorstellen dat ik een kleine uitzondering maak. Ik had natuurlijk gehoopt dat je uit jezelf zou bekennen en dat we nog hadden kunnen uitstappen, voor het te laat was. Maar toch kijk ik ook een beetje uit naar wat er gebeurt als we de top gehad hebben en op weg naar beneden zijn.'

Sleizner leek niet eens te hoeven nadenken over zijn reactie voordat de tweede klodder spuug haar voorhoofd raakte en langzaam afgleed naar haar gezwollen neusbeen. Fareed was snel bij haar met een servet, zodat ze het kon afvegen, maar het kwaad was al geschied. Hoewel zij zich vrij kon bewegen, kreeg Sleizner de overhand.

Misschien had hij wel gelijk dat ze een slechte leugenaar was. Hij had haar bluf in elk geval doorzien, en het enige wat ze kon doen was doen alsof er niets gebeurd was en de druk verhogen door Fareed het teken te geven waar hij op gewacht had.

Zonder wat te zeggen tilde hij een kettlebell van twintig kilo op en zette die op de stapel halterschijven aan de achterkant van de multigym. De stapel werd omlaag gedrukt, waarop Sleizner op zijn beurt een paar decimeter omhoogkwam van de zitbank.

'Mag ik vragen wat jullie van plan zijn?' Sleizner probeerde over zijn schouder te kijken om te zien waar Fareed mee bezig was.

'Hier ben ik degene die de vragen stelt,' zei ze, en ze liep naar het aanrecht om iets te pakken. 'Als ik in jouw schoenen stond, pardon, in jouw onderbroek, zou ik me vooral concentreren op de antwoorden.' Ze kwam terug met een luier voor volwassenen die aan de zijkanten was opengeknipt, en trok Sleizners onderbroek tot aan zijn knieën omlaag. 'Zoals een volledige uiteenzetting van jouw betrokkenheid bij de moord op Mogens Klinge en de vrouw in de auto.' Ergens moest ze er al steeds van uit zijn gegaan dat het zo ver zou komen. Dat bedacht ze nu nu ze hem daar naakt en hulpeloos zag hangen. Ze had zelfs een schampere opmerking voorbereid om hem belachelijk te maken over hoe klein hij was. Dat hij haar deed denken aan een gepest schildpaddenjong dat weer in zijn schild was gekropen en zich daar verstopte. Helaas had hij zich helemaal niet verstopt. Hij hing daar juist vrij gezwollen en half stijf. Er moest iets mis zijn, was haar eerste gedachte. Had hij iets niet begrepen? Of gebruikte hij Viagra?

'Mooi hè?' vroeg hij grijnzend.

Viagra of niet, die klootzak geilde hierop. Waarschijnlijk omdat hij ervan uitging dat ze alleen maar loze dreigementen uitte. Maar toch. Zelfs als dat zo was, moest ze toegeven dat zijn geloof in zichzelf en zijn eigen voortreffelijkheid indrukwekkend was.

'Jullie hebben niets, want er is niets. Mijn enige betrokkenheid bij het geheel was een onderzoek instellen om uit te zoeken wie er achter die moorden zit of zitten.'

'Laten we het liever over die lunch hebben van afgelopen vrijdag,' zei ze, en ze ving de fles met aanmaakvloeistof op die Fareed naar haar toe gooide. 'Je weet wel, die met Jakob Sand bij Zeleste.' Daarna spoot ze met zorgvuldige en kalme bewegingen aanmaakvloeistof in de seniorenluier. 'Wie zat er nog meer aan tafel?'

'Ik weet niet over welke lunch je het hebt.'

'Niet? Die toen je eigenlijk naar de tandarts moest. Sorry hoor, maar het wordt nu een beetje koud.' Ze stopte de luier in zijn onderbroek en trok die weer helemaal omhoog. 'Maar dat duurt maar even.' Ze knikte naar Fareed, die op zijn beurt de afzuigkap op de hoogste stand aanzette. 'Mads Jensen, zo heet hij toch? De procureur-generaal.'

'Ik weet niet waar je het over hebt.'

'O nee?' Ze pakte een gasaansteker, die ze met één druk op de knop voor zijn ogen aanstak. 'Zijn mobiel was namelijk toevallig ook daar tijdens de lunch, tegelijkertijd met die van jou en Jakob, en als ik me niet vergis zijn jullie al dikke maatjes sinds jullie allebei nog een baby waren.'

'En weer zit je er helemaal naast.' Sleizner keek heen en weer tussen haar en de gele centimeterlange vlam, en nu meende ze te zien dat er iets was veranderd in zijn blik. Alsof het nu pas tot hem doordrong dat ze misschien toch niet blufte. 'Jij bent gewoon niets anders dan een stinkende kleine kuttenkop die geen flauw benul heeft van waar ze mee bezig is,' zei hij uiteindelijk, en hij begon te glimmen van trots.

De woorden hadden allang hun betekenis verloren, maar zijn blik niet. Die uitdagende, doordringende blik die haar terug in de hoek dwong en haar bluf regelrecht doorzag. Of het daardoor kwam dat ze de aansteker met het kleine vlammetje naar zijn kruis bracht, wist ze niet. Het enige wat ze wist was dat ze de controle inmiddels kwijt was en niets anders kon doen dan eraan toegeven.

'Dunja, wat doe je?' vroeg Fareed. 'Wat doe je nou? We zouden toch alleen...'

'Er is zoveel dat we niet zouden moeten doen,' onderbrak ze hem terwijl ze Sleizner bleef aankijken. 'Toch, Kim? Om nog maar te zwijgen over alles waarvan we dachten dat we dat nooit zouden doen.'

Weg was zijn zelfingenomen glimlach. Zijn vanzelfsprekende overtuiging dat hij ook deze keer aan het langste eind zou trekken, want zo ging het immers altijd. Wat er ook speelde, hij kwam altijd als winnaar uit de strijd.

Daar was nu niets van over, en als een uit zijn krachten gegroeid kind dat voor het eerst zijn zin niet kreeg, verraadde zijn blik teleurstelling. Teleurstelling die in het tempo waarmee de vlam de onderkant van zijn onderbroek aaide overging in onzekerheid.

'Je durft niet,' zei hij, en hij schudde zijn hoofd. 'Je zou nooit...'

'Heb jij Hesk om het leven gebracht?' onderbrak ze hem terwijl het vuur zich door de rood-wit gestreepte stof van zijn onderbroek verspreidde. 'Omdat hij jou op het spoor was?' Eerst was het een klein bruin vlekje, daarna werd het een steeds grotere cirkel.

'Dunja, verdomme,' riep Fareed. 'Dat hadden we niet afgesproken.'

'Hè, brandt het?' Sleizner richtte zich tot Fareed. 'Heeft ze het aangestoken?' Eindelijk was de ongerustheid in zijn ogen zichtbaar. 'Hè? Echt waar? Heb je dat vlammetje erbij gehouden?' Een ongerustheid die al snel overging in angst.

'Heb jij Hesk om het leven gebracht?' vroeg ze terwijl de vlammen zich over zijn onderbroek verspreidden. 'Nou? Geef antwoord! Had jij opdracht gegeven voor de moord op Qiang?'

Alsof de pijn opeens van nul naar honderd ging, begon Sleizner te brullen. 'Oké, ik geef toe,' riep hij tussen zijn schoksgewijze ademhaling door. 'Als je dit maar uitmaakt, zal ik bekennen.'

'Wat ga je bekennen?' vroeg ze toen de stank van verbrande huid en haar zich door de keuken verspreidde.

'Alles,' brulde hij terwijl het slijm uit zijn neus stroomde. 'Ik beloof het! Ik zal alles bekennen!'

54

Het was met enige weemoed dat Morten Heinesen zijn bureaulade uittrok. Dat deed hij tijdens een gewone werkdag zeker wel vijftien keer, om een pen te pakken of iets anders. Dat betekende dat hij hem meer dan vijftigduizend keer had uitgetrokken in zijn twaalf jaar als moordonderzoeker. Vijftigduizend keer zonder er ook maar bij nagedacht te hebben. Maar deze keer was het anders.

Zijn opschrijfboekjes namen de meeste ruimte in beslag en die wilde hij bewaren, dus die stopte hij in de verhuisdoos die midden op het bureau stond. Hetzelfde deed hij met de pennen die het nog deden en het horloge dat hij niet meer gebruikte sinds hij een mobiel had. De verzameling geurgummetjes die verschillende figuren uit Star Wars voorstelden en die hij van Frank had gekregen, kon hij ook niet weggooien. Maar de rest verdween in de prullenbak. Zelfs de lege batterijen, die eigenlijk apart ingezameld moesten worden.

Maar daar was geen tijd voor.

Dat het pijn deed en aanvoelde of hij een deel van zichzelf bij het vuil zette, was irrelevant. Hij moest het zo snel mogelijk afhandelen. Niet omdat hij ontslagen was omdat hij een of ander bevel van hogerhand moest opvolgen. Nee, dit was geheel en al op eigen initiatief, zodat hij er helemaal voor zou durven gaan en voorbereid zou zijn op de consequenties, mocht er geen weg terug zijn.

De voetstappen op de gang gevolgd door het korte gepiep van de deur maakte dat hij opkeek naar Julie Bernstorff en Torben

Hemmer, die met een verbaasde uitdrukking op hun gezicht door de kantoortuin naar hem op weg waren.

'Daar zijn jullie. Mooi,' zei hij, en hij haalde de laatste boeken van de plank. 'Ik ben net klaar hier.'

'Wat ben je aan het doen?' vroeg Bernstorff. 'Je gaat toch niet stoppen?'

'Nog niet in elk geval. Wat er gebeurt als we klaar zijn, moet nog blijken.' Hij gooide het laatste afval in de prullenbak en deed de bureaulamp uit. 'Maar wees niet bang. Dit is geheel en al mijn eigen verantwoordelijkheid. Het enige wat jullie doen is handelen in opdracht van een superieur.'

'Misschien moet je vertellen wat er gebeurd is,' zei Hemmer.

'Laat ik het zo zeggen,' zei hij zachtjes met zijn blik op de kantoortuin gericht, waar nog een paar mensen zaten te werken. 'Er is een heleboel gebeurd. Als we het pand verlaten hebben, kan ik meer zeggen.' Hij tilde de verhuisdoos op en ging op weg naar de uitgang.

'Maar Morten, wacht nou eens even.' Bernstorff en Hemmer spurtten achter hem aan.

'Er is geen tijd om te wachten.'

'Je hebt niet eens gezegd waar we naartoe gaan.'

'We moeten hier weg, de gang op.' Hij bleef bij de deur staan en draaide zich om. 'Kan een van jullie die opendoen?'

Hemmer hield de deur open, zodat hij met de verhuisdoos in zijn armen naar buiten kon lopen.

'Oké, en nu dan?' vroeg Bernstorff nadat ze hem had ingehaald. 'Wat gebeurt er nu?'

'Nu lopen we door naar de liften,' zei hij zonder te blijven staan.

'Morten, ik heb geen idee waar je mee bezig bent,' zei Hemmer toen ze bij de liften kwamen. 'Maar als je denkt dat Julie en ik gewoon bevelen opvolgen en jou met een blinddoek voor volgen, dan heb je...'

Hij werd onderbroken doordat de deur van de ene lift openging, waarna er twee geüniformeerde politiemannen uitstapten en langs hen heen liepen.

'Dus óf je vertelt waar dit allemaal over gaat,' ging hij zachtjes verder zodra de uniformen buiten gehoorsafstand waren en ze zelf de lift in konden. 'Óf...'

'Julie, kun jij op het knopje naar de garage drukken?' kapte Heinesen hem af. Bernstorff drukte op het onderste knopje terwijl Hemmer gefrustreerd zuchtte en een poging deed om wat te zeggen. Maar toen Heinesen hem aankeek en vervolgens omhoog blikte naar de bewakingscamera in het plafond, bleef het bij een poging.

'Julie, jij gaat met mij mee in mijn auto,' vervolgde Heinesen toen de lift eenmaal beneden in de garage was en ze langs de herkenbare en de civiele politieauto's liepen. 'En Torben, jij neemt de bestelauto met je apparatuur en zorgt dat je vlak achter mij blijft.'

'Je bent nog steeds niet van plan te vertellen wat er allemaal aan de hand is?' vroeg Hemmer, terwijl ze naar een volledig toegerust arrestatieteam met kogelwerende vesten, helmen en automatische vuurwapens liepen, dat bezig was zich in een zwarte politiebus te wurmen.

'Ha, Magnus. Zijn jullie klaar?' vroeg Heinesen aan de teamleider, die net op de passagiersstoel wilde gaan zitten.

'Ja, we staan op het punt te vertrekken en wachten op de afgesproken plaats.' De teamleider trok de deur dicht, waarna de politiebus naar de uitgang reed.

'Oké, dus zij weten waar we heen gaan, maar wij niet.' Hemmer snoof minachtend en schudde zijn hoofd.

Heinesen bleef staan en draaide zich om. Daarna keek hij over zijn schouder, eerst over de ene en daarna over de andere, voordat hij hen weer aankeek. 'Magnus is hier al net zoveel jaar als ik, en het spijt me dat ik het moet zeggen, maar jullie hebben nog aardig wat jaartjes te gaan.'

'En wat houdt dat in?' vroeg Bernstorff. 'Dat je ons niet vertrouwt?'

‘Dat betekent dat wanneer ik het vertel, jullie, anders dan hij, zullen vragen waarom, en we hebben momenteel geen tijd te...’

Zijn telefoon ging. Hij haalde hem tevoorschijn en zag dat het Sleizner was.

‘Met Morten Heinesen.’

‘Doe niet of je niet weet dat ik het ben,’ hoorde hij Sleizner met dubbele tong zeggen. ‘Doe niet zo pathetisch.’

‘Kim, ben jij dat? Ik herkende je stem bijna niet.’

‘Denk je dat ik niet doorheb waar jij mee bezig bent, hè? Denk je dat nou echt?’ Je kon horen dat hij een slok nam. ‘Stomme klootzak...’ Hij hikte en nam nog een slok. ‘Maar ik heb al bekend hoor. Anderen zijn je vóór geweest, dus als jij eenmaal hier bent...’ Je hoorde dat hij weer dronk. ‘Zal dat te laat zijn.’

Een klik en het gesprek was voorbij.

55

Fabian had het SAS Radisson een halfuur geleden verlaten en was in zuidelijke richting langs Tivoli gelopen, helemaal tot aan de kade, waar hij rechts af was geslagen, over de houten steigers langs het water, tot hij links af kon slaan naar een voetgangersbrug over het water naar Islands Brygge aan de overkant.

Het pand zag eruit zoals te verwachten viel voor een complex waar iemand als Sleizner woonde. Grotesk en weerzinwekkend, maar ook spannend. Alsof het zich ondanks de zacht welvende façade en alle balkons die uitkeken op het water in zichzelf keerde, weg van alles. Weg van de buitenwereld. Alsof het helemaal niet thuishoorde tussen de andere gebouwen eromheen en afkomstig was van een beschaving die wezenlijk verschilde van de menselijke en daar gewoon toevallig beland was.

De verlichte ingang zat aan de achterkant van het gebouw, en met zijn hand voor het cameraoog van de intercom drukte hij op het knopje naast de ingegraveerde naam K. SLEIZNER.

Er klonk gepiep uit de luidspreker, zes, zeven harde stoten voor het weer stil werd. Misschien was hij niet thuis of lag hij te slapen. Het was tenslotte midden in de nacht. Hij belde nog een keer aan en telde vijf piepjes voor het weer stil werd.

'Hallo?' zei hij na een tijdje. 'Is daar iemand?'

'Morten, ben jij dat?' hoorde hij een stem vragen, die deed denken aan die van Sleizner. 'Heinesen, ik weet dat jij het bent.' Maar hij klonk onduidelijk en dronken.

'Ja, ik ben het,' zei hij in zijn beste Deens. 'Laat je me binnen?'

‘Waarom zou ik?’ Je kon hem horen drinken. ‘Hoe stom denk je eigenlijk dat ik ben? Snap je niet dat ik doorheb dat je het op mij hebt gemunt? Dat wil je al zolang wij elkaar kennen, en nu heb je eindelijk je kans.’ Hij nam opnieuw een paar grote slokken. ‘Maar weet je? Zoals ik net al zei, ben je te laat. Hier valt niets te halen. Anderen zijn je te vlug af geweest, die waren sneller dan jij. Veel sneller. En ik heb alles al verteld.’ Hij zuchtte, blies bijna in de hoorn. ‘Dus nee, ik doe niet open. Überhaupt niet! Ik doe de deur nooit meer open. Nooit van mijn leven meer. Voor niemand, hoor je me? Het is nu afgelopen. Helemaal afgelopen, dus je kunt net zo goed weer naar huis gaan. Hoepel op.’

Hij had er weinig van begrepen. Het enige wat hij nu wist was dat Sleizner thuis was en dat hij blijkbaar weigerde open te doen en hem binnen te laten. En dat iemand anders hem voor was geweest. Maar dat maakte niet uit. Het belangrijkste was dat Sleizner zich in zijn appartement bevond. Fabian hoefde maar een paar pogingen met zijn loper te doen om de slotcilinders op één lijn te krijgen, waarna hij de loper kon omdraaien en naar binnen kon. Daarna vouwde hij de mat bij de ingang dubbel en duwde die onder de deur voordat hij de hal in liep.

In een parallelle werkelijkheid was hij blijven staan en had hij met grote ogen om zich heen gekeken in het hallucinante trappenhuis dat aanvoelde alsof hij rechtstreeks een Stanley Kubrick-film binnenstapte die nooit gemaakt was. Maar in deze werkelijkheid was hij met zijn aandacht bij de plaats van de toetsen op de intercom. De positie van de bel van Sleizner duidde erop dat hij op de bovenste verdieping woonde. Hij was nog niet eens halverwege de hal toen de lift tot leven kwam en omlaag ging. Het zou iemand kunnen zijn die net was thuisgekomen van zijn nachtdienst en de lift uit beleefdheid weer naar beneden stuurde, maar om niet het risico te lopen iemand tegen te komen, koos hij de trap die naar de onderste galerij leidde. Daar bleef hij wachten om zeker te weten dat Sleizner niet op weg naar buiten was.

Zoals verwacht stapte er niemand uit en bleef de liftdeur gesloten. Hij liep verder over de galerij naar de volgende trap, die hem naar de tweede galerij bracht. Van daar rende hij naar de derde trap, die net als de andere zich op een ogenschijnlijk willekeurig gekozen plaats bevond. Hierdoor moest hij aardig wat op de verschillende verdiepingen heen en weer rennen voor hij op de bovenste galerij en bij de appartementsdeur van Sleizner was, die was voorzien van een codeslot.

In een instinctieve en ondoordachte beweging voelde hij aan de deurkruk, waarna de deur bijna uit zichzelf opengleed. Met het pistool in zijn hand stapte hij de flat binnen en deed hij de deur voorzichtig achter zich dicht. Het licht in de hal brandde, en voor zover hij kon beoordelen was dat in vrijwel het hele appartement het geval. Hij hoorde daarentegen geen geluid, behalve dan het zwakke suizen van de plafondventilatie. Aan zijn onmiddellijke rechterkant stond een deur op een kier. Hij schoof hem met zijn ene voet open, bereid te schieten als er iemand in een hinderlaag lag. De ruimte was niet veel groter dan een kast en er hingen jassen en er stonden onder andere een strijkplank en een stofzuiger. Hij liep verder de hal in, waar de wanden volhingen met diploma's en onderscheidingen uit Sleizners schooltijd, zijn tijd als handballer en zijn jaren bij de Deense politie.

De deur naar wat waarschijnlijk een slaapkamer was, stond wijd open. Hij liep naar binnen en keek om zich heen, merkte op dat vier van de kastdeuren langs de ene wand openstonden en er laden met ondergoed waren uitgetrokken. Er lagen een paar overhemden op de grond, samen met een aantal pantalons en stropdassen, en in het onopgemaakte tweepersoonsbed, onder de plafondspiegel met een kristallen kroonluchter, lag een halfvolle fles Absolut-wodka naast het hoofdkussen.

Hij legde zijn hand op het onderlaken en constateerde dat het bed ondanks het open slaapkamerraam nog lauw aanvoelde. Dat, in combinatie met de halfvolle wodkafles, duidde erop dat

Sleizner zich hier bevonden had toen hij hem iets meer dan twintig minuten geleden wakker had gebeld. Daarna was hij vermoedelijk naar de intercom aan de muur in de hal gestrompeld om te vragen wie er voor de deur stond. Waarschijnlijk had hij de drankfles meegenomen. Dat hij tijdens hun gesprekje had gedronken, was duidelijk te horen geweest.

Maar wat was er daarna gebeurd? Sleizner maakte een behoorlijk beschonken indruk, maar om de een of andere reden was hij teruggekeerd naar bed om de fles terug te leggen – waarom hij dat dan ook gedaan had. En waarom was hij na hun gesprek niet gewoon weer naar bed gegaan, hij was immers toch niet van plan hem binnen te laten? En vooral, waar was hij nu?

Fabian liep naar de aangrenzende badkamer, stak zijn hoofd om de hoek en constateerde dat die leeg was, toen de slaapkamerdeur achter hem met een klap werd dichtgetrokken. Hij wierp zich onmiddellijk op zijn buik op de grond, het pistool met beide handen in de aanslag. Maar toen er niets gebeurde, kwam hij weer overeind, liep naar de deur en deed die voorzichtig open.

Een luchtstroom sloeg hem in het gezicht, en hij begreep dat de deur door de tocht van het open raam moest zijn dichtgeknald. Hij had niet eerder over die zuiging nagedacht. Ook niet over de brandlucht, maar eenmaal terug in de hal kon hij duidelijk de vage schroeigeur ruiken, die steeds sterker werd naarmate hij verder in het appartement kwam.

De geur bleek uit de keuken te komen. Maar waarom de multigym vlak voor het fornuis stond en het plafond erboven was verkleurd door de rook kon hij niet begrijpen. Ook had hij geen verklaring voor de doorgeknipte spanbanden die op de grond lagen, samen met iets wat eruitzag als verbrande restjes van een stuk rood-wit gestreepte stof.

Er had hier klaarblijkelijk iets in brand gestaan, maar hij had geen tijd om erover na te denken wat het was en vooral waarom. Hij was op zoek naar Sleizner. Al het andere moest wachten.

Ook in de woonkamer was niemand. De stereo, met een buizenversterker die eruitzag of hij een half jaarsalaris had gekost, stond weliswaar aan, maar er klonk geen muziek. Hij liep verder door het gewelfde appartement. Een werkkamer hier en een logeerkamer daar. Nog een gang en nog meer deuren.

Hij bleef voor een tweede badkamer staan, waar het licht van de kier onder de gesloten deur zich een stukje over de vloer verspreidde. Een andere manier om daar binnen te komen was er niet. De deur zat weliswaar niet op slot, maar hoe snel hij ook was, hij zou geen schijn van kans maken als Sleizner hem daarbinnen zou staan opwachten. Maar wat had hij voor keus, vroeg hij zich af, terwijl hij de deur openrukte en met het pistool in de aanslag binnenviel. Ook daar was Sleizner niet, niet in de jacuzzi en al evenmin achter de wand van de inloopdouche. Maar er mocht dan niemand zijn, de chaos in de ruimte was compleet. Geen chaos van iemand die zijn spullen niet opruimt, maar een chaos die was voortgevloeid uit iets wat nog het meest kon worden omschreven als pure paniek.

In een van de twee wastafels lag een geopende verbanddoos. De laden eronder waren uitgetrokken en de hele inhoud lag over de mozaïekvloer verspreid. Er lagen scharen, tandenborstels en handdoeken met bloedvlekken. Leeggegooide medicijnpotjes, allerhande pillen en scherven van de stukgeslagen passpiegel op de ene muur. Verder was het toilet niet doorgespoeld en zat dat vol urine en lange repen toiletpapier, en de bril was niet alleen besmeurd met bloed, er lagen ook centimetergrote stukken op van wat eruitzag als verbrande huid. In gedachten probeerde hij zijn indrukken te bundelen tot een begrijpelijk geheel, terwijl hij een van de potjes van de grond opraapte en constateerde dat daar Oxycodon Actavis in had gezeten, een van de sterkste en meest verslavende pijnstillers die je voorgeschreven kon krijgen.

Ergens in het appartement sloeg een deur dicht. Misschien was het weer de slaapkamerdeur. Voor zover hij zich kon herinneren had hij die opengelaten. Maar voor tocht had je twee openingen nodig, en tot nu toe had hij geen andere gezien dan het raam in de slaapkamer. De verklaring was te vinden in een kamer met een dartbord, een biljarttafel en in de hoek een kleine bar.

De glazen deur naar het balkon stond maar een paar decimeter open, maar dat was meer dan voldoende om voor een behoorlijke luchtstroom door de flat te zorgen, en de opening was bovendien groot genoeg om erdoor naar buiten te kunnen.

Het balkon dat uitkeek op het water en Vesterbro aan de overkant was circa anderhalve meter diep en liep zo te zien langs het hele appartement. Behalve een tafel met vier stoelen, een stapel zitkussens, een gasbarbecue, een paar tomatenplanten en twee ingeklapte zonnestoelen stonden er een paar lege bloempotten, drie zakken stookhout en een kunststof opbergbox voor tuinkussens.

Sleizner zelf schitterde door afwezigheid.

Hij ging op de vochtige deksel van de opbergbox zitten en voelde de vermoeidheid terugkomen. Ondanks alle uren slaap moest hij vechten om zijn ogen open te houden. Hij was niet alleen zó afgepeigerd dat hij elk moment in slaap kon vallen. Elk gewricht was uitgeput, elke spier. Hij had er zo schoon genoeg van. Hij was zo moe van dat alsmaar jagen en van het feit dat hij zijn wild nooit op de korrel kreeg. Dat hij zich überhaupt nog ergens druk om maakte.

Misschien had hij daarom nog geen oog gehad voor de stapel kussens die onbeschermd op de houten vlonder naast hem lagen en voor de vraag waarom ze niet lagen waar ze moesten liggen, dat wil zeggen: in de opbergbox waar hij op zat.

Voor zover hij kon zien, waren er twee zonnestoelen en vier gewone balkonstoelen, wat overeenkwam met het aantal kussens op de stapel. De verklaring was dus niet dat er geen plaats was. Voor zover er niet… Hij kwam overeind, draaide zich om en boog voorover om de kussenbox te openen. Dat deed hij zo snel en krachtig als hij kon om Sleizner zo min mogelijk tijd te geven om zich voor te bereiden.

Er kwam hem een bedompte lucht tegemoet, maar behalve die geur en een halsketting die op de bodem lag te glanzen, was de box leeg. Hij hield zijn adem in om de geur niet te hoeven ruiken en viste de ketting op.

Kim Sleizner kon beslist zo'n type zijn dat rondliep met een gouden ketting onder zijn overhemd. Het enige wat niet in dat beeld paste was Ganesha die aan het kettinkje hing. De hindoeïstische god met het olifantenhoofd, de god van wijsheid, intelligentie en onderwijs.

Hij draaide zijn hoofd en keek naar de stapel kussens. Hij voelde aan de bovenste, die vrijwel net zo vochtig was als de deksel waarop hij gezeten had. De kussens hadden dus de hele avond onbeschermd buiten de opbergbox gelegen, misschien nog wel langer. Maar hij was te moe om uit te rekenen wat daar de consequenties van waren. Áls er überhaupt consequenties waren.

Nadat hij de deksel weer had gesloten, liep hij naar de reling van het balkon en keek uit over het water dat daar ver beneden in het licht van alle lampen glinsterde. Een eind weg, maar toch goed zichtbaar, torende zijn hotel als een grote legosteen hoog boven alle gebouwen uit. Hij kon zelfs het kleine lichtstipje van de staande lamp voor het raam vermoeden die hij had laten branden.

Het waren niet alleen de hoge gebouwen, de lichten van alle straatlantaarns en de geur die Helsingborg onderscheidde van een stad als Kopenhagen. Ook het geluid was anders. Dit was een grote stad, met alles wat dat inhield. Zoals het scherpe geluid van het spoorwegemplacement aan de overkant van het water, het constante geraas van alle auto's, en uiteraard de sirenes, die eeuwige sirenes.

Het was niet zoals in New York, maar het kwam er aardig in de buurt. Het maakte niet uit welke tijd van de dag het was. Je hoorde ze altijd wel ergens, alsof er altijd ergens brand was of een bank werd beroofd.

Wat het deze keer was, kon hij alleen maar gokken. Het was

wel zo dat de sirenes eerst een onderdeel van het overkoepelende geluidsbeeld vormden, maar nu toenamen in kracht, het klonk nu zelfs of ze slechts nog maar een paar honderd meter verwijderd waren. Hij leunde over de reling en kon al snel blauwe zwaailichten zich zien weerspiegelen in de kade en het ongelijkmatige wateroppervlak.

Ze waren heel dichtbij. Zo dichtbij dat ze nu werden uitgezet.

De gedachte dat ze het wellicht op hem hadden voorzien, kon zich niet verder ontwikkelen dan het embryonale stadium, doordat de burgerauto met zwaailicht de geplaveide kade op reed en voor het gebouw bleef staan.

Op dat moment, in het licht van de koplampen, zag hij het lichaam vlak onder hem liggen in een houding die eigenlijk geen houding was, maar meer iets wat op een hoop leek te zijn gegooid en wat ooit een mens was geweest. Hij wist niet hoe hij moest reageren en stond daar maar te staren. Alsof er een bug in zijn software zat, waardoor hij stil was komen te staan. Alsof alle tegenstrijdige gevoelens elkaar ophieven en het enige wat hij kon doen, was naar beneden kijken naar de twee politiemensen die met felle zaklampen in hun handen op het lichaam afgingen, terwijl een lichtblauwe bestelauto achter hen afremde.

Het was de stem waardoor hij uiteindelijk weer bij zijn positieven kwam en waardoor hij zich omdraaide naar de biljartkamer en de flat. De stem die luid en duidelijk 'politie!' riep.

56

Morten Heinesen stapte uit zijn auto, stak de zaklamp aan en liep over het plaveisel. Dit was dezelfde ongelijkmatige bestrating waar hij een paar jaar geleden tijdens het joggen zijn voet had verstuikt. Achter zich hoorde hij dat Julie Bernstorff het portier dichtdeed en achter hem aan kwam. Het geluid van haar hakken op de ronde steentjes wekte de pijn aan de buitenkant van zijn rechtervoet weer tot leven. Alsof die steeds had gesluimerd en er gewoon op wachtte tot hij hier zou terugkeren en zijn voet weer verkeerd zou neerzetten.

Het alarm was een paar minuten nadat ze in de auto's waren gestapt en uit de politiegarage waren weggereden binnengekomen. Een buurman twee verdiepingen recht onder het appartement van dat van Sleizner had achter zijn computer zitten werken toen hij plotseling iemand van een balkon boven hem had zien vallen, met zijn hoofd naar voren. Heinesen had het arrestatieteam bevolen via het trappenhuis naar het appartement te gaan en ervoor te waken dat nieuwsgierige buren een kijkje kwamen nemen voordat ze klaar waren met hun onderzoek. Het was de eerste keer dat hij hier was. In tegenstelling tot diverse van zijn collega's was hij zelf nooit uitgenodigd voor de jaarlijkse, legendarische glöggparty in december in het luxe appartement op de bovenste verdieping van het spectaculaire silogebouw.

Hij zakte op zijn hurken en richtte de zaklamp op dat wat ooit Sleizners hoofd was geweest. Net als de buurman had beweerd, had het hoofd als eerste de grond geraakt, en bovendien met zo'n kracht dat er niet veel meer van over was. Maar het pak en de roodgroen gestreepte stropdas herkende hij in elk geval. Hetzelfde gold voor de Soprano-Rolex, die doortikte alsof er niets was gebeurd.

Was dit zijn schuld? Voelde hij zich daarom zo ongemakkelijk? Was het zijn eigen slechte geweten omdat hij zijn chef zo ver in de hoek had gedreven dat die geen andere uitweg had gezien dan er een eind aan te maken? Hij had er alles aan gedaan om te zorgen dat de plannen voor een arrestatie niet zouden uitlekken en alleen bekend waren bij de absoluut binnenste kring van ingewijden. Toch had die informatie Sleizner op de een of andere manier bereikt.

Hij draaide zich om en zag dat Hemmer zijn metalen koffers met apparatuur had uitgeladen en naast Bernstorff stond te wachten. 'Jullie weten wat jullie moeten doen. Ik ga naar boven, een kijkje nemen in het appartement,' zei hij, en hij zette koers naar de ingang aan de andere kant van het pand, langs de ambulance die stond te wachten tot ze het stoffelijk overschot konden meenemen.

Er stond verderop in de straat nog een ambulance geparkeerd, hoewel hij er maar één had besteld. En te oordelen aan de sirenes die dichterbij kwamen, waren er nog meer mankracht en middelen in aantocht. Het nieuws had zich dus al verspreid.

Hij nam de lift naar de bovenste verdieping, kreeg van de teamleider van het arrestatieteam te horen dat het appartement was veiliggesteld, en stapte over de drempel. 'Trouwens, Magnus.' Hij bleef staan en draaide zich om. 'Het is het beste als jullie de boel beneden gaan afzetten.'

'Oké. Maar moet ik niet twee man hierboven laten?'

'Nee, dat lijkt me niet nodig. Zorg alleen dat ze het trappenhuis in de gaten houden en dat er geen onbevoegden binnenkomen.'

Toen de teamleider de twee anderen uit zijn team wenkte en ze hem alleen lieten – wat precies was wat hij wilde – ging hij naar binnen en keek hij om zich heen.

De woning was extravagant en onnodig groot voor één iemand.

Ingericht met een budget waar zelfs Sleizners hoge salaris niet eens toereikend voor zou moeten zijn. Tijd om alles grondig te inspecteren, was er niet. Dat moesten Hemmer en zijn assistenten morgen maar doen.

In plaats daarvan liep hij door de hal naar de woonkamer en verder naar de glazen deur die naar het balkon leidde. Daar wilde hij beginnen, bij het eind, om daarna terug te gaan in de tijd de flat in.

Nadat hij handschoenen had aangedaan, trok hij de deur open en stapte hij de nacht in. Ook hier zag het er ongeveer uit als je kon verwachten op een balkon van deze grootte. Hier en daar wat tuinmeubels, een stapel zitkussens, bloempotten in verschillende afmetingen – alle planten waren overigens verlept – en helemaal in de hoek een vuilniszak met statiegeldflessen. Met andere woorden niets opvallends wat de aandacht trok.

In een poging het laatste deel van de gebeurtenissen voor zich te zien, liep hij naar de reling en keek hij over de rand naar de plaats van neerstorten. Die bleek een paar meter naar rechts te liggen, waarop hij een stukje opschoof tot hij er recht boven stond. Hij schatte de afstand naar beneden op een meter of veertig en het trof hem wat een wilskracht Sleizner moest hebben opgebracht om over de reling te klimmen en zich te laten vallen. Hij had dat op foto's gezien van de aanslag op het World Trade Center. Hoe mensen uit de ramen gesprongen waren om te ontkomen aan de vuurzee, sommige net als Sleizner met hun hoofd naar voren, een gewisse dood tegemoet. Zelf zou hij die stap nooit hebben durven nemen.

Zelfs niet als hij zelfmoord had willen plegen.

Ver daarbeneden was nog een ambulance gearriveerd en er waren drie personen op weg naar Hemmer en Bernstorff, die in volledig bedekkende beschermkleding bezig waren met het onderzoek en foto's namen van het stoffelijk overschot. Wat ze tegen elkaar zeiden, viel niet te verstaan, maar Hemmers lichaamstaal liet zien hoe hij in een paar seconden van voorzichtig vragend naar hoogst verontwaardigd ging.

Hij haalde zijn mobiel tevoorschijn en belde Bernstorff, die zich op een armlengte afstand buiten de discussie leek te houden.

'Met Julie,' zei ze, en hij zag dat ze nog een stukje van de anderen af ging staan.

'Met Morten. Wat is er aan de hand?'

'Er zijn er hier een paar van het forensisch lab die zeggen dat zij het gaan overnemen.'

'Wie dan?'

'Oscar Pedersen.'

'Pedersen? Wat doet die hier in godsnaam op dit tijdstip?'

'Hij zegt dat hij verantwoordelijk is voor de sectie.'

'Ja, hij is verantwoordelijk voor het hele forensisch lab. Maar dat betekent nog niet dat hij de boel gewoon kan overnemen. Hij moet, net als alle anderen, gewoon wachten tot jullie klaar zijn met het onderzoek van de plaats van het ongeval. Dus houd voet bij stuk en neem de tijd die jullie nodig hebben.'

'Oké, maar ik moet nu ophangen.'

Het gesprek werd beëindigd en hij zag dat ze terugkeerde naar de anderen. Dat Pedersen af en toe zelf een sectie verrichtte, was nog tot daar aan toe. Maar dat hij zelf ter plaatse kwam om het lichaam op te halen, en bovendien zo midden in de nacht, was bij zijn weten nog nooit voorgekomen en maakte duidelijk dat het nieuws over Sleizners dood ondertussen de hoogste leiding had bereikt.

Toch was dat misschien niet zo gek. Sleizner was hoe je het of wendde of keerde een van de frontfiguren binnen de politie van Kopenhagen, en dit was uiteraard een gebeurtenis die het meeste andere nieuws zou overschaduwen. De grote vraag was of hij en de anderen van het team zouden mogen doorgaan met hun onderzoek, of dat ze zouden moeten…

Hij raakte van zijn à propos toen zijn blik op de opbergbox viel, of liever gezegd op de deksel. Er was iets met de glinstering in het vocht die niet klopte, en toen hij erheen liep en op zijn hurken ging zitten om de dauw te bestuderen die duizenden en nog eens duizenden waterdruppeltjes op de deksel had gevormd, kon hij duidelijk zien dat daar onlangs iemand gezeten had. Tegelijkertijd kwam de mobiel in zijn broekzak tot leven. Hij wilde eerst niet opnemen, maar zag in dat hij geen keus had toen het het hoofd van het Deense KLPD bleek te zijn, Henrik Hammersten.

'Met Morten Heinesen,' zei hij met de telefoon tegen zijn oor gedrukt terwijl hij ondertussen de kussenbox en het droge gedeelte midden op de deksel onderzocht.

'Hallo Morten, ik weet niet of wij elkaar al eens ontmoet hebben. Mijn naam is Henrik Hammersten. Je weet vast wel wie ik ben.'

'Uiteraard.' Hij boog voorover om de deksel met zijn vrije hand beet te kunnen pakken.

'Ik heb zojuist kennisgenomen van het tragische nieuws over de zelfmoord van Kim Sleizner, en naar ik begrepen heb ben jij met je team al ter plaatse.'

'Dat klopt. We zijn al druk bezig met…'

'Dat is mooi, Morten. Heel goed,' onderbrak Hammersten hem terwijl Heinesen de deksel omhoogklapte. 'De reden dat ik je bel is om je te informeren dat een ander team de verantwoordelijkheid vanaf nu overneemt en ik wil daarom dat jij en je mannen onmiddellijk het…' De verbinding werd verbroken op het moment dat de mobiel uit Heinesens hand gleed en op de houten vlonder viel.

Hij had geen kans gehad om te reageren toen de gewapende man uit de opbergbox tevoorschijn sprong en hem zo'n klap met de zijkant van zijn pistool gaf dat het hem zwart voor de ogen werd.

57

Fabian liep om de biljarttafel heen en haastte zich door de woning. Misschien waren er meer politiemensen, misschien niet. Eén probleem tegelijk. Het was nu zaak daar weg te komen, en wel zo snel mogelijk.

De klap met het pistool tegen het hoofd van die politieman was harder dan hij van plan was geweest. Maar teruggaan en checken of hij oké was, zou hetzelfde zijn als het opgeven. Of de man nog steeds bewusteloos was of niet, hij zou hoe dan ook de klos zijn.

Er waren geen argumenten die hem zouden vrijpleiten van de verdenking dat hij Sleizner over de rand had geduwd. Dat hij uit blinde woede uiteindelijk wraak had genomen. Hoe onwaar het ook was, het lag veel te dicht bij de waarheid. Wat had hij daar anders midden in de nacht te zoeken gehad? Hoe was hij binnengekomen? Waarom was hij überhaupt in Kopenhagen? Elke poging om een verklaring te geven zou hem dieper in het drijfzand doen zakken.

Er was veel te veel dat hem tot verdachte bestempelde. Alles, van het motief tot zijn acties van de afgelopen dagen. Hij was al zo goed als veroordeeld, en zijn enige kans was ervoor te zorgen dat hij niet werd opgepakt.

'Stop,' hoorde hij de politieman achter hem roepen. 'Blijf onmiddellijk staan!' Het was in zekere zin een opluchting te horen dat hij oké leek, ook al riep dat weer andere problemen op. 'Op je buik! Ik zei: "op je buik", en wel nu!'

Fabian spurtte verder, langs zitgroepen, boekenkasten en eettafels met kandelaars, de hoek om en verder door de volgende gang in de labyrintische woning.

Het schot miste hem op een paar decimeter en sloeg een gat in de muur voor hem. Net als hijzelf zou hebben gedaan als de rollen omgekeerd waren geweest, had de politieman achter hem op zijn benen gericht. Het volgende schot wist hij te ontwijken door zich in de hal die naar de buitendeur leidde naar links te werpen. In plaats daarvan boorde de kogel zich in een stopcontact, waarna het licht in hele appartement met een vonkenregen doofde.

Toen hij weer op de been was, rende hij naar de ingang. Daar was het nu veel te donker voor zijn achtervolger om meer schoten te kunnen lossen. Maar het was uitstel van executie. Als hij de buitendeur opendeed, zou hij in het licht van het trappenhuis een zeer eenvoudig doelwit zijn. Maar wat had hij voor keus?

De kogel moest hem in zijn linkerbovenarm hebben geraakt op het moment dat hij zich in het trappenhuis had geworpen, vlak voordat hij liggend op de vloer de appartementsdeur had dichtgeschopt. Pijn voelde hij niet. Maar hij zag wel dat de kogel een in- én een uitschotopening in de lichtbeige stof van zijn colbertje had gemaakt.

En zo gauw hij weer overeind was gekrabbeld, kwam het bloed. Eerst in de vorm van een paar druppels die via de binnenkant van zijn manchet hun weg naar buiten zochten en als kleine eilandjes op de vloer landden. Maar algauw gutste het er werkelijk uit. Daarom rukte hij zijn jasje uit, wikkelde dat rond de wond en hield de ene kant van de stof met zijn tanden beet terwijl hij er een dubbele knoop in legde om het bloeden te stelpen. Dit alles terwijl hij ondertussen de trap naar de onderliggende verdieping af rende.

'Hé. Jij daar!' hoorde hij een stem ergens van beneden. 'Staan blijven met je handen op je hoofd!'

Fabian zag alleen dat het een ME'er was, uitgerust met een helm, een kogelwerend vest en een automatisch vuurwapen, voordat hij achter de dichte balustrade van de galerij dook. De stemmen daar beneden groeiden snel in aantal, en ook al kon hij niet horen wat ze zeiden, hij begreep wel dat ze op weg naar boven waren om hem te omsingelen.

In de bescherming van de galerij tijgerde hij over de grond naar de lift terwijl de stemmen steeds luider werden. Eenmaal bij de lift strekte hij zijn ongeschonden arm uit en drukte hij op het knopje met het zwak-blauwe lampje, waarna er een kort elektronisch signaal klonk en de liftdeuren opengleden.

'Op je buik, handen op je hoofd,' riep de eerste die aan kwam rennen, zijn automatische vuurwapen in de aanslag.

Fabian was al in de lift en drukte op het onderste knopje, waarop de deuren dichtgingen op het moment dat de kogels diepe gaten in de binnenmuren van de lift boorden. Deze mannen waren er niet op uit een mogelijke verdachte met een eenvoudige kogel in zijn been onschadelijk te maken. Ze waren op jacht naar een terrorist.

Helaas kon hij niet zien of de lift op weg was naar beneden. Hij voelde geen bewegingen of geschud. Er was niet eens een display dat aftelde. Hij drukte opnieuw de onderste knop in, maar er gebeurde niets. In plaats daarvan leidde hij uit het geroep van de man over "het object" af dat hij op weg was naar beneden, zodat hij uiteindelijk durfde uitademen en overeind kwam.

Op weg omlaag spande hij zijn bloederige jasje steviger rond de wond en verstelde hij de riemen van zijn schouderholster zo dat die kon functioneren als een mitella. Als laatste haalde hij zijn pistool tevoorschijn en maakte hij zich op om al schietend naar buiten te komen zodra de deuren opengleden.

Het was hij of zij. De terrorist of de helden.

De deuren gingen open, en hij rende naar buiten. Maar hij was niet bij de ingang. Hij bleef staan en keek om zich heen, en zag in dat hij zich in een garage onder het gebouw bevond. Dat hij daar niet eerder aan gedacht had. Natuurlijk had een pand als dit een eigen garage.

Terwijl hij naar links en naar rechts keek en een blik over zijn schouder wierp, snelde hij verder naar een uitloopdeur voor voetgangers naast de garagedeur. Eenmaal buiten vulde hij zijn longen met de vochtige nachtlucht en liep hij langzaam de oprit op terwijl hij op afstand geroep en geluiden van verschillende communicatie-eenheden hoorde.

Hij had een derde afgelegd toen er een auto met groot licht naar beneden kwam rijden. Hij liep snel weer terug naar beneden en hoorde de auto achter hem optrekken. En hoewel hij veel te veel bloed had verloren, rende hij het laatste stukje om uiteindelijk tot de ontdekking te komen dat de uitloopdeur niet van buitenaf geopend kon worden.

Met trillende handen haalde hij zijn loper tevoorschijn, maar liet die vallen door het geluid van gierende banden en een portier dat achter hem openging. Alsof dat het enige was wat hij nog kon, bleef hij aan het slot rukken zonder zich om te draaien. Alsof hij gedwongen was om het te proberen, hoewel zijn lot hem al had ingehaald.

'Misschien moet je dat maar gewoon opgeven en met ons meegaan,' hoorde hij een stem in redelijk Zweeds zeggen. Een stem die hij had gemist en al jaren niet gehoord had.

Hij draaide zich om naar Dunja, die bij de ambulance stond te wachten. Hij wilde vragen waar ze de laatste jaren geweest was. Waarom ze op geen van zijn berichtjes had gereageerd. Hoe ze kon weten dat hij daar was? Maar hij wist niet waar hij moest beginnen en liep zonder wat te zeggen naar haar toe en stapte in de ambulance.

'Ga op de brancard liggen en gesp jezelf vast.' Ze trok de deur achter hem dicht en wurmde zich naar de passagiersstoel. 'Zet de sirene en het zwaailicht aan.'

'Zeker weten?' vroeg de Indiase man achter het stuur.

'Nee, maar doe het toch maar.'

De Indiër zette de sirene en het blauwe zwaailicht aan terwijl hij keerde en de oprit op reed. In de tussentijd gespte Fabian zich zo goed en zo kwaad als het ging vast op de brancard en ging liggen in een poging zich te ontspannen. Iets wat eenvoudiger bleek te zijn dan hij had verwacht. Alleen al om daar met zijn ogen dicht te mogen liggen, de boel los te laten en alles te laten gebeuren bracht de nodige rust.

Na een tijdje merkte hij dat ze afremden om uiteindelijk helemaal tot stilstand te komen. Maar hij had geen puf om iets tot zich te laten doordringen, zoals de stemmen voorin en de informatie die ze met iemand daarbuiten uitwisselden. Hij had geen energie om zich er druk om te maken, had geen zin om weer te vluchten.

Toen de sirenes zwegen en ze weer afremden, begreep hij dat hij in slaap moest zijn gevallen.

'Je bent gewond,' hoorde hij Dunja zeggen, en toen hij zijn ogen opendeed, zag hij dat ze over hem heen gebogen stond en bezig was zijn riemen los te maken. 'Ga eens rechtop zitten, dan kan ik ernaar kijken.'

'Sinds wanneer spreek jij zo goed Zweeds?'

'Hoe kom je erbij dat ik daar ooit slecht in was?' Ze knoopte het colbertje rond zijn arm los en bekeek de schotwond.

'Hoe konden jullie weten dat ik daar was?'

'Hoe kon jij weten dat je er precies daar uit moest?'

'Dat wist ik ook niet. Ik had geen…'

'Zie je dat scherm daar?' onderbrak ze hem, en ze knikte naar een scherm dat wisselde tussen Sleizners entreehal, zijn keuken en de garage onder het pand. 'Na zijn bekentenis hielden we hem in de gaten om er zeker van te zijn dat hij niets stoms zou uithalen. We hadden nooit kunnen vermoeden dat hij zou springen.' Ze schudde haar hoofd. 'En opeens verscheen jij daar ten tonele.'

Fabian keek op het scherm, waarvan het beeld begon te haperen en te flikkeren om uiteindelijk helemaal te verdwijnen in ruis. 'Je zei iets over een bekentenis. Wat voor bekentenis?'

'Fabian, jij bent niet de enige met vragen,' zei ze, en ze knipte de mouw van zijn overhemd los. 'Mijn voorstel is dat we daarmee wachten tot we allebei met een glas whisky in de hand voor een open haard zitten.'

Hij wilde protesteren, maar kreeg daar de kans niet voor doordat ze medicinale alcohol over de wond spoot en een brandende pijn de overhand kreeg.

'Helaas was handwerken op school nooit echt mijn ding,' zei ze, en ze opende een verpakking met iets wat eruitzag als een gebogen naald en een soort draad.

'Is dat echt noodzakelijk?'

'Het alternatief is dat je doodbloedt.' Ze hield de naald omhoog tegen het licht. 'En wat voor nut heb je dan nog voor me?'

'Nut? Wat bedoel je d...'

'Het is niet gecompliceerder dan dat wij jou net hebben gered van een verblijf voor de rest van je leven in een Deense gevangenis. Dus nu ben jij aan de beurt om ons te helpen.'

'Hij was al gesprongen toen ik kwam.'

'Misschien. Maar wat heb ik daaraan als *ík* een voortvluchtige, van moord verdachte terrorist ben en *jíj* een man die op het verkeerde moment op de verkeerde plaats was?' Ze stak de naald er bij de inschotopening in en begon te hechten.

'Wat hebben jullie met hem gedaan?' vroeg hij in een poging ergens anders aan te denken. 'Hij zei in de intercom toen ik aanbelde dat iemand mij voor was geweest. Dat ik te laat was. En er hing een schroeilucht in zijn appartement, alsof iemand...'

'Een vuurtje had gestookt?' kapte Dunja hem af, terwijl ze zich uitrekte naar een tang en de draad afknipte. 'Weet je nog wat we hadden afgesproken? Jij kunt het je misschien niet meer herinneren, maar ik heb besloten alle vragen op te schorten tot we een knetterend haardvuur voor ons hebben en een glas whisky in de hand.' Ze draaide zijn arm om beter bij de uitschotopening aan de achterkant te komen en ging verder met hechten. 'Wees in elk geval maar blij dat niemand doorhad wie jij was. Op de communicatieradio figureer je onder de termen "de man" en "het object". Dus met een beetje geluk kun je gewoon weer naar huis en doen of je neus bloedt als we eenmaal klaar zijn.'

'Nu we het daar toch over hebben, we zijn er bijna,' zei de Indiër achter het stuur.

'Waar zijn we bijna?' vroeg hij, en hij keek van Fareed naar Dunja en weer terug. 'Waar gaan we eigenlijk naartoe?'

'Naar een parkeergarage in Østerbro,' zei Dunja.

'Of liever gezegd: naar een kelderruimte die niet bestaat,' zei Fareed.

'Over wat voor kelder hebben jullie het? Ik begrijp niet waar jullie hulp bij nodig hebben? Sleizner is toch al dood.'

'Dat klopt. Maar hij had twee medeplichtigen die nog in leven zijn, en volgens Sleizner houden die zich op in een kelderruimte van een pand dat zeven jaar geleden gerenoveerd is. Ze hebben toen niet alleen het trappenhuis en de lift verbouwd, zodat die niet langer uitkwamen in de kelder, ze hebben ook de hele kelder verwijderd. Dat wil zeggen, op de bouwtekeningen die naar de gemeente werden gestuurd.'

Fabian wilde vragen wat daar de lol van was, maar zweeg.

'Nu vraag je je vast af waarom iemand zoveel geld en middelen uitgeeft aan zo'n verbouwing en waarom ze alle toegangen tot die kelder hebben afgesloten behalve via een parkeergarage aan de overkant van de straat,' vervolgde Dunja terwijl ze het laatste stuk hechtdraad afknipte en een zwachtel om zijn bovenarm wikkelde.

'Dunja, ik ben niet meer degene die jij twee jaar geleden hebt ontmoet.'

'Mooi zo, en jij bent niet de enige. Wie weet waar dat toe kan leiden.'

Hij keek haar in de ogen. Zag dat ze net als hij een paar seconden lang een totaal andere toekomst overwoog.

'Bedankt voor je hulp,' zei hij nadat hij had ingezien hoe naïef hij was. 'En dat meen ik oprecht. Met heel mijn hart. Maar nu zou ik het liefst willen dat jullie naar de kant rijden en stoppen.'

Hij kwam van de brancard af en draaide zich om naar het achterportier.

'Dat is nu al de tweede keer dat je mij bedankt. Weet je dat wel?'

'Dunja, wat wil je dat ik zeg?'

'Niets. Het beste wat je kunt doen, is gewoon je mond houden en luisteren.' Ze zweeg en haalde een paar keer diep adem om zich te concentreren. 'De eerste keer dat ik jou hielp, had dat tot gevolg dat ik van ons aller vriend Sleizner mijn congé kreeg. Sindsdien heb ik min of meer onder de radar moeten leven. Daar hoef jij geen slapeloze nachten van te hebben. Ik zou precies hetzelfde hebben gedaan als dat weer nodig mocht zijn. Jij hebt die zaak opgelost en de schuldige opgepakt. Als ik je niet geholpen had, had die moordenaar nu nog vrij rondgelopen en had hij waarschijnlijk zowel jou als de anderen uit jouw oude schoolklas een voor een om zeep geholpen.'

'En nu wil je dat ik jou help.'

'Wij komen één man tekort, en als ik me niet vergis heb jij net als ik niets te verliezen.'

'Ik ben hiernaartoe gekomen om Sleizner ter verantwoording te roepen. Nu is hij dood, en heb ik hier verder niets meer te zoeken.'

'En deze twee dan?' Dunja overhandigde hem een korrelige bewakingsfoto van twee mannen in legerkleding. 'Zij hebben in opdracht van Sleizner Qiang Who geëxecuteerd, één van ons, vóór onze ogen. Ze hebben een mes in zijn keel gestoken en hem daar laten zitten tot hij was doodgebloed. Denk je eens in! Met een mes in zijn keel! Kijk zelf maar als je mij niet gelooft.'

'Dunja, ik geloof je,' zei hij toen ze hem nog een korrelig screenprintje gaf met daarop een Aziatische man die met zijn handen op zijn rug gebonden op zijn knieën zat en met een mes in zijn keel vocht voor zijn leven.

'En dat mogen ze wat jou betreft ongestraft doen?'

'Nee,' zei hij na een snelle blik op de foto te hebben geworpen. 'Dat is niet de reden dat ik je niet kan helpen.'

'O? Oké. Maar mag ik dan vragen...'

'Want er speelt iets anders,' onderbrak hij haar. 'Theodor is er niet meer.'

'Hè?' Dunja sloeg haar hand voor haar mond. 'Wat zeg je n...'

'Hij heeft een week geleden zelfmoord gepleegd.'

'Och, jezus.' Dunja kwam naar hem toe en sloeg haar armen om hem heen. 'Dat wist ik niet. Was het Sleizner?'

'Dat doet er niet meer toe,' zei hij. 'Het enige wat nu nog van belang is, is dat ik een dochter heb. Zij is teleurgesteld en boos. Maar ze is er nog, en voor geen goud wil ik het risico lopen ook haar te verliezen. Snap je?'

Dunja keek hem aan zonder wat te zeggen, waarop ze uiteindelijk knikte.

'Maar evengoed bedankt voor alles.'

'Dat heb je al gezegd,' zei ze, en ze deed de achterportieren open.

'Maar dat mag best meerdere keren gezegd worden.'

'Nogmaals graag gedaan.'

Hij knikte in een poging de stilte te vullen terwijl hij de ambulance verliet en uitstapte. 'Wie weet zien we elkaar nog eens.'

'Wie dan leeft die dan zorgt.' Ze trok de deur weer dicht, waarop de ambulance richting aangaf en wegreed, om uiteindelijk in de nacht te verdwijnen.

58

Het verkeerslicht sprong op de gewoonlijk drukke kruising op groen. Maar in het donkerste uur van de nacht was dat een schertsvertoning. De kruising lag er verlaten bij evenals de rest van Østerbrogade. Er waren geen auto's of fietsen te zien. Geen eenzame voetganger die over straat zwalkte op weg naar huis na een avondje stappen.

De desolaatheid lag als een verstikkende deken over alles heen. Alsof de hele mensheid in één nacht was weggevaagd en de verkeerslichten onverdroten doorgingen alsof er niets gebeurd was.

Uitzondering was de ambulance die langzaam over de kruising kwam aanrollen en Gunnar Nu Hansens Plads in draaide om daarna rechts af te slaan, de inrit van de 24/7 geopende garage in, waarvan de toegangsdeur geruisloos opengleed als de bek van een walvis, groot genoeg om de ambulance op te slokken. Eenmaal binnen ging de ambulance op een parkeerplaats zo ver mogelijk van het garagebedrijf staan, en toen de lichten waren gedoofd en de motor tot zwijgen was gekomen, stapten Dunja en Fareed uit, sloten de portieren af en liepen gehaast verder, met gebogen rug onder dekking van pilaren en auto's.

Een concreet plan hadden ze niet. De onderneming was puur intuïtief. Een gemeenschappelijke overtuiging dat Sleizner de waarheid had gesproken toen hij bij zijn bekentenis voor hun camera had gezegd dat de twee mannen in legerkleding zich hier bevonden. Dat ze hier, in de geheime ruimten in de kelder, hun basis hadden.

Er was geen aanleiding om hem niet te geloven. Ze had hem nooit eerder zo gebroken en in de kreukels gezien als toen ze hem uiteindelijk de gloeiende luier hadden uitgetrokken. Dat de pijn onbeschrijflijk moest zijn geweest en dat het een hele tijd zou duren voordat hij het weer in zijn hoofd zou halen iemand te verkrachten, stond buiten kijf.

Maar erger dan dat was het niet. Hij zou het overleven, en zijn verwondingen zouden helen. Dat zou tijd kosten, maar als er iets was wat hij tijdens zijn verwachte levenslange veroordeling zou hebben, dan was het wel tijd.

In plaats daarvan had hij ervoor gekozen zich van het leven te beroven. Of dat kwam door de brandwonden of doordat hij onder bedreiging van een nieuwe martelronde zonder omhaal alles had bekend, van de moord op Hesk tot en met zijn rol als opdrachtgever tot de executie van Qiang, zouden ze nooit te weten komen. Misschien was het een combinatie van die twee.

Fareed stak zijn hand omhoog en ging op zijn hurken zitten achter een auto. Dunja volgde zijn voorbeeld, maar begreep pas waarom toen ze ver genoeg overeind kwam om door de ramen van de auto te kunnen kijken waar ze zich achter verstopt had.

Voor hen stond een vrachtwagen met een container op de oplegger en met de achterkant naar de laad- en losplaats gekeerd. Er waren geen bewegingen te zien, niet op de laad- en losplaats en niet rond de container zelf. Bovendien werd het licht van de tl-buizen weerspiegeld in de zijruit van de bestuurderscabine, waardoor je onmogelijk kon zien of daar iemand zat.

Ze gaf Fareed een teken, waarop ze in korte, snelle etappes en onder de dekking van auto's naar de vrachtwagen liepen. Eenmaal daar aangekomen, constateerden ze dat de bestuurderscabine van de vrachtwagen leeg was en, na aan beide portieren te hebben gevoeld, ook op slot zat.

Een club, had hij geantwoord op de vraag wat ze daar in die kelderruimte deden. *Een club voor een aantal uitverkorenen*. Ze had al zo'n donkerbruin vermoeden om wat voor soort club het ging, ook al was dat de enige vraag waarbij hij wat cryptisch was geweest in zijn antwoorden. En de vrachtwagen met de container verschafte ook al weinig duidelijkheid.

Fareed liep de stalen trap naar de laad- en losplaats op en had zijn rugzak al afgedaan om zijn set lopers te pakken, toen zij ook boven was. 'Wat vind je?' vroeg hij, en hij bekeek de verschillende lockpicks in het licht van de tl-buizen aan het plafond. 'Zullen we naar binnen gaan?'

Ze gaf geen antwoord. Ze wist eerlijk gezegd niet wat wijsheid was. Wat ze moesten doen om niet in dezelfde hinderlaag te lopen als Qiang. Ze liep naar de container, voelde aan het krachtige hangslot en hield haar oor tegen de plaatstalen deur. Waren ze bezig de boel in te laden en de ruimten te verlaten? Maar waarom was hier dan niemand? Hielden ze gewoon 's nachts pauze? Of was alles door de dood van Sleizner stil komen te liggen?

Er was niets te horen daarbinnen, maar de stilte was niet van de geruststellende soort. Integendeel.

'We beginnen met de container,' zei ze uiteindelijk, en ze deed een stap opzij om plaats te maken voor Fareed, die direct met het hangslot aan de gang ging.

Het duurde, ondanks rijkelijke hoeveelheden slotspray en het gebruik van drie verschillende lockpicks tegelijk, een hele tijd voordat hij zich met het slot in zijn hand naar haar kon omdraaien. Daarna druppelde hij slotspray in de scharnieren van de deuren terwijl Dunja de spanjolet loshaakte, waarna ze samen de deuren konden openen.

Afgezien van een metalen kist in de ene hoek was de container leeg. Toch stapte ze er met een toenemend gevoel van onbehagen in en liet zich omsluiten door de harde, verroeste binnenkant. Eenmaal in de hoek maakte ze met een voet de kist open. Die bevatte een stapel dekens, een rol zwarte vuilniszakken, een paar petflessen gevuld met water, een doos tampons en drie keukenrollen. Het was speculeren, maar de beelden die ze voor zich zag, waren net zo weerzinwekkend als die ze diep vanbinnen altijd al van Sleizner had verwacht. Maar misschien stonden haar vermoedens juist in de weg om het helder te kunnen zien. Wellicht waren die dekens daar alleen om te voorkomen dat de meubels zouden beschadigen en was het water voor de verhuizers die ze moesten versjouwen. Of niet.

Het antwoord werd duidelijk op het moment dat ze de graffiti op de roestige wanden zag. De ingekraste lettertjes die bijna niet te zien waren, maar die overal om haar heen waren. MAKEBA stond er aan de ene kant van een hartje en TATIANA aan de andere. Schuin daaronder ging het verder met OKSANA, ELAYA, POLINA, ZENDAYA, RAMINEH. Vrijwel de hele wand was bedekt.

Ze verliet vlug de container. 'Fareed, we kunnen niet langer wachten. We moeten naar binnen.'

Fareed liep naar de ijzeren deur en stak het slotpistool in het slot. Na een paar pogingen om de lockpins op hun plaats te krijgen, kon hij het slot omdraaien en de deurkruk omlaag duwen. Maar om de een of andere reden ging de deur nog steeds niet open.

'Wacht, ik zal je helpen.' Dunja liep snel naar Fareed toe, zette zich met haar ene voet schrap tegen de muur en trok zo hard ze kon aan de deur, die slechts een paar millimeter meegaf.

'Dat gaat niet,' zei Fareed. 'Hij is waarschijnlijk vanaf de binnenkant vergrendeld.'

'Dat betekent dat ze daar zijn. Kom,' zei ze, en ze liep gehaast de trap af. 'Er is een andere weg naar binnen.'

59

Heinesen hield zijn hand tegen zijn kloppende jukbeen, terwijl hij in het licht van de zaklamp het bloedspoor vanuit de lift en verder over de betonvloer volgde. Zijn wang was aardig opgezwollen na de klap met het pistool. De wond zou schoongemaakt en getapet moeten worden, misschien zelfs gehecht. Maar net als de telefoontjes van Hemmer en Bernstorff moest dat wachten tot later. Op dit moment moest wat hem betrof alles wijken voor het bloedspoor op de vloer.

Het spoor leidde langs een aantal geparkeerde auto's tot aan de uitloopdeur naast de garagedeur en verder naar de helling die naar het maaiveld leidde. Daar, langs de linkerkant van de helling, ging het spoor verder. Maar plotseling hield het op, of nee, wacht…

Hij zakte op zijn hurken en liet de lichtbundel van de zaklamp over de donkerrode vlekken op het beton schijnen en zag in dat de bloedende man weer naar beneden moest zijn gelopen. Als je goed keek, kon je twee verschillende sporen naast elkaar onderscheiden. Eén met relatief korte tussenpozen tussen de druppels, en eentje met beduidend langere.

Als het klopte dat de kogel hem in zijn linkerbovenarm had geraakt, toonden de sporen aan dat hij langzaam naar boven was gelopen en op ongeveer een derde van de helling was omgedraaid en terug was gerend. Daarna hielden de sporen op.

De persoon in kwestie had met andere woorden geen eigen auto gehad die hier geparkeerd had gestaan, maar was opgepikt door een andere. Een auto die aan was komen rijden op het moment dat de man omhoogging, en waar hij daarna voor had proberen weg te vluchten.

Toen hij het hoofdbureau van de politie samen met zijn team en het arrestatieteam had verlaten, was dat geweest om Sleizner op te pakken en mee te nemen voor verhoor. Maar toen ze aankwamen, hadden ze hem recht onder zijn balkon dood aangetroffen. Dat het om zelfmoord ging, was zo duidelijk geweest dat ze dat geen van allen in twijfel hadden getrokken. Sleizner had zich in het nauw laten drijven door zijn louche zaakjes met Jakob Sand. Hij had zich daar op geen enkele manier meer uit kunnen praten, en om zich de vernedering te besparen om op alle vragen antwoord te moeten geven, had hij gekozen om zich van het leven te beroven. Dat was drastisch, maar eigenlijk was het typisch Sleizner om er liever zelf een eind aan te maken dan gezichtsverlies te lijden.

Alleen was hij daar nu niet meer zo van overtuigd.

Het leek er op dit moment meer op dat die man op het balkon erachter zat. Maar om te weten te komen wie dat was, hoe hij binnen was gekomen en vooral wat zijn motief was, was er meer nodig dan een paar losse speculaties.

Met zijn hand tegen zijn pijnlijke wang liep hij langs de oprit omhoog en keek hij uit over het afgezette gebied rond het pand. Nog maar ruim een halfuur geleden was hij gearriveerd. Toch stond het nu al vol politie, zowel mensen in burger als agenten in uniform, en iedereen rende rond en leek precies te weten wat er van ze verwacht werd tussen alle politieauto's en ambulances die om het hardst met hun blauwe lichten zwaaiden.

Dit was zo'n massale inzet van mensen en materieel, zoiets kon alleen maar zijn geïnitieerd door de hoogste leiding, en daarom had Hammersten hem zeker gebeld, om hem daarover te informeren. En natuurlijk was het een serieuze zaak dat Sleizner niet meer in leven was en misschien zelfs was vermoord. Maar deze inzet getuigde van iets anders. Iets aanzienlijk groters.

'Daar is hij,' riep iemand achter hem. 'Torben, hij staat daar verderop.'

Heinesen draaide zich om en zag Bernstorff en Hemmer over het nachtzwarte asfalt aan komen rennen.

'Morten, wat is er aan de hand?' vroeg Hemmer terwijl hij op adem kwam. 'Waar komen al die mensen vandaan? Het lijkt wel alsof iemand het koninklijk paleis heeft opgeblazen.'

'Ik weet het.' Hij deed een stap in hun richting en begon zachter te praten. 'Het antwoord is dat ik geen flauw idee heb. Ik vermoed dat het orders van bovenaf zijn, maar dat zal snel duidelijk worden. Hoe is het afgelopen met het onderzoek van het stoffelijk overschot en het gebied eromheen? Zijn jullie daar al klaar mee?'

'Verre van dat.' Hemmer keek Bernstorff kort aan.

'We werden gesommeerd te stoppen en moesten het gebied verlaten,' zei Bernstorff.

'Door wie?'

Hemmer keek over zijn schouder voor hij verderging. 'Er kwam plotseling een heel andere forensisch rechercheur en die heeft het met een heel stel assistenten overgenomen. We hebben zelfs geen toegang meer tot de woning.'

'Dat moet Mads Jensen zijn.'

'De procureur-generaal?'

Heinesen knikte. 'Tegen mij zei hij categorisch nee toen we Sleizner wilden ophalen voor verhoor. Het maakte niet uit dat we het intern zouden houden tot we meer wisten. Het argument was dat het toch zou uitlekken en dat het hele politiekorps daar dan schade van zou ondervinden. En dan nu deze massale inzet.' Hij keek uit over het hele wagenpark van de hulpdiensten en zag dat er zich nu ook verslaggevers en fotografen begonnen te verzamelen. 'Weten jullie wat,' zei hij, en hij wendde zich tot Bernstorff en Hemmer. 'We laten ze lekker hun gang gaan. De antwoorden zijn toch hier niet te vinden. Als jullie de auto's halen, neem ik contact op met Magnus.'

'Oké, maar misschien kun je ons deze keer wel vertellen waar we heen gaan,' zei Hemmer. 'Althans, als je ons voldoende vertrouwt.'

'Absoluut,' zei hij, en hij knikte. Verder kwam hij niet voor hij werd onderbroken door zijn mobiel en zag dat het Henrik Hammersten weer was. 'Met Morten Heinesen,' zei hij in een poging zo neutraal mogelijk te klinken.

'Ik ga ervan uit dat je weet wie ik ben en wil geen tijd verspillen aan een nieuw voorstelrondje.'

'Oké,' zei hij, en hij wees met zijn wijsvinger in de lucht om de anderen te laten weten wie er belde.

'Zoals ik al eerder heb gezegd, heb ik vernomen dat jij en je team als eerste ter plaatse waren op Islands Brygge.'

'Ja, dat klopt.'

'En volgens mijn informatie komt dat doordat jullie bezig waren met een eigen onderzoek naar Kim Sleizner. Een onderzoek dat, voor zover ik weet, niet van bovenaf was geautoriseerd en waarbij ook geen officier van justitie betrokken was.'

'Dat is correct. Om mij moverende redenen kon ik Sleizner niet informeren, hij was immers mijn leidinggevende. In plaats daarvan heb ik contact opgenomen met Mads Jensen om...'

'Met wie?'

'Met Mads Jensen. De procureur-generaal, maar hij...'

'Ik weet wie Jensen is,' onderbrak Hammersten hem met een geïrriteerde zucht. 'En ik weet ook dat ik jou uitdrukkelijke orders heb gegeven dat jij en je team de plaats van het ongeval onmiddellijk dienden te verlaten. Desondanks ben jij, naar ik heb gehoord, gewoon doorgegaan alsof er niets aan de hand was.'

'Ik zag simpelweg niemand anders...'

'Wat jij wel of niet zag, heeft niets met de zaak van doen. Het was een uitdrukkelijke order. Maar in plaats van die te volgen begeef je je plompverloren in iets wat rampzalig had kunnen uitpakken.'

'Wacht even, nu kan ik het niet volgen.'

'Nee, dat hoor ik, en omdat jij niet capabel bent om informatie in je op te nemen en te verwerken, zal ik dat voor je doen. Wij hielden Sleizner al twee jaar in de gaten. Om verklaarbare redenen lag de verantwoordelijkheid bij een geheel onafhankelijke afdeling, en je boft dat hij zich van kant had gemaakt voordat jij verscheen en alles saboteerde. En om nog meer misverstanden te voorkomen, wil ik duidelijk maken wat jouw twee alternatieven zijn. Of je schikt je in de situatie en neemt contact op met de teamleider ter plaatse om te zien of jij en je mensen nog wat kunnen uitrichten, of je dient je ontslagbrief uiterlijk om acht uur vandaag bij mij in. Is dat begrepen?'

'Absoluut,' zei hij, en hij gebaarde naar Hemmer om op diens duikershorloge te kunnen kijken. Het was halfvijf. 'Dat betekent dat ik nog drieënhalf uur heb, en om nog meer misverstanden te voorkomen, ben ik van plan om tot die tijd door te gaan met mijn werk.'

Het antwoord kwam in de vorm van een stilte gevolgd door een korte klik.

60

Het slot van de deur naar het reparatiebedrijf was een aanzienlijk eenvoudigere klus voor Fareed dan het hangslot van de container, en al snel waren Dunja en hij op weg naar binnen. De lucht was verzadigd van olie en ze liepen tussen gereedschap, krikken en auto's door. Als twee geluidloze wezens spoedden ze zich door de donkere wachtruimte, over het versleten linoleum, langs de bezoekersstoelen en verder achter de balie naar de deur met de duidelijk aanwezige kogelgaten.

'Dus zo is Qiang binnengekomen.' Fareed keek in het volgestouwde kantoor om zich heen.

'Achter die affiche.' Dunja wees naar de naakte blondine met haar enorme borsten, die wijdbeens op haar rug op de motorkap van een Jaguar E-type lag met daaronder de tekst NO AIRBAGS NEEDED.

Fareed trok de poster van de muur en toetste de code 7895 in; Sleizner had tijdens hun verhoor bezworen dat die zou werken. Ze hoorden een zwak klikje in de archiefkast en Dunja hoefde die alleen maar een licht duwtje te geven, waarna deze in de muur verdween en een opening blootlegde.

Ze bukten en stapten het gat in. Ze werden omsloten door de duisternis, net als bij Qiang het geval moest zijn geweest. Achter hen hoorden ze hoe de kast weer teruggleed op zijn plaats en met een klik stopte. Ze had gehoopt dat de ingang open zou blijven, zodat ze indien nodig via dezelfde weg weer terug konden. Maar dat was een probleem voor later.

Ze pakte haar mobiel om die te gebruiken als zaklamp, maar

bedacht zich toen ze zag dat de accu nog maar voor een paar procent vol zat. Daarom liepen ze in het donker verder, hun handen tegen de ruwe muren, die steeds dichter naar elkaar toe kwamen naarmate ze verder de gang in kwamen. Uiteindelijk liep de gang dood, waarop ze bleven staan en om zich heen keken, hoewel het onmogelijk was om wat te zien in de duisternis.

Qiang had een deur gevonden, dat wist ze zeker, een deur die op een kier had gestaan en naar een of andere technische ruimte had geleid. Dat had ze op de schermen gezien en ze herinnerde zich elke stap die hij gezet had. Maar dat was meer dan twee etmalen geleden en in de tussentijd kon er heel veel zijn veranderd. Dat Sleizner en zijn mannen duimen hadden zitten draaien in afwachting van betere tijden, was zeer onwaarschijnlijk.

Ze had er niet eerder aan gedacht dat het toch vreemd was dat ze de ijzeren deur van de binnenkant op slot hadden gedaan, maar de code bij de archiefkast onveranderd hadden gelaten. Gezien het feit dat ze zich er volledig van bewust waren dat Qiang juist via deze ingang binnen was gekomen, was de code in elk geval heel simpel te veranderen geweest.

Was dat gewoon iets wat ze vergeten waren in hun stress om de sporen achter zich uit te wissen, of zat daar een gedachte achter? Eentje waar zijzelf en Fareed deel van uitmaakten? Was het gewoon de bedoeling dat ze hier naar binnen zouden gaan, was het een lokkertje? Sleizner had er beslist alles aan gedaan om ze hiernaartoe te leiden. 'Fareed,' zei ze, en ze draaide zich om, maar raakte van de wijs toen er een vriendelijk warm licht door een steeds groter wordende kier van een deur schuin achter haar viel.

'Volgens mij moeten we hier naar binnen,' zei hij, en hij deed de deur helemaal open. Ze herkende de ruimte met de grijze muren en de blauwe vaste vloerbedekking. De deur naar de aangrenzende technische ruimte waar Qiang was overvallen en bewusteloos was geslagen voordat het contact met zijn camera's was verbroken, stond net als toen op een kier.

In tegenstelling tot toen waren echter nu meerdere werkplekken leeg, en hier en daar hingen afgeknipte kabels. Toch was er nog iets wat eruitzag als een soort bedieningspaneel met bijbehorende schermen en een aantal knipperende eenheden.

Maar net als de uitgestorven kruising met zijn verkeerslichten maakte het hier een verlaten indruk. Alsof de dioden tot in de eeuwigheid onder een steeds dikkere stoflaag zouden blijven knipperen.

Fareed liep naar een van de schermen, waar een blauwe balk met een percentage van 89 omsloeg naar 90. 'Die is iets aan het kopiëren,' zei hij, en hij begon tussen de overgebleven apparatuur te zoeken om na een tijdje zijn ene arm in een opening tussen twee computers te steken en er een draagbare harde schijf tussenuit te vissen, die verbonden was met een snoer en koortsachtig aan het werk was.

'Hoe groot is die?'

'Twee terabyte.'

'Hoeveel tijd heeft hij nog nodig om die laatste tien procent te kopiëren?'

'Lastig te zeggen.' Fareed haalde zijn schouders op. 'Een uur of twee.'

'Het bestand is natuurlijk versleuteld, maar denk je dat het in de tussentijd mogelijk is kennis te nemen van de inhoud?'

'Ik kan een poging doen.' Fareed pakte zijn laptop en plugde die in een van de lege poorten van de harde schijf.

Dunja probeerde te volgen wat er op Fareeds scherm gebeurde, maar toen de hoeveelheid onbegrijpelijke letter- en cijfercombinaties te lang werd, keek ze eens goed om zich heen. Maar ze begreep niet waar ze naar keek, behalve dat het iets technisch was met snoeren, schermen en verschillende modulen met even nietszeggende lettercombinaties als die waar Fareed mee bezig was.

Wachtend tot hij klaar was, ging ze op de stoel voor het bedieningspaneel zitten, dat uit lange rijen knoppen en schakelaars bestond. Helemaal bovenaan zat een knop waarop POWER stond. Dat was het eerste wat ze begreep, en vooral waar ze op durfde te drukken.

Het bedieningspaneel met al zijn ledjes lichtte op als een kerstboom, terwijl het flikkeren op drie van de schermen voor haar stopte en overging in een vast blauw schijnsel. Bovendien waren er een aantal kleine rode displays gaan branden, één bij elke volumeknop, langs het hele bedieningspaneel. Displays met tekentjes die eindelijk eens begrijpelijke woorden vormden.

ENTREE stond er op het eerste kanaal, en na de regelaar te hebben verschoven en op goed geluk een paar knopjes te hebben ingedrukt, kwam het middelste van de drie schermen tot leven en toonde de donkere ruimte met de ronde, purperkleurige pluchen bank waar Fareed en Qiang waren binnengekomen. OFFER stond er op de volgende, en na ook daar de juiste knop te hebben gevonden, schakelde het scherm over naar de ruimte met een uit steen gehouwen tafel en kandelaars eromheen. Daarna stond er L1 en L2, maar daarop was het beeld veel te donker om wat te kunnen zien.

Ze drukte de knop met de aanduiding BAR in, en op een van de schermen verscheen een lange, zwak verlichte bar met een tiental barkrukken en op de achtergrond diepe leren fauteuils. En zo ging het verder met RECREATIE, SPA en KRISTALZAAL, die eruitzag als een feestzaal met grote kristallen kroonluchters, zware purperkleurige gordijnen langs de muren, ronde tafels en helemaal voorin een podium. Daarna volgden een aantal kanalen met vrouwennamen als AMELIA, CHARLOTTE, EMMA, ARIA, STELLA en DELILAH. Het leken allemaal afzonderlijke kamertjes zonder ramen, ingericht in verschillende donkere kleuren met goudkleurige details, spiegels aan de muren en in het midden een tweepersoonsbed.

Toen ze op een van de knopjes drukte, veranderden de aanduidingen op de displays van het bedieningspaneel in C1, C2, C3 en zo verder tot C16. Ze vermoedde vrijwel onmiddellijk waar die kleine kamertjes met smerige vloeren, een metalen wc-pot en een stapelbed met vlekkerige lakens voor bedoeld waren.

Wat er op het scherm te zien was, daar kon je je ogen niet voor sluiten. Het waren cellen waar minstens twee personen onder zo te zien onmenselijke, erbarmelijke omstandigheden in opgesloten zaten. Met een paar verschillen zag het er in alle cellen tot C8 hetzelfde uit. Lege cellen die, te oordelen aan hoe smerig ze waren, al jarenlang in gebruik waren.

Maar C9 was anders. Niet door hoe die eruitzag. De cellen waren zo identiek dat ze eerst niet zeker wist of het wel om verschillende kamertjes ging, en ook al kon je het verschil in het schemerige licht gemakkelijk missen, dat veranderde compleet toen er beweging kwam in het kussen en de wanorde in het bovenste bed.

'Dunja, kijk hier eens naar,' zei Fareed achter haar. Maar ze wilde haar ogen niet van het scherm halen. Ze wilde zien of daar echt iemand was die… 'Dunja.'

Uiteindelijk draaide ze zich toch om naar Fareeds laptop, waar een filmsequentie werd afgespeeld waarop te zien was hoe acht mannen een eenzame jonge vrouw verkrachtten.

'Ik dacht dat die versleuteld was.'

'Dat was-ie ook. Maar klaarblijkelijk niet voldoende.'

De lege blik van de vrouw liet zien dat ze in gedachten heel ergens anders was en dat ze de mannen liet doen wat ze wilden tot ze er genoeg van kregen en haar met rust lieten. Maar ze kregen er geen genoeg van en bleven haar penetreren in elke opening die ze tegenkwamen. Soms slechts een van hen, terwijl de anderen een sigaretje opstaken en hun champagneglazen kregen bijgevuld door een lange, schaars geklede vrouw met blond opgestoken haar, en soms allemaal tegelijk.

'Is dat Jenny Nielsen niet?'

Fareed knikte. 'En daar heb je de procureur-generaal himself.' Fareed wees op een van de mannen die net schrijlings op het gezicht van de jonge vrouw wilde gaan zitten. 'Hoe heet hij ook alweer?'

'Mads Jensen,' zei ze, en ze zag in dat ze de meeste mannen herkende. 'En die daar is Ryan Frellesen van de Danske Bank, als ik me niet sterk vergis.'

Het ging om de absolute elite van Denemarken met alle kopstukken, van Stig Paulsen, de concernchef van de TDC-groep, tot Kai Mosendahl, de directeur-generaal van de Deense Belastingdienst en minister van Buitenlandse Zaken Morten Steinbacher.

'Dit is zeker niet de enige film. Er zijn er hier ik weet niet hoeveel.' Fareed klikte een filesysteem aan vol MPEG4-films met titels als KERSTFEEST2009, S&MRYAN3 en JENSENGAATTEVER.

'Probeer die eens.' Dunja wees op de file getiteld KLINGEI.

Het filmpje liet zien hoe het hoofd van de inlichtingendienst van de politie in een van de aparte kamertjes op zijn rug lag terwijl de vrouw die dood naast hem in de auto was aangetroffen schrijlings op hem zat.

Ze bereed hem, en in een van de luidsprekers hoorde je hem kreunen in het tempo van haar bewegingen. Hij genoot met gesloten ogen en was kennelijk zo in extase dat hij niet eens merkte dat de vrouw plotseling een pistool in haar hand hield.

Pas toen ze de loop van het pistool in zijn mond duwde, deed hij zijn ogen open en probeerde hij zich te verzetten, maar de kogel was blijkbaar al afgevuurd, waarna delen van zijn hersensubstantie over het bed en de spiegel op de muur erachter spatten.

Het schot klonk niet luider dan een rotje, en de vrouw kon niet eens van het levenloze lichaam af klimmen voor de deur achter haar openging en Jakob Sand binnenstormde. Ze loste nog een schot, maar miste, en toen ze het weer probeerde, leek het magazijn van het pistool leeg te zijn.

Jakob Sand was er snel bij en wurmde het pistool uit haar hand, waarna hij zijn pochet in haar mond propte. De vrouw schopte, vocht en krabde om los te komen uit zijn greep, maar Sand was sterker en trok haar met een stevige ruk van het bed, en op het moment dat ze op de grond belandde, zat hij al bovenop haar met beide handen om haar keel. Toen haar armen en benen uiteindelijk verslapten, kwam hij overeind, deed zijn haar en zijn smoking goed en verliet de kamer.

Waarom de vrouw plotseling Klinge had doodgeschoten, was nog onduidelijk. Maar de video loste wel in één klap het moordonderzoek op waar Hesk mee bezig was geweest. Dat Jakob Sand achter de moord op de vrouw had gezeten, zou inslaan als een bom en de eerdere vermoedens dat hij een prostituee om het leven had gebracht bevestigen. Toch moest ze niet in eerste instantie aan Sand denken, maar aan Sleizner en het feit dat hij schitterde door afwezigheid. Hetzelfde gold voor de titels van de filmpjes. In geen ervan kon ze zijn naam zien langskomen.

Ze wendde zich tot Fareed om hem te vragen of hij hetzelfde dacht toen ze een vrouwenstem uit een luidspreker achter hen hoorden.

'*Get down. I said, get down!*'

Ze draaiden zich om en zagen op een van de schermen boven het bedieningspaneel hoe de blonde vrouw met opgestoken haar en strakke sportkleding op weg was naar het stapelbed in C9.

'Daar is ze weer.' Dunja wees op de rug van de vrouw. 'Jenny Nielsen.'

'Wacht eens even.' Fareed keek beurtelings naar het scherm boven het bedieningspaneel en zijn eigen laptop, waar Klinge en de vrouw nog steeds levenloos lagen. 'Is dat in realtime?'

'Ja, is het niet vijf over vijf?' Dunja wees naar de tijdsaanduiding in de hoek van het scherm.

Fareed keek op zijn eigen horloge en knikte, terwijl de jonge vrouw boven in het stapelbed probeerde te ontkomen door zich zo ver mogelijk in de hoek te drukken.

Maar ze kon nergens heen. Jenny Nielsen had de vrouw al snel bij haar voeten gegrepen en haar uit het bed getrokken. Ze beukte haar met haar hoofd tegen de betonvloer zodat ze bewusteloos raakte en gemakkelijker uit de cel kon worden gesleept.

61

De maan was niet meer dan halfvol, maar bracht toch de meeste schittering teweeg in het meer dat in de zestiende eeuw als extra bescherming tegen onder anderen de Zweden midden in Kopenhagen was uitgegraven. Fabian stond aan het oostelijke uiteinde uit te kijken over het water. Een stukje verderop had een jong stel de kleren uitgetrokken voor een verkoelende duik, veel te dronken en misschien ook te verliefd om zich er druk om te maken hoe vies het water eigenlijk was.

Hij moest denken aan 1994 toen Sonja en hij in Stockholm ook zo'n zomer hadden meegemaakt. Elke dag was er een nieuw hitterecord gebroken en elke nacht hadden ze opgezeten om naar het WK voetbal in de Verenigde Staten te kijken. Toen Zweden brons had gewonnen waren ze naar buiten gegaan en in vervoering door de hitte en elkaar hadden ze bij Skeppsholmen elkaar de kleren van het lijf gerukt.

Nu was hij dronken noch verliefd, maar in z'n eentje op weg terug naar het hotel waar hij zou uitchecken om naar huis te gaan. Naar huis, om te redden wat er te redden viel. Sonja had haar beslissing al genomen en dat kon hij haar niet kwalijk nemen.

Ze hadden het allebei geprobeerd. Niet alleen naar beste vermogen, ze hadden meer gedaan dan dat. Ze hadden concessies gedaan, elkaar vergeven, waren met een schone lei begonnen, hadden gepraat, ruziegemaakt, zich weer met elkaar verzoend. Ze hadden gevochten. Samen en ieder voor zich. Al vechtend richting het onvermijdelijke einde. Want diep van binnen had hij de hele tijd geweten dat ze daarnaar op weg waren, en hij was ervan overtuigd dat dat voor haar ook gold.

De vraag was daarom geweest wanneer het oké was om de handdoek in de ring te gooien. Wanneer waren de kinderen groot genoeg? Wanneer werd een van hen verliefd op een ander? Wanneer gaf iemand de voorkeur aan een mislukking boven leven in een leugen? En misschien, misschien waren ze nu op dat punt gekomen.

Voor Matilda lag het anders. Zij had niet de mogelijkheid om gewoon een beslissing te nemen, het contract te verscheuren en de boedel te verdelen. Misschien wilde ze hem nooit meer zien. Misschien zou ze nooit meer opnemen als hij belde. Maar dat veranderde niets aan het feit dat zij zijn dochter was en hij voor altijd haar vader.

Hij haalde het pistool uit de zak van zijn colbert om het met zijn ongeschonden arm zo ver mogelijk in het meer te gooien, toen de foto waarop Qiang met het mes in zijn keel doodbloedde op de grond viel. Hij pakte hem op en wilde hem net in stukjes scheuren toen hij na een tijdje besefte dat hij het belangrijkste had gemist.

En in plaats van het wapen weg te gooien, de foto te verscheuren en door te lopen naar het hotel draaide hij zich om en rende hij naar Østerbrogade. Naar de garage waar Dunja het over had gehad. Hij liep zo snel hij kon.

Het kwam niet door het mes, het bloed of Qiangs verwrongen gezicht waardoor hij uiteindelijk had begrepen hoe alle verschillende aanwijzingen in Sleizners woning samenkwamen en konden verklaren wat er daar eigenlijk op het balkon gebeurd was. Het kwam door dat amper zichtbare gouden kettinkje met de olifantengod om de hals van Qiang. Daardoor begreep hij opeens hoe alles samenhing. Waar het stoffelijk overschot van Qiang gelegen had en vooral waarom. Vragen die hij zich nu pas gesteld had, nu hij het antwoord wist.

Een antwoord waardoor hij besefte dat hij nog niet klaar was. Dat hem nog één ding te doen stond.

Eén laatste ding.

62

In een van de kamers stonden twee banken en er hingen spiegels aan de muren en een boksbal aan het plafond. En er waren gewichten, halters, kettlebells en doorbuigende halterstangen. In een andere was een keukentje en stond een tafel met twee halflege koffiekopjes. Allebei koud. In een derde stonden twee kledingkasten tegenover elkaar. Er waren kostuums te vinden, overalls, ondergoed en toiletspullen, en op een eenzaam hangertje hing een vissersvest vol hengelbenodigdheden met bijbehorend hoedje. In de twee raamloze slaapkamertjes waren de bedden onopgemaakt, en te oordelen naar de weinig subtiele kleding die op de grond gesmeten lag, was dit, zoals Sleizner had beweerd, inderdaad de plek waar de twee mannen bivakkeerden.

Maar er was niemand aanwezig. Sinds ze Fareed in de controleruimte had achtergelaten had ze alle oppervlakken in de verborgen ruimte achter het garagebedrijf doorzocht. Het enige teken van leven dat ze had gezien, was in die cellen op de schermen. Daar was het smerig en erbarmelijk geweest. Hier was het daarentegen schoon en luxueus met muren in verschillende grijstinten en vaste vloerbedekking.

De twijfel dat die cellen misschien helemaal niet hier waren maar heel ergens anders, probeerde ze zo veel mogelijk te onderdrukken. In plaats daarvan vestigde ze al haar hoop op de deur aan de andere kant van de gang waar ze zich doorheen haastte.

Dat was de laatste, en als die haar niet verder bracht, was ze door haar opties heen. Een plan B was er niet. Ook geen plan A trouwens. Het enige waar Fareed en zij het uiteindelijk over eens waren geworden, was dat hij in de controleruimte zou blijven tot de harddisk klaar zou zijn met kopiëren, en als zij dan nog niet terug was, zou hij zo ver mogelijk daar vandaan proberen te komen en de inhoud in de juiste handen spelen.

Zij zou de cellen lokaliseren. Dat was het enige wat nu telde. Die cellen en die Jenny Nielsen. Wat er daarna zou gebeuren, was nog blanco.

Ze hoefde alleen de deurkruk maar omlaag te drukken, waarna de deur openging, en toen de automatische verlichting aan de andere kant aanfloepte, herkende ze onmiddellijk de lange gang die onder Østerbrogade door liep nog van het eerste bezoek van Fareed en Qiang.

Eenmaal in die gang zag ze dat de ijzeren deur die naar de laad- en losplaats leidde inderdaad vanaf de binnenkant vergrendeld was. Maar ze wilde niet terug naar de garage, ze moest naar die kelderruimte die eigenlijk niet bestond. Nadat ze de circa vijftig meter door de gang had afgelegd, toetste ze de code 7895 in, die hier ook nog werkte. Net als Qiang en Fareed hadden gedaan, schoof ze het zware gordijn opzij en liep ze de zwakverlichte ruimte met de donkere muren en de ronde, purperkleurige pluchen bank in het midden binnen.

De deur naar de kamer met de offertafel en de martelwerktuigen stond op een kier. Maar die had ze al gezien, waardoor ze op de andere deur gokte, die naar weer een gang leidde. Hier waren aan de rechterkant overal deuren. Deuren met messing naambordjes. AMELIA, CHARLOTTE, EMMA. Ze hoefde ze niet open te doen om er een blik in te werpen, ze wist al hoe die er van binnen uitzagen, en spurtte verder door het labyrint van gangen en ruimten die deden denken aan een casino dat zo was ontworpen dat als je eenmaal binnen was, je de uitgang nooit meer zou vinden.

Een spacomplex, een lounge, een aantal kronkelende gangen en een massageruimte later vond ze de zaal die op het bedieningspaneel KRISTALZAAL genoemd werd. Die was net zo pompeus en tijdloos als de naam deed vermoeden. Een hoog plafond, grote kristallen kroonluchters, ronde tafels met kleine lampen met rode kapjes en een lange bar met helemaal achterin een aantal zitgroepen.

De hele inrichting ademde een mix van decadentie en boudoir, maar vooral van geld. Geld in overvloed. Geld waarvoor alles te koop was. Maar pas achter een zwaar gordijn achter het verlichte podium vond ze eindelijk iets wat erop duidde dat ze op het juiste spoor zat.

Een lift.

Een lift die haar alleen naar beneden kon brengen.

Maar ze wilde ook naar beneden.

Naar beneden, naar waar het 't meeste pijn deed.

Toen ze uit de lift kwam, was ze in een andere wereld. Die leek weliswaar net zo verlaten als de verdieping erboven, maar weg waren de schemerige verlichting en de donkere muren met het goudkleurige patroon. Hier waren slechts klinisch witte muren en fel, doordringend licht van ingebouwde lampen.

Ze kwam in een blinkend schone, wit gekalkte doucheruimte met langs de ene muur vijf aan de wand gemonteerde douchekoppen en langs de tegenoverliggende muur evenveel toiletten. Bij de derde muur stond een rij wastafels en midden in de ruimte waren vijf bidets.

Ze herkende de ruimte en zag in dat het hier gebeurd was. In juist deze doucheruimte waren de beelden die ze nooit zou kunnen vergeten vastgelegd. Ze liep meteen verder langs een hogedrukspuit en een paar jerrycans met rode gevarendriehoeken op het etiket.

De ruimte in aansluiting op de doucheruimte, ook geheel wit, was toegerust met een grote lamp die met een krachtige arm aan het plafond was bevestigd. Er stond ook een metalen tafel op wielen waarop een tiental lange, smalle ziekenhuisinstrumenten keurig netjes op een handdoek lagen, naast een gynaecologische stoel. Daarna volgde een korte gang, langs een groot raam naar een kamer met een geplastificeerd bed omringd door videocamera's op een statief, naar nog een lift die haar, net als de eerste, maar één kant op kon brengen. Naar beneden.

Hoe diep was lastig te zeggen, maar dieper dan ze verwacht had. Misschien ging de lift gewoon extra langzaam. Misschien ging hij niet recht naar beneden, maar schuin naar opzij. Dat was lastig te zien in het zwak flikkerende licht. Maar uiteindelijk, na wat aanvoelde als een paar minuten, bleef hij staan, en toen ze uitstapte vertelde de verzadigde, benauwde lucht met zijn penetrante geur dat ze goed zat. Dat ze hiernaar op zoek was geweest.

Ze was omgeven door muren, vloeren en plafonds van ruw beton. Condens die naar beneden was gedropen, was opgedroogd en weer vloeibaar geworden. Bezinksel dat bij analyse de forensisch onderzoekers slaapproblemen zou geven.

Aan het plafond in een gang die zo smal was als in een onderzeeër brandden enkele kale peertjes. Aan beide kanten traliehekwerken die op een kier stonden naar cellen ontdaan van alle leven en waardigheid. Van zelfs het laatste houvast. Meer gangen. Meer cellen. In een hoek een stapel broeken, truien en jurken, slipjes en panty's. Vlekkerig en kapot. Er kropen zwarte insecten rond van een soort dat ze nooit eerder gezien had.

Toch ging ze zitten om naar sporen te zoeken. Alles wat ze maar kon identificeren. Wat namen zou opleveren. Maar stemmen ver weg maakten dat ze weer opstond en verder door de gang liep, het doordringende geurspoor volgde, de hoek om en daarna weer door een wirwar van gangen die uiteindelijk hun geheimen pas prijsgaven na het geluid van een pistoolschot.

Daar stond hij, een meter of tien bij haar vandaan, met de hand die een ringvinger miste, gekleed in stevige schoenen, camouflagekleding en een gasmasker op zijn gezicht. In zijn ene hand hield hij een jerrycan van vijf liter, die hij leeggoot in een groot gat van een paar vierkante meter midden in de gebarsten betonvloer.

Elke cel in haar lichaam was erop ingesteld om ernaartoe te rennen en zich over hem heen te werpen. Om wat dan ook te doen, zolang hij maar net zo zou lijden als Qiang. Maar dat ging niet. Nog niet. Niet voordat ze begreep wat er gebeurde.

Maar hoe deed je dat?

Hoe begreep je het onbegrijpelijke?

De ruimte was groot, zeker zestig vierkante meter, en net als de rest van de verdieping helemaal van beton. Ze hoorde een ruisend, haast borrelend geluid uit de grote opening in de vloer komen, wat in elk geval de stank verklaarde, de ondraaglijke, doordringende stank die elke ademhaling deed aanvoelen als een stap dichter naar het einde.

Een paar meter boven de opening hing een dikke, ronde houten deksel aan een staalkabel die via een takel aan het plafond naar een lier leidde, die op zijn beurt aan de muur links van haar was bevestigd, boven een lange reeks jerrycans met rode gevarendriehoeken.

Een stuk verderop stond de andere man, ook hij in camouflagekleding. Bij het licht van een zaklamp onderzocht hij diepgaand een van de jonge vrouwen die zonder een draad aan hun lijf op een rijtje stonden, met hun handen en hun hals vastgeketend aan een lange ketting die in de muur achter hen was bevestigd.

De angst in hun blikken terwijl hij het lichaam van de vrouw inspecteerde zei meer dan ze kon bevatten. Hetzelfde gold voor het gegil dat niet meer werd dan een doffe klaagzang van gemompel uit de dichtgetapete monden, toen hij met een enkele handgreep de ketting rond haar hals en handen losmaakte.

'*Here's another one.*' De man knikte naar het litteken dat een kruis tussen de borsten van de vrouw vormde, en schopte haar naar zijn collega bij het gat.

De vrouw schudde haar hoofd en riep iets van onder de tape. Iets onverstaanbaars in een onbegrijpelijke taal die desondanks iedereen kon begrijpen. Ze smeekte om haar leven. Om te ontkomen aan haar vonnis. Maar ze was kansloos. Tegen alle spieren. Tegen het schot in haar voorhoofd. Tegen de duw over de rand.

Het was in een paar seconden voorbij, en op het moment dat er een verre plons uit de opening in de vloer te horen was, riep de man verderop bij de vrouwen: 'Wratlov. *Behind you.*'

Maar Dunja bevond zich toen al vlak achter de man bij het gat, en met een stevige greep om zijn rechteronderarm bracht ze die met zo'n kracht achter zijn rug dat zijn schouder uit de kom schoot en zijn pistool op het beton kletterde.

De man die klaarblijkelijk Wratlov heette, riep wat van achter zijn gasmasker en probeerde, ondanks zijn uitgeschakelde arm, zich om te draaien om haar te overmeesteren, maar het pistool was al in haar hand met de loop tegen zijn slaap gedrukt.

'*Okay, let's calm down*,' zei ze, en ze draaide zijn goede arm achter zijn rug. '*And you, drop your weapon*,' riep ze tegen de ander. '*Your weapon! On the floor!*'

'*Famous last words.*' De man bij de vrouwen liet zijn pistool met een glimlach op de grond vallen. 'Het is maar dat je het weet, maar jij komt hier nooit weg.'

'Dat zou kunnen.' Dunja loste een schot zodat het pistool voor de voeten van de man over de grond wegvloog. 'Maar laten we één ding tegelijk doen en beginnen met hen los te maken.'

De man aarzelde, keek beurtelings naar de vrouwen, zijn collega en Dunja.

'Je kunt plussen en minnen zoveel je wilt. Alle factoren meewegen en elk vakje invullen om tot de meest waarschijnlijke uitkomst te komen. Maar ik kan je nu al vertellen dat ik hoe dan ook niets te verliezen heb.' De man dacht nog even na, waarop hij zich omdraaide en de ene na de andere keten begon los te maken, toen zijzelf door iets op haar achterhoofd werd geraakt. Iets hards waardoor haar schedel een vervaarlijk krakend geluid maakte, of gebeurde dat toen ze met haar hoofd op het beton belandde? Ze wist het niet. Ze wist alleen dat ze opeens met een barstende hoofdpijn op haar rug lag en haar blik zo onscherp was dat de man boven haar niet meer was dan een diffuse vlek.

'Hallo daar. Alles goed?'

Ze probeerde de stem te plaatsen, maar ze kreeg haar alle kanten op schietende gedachten niet onder controle.

'Wees blij dat ik alleen dit kleine rakkertje heb gebruikt.'

De vlek hield iets vast wat leek op een glanzende marmeren kogel en leunde ver genoeg voorover zodat ze kon zien wie er naar haar stond te grijnzen.

Maar geloven kon ze het niet en ze schudde instinctief haar hoofd. Ze voelde hoeveel pijn het daarachter deed. Maar daar was niets aan te doen.

Dit kon niet waar zijn. Ze hallucineerde, dat was de enige redelijke verklaring. Het mocht gewoon niet waar zijn. Misschien trotseerde haar hoofd om die reden de pijn en bleef het schudden. Als om haar ervan te overtuigen dat alles wat ze zag een leugen was. Een gematerialiseerde luchtspiegeling ontsproten uit haar ergste nachtmerrie.

'Je zou jezelf eens moeten zien.' Sleizner begon te lachen en schudde zijn hoofd, net als zijzelf. 'Je kijkt alsof je een dooie ziet. "*Oh, I see dead people*".'

Maar dit was geen leugen. Hij leefde. Ze kon niet begrijpen hoe, maar die klootzak leefde. Als zijzelf tenminste niet dood was en dat gewoon nog niet doorhad. Dat het de laatste seconden waren voordat je bewustzijn helemaal doofde.

'Ja hoor. Ik ben het maar.' Sleizner spreidde zijn armen. 'Zien we elkaar weer. Gezellig toch? Ik weet niet hoe dat voor jou is. Ik ben zelf nooit erg gelovig geweest, maar als ik in de spiegel kijk, is dit zo dicht bij een wederopstanding als een mens kan komen, of niet dan?'

Ze gaf geen antwoord. Ze was niet van plan zich te laten meeslepen door dat spelletje van hem. In plaats daarvan rekte ze zich uit naar zijn broekspijp. Eén rukje, meer was niet nodig. Hij was veel te vol van zichzelf om haar hand te ontdekken. Een klein rukje gevolgd door een schop, en hij zou zijn evenwicht verliezen en over de rand vallen.

'Ap-ap-ap.' Hij trok zijn voet terug. 'Zo leuk gaat het nou ook weer niet worden...'

Meer drong niet tot haar door voordat de kogel in zijn hand haar voor de tweede keer raakte.

63

Fabian spurtte langs de gevels van Østerbrogade op zoek naar iets wat deed denken aan een openbare parkeergarage terwijl zijn brein de indrukken van zijn bezoek aan Islands Brygge probeerde te recapituleren.

Het gesprek in de intercom toen Sleizner ervan uit was gegaan dat hij iemand anders was. Iemand die hij klaarblijkelijk verwacht had. Een zekere Morten Heinesen. Waarschijnlijk de politieman die vijfentwintig minuten later was gearriveerd. De lift die op weg was geweest naar beneden, maar die niet op de begane grond was gestopt om iemand eruit te laten. De open kledingkast, de kleren die overal waren neergesmeten en de drankfles die op de verkeerde plek lag. Het kettinkje met de kleine olifantengod Ganesha.

En de geur.

Vooral de geur die hij in die kussenbox had geroken.

Alles wees erop dat het onmogelijk was. Dat hij gewoon uit pure wanhoop een samenhang in de puzzelstukjes zag. Een samenhang die er eigenlijk niet was. Die hoe je het ook wendde of keerde tegen elk gezond verstand inging. Maar een vermoeden had hem in zijn greep gekregen, en of dat nu houtsneed of niet, hij moest er gewoon achter komen hoe de vork in de steel zat voordat hij naar huis kon gaan om met de rest van zijn leven te beginnen.

Tot nu toe was hij gepasseerd door vier auto's. Allemaal taxi's, waarvan een het fietspad naast hem op was gereden en was gestopt in de veronderstelling dat hij mee wilde, toen hij over zijn schouder had gekeken om te kijken wat voor auto hem achterop kwam.

Deze keer was het geen taxi die maakte dat hij bleef staan en omkeek, maar de lichtblauwe knipperlichten van een aantal voertuigen van de hulpdiensten. Ze waren nog te ver weg om te kunnen zien hoeveel het er waren, maar hij gokte op minstens drie. Ze zouden vast niet naar hem op zoek zijn. Hij had zijn mobiel uitgeschakeld op zijn hotelkamer laten liggen, en niemand had hen in de ambulance geschaduwd. Maar er had natuurlijk iemand de politie kunnen bellen.

Iemand die hem gezien had, wat weer betekende dat de Deense politie hem had geïdentificeerd.

Helaas bevond hij zich midden op een open plein, waar hij goed zichtbaar zou zijn als de voertuigen van de hulpdiensten hem passeerden. Daarom verschool hij zich achter het struikgewas, om vervolgens te ontdekken dat die bosjes de inrit van de garage waar hij naar op zoek was aan het oog onttrokken.

In de tussentijd kon hij de auto's dichterbij horen komen, en toen hij zag dat ze hun zwaailichten uitzetten en links afsloegen naar het plein, zag hij geen andere uitweg dan de betonnen helling af te lopen en snelde hij naar de voetgangersdeur naast de garagepoort.

De eerste auto had hij al een keer eerder gezien vanaf het balkon van Sleizner, toen deze had afgeremd en voor het stoffelijk overschot op Islands Brygge was blijven staan. Dat was dus die Heinesen, wiens komst door Sleizner was verwacht en die hem later door het pand achterna had gezeten. In de politiebus erachter zat waarschijnlijk dat schietgrage arrestatieteam.

Dat de inloopdeur naar de dag en nacht geopende garage niet was afgesloten en hij dus zonder problemen naar binnen kon, was een pluspunt. Maar niet meer dan dat hij er hoogstens een paar seconden mee kon winnen, aangezien hij de gierende banden van de auto's op de inrit buiten al kon horen.

In een poging nog wat tijd te kopen, klom hij via een brandblusser die aan de muur hing omhoog en trok hij de snoeren van de motor waarmee het luik openging los. Daarna rende hij naar het garagebedrijf, waar een bezem stond die hij door de handgreep van de deur stak, zodat die ook niet open kon.

Algauw hoorde hij opgewonden stemmen, waarop iemand aan de deur begon te rukken. De bezem hield het en Fabian kon achteruit weglopen, zich er scherp van bewust dat de seconden wegtikten.

Aangezien Dunja erop had gezinspeeld dat die garage via een ondergrondse gang onder Østerbrogade verbonden zou zijn met een geheime kelder begon hij zijn zoektocht in die richting.

Een stuk verderop stond een vrachtwagen met een container op de oplegger. Dat hoefde op zich niets te betekenen, maar toen hij zag dat de deuren van de container wijd openstonden, aarzelde hij niet en haalde hij zijn pistool tevoorschijn en ontgrendelde dat terwijl hij de stalen trap opliep.

Maar er was daar niemand, niet op de laad- en losplaats en niet in de container, en met het geluid van het gebeuk van de politiemensen die binnen probeerden te komen op de achtergrond, liep hij verder naar de ijzeren deur. Zoals verwacht zat die op slot, waarop hij terugging naar de container en een stap naar binnen deed.

De vraag over wat er daarin vervoerd werd of was, werd beantwoord op het moment dat zijn ogen aan het donker waren gewend en hij alle ingekraste vrouwennamen op de roestige wanden zag staan. Sleizner had zijn grenzen allang verlegd en gedaan wat niemand voor mogelijk had gehouden, dus waarom zou ook dit zijn werk niet zijn?

Iets wat hem daarentegen verraste, was de naam helemaal in de linkerhoek circa een meter van de grond. Dat was de enige mannennaam die hij kon zien. Bovendien was het een naam die hij herkende van zijn laatste jaar in Stockholm.

Diego Arcas.

Die zat momenteel in de penitentiaire inrichting Hall bij

Södertälje zijn straf uit als zijnde een van de breinen achter een grote bende die zich bezighield met vrouwenhandel en die ze in 2009 hadden weten op te rollen. Maar die bende was met onder andere de steun van Sleizner klaarblijkelijk nog steeds actief.

Wat het ingekerfde kruis over de naam betekende, begreep hij daarentegen niet, en hij had ook geen tijd om daarover na te denken toen hij hoorde dat de ijzeren deur op de laad- en losplaats achter hem opengging. Hij draaide zich om, maar kon in het tegenlicht niet meer zien dan de contouren van een vrouw met opgestoken haar die op hem afkwam.

'Ga liggen. Op je buik! Armen en benen uit elkaar,' riep hij, en hij richtte het pistool op de vrouw die vlak voor de container bleef staan. '*Down on the floor*,' herhaalde hij, en hij ontdekte nu pas de twee projectielen die met hun lange, spiraalvormige metalen staarten door de lucht vlogen en recht op hem af kwamen.

De ene boorde zijn weerhaken in zijn linkerbeen en de andere in zijn rechterheup. De elektrische schok die hij daarop voelde, deed de tijd stilstaan, en hoewel hij bij zijn volle bewustzijn was toen zijn benen in spastische krampen onder hem vandaan gleden, viel hij – nergens anders toe in staat – pardoes op de grond.

64

Fareed had ondertussen rode, vierkante ogen door het intensieve gestaar naar het scherm wachtende tot de pulserende blauwe balk zou omslaan van 99 naar 100 procent. Een wachten dat hem tot nu toe vijfentwintig en een halve minuut en drieëntachtig keer knipperen met zijn ogen had gekost. Het had zevenentwintig minuten geduurd voordat de balk omsloeg van 98 naar 99, dus het doel moest bijna zijn bereikt. Aan de andere kant hadden de verschillende percentages alles tussen twee en drieëndertig minuten nodig gehad, wat betekende dat het laatste stapje net zo goed nog meer dan een uur kon kosten. Hij had met andere woorden dus geen idee hoelang het nog duurde voordat het kopiëren helemaal klaar was, zodat hij de harde schijf kon loskoppelen, de controleruimte kon verlaten en terug kon gaan naar de ambulance. Het enige wat hij met zekerheid wist was dat als hij binnenkort geen pliepje hoorde, zijn ogen uit hun kassen dreigden te vallen.

Alsof er ergens verderop een explosieve lading was ontploft, hoorde hij een luide dreun die de vloer onder hem deed trillen. Maar misschien was het alleen een zware deur die extra hard dichtknalde. Hopelijk was het Dunja die op de terugweg was. In het gunstigste geval had ze de twee mannen gevonden en zich daarop afgereageerd zodat ze deze godvergeten plek samen konden verlaten.

Hij vond het geen prettig idee dat ze uit elkaar waren gegaan. Ieder voor zich waren ze nog niet eens half zo sterk als samen. Je hoefde alleen maar te kijken naar hoe het was afgelopen met Qiang om te zien dat het een slecht idee was. Maar Dunja had geweigerd te luisteren en had hem plechtig beloofd terug te zijn voor het kopiëren was afgerond.

Maar die woorden waren net zo onbeduidend en dun als verkiezingsbeloften in een einddebat. Ze had hem zelfs een kus op zijn mond gegeven voordat ze was weggesneld. Dat was nooit eerder gebeurd en kon alleen maar worden gezien als een laatste vaarwel. Daarom was hij hoogst verbaasd toen hij voetstappen op de gang meende te horen. Hij liep naar de deuropening en stak zijn hoofd om de hoek. Hij hoorde iets, maar helaas klonk dat als meer dan één persoon. Hoeveel was lastig te zeggen, maar minstens twee. Nu kon hij bovendien stemmen horen. Mannenstemmen die staccato met eenlettergrepige woorden communiceerden, als militairen die elkaar bevelen gaven.

De synthetische pling maakte dat hij terugkeerde naar het scherm, waar de pulserende balk eindelijk gevuld was. Hij trok de kabel uit de harde schijf, propte die samen met zijn laptop in zijn rugzak en met de rugzak over zijn schouder rende hij weer naar de deuropening, maar moest op de drempel rechtsomkeert maken.

De mannen waren veel te dichtbij. Hij kon ze duidelijk horen. Ze waren niet meer dan een meter of tien bij hem vandaan, misschien nog minder. Hij keek in de kleine ruimte om zich heen om te zien of hij ergens heen kon. Normaliter was hij nooit in paniek, maar nu kon hij zich amper bewegen, laat staan helder denken.

Het was allemaal de schuld van Dunja. Sinds zij in zijn leven was gekomen, had hij geen een keer tijd gehad voor zijn yoga noch gelegenheid gehad te mediteren. Nu stond hij daar met pompende zweetklieren, en alsof ze verstoppertje speelden, kroop hij onder het bedieningspaneel om zich daar te verschuilen.

Maar dit was bepaald geen verstoppertje. Wat het wel was wist hij niet, behalve dat het zou eindigen met een mes in zijn keel als ze hem zouden vinden, waardoor hij zijn lichaam nog iets verder achter een stationaire computer en een berg losse snoeren perste.

Of zouden ze iets anders verzinnen, gewoon om hem te verrassen? Zijn oog misschien. Of waarom niet…

Het was allesbehalve bewust, maar op het moment dat hij de mannen in de gang vlak voor de deur hoorde, onderbrak hij zowel zijn gedachtegang als zijn ademhaling, en zat hij daar als een versteende Houdini die tijdens zijn grote finalenummer tot het besef kwam dat dit niet was wat hij met zijn leven wilde doen.

Pas toen hij zeker wist dat de voetstappen doorliepen, durfde hij uit te ademen en te ontspannen, om vlak daarna te horen dat de voetstappen plotseling ophielden en werden vervangen door stemmen die weer een aantal zinnen van weinig woorden uitwisselden.

Niet lang daarna zag hij een paar stevige stappers binnenkomen, die midden in de kleine ruimte bleven staan. Hij kon zelfs de ademhaling van de man horen en hoe hij in zijn baardstoppels krabde. Zelf hield hij zijn adem weer in en controleerde elke spier in zijn lichaam om niet per ongeluk iets aan te raken wat geluid kon maken. De stilte voelde als een *chicken race* waarbij degene die het eerste geluid zou maken, zou verliezen. Een wedstrijd die hij won toen hij twee keer duidelijk gekraak van de man hoorde.

Dat hij eigenlijk verloren had, zag hij in toen hem duidelijk werd dat het beide knieën van de man waren die hij had gehoord. Maar toen was het te laat. De man zat al op zijn hurken en keek hem recht in de ogen.

65

Fabian zag niet meer dan een volgende exclusieve plafondlamp boven zich passeren voordat alles hem zwart werd voor de ogen. Toen hij zijn ogen weer open wist te doen, had de blonde vrouw voor hem, haar handen om het touw tussen zijn voeten, hem nog verder in het nachtclubdonkere labyrint van gangen gesleept. Toen werd alles weer zwart, alsof er bij hem van binnen een draadje verkeerd was aangesloten.

Met elke keer verloor hij bovendien de controle over zijn spieren vanaf zijn middel en omlaag. Alsof hij zich in één lange epileptische aanval bevond, waarbij het lichaam zich telkens verloor in spastische schokken die werden gedicteerd door de pulserende stroom tussen de twee met elkaar verbonden metalen weerhaken.

'Luister eens,' hoorde hij de lange, blonde vrouw in haar headset in het Deens zeggen. 'Ik zou de boel alleen maar klaar maken voor transport, oké? En toen zag ik hem in de container.'

Maar er was iets veranderd. Misschien kwam het doordat zijn lichaam begon te wennen aan de stoten. Of was de lading van het stroomstootwapen zo langzamerhand aan het opraken, nadat dat minutenlang was afgesteld op onderhoudsdosis om hem in bedwang te houden?

'Geen idee,' ging de vrouw verder. 'Die stond gewoon open.'

Hij ervoer de stoten telkens als wat zwakker en toen hij weer terug was na weer een aanval kon hij zelfs zijn rechterarm bewegen.

'Nee, hij had geen rijbewijs of wat anders bij zich. Maar volgens mij is het die Zweedse politieman Risk.'

Als hij maar wat omhoog kon komen, zou hij de weerhaken los kunnen trekken en de controle weer terugkrijgen. Maar dat was onmogelijk, de spieren in zijn romp leidden een geheel eigen leven.

'Hoe moet ik dat in godsnaam weten? Dat is niet mijn verantwoordelijkheid. Ik neem hem mee naar de wasruimte, dan nemen jullie het daar over, oké?'

Daarentegen slaagde hij erin, hoewel alles hem nog een keer zwart voor de ogen werd, om een van alle gordijnen vast te grijpen en dat lang genoeg vast te houden zodat het op de grond belandde, met gordijnroede en al.

'Fuck... Zeg, ik moet ophangen.' De vrouw voor hem bleef staan en draaide zich met een vermoeide zucht naar hem om, totaal onvoorbereid op de klap met de gordijnrail.

Die raakte haar aan de zijkant boven haar oor. 'Godverdomme!' Niet erg hard, maar voldoende zodat ze meer bezig was met haar bloedende oor dan met zich te weren voor de volgende klap toen hij de schotwond in zijn arm trotseerde en met beide handen en met volle kracht het uiteinde recht in haar gezicht stootte. Ze begon licht te kreunen voordat ze haar evenwicht verloor en op de grond in elkaar zakte.

66

'Geen idee. Ik vertrouw erop dat jullie dat afhandelen... Goed... Nog hoogstens een kwartier. Meer heb ik niet nodig.'

Hij was slechts een paar meter bij haar vandaan.

'Ja, als jullie binnen een kwartier niks van mij horen, kunnen jullie beneden komen. Maar niet eerder. Is dat begrepen?'

De stem die was opgestaan uit de dood.

'Nee, ze is nog steeds bewusteloos, dus ga gewoon door zoals gepland.' De stem die voor eeuwig tot zwijgen had moeten zijn gekomen.

'Het kan me geen reet schelen wat hij heeft gezegd of niet heeft gezegd. Hier maak ik de dienst uit, en op dit moment bepaal ik dat ik haar voor mijn rekening neem. Op mijn manier. Oké?'

Ze lag op haar zij met haar armen geboeid achter haar rug en iets kouds en hards om haar hals. De scherpe, bijtende geur gaf aan dat ze zich in de buurt van die opening in de vloer bevond. Proberen daar weg te komen kon ze wel vergeten. De minste beweging riskeerde zijn aandacht te trekken.

'Dat is jullie pakkie-an. Dat mogen jullie oplossen. Ik wil een kwartier met haar alleen hierbeneden hebben.'

Ze probeerde haar ogen open te doen, maar wist niet of ze daarin geslaagd was. Ze kon niets zien. Niet meer dan grijze, onscherpe velden. Alsof ze recht in haar eigen hersenen keek.

'Luister nou.'

Maar de pijn, die was er. Ergens. Als een ver onweer. Maar waarom was die niet heviger als je bedacht hoe hard hij haar geslagen had? Was ze haar gevoel kwijt? Was dat de verklaring? Kon ze zich überhaupt bewegen?

'Nee, nu luister jij naar mij. Ik ga nergens heen voordat ik hier klaar ben, en ik ben niet klaar voordat ze bij kennis is en mij in de ogen kan kijken als ik...'

De stem deed er het zwijgen toe en werd vervangen door voetstappen over de betonnen vloer. 'Nou, kijk toch eens.' De stem was nu dichterbij. 'Als dat Doornroosje niet is die eindelijk uit haar schoonheidsslaapje ontwaakt is.' Veel dichterbij. Dunja draaide haar hoofd om en voelde hoe de koude ketting om haar hals zich bewoog. Ze voelde dat die verder omlaag liep langs haar rug en haar handen en voeten geboeid hield. Ze voelde zijn ademhaling.

'Het doet er blijkbaar niet toe hoe erg ik jou haat, want telkens als ik jou zie bedenk ik hoe goed wij tweeën het gehad hadden kunnen hebben,' ging hij verder, en ze hoorde dat hij weer rechtop ging staan en een paar passen bij haar vandaan liep.

Ze knipperde, begreep dat ze kon kijken en knipperde nog een keer. De grijze velden kregen scherpere contouren en algauw kon ze hem scherper zien dan als alleen een diffuse gedaante. Dat bezwete voorhoofd, de droge lippen en die grijns. Die superieure, triomfantelijke grijns die zich verkneukelde in wat er komen zou.

'Maar dat heb ik al eens gezegd, en er is niets ergers dan mensen die telkens in herhaling vallen. En ik red me wel. Voor jou zal het erger worden.'

'Je had zelfmoord gepleegd,' zei ze terwijl hij zijn colbertje op de hendel van de lier aan de muur achter hem hing.

'Ja, dat klopt.' Hij pakte het gasmasker dat bij de rij plastic jerrycans met waterstoffluoride lag en controleerde het voordat hij zich naar haar omdraaide. 'Word jij nooit eens moe van jezelf? Je weet wel, dat gevoel dat je constant in hetzelfde oude tractorspoor rondrijdt en jezelf telkens als een bejaarde, seniele papegaai herhaalt?' Hij wachtte op een reactie, maar ze zweeg. 'Nee, oké. Nou, dat zou ik beslist worden als ik in jouw schoenen stond.'

Er waren daar geen anderen. Geen geketende jonge vrouwen. Geen mannen in camouflagepakken. Alleen Sleizner en zij. En die grijns. Die voldane klotegrijns die iedereen zou doen kokhalzen.

'Dat doodgaan is eigenlijk een idee waar ik al een tijd mee rondliep. Hoe mooi het zou zijn om gewoon de boel te resetten en opnieuw te beginnen.' Hij maakte zijn manchetknopen los en rolde zijn mouwen op. 'Je weet wel, je huid afwerpen en iets heel anders worden. Ik bedoel, een paar honderd jaar geleden zou ik op mijn leeftijd toch allang dood en begraven zijn. Niet zo gek dat mensen instorten of een crisis doormaken. Sommigen proberen dat op te lossen met therapie. Anderen gaan scheiden, veranderen van carrière en verhuizen naar het platteland om te fermenteren of een of andere plakkerige pottenbakkerscursus te gaan doen. Ikzelf moest blijkbaar eerst dood om te kunnen herrijzen.' Hij begon te lachen en schudde zijn hoofd. 'En dankzij jou en Jan Hesk vielen alle stukjes op hun plaats. Wat eerder dan gepland, weliswaar, maar wat maakt dat uit voor het grote geheel? En dan dat Chinese vriendje van jou, natuurlijk. Hem mogen we omwille van alle olifanten in de wereld niet vergeten.'

Ze had spijt dat ze het gevraagd had. Dat ze hem het plezier had gegund om zijn verhaal te doen en te smullen van zijn eigen genialiteit. Maar haar zwijgen zou toch niet hebben geholpen. Niets kon hem ervan weerhouden te mogen shinen. Dat was gewoon de reden dat hij daar was. En dat zij nog steeds in leven was.

'Zoals je weet, zitten er op z'n zachtst gezegd gerenommeerde leden in dat clubje van ons,' ging hij verder, en hij opende een flesje water.

Was dat gewoon bluf, of wist hij dat Fareed en zij die films gevonden hadden?

'Dunja echt.' Sleizner zuchtte en dronk. 'Heb ik jou nou echt zo overschat?' Hij liep naar haar toe en ging op zijn hurken zitten. 'Of heb jij mij nu weer zo onderschat? Natuurlijk weet ik precies welke films jij en die curry-namnam van jou op de harde schijf gezien hebben. Dat zou jou toch niet moeten verbazen. Waarom denk je anders dat ik de rode loper voor je had uitgerold en die codes op de sloten ongemoeid had gelaten? Hier, neem een beetje water.' Hij bracht de fles naar haar mond en goot daar water in. 'Er is geen reden om dorstig te sterven.' Het meeste liep langs haar wang, maar wat ze binnenkreeg spoelde in elk geval het ergste stof in haar keel weg.

'Fareed. Hebben jullie Fareed?'

'Fareed Cherukuri. Zo heet hij toch?' Sleizner kwam overeind, dronk het laatste water op en wierp de fles in een boog over haar heen in het gat. 'Of misschien moeten we zeggen "heette".'

'Geef antwoord. Wat hebben jullie met hem gedaan?'

Sleizner begon te lachen en applaudisseerde met drie vermoeide klapjes. '*And the Oscar goes to*... Kom op zeg. Wie hou jij voor de gek? Jezelf? Mij weet je toch niet te overtuigen. De waarheid is, als we nu toch eerlijk zijn, dat dat jou vermoedelijk geen reet kan schelen, zowel die thee slurpende Indiër van je als die olifantenman. Zij waren voor jou niet meer dan een middel tot een doel. Twee flessen zonder statiegeld. Dus mijn voorstel is dat je hen nu maar vergeet.' Hij wierp een blik op het oude Nokia-scherm. 'We hebben namelijk niet de hele nacht de tijd, dus laten we bij het onderwerp blijven. Dat wil zeggen: mijn heengaan.'

'Kim, vergeet dat ik het vroeg. Het kan me eerlijk gezegd niet schelen.'

Sleizner begon te lachen. 'Jij bent echt leuk. Hoe dan ook, ik had twee dingen nodig om te kunnen slagen. Een stoffelijk overschot en een geloofwaardig scenario.' Hij liep om haar heen en kwam achter haar staan. 'Dat lichaam zag ik nooit als een probleem. Dat zou vrijwel iedereen kunnen zijn.'

Ze kon horen dat hij zijn gulp naar beneden trok en recht in het gat urineerde.

'Het werd dat mollige vriendje van je. Hij was beslist niet zo goed in vorm als ik en zijn huid was geler dan diarree. Maar die details heeft Oscar Pedersen voor zijn rekening genomen. Hij is een trouw lid van onze club, en hij heeft mij bovendien al geïdentificeerd. Hebben jullie trouwens bij jouw eerste onderzoek niet samengewerkt?'

Ze knikte. Het verbaasde haar niets dat Pedersen een van hen was. De eerste keer dat ze hem ontmoet had en de hand had geschud, had ze zich een paar dagen lang plakkerig en vies gevoeld. 'Hij vroeg me jou de groeten te doen toen hij belde om te laten weten dat ik al gecremeerd was en mijn urn kon worden begraven of bijgezet,' vervolgde hij terwijl hij de laatste druppels uit zijn blaas perste en zijn gulp dichtdeed. 'En voor het geval je het je afvraagt, kan ik je verzekeren dat dat beslist niet zoveel pijn deed als die kleine crematiepoging van jou.'

'Leeft hij nog?'

'Wie?'

'Fareed.'

Sleizner rolde met zijn ogen. 'Wil ik net gaan vertellen hoe ik erin geslaagd ben een geloofwaardig scenario op te tuigen, begin je weer over...'

'Kim, ik wil dat je antwoord geeft. Leeft Fareed, of niet?'

Sleizner schudde zijn hoofd. 'Probeer me niet voor de gek te houden en te doen of je je druk maakt om zijn, hoe zullen we het noemen, toestand. Het enige waar jij op kickt, is de gedachte mij te kunnen pakken. Geef nou maar gewoon toe.'

'Jij denkt dat je mij kent,' zei ze. 'Maar de waarheid is, als puntje bij paaltje komt, dat jij werkelijk geen idee hebt wie ik ben.'

Sleizner barstte in lachen uit en schudde zijn hoofd. 'Lieve kleine Dunja.' Hij ging op zijn hurken zitten, boog voorover en gaf haar een kus op haar wang. 'De waarheid is dat ik alles over jou weet wat er te weten valt. Waarschijnlijk weet ik meer over jou dan jijzelf. En hoe zou dat toch komen, denk je?'

'Ik denk helemaal niets.' Ze schudde haar hoofd. 'Ik vraag me niets af. Dus we kunnen hier nu net zo goed een punt achter zetten. Ik weet niet wat je van plan bent, maar doe nou maar gewoon wat je niet laten kunt, dan is het maar klaar.'

'Het enige wat ik hoef te doen om dwars door jou heen te kijken,' ratelde hij maar door alsof hij haar niet gehoord had, 'is zelf in de spiegel kijken. Mijn blik naar binnen te keren, zoals dat zo mooi heet.' Hij kwam weer overeind en deed een paar stappen naar achteren. 'Want weet je, uiteindelijk verschillen wij niet zoveel van elkaar, jij en ik. Ik zou eerder zeggen dat wij meer op elkaar lijken dan dat we verschillen. Neem bijvoorbeeld seks. Ik word geil en neem het er graag van. Daar schaam ik me ook niet voor. En jij.' Hij wees op haar. 'Dat is bij jou precies hetzelfde. Als jij de geest krijgt, zie jij het als een recht om op een doodgewone dinsdagavond uit te gaan en iemand te kiezen. Het enige verschil is dat jij een vrouw bent en ik een man, wat inhoudt dat jij ongestraft met jouw gedrag kunt doorgaan.'

'Heb je nooit bedacht dat seks met mij misschien fijner is dan door jou te worden verkracht?'

'Nu heb ik mijn kleine oefening op dat kerstfeest een paar jaar geleden nooit kunnen afmaken. Wat ik me ervan herinner waren we nog niet eens goed op gang, toen Hesk zo nodig de held moest uithangen. Maar als hij er niet geweest was, had je iets heel anders kunnen ervaren dan al die pathetische dinsdagwipjes van jou bij elkaar. Dat kan ik je wel beloven.'

'Daar twijfel ik geen moment aan.'

Sleizner reageerde met een glimlach en draaide zich om om een nieuw flesje water te pakken. 'Zo dicht bij de dood en toch zo stoer. Het moet goed voelen om zo zelfingenomen te zijn en er zo van overtuigd te zijn dat je aan de "goede kant" staat en bij "de goeden" hoort.' Hij draaide de dop eraf en nam een slok.

'Ik weet niet of ik goed ben, maar ik ben in elk geval geen monster zoals jij.'

'Monster?' Hij dacht even na en knikte uiteindelijk. 'Ja, waarom ook niet? Ik heb mezelf nooit gezien als goed. Dat zal ik onmiddellijk toegeven.' Hij liep weer naar haar toe, ging op zijn hurken zitten en schonk voorzichtig water in haar mond. 'Lief zijn heeft mij op de een of andere manier altijd verveeld. "Lief." Ik bedoel, wat is dat eigenlijk?' Hij schudde zijn hoofd. 'Alleen het woord is al irritant. Aan alle anderen denken en achteraan in de rij gaan staan. "Nee, ik ben nog niet aan de beurt." Kom op zeg. Zou jij jezelf zo omschrijven? Is dat de reden dat jij hier bent? Om al de zielenpoten daarbuiten te helpen? Al die slappelingen die te beroerd zijn om te werken en gewoon een uitkering willen en zich volvreten tot ze zo vet zijn dat ze niet meer door de deur passen? Lig je daarom met je handen achter je rug geboeid je af te vragen wat er gebeurt als ik je over de rand duw? Omdat je zo ontzettend lief bent? Ik dacht het niet.' Hij kwam overeind en dronk het laatste water op voordat hij het flesje weggooide.

Deze keer telde ze de seconden.

'De verdorvenheid daarentegen,' ging hij verder. 'Daar valt wel wat voor te zeggen. Daar gebeurt het.'

Vijf... Zes...

'Daar is sprake van een opwaartse beweging.'

Zeven... tot ze het kon horen landen.

'De natuurlijke selectie waarbij de sterkste wint. We hebben het over Charles fucking Darwin. We hebben het over ontwikkeling. Vooruitgang. Evolutie. *You name it.* Alles rust op een massief fundament van slechtheid. Daar hebben we alles aan te danken. Zoals dit hier.' Sleizner spreidde zijn armen uiteen. 'Als dat er niet was geweest, zou dit allemaal niet hebben bestaan.'

'Dat klinkt best overtuigend, als je het mij vraagt.'

'Dunja, er was niets geweest. Kopenhagen niet, geen huizen, geen auto's of telefoons. Zelfs geen klein dildootje om in je kut te stoppen. En hoe leuk was dat geweest? Hoewel het niet zou uitmaken, want jij en ik hadden allebei niet bestaan, anderen trouwens ook niet, geen goeieriken en geen slechteriken. Geen dieren. Geen planten. Niets. De wereld, het universum of hoe we het ook willen noemen, is niet gebaseerd op goedheid. Integendeel. En dat weet jij net zo goed als ik. En weet je waarom?' Hij ging naast haar zitten. 'Weet je waarom niets van wat ik heb gezegd nieuw voor jou is?' Hij leunde over haar heen en keek haar in de ogen. 'Want wat voor verwrongen zelfbeeld jij ook hebt, die verdorvenheid is altijd al een belangrijk onderdeel van jou. Zo niet het voornaamste. Dat zag ik al in jouw ogen vanaf de eerste seconde dat je mijn afdeling binnenstapte, en ik zag het een paar uur geleden ook toen je die luier in de fik stak. Hoe goed je je erbij voelde om mij te zien lijden, en hoe je, hoewel dat niet gepland was, genoot als nooit tevoren. Omdat je mij had overtroffen. Omdat je eindelijk wraak kon nemen. Ik weet niet of je het met mij eens bent, maar volgens mij ben jij nooit zo oprecht tegen jezelf geweest als toen. En hoeveel pijn het ook deed, en nog steeds doet, was het heerlijk om te zien hoe jij je eigen natuur voor de verandering eens accepteerde en er niet tegen vocht. Er was, hoe zal ik het zeggen, sprake van totale harmonie.'

Ze wilde hem tegenspreken. Protesteren en de argumenten in zijn gezicht spugen. Hem laten zien hoe mis hij het had. Bewijzen hoe verschillend zij waren. Maar het enige wat ze kon was knikken. Al het andere zou een leugen zijn.

Ze had genoten van haar wraak. Ze had er energie van gekregen hem te zien lijden. Zonder ook maar een spoortje van een slecht geweten had ze de ene grens na de andere overschreden. Wat legaal was of niet, was voor haar allang geen overweging meer. Zolang ze de moraal maar aan haar zijde had, had ze gedacht. Zolang ze deed wat moreel juist was. Maar ze was de morele verliezer geworden op het moment dat ze hem in brand had gestoken. Daar en toen had ze een grens overschreden, en er was geen weg terug. Ze was net als hij geworden.

Het was nooit duidelijker geweest.

Ze was geworden als de man die ze meer haatte dan wie of wat dan ook.

'Daarom zijn wij in eerste instantie bij de politie gegaan, toch?' Hij streelde haar voorzichtig met de bovenkant van zijn hand over haar wang. 'Niet omdat wij goede mensen zijn en de wereld beter willen maken. We zijn te vergelijken met militairen. Niet een van hen wenst vrede op aarde. Dat zouden ze zo saai vinden dat het niet lang zou duren voor ze elkaar overhoop zouden gaan schieten. Jij en ik, wij zijn precies hetzelfde. Je aan de goede kant bevinden en ijveren voor het goede klinkt misschien mooi, en de meeste van onze collega's hebben dat zo vaak gezegd en herhaald dat ze er uiteindelijk zelf in zijn gaan geloven. Maar de waarheid is, laten we daar eerlijk over zijn, dat juist verdorvenheid ons heeft verleid. Of heb ik het mis?'

Ze knikte weer, en hij boog voorover.

'De nabijheid van het verbodene.'

Helemaal naar beneden.

'Tot de strijd op leven en dood.'

Gezicht tegen gezicht.

'Tot de smaak van bloed en de geur van lijken.'

Ademhaling tegen ademhaling.

'Hoe dichterbij, hoe beter.'

Ze deed haar mond open, ontmoette hem in de kus, liet zijn tong zijn weg naar binnen zoeken. In het begin aarzelend, alsof hij niet al te enthousiast wilde overkomen, alsof hij niet durfde te geloven dat alles deze keer anders was. Dat zij niets liever wilde dan dat hij met haar zou spelen en ruimte zou durven innemen. Haar zou durven vullen. Dus ontspande hij en gooide hij de remmen los. Ze antwoordde en bood weerstand. Bood hem precies wat hij wilde.

Ze kon zich niet herinneren waar, maar ergens had ze gelezen dat de kaakspier de sterkste spier van de mens was. Zelfs de beenspieren, die toch zoveel groter waren, konden een extern object niet onderwerpen aan dezelfde kracht. Toch werd ze verrast door de plotselinge bloedsmaak toen haar tanden zich in zijn tong boorden.

Dat gold ook voor zijn woeste schreeuw. Ze was daar niet op voorbereid, evenmin als op zijn verwoede poging om zich los te rukken. Maar ze was vooral niet voorbereid op haar eigen reactie. Dat ze niet losliet en haar tanden steeds dieper in hem liet doordringen. Dat ze zonder probleem ademhaalde via haar neus om zijn bloed te kunnen doorslikken zonder dat ze erin stikte.

Hij had het niet beter kunnen uitdrukken, kon ze nog net denken voordat ze nog één keer beet, toen hij vertelde hoe de verdorvenheid maakte dat ze één werd met zichzelf en genoot van zijn lijden.

Ze spuugde het stukje tong uit. Het viel haar op hoe klein het leek toen het in een plas bloed op de betonvloer landde. Klein in verhouding tot het geschreeuw van Sleizner die op zijn knieën voorovergebogen zat met zijn handen in zijn bloederige mond, alsof hij het met zijn vingers moest voelen om te begrijpen wat er gebeurd was. Dat doordringende woordeloze geschreeuw, dat zo doordrenkt was van pijn dat het zich ook in haar vastzette.

Ze wentelde om haar as en gaf hem met twee voeten tegelijk een stevige trap. Het ging allemaal zo snel dat haar gedachten het niet konden bijbenen. Maar hij viel stil, alsof iemand op MUTE had gedrukt, op het moment dat hij over de rand in het gat verdween.

Ze telde opnieuw de seconden. Vier... Vijf... Zes...

Maar ze kon hem niet horen neerploffen. Zeven... Acht... Negen...

In plaats daarvan hoorde ze wat anders. Was het zijn ademhaling? Onregelmatig, met korte oppervlakkige stootjes. Op de grens van hijgend. Net als die van haarzelf.

Met haar handen en voeten geketend achter haar rug kronkelde ze naar de opening in de vloer. Het duurde even, maar toen ze eenmaal over de rand kon kijken, zag ze hem een paar meter lager hangen, vastgeklampt aan de binnenmuur met zijn handen in een paar uithollingen. Onder hem ging het gat verder in een eindeloze duisternis.

'Alsjeblieft...' Zijn stem klonk alsof hij dronken was. 'Alsjeblieft, help me...' Onduidelijk en ongecontroleerd. 'Ik doe alles wat je wilt... Alles, als je mij maar helpt... Alsjeblieft, ik smeek het je...' Het bloed borrelde uit zijn mondhoeken en stroomde langs zijn kin. 'Ik wil niet dood... Niet zo... Je moet me helpen. Hoor je me? Ik heb je hulp nodig...'

Ze hoefde niets anders te doen dan daar te liggen wachten. Toekijken hoe hij vocht om daar te blijven hangen. Zien hoe zijn nagels wit werden voordat hij uiteindelijk zijn grip verloor. Dat kon twee minuten duren, of tien. Hij was sterker dan je dacht. Misschien wel een heel uur.

'De sleutel...' ging hij verder. 'In het colbert... daar achter je...'

Ze draaide zich om, zag het colbert aan de lierhendel hangen en gleed die kant op. Deze keer ging het sneller. Alsof haar schouders, buikspieren, rug, haar hele lichaam eraan gewend was geraakt dat haar handen op haar rug gebonden waren. Eenmaal daar rolde ze op haar rug, haakte het colbert met haar voeten eraf en doorzocht de zakken met haar handen achter haar rug.

Ze vond de sleutel bijna onmiddellijk. Slechts een minuut later was ze erin geslaagd die in het hangslot achter haar rug te steken en het slot open te maken. De rest ging bijna vanzelf en al snel kon ze overeind komen.

De hoofdpijn kwam weer op en herinnerde haar aan de klappen tegen haar achterhoofd. Ze voelde met haar ene hand aan haar hoofd en constateerde dat er aardig wat bloed uit de twee wonden was gestroomd en dat dat op de hoofdhuid al aan het stollen was. Vermoedelijk had ze een lichte hersenschudding. Maar met een paar hechtingen en een paar weken rust zou ze daar wel van herstellen.

Ze keerde terug naar het gat in de grond en keek omlaag naar Sleizner, die zich nog steeds vastklampte aan de wand.

'Alsjeblieft...' herhaalde hij met zijn benevelde stem, en hij keek haar aan. 'Jij bent vrij... kunt doen wat je wilt... Maar help mij omhoog. Ik zal alles accepteren. Ik heb al bekend. Want dat was toch wat je wilde, hè? Mij veroordeeld krijgen.'

Ze draaide zich om en liep richting de uitgang.

'Nee, Dunja. Ga niet weg... Kom terug. Ga niet weg. Zo ben jij niet. Ik weet dat je zo niet bent,' riep hij haar achterna. 'Jij wilt goeddoen... Dat heb je altijd gewild, en als je dit laat gebeuren, zul je er spijt van krijgen... Ik zweer het... Voor de rest van je leven...'

Ze bleef bij de lier staan, pakte de hendel beet en begon te zwengelen. De massieve houten deksel hing aan een kabel, en met elke omwenteling zakte hij nog een decimeter verder omlaag.

'Nee, Dunja... niet dichtdoen... Alsjeblieft... Ik wil niet dood. Hoor je me? Ik wil niet...'

Ze probeerde haar gedachten uit te schakelen en gewoon te blijven draaien. De deksel te laten zakken en hem voor eeuwig te laten verdwijnen. Hij was immers al dood.

Maar wat maakte dat van haar? Wie was zij?

Ten diepste.

Niet alleen nu. Maar na dit alles.

Als het voorbij was.

Wie was ze dan geworden?

67

Fareed zat op de grond, zijn handen geboeid en zijn rug tegen de muur. Hij was nooit eerder zo bang geweest om fouten te maken. De minste beweging, en de man in de camouflagekleding die op zijn hurken tegenover hem zat en zijn rugzak doorzocht raakte wellicht geïrriteerd.

Tot nu toe hadden ze geen van beiden iets gezegd, en hij was niet van plan degene te zijn die de stilte doorbrak. Praten zonder eerst te zijn toegesproken was om problemen vragen. Als hem daarentegen iets gevraagd werd, wat dan ook, was hij van plan eerlijk en zonder omhaal antwoord te geven. De bijdehante jongen proberen uit te hangen was in zijn situatie uitgesloten.

Zelfs als ze naar het wachtwoord van zijn computer zouden vragen, zou hij dat zonder meer geven. Dat zou niet zonder problemen zijn, en hij kon alleen maar hopen dat ze niet zouden ontdekken dat hij de code van hun harde schijf had ontcijferd en kennis had genomen van de inhoud.

Als dat gebeurde waren zijn overlevingskansen zo goed als nul. En hij was nog niet klaar om te sterven. Nog niet. Ze hadden Qiang al gepakt, en misschien Dunja ook, en nu was hij als enige nog over. Het enige lichtpuntje was dat hij ondanks alles nog in leven was. Misschien hadden ze ingezien dat ze levend meer nut van hem hadden dan dood. Of wilden ze het zo lang mogelijk rekken, gewoon voor de lol. Om, zoals Qiang was overkomen, de genadeklap uit te delen als hij er het minst op bedacht was.

De man keek op van de rugzak en staarde hem aan. Hij reageerde te laat en had meteen naar de grond moeten kijken. Dat hij zijn ogen niet neersloeg, was als hard tegen hard gaan. Maar als hij nu omlaag keek, kon hij net zo goed zijn middelvinger naar de man opsteken. Dus nu zat hij daar in een woordeloze strijd die pas werd doorbroken toen de collega van de man de controleruimte binnenkwam.

In tegenstelling tot de eerste was hij niet gekleed in legerkleding en kistjes, maar in een gewone broek en een jasje. Hij had het idee dat het allebei militairen waren, maar misschien was dit helemaal niet zijn kompaan die hij eerder had gezien, maar een derde. Misschien was dit hun chef, die nu zou beslissen wat ze met hem gingen doen.

Hoe, wanneer en waar.

'Werk jij voor Dunja Hougaard?' De man deed nog een stap naar voren en keek omlaag naar Fareed, die knikte.

'Hoe heet je?'

'Fareed. Fareed Cherukuri,' zei hij, en hij voelde dat hij door de inspanning om zo stil te zitten helemaal begon te beven.

De man zakte op zijn hurken, nam hem in zich op en knikte met een verbeten gezicht. 'Mijn naam is Morten Heinesen,' zei hij, en hij maakte de handboeien los. 'Ik ben van de politie van Kopenhagen.'

'De politie?' Wie was dit? Wat hadden ze gemist? 'Ben jij van de politie?' Fareed wist niet wat hij moest geloven.

'Inderdaad,' zei Heinesen, en hij knikte. 'Wij hebben heel wat te bespreken, jij en ik, maar eerst zou ik graag willen dat je mij vertelt waar Dunja is.'

'Ik weet het niet.' Fareed schudde zijn hoofd. 'Ik heb geen idee. Ik weet niet eens of ze nog in leven is. Ik heb de hele tijd gezegd dat ze niet moest gaan. Dat het te gevaarlijk was en dat we samen moesten gaan. Maar zoals gewoonlijk wilde ze niet luisteren. Dat doet ze nooit. En dat terwijl ze Qiang al hebben vermoord, hoewel hij niet eens...'

'Oké, rustig aan. Eén ding tegelijk,' onderbrak Heinesen hem.

'Rustig aan?' Fareed keek hem aan. 'Dat is het laatste wat we kunnen doen. We moeten haar helpen. Snap je dat dan niet?'

'Maar hoe zou dat kunnen als we niet weten waar ze is?'

'Ze is hier ergens. Ze moet hier zijn.' Hij keek naar de uitgang. 'Ze is er daar uit gegaan en sindsdien heb ik niets...'

'Fareed, we hebben de hele ruimte doorzocht en er is hier niemand anders dan jij.'

'Dan hebben jullie niet goed genoeg gezocht. Want ze zijn hier ergens. Ik weet dat ze...' Hij raakte even de kluts kwijt en bleef met zijn blik op een van de drie schermen boven het bedieningspaneel hangen. 'Daar is hij. Zie je? Daar is die ene van de twee.' Hij wees naar het scherm, waar de contouren van een man in de schaduw door een van alle donkere gangen voorbij leken te flitsen.

68

Dunja liet de lier los en draaide zich om naar de opening in de vloer. Wat goed of fout was, hoe zou ze dat kunnen weten? Wat maakte het uit als ze geen keus had? Wilde ze met zichzelf kunnen leven, dan kon ze niets anders doen dan de ketting pakken die op een hoop op de grond lag en die rond haar arm wikkelen en naar de rand lopen, waar ze het andere uiteinde naar Sleizner liet zakken, die op een of andere onmenselijke manier erin geslaagd was zich vast te houden aan de muur.

'Sta je stevig?' vroeg hij met ongearticuleerde stem, en ze knikte. 'Je moet stevig staan en je schrap zetten... Beloof me dat je dat doet... Dat je weerstand biedt... Anders vallen we allebei.'

'Kom nou maar,' zei ze, en ze zette haar rechtervoet achter de linker. 'Voordat ik me bedenk.'

Sleizner, die over zijn hele lichaam trilde van inspanning, durfde uiteindelijk de ketting vast te grijpen, eerst met zijn ene hand en daarna met de andere, waarop ze hem omhoog begon te hijsen. Alsof ze juist hiervoor zo hard getraind had.

Ze vertrouwde hem voor geen cent. Er was ook niets wat erop duidde dat dit het juiste was. Ze kende hem veel te goed en wist waartoe hij in staat was, en zorgde daarom dat ze hem op gepaste afstand hield met de ketting als enige link tussen hen in. Als hij iets probeerde uit te halen, kon ze gewoon loslaten en hem in het gat laten verdwijnen.

Maar hij deed niets. Niet meer dan zich krampachtig proberen vast te houden. Eenmaal bij de rand was hij te moe om het laatste stukje omhoog te klauteren. Ze probeerde meer kracht te zetten, maar dat hielp niet.

'Ik red het niet...' zei hij, de instorting nabij. 'Je moet hiernaartoe komen... Je moet me helpen... Alsjeblieft...'

Ze ontmoette zijn smekende blik en knikte, ook al was het met de grootst mogelijke tegenzin. Maar ze zag geen andere mogelijkheid. Als ze niets deed, zou hij algauw zijn grip verliezen en vallen.

'Als je ook maar iets probeert, dan kun je het schudden,' zei ze, en ze liep met korte passen op hem af zonder haar greep om de ketting los te laten. 'Dan lig je meteen beneden.'

'Alsjeblieft, voordat ik val...' huilde hij terwijl het bloed uit zijn mond stroomde. 'Ik kán haast niet meer...'

Met haar linkervoet vlak naast hem boog ze zich voorzichtig voorover, pakte hem onder zijn arm en hielp hem over de rand.

Sleizner zakte als een bevende zoutzak op het beton in elkaar. 'Godallejezus... Dank je wel... Jezus christus...'

'Kim, ik wil dat je op je buik gaat liggen met je handen op je rug,' zei ze, en ze maakte de polssloten op de ketting klaar.

'Absoluut,' zei hij, en hij knikte. 'Ik moet alleen...' Hij ging met veel moeite op zijn knieën zitten. 'Mijn tong... Dat stukje dat je hebt afgebeten...' Zijn lichaam trilde en wiegde heen en weer als een gewond dier. 'Ik moet dat alleen vinden voor we... Voordat we... Waar is het? Je weet wel, het puntje van mijn tong. Misschien kunnen ze het vastnaaien. Denk je niet? Hè? Dat ze dat weer kunnen vastnaaien? Dat zouden ze toch wel moeten kunnen? Als we het maar konden vinden...'

'Ik ga wel zoeken,' zei ze, en ze knikte. 'Als jij daar gaat liggen, zal ik dat doen.' Ze haalde een zakdoek uit haar zak en liep naar de plas bloed een stukje verderop op de grond.

Er was geen twijfel over mogelijk wat het slepende geluid was dat ze achter zich hoorde toen ze vooroverboog om het bloederige tongpuntje te pakken. Sleizner was in beweging, waarschijnlijk in een poging om overeind te komen.

Haar reactie was puur instinctief. Ze was onder geen beding van plan hem te laten ontkomen. Maar het ging helemaal mis, zowel haar slagkracht als haar zwaartepunt en haar richtinggevoel schoten tekort. In plaats van te vluchten en te proberen weg te komen, schoot hij omhoog van de grond en kwam hij recht op haar af, terwijl zijn rechterarm slechts een paar centimeter voor haar in een boog door de lucht zwaaide.

Dat had haar kans kunnen zijn om hem vol te treffen. Maar daar kwam ze niet meer aan toe. Ze zag alleen nog het glimmende gebogen lemmet in zijn hand. Het gevechtsmes waarmee hij haar in het detentiecentrum had bedreigd.

Vervolgens ontdekte ze de snee over haar buik.

Eerst als een dun streepje.

Vlak daarna was er overal bloed.

Ze voelde daarentegen niets. Niet voordat ze de paar decimeter lange snede zag die niet alleen dwars door haar hoody en haar T-shirt gegaan was, maar ook door haar huid, en die zich nu als een groot rood gat opende, helemaal tot haar maag en haar darmen.

Ze viel op de grond met haar handen op haar open buik. Overal bloed. Organen die naar buiten wilden. Sleizner wiens aanblik steeds diffuser werd.

'Wow… mooi…' zei hij. 'Je reinste keizersnee… Jammer dat je niet zwanger bent. Anders had je twee vliegen in één klap kunnen slaan.'

Ze kon zijn lach horen als na een slechte grap op tv.

'Had nou maar naar mij geluisterd,' ging hij door, en hij boog naar haar voorover. 'Als je die verdorvenheid maar geaccepteerd had en die had laten beslissen.'

Ze registreerde nog dat hij steeds dichterbij kwam. Tegelijkertijd werd hij steeds onscherper, alsof hij vervaagde tot één grijze massa.

'Maar dat kon je niet, hè? Hoewel je het wist, reikte je mij toch de hand.'

Ze probeerde wat te zeggen, maar dat ging niet.

'Hoewel je wist dat het zo zou eindigen, wilde je zo graag glorieren en met een goed geweten in de spiegel kunnen kijken.'

Nu kon ze hem niet langer zien, alleen zijn nabijheid nog voelen, áls ze nog iets kon voelen. Het was alsof al haar zintuigen een voor een uit haar stroomden.

'Zoals wanneer je een vijfkronenmunt naar een dakloze gooit en je je zo'n *Gutmensch* voelt dat je bijna ontploft. Pathetisch gewoonweg. Pathetisch en net zo misselijkmakend als wanneer je twee kilo snoep naar binnen hebt gewerkt.'

Ergens had ze nog de gewaarwording hoe het gebogen mes in het tl-licht vlak naast haar oplichtte.

'Dus jij verdient niets anders dan op te houden te bestaan.'

Maar toen hij eenmaal zijn arm liet zakken en het koude lemmet tegen haar ontblote hals perste, had ze het opgegeven en had ze het bewustzijn al verloren.

'In het niets te verdwijnen. Door niemand gemist.'

Ze registreerde daarom de knal niet meer, evenmin als de kogel die als een alien door zijn voorhoofd naar buiten schoot en een open krater achterliet. Of het feit dat hij ondanks die uitschotopening in een van zijn gepatenteerde lachjes uitbarstte en schrijlings op haar bleef zitten. Ook niet dat Fabian, die de ruimte binnenstormde, nog een schot op Sleizner loste, die alleen maar bleef lachen.

Niets van dat alles kreeg ze meer mee.

Ook niet het derde schot, dat van dichtbij op zijn weg door Sleizners hoofd alles aan flarden schoot, maar hem desondanks nog steeds niet de mond kon snoeren. Alsof zijn hals- en gezichtsspieren waren vastgelopen en nog twee kogels nodig hadden voordat de stilte uiteindelijk intrad.

Maar tegen die tijd bevond zij zich heel ergens anders.

69

Na die vijf schoten was hij helemaal leeg. Een vacuüm waarin alles stilstond. Een levend omhulsel dat het allang had moeten opgeven. Maar hij stond nog steeds rechtop, en hoewel hij nooit eerder had gedaan wat hij nu deed, ging het als in een flow. Alsof alles voorgeprogrammeerd was.

Hij kreeg sporadische indrukken van de omgeving. Toevallige uitbarstingen van informatie waarbij alle prikkels waren gereduceerd tot een absoluut minimum. Zoals het sissende geluid dat deed denken aan een bruistablet in een glas water. Normaliter zachtjes en amper hoorbaar. Hier een versterkt corrosief geluid van Sleizner die ergens beneden in de diepte aan het oplossen was.

Je kon bijna horen hoe de waterstoffluoride zich in zijn lichaam vrat. Of de giftige dampen die, hoewel ze zwaarder waren dan lucht, uit het gat omhoog bleven komen en door alle filters van zijn gasmasker drongen. Verder bij hem naar binnen.

Toch goot hij de vierde jerrycan leeg in het gat. Om alle twijfel weg te nemen.

De kleine mogelijkheid.

Zijn colbert had hij al uitgetrokken, nadat hij had vastgesteld dat Dunja in leven was. Ook zijn trui en zijn broek. Hij had alles zo stevig mogelijk om haar romp gebonden. Om de bloedstroom te stoppen. Om tijd te kopen.

Toen zette hij zijn gasmasker af, liet de deksel de laatste meter over de opening zakken en tilde haar op van de grond. Hoewel hij er eigenlijk de kracht niet voor had, en hoewel het bloed weer uit de schotwond begon te stromen, droeg hij haar in zijn armen de ruimte uit, de krappe gang in, door de stank en verder langs de cellen. De deur naar de lift stond open, net zoals hij hem had achtergelaten. Daar binnen boog hij zich over haar heen nadat hij met zijn ene elleboog op het bovenste knopje had gedrukt. Maar hij voelde geen ademhaling of hartslag. Niets anders dan slappe, levenloze spieren. In zijn hoofd hoorde hij aanhoudend gepiep van een of ander meetinstrument dat aangaf dat het te laat was. Dat hij het net zo goed kon opgeven.

Hij legde haar op de grond terwijl de lift langzaam omhoogging. Veel te langzaam. Alsof hij eigenlijk niet wilde en er alles aan deed om te remmen en weer terug te keren naar beneden. Vertraagde. Hij plaatste zijn mond op die van haar, voelde de warmte en zette de gedachte uit zijn hoofd dat ze spoedig koud zou zijn. De gedachte dat het geen zin had. Hij vulde haar longen en zag haar borstkas omhooggaan. Eerst één keer, daarna nog een keer. Hij probeerde te denken dat het moest lukken en pompte het bloed met harde, snelle stoten op haar borst rond. Dertig keer achter elkaar.

Het moest lukken.

Het móést gewoon lukken.

Hij zag het bloed langs zijn kleren rond haar buik sijpelen. Er ontstond een plasje op de liftvloer. Al die plassen vertegenwoordigden verlies en dood. De lift was nog in beweging. Nauwelijks merkbare schokjes langs de eeuwige weg omhoog. Hij kon niets anders doen dan doorgaan met zuurstof toedienen. Blijven pompen. Vechten tegen de tijd. Tegen de kakofonische stemmen die riepen dat het te laat was.

Misschien waren de trillingen van de lift toen die uiteindelijk stopte, of van haar hart dat weer functioneerde. Hij wist het niet. Hij kon op zijn weg door de verlichte, ziekenhuisachtige gangen op de volgende verdieping alleen maar hopen. Hopen op het onmogelijke.

Er waren daar geen anderen. Alleen Dunja en hij. En de volgende lift. Die ging sneller. De deur ging bijna meteen open en gaf hem geen tijd om haar hartslag opnieuw te controleren. In plaats daarvan liep hij snel het podium af, door de grote zaal met kristallen kroonluchters de zwakverlichte gang in.

Hij voelde het bloed van de schotwond. Hoe het langs zijn bovenarm stroomde en hem met elke druppel die van zijn elleboog liep beroofde van het laatste restje energie. Maar dat was niets vergeleken met haar. Hij hoefde niet eens omlaag te kijken om te constateren dat het om liters ging. Hij voelde gewoon dat haar lichaam bezig was weg te glijden, dat was voldoende om door te gaan.

Net als eerder werd alles plotseling zwart en toen hij weer bij zijn positieven kwam, stond hij op het punt te vallen. Hij slaagde er toch in zijn evenwicht te bewaren en liep snel verder door het labyrint van gangen. Blijven staan was geen optie. In plaats daarvan knipperde hij een paar keer in een poging bij bewustzijn te blijven. Maar dat hielp niet. Zijn zicht werd aan de randen steeds onscherper. Hetzelfde gold voor zijn gehoor, dat alleen nog de laagste frequenties opving.

De lange gang was zo smal dat hij zijwaarts moest lopen zodat haar hoofd niet tegen de muur aan zou komen. Aan het uiteinde ervan werd hij opgewacht door verblindende blauwe zwaailichten en gewapende mannen in kogelwerende vesten die riepen en door elkaar heen schreeuwden. Bevelen gaven dat hij haar moest loslaten en met zijn handen op zijn hoofd op zijn buik moest gaan liggen. Die dreigden dat ze anders zouden schieten. Dezelfden die hem al hadden opgejaagd en beschoten.

Maar hij kon haar niet loslaten. Niet nu. Hij durfde alleen maar door te lopen op het geluid van zijn eigen ademhaling en de steeds vager wordende stemmen. Naar de stalen trap. Links een groep jonge vrouwen met dekens om zich heen gewikkeld en aan de overkant twee mannen in camouflagekleding die op hun buik lagen, hun armen achter hun rug gebonden, samen met de vrouw in de sportkleding.

Hij hoorde ze schreeuwen. Niet naar hem, maar tegen elkaar. Hij probeerde zelf om een ambulance te roepen, maar wist niet zeker of iemand dat hoorde. Hij moest midden op de trap blijven staan, die onder zijn voeten verdween toen hij zijn evenwicht verloor, wankelde en omlaag viel in een duisternis.

Hij werd weer wakker door stemmen. Roepende stemmen. Tl-buizen die langsflitsten aan het plafond boven hem. Hij probeerde overeind te komen, maar de spanbanden hielden hem aan de brancard gekluisterd die hem achteruit over de ongelijke ondergrond voerde. Hij kon alleen zijn hoofd maar draaien.

Politieauto's met zwaailicht, geüniformeerde politiemannen die de plek aan de ene kant afzetten. Op een andere brancard Dunja, omringd door personeel dat druk bezig was met een infuus en een defibrillator, waardoor haar lichaam in een boog omhoogkwam toen de stroom tussen de twee elektroden door haar heen schoot.

Hij voelde de trillingen van de motor van de ambulance toen die startte terwijl de portieren werden gesloten. Pas toen, toen ze de garage uit reden, de oprit op, de nieuwe dag tegemoet, pas toen kwam waar hij zo lang op gewacht had. Wat hij de hele tijd had proberen te bereiken.

Zachtjes, geluidloos, amper merkbaar voor een buitenstaander.

Een enkele traan, zo klein dat hij allang op had weten te drogen voor de volgende kwam.

Maar het proces was op gang gebracht, onmogelijk te stoppen, en toen de ambulance op Østerbrogade eenmaal vaart had gemaakt en de sirenes had aangezet, huilde hij voluit.

Om alles wat was geweest en alles wat hem nog te wachten stond. Om al zijn pogingen die halverwege waren gestrand. Zijn mislukkingen die zoveel kapot hadden gemaakt. Het inzicht dat gedane zaken geen keer namen. Hij huilde om Matilda, die de hele tijd gelijk had gehad, dat wát hij ook deed, welke besluiten hij ook nam, het zo zou eindigen.

En om Theodor. Zijn geliefde Theodor.

Eindelijk kon hij om hem huilen.

Epiloog

De volgende uren werden bepaald door een efficiënte kalmte waarmee de verdachten werden opgepakt, alle ruimten werden doorzocht en men zich over de groep jonge vrouwen ontfermde. Sommigen van hen bleken ondervoed en anderen ernstig getraumatiseerd. Maar ze kregen allemaal de zorg die ze nodig hadden.

Hoewel de inzet van de politie die ochtend steeds massaler werd naarmate het nieuws over de inval zich naar alle eenheden en instanties verspreidde, wist iedereen precies wat hij onder leiding van Morten Heinesen doen moest. Dat was een rol die hij nooit eerder had bekleed, maar waarvan hij pas nu zag dat die hem op het lijf geschreven was.

Van het ontslag waarmee het hoofd van het Deense KLPD gedreigd had, kwam niets terecht. In plaats daarvan werd Heinesen samen met Bernstorff en Hemmer op het vervolgonderzoek gezet, en naarmate het materiaal dat Fareed aanleverde aan het licht kwam en werd geanalyseerd, kwamen de arrestaties goed op stoom.

Daarna was niets meer hetzelfde. Jakob Sand en procureur-generaal Mads Jensen waren de eersten die werden opgepakt, op de voet gevolgd door Oscar Pedersen, het hoofd van het forensisch lab. Daarna was Ryan Frellesen aan de beurt, directeur van de Danske Bank, evenals CEO Stig Paulsen van TDC en Kai Mosendahl, directeur-generaal van de Deense Belastingdienst.

De arrestaties gingen door tot op regeringsniveau, met minister van Buitenlandse Zaken Morten Steinbacher als een van de meer actieve leden van de club. Het geheel ontwikkelde zich tot een schandaal dat niet alleen de Deense politie in de diepste vertrouwenscrisis ooit bracht, maar bovendien ook ingrijpende gevolgen had voor grote delen van de Deense machtselite, en deze en al haar instituten met zo'n kracht meesleepte dat de hele affaire de geschiedenisboekjes in zou gaan als 'het bloedbad van Kopenhagen', in navolging van 'het bloedbad van Stockholm' uit 1520.

Een affaire die – toen de jonge vrouwen eenmaal konden worden geïdentificeerd en gehoord – alles omvatte van mensenhandel, omkoping, economische delicten en belastingfraude tot moord en medeplichtigheid aan moord. Er waren ook connecties met locaties buiten Denemarken, onder andere met Stockholm en het onderzoek waar Malin Rehnberg aldaar aan werkte. Maar dat is een heel ander verhaal.

Na een paar slapeloze dagen en nachten met eindeloze verhoren werden Fabian en Fareed niet langer als verdachten beschouwd en op vrije voeten gesteld. En dat ondanks het feit dat er nog steeds veel onduidelijkheden bestonden rond de dood van Kim Sleizner, aangezien zijn lichaam nooit was gevonden.

Men wist echter met behulp van monsters van de muren die helemaal tot onder in het gat liepen te detecteren dat Sleizner zich daar daadwerkelijk bevonden had. Maar daarna liepen alle sporen naar hem dood, aangezien het gat rechtstreeks bleek uit te monden in het rioolstelsel van Kopenhagen.

Waar Fareed vervolgens gebleven is, is op het moment dat deze regels worden geschreven niet bekend. Hetzelfde geldt voor de urn met de as van Qiang, die plotseling verdwenen is wachtende om te worden begraven of bijgezet.

Een van alle geruchten die rondgaan luidt dat Fareed zich in Sri Lanka bevindt, waar hij niet alleen Qiangs as heeft verspreid in een reservaat voor verweesde olifanten, maar ook een theeplantage zou hebben overgenomen. Een ander beweert dat hij ondergronds is gegaan om het internationale hackersnetwerk *Insidious Elephant* te beginnen. Een derde meent dat alle geruchten door hemzelf in het leven zijn geroepen.

De enige van de betrokkenen die tot op heden nog niet is gehoord, is Dunja, die na een aantal gecompliceerde operaties nog aan de beademing op de intensive-careafdeling van het Rigshospital ligt, waar ze constant wordt gemonitord. Niet alleen door het verplegend personeel, maar ook door Michael Rønning, die haar minstens drie keer per week bezoekt.

Elke keer voert hij dezelfde, circa twee uur durende procedure uit. Het eerste wat hij doet is de bloemen op haar nachtkastje weggooien en vervangen door een nieuw boeket met vers water. Daarna gaat hij naast haar bed zitten, pakt haar hand vast en vertelt alles van de laatste ontwikkelingen binnen het onderzoek en welke koppen er net zijn gerold tot aan wie hij op dit moment aan het daten is, ervan overtuigd dat ze ergens diep vanbinnen elk woord hoort en gauw weer op de been zal zijn.

Toen Fabian terugkeerde naar zijn rijtjeshuis aan Pålsjögatan 17 in Helsingborg was het bed in de logeerkamer opgemaakt. Daar sliep hij bijna vierentwintig uur achter elkaar, waarna hij in staat was op te staan en samen met Sonja en Matilda te eten.

Ze vroegen hem geen van beiden naar de gebeurtenissen in Kopenhagen. Misschien omdat dat al zoveel plaats innam in het nieuws. In plaats daarvan hadden ze het over de voorbereidingen voor de begrafenis. Hoe zij het wilden hebben en wat ze dachten dat Theodor zou hebben gewild. Voor het eerst in lange tijd konden ze normaal met elkaar omgaan zonder ruzie te maken, en in de twee weken die volgden maakten ze er naar omstandigheden het beste van.

Het was nog te vroeg om te zeggen of dat een opening bood voor een nieuwe fase in hun relatie. Misschien was het gewoon een goede afsluiting. Begin september besloot Fabian tot de aankoop van een Maxi 108, een zeilboot die, mocht hij daar zin in hebben, voldoende bestand was tegen harde winden voor een zeiltocht rond de wereld. Sonja gaf het al na een paar pogingen op aangezien ze steeds zeeziek werd, maar Matilda bleek daarentegen een natuurtalent te zijn, en vrijwel het hele najaar brachten ze de weekenden samen door op de boot, die ze THEO hadden genoemd, een naam waar ze het alle drie over eens waren.

Overigens ging er geen dag voorbij of hij bezocht het graf op de begraafplaats van Pålsjö. Ongemerkt kon hij daar dan uren achtereen zitten. Er was daar iets tussen alle graven en de kapel wat hem hielp een zekere rust te vinden. Een innerlijke harmonie, die hij eerder nooit gekend had.

Er was daar niets wat aan hem trok. Niets wat zijn aandacht opeiste en hem daar weg wilde hebben. En voor het eerst ervoer hij een zekere verbondenheid. Of dat nu was met Theodor of met zichzelf was onmogelijk te zeggen.

Maar het voelde goed. Het voelde zelfs weldadig.

Dankwoord

Dit boek heb ik grotendeels geschreven tijdens de pandemiejaren 2020 en 2021. Dat had verder geen invloed op Fabian Risk, aangezien de gebeurtenissen in het boek zich afspelen in 2012. Daarentegen beïnvloedde het mij en mijn schrijfproces wel degelijk, hoewel ik er tot nu toe in geslaagd ben niet besmet te raken en nog steeds op vaccinatie wacht.

Normaliter is het in mijn verhalen één grote chaos. Daar, in die fictieve wereld, staat alles op zijn kop en is het aan mij een poging te doen de problemen op te lossen en de orde te herstellen. Om dat te kunnen doen heb ik in elk geval de illusie nodig dat er structuur zit in de grote buitenwereld.

Het is in mijn ogen nooit duidelijker geweest dan afgelopen jaar hoe de feitelijke werkelijkheid er steeds weer in slaagt het fictieve verhaal te overtreffen. Als ik daar ooit aan twijfelde, hoefde ik alleen maar van mijn manuscript op te kijken naar het eerste het beste nieuwsartikel om het bevestigd te krijgen, wat – om Erica in de proloog te citeren – een kryptoniet vormde voor mijn schrijven.

Dat ik bovendien niet kon reizen en mijn volwassen kinderen in Stockholm niet mocht opzoeken, mijn moeder in Helsingborg niet (hoewel zij aan de overkant van de Sont woont) evenmin als mijn vrienden in Spanje, waar ik tijdens mijn meest intensieve schrijfperioden meestal verblijf, was echt zwaar. Dat ik daarnaast ook mijn lezers niet mocht ontmoeten, heeft het er niet eenvoudiger op gemaakt.

Toch is er uiteindelijk een boek gekomen. Een boek waar ik bovendien erg trots op ben, en ik wil allereerst mijn naasten bedanken dat ze het (vraag me niet hoe) zowel met mij als met mijn paranoia hebben uitgehouden op een manier die mij door het hele schrijfproces heen heeft geholpen.

Zonder jullie was het nooit gelukt.

Mi, jij bent niet alleen mijn steun en toeverlaat. Jij leest en deelt je gedachten ook en je bespreekt het verhaal met mij, en ook al zijn we het soms niet eens, aan het eind van de rit blijkt altijd dat jij de hele tijd gelijk had.

Sander, dankjewel dat je zo vaak gevraagd hebt hoe het ging, en beloofd hebt alle boeken te lezen als je groot genoeg bent.

Noomi, bedankt voor alle pauzes die ik tijdens het schrijven krijg als je binnenkomt met een nieuwe tekening of een fantasiefiguur die ik bij mijn verzameling voor het raam kan zetten. Elke keer als ik ze zie, voel ik dat alles mogelijk is.

Filippa, wij hebben elkaar dit jaar voornamelijk gezien via de telefoon, en ook al geven onze gesprekken mij altijd energie, ik kijk er ontzettend naar uit dat we elkaar binnenkort weer in het echt kunnen ontmoeten.

Kasper, bedankt dat je er bent als ik extra steun nodig heb. Als ik me erover beklaag hoe slecht het gaat en dat het verhaal niet loopt zoals ik in mijn hoofd had, en jij me eraan herinnert dat ik in mezelf moet blijven geloven.

Ik wil ook het team bij Forum bedanken, met mijn uitgever Adam Dahlin voorop. Jullie doen allemaal fantastisch werk. Andreas, redacteur van al mijn boeken, jij bent altijd al een rots in de branding, maar deze keer heb je jezelf overtroffen.

Ook veel dank aan Tor, Julia en Marie bij Salomonsson Agency voor alle energie die jullie erin steken om de boeken over Fabian Risk de wereld in te krijgen en overal oog voor hebben, van omslagdetails tot wat voor horloge Kim Sleizner draagt.

Ten slotte wil ik al mijn lezers bedanken die het afgelopen jaar heel duidelijk hebben laten merken dat, wat er ook gebeurt, er altijd behoefte blijft aan een goed verhaal.

Stefan Ahnhem, Kopenhagen, maart 2021